新潮文庫

理　由

宮部みゆき著

新潮社版

7481

W9-BCP-496

目次

理由

そうとも、これでおしまいだ。
おれたちのような者に次の世でもう一度チャンスがなければ。
おれたちのような者。おれたちみたいな連中。

——ジム・トンプスン『内なる殺人者』

東京都江東区高橋《たかばし》二丁目の警視庁深川警察署高橋第二交番に、同町二ノ三所在の簡易旅館「片倉《かたくら》ハウス」の長女片倉信子《のぶこ》がやってきたのは、平成八年（一九九六年）九月三十日午後五時頃のことであった。

このとき交番では、駐在の石川幸司巡査が、自転車の盗難を届け出てきた地元の城東第二中学一年田中翔子《しょうこ》に応対し、盗難届を作成していた。片倉信子と翔子は城東二中で同じバスケットボール部に所属しているのだが、この日、信子は病欠の届けを出して部活動を休み、早く帰宅していた。田中翔子はそれを知っていたので、信子を見かけると、ひどく狼狽《ろうばい》した。

もしも練習をズル休みしたのであれば、それは信子ひとりだけの問題ではなく、露見すれば一年生部員全体が連帯責任を問われることになる大事だ。それだけに田中翔子は、信子が派出所に近づいてきて、翔子がそこに居ることに気づいて足を止めたとき、ほとんど心臓が止まるような思いを味わった。こんなところでばったり顔を合わせるとは、なんという間の悪いことだろう。ズル休みをするのなら、どうしてもうちょっと上手《うま》くやらないのだろうか。

片倉信子は、派出所の入り口から二メートルほど離れたところに立ち、ためらうような様子を見せている。田中翔子は気づかなかったふりを決め込むことにして、石川巡査の方に注意を戻した。しかし信子は立ち去らない。なにをぐずぐずしているのだと、翔子がやきもきしているうちに、石川巡査が信子がそこに居ることに気づいてしまった。

「片倉ハウス」は、この土地で、簡易宿泊施設としての長い歴史を持っている。糸問屋の奉公人あがりの創業者片倉宗郎《むねお》が、馬喰町《ばくろちょう》あたりに地方から衣料品の買い付けに訪れる商人たちのための宿として「片倉旅館」の看板をかかげたのは、明治の中頃のことである。その後、高橋周辺の地域の趨勢《すうせい》に呼応して「片倉ハウス」の在りようも少しずつ変わり、終戦後からこちらは、もっぱら労務者たちに安くて清潔な宿を提供する旅館という形に落ち着いて営業を続けてきた。

片倉家は代々この家業を受け継いできた。もしも信子自身や彼女の弟の春樹《はるき》が跡目をとるならば、六代目ということになる。もっとも、信子の母親にはその気がなく、自分の代で「片倉ハウス」を仕舞いにするつもりであったため、このことで姑《しゅうとめ》との諍《いさか》いが絶えない。つい二カ月ほど前の夏の盛りにも、姑のたえ子が喧嘩《けんか》の挙げ句に家を飛び出し、深夜になっても帰宅しなかったので、心配した片倉一家が交番に連絡するという椿《ちん》事《じ》が出来《しゅったい》している。そしてこのときも、交番に居合わせて捜索の労をとったのが石川巡査であった。

石川巡査は、以前から片倉一家と面識がある。「片倉ハウス」は彼が日に何度となくパトロールする道筋に在るのだ。立ち寄って、何か変わったことはないかと様子を訊《き》くことも多い。現にこの日も、午後一時頃に顔を出して、受付にいた信子の父と会い、一昨日の晩に清澄《きよすみ》通りの飲食店から出た小火《ぼや》の後始末について話したばかりであった。

「ノブちゃん、どうした」と、石川巡査は声をかけた。「なんか用かい?」巡査の親しげな口調に、田中翔子は彼と片倉信子の顔を見比べた。信子はまだ派出所の手前でもじもじしている。そりゃそうだ、決まり悪いのだろうと思って、翔子は腹が立ってきた。

「ノブちゃん、こっちおいでよ」と、彼女は声を張り上げた。「バレちゃったもん、隠れようがないじゃない」

「あれ、友達なのかい」と、石川巡査が訊いた。

「バレたって、何だ? 何がバレた」

翔子は事情を説明した。巡査は笑い出した。

「ズル休みはよくないなあ、ノブちゃん」

「あたしたちまで一緒にランニングで校庭十周のバツだよ」と、翔子は口を尖《とが》らせた。

「お巡りさんが黙っててくれたらいいんだけど」

「そうはいかないなあ。俺は警察官だから」

石川巡査は切り返したが、片倉信子は相変わらず押し黙ったままうつむいている。その顔色に、巡査はふと普通でないものを感じた。

「何かあったんか、ノブちゃん」

呼びかけながら、石川巡査は椅子《いす》を離れて道ばたへ出ていき、信子のそばに立った。そこで初めて、彼女が緊張のあまり細かく震えていることに気がついた。

巡査は素早く周囲を見回すと、信子の腕をとって交番の方へ促した。「ともかく、こっちへ入りな」

信子は下を向いたまま交番のなかに足を踏み入れた。間近に彼女を見て、田中翔子にも信子の様子が普通ではないことがようやくわかった。盗難届に捺印《なついん》するための三文判を握りしめ、翔子はちょっと怖いような気分になって、あわてて言った。

「あたし、自転車盗《と》られちゃってさ。図書館とこで、鍵《かぎ》かけてなかったら、すぐよ」

信子は返事をしなかった。うつむいて足元を見つめたまま、ぶるぶる震えていた。ピンク色のトレーナーにジーンズばきで、「片倉ハウス」の名前が入ったビニールのサンダルをつっかけている。泊まり客がちょっと近所に出るときに使うこのサンダルを、日頃の信子はひどく忌《い》み嫌っていた。どこの誰が履いたか判《わか》らない不潔なものだし、貧乏たらしいというのである。翔子はそのことを、何度となく繰り返し聞かされて知っていた。それなのに、今ノブちゃんはそのサンダルを履いてきている――

そのとき、片倉信子の目から唐突にぽつんと涙がこぼれて、真《ま》っ直《す》ぐに、ビニールサンダルの「片倉ハウス」の文字の「ハ」の上に命中した。

下顎《したあご》をがくがくとさせながら、信子はゆるゆると顔を上げた。そして言った。

「写真雑誌で見た人が、うちにいるの。新聞にも載ってた人だよ」

信子が告げたのは、一九九六年六月二日未明に発生した荒川区の一家四人殺しの重要参考人とされて行方を探されている会社員、石田《いしだ》直澄《なおずみ》・四十六歳の名であった。

しかし石川巡査には、信子のこの言葉を、すぐに鵜呑《うの》みにすることはできなかった。信子の年頃の女の子は、それでなくても思いこみが強いものだし、このところずっと、片倉家のなかがごたごたしていることを、巡査はよく知っていた。だから信子も、無意識のうちに、外部からの劇的な刺激を求め、そこに鬱積《うつせき》した感情の逃げ道を探しているのかもしれない——などと難しく考えた。同僚たちのあいだでは、巡査は非行少年の保護や指導が得意であることで知られており、自身もそれに熱意を傾けていた。実は警察官ではなく、教師になりたいと思っていた時期もある。

「ノブちゃん、しっかりしろよ。ちょっと落ち着いてな」

腰を折って信子の顔をのぞき込みながら、巡査は言った。

「あんな事件の関係者が、片倉ハウスに泊まってるわけないだろう。もし泊まってたら、ノブちゃんのお父さんやお母さんがすぐ気がつくはずだもんな」

信子は両目に涙をいっぱいに浮かべ、しきりとかぶりを振った。田中翔子は信子のそばに寄り添い、腕を回して彼女の肩を抱いた。

「石田さん、ホントに、いるんだよ、うちに」と、信子は途切れ途切れに言った。しゃべるたびに、新しい涙が落ちた。「うちのお父さんもお母さんも、知ってるよ」

「ホントかあ――」

「あたし、頼まれたんだ。石田さんに。交番に行って、お巡りさん呼んで来てくれって。あの人、すごい身体《からだ》弱ってるから、あんまり、外でれないんだ」

一生懸命にそれだけ言うと、信子はほっとしたようにため息をついた。

「もう、くたびれちゃったんだって。だから、お巡りさん呼んできてくれって。行ってあげてよ」

石川巡査は困惑した。腰をのばし、上から信子を見おろしながら、う～んと唸《うな》った。

すると、思いのほか鋭く厳しい声で、翔子が言った。「お巡りさん、行きなよ」

「あん？」

「ノブちゃん、ウソなんかついてないよ。行った方がいいよ。お巡りさんだって、手柄になるじゃんか」

石川巡査は、まだためらいを残しながらも、パトロール用自転車にまたがった。

「君らは、ここにいるんだよ」

言いつけておいて、片倉ハウスに向かってこぎ出した。この時点では、まだ信子の言葉を信じてはいなかった。というよりもむしろ、自分自身を信じていなかったのだ。一家四人殺しの犯人である可能性の高い男に、このオレが巡り合うなんてことがあるはずないと。

巡査が去ると、片倉信子は小さく言った。「石田さんて、人殺しなんかしてないんだよ」

田中翔子は、強くうなずいた。「うん、わかった」

「なんか、可哀想《かわいそう》なおじさんなんだ」

「わかった。信子の言うこと、あたし信じる」

ありがとうと、信子は言った。

彼女の言葉に嘘《うそ》や思い違いはなかった。やがて石川巡査が保護する男は間違いなく石田直澄であり、彼が姿を現したことによって、「荒川の一家四人殺し」の謎《なぞ》と闇《やみ》の部分に、やっと光が当たることになるのだった。

事件はなぜ起こったのか。

殺されたのは「誰」で、「誰」が殺人者であったのか。

そして、事件の前には何があり、後には何が残ったのか。

1 事件

事件当夜は雨であった。

六月二日、関東地方はまだ梅雨入りしていない。この夜の雨も梅雨のしとしと雨ではなく、強い西風と雷を伴う荒々しいものだった。六月一日の午後六時から二日午前零時までの予想降水確率は八〇パーセント、実際に強い雨が降り出したのは二日の午前二時前後からで、早朝までのあいだに一〇〇ミリを超える降雨をみた地域もある。千葉県南部地方では床下浸水の被害も発生し、茨城県水戸市内では落雷により三百世帯が停電した。東京二十三区内に大雨洪水警報が発令されたのが午前二時三十分、NHKの総合放送では、一時間おきに大雨に関するニュースを流していた。

事件は、この状況下で発生したのである。発生当時の様子が非常に判《わか》りにくく、事件の起こった時刻が推定しにくかったこと、第一通報者の特定に錯誤があり、それが初動捜査の段階で現場付近に無用な混乱を招いたことなど、筋道だけを追っていけばかなりシンプルな事件であったはずの本件を、奇妙に複雑なものに見せることになった原因は、かかってこの気象状況にあった。

普通なら、営団地下鉄日比谷《ひびや》線北千住《きたせんじゅ》駅のホームからも望むことができる、「ヴァンダール千住北ニューシティ」ウエストタワー地上二十五階建ての偉容も、この日は風雨にはばまれ、白い霞《かすみ》のなかに埋もれてしまっていた。より正確には、東西の高層タワー二棟と、それに挟まれた中層の一棟を含む「ヴァンダール千住北ニューシティ」全体が、土砂降りの雨の底に沈んでいたのである。従って、事件現場であるウエストタワー二十階の二〇二五号室の窓を、もしもこのとき誰かが見上げていたとしても、そこには水煙以外の何物も見えなかったことだろう。

「ヴァンダール千住北ニューシティ」開発・建設計画は、プロジェクトとしては、昭和六十年四月に立ち上がった。大手都市銀行とその系列不動産会社、ゼネコン、地域密着型の中規模建設会社が手を結ぶという形の共同事業である。

当初からこのプロジェクトには、大型再開発には付き物のような地元とのトラブルが、ほとんどからみついていなかった。そのもっとも大きな理由は、敷地の買収に問題がなかったという点にある。

建設予定地の敷地の八割までは、かつては株式会社ニッタイという合成染料製造会社のものであった。㈱ニッタイの大きなロゴマークを横腹につけた大煙突は、長いあいだこの町の目印になっていた。しかし、地元住民と㈱ニッタイとが織りなしてきた歴史は、一面で、絶えることのない騒動の歴史でもあった。高度成長期以来、荒川の中流のこのあたりを住宅開発の波が洗い始め、住居専用地域と準工業地区とが複雑なジグソーパズル的混在をし始めるに至ってからこちら、紛争の火種の尽きることはなかった。騒音、異臭、廃水処理、運送トラックによる交通事故――。従って、㈱ニッタイが立《た》ち退《の》き、そこに大型マンションが建ち並ぶというプランに、反対する住民は皆無だったのである。旧㈱ニッタイ敷地も、現在のヴァンダール千住北ニューシティも、荒川区栄町三丁目と四丁目にまたがるようにして存在している。当時の栄町町会長・有吉房雄《ありよしふさお》はこう話す。

「ニッタイさんが土地を売って他所《よそ》へ立ち退くっていうのは、あたしらのあいだでは、昭和五十年ごろからちらほら聞かれてた話でした。あの会社もずっと資金繰りがよくなかったんで、都内に工場を持ってるのは大変だったんですよ。でも、話が出ちゃあ立ち消え、話が出ちゃあ立ち消えの繰り返しでね。ですから、五十九年の春でしたかね、商工会議所の分所の方から正式にニッタイさんの土地売却に関する説明会を開くから集まってくれって通知がきたときは、かなり驚きました」

有吉は現在は荒川区を離れ、埼玉県三郷《みさと》市に暮らしているが、当時は通称「さかえフラワーロード」と呼ばれる地元の商店街で飲食店を経営していた。「さかえフラワーロード」は、二車線の道路を挟んで三十二店舗の各種小売店が建ち並ぶ屋根付きの商店街で、近隣の町からの買い物客を集め、現在も非常に賑《にぎ》わっている。有吉の店には、当時のニッタイの従業員たちがよく集まり、彼らの口からも、会社の土地売却・移転についての情報がもたらされていた。

「それまでの話がみんな上手《うま》く運ばないで潰《つぶ》れてたのは、なにしろニッタイさんが染料の会社だったからね。敷地に何か化学物質でもしみこんでるんじゃないかって、そういう心配があったからだそうです。ほら、二十年ばかし前に江東区や江戸川区の方で六価クロムの騒ぎがあったでしょ。あれも化学工場の跡地だったよね」

しかし、五十八年に持ち上がり翌年には正式決定する今回の売却移転話は、さしたる困難もなくスムーズに進んだ。買い手であるパーク建設は、マンション建設業者のなかでは新興勢力だが、特にこの種の大型開発には実績があり、この売却話の当時も、横浜市郊外の老朽化した集合住宅を等価交換方式を用いてひとまわり大きなニュータウンに生まれ変わらせたばかりのころで、会社全体が上げ潮に乗っていた。

「それに、時代も良かったよね」と、有吉は笑う。「ちょうどバブルのとっぱじめのころだったもの。ニッタイさんは土地を高く売って、ずいぶん儲《もう》けたんじゃないの」

パーク建設は、ニッタイの敷地を買い受けるとすぐに地元住民を集め、すでに稼働《かどう》し始めていたヴァンダール千住北ニューシティ建設計画について説明した。このころになって、ニッタイ敷地の売却が完了する以前から、ニッタイ周辺の家屋や建物の持ち主に対し、パーク建設から土地買収の申し入れが行われていたことなどが、ぽつぽつと明らかになってきた。

「土地を売ってくれって話を持ちかけられてた連中は、ニッタイの方が落ち着くまでは、このことを周りに漏らさないでくれって頼まれてたらしいんだ」

旧ニッタイ敷地という圧倒的な広さの土地を押さえてしまう前に、大規模マンション開発計画が外に漏れると、どういう形のトラブルが起こるかわからない――計画外の地区からの土地売り込みにあったり、感情的な反対運動の発生を刺激してしまうかもしれないという懸念《けねん》が、パーク建設側にはあったのである。

「さかえフラワーロードの店主のなかにも、買収話の来た土地の地主がいましてね。あとで商店街組合のなかが揉《も》めて大変でした。みんな、他人の儲け話は面白くないからさ」

こうした形で若干の摩擦は起こしたものの、前述したように、ヴァンダール千住北ニューシティ建設計画自体は地元の歓迎の雰囲気のなかに着手され、ニッタイの設備移転と取り壊し、土台基礎工事に三年の歳月を費やして、昭和六十三年夏、ようやく建物着工の運びとなる。最初の分譲計画が発表されたのも、このときであった。

地上二十五階建ての東西両タワーには、それぞれ三百世帯が入居可能、中央の中層棟は十五階建てで、ここには管理棟を含み、百八十五世帯が入居できる。総戸数七百八十五戸。地下に造られる専用駐車場には、全世帯分の駐車スペースを確保しているほかに、二十台分のゲスト用駐車スペースも設けられている。

敷地内には、法令の指定に沿って緑地帯が設けられ、児童公園や池や人工の水路が点在する。そこには、栄町一帯の、零細な工場と商店と古びた一戸建て住宅が混在する居住空間から隔絶された、別天地の趣がある。ところがここで、マンション敷地内の緑地や公園を居住民以外にも開放するかどうかという大問題が持ち上がることになった。

「開放せず」の方針をとりたいパーク建設側と、絶対「開放」を要求する地元民側。荒川区も対処に困り、揉めに揉めたこの問題は、なかなか収拾がつかなかった。うやむやのまま、ヴァンダール千住北ニューシティ管理組合が正式に管理を引き継いだあとも、住民アンケートと理事会決定によって、一年ごと、半年ごとに、右に左に揺れ動いた。

等価交換の非分譲部分を除いた一般分譲は、昭和六十三年八月から平成元年九月まで五期にわたって執り行われ、すべて期間中完売を得た。最多価格帯の3LDKの物件のなかには、二十五倍の競争率を見たものもある。入居開始時期は、それぞれの販売時期の半年から一年後に設定されていた。それはつまり平成二年、バブル崩壊の年だ。ヴァンダール千住北ニューシティという「町」は、バブル経済と共に誕生を約束され、その崩壊と共に産声《うぶごえ》をあげたことになる。

しかし、虚《うつ》ろに膨らみきった経済がはじけることで過酷な影響を受けたのは、この新たな「町」の場合に限っては、「町」をつくったパーク建設の側ではなかった。今まさに「町」へ住み移ろうとする、新しい「住人」たちの側であったのだ。

「あの部屋は、もともと縁起の悪い部屋だったんですよ」

こう語るのは、ヴァンダール千住北ニューシティ・ウエストタワーの管理人を務める佐《さ》野《の》利明《としあき》である。佐野は五十五歳。事件発生から五カ月を経過した現在、二日に一度、空き部屋となっている二〇二五号室に立ち入り、窓を開けて空気を入れ換えることが仕事のひとつだ。

「ほかにも空き部屋はあります。中央棟には無いですが、東西のタワーで合わせて二十二戸。そのうちの半分は、一年以上空き部屋のまんまの状態です。だけど二〇二五号室だけは、やっぱりなんか感じが違いますね。同僚たちでも、なかに入りたがらない者が多いです。幽霊が出るとかいう噂《うわさ》もあるんです」

佐野は、清掃業務で荒れた手で額を撫《な》でながら笑う。

「私はあまりそういうことを気にする方じゃないし、そんなことを気にしてたらマンション管理なんかやっていられませんから、なかに入りますが……やっぱり、いい気持ちはしませんですね」

パーク建設が建てたマンションの管理は、住民たちによって結成された管理組合が、パーク建設の子会社である株式会社パークハウジングに業務委託するという形をとっている。したがって、佐野を始め、ヴァンダール千住北ニューシティの管理人や清掃作業員たちは全員、㈱パークハウジングの社員と準社員である。

佐野は平成八年で勤続二十年を数える。人の出入りの激しいビル管理業界では、すでにベテランだ。その佐野が言う二〇二五号室の「縁起の悪さ」とは、どういう性質のものだろう。

「人が居着かない部屋とか家とかいうものが、あるんですね。住人が長いこと住んでくれない。いえ、出入りが激しいという意味じゃないんです。それなら、賃貸マンションやアパートにはよくあることだから。そういうのじゃなくて、長く住むつもりで来た人が、何かしらの事情で次から次へと出て行かなくちゃならなくなる、そういう家とか部屋とかですね。二〇二五号室も、それでした」

しかし、それを言うならば、ヴァンダール千住北ニューシティ全体が縁起が悪いマンションだと言えると指摘する向きもある。全分譲戸の入居が完了した平成二年十月から、平成八年十一月末の現在までのあいだに、入居戸数のなんと三十五パーセントの世帯が入れ替わっているのだ。しかもこの三十五パーセントの内、十八パーセントは、複数の世帯の代替わりを経験している。たった六年のあいだのことだ。いくら総戸数が多いとはいえ、永住型分譲マンションとしては、これは常識外の数値である。

「バブルがはじけてとんでもない不景気がやってきて、予定通りにローンを払っていかれなくなったというケースが、いちばん多いですよ。それと、投資のつもりで買ったのがもくろみがはずれて、支えきれなくなって手放す。賃貸も難しいですからね。まあ、たいていはこのどちらかでしょう」

一般に「荒川の一家四人殺し」として記憶されることになる大量殺人事件が起こった、このウエストタワー二〇二五号室も、その例外ではない。しかし、二〇二五号室の抱えていた事情について、詳しくは後に触れることにして、ここではまず、事件のおおまかな経過について振り返ってみよう。

平成八年六月、日付が二日に変わったばかりの頃のことである。前述したように、この夜は強い雷雨だった。

「あの日は……一時ちょっと過ぎに会社を出ました」

　ウエストタワー二〇二三号室に住む、編集プロダクションに勤める葛《か》西《さい》美《み》枝《え》子《こ》は思い出す。

「天気が天気なので無線タクシーを呼んでもらって、乗って走り出したら運転手さんが不慣れな人で、あまり道を知らなかったんです。それでわたしも、珍しく居眠りもしないで乗っていて、ずっとラジオを聴いていました。気象情報だったと思います。マンションが近づいてきたらゲートの方向を教えてあげました。地下駐車場まで乗り入れて、車を降りるときに時計を見たら、二時ちょっと前でした。主人が先に帰っているかもしれないなと思って、急いでエレベーターの方に行ったんです」

　ウエストタワーもイーストタワーも、住居階層と地下駐車場は直通のエレベーターで結ばれている。ウエストタワーのエレベーターは、建物の中央に、三機ずつ向き合うようにして六機設置されている。ひとつのエレベーターの昇降ボタンを押せば、制御コンピュータの働きにより、いちばん近いところにいるエレベーターが反応して昇降してくる。都心のホテルやデパートなどでは当たり前の設備だが、大規模集合住宅で採用されているのはまだ珍しい。

　葛西は、二号エレベーターのボタンを押した。すると、背後の四号エレベーターが反応した。振り向いて表示灯を見ると、四号エレベーターが現在は二十階にいて、これから降りてくるところだった。

「ほかにいくらでも空いている箱があるのに、どれか一台でも動いていると、それが降りてくるまで待たされるんです。特に、午後十一時を過ぎると節電運転モードとかいうのに入ってしまって、帰宅の遅いわたしはいつもイライラさせられてました」

葛西は、レインコートや傘の水滴を気にしながら、その場で待った。四号エレベーターの箱は、途中の階には寄らずにまっすぐ降りてくる。深夜であり、雷雨ということもあり、葛西は、居住者の誰かが地下駐車場まで降りてくるのだろうと考えた。

「こんな時間に徒歩で外に出ていく人がいるとは思えませんでしたからね」

しかし、四号エレベーターは一階で停止した。そしてそのまま、表示ランプがなかなか動かない。

「実際には五分も待っていなかったんでしょうけど、十分ぐらいに感じましたね。こんな時間に何をやってるんだろうと、腹が立ってきちゃって」

ウエストタワーの一階は居住階ではない。エントランスホールと、集会所と郵便室、管理人室、宅配などの業者の集合カウンターがあるのみである。

しびれを切らした葛西は、非常階段を使って一階へあがろうかと考えた。

「ただ、非常階段は開放型じゃなくて階段室になっていて、昼間でも薄暗いんです。ちょっと怖くって、どうしようかと迷いました」

そうしているうちに、やっと四号エレベーターが地下一階に降りてきた。

「ドアが開くときに、なかに誰か乗っているかもしれないと思って、脇《わき》に避《よ》けました。

どうしてかわからないですが、誰か乗っていそうな感じがしたんです」

エレベーターは空だった。葛西は箱に乗り込み、二十階のボタンを押そうとしたとき、足元のビニールシートの上に、直径二十センチほどの赤黒い染《し》みがあることに気がついた。何か液体状のものをこぼした跡のようで、濡《ぬ》れて光っている。

「すぐに、これは血だと判《わか》りました。でもそのときは、とっさに怖いと思うよりも、さっき一階で長いあいだ停まっていたのは、誰か怪我人《けがにん》を外に運び出すためだったのかなと思ったんです」

葛西はエレベーターで上へとあがっていった。そして二十階のフロアに着いたとき、屋外の遠くから、かすかに救急車のサイレンが近づいてくるのを聞いた。先ほどの、怪我人云々《うんぬん》をまた考えながら、自宅の二〇二三号室へと急いだ。

一般的に高層マンションはすべてそうだが、ヴァンダール千住北ニューシティにも、開放型の廊下はない。東西の両タワーは円形に近い楕円《だえん》形をしているので、各階の廊下も、上下に潰れた円形を描いて、フロアをぐるりと一周している。葛西は四号エレベーターを降りると、反時計回りにこの廊下を歩いて、タワー西面にある自宅に向かった。二〇二三号室に向かうまでは、二〇二五と二〇二四の二つの部屋の前を通過することになる。

間取り図を見ても判ることだが、ヴァンダール千住北ニューシティの各戸の玄関には、それぞれに専用ポーチがあり、畳一畳分ほどの広さのこのポーチの共同廊下に面した側には、大人の腰の高さほどの門扉《もんぴ》が取り付けられている。この門扉が開け放されていると通行の邪魔になるのだが、うっかり閉め忘れたり、面倒くさいからと開け放しにして壁に押しつけておいたりする入居者も多く、出入りする際には必ずきちんと閉めるようにという注意書きが、数カ月に一度の頻度でエレベーター内やエントランスホールの掲示板に貼《は》り出されている。とりわけ、この二十階では、つい半月ほど前の五月半ばに、二〇一三号室の幼稚園児が、中途半端《ちゅうとはんぱ》に開かれていた隣家の門扉に頭をぶつけ、十針も縫うような怪我をするという事故が発生しており、この件に関していささか神経質になっているところだった。

ところが、葛西が廊下を歩いてゆくと、二〇二五号室の門扉が、ほとんど廊下いっぱいに開け放されているのにぶつかった。さらに、この門扉のすぐ脇の床にも、エレベーター内で見たのと同じような赤黒い染みがついていた。

ここでも、葛西は慌《あわ》てはしなかった。

「それまでのことと考え合わせて、怪我人が出たのは二〇二五号室なんだなと思いました。救急車が来るのを待ちかねて、下へ降りていったんだろうって。門扉を閉めて、通り過ぎようと思いました」

二〇二五号室の、玄関ポーチを照らすはずの門灯は消えていた。しかし、玄関の扉が十センチほど開いており、そこからも明かりが漏れていた。そして葛西が、物音をたてないよう気を付けて門扉を閉めているとき、その幅十センチの明かりのなかを、誰かが歩いて横切った。

「本当に見たんです。人影が横切りました。足音は聞こえなかったけれど、はっきり見て覚えています」

このとき、葛西が見たこの人影――正確には足の影であるが、これが見間違いではないのかどうか、確かにこのとき二〇二五号室に人がいたのかどうかということは、事件の捜査が開始されたばかりのころの一大問題となる。

門扉を閉めた葛西は、自宅に帰った。アパレルメーカーに勤務する夫の一之《かずゆき》が先に帰宅していた。葛西は救急車のサイレンを聞いたかと尋ねたが、一之はテレビを見ていて気づいていなかった。

「着替えながら、廊下やエレベーターのなかに血の痕《あと》があったことを話しました。主人は、いつもはわたしと同じくらい帰りが遅いんですけど、この日は十一時過ぎには帰宅していたそうなんです。ずっと部屋にいて、ちょうど零時ごろに一度、中央棟の総合エントランスホールの自動販売機まで煙草《たばこ》を買いに行ったけれど、そのときは、エレベーターの床はきれいだったと言っていました。それで、やっぱりあれはさっきの怪我人の血だろうということになったんですけど、とにかく風も雨も強いので、窓を開けて下をのぞいて、救急車がどこに停まっているかなんて確かめる気分にはなりませんでした。それでなくても、普段からあまり窓は開《あ》け閉《た》てしないし、そういうことのできるマンションじゃないんですよ」

換気は専用の換気口を使って行い、長時間にわたる窓の開放を避けること。ベランダに布団《ふとん》などを干すことも禁止する。ヴァンダール千住北ニューシティの管理規約の第三十条である。高層マンションならではの規則だが、タワー棟でも十階以下の低層階ではこの第三十条が破られることが多く、理事会でもたびたび問題にされていた。

しかしこの夜、ウエストタワー十二階に一戸、この規約に違反していた世帯があった。十二階の二五号室つまり一二二五号室に住む佐藤《さとう》義男《よしお》一家である。そしてこの佐藤家が、先ほど葛西がサイレンを耳にした救急車を呼んだ家だった。

佐藤家は、金融会社勤務の義男と妻の秋江、高校三年生の長男博史《ひろし》、中学三年生の長女彩美《あやみ》の四人家族である。午前二時というこの時間帯に、起きて活動していたのは、共に受験期の子供たちふたりだけだった。彩美の悲鳴に飛び起きるまでは、夫妻はすでに床について寝入っていた。

「きゃっというような彩美の声で、わたしは目を覚ましました」と、佐藤秋江は言う。「横になったまま、今のは何だろうと思っていると、リビングの方から走ってくる音がして、彩美が駆け込んできたんです」

彩美は、たった今、上の階から誰かが下へ落ちたと言った。驚いた夫妻は寝床から抜け出し、リビングへと駆けつけた。

このとき彩美がリビングにいたのは、寝る前にテレビをつけて、気象情報を見ようと思ったからである。それまでは、博史も彩美も、それぞれ自室で勉強していた。彼らの部屋は、一二三五号室の南東側の二室で、両親の寝室は廊下を挟んで向かい側にある。それぞれの部屋は、一旦《いったん》廊下に出てからでないと行き来ができない造りだ。

このときの佐藤一家の記憶には、おのおの微妙なずれがあるのだが、ここでは彩美の証言を基点に一家の行動をたどっていくことにしよう。

彩美は勉強を終え、テレビで気象情報を確認してからベッドに入ろうと自室を出た。このとき、彼女の記憶では、午前二時の五分くらい前――せいぜい十分前だったろうと言う。ＮＨＫテレビ総合放送の「大雨に関する情報」は一時間おきに流されていると知っていたので、ちょうどいいタイミングだと思ってリビングに移り、テレビのスイッチを入れた。ニュースはまだ始まっておらず、テレビには天気図の静止画面が映し出されて、音楽が流れていた。

彩美はリビングの窓に近寄った。空模様を見ようと思ったのである。雷が大嫌いなので、そのために多少神経質になっていた。六月二日は日曜日、翌三日は月曜日であるが、週明けにいきなり苦手な数学のテストがあり、こんな時刻まで勉強していたのもその準備のためだったのだが、時おり閃《ひらめ》く稲妻と雷鳴のために、あまり集中できなかった。雷雨が早く通り過ぎてくれないものかと思っていた。

彩美は窓のカーテンを開けた。そしてガラス越しに空を仰いだ途端に、上空から何かがさあっと落ちてきて、視界を上から下へと横切った。横倒しになり頭の方を下にした、それは明らかに人間だった。彩美はきゃっと叫んで両親の寝室に走ると、ふたりを起こした。両親は彩美と一緒にリビングに移り、義男がパジャマ姿のままベランダに出て、手すりに手をついて下をのぞいた。

「ベランダに出ると、主人のパジャマの裾《すそ》がまくれそうなほどにひらひらはためいて、土砂降りの雨に、見る見るずぶ濡れになっていきました」と、秋江は言う。そして彼女の記憶では、リビングの窓際《まどぎわ》で、ショックで取り乱している彩美をなだめているとき、テレビ画面にはまだ「大雨に関する情報」は映っていなかった。天気図の静止画面のままだったという。つまり、まだ午前二時になってはいなかったということになる。

「人が倒れてる」と言って、義男はベランダから戻ってきた。「救急車を呼んだ方がいい。それと、管理人室に電話しなさい」

秋江が電話をかけ始めると、騒がしいのに気づいて、博史が部屋を出てリビングに入ってきた。義男は事情を説明し、下へ降りて様子を見てくるから、おまえはここにいてくれと博史に命じた。彩美はすでに泣き出しており、秋江も青い顔をしていたので、

「博史にしっかりしてもらわないとと思いました」

博史はベランダに出た。手すり越しに身を乗り出すと、十二階下の地面に倒れている人の姿が見えた。前述したようにタワー棟の一階は居住区ではないので、建物の周囲にも、普通のマンションにあるような世帯ごとに区分された専用庭はない。芝生の地面に、ツツジの植え込みがぐるりと配置されているだけである。倒れている人物は、ちょうど植え込みのあいだに俯《うつぶ》せになり、両手を縮めていた。

　救急車を呼んだあと、秋江は夫に指示されたとおり管理人室に電話をかけた。ヴァンダール千住北ニューシティは管理人常駐型のマンションで、東西のタワーと中央棟にそれぞれ住み込みの管理人がおり、毎日午前九時から午後七時まで受付を開いている。夜間の緊急連絡もおのおのの棟の管理人室にすることになっており、非常連絡用の電話番号も指定されている。秋江が電話すると、それほど待たされることなくウエストタワー管理人の佐野利明が出た。事情を話し、すでに救急車を手配したことを告げると、佐野も外へ出てみるという。

　十二階のベランダに出ていた博史は、最初に父親の義男が、それから二、三分後に管理人の佐野が、倒れている人物のそばに駆けつける様子を目撃している。その間、誰かほかの人物が現場を通りかかったとか、近づいたということはなかった。雨は降りしきり、頭上では巨大なフラッシュを焚《た》くように稲光が閃き、空の底がごろごろと鳴動していた。博史は何度か上空を仰いでみたが、この人物がどこの窓から落下してきたのか、手がかりになるようなものを見つけることはできなかった。

　地上では、義男も佐野も傘をさしていたが、ほとんど用をなさなかった。ふたりとも寝間着姿で、ずぶ濡れだった。

「倒れている人は若い男だと、すぐに判りました」と、佐野は言う。「白い半袖《はんそで》Tシャツにジーパンをはいていました。もう息がないと判ったので、手を触れないようにしました」

佐藤義男にも佐野にも見覚えのない顔だった。

佐野が到着して間もなく、サイレンが聞こえてきた。佐野は救急車を誘導するために植え込みのそばを離れた。

証言を付き合わせていくと、ちょうどこの時間帯に、二〇二三号室の葛西美枝子が帰宅し、地下駐車場でなかなか降りてこないエレベーターを待ち、やっと来た箱に乗り込んで、床に血痕《けっこん》があるのを発見、二十階のフロアに到着した——ということになる。しかし、十二階から下に降りるとき、佐藤はエレベーターで誰にもすれ違わなかった。義男が使用したのは二号エレベーターで、ボタンを押すとすぐ来たという。

「最寄《もよ》りの階に停まってたのが降りてきたんでしょう。待たされませんでした」

葛西美枝子の帰宅は、彼女の証言によると、「二時ちょっと前」。佐藤彩美がリビングでテレビのスイッチを入れたとき、テレビ画面がまだ静止した天気図であったこと、さらに、秋江が彩美をなだめているときにも、画面はまだ静止画像だったということから考えると、転落事件そのものも二時以前に発生したものだと考えることができる。では、血痕を残して一階で降りた人物が、転落事件の前に四号エレベーターに乗ったのか、後に乗ったのかということは、四号エレベーター内に真新しい転落事件と葛西の帰宅の、どちらが先か。このことは、四号エレベーター内に真新しい血痕を残して一階で降りた人物が、転落事件の前に四号エレベーターに乗ったのか、後に乗ったのかということを決める、重要な問題である。そこで、午前二時前後のエレベーター運行記録と、防犯カメラを通して録画されたエレベーター箱内のビデオ画像を調べてみよう。

まず運行記録では、午前一時五十七分三十秒に、二号エレベーターの箱が、この時停まっていた十四階から十二階に移動し、まっすぐ一階に降りていっている。これが佐藤を乗せたときの記録であることは、二号エレベーターのビデオからも確認することができた。雨に濡れて身体《からだ》に張り付いたパジャマを身につけた佐藤が、大型の懐中電灯を手にドアの前に立っている様子が映っている。ついで、この二号エレベーターの箱が一階で停止した直後、二時二分十四秒に、二十階で停止したままになっていた四号エレベーターが一階への下降を開始する。この箱は一階で約一分間停止した後に地下一階へ降り、再び二十階へとあがっている。これが血痕を残した人物と葛西美枝子の利用した記録であることに間違いはない。下降する際の四号エレベーターの箱内には、防犯カメラから隠れるように背中を向け、頭を俯《うつむ》けた中肉中背の男性の姿が記録されている。白黒の映像なので衣服の色などは判らないが、白いワイシャツに黒っぽいズボンを穿《は》いている。カメラの角度の関係で、足元までは見えない。この人物は箱内の操作ボタンのパネルにくっつくようにして立っており、両腕を身体の内側に、かばうような様子で巻き込んでいる。

一階でこの男性が降りた後に、地下一階から葛西が乗り込む。操作パネルのすぐ下あたりの床の上に何かを見つけたようで、ちょっとかがみこむ。血痕を発見したときの様子だろう。その後彼女はボタンを押して二十階へとあがっていく。

つまり、まず転落事件があり、次に佐藤が降り、その後二十階から不審な人物が降りてきて一階で外に出、地下一階にいた葛西が二十階に着いた頃に佐藤家が呼んだ救急車が到着した——という順番になるわけである。それでは、この不審な中肉中背の男性が、一階のエントランスから雷雨のなかを外へ出て行くところを、誰か目撃してはいないか。一二二五号室の真下にいた佐藤は、誰も見かけてはいない。しかし管理人の佐野は、自宅を出るとき、エレベーターの稼働音《かどうおん》を聞いている。

「高速エレベーターなんですが、普通のエレベーターより少し稼働音が大きくて、そのことで苦情が来ることもあります。家を出てエントランスホールを横切るとき、確かに聞きました。間違いないです」

　この稼働音が、おそらく、四号エレベーターが二十階から一階に降りてくるときのものだろう。家を出て一二二五号室真下の植え込みの方向へ向かうのがワンテンポ遅ければ、佐野が四号エレベーターを降りてくるこの人物と出くわす可能性があったということだ。

　ここでひとつ、思い出していただきたいことがある。佐藤と入れ違いに二十階にあがっていった二〇二三号室の葛西が、二〇二五号室の室内を誰かが歩いて横切るのを見たと証言しているということだ。これが葛西の見間違いではないならば、転落事件の起こった後、二〇二五号室には誰か居たのだということになってくる。しかしこの件は、植え込みのなかに倒れている白いシャツにジーンズ姿の若い男性が二〇二五号室から転落したものであり、さらにその二〇二五号室にはまだほかの遺体が在るということが判明して後に問題になることなので、ここでは一旦脇《わき》に置き、ヴァンダール千住北ニューシティに救急車が到着してからの事情に、話を戻すことにする。

ヴァンダール千住北ニューシティの敷地内に入るには、三つのルートがある。そのひとつが地下駐車場に入る自動車専用地下道だ。長方形の敷地のちょうど北東の角にあるこの専用地下道の入り口にはゲートが設けられており、このゲートを開閉するためには、ゲートの側《そば》にあるパネルボックスのキーパッドに決められたパスコードを入力するか、キーパッドの下のスロットにキーカードを挿入し、暗証番号を照合しなければならない。キーパッドもスロットも車の運転席の窓を開けて手を延ばせば届く距離と高さに設置されている。

葛西美枝子は、自家用車で出入りするときにはキーカードを使用するが、当夜のようにタクシーで帰宅する際には、運転手にパスコードを教えて入力してもらうようにしていた。彼女が降車したあとの空のタクシーも、このパスコードさえ知っていれば再びゲートを抜けて外に出ることができる。このような形でこのゲートを利用している居住者は数多く、事実上パスコードが用をなさない状況になってしまうので、管理組合でも頭を痛めていた。自家用車以外の地下駐車場への乗り入れを禁止するという提案も出されたが、住民アンケートで賛成多数が得られず、そのままになっている。対応策としては、頻繁にパスコードを変えることぐらいしかできないが、これもまた、そのたびにキーカードも交換しなくてはならないので煩雑《はんざつ》だという苦情を招く元になっていた。

この、地下駐車場に一般車両が出入りするという問題は、前述したヴァンダール千住北ニューシティの敷地を外部に開放するかしないかという問題とも、実は密接な関係があった。

「事件のあった六月二日は、『閉鎖』の方針をとっているころでした」と、管理人の佐野は説明する。「この問題は本当に難しくて、三カ月ごとの定例理事会があるたびに、閉鎖したり開放したりしていたんですよ。それじゃかえって落ち着かなかったんですが、住民アンケートでも意見がほぼまっぷたつだし、理事会でも多数決で決めることができませんでしてね」

具体的に「閉鎖」のときはどうするかというと、地下駐車場へのルートを除くのこりふたつのルート――この二ルートは地上にあるので以後「地上ルート」と呼ぶ――の出入り口を、通行禁止の札を下げたパイプでできたゲートでふさいでしまうのである。この地上ルートは、車がかろうじて二台すれ違うことのできる幅が確保された舗装道路だが、車道と歩道とは区別されていない。

ここの出入り口にゲートを立ててしまうと、外部からの車両も単車も一切ヴァンダール千住北ニューシティの敷地内に入りこむことができなくなる。そこでタクシーが地下駐車場を使うということになってくるわけだが、閉鎖すればそれだけ不審者が入り込む余地も少なくなり、たとえば中庭の緑地帯で遊ぶ子供たちにとっても安心だということで、セキュリティを重んじる入居者たちからはきわめて評判がよかった。入居者たちはもちろん地下駐車場から出入りすることができるし、事前に管理人室に届け出をしておけば、宅配業者、クリーニング業者、引っ越しトラックなどもパスワードかキーカードで地下駐車場のゲートを通ることができるので、一見、何も問題はなさそうに見えるのだが――

「それがそうでもないんです。入居者たちだって、外へ出るとき、いつもいつも自動車を使うとは限りません。歩いて行くときもあるし、さらに問題なのが自転車でしてね」

ヴァンダール千住北ニューシティ入居者専用の駐輪場は、敷地内の緑地帯のなかに設けられている。地下に造ると、車と同じゲートを使って出入りすることになり、事故等の危険があると考えられたためだ。自転車の利用者には圧倒的に子供や女性が多く、短時間に頻繁に出入りを繰り返すことも多い。そういう自転車利用者たちは、地上ルートの出入り口が「閉鎖」の状態にあると、いちいち「立ち入り禁止」の前で自転車を降り、ゲートの脇をすり抜けて出入りしなければならない。同じようにゲートをすり抜けようとする歩行者たちと接触することもある。立ち入り禁止のゲートは道幅一杯に立ちふさがっており、両脇に五〇センチくらいしか遊びが無いので、ベビーカーを押している女性や、車椅子《くるまいす》を使っている人が自力では通行できないという問題も起こってきた。

「日常のことですから、これは本当に面倒くさいんですよ。それで、たとえば自転車の子供たちが、自転車を押して一度エレベーターに乗り込んで地下に降りて、地下通路から外に出たり入ったりをし始める。当時はまだ事故は起こっていませんでしたが、地下駐車場へ車で出入りする入居者たちのあいだから、文句が絶えませんでした。これじゃかえって危なくてしょうがないから、ゲートを開けて、敷地内を自由に往来できるようにしようという意見が出てくるのも、まあ当然ですよね。だけど、ここがまた難しいところで、地上ルートを開けてみると、これはこれでまた面倒な事が山ほど起こってくるんです」

まず、セキュリティ重視派が懸念《けねん》するとおり、敷地内に不審な人物が入り込みやすくなる。とりわけ夜間、帰宅する女性が不審者に敷地内で待ち伏せされて脅かされたとか、空き巣狙《ねら》いや下着泥棒が徘徊《はいかい》するとか、入居者ではないティーンエイジャーのグループが緑地帯に入り込み、ビールを飲んだり音楽を鳴らしたりして大騒ぎをするなど、不祥事が相次いだ。平成七年八月の「開放」時期には、勝手に入り込んだ若者グループが花火遊びをしていて、飛ばしたロケット花火が敷地内を通行中の入居者男性に当たり、火傷《やけど》を負わせるという事件まで起こった。

さらにもうひとつ、厄介なことがある。ふたつの地上ルートは、一方は中央棟から延びてウエストタワーの先で敷地の西側に抜け、もう一方は中央棟からイーストタワーの先で敷地の東側に抜けている。だから、外部の車両が敷地の東（または西）から敷地内に入り、二つの地上ルートをたどって敷地の西（または東）に抜けるということもできてしまう。つまり、ヴァンダール千住北ニューシティ敷地内を「抜け道」として使用できるということだ。そして実際に「開放」策をとると、この抜け道を通り抜ける外部の車が目立って多くなるのである。

「いったい、どこでどう調べてこの道が使えるってことを知るんだか、私にはさっぱり判《わか》らなかったんですがね、あるとき、イーストタワーの管理人が怪しげな抜け道マップを買ってきましてね。本屋で売ってるんですよ。それを見たら、ヴァンダール千住北ニューシティ内を通り抜ける抜け道が、ちゃんと載せられてるんです。呆《あき》れましたね」

こうなると、この問題は、単に入居者たちだけの問題ではなく、ヴァンダール千住北ニューシティというひとつの新しい町が抱える構造上の欠陥ということになってくる。抜本的な改革案もいくつか提案されたが、それを実行するには莫大《ばくだい》な費用を要し、修繕積立金の半分以上を使い果たすことにもなりかねない。仕方がないので、ある時は「開放」して「閉鎖」の害を退け、ある時は「閉鎖」して「開放」の利点を放棄するという、かなり情けない対症療法を繰り返すことになっていたわけである。

さて、回り道をしたが、六月二日午前二時頃の事件発生時に、佐藤家が呼んだ救急車が駆けつけてくるヴァンダール千住北ニューシティの出入り口は、以上のような状況下にあった。佐野は当然これについて知っていたので、佐藤義男から救急車の一件を聞くと、どちらのゲートに来てくれるように頼んだのかと尋ねた。そのゲートを開けておかねばならないからだ。佐藤は、そこまで考えていなかった。電話は家内がかけたので判らないと応《こた》えた。佐野は走って中央棟へ向かい、そこの管理人を起こし、ついで一一〇番通報するように頼んだ。

中央棟の管理人、島崎昭文《しまざきあきふみ》と妻の房江《ふさえ》は、ずぶ濡《ぬ》れになって走ってきた佐野から、「ウエストタワーで飛び降り自殺があった」と聞かされたと記憶している。

「救急車はもう呼んだんだけど、一一〇番がまだなんだよ。電話して」

「どの部屋の人だかわかるんですか」

島崎夫妻は当時、中央棟の管理人として住み込み始めて一カ月ほどしか経《た》っていなかった。佐野とは年齢的にはごく近いが、仕事の上では先輩後輩である。

「まだわかんないんだ。若い男の人みたいだけど、俯《うつぶ》せだから、動かしたらまずいだろうから顔が見れなくて」

「亡《な》くなってるんですか」

「全然動かないからね、駄目だろうね。ゲートを開けなきゃならないから、島崎さん、東側へ行ってくれないか。俺は西側に行くから」

一一〇番通報は房江に任せ、島崎は佐野について外に出た。この時には、救急車のサイレンはもうすぐ近くまで来ており、島崎がイーストタワー側の出入り口まで来ると、点滅する赤いライトが見えてきた。救急車は東側に到着したのだ。

島崎がゲートを開けに走っていくと、サイレンが敷地内に入ってきたことに驚いて起き出してきた、イーストタワー管理人の佐々木茂《しげる》が追いかけてきた。佐々木は三棟の管理人のなかでは飛び抜けて若く、三十二歳である。島崎とふたりでゲートを持ち上げて取り除くと、事情を聞いた佐々木は、救急車を先導してウエストタワーへと向かった。

島崎は、やはり外に出てきた佐々木の妻加奈子《かなこ》に、入居者たちから問い合わせがあるかもしれないので、管理人室にいた方がいいんじゃないかと言った。

「何があったんだって訊《き》かれたら、どう答えればいいですか」と、加奈子は訊いた。

「飛び降り自殺らしいから、そう言っておけばいいんじゃないかなあ」

事実、救急車が敷地内に入ってから、ウエストタワーで一件、中央棟で二件、イーストタワーでも一件、管理人室に問い合わせの電話がかかっている。それぞれの電話には、各管理人の妻たちが応対したが、「飛び降り自殺らしい」という返事を聞いて、窓から外をのぞいたり、中庭の緑地帯まで様子を見に出てくる入居者たちも現れた。

ウエストタワー下の植え込みでひとり頑張っていた佐藤義男は、救急隊員たちが近づいてくるのを見てほっとした。彼らが処置にとりかかると、邪魔にならないように後ろに下がった。そこへ佐野が戻ってきた。救急隊員は、まもなく立ち上がって、佐野が管理人だと判ると、警察には報《しら》せましたかと尋ねた。

「もう亡くなっているようです。遺体には触っていませんね？」

「はい、触らないようにしていました」

「この方の身元はわかりませんか」

「このタワー棟の人だとは思うんですが……」

「今の状態だと顔がよく見えないんですよね」

佐野たちは救急隊員たちに、自分たちがこの場所へ駆けつけることになった事情を説明し始めた。そこへ、パトカーのサイレンが近づいてきた。佐野が中央棟の島崎たちの元へ駆けつけて一一〇番通報を依頼してから、まだ五分足らずしか経っていなかったが、

「さすがに早く駆けつけてくるなあと思って、救われたような気がしました。私も管理人人生が長いから、入居者の自殺未遂とか傷害沙汰《ざた》とか経験していますが、このときはなにしろ凄《すご》い雨降りのなかで、あまり状況のはっきりしない出来事でしたから、ずいぶん不安感が強かったんです」

駆けつけてきたのは荒川北署のパトカーで、警察官がふたり乗っていた。車から降りると、大きな懐中電灯で一同を照らしながら、声をかけた。

「通報があったのはこちらですね？　喧嘩《けんか》で怪我人《けがにん》が出ているということですが？」

佐野と佐藤はぽかんとした。喧嘩とはどういうことだろうか。中央棟の島崎房江はなんと言って一一〇番通報したのだろう？

「いえ、喧嘩じゃないんですが。飛び降り自殺のようなんです」

近づいてきた警察官たちは、植え込みのあいだの死体を目にとめると、ひどく険しい、だが同時にあわてているような顔になった。

佐藤義男は、嫌な予感を感じた。

「警察沙汰なんて初めてですが、何か手違いがあったんだということは肌でわかりました。パトカーのお巡りさんたちは、私と佐野さんの顔をちらちら観察していました。救急隊の人たちも、最初の状況では私たちの話を信じるしかなかったわけですが、お巡り

さんたちと話し合ううちに、怪しみ始めたような雰囲気がありました」

下手をすると妙なぬれぎぬを着せられかねないと考えた佐藤は、積極的に進み出て、お巡りさんたちはいったいどういう通報を受けて来てくれたのかと質問した。しかし、警察官たちはすぐには応じず、佐野と佐藤の身元を確認し、ふたりに事情を説明させた。ひとりはパトカーの無線で本署とやりとりをし始めた。

この間も、雨は土砂降りに降っている。佐藤の身体は冷え切ってしまい、六月のこととはいえさすがに寒くて、下顎《したあご》が震えて歯が鳴った。しかし、それを気持ちが動揺している証拠と受け取られるのがまた不安に思われて、じっと我慢して歯を食いしばっていた。

「中央棟の島崎という管理人が通報しているはずです」と、佐野は主張した。島崎は管理人室に待機しているはずだから、呼んでこようと申し出たが、警察官たちは佐野にその場を動かないようにと命じた。

そのうちに、パトカーがもう一台到着した。

「何がなんだかわからなくて、恐ろしくなってしまいました」と、佐野は語る。

種明かしを先にすると、ヴァンダール千住北ニューシティにパトカーの出動を要請する一一〇番通報は、二件あったのである。

警視庁通信指令センターの記録によると、午前二時十三分着信の通報が一件、これが中央棟管理人の島崎の妻房江によるもので、ヴァンダール千住北ニューシティというマンションの名称も、所番地も、通報者の氏名と立場についても、房江ははっきりと告げている。飛び降り自殺が起こったらしいということについても話している。

しかしこれより以前に、もう一件、午前二時四分着信の通報というものがあったのだ。

最初に駆けつけてきた荒川北署のパトカーは、この通報によるものだったのである。この通報は女性の声で、ひどくあわてており、声も小さく早口だった。ヴァンダール千住北ニューシティというマンション名は言ったが、所番地までは言わず、名前を訊くと、答えずに切ってしまった。

通報の内容は、「喧嘩で人が怪我をして倒れている。ひとりの人を数人で殴っている。現場から男が逃げ出していくのを見た」というものだった。佐野と佐藤が直面していた状況とは、ほとんど重なるところのない内容である。

荒川北署では、数分の差で飛び込んできたこのふたつの通報を重く見て、それぞれにパトカーを派遣した。先行したパトカーには、後続のパトカーがヴァンダール千住北ニューシティに到着するまでに、通報が二種類あって混乱しているから注意するようにという連絡をとろうとしたのだが、それよりも先に先行車が現場に着き、警察官たちがパトカーを降りてしまったので、タイミングがあわなかったようだ。

しかし、先行車の警察官たちが本署と連絡をとり、後続車が到着するに及んで、ようやく誤解と混乱の元が二種類の通報にあることが判ってきた。佐野と佐藤は、あらためて仰天した。

「いたずら電話なんじゃないかと思いましたね。それにしても、なんて間の悪いときに間の悪いことをしてくれるんだと、冷や汗が出るような思いでした」

救急車が怪我人を乗せて走り出す様子もなく、パトカーが二台もやって来たので、ずっと十二階のベランダから様子を見ていた佐藤博史は、父親の身の上が心配になってきた。エレベーターで下へ降りて行くと、同じように様子を見に下へ降りようとする入居者と乗り合わせた。

事件に気づいて、入居者たちも騒ぎ始めていた。低層階のあちこちで窓が開き、顔がのぞいた。各エントランスホールにも人が集まり始め、管理人室の電話がうるさく鳴り始めた。

警察官たちは博史からも事情を訊いた。通報がふたつあったことが判ってから以降も、警察官たちのこの事態に対する慎重な態度に変化はなく、博史は今思い出しても腹が立つと語る。

「うちの妹が、上から落ちてくる人を見たんだと話したら、それならどうして救急車より先に一一〇番通報しなかったんだって訊くんだから。やってらんねェと思ったよ」

警察官たちは手分けして現場の保存にかかり、ひとりは荒川北署に無線で連絡した。佐野たちはウエストタワーのエントランスホールに移動させられ、救急隊員たちは引き上げていった。とにかく、植え込みのあいだで死亡している若い男性がどこの部屋の誰なのか、それを突き止めなければならない。

一度帰宅して着替えた佐野は、ふたりの警察官に同行して、二十五階から十三階までの各室を訪ねていくことになった。一方で、事情を知ろうと管理人室を訪れる入居者たちも多く、ウエストタワー内は混乱していた。

ヴァンダール千住北ニューシティの住み込み管理人は妻帯者であることが条件で、佐野も当然結婚していたが、当時、妻の昌子《まさこ》は乳ガンの手術のため入院中だった。佐野夫妻のひとり娘である雪美《ゆきみ》は二十歳の短大生で、管理人室での応対は彼女が一手に引き受けた。

「何が起こったのかはっきりしなかったから、不安ではあったけど、それほど怖くはありませんでした。それに、事件だとしても、もう警察の人たちも来てましたから」

雪美がひとりで管理人室にいるところに、二〇二三号室の葛西美枝子から、何か事件が起こっているようだが、先ほど利用したとき、四号エレベーターの箱の床に血痕《けっこん》らしいものがあるのを見つけたという電話がかかってきた。雪美は驚いて、葛西に、今お巡りさんたちが上にあがっていったから、話してみてくださいと言った。

葛西美枝子は電話を切ると、二十階のエレベーターホールに出た。三号エレベーターがまっすぐあがってくるところだった。急いで「上」のボタンを押すと二十階で停まってドアが開いたので、なかにいる警察官たちに、手早く事情を話した。警察官たちが四号エレベーターに乗り換えると、そこには確かに血痕のような染《し》みがあった。葛西が降りた後、今の騒動で何度か運行され、人が乗り降りしたために、血痕は乱れていた。警察官はすぐに四号エレベーターを封鎖した。佐野が手動で箱の動きを停め、一階に固定した。

葛西美枝子は、帰宅するときに耳にした救急車のサイレンも、続いて近づいてきたパトカーのサイレンも気にしていて、それで管理人室に電話したのだった。葛西の身元を確認し、彼女から二〇二五号室の前でも血痕らしいものを見たと聞くと、警察官たちは二〇二五号室から訪ねていくことを決めた。

この段階ですでに葛西は、血痕を見つけたとき室内には明かりが点《つ》いていて、人がいたようだということを話している。しかし――

「管理人室に電話した後、エレベーターホールに行くとき、やっぱり二〇二五号室の前を通ります。そのときに見たら、門扉《もんぴ》は開けっ放しだったし血痕みたいなものも落ちていたけれど、ドアはきちんと閉まっていました。おやっと思って、そのことも警察の人と佐野さんにお話ししたんです」

美枝子も同行し、警察官たちは佐野を先頭に二〇二五号室に向かった。美枝子の言葉どおり、門扉は廊下に向かって開け放されたままになっており、床には血のようなものが数滴落ちていた。すでに乾きかけている。

それを目にしたとき、佐野は、

「なんだか嫌な予感がしました」と言う。

「誰かが病気で入院したとか、交通事故に遭ったとか、そういう悪い報せの電話がかかってくるとき、最初のベルがリンと鳴ったのを聞いただけで、ああこいつはよくない電話だぞって判《わか》ることがありますよねえ。うなじのあたりがすうっと寒くなるっていいますか。ちょうどそれと同じような感じでした」

玄関のドアはきちんと閉まっている。警察官たちは、二〇二五号室の住人について、佐野に質問した。表札は出されておらず、佐野もすぐには記憶をたどることができなくて、

「正直言って、あわてってしまいました。二〇二五号室は人の出入りが激しかったですからね」

ヴァンダール千住北ニューシティの管理規約によれば、入居世帯は管理事務所に、その世帯の人数、それぞれの氏名、性別、年齢、続柄、職業、緊急連絡先などを一定の書式に記入して提出しなければならないことになっている。管理事務所ではそれを元にヴァンダール千住北ニューシティ住民台帳を作る。

「誰かが買い換えなどで引っ越したり、賃借人が変わったりした場合も、新しい入居者にはすぐに書類を提出してもらうことになっています。なかには、プライバシーの侵害だといって、細かいことを書くのを嫌がる方がおられますが、そういう人にでも、最低限、世帯主の名前とそこに暮らしている人の人数と緊急連絡先だけは書き込んでもらうようにしています。ウエストタワーの場合は、台帳の書き換えや書類の受け取りなどの作業は私がひとりでやっていますから、どの世帯についても一度は情報を目にしている

はずなんですが、なにしろ数が多いでしょう、それに、管理人室と親しくなる家族とならない家族というのがあって、やっぱり親しくなるタイプの世帯のことの方が記憶に残り易《やす》いんですよ」

　二〇二五号室については、佐野はあまりいい記憶がなかった。

「前にも申し上げましたように、二〇二五号室というのは縁起の悪いというか落ち着きの悪い部屋でしてね。分譲時に買った最初のオーナーさんが、まず一年かそこらで手放してしまいました。これはまあ最初から転売目的の人だったんですが、例の総量規制とかで不動産の値がガタガタ下がり始めて、真っ青になったんですね。結局は、分譲時の買い入れ価格から二割以上もさっ引いて、大損して売却したんですが、それだって、『売り抜いた』方ですよ。その後はもっと下がりましたからね」

　二〇二五号室の分譲時の価格は一億七百二十万円である。これが八千二百五十万円で売りに出され、最終的には八千百二十万円で買い手がついた。

「新婚の若いご夫婦だったんで、仰天しましたよ。どうやって購入資金をつくったんだろうって」

　佐野を驚かせたこの若夫婦は、実際にはかなりの資産家の跡継ぎで、資金面には問題がなかった。

「なんですけど、何が悪かったのか、引っ越してこられて間もなく別れ話が出てきましてね」

結局、入居半年後に夫婦は離婚。二〇二五号室は若い妻の物となったが、彼女も一年ほどここに住んだだけで、売却して出ていった。このときの売値が七千二百五十万円。

「下がれば下がるもんだって、いやもうびっくりでした」

三番目の買い手であり入居者であったのが、小《こ》糸信治《いとしんじ》という会社員の一家であった。

「小糸さん……そう、この小糸さんという名字がなかなか浮かんできませんでね。表札があればすぐに思い出したんでしょうが」

それでもあれこれ考えているうちに、確か四十代の夫婦と学校に通っているような子供がひとりいるはずだというようなことを思い出し、警察官に告げた。

「じゃあ、下で亡《な》くなってた若い男の人が住んでいるような家じゃないわけですか」と、警察官は訊《き》いた。

佐野は自信がなくなってきた。ひょっとしたらそうかもしれないけれど、よく判らないと答えた。

「どう頭をひねって思い出してみても、私はこの小糸さんのご主人と会った記憶がないんですよ。奥さんとは一度は会ってるはずですが……手続きとかのためにね。印象が薄いんです。逆に言えば、それだけ大人しい、こっちから見たら手の掛からない入居者なわけでしてね。そんな小糸さんの家で、誰かが血を流したり、ベランダから落ちて死んだりするような騒ぎが起こるかなあって、その点でも自信がなくなってきていました」

それでも、とにかく踏み込んでみないことには話が始まらない。佐野はインタフォンを押した。

二度、三度と押したが応答はない。閉じたドアの向こうで、インタフォンが鳴っているのが聞こえる。

「お巡りさんがドアに耳をくっつけて、何かほかの物音が聞こえないかどうか確かめていました」

ドアノブに触れてみると、鍵《かぎ》はかかっておらず、容易に開けることができた。警察官のひとりが先頭に立ち、佐野が続き、もうひとりの警察官が後ろにつくという形で、三人は玄関のなかに入った。葛西美枝子は廊下で待っていた。

「私が肩越しに振り向くと、葛西さんは泣きそうな顔をして立っていました。この人は関係ないんだから、早くうちへ帰してあげた方がいいんじゃないかなと思いました」

「ごめんください、小糸さん」と、佐野は呼びかけた。「夜分にすみません。管理人の佐野です」

答える声はなかった。

「私は怖くなってきて、繰り返し繰り返し呼びました。玄関はきれいさっぱり片づいていて、下駄箱《げたばこ》の上なんか、何も載せられていなかった。壁に絵もかかっていない。ただ、女物の雨靴が一足、靴脱ぎの端の方に揃《そろ》えて寄せてありました」

二〇二五号室は、専有面積が一〇一・二四平方メートルの４ＬＤＫの造りだ。いわゆる振り分けタイプで、玄関から家の中央をまっすぐに廊下が走り、その突き当たりに広さ約十五畳のリビングダイニングがある。そして廊下をはさんで、玄関から見て右側には台所と洋室がふたつ、左側には洗面所プラス風呂場《ふろば》と、和室と洋室がひとつずつ、それぞれ三つずつの部屋が縦に並んでいる。リビングダイニングと洋室の部分の床は木目のフローリングだ。

「廊下とリビングの仕切りには、ドアがついていますが、そのドアは手前側に開けっ放しになっていました。ですから、廊下のとっつきに立っていると、リビングのちょうど真ん中あたりの様子を見ることが出来ました。明かりが点いていましたからね」

佐野の記憶では、リビングと廊下、そして洗面所の明かりが点いていたという。他の三つの洋室は全部ドアが閉められていたが、洗面所のドアと、和室の仕切りの唐紙だけが開いていた。しかし和室の明かりは点けられていなかった。

「西向きの部屋ですから、リビングの窓も西に面しています。窓が開いて、網戸も開いて、雨風がまともにリビングの床に吹き込んでいました。レースのカーテンがひるがえって、裾《すそ》が床から一メートルぐらい高いところまで吹き上げられていました」

警察官たちは佐野に、この部屋の間取りについて質問した。佐野が記憶の範囲内で説明をすると、彼らは廊下を歩き始めた。まっすぐリビングに向かうのではなく、左右の閉まっている部屋のドアを開けて声をかけ、のぞきこんでいく。

「懐中電灯を点けて、明かりの点いていない部屋のなかをぐるりと見回すんです。スイッチはすぐドアの脇《わき》ですよって声をかけたら、いえ、このままでいいですと言われました。あれは、現場をいじっちゃいかんということだったんでしょう」

警察官のひとりがリビングに入り、こちらに背中を向けてぎょっとしたように立ちすくむのを、佐野は目にした。彼が同僚を呼ぶと、同僚の方も、ちょうど和室の中をのぞきこんでいるところで、

「おい、こっちにもひとりいると、大声で言いました。私は膝《ひざ》ががくがくしてきて、その場に立っているのが辛《つら》くなってきました」

警察官たちは緊張した顔で佐野を振り向くと、彼を呼んだ。佐野は壁に手をついて歩き出したが、すぐに手を引っ込めた。触ってはいけないと思ったのだ。

「お巡りさんが懐中電灯で和室の畳の上を照らしてくれました。散らかった部屋で、真ん中に布団《ふとん》がのべてありましたが、シーツがくしゃくしゃで乱れていました。私には最初、お巡りさんが何を見せようとしているのか判らなかった。でも、懐中電灯の光を目で追いかけているうちに、その輪のなかに、小さい手が見えたんです」

敷き布団の上に、白いガーゼのカバーのかかった毛布がかぶせられている。その端から、布団を摑《つか》むような形に指を歪《ゆが》めた右手がのぞいていた。

「毛布の上を懐中電灯で照らすと、反対側の端に、浴衣《ゆかた》を着た足が二本、にょっきり突き出していました。白くて骨張った足で、ひどく痩《や》せていました」

年輩者のようですねと警察官は言い、室内には踏み込まないまま、小糸家の人ですかと佐野に訊いた。佐野はすっかり動転してしまい、すぐには言葉が出てこなかった。

「小糸さんの家にお年寄りがいたかどうか、覚えがありませんでした。小糸家のことは何から何まで判らないような気がしてきて、私はしきりにお巡りさんに謝っていたような気がします」

警察官は佐野の肘《ひじ》をつかんでしっかりと立たせ、リビングの方へ連れていった。仕切りのドアのところに三人で固まって立った。

「天井の明かりが点いていたので、懐中電灯は必要ありませんでした。何から何までよく見えました」

広いリビングに、家具が点々と置かれている。南側の壁面に添って大画面テレビとコンポーネントステレオが据えられ、その脇でサイドボードのガラスが光っている。左手にはソファのセットとフロアテーブル、右手には食卓と椅子《いす》が四脚。民芸家具調の大きな欅《けやき》の茶簞笥《ちやだんす》が、北側の壁を占領している。

フローリングの床に、カーペットは敷かれていなかった。むき出しの木目の上に、背中をこちらに向け、胎児のように身体《からだ》を丸めて、人がひとり倒れている。女だった。

「お巡りさんがかがんで脈をみていましたが、もう無駄だってことは素人《しろうと》の私にも判りました。頭が――頭の後ろのところが、ぐずぐずに崩れて真っ赤になってるんですよ。その場には、血はあんまり流れていませんでした。こすったような痕《あと》がついていたぐらいでね。ただ、その女の人が着ていた長袖《ながそで》のシャツの襟のところが、元の色が判らなくなるくらい真っ黒に――しみこんだ血が真っ黒になってました」

強風にレースのカーテンが舞い上がる。佐野はベランダの方に目をやった。そこにも、もうひとり男が倒れていた。

「ベランダに上半身を乗り出して、俯《うつぶ》せになってました。なんかこう——一生懸命這《は》っていって、ベランダの掃き出し窓の敷居を半分だけ乗り越えたところで力が尽きたという感じに見えましたがね、床の上に血の痕がついていて、それが重たい物を引きずったときみたいな形になっていたんで、自分で這って行ったんじゃなくて、引きずられて行ったんだって判りました。この人は、頭の全体がぐちゃぐちゃに潰《つぶ》されてました」

今でも夢に見ると、佐野は言う。

「夢というか、白昼夢みたいなもんです。空き部屋の掃除をしようと思ってドアを開けると、ありもしないカーテンがひるがえってるのが見えて、頭をぐちゃぐちゃに割られた人がふたり倒れてるんですよ」

警察官たちは慎重に佐野を誘導し、倒れているふたりの顔を見せた。佐野は勇気を振り絞ってのぞきこんだが、どちらの顔にも見覚えがないように思った。

「ふたりとも、目は閉じていました。あれがもし目を開いてたら、私は逃げ出してたでしょうね」

警察官たちは、小糸夫妻ですかと訊いた。佐野は判らないと答えた。年格好はあっているように思えるが、顔が確認できない。

「ベランダに出ると、顔をあげているのが難しいほどの吹き降りでした。何に使うのか、青いビニールシートが広げてあって、四隅を鉢植えで押さえてあったんですが、その鉢植えごと飛ばされてしまいそうでしたよ」

　三人は現場をそのままに、そっと廊下から玄関へ引き返した。警察官のひとりがその場に残り、もうひとりと佐野は、まだ廊下にいた葛西美枝子を急いで自宅に帰すと、管理人室に降りた。警察官はそこから署に電話連絡をとり、佐野はウエストタワーの住民台帳をめくった。

「二〇二五号室には、間違いなく小糸さん一家の名前が載っていました」

　世帯主・小糸信治、四十一歳、機械メーカー勤務。妻・静子《しずこ》、四十歳、衣料品店勤務。長男・孝弘《たかひろ》、十歳、私立滝野川学院小学校在学。小糸一家が二〇二五号室のオーナーとなって引っ越してきたときの書類の記載である。日付は平成四年四月一日。

「二〇二五号室のリビングで殺されていた男と女は、年齢的には小糸さん夫妻であってもおかしくなかったんですよ。ただ、私には顔が判《わか》らない」

　小糸夫妻の顔を知っているであろう、隣近所の住人に確認してもらうしか方法はない。佐野は、ひどく無力で後ろめたい思いにとらわれながら、管理人室に待機した。

「そうしているうちに、警察の方が、次から次へとやって来られました。何分にもこんなことは初めてなんで、どなたがどこのどういう人なのかよく判らなくてね。言われたとおりに動いているだけでしたが……。ただ鑑識の人ってのは、本当にドラマと同じような青い作業服を着てるんですね。なんか、テレビを観《み》てるような感じがしましたなあ」

午前二時四十分から三時までの二十分間に、押っ取り刀の所轄《しょかつ》の荒川北署の刑事課に続き、殺人などの重大事件の初動捜査を受け持つ警視庁機動捜査隊と、当直の鑑識課がヴァンダール千住北ニューシティに到着している。確かに、迎える側の佐野たちは、暴風雨のなかでのこの物々しい捜査開始に、ただ目を見張っているしかなかったに違いない。

午前三時半までには、警視庁捜査一課の、この件を担当することになった四係の刑事たちも現場に集合した。雷はやんだものの、風雨はますます激しく、誰もが現場までの足の確保に苦労していた。

ところで、この夜現場に最後に臨場したのは東京地検の担当検事だったのだが、この到着を、二〇二三号室の葛西美枝子が、ウエストタワーのエントランスホールに立って、たまたま見かけていた。

夫の一之に、うちでこうしていても仕方ないから様子をみてみようと誘われたが、二〇二五号室では警察官が頑張っていて、なかをのぞいてみることはおろか、前の廊下を通ることもできない。騒ぎは拡大しつつあり、近隣の部屋の人びとも廊下に出てきていたが、事情がわからないままに話し合っていてもらちが明かない。とりあえず管理人室へ行こうと、着替えも済まさないまま、また一階に降りていたのである。

「でも管理人室にも警察の人たちがいて、佐野さんがなかにいるのは見えるんだけど、とても声をかけられるような状態じゃなくて。仕方ないので、パトカーの周りで人が動き回っているのを見ながら入り口のドアのところに立っていたら、きっちり背広を着た男の人がタクシーから降りてきて、迎えに出ていた人が傘をさしかけていましてね。急ぎ足で西側の植え込みの方へ歩いていきました」

一之は、事件だから、刑事がいっぱい集まってきてるんだろうと言ったが、美枝子はそうは思わなかった。

「刑事さんがやってきたという雰囲気と、ちょっと違ってたんですね。もっと偉い人という感じがして」

葛西美枝子は、仕事ではPR誌の編集を手がけているが、個人的には推理小説が好きで、かなりの数を読んでいた。以前読んだもののなかに、検事が主人公の作品もあった。

「それで思いついて、主人に、あれは刑事さんじゃないわよ、きっと検事さんよと言いました」

一之は驚き、なんで検事が事件現場に来るんだよと質問した。美枝子は、問題の推理小説の筋立てを思い浮かべながら言った。

「大きな事件の時には、検事さんも来るのよって答えて——どんどん怖くなってきてしまいましてね。さっき二〇二五号室の前にいたときも心配だったけど、あのとき思っていた以上に大変な事態になってるんじゃないかって思って……。管理人室の佐野さんの顔色は、灰みたいに真っ白でしたし」

二〇二五号室はすぐ近くの部屋であることも、今さらのように気味悪く思える。できるだけ早く詳しいことを知りたいと、美枝子は震えながら考えていた。

ところがその管理人の佐野も、二〇二五号室でいったい何が起こっているのか——肝心の「死んでいるのはどこの誰か」ということについてあやふやなまま、混乱の渦中《かちゆう》に身を置いていた。

「それでもあのときは、二〇二五号室のあの人たちが、全員、四人とも小糸家の人たちじゃないなんてことは、想像もしていませんでした。いえ、そんなの想像できるようなことじゃないですよ。知らない間に、居住者がそっくり入れ替わっていたなんてね。とんでもない話でした」

2　入居者

　東京都武蔵野《むさしの》市吉祥寺本町の、五日市街道沿いの小さな貸しビルの四階に、『はましま学習教室』という白地にグリーンの文字の看板がかかっている。生徒たちに『はま塾』と親しまれるこの教室に、昭和六十三年から専任の教師として勤務するひとりの女性教師がいる。小糸貴子《たかこ》、五十三歳。事件現場であるヴァンダール千住北ニューシティ・ウエストタワー二〇二五号室に、その当時「入居していることになっていた」小糸家の世帯主、小糸信治の実姉である。

　はましま学習教室は、いわゆる一般の進学塾とはその方針を異にしており、小中学校の学習カリキュラムのスピードについてゆくことのできない子供や、いじめや教師との葛藤《かっとう》などのために学校に行くことができなくなってしまった不登校児を受け入れ、彼らが彼らのペースで必要なだけの教育を受けられるようにという目的で設立された。教師と生徒たちとの距離がごく近いために、たとえば急病や事故、家庭内での喧嘩《けんか》や家出などのトラブルの際に、生徒の家族や生徒本人が助けやアドバイスを求める電話をかけてきたり、直接訪ねてきたりすることも少なくはない。そのため、六月二日午前二時半過ぎに、寝室の枕元《まくらもと》の電話が鳴りだしたときも、小糸貴子は、とっさに、そういう用件のものだろうと思った。

常識はずれの時間帯だが、緊急事態ならばあり得ることだ。貴子が寝室に電話を引いているのも、この種の事態に即対応することができるようにという配慮からだった。熟睡していたので、すぐには目が開かない。手探りで受話器を取った。

聞こえてきたのは中年男性の落ち着いた声で、丁寧な口調で、貴子が小糸貴子であるかどうかを確認した。そして貴子が尋ねる前に、身分を名乗った。

「警視庁荒川北署刑事課の——そう言われたとたんに、頭のなかが真っ白になるような気がいたしました。てっきり、うちの子供たちが何かの事件に巻き込まれたんだと思いまして」

しかし、先方の話を聞いてみると、どうも違う用向きのようだった。弟の信治一家に関わることのようである。

「弟たちに何かあったんでございますかと訊《き》きますと、それがまだよくわからない、ただ、弟さんご一家のマンションの室内で何か事件が起こったらしく、人が何人か倒れている、と」

この電話は、荒川北署の警察官が、ウエストタワーの居住者名簿の小糸家のページの「緊急連絡先」電話番号にかけたものであった。小糸貴子は、弟が緊急連絡先として彼女の自宅の電話番号を登録していたことを、このとき初めて知った。

「警察の方は、信治さんの現住所は、ヴァンダール千住北ニューシティ・ウエストタワーの二〇二五号室に間違いないですねと訊いてきました。引っ越したという報《しら》せだけは受けていましたから、そうですと、わたしは答えましてね。実は弟とは、もう何年も会ってなかったし連絡もとりあっていなかったんです」

貴子が、弟たちの身に何かあったのかと尋ねても、電話の向こうの警察官は先ほどと同じことを説明するだけで、はっきりしたことは教えなかった。二〇二五号室の三人と、ベランダから転落したひとり、計四人が既に死亡しているということについても、貴子は知らされなかった。ただ「倒れている」という言葉だけである。

とるものもとりあえず、小糸貴子はヴァンダール千住北ニューシティに向かうことになった。しかし彼女は、今までたった一度しかこのマンションを訪ねたことがなかった。なぜならば、弟一家がこのマンションを購入するという出来事がきっかけとなって、貴子は弟と絶縁状態になったからである。

「自家用車で参りますというと、電話の方が道を教えてくださいました。事情はさっぱりつかめませんし、信治や静子さんはともかく、孝弘《たかひろ》のことが心配で心配で、生きた心地がしませんでした」

武蔵野市から荒川区まで、道のりは遠い。しかも荒天下である。ひどく神経の疲れる道中だったが、一方で貴子は、四年前の正月明け早々、やはり夜中のこれくらいの時間に、信治からかかってきた電話のことを思い出していた。

「夜中の三時にいきなり電話をかけてきて、姉さん、マンションを買うんだけど資金が少し足らないんだ、少しまとまった金を貸してくれないかと、そういう話でございましてね」

小糸貴子・信治は、八歳違いの姉弟《きようだい》である。両親は埼玉県越谷《こしがや》市内でクリーニング店を営んでいた。仕事に忙しい母親に代わり、貴子は子供のころから信治の面倒をよくみた。彼の性格についてはよく承知しているつもりである。

「信治には気の小さいところがございましてね。せっかちなんです。気が短いからせっかちなんじゃなくて、何か思いつくと、それが本当に上手《うま》くいくかどうか、早く確かめないと心配で心配でいてもたってもいられなくなるんですね。わたしもそのことではよく叱《しか》りましたけど、大人になっても治りませんでした。仕事の面では、そういう気の小ささがいい方に出て、万事に遺漏がございませんでね、特に営業部にいるときは、お得意先からの受けがよかったようで、本人も自慢しておりましたですけれども」

深夜の借金申し込みの電話に、貴子は腹を立てた。あんたは相変わらずだと怒ってみたが、信治は笑っていた。それより貸してくれるのかと、急《せ》いたような、ひどく陽気な口調で何度か訊いた。

「すごくいい物件なんだ、静子も気に入ってるから絶対に欲しいって、そりゃもう熱を入れてしゃべりましてね。あれこれ算段してみたけど、あと五百万足りないんだよ、だから貸してくれないかと、ケロリと言うんです。わたしは髪の毛が逆立ちそうになりました」

五百万という大金を、右から左に都合できるわけがない。だいいち、五百万足らないというのは、「資金が少し足らない」というレベルの話ではないと、貴子は怒った。

「弟は、お金の苦労を知らずに贅沢に育ったお坊《ぼ》っちゃんではないんですよ。むしろ、まったくその逆です」

小糸貴子は、腹立たしそうに語気を強めて話す。

「小さいクリーニング屋ですから、生活自体がずうっと質素でございましたしね。おまけに、両親は、わたしが二十四歳のときに相次いで亡《な》くなりました。当然、信治はまだ学生でしたし、店は両親が病気がちになって以来ほとんど開店休業のような状態で、そちらからの収入はほとんどありませんでね。保険金でどうにか借金だけは返せましたが、なにしろお金に困りまして……。わたしはもう教職についていましたが、お給料だけで信治の学費までまかなうのはとても無理で、結局三年で大学を中退することになりました」

その後、信治は東京都内の機械メーカーに就職し、会社の独身寮に移り住む。安月給だと嘆いては、しきりと貴子に小遣いをねだりにきた。

「しょっちゅうお金がない、お金がないとこぼしているわりには、一枚五万円もするようなシェットランドのセーターを着ていたり、管理職の方でも持っていないようなアタッシェケースをさげていたり、めちゃくちゃでした」

信治の金遣いの荒いことを、貴子は始終叱っていた。分相応の生活をしろと、幾度も説教をした。

たいていの場合、それらの説教を、信治は笑って聞いていた。小遣いをねだりつつ、出世払いで返すからというような台詞《せりふ》を吐くこともあった。一度、骨身にこたえるような経験をしないと、芯《しん》から判《わか》ってはくれないのじゃないかと、貴子は不安を感じていた。

それでもこの当時は、姉弟の仲はまだかなり親密であった。なにしろ姉ひとり弟ひとりである。三十歳をすぎても独身の貴子を心配したのか、誰かいい人はいないのか、見合いでもしたらどうかと、しきりと言われたのもこのころのことだ。

小糸貴子は、その話をするときだけは、今でも笑顔になる。

「俺の会社の先輩を紹介するとか申しましてね、銀座のレストランに呼び出されたことがありました。それがなにしろお高価《たか》い店で、いったいどうやって払うつもりなんだろうと、わたしはそっちの方ばかり気にしておりました。もちろん、その先輩の方とはお付き合いもしませんでした。なんだか妙に、ワインとかお料理に詳しい方で、贅沢をし慣れているような態度をとっておられましたけれど、それがわたしには癇《かん》に障《さわ》りまして」

実際、クレジットカードで支払ったその夜の飲食代金の決済に困り、信治はあとで貴子に借金に来た。その種のその場しのぎの贅沢好きが、彼の生活のなかに、一朝一夕では追い出すことができないほどにしっかりとしみこみ、根をおろしている様子であることを、当時の貴子は深く懸念《けねん》した。

「それに、類は友を呼ぶと申しますからね……」

信治が二十七歳、貴子が三十五歳の春、彼は貴子に、「婚約した」と知らせてきた。

木村静子という二十六歳の女性で、職場の同僚だという。

婚約の話自体が寝耳に水だっただけでなく、静子の側の両親にはすでに会って結婚の許しを得ており、挙式の日取りも決まっていると告げられて、貴子は仰天した。そのうえ、弟の伴侶《はんりょ》となる女性から受けた第一印象が、きわめてよくなかった。

「あのころから、静子さんは派手好きで」

静子の身につけているブランド物の衣服や装飾品が、貴子の目には分不相応のものに見えたのだった。

「信治がああいう性格ですから、せめてお嫁さんには地味で家計の切り回しのしっかりした人をと望んでいました。ですからがっかりいたしましたよ。聞いてみると、ごく普通のサラリーマンの家庭にお育ちということでしたのに、やっぱり今時の人はみんなこうなのかしら、でも堅実な人もいるはずなのにって、あれこれ考えて眠れませんでしたわね」

幸い、信治は営業能力には長《た》けており、会社でも仕事はよくこなし、少しずつだが収入もあがっていた。夫妻は結婚後しばらくのあいだは共働きをしていたが、三年後に静子が妊娠して退社、やがて長男の孝弘が誕生する。この年、信治は営業部から企画部へ異動、肩書は企画部次長だが、事実上はひとつのグループを任される形となった。

しかし、順調に出世街道を歩む信治については、あれこれ心配することも少なくなったものの、貴子には新たな悩みが生まれた。赤ん坊の孝弘である。

「静子さんは孝弘に、できる限りの英才教育を受けさせたいって申しました。わたしも教師の端くれですから、親御さんが教育熱心であることを、悪いとは申しません。でも、ただお金をかければいいってもんでもないでしょう」

孝弘が一歳の誕生日を迎えるまでにも、赤ん坊の玩具《がんぐ》や衣服のことで、しばしば口論に近い状態になったことがあった。静子と静子の両親が、安全性や使い勝手の良さなどよりも、みてくれや値段ばかりを気にしていたからだと、貴子は話す。しかし、最初の決定的な対立は、孝弘が一歳四カ月のときに、静子が彼を「プライマリー・ベビースクール」に入学させると言い出したときに起こった。

就学年齢どころか幼稚園に通う年齢にも達していない幼児を、将来レベルの高い私立の幼稚園や小学校に入れるためという目的で、そんなわけのわからないベビースクールへ放り込むなどという行為は、貴子の常識のなかには存在していなかった。そこでいったい何をさせるのか、そのベビースクールはどういう資格を持った人物が経営しているのかと、しつこく質問した。当然、現役の小学校教師だった貴子としては、その立場からも黙っていられないと思ったのである。

しかし、静子と彼女の両親は強硬だった。多くの著名人の子供たちが通ったベビースクールだからと、貴子の物言いを突っぱねる。年間五十数万円の費用も、静子の両親が払うという。

「あのあたりから、いろいろなことがはっきりと目についておかしくなってきたんでした」

結局、孝弘はプライマリー・ベビースクールへ入った。保育園も幼稚園も、そのベビースクールからの受験生の多い私立へ進み、さらに小学校も有名私立校をいくつか受験する。すべて、大学までエスカレーターのシステムの学校ばかりである。

「小学校のときも、慶応慶応って騒いで、でも幼稚舎には落ちまして、それで滝野川学院に入ったんですが、はっきり言って、あそこは私立でも三流の学校です。あんなところにわざわざ通わせるくらいなら、地元の公立学校の方が遥《はる》かにいいと、教師の立場でわたしは思いました。でも静子さんには、子供を私立に通わせているという気分が必要だったんでしょう。まわりの奥さんたちに自慢できますものねえ。あの人は、孝弘のためを思ってたんじゃありません。自分の見栄《みえ》を満足させること、そっちの方が大事だったんです」

ここまで、孝弘の教育に関しては、静子と彼女の両親が前面に出ていたように記述してきたが、実際、父親の信治は、会社での地位があがってゆくのに比例して多忙さも増し、家庭内のことは静子に任せきりの状態になっていたのだった。

「一度だけでしたが、信治が電話でわたしに愚痴ったことがありました。家に帰ってもあまりくつろいだ気分になれない、早くもっと偉くなって高い給料をとってくれないと困るというようなことばっかり言われる、とね。静子さんの言いなりになって、わたしの言葉に耳を貸さないからこういうことになったんだ、自業自得《じごうじとく》だとは思いましたけれど、やはり弟のことですから、可哀想《かわいそう》になりました」

ところがその数日後、姉弟でそういう話をしたということが静子に伝わった。おそらく、静子に対して面白くない気分が溜《た》まっている信治が、夫婦喧嘩《げんか》のついでに、不用意に「姉さんだってこうこう言っていた」とでも漏らしたのだろう。激怒した静子は、貴子に電話をかけてきた。

「お義姉《ねえ》さんは、自分がずっと独身で寂しいもんだから、あたしたちに焼き餅《もち》をやいてちょっかいを出すんでしょう、もう放っておいてくださいと、怒鳴られました」

この一件以来、貴子と信治一家は急速に疎遠《そえん》になっていった。だから、平成四年の正月明けの信治からの電話も、ずいぶんと久しぶりのものだった。

「静子さんはともかく、信治や、わたしにとってはたったひとりの甥《おい》っ子の孝弘のことは、ずっと気になっていました。それなのに、こっちが『元気にしてる?』と訊く暇もないくらいせっかちに、『五百万円貸してくれ』でしょう?　開いた口がふさがりませんでした」

あんたたちは相変わらずだ、五百万円も資金が足りないということは、そもそもその物件があんたたちには手の届かないものだということなんだ、借金して何とかしようなんて思わないで、諦《あきら》めなさい——

貴子は叱りとばしたが、信治はめげる様子も見せず、それがいかに素晴らしい物件であるか、孝弘にどれほど理想的な環境を与えることになるかと、とうとうとまくしたてた。

今さら説明を加えるまでもなく、このとき小糸信治が購入しようとしていたこの「素晴らしい物件」が、ヴァンダール千住北ニューシティ・ウエストタワー三〇二五号室である。

腹を立てながらも、貴子は辛抱強く弟を誘導し、物件の名前や所在地、販売価格、現在の資金繰りや融資の目処《めど》について、細かいことを聞き出した。

「聞いているうちに、呆《あき》れるだけでなく、空恐ろしくなってきてしまいました。七千二百五十万円だっていうじゃありませんか。元は億ションだったんだよ、それが七千五百万を切ったんだ、掘り出し物だって、信治がバカみたいに浮かれてるもんですから、わたしは言ってやったんです。一億円だって七千五百万円だって、わたしたち一般庶民にとってはどっちも届かない額のお金だ、掘り出し物だなんて考えること自体が間違ってるって」

すると信治は大笑いした。

「姉さん、もう一般庶民なんていう言葉は死語だよと申しました。姉さんは長いこと先生ばっかりやってるから、浮き世離れしてるんだって」

貴子が小学校の教師を辞め、『はましま学習教室』に移ったときも、そんなオチコボレの子供を相手に塾なんかやったって儲《もう》かるもんか、どうせなら進学塾の教師になれと、さんざんケチをつけた信治であった。貴子は、自分と弟が、まったく別の理念で動く世界に生きているということを、今さらのように悟った。

それに、七千二百五十万円全額を俺たちで都合しなきゃならないわけじゃないんだと、信治は説明した。

「静子さんのご実家が、実は多少の資産家でしてね。それでまあ、今までも、孝弘にかかるお金も払ってくれたりしていたわけですが、今度のマンションを買うことについても、ご両親からの援助がもらえるというんです」

静子の父親が、自分名義の土地を売却し、その代金を贈与の形で静子にくれたという。

「前々から、遺産の形で相続するのを待っているのは嫌だから、贈与にしてくれって、ふたりで静子さんのご両親に頼んでいたんです。財産分けなんだからいいじゃないかとね。その話は、わたしも前から聞いて知っていました。でも、いくら静子さんに甘いご両親でも、さすがにこれには渋っておられたみたいでして」

小糸静子には弟がひとりおり、この弟が実家の跡取りである。彼が姉への資産の贈与に大反対していたことが大きな理由であった。

「実家からお金がもらえさえすれば、マイホームを買う話だって、もっと以前に実現していたんじゃありませんかしらね」

しかし今回は、難物の弟の説得に成功したらしい。

「平成四年でございましょ。バブルがはじけて、土地の値段がどんどん下がっていた時期でしたわよね。信治と静子さんと一緒になって、弟さんに、もう土地神話は終わった、今後は土地なんて持っていたって何にもならない、今のうちに少しでも早く売ってしまった方がいいって、説きつけたそうですよ。長く持っていれば持っているだけ、ご両親から受け継ぐはずの遺産の総額が目減りしてゆくんだってね。あの人たち、手前勝手な屁《へ》理屈を言わせたら、そりゃもう弁がたつ人たちですから」

このあたり、小糸貴子の弟夫婦を語る舌鋒《ぜっぽう》は非常に鋭い。なぜこれほど酷評するのかという理由については、後に小糸家側の人びとの言い分を詳述する際に説明することにして、ここではとりあえず、もうしばらく小糸貴子の側から見た事態の進展を追ってみることにしよう。

「具体的にはどんなやりとりがあったかは知りませんが、まあ弟さんが折れて、静子さんが贈与を受けることになったと、そういうわけなんだそうでした。あとあと、これがかえって裏目に出ることになるんですけれどね」

このころの事情を思い出すと、今でも感情の高ぶりを押さえられないのか、小糸貴子は口元を震わせて語る。

「それで話を戻しますと、で、ご両親からいくらいただいたのと訊《き》いたら、三千五百万円だというんです。本当は四千万円以上になると思ってたんだけど、税金も高いしなにしろ地価が下がってるから、それで五百万円分不足が出てしまったって言うんです」

小糸夫妻には、頭金に充当できるような額の貯蓄はなかった。ということは、七千二百五十万円のうち、贈与してもらった三千五百万円が自己資金で、あとは借り入れるということになる。

「住宅金融公庫の融資と、仲介の不動産屋が紹介する銀行ローンを組んで、厚生年金から借りて、会社からも退職金の前払いの形で融資を受けて……。とにかく、めいっぱい借りられるだけ借りたという話でした。それでも問題の五百万円が足りない。それをわたしから、というわけだったんですね」

貴子には、とうてい納得することのできない話だった。危険すぎると思った。

「せっかく静子さんのご両親からそれだけの大金をいただくことができたんだから、それを活《い》かして分相応の家を買えと申しました。今なら、五千万円台でいくらでも立派な家が買えるじゃないか、それならローンだって少なくて済むじゃないかってね。信治が会社員としては相当いい年収をとっていることは承知していましたが、それにしたって、全体で四千万円近い借金を背負うのは滅茶苦茶ですよ。第一、どうしてそんな高級マンションじゃなきゃいけないんでしょう」

貴子から借金をすることはできない――少なくとも、ヴァンダール千住北ニューシティ・ウエストタワー二〇二五号室を購入するための資金は引き出せない。それを納得すると、小糸信治は電話を切った。

「切る前に小声で、静子には姉さんにだけは頼むなと言われてたんだけど、いろいろ考えて眠れないでいるうちに、つい我慢できなくなって電話してしまったんだと申しました。わたしはなんだか切なくなってしまって、信治は人生を誤ってるんじゃないかと思いましてね、電話の前でしばらく頭を抱えておりました」

ところが、それから一週間ほどして、信治はまた電話をかけてきた。金は都合がついたから、この前の件は忘れてくれというのである。

「都合がついたって、どうしたの、どこから借りたのと訊いても、答えてくれませんでした。大丈夫だよ、もうすぐ契約なんだよって、またぞろ浮かれた口調になっていましてね」

貴子には、いっこうに「大丈夫」のようには思えなかった。当てずっぽうに住宅情報誌を買って調べてみると、ヴァンダール千住北ニューシティの物件がふたつ売りに出されているのを見つけた。どちらも二十五階の３ＬＤＫと４ＬＤＫだ。価格は七千八百万円と八千九百五十万円。信治たちが買おうとしている物とは別物件だろう。賃貸の方にも出ていた。１ＬＤＫで家賃二十三万円、管理費別――

貴子にとっては、いずれも「思考の外」の金額である。そのうえ、「二十五階」という数字が貴子の心を乱した。超高層マンションなのだ。まだ十歳の孝弘の心と身体に、そんな高い建物内での暮らしが何か悪影響を及ぼしはしないだろうか。

くよくよと心配しているのにも疲れ、翌週の日曜日、貴子はヴァンダール千住北ニューシティへ行ってみることにした。住宅情報誌に載っていた住所を手がかりに荒川区の地図を調べると、地図の上にも載せられているほど大規模なマンションだということがわかった。

その日は晴天で、北千住の駅のホームに降りると、ヴァンダール千住北ニューシティの東西のタワーが、何か非現実的な門の門柱のように空を区切って立ちはだかっているのが見えた。貴子はひと目で、わたしだったらあそこには住めない、頼まれても御免だと思った。その気持ちは、駅前からタクシーに揺られ、ヴァンダール千住北ニューシティに近づいてゆくにつれて、さらに強まっていった。

「タクシーの運転手さんが地元に詳しい人で、元は化学染料会社があった場所を再開発して建てたマンションだと教えてくれました。豪華ですよねえって、感心したような口調で言ってましたよ」

確かに豪華は豪華だ。しかし、貴子は気に入らなかった。周囲の町の景色のなかから異様に浮き上がって見える、ヴァンダール千住北ニューシティの立ち姿が。マンションの敷地をぐるりと囲んでいる灰色の塀が。ヴァンダール千住北ニューシティから北千住の駅まで、特別にあつらえましたとでもいうようにきちんと舗装された化粧タイル貼《ば》りの歩道が。

「その歩道を見ていると、『オズの魔法使い』を思い出しましたよ」と、貴子は言う。

「あのお話に出てくる、黄色の煉瓦《れんが》の道をね」

ユートピアへと続く特別の道——

「わたしには、鼻持ちならない感じがしました」

ヴァンダール千住北ニューシティへ向かう道路の両脇《りょうわき》には、モルタルの古い一戸建てや、錆《さ》びた外階段に鉢植えをぶら下げた共同アパートや、作業着や軍手を並べたトタン屋根の店や、草ぼうぼうに茂った空き地が見える。ヴァンダール千住北ニューシティは、景気の急落に翻弄《ほんろう》され疲れ果てた工場町が見る夢のなかの理想の姿のように、低い屋根と電信柱の連なりの上に、あくまでも清潔にそそりたっていた。

貴子が訪問した当時、ヴァンダール千住北ニューシティ管理組合は敷地を「開放」しており、気兼ねなしに敷地内の緑地帯まで入っていくことができた。居住者らしい若い主婦が植え込みの脇に自転車を停めて立ち話をしていたり、幌《ほろ》付きトラックに商品を満載した八百屋が、中央棟の前で店開きをしていたりした。子供たちもそこここで、キャッチボールをしたりローラースケートをしたりして遊んでいる。

それらの生活の匂《にお》いのする眺めが、わずかだが貴子を慰めた。確かにこの広い敷地内ならば、孝弘も交通事故の心配などなしに安心して遊べるかもしれない——

だがその一方で、たとえば滝野川学院への通学はどうなるだろう。今も電車通学だが、乗り換えがさらに多くなる。通学に時間がかかれば、それだけ家で過ごす時間が減り、マンションのなかで友人をつくる機会も少なくなる。敷地内にきれいな公園があったとしても、一緒に遊ぶ友達がいなければ何の意味があろう。

信治と静子の顔を思い浮かべて、貴子は苦い思いを噛《か》みしめた。孝弘に素晴らしい環境を与えてやることができると言っていたけれど、あの人たちの考える「素晴らしい」とは、何が基準になっているのか。

その晩、帰宅した貴子は、本当に久しぶりに信治の家に電話をかけた。日曜の夜のことで、さすがの信治も家にいた。電話に出た彼は、貴子がヴァンダール千住北ニューシティを見に行ってきたと話し始めると、にわかにあわてた口振りになった。

そばにいる静子の耳を気にしているのだ。貴子は、義姉さんにだけは資金繰りの相談をするなと言ったという静子の気持ちを、貴子なりに理解していた。そりゃあそうだろう。貴子がずっと口うるさく非難してきた「分不相応の贅沢《ぜいたく》」を、それも「家」という一生涯の買い物をするという局面になって、またぞろやらかそうというのだ。貴子に向かってだけは、死んでも「お金が足りないから貸してくれ」とは言いたくなくて当然である。

しかし信治は話し、貴子は聞いてしまったのだ。聞いた以上は、こちらの言いたいことは言わせてもらう。おろおろしながらごまかそうという気配の信治に、静子さんを電話に出してくれとはっきり言い渡した。信治は渋ったが、会話の様子から事情を悟ったのか、静子が自分から電話口に出てきた。

「静子さんがとってつけたみたいな挨拶《あいさつ》をするので、そんな前置きは要らない、わたしがなんで電話したか判ってるんでしょうと訊きますと、がらりと態度が変わりました」

このときの静子とのやりとりを、実はあまり思い出したくないのだと、小糸貴子は言う。貴子が信治からの借金の申し入れを断ったことや、ヴァンダール千住北ニューシティまで足を運んで現地を見てきたことなどを話すと、静子はにわかに感情的になり、貴子を攻撃するようなことばかりを言い出した。そのひとつひとつが、今でも嫌な記憶となって残っている。

「何度も繰り返し言われたのは、『お義姉《ねえ》さんはずっと独身だから、家庭や子供のことなんか何も判っていないんだ』ということです。『子供を持ったことのない人に、子供の将来を想《おも》う親の気持ちなんか判らない』――この一点張りでした。わたしは別に、あの人たちがマイホームを持つことを悪いと言ったわけじゃありませんよ。ただ、あんなバベルの塔みたいな超高層マンションで暮らすことが本当に孝弘のためになるのかどうか。しかもそのマンションを買うためには、もの凄《すご》い額の借金を背負うことになる――そのふたつが心配で、それを言っているのに、静子さんはそのへんを完全にごちゃまぜにしてしまって、挙げ句には、『お義姉さんはわたしがお義姉さんから信治さんを奪ったから、それでわたしを憎んでわたしたち夫婦のあいだを裂こうとしてるんだ』なんて言い出しましてね。それも、女子学生みたいにわあわあ泣きながらですよ。わたしはげんなりしてしまいました」

結局、話し合いにもならないままに電話は切られ、小糸貴子の憂鬱《ゆううつ》は一向に晴れないこととなった。数日間、ひとりで頭を冷やしたあと、貴子は思いきって弟夫婦の家を訪ねることにする。

「そのころは、あの人たちは世田谷の上野毛《かみのげ》に住んでいました。民間の賃貸マンションでしたが、信治は、会社から家賃を払ってもらっているんだと言ってましたので、いわゆる借り上げ社宅という形だったんでしょう。孝弘が生まれて以来、ずっとそこに住んでいました。普段からあまり行き来がないとは言っても、過去に何度か訪ねたこともありました。その日は、静子さんが夕食の支度に忙しくなる前の、午後三時ぐらいの時間を選んで訪ねたんですが、あらためてしみじみと建物全体を見回しましてね、管理のちゃんとした、きれいなマンションだし、何もあわてて引っ越さなくたっていいじゃないかって、また思ったものです」

貴子にとって意外なことに、小糸家のインタフォンを押しても応答がなかった。静子は不在らしい。買い物かと思って玄関先で待ってみたが、小一時間経《た》っても帰ってこない。

「そうこうしているうちに、孝弘が学校から帰ってきたんです。制服にランドセルを背負いまして、バス停からこっちに向かって歩いてくるんですよ」

伯母の顔を見て、孝弘は駆け寄ってきた。

「おばさんどうしたのって、心配そうな顔でした。小学生の子供だって、このあいだの電話の様子から何かあったって察しがついたんでしょう。お母さんに会いに来たって言ったら、ママはまだまだ帰らないよって」

貴子は知らなかったが、小糸静子はこのころ、新宿のデパート内にあるブティックで働いていたのである。勤務は平日のみだが、時間は午前十時から午後六時まで。当然、孝弘が帰宅するときには不在である。

孝弘が鍵《かぎ》を開けてくれたので、貴子はやっと家のなかに入ることができた。

「それがもう、乱雑でしてね……。流しにはお皿が山になってますし、レンジの油汚れなんかこびりついたままだし、お手洗いもお風呂場《ふろば》も水垢《みずあか》で汚いし、とにかくそこらじゅう埃《ほこり》だらけ。洗濯機の上まで埃が溜《た》まってるんで、ママはお洗濯しないのって、思わず訊いてしまいました」

すると孝弘は、ママはお勤めするようになってから、くたびれるから洗濯はしない、クリーニング屋さんに全部出してると答えた。さらに孝弘は、これから英会話の塾に行くので、のんびりはしていられないという。

「英会話塾と水泳スクールで、夜九時までかかるっていうんですよ。どっちもバスに乗らなきゃ行かれない場所にあるんです。おやつや夕飯はどうするの、おなかすくでしょうって訊いたら、ママが何か冷蔵庫へ入れておいてくれるから、それを温めて食べるんだって。涙が出そうになりました」

冷蔵庫にはサンドイッチが入っていたが、手作りではなく、買ってきたものだった。それをインスタントのスープといっしょに食べて、孝弘は出かけていった。

「何か温かいものをつくってやりたかったんですが、孝弘が、とにかく時間がないって急いでましてね。あの子を送り出した後、わたしは猛然と腹が立ってきて」

　ママの帰りを待つからと、貴子はひとりで小糸家に残った。そして、「腹立ちをエネルギーにしまして」、大車輪で家中を掃除した。台所や風呂場の隅々まで片づけ、洗面所の隅に積み上げてあった洗濯物を洗う。それを乾燥機で乾かしてから、アイロンをかけているところへ、静子が職場から帰ってきた。夜八時を過ぎていた。

「今でもよく覚えていますよ。まっ黄色のスーツを着てました。カナリアイエローとでも言うんですか。きっちりお化粧しましてね、香水もつけてました。アタッシェケースみたいなかばんをさげて、外側だけ見たならテレビのニュースキャスターみたいでしたね」

　義姉《あね》の手で片づけられた家の中をひと目見て、小糸静子は激怒した。他人の家に勝手に上がり込んで何をするんだと怒鳴る彼女に負けじと、貴子も声を張り上げた。

「あなたこそ何やってるんですよって、ねえ」

　結局、先日の電話でのやりとりなど問題にならないような激しい喧嘩《けんか》になった。隣の住人が心配して様子を見にくるほどだったという。互いに声を張り上げての非難の応酬の結果、二度とうちには来てくれるなという静子の罵声《ばせい》に送られて、貴子は小糸家を飛び出した。

　その夜は、貴子は信治には会うことができなかったわけだが、あとで彼から電話がかかってきた。

「静子から話は聞いた、これは姉さんが悪い、俺も姉さんを見損なった、もう姉弟の縁は切れたものだと思ってくれと、そう言われました。とりつくしまもありませんでしたよ」

　たったふたりの姉弟ですよと、小糸貴子は強調する。

「それなのに、絶縁です。わたしは信治のため、孝弘のためを思っていたのに、それは何も受け入れてもらえませんでした」

　貴子はその翌日、信治と直《じか》に話をするために、昼休みに彼の会社を訪れた。信治は在社しており、社内のロビーで貴子と会うには会ったが、話し合いには応じなかった。

「信治までが、『家庭を持ったことのない姉さんには主婦や母親の気持ちは判《わか》らないんだ』なんて言い出しました。『他人に勝手に台所や風呂場までいじり回されて、静子がどんなに傷ついたか想像してみろよ』ってねえ。ですけどね、それならわたしにだって言い分はありますよ。静子さんの何が『主婦』ですか。家のなかをゴミ溜めみたいに汚くして、下着までクリーニングに出して、子供には夕飯もつくってやらなくて、そのどこが主婦なんです？　しかもあの人はあの夜、自分は外食して帰ってきてたんですよ。自分だけちゃんとした夕飯を食べてたんです。だから帰りも遅かった。そんなふうで、子供のことを考えてるって威張れますかしら」

　貴子がそれを主張すると、信治は、俺も孝弘も静子のすることに不満はない、そもそもこれは他人に口出しされる筋合いのことじゃないと応じた。

「とにかくもう縁切りだから、俺たちはこの世にいないと思ってくれ、俺も姉さんはもういないと思うからと、そう言われましてね。わたしも、ああこれはもう駄目だと判りました」

こうして、小糸貴子は弟夫婦と絶縁状態になった。ただ、その後、貴子の記憶では四月の半ば頃に、一家がヴァンダール千住北ニューシティ・ウエストタワー二〇二五号室に引っ越したという転居通知の葉書だけは来た。

「当時のわたしには、その通知は、単なるあてつけみたいにしか感じられませんでしたね。そもそもの喧嘩の発端が、あのマンションなんですから。わたしが反対していることも知ってたんですから。それをわざわざ転居通知を送ってくるなんてね」

これが平成四年春の出来事である。そして四年間の音信不通状態の後、深夜に突然、ほかでもないそのマンションの弟夫婦の住まいで、「人が何人か倒れている」という報《しら》せを受けたのだ。

「最初のびっくりが少し静まってくると、頭を働かせることもできるようになりましてね、車を運転しながらあれこれ考えました」

言いにくいことですが、と前置きをして、

「真っ先に思ったのは、一家心中じゃないかということだったんですよ。四年前の、五百万円都合してくれっていう信治からの電話のことを思い出すと、もうそれ以外にはないとまで思えました。やっぱり借金が返せなくなったんだ、首が回らなくなって心中してしまったんだって……。空気がなくなって、息ができないような感じがしましたですよ」

四千万円近い借金を背負ってのマイホーム購入に、やはりもっと徹底して厳しく反対し続けるべきではなかったか。途中で見放した責任が、自分にはあるのではないか。

「特に孝弘のことを考えると、胸が詰まって涙が出てきそうになって……。あの子はもう中学二年生になってるはずだ、どんな男の子になってるだろうって考えました。わたしも意地を張ってしまって、入学祝いもしてやらなかったものだから、何も知らないんですよ。その孝弘が家の中で倒れてるって——そのときはもう、それしか考えられませんでした。弟の家で倒れてるならば、弟と弟の家族だと思うのが当たり前ですものねえ」

小糸貴子がヴァンダール千住北ニューシティに着いたのは、午前四時近い時刻になってのことだった。暴風雨のなか土地鑑のない場所で、何度も道に迷ってしまったために、予定以上に時間がかかったのだ。

「パトカーが門の外に一台停まってました。お巡りさんがライトを持って立っていて、警備をしている様子でした。わたしにはその門を通って敷地内に入っていいのかどうかも判りませんでしたから、近づいていって、そこにいるお巡りさんに事情を話してみると、すぐに道を教えてくれました。こっちは東門だから、ここから遠い方のタワーですよって。車ではなかに入れないというのでそこで停めて、傘をさして歩いてウエストタワーまで参りました」

途中で荒川北署の刑事に声をかけられ、小糸信治の家族であることを告げると、ウエストタワー一階の管理人室まで連れていってくれた。

「タワーの周りのあちこちにパトカーが停まっていました。ほかにも何台か車が見えました。みんな警察の車だったんでしょうね。まだひどい吹き降りでしたが、タワーの下の地面に柱が立ててあって、そこにビニールシートをかけてテントみたいにしてあるところがありましてね。警察の方がその周りで作業をしていました。何だろうと思いました」

これは、二十階のベランダから転落したと思われる若い男性の遺体のあった場所を、風雨から保護するための処置であったが、貴子はまだそのことを知らない。

「管理人室で、荒川北署と警視庁の刑事さんたちにお目にかかりました。管理人の佐野さんにもお会いしました。その時点で判っている限りの事の次第を、そこで初めて教えていただくことができました」

二〇二五号室で中年男女ひとりずつと、七十歳から八十歳くらいの年輩の女性、計三遺体が発見されていること。ほかに、二十歳代の若い男性がひとり亡《な》くなっていること。

彼は転落死のように見えるが、どこから落ちたか、落ちて亡くなったのか落ちる以前に死亡していたのか、厳密にはまだ断言できない。しかし今のところ、少なくとも転落場所については、状況から見て他の遺体が発見されたのと同じ二〇二五号室のベランダではないかと判断するのが自然だと思われること。

「遺体に会いたいと申しましたら、まだいろいろ現場で調べているから、と言われました。管理人の佐野さんがとても気遣ってくださいまして、なんだかわたし以上におろおろなすっておりました」

小糸貴子自身は、現場に着いて事態に直面してからの方が、道に迷いながら車を走らせているときより、冷静になってきていた。腹がすわったとでも言おうか。

「わたしはすぐに、孝弘はどこにいるんでしょうかと訊《き》きました。孝弘は十四歳のはずです。いくら今の子供が成長がよくても、十四歳の男の子が二十歳すぎの男の人と間違えられるようなことはありませんでしょう。孝弘がいないのは変ですとね。それに、その年輩の女の人というのもね、わたしに思い浮かべることができるとしたら、静子さんのお母様ぐらいですけれど、さあまだそんなお歳《とし》ではなかったはずだ、せいぜい六十歳代の後半のはずだと思いまして、そう申し上げました」

警察官からは、小糸信治の身長や体重、身体的特徴などを質問された。貴子は、記憶の範囲内だけでできるだけ丁寧に答えた。

やりとりをしているうちに、貴子には、警察官たちが、二〇二五号室の遺体は小糸信治一家ではないかもしれないと感じ始めているように思えてきた。だがそれは、ほかでもない貴子自身がそう思い始めていたので、それが反映されているのかもしれない、とも考えた。

「これはその場では教えていただけずに、あとになってうかがったことですが、警察の方では、わたしが駆けつける以前に、二〇二五号室と同じフロアにお住まいの方たちから、最近あの部屋には小糸さんたちはいなかったようだ、別の人が住み着いていたようだという話を聞き出していたそうなんです。でも、ご近所でも、そういうことにまったく気づいていない方たちもいて。つまり、刑事さんたちにとっても状況はあまりはっきりしてなかったんでございましょうね」

捜査が始まってから、遺体が現場から搬出されるまで、だいたい一時間ぐらいかかる。屋外の遺体は先に搬出されたが、二〇二五号室内の三遺体は、午前五時過ぎになってようやく運び出された。

「この場で顔を見ることができるんでしょうかと伺いましたら、いえ、署の方へおいでくださいというお話でした。それで警察の車で、荒川北署まで参りました」

ヴァンダール千住北ニューシティから荒川北署まで、車で十分ほどの距離である。風はまだ強かったが、雨足はいくらか弱まりつつあった。

荒川北署の霊安室は、署の地階にある。同行の警察官が、部屋が狭いので遺体が窮屈に置かれている感じがするでしょうがとしきりに恐縮していたのを、小糸貴子は覚えている。

「わたしはなんだかとても複雑な気持ちでした。申しましたように、疑いはありました。信治たちじゃないんじゃないか……どうもそんな気がしてならないと思いました。警察の方もそう思ってるみたいだとねえ。でも一方で、そんなふうに思いこむのは、わたしがそう願っているから、その気持ちが強いからだ、とも思いました。弟たちの身に起こったことを受け止めたくないから、逃げ腰になっているんだとかね」

霊安室は確かに狭く、棺は肩をくっつけあうように安置されていた。ドアを開けて室内に足を踏み入れたとき、貴子は、ああでもちゃんと棺に入れてもらえるんだなあというようなことを考えた。

「映画などですと、シートに包まれて運ばれて、霊安室の台の上にむき出しで載せられていたりするじゃありませんか。そういう想像をしておりましたのでね。そんなことを考えている場合じゃありませんのに、人間というのはおかしなものです」

貴子が最初に目にしたのは、二〇二五号室内に倒れていた中年男性の顔である。棺の蓋《ふた》をずらしてもらって、

「一瞬、目をつぶってしまいました」

その刹那《せつな》に、わたしには本当に弟の顔を見分けられるだろうかというようなことも考えた、という。音信不通だった四年間が、突然、途方もなく大きな空白だったように思えたという。

目を開くとき、貴子は子供のようにぎゅっと手を握りしめていた。そうして、棺のなかに視線を向けた。

そこにあったのは、まったく見覚えのない顔だった。青ざめて、目は閉じており、くちびるがいくらか歪《ゆが》んだようになって、すでに亡くなっている人なのに、奇妙に表情が

ある。しかし、貴子の知っている顔ではなかった。

小糸信治ではなかった。

「違いますと、自分でもびっくりするような大声で申しました」

間違いありませんかと、警察官が確認する。貴子は何度もうなずいた。

「頭を殴られているので、面がわりして見えるかもしれない、よく見てくださいと言われました。でも間違いなかったんですよ。正直に申し上げれば、わたしはあのとき、亡《な》骸《き》の頭《がら》にひどい傷があるということさえ、とっさには目に入りませんでした。目に入ったのは顔立ちばかりで、ですからすぐには怖いとも感じなかったくらいです」

他の三人も、貴子の知らない顔だった。やはり、この四人は小糸家の人びとではなかったのだ。

「安心して、なんだか頭がくらくらしてしまいましてね。刑事さんに手をとっていただいて、霊安室から一階の会議室みたいな場所へ連れていってもらいました。そこでお水を一杯いただきました」

警察だけでなく、小糸貴子にとっても、むろん事はこれで終わったわけではなく、出発点がはっきりしたというだけのことである。霊安室の四人が小糸信治一家の人びとではないのなら、では彼らはどこの誰なのか。そして、ヴァンダール千住北ニューシティ・ウエストタワーの住民台帳では二〇二五号室に住んでいるはずの小糸信治・静子・孝弘の三人は、今現在どこにいるのか。

「刑事さんは、わたしがあの四人の方の顔にまったく覚えがないということを確認すると、では、弟さんたちが今どこにいるか心当たりはないですかと訊かれました。それはわたしの方こそ知りたいことです」

幸い小糸貴子は几帳面《きちょうめん》な性格で、家族や友人知人の住所や連絡先をきちんとアドレス帳に記入し、それを携帯する習慣があった。そのため、荒川北署ですぐに、小糸信治の勤務先や電話番号、静子の実家の両親の住所などを、警察官に教えることができた。

夜は明けて、荒天なりに空は明るくなってきつつあったが、六月二日は日曜日である。

「信治の会社の方は、たぶんお休みだろうと思いました。もし誰か出てくるにしても、せめて八時は過ぎないと連絡がつかないでしょう。それでとりあえず、静子さんの実家の方に電話をかけてみようということになりました。六時を過ぎてましたから、早朝ではあるけれど、まあいいだろうということで」

貴子は、電話をかける警察官の傍らで、新たな不安に襲われていた。弟たちの身に何が起こったのだろう。なぜあのマンションにいないのだろう。なぜ別人が住んでいるのだろう。

「管理台帳の緊急連絡先に、どうしてわたしの家の電話番号が載っていたんだろうと考えました。いろいろないきさつからいったら、静子さんの実家の電話番号が書いてある方が自然なんです。わたしとは絶縁状態だったんですからね」

信治は信治なりに、いつかはわたしと和解したいと思っていたのかもしれない——緊急連絡先に指定してあったのは、その気持ちの表れかもしれない——そんなふうに思った。

電話がつながった。警察官が先方に、早朝の電話を詫《わ》び、相手先を確認している。確かに静子の実家、木村家であった。

「荒川北署と聞いて、静子さんのご実家でもさぞかしびっくりしているだろうと思いました。刑事さんはたいへん丁寧でしてね、殺人事件だなんてことは言わずに、小糸信治さんご一家と連絡をとりたくて所在を探しているということを、上手に伝えておられました」

貴子は手を膝《ひざ》において腰をおろし、電話に耳を傾けていた。すると、電話していた警察官が言った。

「おいでになる？　小糸静子さんはそちらにおいでになるんですね？」

やがて静子が電話口に出てきた。貴子は、警察官の手から受話器をひったくりたくなる衝動を、懸命に抑えていた。

「お寝《やす》みのところを申し訳ありませんなんて、刑事さんがおっしゃってるんですよ。まあ、わたしがこんな大変な思いをしてる時に、静子さんは太平楽に朝寝してるんだとか、頭ががんがんしてきそうでしたね。ですが、静子さんが実家にいるということは、孝弘も一緒にいるはずだ、あの子は無事なんだと、それはもう胸躍るような気持ちでした」

事実、孝弘も静子の実家にいた。では家族三人で、静子の実家に同居しているのだろうか。警察官の言うことを聞きかじっているだけの貴子には、筋の通った事情は判《わか》らない。

「電話が終わると刑事さんが、小糸さん、弟さんたち御一家は無事なようですよとおっしゃいました。ただし、あのマンションに住んでおられない理由については、いろいろ複雑な事情があるようですので、これから順次うかがわなくてはなりませんとね。わたしはてっきり、信治たちをここに呼ぶんだと思いましたが、刑事さんたちが行くんだそうです。静子さんの実家は日野市なんですよ。わざわざ行くんですか、それならわたしもご一緒してはいけませんかと訊きましたら、ここから先は捜査に関わることなので、小糸さんにはお帰りいただきますと言われました。署の車でお送りしますから、とね。それでわたしはまあ、ご苦労様でしたと、お役御免になったわけです」

小糸貴子の顔に、苦笑が浮かぶ。

「わたしはずっと教職に就いて参りましたでしょう。はましま学習教室は、現在の学校教育の方法論に反旗をひるがえしているようなところがございますから、なんと申しますかね、そう、イデオロギー的にはね、今のわたしと昔のわたしとでは違いがございます。

でも、絶対に変わっていない部分もございますんですよ。それはね、いずれにしろわたくしは『教師』だということです。そして教師は、学校のなかではいちばん上の立場の存在でございますからね、なんにせよ、事が起こったとき、埒外《らちがい》に置かれるという経験をしてないんですのよね。なにしろ学校ではいちばん偉いのが教師ですからねえ。ですから、このときはずいぶんと心外に感じました。だいいちわたしは家族なんだからというような……。

でも、客観的に考えたならば、警察の処置は当たり前だったんですわね。無事だということが判ったその瞬間に、弟たちは、立場が変わって、今度は殺人事件の関係者になったわけですから。何があったにしろ、弟が持ち主のマンションで人が四人も殺されていたわけですから」

小糸貴子の認識は、この時点では正しかった。しかし間もなく、小糸信治一家は、ヴァンダール千住北ニューシティ二〇二五号室に住んでいなかっただけでなく、すでにその持ち主でさえなくなっていたということが、判明することになる。

3　片倉ハウス

磁石が砂鉄を集めるように、「事件」は多くの人びとを吸い寄せる。爆心地にいる被害者と加害者を除く、周囲の人びとすべて——それぞれの家族、友人知人、近隣の住人、学校や会社などの同僚、さらには目撃者、警察から聞き込みを受けた人びと、事件現場に出入りしていた集金人、新聞配達、出前持ち——数え上げれば、ひとつの事件にいかに大勢の人びとが関わっているか、今さらのように驚かされるほどだ。

しかし、言うまでもなく、これらのすべての人びとが「事件」から等距離に居るわけではなく、また相互に関わり合いを持っているわけでもない。彼らの多くは、「事件」を基点に放射状に引かれた直線の先に居るのであり、すぐ横の放射線の先に居る別の「関係者」と面識がまったくない場合も多い。また、ひとつの事件の解決までの過程に大きな役割を果たす人びとが、時間経過としては、事件の大詰めになるまで舞台の上に登場しない、つまり、事件からいちばん遠い場所に生活している場合もある。

ヴァンダール千住北ニューシティ・ウエストタワー二〇二五号室の「一家四人殺し」では、この後者の場合の典型的な例に、簡易旅館片倉ハウスの人びとをあてはめることができるだろう。この事件において、実は一度も公的に容疑を表明されたわけではなく、それでいて世間的にはもっとも「クロ」の印象を強くなすりつけられることになってしまった人物——石田直澄と、後々関わることになる片倉家である。

片倉家は一家五人暮らしで、家の表札には、五人の名前が手書きで几帳面《きちようめん》に記入されている。世帯主の片倉義文《よしふみ》は四十二歳、彼が片倉ハウスの経営者である。義文の妻の幸《さち》恵《え》は四十歳、旅館経営を手伝い、主に経理面を担当している。

子供はふたりいる。長女の信子《のぶこ》は四月に十三歳になったばかりの中学一年生、長男春《はる》樹《き》は十二歳の小学校六年生である。

家族の五人目は、義文の母たえ子、六十八歳だ。実は、この表札のどこにたえ子の名前を書くかという問題をめぐり、片倉家で紛争が発生したことがあった。義文の母親であり、片倉ハウスの先代の経営者夫人であるたえ子に敬意を表し、現在の経営者であり世帯主の義文の名前よりも先に書くべきか。それとも、現在は隠居の身であるたえ子が一歩下がり、長男春樹の名前の後ろに、ひっそりと寄り添《そ》うべきか。

片倉ハウスの在るあたりは、町内会や「ご近所」のコミュニティのつながりが、良くも悪くも緊密な土地柄である。とりわけ、片倉家のように今のあるじで五代目——というような家々のあいだではなおさらだ。連れ合いに先立たれ、息子に当主の座は明け渡したものの、まだ気分は現役の姑《しゆうとめ》と、この娘ならあの家のおっかさんのしごきにも耐えられるだろうと見込まれて嫁いできた嫁とのあいだの紛争は、それぞれの陣営に「ご近所」の応援団がついて、かなりややこしいものになる。

　話だけ聞くと、たかが表札の名前の順番ぐらい、ばあさんが譲ればそれで済むことじゃないかという印象を受けるのだが、当事者のあいだでは、これは深刻な問題だった。なによりもその表札をかけるべき家が、東京オリンピックのころに先代の主人でたえ子の夫、つまり義文の父親の巌《いわお》が建てた家を取り壊して建て直した家であったからである。

　片倉ハウスという簡易旅館自体は、さして大きなものではない。新大橋通りから一区画南に引っ込んだ路地に面して、二十坪ほどの敷地に立つ、外見はごく普通の二階屋だ。モルタル塗りの外壁に、曇りガラスの窓が並んでいる。両隣も昔からの簡易旅館だが、二軒ともにさまざまな事情を抱えており、現在は営業をしていない。

　片倉ハウスのある路地を抜けると、一方通行の通りに出る。片倉家の住まいはこちらの通りに面して建っている。こちらは敷地も広く、約三十坪あるが、巌はこの三十坪にまったく同じ間取りの二階屋をふたつ建てた。そしてひとつに自分たちが住み、もうひとつを貸家にしたのである。容積率をみれば違法建築に間違いないが、このあたりの家々はすべてこういう風なので、誰も気に留めもしていなかった。

　さて、老朽化してきた片倉家を建て替えるということは、義文にとって、幸恵と結婚したころからの念願だった。その場合には片倉家だけでなく、隣の貸家も一緒に建て替える――というより、隣家をもう貸しに出すのはやめて、一緒に取り壊し、三十坪の敷地に三階建てか四階建てのビルを建てて、その部屋を賃貸に出そうというアイデアだったのである。

　この計画が実現に向けて動き出したのは、昭和六十三年のことだった。空前の好景気、土一升が掛け値なしに金一升の価値――たとえそれが幻でも――を持っていたころである。片倉家や片倉ハウスにも、飛び込みで不動産業者が訪れることがあった。土地を売らないかというのである。

　片倉義文には、土地を手放す気はなかった。そんなことをすれば、家業をたたむことになる。信子や春樹が将来どうするのかは彼らの自由だと考えていたが、少なくとも彼の代では、今さら簡易旅館業をやめてほかの商売に手を出すわけにはいかなかった。それに、好景気で労務者の数も増えており、片倉ハウスは繁盛《はんじょう》していたのだ。

　義文は、長年の夢をかなえるには、融資が受けやすい今しかないと判断した。ちょうどそのころ、ずっと隣の貸家に住み着いていた店子《たなこ》が転居し、家が空いた。またとない機会だった。その点では、隣家の賃貸契約を任せていた地元の不動産屋とも意見が一致した。四階建てのマンションにして、そのうち二室を貸しに出せば、今までの倍の家賃が見込めて、負債も義文の代でなんとか払い終えることができるだろうという計算もできた。地元の信用組合から土地を担保に融資を取り付けることもできた。家族もむろん、大賛成である。

　こうして、片倉家は新しくなった。新居ができあがったのは、平成元年の九月のことであった。

表札の名前問題は、ここで発生した。またぞろ、発生とは大げさなという印象があるかもしれないが、これはひとつの家のなかの「序列」の問題であるだけでなく、片倉ハウスの歴史を後ろに背負っての闘いであるので、もんちゃくが起きたとか、喧嘩《けんか》になったなどという軽い言葉ではなく、やはり「問題が発生」と称するのが礼儀であろう。

義文と幸恵は、自分たちの代で家を新しく、しかも立派にしたというので、鼻の穴をふくらませている。だが、たえ子に言わせれば、息子夫婦がそんなふうに肩をいからせていられるのも、もともとはたえ子と巌が先代からの資産をしっかりと守り、彼らに渡してやったからであって、感謝されこそすれ、なにも威張り散らされる筋合いはない。だから、表札ではあたしの名前を先に出しておくれと要求したのであった。

幸恵とたえ子のあいだには、それまでにも権力争いが絶えなかったので、ふたりともそれぞれに互いの手の内は判《わか》っていた。しかし、今度のケースには、それまでに無い不確定要素が加味されていた。義文である。彼は今まで、妻と母のあいだのもんちゃくには極力関わらないようにしていた。そのことで、幸恵はしょっちゅう、ご近所の応援団にこぼしていた。うちの亭主は母親に頭があがらない、と。しかし今回の表札事件に関しては、幸恵が姑相手の押したり引いたりの駆け引きを始める以前に、義文がどんどん前に出て、母親をやっつけにかかった。あとで幸恵は、義文は義文なりにたえ子に対して溜《た》まっていた鬱憤《うっぷん》があり、それがあそこで一度に噴出したのだと、つくづく思うことになる。

一時は、たえ子だけフルネームで別の表札を出すという妥協案も出たのだが、義文はそれも承知しなかった。お袋はもう隠居だ、昔のことは昔のこと、今の家長は俺だという強気の主張に、恐れ入ったというよりはただただびっくりして、最終的にはたえ子が折れた。片倉家の新しい表札で、たえ子の名前は五人目のトリの位置を占めることになったわけだ。

平成元年といえば、荒川区の旧ニッタイ敷地に、ヴァンダール千住北ニューシティのバベルの塔が、着々と組み上げられていたころである。やがてそこで発生する殺人事件と比較すると、表札の名前の順番争いくらいなんということもないと思える。片倉家と荒川の一家四人殺しという事件をつなぐ線は呆《あき》れるほど長く、距離は遠い。

平成八年六月二日、片倉家の人びとのなかで、荒川の事件について最初に知ったのは、片倉義文であった。朝八時から放送される、日曜日のニュースショーを観《み》ていたのである。

片倉ハウスは簡易旅館なので、宿泊客の食事の面倒はみない。従って、義文と幸恵のふたりで充分に切り回すことができるので、従業員は雇っていない。その義文たちも、旅館の方に泊まり込みはせず、夜は門限の十時で玄関を閉め、帳場の手提げ金庫と一緒に自宅に戻ってしまう。そのかわり、朝は五時には出勤してくる。日曜日でも、例外はない。

一般のサラリーマンとは違い、片倉ハウスを利用する客たちには、日曜日でも仕事のある場合が多いから、宿の方も勝手なことはできないのである。また、地下鉄工事現場などで夜中じゅう働き、早朝に宿へ戻ってくる客もいるから、朝は早くから玄関を開けておかねば商売にならない。

通いと言っても、路地の端から端までの距離である。帳場のカウンターにはインタフォンを付けておき、何か急用の折にはボタンを押してくれるよう、客には説明しておく。それで今まで、これという問題もなしに営業してきた。ただし、宿の備品には金をかけない。客のなかに腹の悪いのがいて、備品を勝手に持ち出して売ってしまうということが、過去に数回――ほんの数回だが――あったのを教訓にしているのだ。

そういう次第で、六月二日の朝に義文が帳場でながめていたテレビも、丸いチャンネルのついた旧式の形のものだった。朝の掃除を終え、お客をひととおり送り出した後で、ここでインスタントコーヒーを飲みながら一服するのが義文の日課で、このときにテレビをつける。平日なら、NHKの連続テレビ小説が始まって終わるぐらいまでのあいだが、一服のひとときである。

しかし日曜日はテレビ小説がないので、民放のニュースショーを観る。八時十分すぎごろにテレビをつけると、いきなり荒川区の事件のニュースをやっていた。中継のカメラに超高層マンションが映っている。

朝になって、雨はようやくやんでいた。風もおさまってきており、上空ではまだ早いスピードで雲が飛んでいたが、間もなく日差しがのぞいてきそうな様子だった。まだらな空と雲を背景に、タワーのようなマンションがそそりたつ光景は、ぼんやりとテレビを観ていた義文の注意を惹《ひ》きつけた。

コーヒーをいれていると、幸恵が出勤してきた。自宅の方の朝食の支度や後かたづけ、掃除洗濯があるので、彼女は毎朝これくらいの時刻に出てくる。義文が、荒川の方でえらい人殺しがあったと話すと、彼女も驚いて一緒にテレビを観た。

その時点では、殺害されていた四人の身元は判明していないということを報道しているだけで、その四人がマンションの本来の居住者ではないなど、詳しい情報は流していなかった。数日後には報道の様相がまったく変わってしまうのだが、日曜日朝の段階では、大量殺人事件であるという点でのセンセーショナルさはあっても、それ以上の付加価値はつけられていなかったのだ。

世の中物騒になってきたから、うちも気をつけなけりゃと言いつつ、夫婦は日常の仕事にとりかかった。半年ほど前から勧められている警備保障会社との契約について、やっぱり考えてみた方がいいだろうかという話も出た。幸恵は乗り気だったが、費用対効果の点で、義文は反対していた。四人という殺害数は、ニュースとして届けられただけで、それ相応の波紋を引き起こしたわけである。

この朝、片倉家の子供たちは日曜日の朝寝を楽しんでおり、ふたりとも両親が出勤していったことにも気づかなかった。むろん、テレビも観ていない。片倉信子が自室のベッドから起き出したのは、ようやく午前十時ごろのことである。

四階建てのこのマンションの、一・二階が片倉家の住まいで、信子の部屋は二階の東側にある。廊下をはさんですぐ向かいが春樹の部屋だが、信子が着替えて階下に降りようと廊下に出ると、弟の部屋のドアが半開きになっており、テレビゲームの音が聞こえた。子供たちの部屋に一台ずつテレビを置くことを、両親は許していなかった。春樹のおねだりの笑顔に負けて、買い与えてくれたのはたえ子である。そのために信子は、自室のテレビを観ると、母に対して後ろめたい気分になるのだった。

「朝からゲームなんかやってんじゃないわよ」

ドアをノックして声をかけると、春樹はもう朝じゃねえよというようなことをもごもご言った。信子は屁《へ》理屈ごねの弟に悪態をつき、階段を降りた。台所もリビングもひっそりとしていた。信子は牛乳だけ飲んで遅い朝食のかわりにした。昼時には幸恵が戻ってきて、昼食をつくる。信子は手伝うときもあったし、手伝わないときもあった。

たえ子の姿が見えず、声も聞こえないことを、このときはまだ不審に思わなかった。祖母の部屋は一階の南の奥まったところにあり、そのすぐ脇《わき》がトイレと洗面所と風呂場《ふろば》である。たえ子が夜中にトイレに立つときも便利なようにという配慮で決められた配置だった。

ただ、そのかわり、リビングや台所からはたえ子の様子がすぐにはわからないという欠点もあった。うっかりすると、部屋にいるだろうとばかり思っていたのにいなかったり、いないのだろうと思って黙って出かけてしまうと、あとになって、行ってきますぐらい言えないのかと叱《しか》られたりと、なかなか勝手がよくない。

日常のたえ子は、かなり気ままに片倉ハウスの方に出勤していた。出勤しても、布団《ふとん》を叩《たた》いたり洗濯したりするわけではない。たいていの場合、四畳半ほどの広さの帳場に入り、そこでテレビを観たりうたた寝をしたりしているのである。つまり、もう働きたくはないけれど、旅館の経営者の気分だけは確保しておきたいというようなことだろう。

「テレビを観るなら自分の部屋で観ればいいのに。部屋がないわけじゃないんだから」

幸恵はよくそんなふうに言った。が、母親の肩を持ちたい気持ちはあるものの、一方で信子は、おばあちゃんは自分の部屋でひとりでテレビを観るより、旅館の帳場でたまにお客さんに声をかけたり、お父さんとしゃべったりしながら過ごす方が楽しいのだろうと、心のなかで理解していた。

だからこのときも、たえ子の気配が感じられないのは、旅館の方へ行っているからだろうと思った。テレビをつけると野生動物の番組をやっていたので、しばらくのあいだひとりでそれを観た。

十一時になって、ようやく春樹が台所に降りてきた。何か食うもんないかとうろうろする。

信子には、この弟は常に童話に出てくる狼《おおかみ》のように腹を減らしており、床に落ちているものでも拾って食べるように見えた。唯一《ゆいいつ》、テレビゲームをやっているときだけは口を動かしていないが、ゲームをやめた途端に餓狼《がろう》に逆戻りする。信子も食べ盛りだが、弟の食欲を見せつけられると、がつがつ食べるのは子供っぽいことのような気がしてきて、いつも嫌な気持ちになった。

春樹がうるさくて気が散るので、自分の部屋に戻ろうかと思った。午後からは友達と、近所のレンタルＣＤ・ビデオショップへ行くことになっている。中古のＣＤのセールをやるというチラシが入ってきたので、のぞきに行くのだ。

それまでに、髪を洗っておかねばならなかった。信子はすぐに髪が油っぽくなるたちで、このことをひどく気にしていた。友達といるときに、髪が臭《にお》うなどと言われたら生きていられない。前髪をおろしているから、気をつけて清潔にしていないと、すぐに額ににきびができてしまう。それでなくてもこのところ、ひと晩眠って朝起きてみると、ほっぺたの真ん中にぽつりと赤い小火山が発生していたりするので、神経質になっていた。

正確に、十一時何分過ぎごろに台所を出て洗面所へ向かったのか、信子は覚えていない。意識さえしていなかった。起き抜けに顔を洗ったとき、給湯器のスイッチを入れたから、今もすぐお湯が出るはずだ――などということばかり考えていた。

祖母の部屋の前を横切り、中から人がうなるような声が聞こえてきたと思ったときも、最初はテレビの音だろうと思った。廊下を歩いて通り過ぎるのと同じくらいのスピードで、なんだおばあちゃん、部屋にいたんだと思った。そして洗面台に向かい、シャワーの蛇口をひねって温水がお湯になるのを待っていると、たえ子の部屋の方でばたんと物音がした。何かものが倒れたときのような音だった。

初めて、信子はちょっと怪しんだ。蛇口を止め、耳を澄ませた。物音は聞こえない。台所で、春樹が大きな音で『笑っていいとも増刊号』の総集編を観ている。さっきのも、テレビのなかの音だったのだろうか。

信子は洗面所から出ると、廊下の方に首をのぞかせてみた。別段、変わったところはない。何が倒れているわけでもない。

気のせいか――と、洗面台の方へ戻りかけたとき、たえ子の部屋から声が聞こえた。さっきちらりと耳にした、うなるような声だった。今度ははっきりしていた。テレビではなかった。

信子は急いで廊下へ出ると、たえ子の部屋の出入り口の唐紙を開けた。おばあちゃん？と声をかけながら開けたつもりだったが、実際には手の方が先に動いていたらしい。室内の様子を見たとたん、「おばあちゃん」の「ちゃん」を最後まで言うことができなくなってしまったからだ。

畳の上に丸くなって、たえ子は倒れていた。

あまりにも驚き、泣き出したくなってしまって、信子はすぐには動けなかった。立ちすくんでいると、たえ子が畳の上からかろうじて首をあげ、信子を見た。それでやっと身体《からだ》が動き、たえ子のそばに駆け寄った。

「おばあちゃん、どうしたの？　大丈夫？」

たえ子はぐったりとした様子で、まぶたの端がひくひく痙攣《けいれん》していた。呼吸が浅く、苦しそうで、目が涙ぐんでいるようにうるんでいた。起きあがろうとするのか足をばたばたさせるが、あまりよく動かない。かかとが畳にぶつかると、ばたんと音をたてた。さっきの音も、この音だったのだ。

身体がしびれて立てないのだというようなことを、切れ切れにたえ子は言った。頭も痛いという。信子は今度こそ涙が出てきて、大声で春樹を呼んだ。お母さんに言って、おばあちゃんが大変だからってと、繰り返し叫んだ。さすがの春樹も飛んできて、小生意気な顔がいっぺんに歪《ゆが》んだ。春樹が走って行き、怖い顔をした幸恵を連れて戻ってくるまでのあいだ、信子は懸命にたえ子の身体をさすっていた。たえ子は目を閉じていた。

結局、救急車を呼んだ。幸恵が同乗して行って、近くの救急病院に入院させた、今は安静にしているという電話が入ったのは、十二時過ぎのことである。それまでは信子も春樹も、ふたりで家で留守番をするよりも、父と一緒に帳場にいるほうが心強かったから、ずっと片倉ハウスにいた。

二時過ぎに、寝間着などを取りにいったん幸恵が帰宅したが、救急車で出ていったときほど緊張した顔はしていなかった。日曜日のことなので、まだ詳しい検査はできないが、そう難しい状態ではなさそうだというのである。少なくとも、脳卒中や心臓の病気などではないという。

「だけど、倒れてるときはすごく苦しそうだったよ」

信子が言うと、幸恵はちょっと気分を害したような表情で、でも先生は心配ないっておっしゃったんだからねと言った。「それに、病院に行ったらケロリとしちゃったんだから」

「なんだよ、ばあちゃん仮病だったの」

春樹が言ったので、信子は彼の頭を叩《たた》いた。幸恵が吹き出した。「仮病じゃないわよ。だけど、思っているほど大きな病気じゃないってことよ。まあ、気持ちの問題なんだろうね」

気持ちの問題で、息が苦しくなったり身体がしびれたりするものだろうか。信子には納得がいかない。

とりあえず、たえ子は検査入院をすることになった。心細くなり、父親の顔を見たくなって片倉ハウスに行ってみると、義文はもうすっかり安心した顔で、お客のひとりとのんびり将棋をさしていた。信子はちょっぴり、腹が立った。

六月二日は、片倉信子にとってはこういう一日だった。ニュースなど気にしていなかったから、荒川の一家四人殺しについても、まったく知らないままに過ごした。

今はまだ、事件は信子の対岸にあった。

4 隣人たち

ヴァンダール千住北ニューシティでは、事件発生から一夜が明けて訪れた六月二日の日曜日を、どのように迎えたのか。

夜のあいだ吹き荒れていた暴風雨も早朝にはおさまり、午前八時過ぎごろからは青空がのぞくようになっていた。敷地内の緑地帯の植木のなかには、強風に倒されたり傾いたりしたものも目につき、芝生の上には、木の葉や花壇の花々が一面に吹き散らされている。管理会社から派遣されてくる清掃担当の職員たちも日曜日は休みなので、時季はずれの「台風一過」のこの趣は、とりあえず一日はそのままである。

ヴァンダール千住北ニューシティ関係者のなかでは、ウエストタワー管理人の佐野利明が、事件についてもっとも豊富で正確な情報をつかんでいた。なかでも重要なのは、二〇二五号室の三遺体と、地面に落下していた一遺体とが、二〇二五号室の居住者名簿にある小糸一家の人びとではないという事実だったが、当時の佐野の頭のなかは、敷地内の緑地帯の惨状に負けず劣らずとり散らかされており、管理人として次に何をするべきなのか、なかなか判断がつかなかった。

この朝、荒川北警察署には、正式に「荒川区内マンション一家四人殺し」の特別捜査本部が設置され、本格的な捜査が始まっていた。二〇二五号室で死亡していた被害者たちの正確な身元を特定するための情報を得るには、ウエストタワーを中心に全戸への聞き込みを行う必要がある。それをスムーズに進めるために、居住者名簿の綴《つづ》りである住民台帳を見せてはもらえないだろうかという要請を、佐野は受けた。

しかしこれは、佐野の一存では決められないことだった。居住者名簿を記入・提出してもらう際、プライバシー保護のために、外部の人物・団体等への名簿の提出・閲覧は一切行わないと、約束してあるからである。たとえ相手が警察であり、捜査に必要な情報であっても、管理人の独断で名簿を渡してしまっては、まずいことになるのではないか。

「それで、会社に相談してみるからちょっと待ってくださいとお願いしましてね。ところが、私らの会社のパークハウジングの方も、原則として日曜日は休んでます。電話をかけてみたら、守衛が出ましたから、わたしらの所属部のマンション管理部でも、営繕部でも清掃部でも、とにかくどこでもいいから誰かいないか内線で呼んでみてもらったんですがね」

どの部屋も、応答はなかった。佐野は冷や汗の出る思いだった。

パークハウジングの緊急連絡網に従い、守衛はマンション管理部長のポケットベルを鳴らしてみることになった。

「それで一度は電話を切ったんですが、刑事さんたちの手前、名簿も出さなきゃ何もしないでじっと待ってるのも申し訳なくて、それで思いついて、親会社のパーク建設のマンション事業部の方へ電話してみたんですよ。マンション事業部なら、日曜日でもみんな出てきてますし、ヴァンダール千住北ニューシティの建設・販売の事実上の統括責任者だったマンション事業部長の田中さんて人は、私も面識がありましてね、非常に切れる人だもんで、何かいいアドバイスをもらえるんじゃないかと思いました」

時刻は午前九時に近く、聞き込み捜査の方は、名簿の提出が決まらないまま、すでに始まっている。管理人室には、警察官たちの来訪に不安を感じたり、事件の詳細を知りたがったりする入居者たちからの電話が、ひっきりなしにかかってきた。直《じか》に管理人室を訪れて、居合わせた警察官から情報を聞き出そうとし、何が気にくわないのか喧嘩《けんか》腰になっている入居者なども現れる。

パーク建設に連絡してみると、マンション事業部にはすでに部員が出てきていた。佐野は緊張と焦《あせ》りでしどろもどろになりながら、電話に出たマンション事業部員に現状を説明した。相手はひどく驚き、事件について新聞に載ったかということをしきりと尋ねた。佐野はまだ今朝の朝刊を見ていなかったから、それについては返事ができなかった。部員は佐野を電話口に待たせておいて、新聞を取りに行った。そんなことよりも、こっちの手助けになるようなことをやってくれと、佐野は叫びたかった。

やがて戻ってきた部員は、新聞には載っていないということを、あからさまに安堵《あんど》した口調で言った。そして佐野にも、警察に訊《き》かれても、販売や管理に関わるような情報を迂闊《うかつ》に口に出さないようにと念を押した。相手の一方的な言葉の合間を縫って、佐野は懸命に名簿の件を説明したが、そんなものは出す必要がないの一点張りで、佐野の立場については何も考えてくれない。

「じゃ、親会社から名簿は出すなと命令されたと言っていいですか」

そう尋ねると、そんなはっきりと言質《げんち》をとられるようなことを言うバカがあるかと、怒鳴りつけられた。適当にごまかしとけ、というのである。

パークハウジングの管理部長もポケベルで呼んでもらっているが、まだ連絡がつかない、何しろ大事件だし、緊急事態なので、マンション事業部長の田中さんにも来てもらった方がいいと思う、なんとか連絡をつけてくれと、佐野は必死で頼んだ。相手は聞き入れなかった。現場では警察に適当に協力してりゃいい、こっちからすぐに広報の人間が行って処理するからと、あわただしく言い捨て、電話を切ってしまった。

佐野は途方に暮れた。

「あのときくらい、悔しかったことはありませんでしたね。しかもそいつは、とうとう名乗らなかった」

効率的な聞き込み捜査をするためには、名簿があった方がいいに決まっている。素人《しろうと》の佐野にもそれは判《わか》っている。しかしあっさりと名簿を提供し、そのことで後日、たとえば会社がプライバシー侵害で訴えられたりしたら困るだろうと思えばこそ、相談しているのである。そして、入居者についての情報を豊富に持っている佐野には、下手をするとそういう訴訟ぐらい起こしてきそうな住人に、二、三心当たりがあったのだ。

「何が適当にごまかしとけだと思いましたよ」

結局、佐野は宙ぶらりんの状況に置かれたままになる。イーストタワー管理人の佐々木、中央棟の管理人の島崎とも相談してはみたが、ふたりとも、独断で台帳を出すのはやめておいた方がいいという意見だけで、ほかには妙案がない。しかしながら、なんとかして警察の捜査活動に協力したいとは考えているので、佐野同様に後ろめたそうな顔をしていた。

佐々木は佐野の話から、親会社のパーク建設が事件に神経質な様子を見せているのは、今売り出し中の相模原《さがみはら》の超高層マンションの件があるからではないかと言った。佐野はそのことをすっかり忘れていたのだが、指摘されてなるほどと思った。

今度の事件について、詳しいことはまだ何も判らない。だが、パーク建設にしてみれば、鳴り物入りで売り出した大型超高層マンション、ヴァンダール千住北ニューシティで、一家四人皆殺しという希有《けう》な残虐《ざんぎやく》事件が起こったというだけで、相当なイメージダウンを覚悟しなければならないのだ。それでなくても、超高層マンションの居住空間としての適切性には、不安な部分を指摘する向きが多い。通常の高さのマンションに比べてエレベーター内での犯罪の発生率が高くなる傾向のあることや、高所に暮らすことによる居住者の心理的負担、上り下りが億劫《おつくう》なのでどうしても閉じこもりがちになり、居住者同士にコミュニティとしての一体感・連帯感が生まれにくく、隣家で事件が起こっていても気づかない、気づいても何の手も打たないなどの無関心さを生み出すこと――

「そういう意味じゃ、今度の事件なんてその典型だと思いましたね。誰もはっきりとは気づかないうちに、二〇二五号室の入居者が代わってしまってたわけなんだから」

パーク建設の広報が飛んで来るというのも、もっともな話だったのである。しかし、現実には、広報部の誰かが泡を食って駆けつけてくるよりも、パークハウジングのマンション管理部長・井出《いで》康文《やすふみ》が連絡を受けて現地へ到着する方が早かった。井出は品川区内の自宅にいるところをポケベルで呼ばれ、事情を知るとすぐにヴァンダール千住北ニューシティへ向かっていたのである。

井出康文は四十二歳、妻とふたりの娘が居る。パークハウジングでは珍しい途中入社組だ。早稲田大学政経学部を卒業後、大阪を拠点とする大手都市銀行に十年間勤務した後、いわゆるヘッドハントをされてパークハウジングに移ったという経歴を持つ。

「井出部長がこちらに見えたのが、十時ごろだったでしょうかね。前にも申し上げたとおり、田中事業部長には何度も会ってましたが、実は、井出部長にお会いするのはこのときで二度目だったんです」

管理人である佐野が、いわば直属のいちばんの長である井出よりも、親会社のマンション事業部の部長の方をよく知っているというのは、一見奇妙なことに思える。つまりは、マンション事業部長は、とりわけヴァンダール千住北ニューシティのような大型プロジェクトの場合には特に、建設中も分譲中も入居開始時期にも頻繁に現地を訪れるが、子会社のパークハウジングの管理統括責任者である管理部長は、管理の現場にはいちいち顔を出さないということなのである。実際、このときも井出は、管理人の佐野たちのすぐ上の管理職であるこの地域担当の係長にも連絡を取り、現地に呼んでいた。統括責任者は自分でも、現場の様子については係長の方がよく知っているはずだという認識があったからである。

到着するとすぐに井出部長は佐野たちから話を聞き、当面の問題である住民台帳の提出問題について、両タワーと中央棟の緊急理事会を招集するように指示を出した。幸い日曜日の朝で、在宅している理事が多い。入居住民代表の理事たちを集めて意見をまとめ、多数決で決めるならば、台帳を提出することにも問題はなくなるし、提出しないとしても、警察の理解を得やすくなるだろうという判断だった。

救われた思いで、佐野たちは指示に従うことにした。それぞれの棟の理事たちに連絡をしてみると、緊急理事会を成立させることのできるだけの人数が集められると判り、中央棟の集会室が会場にあてられることになった。

井出部長はこのほかにも、重要な指示を出した。ヴァンダール千住北ニューシティでは、管理人室から各世帯に、テレビの文字放送で情報を伝えることのできるシステムがあった。通常は、管理人室からのお知らせや、地元のイベントの情報、近隣の商店の宣伝などを流している。このチャンネルを使って、ウエストタワー二〇二五号室で殺人事件が発生したこと、現状ではマンション内に危険は無いこと、警察が捜査を始めているので警察官が各家庭を訪問し質問をすることがあると思われるが、落ち着いて協力をしていただきたいということ、さらに、何かを目撃した、音を聞いたなど、事件について情報を持っている場合は、管理人室に申し出て欲しい等、こちらから積極的に呼びかけるように命じたのである。このころには、テレビのニュースで事件の一報が報じられたり、ヴァンダール千住北ニューシティの敷地の外にテレビクルーの車が到着したりなどの動きもあり、今までは事件発生を知らなかった世帯にも動揺が広まりつつあったところだったので、これは適切な指示であった。

一方、緊急理事会は午前十一時に始まった。正午過ぎには結論が出て、住民台帳は提出しないということに決定した。

このころには、管理部のヴァンダール千住北ニューシティ担当係長も到着していたので、管理人室の切り盛りは彼と佐野に任せ、井出部長はこの緊急理事会に同席していた。正直言って、不提出というのは意外な結論だったと彼は言う。

「五、六年ほど前になりますか。うちで管理していた港区内のマンションで、同じような問題が発生したことがありました。世帯数五十戸足らずのマンションでしたから、規模はまったく違いますが、非常によく似たケースでしてね。強盗傷害事件がありまして、その捜査資料にと、入居者台帳の閲覧を求められたんです。やはり理事会を開いて決をとったら、閲覧に反対したのはたったひとりだけでした」

早く犯人を捕らえて欲しいので、警察には全面的に協力しようという意見が多かったのだという。

「今回のヴァンダール千住北ニューシティでも、入居者の皆さんの犯人逮捕を願う気持ちに変わりはなかったと思います。しかし、それとはまた別に、一種の市民意識とでもいいましょうか、たとえ捜査活動に対しても、直接的に関わり合いのない住民の個人情報を明かすべきではないという考え方が芽生えていたんですね」

もちろん理事のなかには、とりわけ年輩者の理事に、警察には協力するべきだ、隠し立てすることがあるわけでもないのだから住民台帳を見せても不都合はないだろうという意見を持つ者もいた。数人ではあるが、かなりの強硬派である。彼らを説き伏せるために、「不提出」を支持する理事たちは次の二点を強調した。

ひとつは、ヴァンダール千住北ニューシティはただのマンションというだけでなく、ひとつの地方自治体級の規模を持っている。とすれば、入居者台帳は住民登録簿に等しい。ある自治体内で殺人事件が発生したからといって、その自治体の長が住民全員の名簿を警察に提出するだろうか。それはやはり行きすぎではないのか。

もうひとつには、入居者台帳を提出しなくても、警察はすでに独自の情報を持っているはずだ。警察官が個々の家庭を訪問し、やはり「外部には公開しない」という約束の元に、家族構成や世帯主の職業などを記入してもらった台帳を、交番で保管している。現に、阪神・淡路大震災の時などは、そういう住民台帳が人びとの安否の確認の際に役立ったという話も聞いている。あの綴りがあれば、マンションの入居者台帳は不要ではないか。

ふたつとも筋の通った意見で、結果的にはこの二点で提出賛成派をねじ伏せるような形となった採決だった。話し合いが白熱した割には理事会そのものは短時間で済んだのも、一度の採決で不提出が過半数をとると、進行役の理事がそれ以上のごたごたを許さなかったからだ。

しかしこのときの決定が、後に、事件の本筋とはあまり関係のないところではあるが、ひとつの騒動を起こす引き金となった。が、それについては、また後に述べることにして、ここではまた二〇二五号室とその周辺へと目を戻してみよう。

捜査本部の警察官たちによる各戸への聞き込みは、東西の両タワーと中央棟とに人員を振り分け、一斉に開始された。このほかに、ヴァンダール千住北ニューシティ敷地周辺の地取りや駅のタクシー乗り場での聞き込み捜査も始まっており、荒川北署は総動員態勢で、警視庁本部や近隣の署からも応援の捜査員が派遣されていた。余談ではあるが、翌月曜日には、ヴァンダール千住北ニューシティやその周囲の町の子供たちが通う学区内の小中学校では、「昨日うちに来た刑事さんたち」の話題で持ちきりだったそうだ。

ウエストタワーでは、二〇二五号室のある二十階全体が重要な場所だったが、なかでも特に、現場のすぐ隣の二〇二四号室と、エレベーターの血痕《けっこん》を発見した葛西美枝子《かさいみえこ》の二〇二三号室での聞き込みに時間を要している。

「警察って、本当に何度も何度も同じことを訊くんだなあと思いましたね」

今でもかすかに眉《まゆ》をしかめながら、葛西美枝子は話す。

「会社を出てうちへ帰ってくる道筋から、エレベーターがなかなか降りてこなくてイライラしたことから、もう十回くらい繰り返してしゃべりました」

特に念を押して尋ねられたのは、彼女が前を通りかかったとき、玄関のドアの隙間《すきま》から漏れる光のなかを、誰かが歩いて横切ったのを見た——というくだりについてである。このことについては、既に最初に到着した荒川北署の警察官たちに話してあったが、確かに見たのか、男の足だったか女の足だったか、そのとき室内から物音が聞こえたかなど、質問は細かかった。葛西美枝子は、いささか恐ろしくなった。

「嘘《うそ》をついてるわけじゃないし、見たことを話してるだけですから、怖がることなんかないんです。警察の方も丁寧で、気分は悪くないかって心配してくださったりして、親切でしたしね。ですけど、まだ詳しいことは判らないけど、なにしろ四人も死んでるか殺されているかしている事件だってことはもう知ってましたからね、わたしがあのとき見かけたのが、ひょっとしたら犯人だったんじゃないかなんて思うと、なんだか責任を感じてきまして。大変なことに関わってしまったんだって、初めて気づいたんです」

夫の葛西一之《かずゆき》も、彼女と一緒に質問を受けた。美枝子の帰宅時間、救急車のサイレンが聞こえてきた時刻など、ふたりの証言には齟齬《そご》がなく、相互に自然に関連していた。

ところが、二〇二五号室の住人についての質問には、ふたりとも揃《そろ》って、ほとんどまともには答えることができなかった。

「わたしも主人もマンション暮らしが好きなのは、厄介な近所づきあいをしなくていいからなんです。ですから、二〇二五号室の人のことも、二〇二四号室の人のことも、二〇二二号室のことも、全部同じように何も知りません。ホントに知らないんです」

この聞き込みの時点では、捜査本部の側は、対象の各入居者たちに対し、二〇二五号室の住人が名簿にある小糸信治一家ではなく別人たちだったということを明らかにしていない。二〇二五号室にはどういう人相風体・年齢・家族構成の人びとが住んでいたか、交流はあったか、最近何か不審なこと、変わったことに気づかなかったかということを主に質問していた。そうしておいて、質問を受けた側から、「そういえばあの部屋は最近住人が代わっていたようだ」という話が出てくるかどうか様子をみていたのである。どのみち、もうしばらくすれば住人入れ替わりの奇妙な事実についてはテレビで報道されてしまう。それ以前の、先入観や捜査側への迎合のない声を聞き取ることは、わずかなあいだにしかできない。

だから葛西美枝子も、小糸信治一家のことは知らなかった。あの部屋に人が住んでいるのか、それとも空き部屋なのか、それさえはっきりとは把握していなかった。

「わたしは編集プロダクションなんていう、それでなくても時間の不規則なところに勤めています。夫もアパレルメーカーで、海外も含めて出張は多いし、縫製工場や得意先の店舗まわりで、それこそ過労死寸前というくらいに忙しいんです。お休みもカレンダーどおりになんてとれませんし、朝は早いし、夜は遅い。ご近所の人と付き合っている暇なんかありません。気にしているゆとりもないです。ちょうど玄関を出たところで顔を合わせたり、エレベーターで乗り合わせたりすれば、会釈《えしやく》ぐらいはします。でもその相手が、果たしてこの階の人なのか、この階の人を訪ねてきたお客さんなのか、すぐ隣の部屋に住んでいる人なのか、それだって判《わか》りませんよ。わたしが確実に知っている人といったら、ウエストタワーの管理人の佐野さんだけですよと申し上げました」

最近、この階で引っ越しはなかったか。二〇二五号室から荷物を運び出しているような場面を見かけたことはないか。帰宅が遅いことが多いならば、夜間、不自然に大きな荷物を持って出入りする人物を見かけなかったか。どの質問にも、葛西夫妻は顔を見合わせるだけで、心当たりがない、覚えがないとしか答えられなかった。

「そのときは、なんでそんなことを訊《き》くんだろう、それが殺人事件とどんな関係があるんだろうと思いましたしね」

最終的に、警察官たちが、美枝子の見かけた「室内を横切って通過した足」についてもう一度確認し、彼女が昨夜帰宅する際に乗ってきたタクシーの領収書の車体ナンバーを控え、ようやく次の入居者のところへと移っていくまで、二時間近い時がかかった。

「うちの場合は、わたしがあれこれ見かけたりしているから特別なんだろうけれど、聞き込みも大変だねって、主人と話しました。だけど、二〇二五号室に住んでいる人のことなんか、管理人室で台帳を見ればすぐ判るんじゃないのかしらねって」

それでは、二〇二四号室はどうだったろう。二〇二五号室と同じ間取りの、ヴァンダール千住北ニューシティのなかではいちばん広いタイプのこの部屋には、北畠敦子《きたばたけあつこ》という女性実業家が住んでいた。四十一歳で、離婚歴があり、小学四年生と二年生のふたりの子供を育てている。同居している六十七歳の母親が子供の世話と家事を仕切っており、この六月二日の日曜日は、本来ならば朝から家族で東京ディズニーランドへ遊びに出かけるはずだった。

「夜のうちの騒ぎについては知りませんでした」と、北畠敦子は語る。直線的なボブカットの髪型のよく似合う、きびきびとした口調の女性である。

「ディズニーランド行きという計画があったので、前の日から子供たちが騒いで大変だったんです。もし雨が止《や》まないようだったら中止だからと言っておいたので、家中にティッシュでつくった照る照る坊主《ぼうず》をぶら下げましてね。二日の午前中に警察の方が見えたときにも、まだあちこちにぶら下げてあって、ちょっと面白い眺めになってましたわね」

北畠家では、暴風雨が過ぎ去るのを今か今かと待っていたふたりの子供たちが、いちばん最初に、このマンションで、ひいてはすぐ隣の部屋で何やら事件があったらしいということを知った。朝六時ぐらいのことだったという。

「上の子が、母を起こしに行ったらしいんです。早く目が覚めてしまって、お手洗いに行って、廊下を人が通ってうるさいからドア・アイからのぞいてみたら、お巡りさんが立ってるってね。それで母が出ていって、居合わせた方から事情をうかがいまして、びっくりしたわけです。昨夜から騒いでたのに、何も気づかなかったんですかって言われたって、母は赤くなってました。でも、幸いここの建物は防音性が優れていて、両隣も上下も、物音らしい物音はほとんど聞こえないんです。わたしが共用廊下に近い方の部屋にいれば、何かしら気づいたかもしれませんが、うちでは廊下側の部屋は母の部屋になってまして、母は少し耳が遠いものですから」

不安な気持ちで様子を見ているうちに、マンションの専用チャンネルの文字放送で事件があったことが伝えられ、やがてニュース番組でも一報が取り上げられた。そこで北畠敦子は、泣いたりすねたり怒ったりする子供たちに、とりあえずディズニーランド行きは延期だと言い渡した。

「何かしら訊きに、警察の方が来るだろうと思いましたのでね。なにしろうちはすぐ隣ですから」

北畠敦子は、西麻布《にしあざぶ》にある「ヴァルカン」というレストラン・パブのオーナーである。「ヴァルカン」は有限会社で、彼女たちの住まいであるヴァンダール千住北ニューシティ・ウエストタワー二〇二四号室も、所有者の名義は㈲ヴァルカンだ。入居したのは昨年の十二月である。

「女子供だけの所帯ですから、セキュリティ第一で住まいを選んできました。ヴァンダール千住北ニューシティも、その点で気に入ったから引っ越してきたんです。それがまあ、とんだことでした」

「うちには子供がいますから、子供のお友達の親御さんと知り合いになったりするようなことは、当然あります。でも、不用意な人付き合いは一切しません。母にもそういう方針を通してもらっています。ただ、母は家で主婦をしていますから、マンションのなかのことは見聞きすることがあるでしょうし、わたしよりは詳しいはずです。それで、警察の方々が来る前に、お隣はどんな人だか判る？　というようなことを訊いてみました」

北畠敦子の母・智恵子《ちえこ》は、娘とは対照的に、その生涯のほとんどを家事を取り仕切ることで過ごしてきた女性である。自然、敦子や二〇二三号室の葛西美枝子とは違う角度から、近所の住人たちの動静について知ることができる。娘に尋ねられて、智恵子は、お隣は確かかなりの大家族で、そのなかに、車椅子《くるまいす》に乗っているおばあさんがひとり居るはずだ、と答えた。

「わたしが笑いましてね。お母さんが『おばあさん』と表現するくらいなら、その人よっぽどのお歳《とし》なのねと言いますと、母は、確かにあたしよりも年上の人だと申しました。どこか悪いみたいで、すごく痩《や》せている人だともね。そのおばあさんを車椅子に乗せて、お嫁さんらしい人がそれを押して出かけてゆくのを、最近も何度か見かけたというんです」

やがて二〇二四号室を訪れた警察官たちにとっても、これは貴重な情報だった。二〇二五号室内には確かに高齢の女性の遺体が一体存在していたし、遺体を運び出した後の室内の捜索で、物置から折り畳み式の車椅子が発見されていたということもあったから、なおさらである。北畠智恵子はさらに、車椅子を押していた「お嫁さんらしい」女性の背格好、服装の感じなどを説明し、それは二〇二五号室内に在った中年女性の遺体を思わせた。この智恵子の証言で初めて、少なくともあの高齢の女性と中年女性は、昨夜外から二〇二五号室を訪ねてきたのではなく、しばらく前から二〇二五号室に居住していたらしいと確認することができたわけである。

智恵子の証言の興味深い点は、隣家が「大家族である」「家族の人数が多いようだ」ということを、しきりと強調するところにあった。前述したように智恵子は若干耳が遠くなっており、そのうえ慣れない局面に緊張しているので、警察官との話も、ときどき敦子が仲介役を務めなければならなかった。しかし頭ははっきりしており、観察力も記憶力も鋭い。聞き込みにあたった警察官が、隣が大家族だとして、何人ぐらいいるように見えましたかと尋ねると、ひとりひとり特徴をあげて、こう話した。

・高齢の車椅子の女性
・その息子だろうと思われる中年の会社員風の男性。五十歳に近い年輩。この人は、朝出勤してゆくときに、上着は着ていてもめったにネクタイを締めていない。ゴミ捨て場でよく顔を合わせた。
・この中年男性の妻で、一家の嫁であろう中年女性。よく車椅子を押していた。化粧気がなく、ふっくらしていて、身なりはややだらしない。

・この中年夫婦の妹のように思われる女性。三十歳代初めか半ばの年齢。身なりが派手で、化粧も濃い。あまり印象がよくない。挨拶《あいさつ》しても無視されたことがある。

・中年夫婦の息子らしい若い男性。二十歳ぐらいに見えた。時々背広を着ていることがあるので、学生ではないようだった。やはり愛想が悪い。

・中年夫婦のいちばん下の子供らしい男の子。中学生ぐらい。この子は礼儀正しい。印象がいい。遠くの学校に通っているらしく、朝とても早くエレベーターを降りて行く。

さらにもうひとり、一、二度廊下で顔を見かけただけだが、四十歳ぐらいの中年男性がいる、という。この人は背広姿で朝出勤していく時に会ったこともあるし、普段着でエレベーターホールの前で傘を持ってゴルフの素振りの真似《まね》をしているのを見かけたこともある。やはり、中年夫婦のどちらかの身内だろうと思っていたと、智恵子は話した。

智恵子の観察の細かいことに、警察官たちも驚いたが、北畠敦子も驚かされた。

「危うく、お母さんよっぽど暇なのねと言いそうになりました」と、笑いながら話す。「でも、笑ったらいけないんですよ。母の世界は狭いんだという、これは証拠ですからね。母がその狭い世界で我慢してくれているおかげで、わたしは外に働きに行かれるわけで」

智恵子としては、別段、二〇二五号室に興味を持って観察していたわけではなかった。

日常、買い物や掃除やゴミ捨てや、その他細々したことのために家を出入りしているあいだに、隣家の誰かを見かけたり、エレベーターで乗り合わせたり、ゴミ捨て場ですれ違ったりしてきただけのことである。試みに、後で敦子が二〇二三号室の「葛西」の表札が出ている家について訊いてみると、

「あそこは夫婦ふたりきりみたいだけど、ふたりとも帰りが遅い。奥さんの方はあなたより帰りが遅いわよと、咎《とが》めるみたいな言い方で言ってました」

それに、しょっちゅう店屋物を頼んでるよ、と。

「それでわたしは、わたしにはお母さんがいてくれるから、店屋物に頼らないで済むから助かるわと言いました。あら、ごめんなさい。これは本筋とは関係のないことですわね」

話を元に戻そう。もしも二〇二五号室の住人たちが、北畠智恵子が挙げてみた七人であるならば、これは確かに今どき珍しい大家族ということになる。しかもそのうちの四人――高齢の女性と、中年夫婦と、若い男性――は、今回遺体で発見された四人と重なる。

しかし、警察官がよく聞き出してみると、智恵子の証言にはさらに補足しなければならない要素があることが判った。ひとつには、智恵子は、隣家のこの七人――彼女が「大家族」だと把握している七人全員が揃っているところを見かけたことはない、ということである。

とは言っても、子供が大きくなると、一家揃って外出するような機会は少なくなる。だから、七人のメンバーが全員、玄関先やエレベーターホールに頭を並べているところを見かけたことがなくても、それほど不思議はない。ただ、さらに質問を続けてゆくうちに、もうひとつ引っかかることが出てきた。智恵子が見かけた隣家の七人のメンバーの、その「見かけた時期」にばらつきがあるのである。

前述したように北畠家が二〇二四号室に引っ越してきたのは一九九五年の暮れで、事件当時は入居からまだ半年ほどしか経《た》っていなかった。そして、エレベーターホールでゴルフのスイングの真似をしていた四十歳代の男性や、身なりの派手な三十歳代の女性、印象のいい中学生ぐらいの子供については、入居からほどなくして顔を見かけている。ところが、五十歳代の男性や、車椅子の老婆《ろうば》、車椅子を押している中年女性、そして二十歳ぐらいの若者については、春先から顔を見かけるようになった、というのである。

「警察の方に、去年の暮れに引っ越してきた時、両隣の家に挨拶に行きましたかと訊かれました」と、北畠敦子は話す。「挨拶に行っていれば、当然わたしも、二〇二三号室と二〇二五号室のご主人や奥さんの顔を、廊下で見かけたりするよりは正確に、ちゃんと知ってるはずですからね。でも、残念ながら挨拶には行かなかったんです。管理人室には参りましたけどね。最初に申しましたように、我が家は人付き合いにはきわめて慎重なんです」

これは、苦い経験があったからだった。

「離婚したあと、母に同居してもらうようになって、最初に引っ越したマンションでひどい目にあったことがあるんです。もう六年ほど前の話ですが、当時はわたしも女子供ばかりの所帯になったことが心細くて、しかもわたしは留守がちですしね。ご近所を頼りにするような気持ちがあったんです。ところがそれが裏目に出まして」

隣家の主人が、北畠家に男性がいないこと、敦子が資産家であることを察すると、露骨に手をのばしてきたのだ、という。

「その人は自称建築家とかで——本当にそうだったのかどうか、今は怪しいと思ってますけど——家で仕事をしていたんですね。奥さんは外で仕事を持っていました。最初は人当たりのいい人で、うちの母も気のいい人ですから、気さくなご近所付き合いをしていたんですけど、そのうちだんだん図々《ずうずう》しくなってきましてね。用もないのに訪ねてきてはあがりこんで、家のなかをうろうろしたり、子供たちを手なずけようとしたり……。そのうち、奥さんが留守だから夕食を一緒にしないかって、勝手に買い物をしてうちに持ってきたりし始めましてね。夜遅く、お店を閉めてからですから午前二時過ぎですよ、わたしが帰ってくると足音を聞きつけてインタフォンを鳴らして、一杯やりませんかって誘ってきたりもしました。ニコニコにやにや、愛想はすごくいいんですが、だんだん気味悪くなってきまして」

一度はっきりと、そういう節目のない近所付き合いはいたしませんと言おう——と思っている矢先に、隣家の主人がいよいよ本音を露《あらわ》にしてきた。事業の拡張のための資金が若干足りなくて困っている、投資だと思って、ご近所のよしみで融通してくれませんかというのである。

「百万円と言ってきました。バカじゃないかと思いましたね。わたしも甘く見られたものでした」

北畠敦子は、面と向かって、きっぱりと断った。以降、隣人としての付き合いもご遠慮いただきたいと申し渡した。女性としては果断な行動だったが、この場合は相手が悪かった。

「その日以来、ひっきりなしの嫌がらせが始まりました。無言電話はかかってくるし、郵便受けは荒らされる。わたしや子供たちの店や学校への行き帰りを待ち伏せしていて後を尾《つ》けてくる、子供の自転車を盗んだり汚したりする——もう何でもありですよ。そのうちに、本当に間の悪いことにこの人管理組合の理事だったものですから、理事会を通して、うちの子供たちのたてる騒音がひどくて夜眠れないとか、わたしが不特定多数の男性を家に引き入れていて、おかげでマンションの環境が悪化しているとか、あることないこと言い立てるようになりましてね。わたしも弁護士に相談したりしてずいぶんと対抗手段をこうじて頑張ったんですが、とうとう疲れてしまって、結局一年足らずでそのマンションを引っ越すことになったんです」

「ヴァルカン」の経営が軌道に乗ったばかりのころだったので、転居費用は痛い出費だったという。まだ幼児期の子供たちにも、精神的によくない後遺症が残った。

「以来、不用意な近所付き合いは一切するまいと、決めました。それで引っ越しの挨拶もやめたんです。女所帯には、頭で考えて、予想している以上に危険が多いんですよ。愛想の悪い、礼儀を知らない家だと思われるぐらい、なんでもありません。管理人や管理会社としっかりパイプをつないでおけば、それでいいんだと思います。今でもそう思っていますよ。現代ではね、隣近所は頼りがいのある存在じゃなくて、警戒するべき存在なんです。排他的でいるくらいが、ちょうどいいんですわ」

そういう次第で、北畠家では二〇二五号室について正確な情報を得ていないのだということを、敦子は警察官たちに説明した。彼らは納得してくれたようだったし、北畠家が被《こうむ》った過去の災難についても同情を寄せてくれたが、智恵子の証言の細かい部分について、さらに質問を重ねてきた。

彼らがもっとも知りたがったのは、智恵子の言う「車椅子の老女」たち四人を見かけるようになった「春先」からこちら、彼ら四人のうちの誰かと、それ以前から顔を見かけていた三人の誰かとが一緒に居合わせているのを見たことがあるか、ということだった。

事件の全容がはっきりしている今の時点から見れば、警察官たちのこの質問の意図するところはよく判《わか》る。

「春先」前の三人。ゴルフのスイングをしていた会社員風の男と、身なりの派手な女性と、中学生。これが小糸信治一家であろう。そして「春先」以降の四人、これが遺体で発見された四人であろう。この二家族が、智恵子の言う「春先」を境に、理由はまだ不明だが、なんらかの都合で入れ替わったのではないか。

その入れ替わりの理由が、ふたつの家族のあいだで相互に関係しあっているものであるかどうか即断はできない。が、小糸家が公《おおやけ》に――少なくとも管理人の佐野にひと声挨拶をしてから――引っ越したのではなく、そっと立《た》ち退き、その後にまたひっそりと次の四人家族が入居してきているところから推して、何か表向きにしにくい事情があった可能性は充分にある。それでは、この二家族のつながりは何か。

北畠智恵子は、二家族を一家族と認識していた。それは、彼らが個々に、あるいはふたり連れ三人連れぐらいで二〇二五号室に出入りしている場面を見かけたからである。問題は、その二人連れ三人連れの組み合わせだった。

かなり記憶力のいい智恵子だが、二〇二五号室の住人（そうだと彼女が思っていた人びと）すべての顔を見かけたときの状況を、くまなく正確に思い出して証言することは難しかった。順々に聞き出してゆくうちに、細部のはっきりしてゆくところ、逆にあやふやになってゆくところと、まちまちだった。しかしひとつだけ、ごく最近の、たぶん先週の中頃のことだったと思う――という記憶があった。

「エレベーターホールの前で、母が、隣のお嫁さんだと思いこんでいた中年の女の人と、その人の妹だろうと思っていた派手な身なりの女の人が立ち話をしているところに通りかかったというんです」

北畠智恵子は、買い物から帰ってきて、一階からエレベーターをあがってきたところだった。エレベーターの箱のなかではひとりきりだった。ドアが開いて外に出ると、二十階のホールで女性がふたり向き合っている。おや、隣の奥さんと妹さんだと思った。時刻は午後の三時ごろで、年かさの「奥さん」の方はシャツにズボンにエプロン姿だったが、「妹さん」の方は明るいピンク色の長袖《ながそで》のスーツを着ており、腕からハンドバッグを提げていた。きちんと化粧をしていたが、近くで見ると、三十歳代というより、四十過ぎの年齢のように見えて、ちょっと驚いた。ふたりになんとなく会釈《えしゃく》をして、智恵子は通り過ぎた。

　警察官は智恵子に、そのときのふたりはどういう様子だったかと尋ねた。

「母は他人様《ひとさま》のことを悪く言うのが気が引けるようで、ずいぶん困っていました。わたしが、感じたとおりに言えばいいのよと申しますと、やっと口を開きました」

　なんとなく、口喧嘩《くちげんか》でもしているような様子だったと、智恵子は言った。「妹さん」の顔が、どうも怒っているように見えたのだった。

　この時点で、聞き込みにあたっていた警察官たちには、この「妹さん」は小糸静子であろうという確信が持てた。彼女の実家にはすでに捜査本部から人が行っている。小糸家の人びとに事情を訊《き》けば、今回遺体で発見された四人の身元を突き止めることも、確実にできるだろうと思われた。

「母はずいぶん心配そうな顔をしていました。余計なことを言ったんじゃないかって、不安になってたんです。捜査に協力したんだから、何も心配することなんかない、むしろ立派なことよって、励ましました」

警察官たちが引き上げるときに、北畠敦子は、天気もよくなってきたし、予定通り子供たちを東京ディズニーランドへ連れていってもいいだろうかと訊いた。彼らは笑って、一向に差し支えないと答えた。「それでほっとして出かけました。ただ、なんだか現場から逃げ出すような気がしないでもありませんでしたね。うちは隣の部屋だというだけで、事件には何も関係ないのに、不思議なものです」

隣家で四人が一度に殺害された——そのことに対する恐怖心は、最初からあまり感じていなかったと、北畠敦子は語る。二日のこの段階では、二〇二五号室の殺人が、物取りによるものか、怨恨《えんこん》か、まったくはっきりとしていなかったにもかかわらず、である。

「お話ししたように、わたしたち一家は以前に『隣人』の怖さを味わっていました。『隣人』が怖いということは、『世間』が怖いということですし、結局は、『コミュニティ』そのものが怖いということなんですよ。ですから、いつ何があったって不思議じゃないんです」

何が怖いといって、人間ほど怖いものはないのだと、彼女はいう。

「わたしは客商売ですから、もちろんお客様は大切です。でも、ひとりの生活人というレベルに降りたときには、小さな子供と老いた母親を抱えてわたしひとり、一瞬も息を抜くことはできないんですよ。二〇二五号室の出来事については——当時はまだ何も知りませんでしたから——死神が隣に行ってくれたというような気持ちもありましたね。以前の経験で、何も悪いことはしていなくても、ちょっと迂闊《うかつ》だったり、ちょっと気がゆるんでいたりしただけで、とんでもない災厄に襲いかかられることがあるんだと学んでいましたから、我が家が無事で、お隣が皆殺しにあってしまったということも、かえって冷静に受け止められました。母は少し疲れていたみたいでしたが、あの日は出かけてきてよかったと思っていましたよ」

少し時間を先に飛ばせば、この夜、北畠敦子と智恵子と子供たちが、一時的にでもヴァンダール千住北ニューシティ・ウエストタワー二〇二五号室の出来事を忘れ、シンデレラ城の上空にあがる華麗な花火に歓声をあげている午後八時半ごろ、小糸家に続く事件の重要な関係者のひとりとして、後には日本中の人びとから追跡されることになる石田直澄の名前が、事件の前面に浮かび上がってくることになるのである。

さて、ウエストタワー二十階の他の入居者たちの証言はどのようなものだったろうか。

北畠敦子の言っていたように、ヴァンダール千住北ニューシティの建物は、防音性に非常に優れている。大型集合住宅としてはきわめて理想的なこの要素が、こと犯罪捜査の局面においてはマイナスになった。くっつきあって暮らしている世帯でも、それぞれに隣の家についての情報をあまり持ち合わせていないのである。

ここで再び、パークハウジング・マンション管理部長の井出康文の話を聞こう。

「統計をとったわけではないですし、またこんなことは本来統計のとりようもないことなんで、私の経験則からくる印象でしかありませんが、どうも集合住宅というのは、住宅としてのクオリティがあがればあがるほど、入居者相互の交流の度合いが下がる傾向があるみたいなんですよ。もちろん、いわゆる億ションで入居者同士がみんな仲良し、しょっちゅう誰かしらの家で集まってはバーベキュー・パーティをやってる——というような例もあります。ですが、一般的には、高級を売り物にするマンションほど、近所付き合いが希薄に思えます」

なぜなのだろう？

「いちばん妥当な理由は、やはりプライバシーの問題でしょうね。もっとも判り易《やす》い例をあげれば、芸能人ですよ。芸能人は下手な近所付き合いなんかするよりも、そこに誰が住んでるのか判らないくらいの匿名性《とくめい》を大切にします。財界人だってそうじゃありませんか。それと、億ション級のマンションを購入できるだけの資力のある人は、本来なら一戸建て指向が強くて当然なわけで、実際、一戸建てを持っていて、マンションはセカンドハウスだとか、仕事場だとか、あるいは、極端な場合は愛人を囲っているとかですね——」

と笑って、

「まあそういう、本来の『家』の概念から多少はずれたところでマンションを購入したり借りたりする方が多く混じってくるんです。それに、やはりそれだけの資産のある方たちは、企業や組織のなかで重要な地位を占めているケースが多いですから、必然的に皆さん多忙です。となると、町内会長を引き受けるよりは、多少多めに寄付金を出すから勤労奉仕は勘弁してくれというふうになりますよね。そういう入居者が集まれば、相互の交流は薄くなるのが当然でしょう」

考えてみればもったいない話なのだがと、井出部長は言う。

「私などは一介のサラリーマンですが、たまに会社から補助金を出してもらって、大枚の会費を払ってわざわざ異業種交流のパーティやイベントに出かけて行ったりするんですよ。ところが、家の隣近所を見回してみれば、すぐ隣のご主人は製造業の部長さんで、お向かいの旦那《だんな》さんは流通業界の人で、三軒先の奥さんは手広くケータリング・サービスの会社をやっている——なんてことがあるんです」

そうやって考えてゆくと、日本人の形成する現代のコミュニティは、完全に「会社単位」なのだという現状が見えてくると、彼は話す。

「とりわけ、男の場合はそうですね。ところが、女の人たちはちょっと違う。これはなぜかと言えば、女性がおしゃべりだからとか、友達をつくるのが上手《うま》いからということではなくて、実は『子供』のせいなんですね。女性たちは、『子供』を軸にしてコミュニティを作るんです」

異論が出るかもしれない井出部長の意見だが、ヴァンダール千住北ニューシティ・ウエストタワー二〇二五号室に関しては、図らずも彼のこの持論が立証された形になった。

二〇二五号室の入居者たちについて、もっとも豊富で具体的な情報をもたらしてくれたのは、ウエストタワーに住む子供たちであったからだ。

相互の付き合いの薄い塔の暮らしのなかでも、子供たちは的確に「仲間」の存在を感じ取る。思春期にさしかかる年代の子供たちだと、感じ取った「仲間」の存在感が必ずしも心地よいばかりではなく、接近遭遇が友好的なものではない場合も多いが、幸い、平成四年に二〇二五号室に入居した小糸一家の場合は、ひとり息子の孝弘《たかひろ》が、その当時で十歳。北畠智恵子の証言によれば、孝弘は今年の「春先」までは確実にウエストタワーにいたはずであり、その時点で十四歳だ。まだまだ柔軟な部分の多い年頃である。

聞き込みを続けてゆくと、まず同じ二十階の二〇一〇号室に、小糸孝弘の「知り合い」がいた。宮崎信吾《しんご》という十四歳の少年である。ここには新規分譲の時から入居しており、小糸孝弘とは何十回となくエレベーターで乗り合わせたことがあり、こちらから話しかけもしたが、

「あんまり乗ってこなかったんだよね。無口なヤツだった」

宮崎信吾は少年サッカーのクラブチームに所属しており、合宿や遠征に忙しく、仲間も多いので、強いて小糸孝弘と友達になる必要も感じていなかった。一見して孝弘が「青白くて」、「サッカーとかにはぜーんぜん興味なさそうで」、「勉強ばっかりしてそうな感じ」だったので、興味をそがれたということもあったそうだ。

それでも小糸孝弘に話しかけたことがあったのは、彼が滝野川学院の制服を着ていたからだった。滝野川学院には、宮崎信吾のいるクラブチームで親しくしている少年が通

っているのである。

「市川ってヤツなんだけど、そいつのこと知ってるかって訊いても、知らないって返事だった。小学校五年ぐらいの時かな」

同じ階に住んでいる割には、小糸孝弘と廊下やホールで顔を合わせる機会は少なかったと、宮崎少年は言う。

「だけど無理ないと思うよ。ここから滝野川学院に通ってんじゃ、通学だけで下手したら一時間半はかかるもんね」

宮崎信吾がいちばん最近に小糸孝弘の顔を見たのは、今年の二月の初めか中頃のことだったという。エレベーターやフロアではなく、敷地内の緑地帯を横切って歩いて行く小糸孝弘を見かけたのである。

「そのときは、なんか大きなボストンバッグみたいなのを持ってた。下ばっかり見て、のろのろ歩いてた」

そういえば、最近は全然見かけてなかったなという。それでも、二〇二五号室が引っ越ししているような様子も見受けられなかったし、当然あの部屋に住んでいるとばかり考えていた。当時の彼は、夏休みにクラブチーム初のヨーロッパ遠征を控えており、その代表メンバーに選ばれるため、練習に余念がなかった。自分が忙しいので、周りのことにかまっている時間はなかったという。井出部長流に言うならば、高級マンションでは子供でさえスケジュールに追われているのである。

二十階の入居者たちからは、北畠智恵子と同じように、車椅子《くるまいす》に乗った老女と、その車椅子を押している中年女性の姿を見たという証言はいくつか取ることができた。その姿が非常に「貧乏たらしい感じがして嫌だった」という声もあれば、「この階にこんなお年寄りがいたかしら」と不審に思ったという声もある。が、実際にこの車椅子の老女たちと話をしたことがあったのは、やはり子供だった。ひとつ下の十九階に住む、こちらは高校一年生の女の子である。

木暮美佳《こぐれみか》というこの少女は、正確な月日は忘れたが、「まだ冬物のコートを着ていたころに」、エレベーターで下へ降りようとして、車椅子の老女とそれを押す「おばさん」と同じ箱に乗り合わせた。エレベーターはまっすぐに下に降り、一階に到着した。木暮美佳は礼儀正しく「開」のボタンを押しておばさんたちに道を空けたが、エレベーターからホールへ降りるところで車椅子が突っかかってしまい、動かなくなったのを見て、手を貸してあげた。老女は非常に痩《や》せており、体重も軽かったのか、ふたりがかりで持ち上げると、車椅子は無事にホールに滑り出た。

「そのおばさんは、すごく丁寧にあたしに御礼を言いました」

そして、ついでで悪いけど教えてくれると断って、この近くに郵便局はあるだろうかと訊いた。東門を出てすぐ左に曲がり、マンションに沿って歩いて、二つ目の交差点を渡った先だと教えると、「おばさん」は頼りなさそうな感じでそれを復唱し、また美佳に礼を述べて離れていった。

「車椅子のおばあさんの方は、ずっとにこにこしてたけど、口はききませんでした。目に涙がにじんでて、あんまりよく見えないような感じだった」

木暮美佳の行く先は郵便局とは反対方向だったが、「おばさん」の不案内な感じが心配で、彼女たちが敷地を通り抜けて東門を出て行くまで、なんとなくあとを尾《つ》いていった。そして、「おばさん」が確かに東門を抜けて左へ曲がるのを見届けた。

「きっと引っ越してきたばっかりの人なんだろうなと思ったんです」

捜査本部で聞き込みで得られた情報をまとめてみると、エレベーター周辺や敷地内の遊歩道を中心に、この「車椅子の老女とそれを押す女性」の組み合わせが、今年の三月ごろから頻繁に目撃されていることが判《わか》った。やはり目立つのである。他の証言が一様に「三月の初めか半ばごろから」と言っているのに対し、木暮美佳が「まだ冬物のコートを着ていたころ」と述べているのが若干ひっかかるが、三月の寒の戻りに冬物のコートを着たという可能性もあり、北畠智恵子の言う「春先」と考えあわせても、二〇二五号室の入居者が入れ替わった、もしくは新しい入居者が加わったのは、三月だと考えてもいいだろうということになってくる。

ウエストタワーではもう一件、単なる目撃例ではなく、二〇二五号室の入居者である小糸家と接触したという証言が出てきた。これも中学二年生の女の子だ。八一〇号室に住む、篠田《しのだ》いずみという少女である。

彼女が出会い、話をしたのは、小糸孝弘と母親の静子だった。日時も正確に覚えている。今年の正月明け、一月五日だった。

彼女が小糸孝弘と最初に会った場所はゴミ捨て場、ゴミコンテナの集積所である。可燃ごみ、不燃ごみで色分けされたコンテナがたくさん並んでいる。両タワーと中央棟から吐き出されるゴミが集められる場所なのだから、面積も相当ある。パークハウジングの新年の管理業務開始は一月六日からで、五日の午後、篠田いずみが母親に言いつけられてゴミ捨てに来たときには、相当数のゴミコンテナが満杯状態になっていた。臭《にお》いもきつかったので、いずみはゴミ袋をコンテナに放り投げ入れ、すぐに立ち去ろうとしたのだが、そのとき、いちばん奥の粗大ゴミ専用置き場に自分と同年代の男の子がいることに気がついた。何を捨てているのかと、なんとなく興味を惹《ひ》かれて目をやると、彼は、足元に大型のステレオラジカセを置き、ゴミ集積所から出ていこうとしていた。

遠目でも、篠田いずみの目には、彼の捨てたステレオラジカセが、まだ真新しいことが判った。急いで走り寄って確かめてみると、ほとんど新品同様だった。いずみはゴミ集積所を飛び出し、さっきの少年の後を追った。彼はのろのろと歩いており、すぐに追いつくことができた。

「ねえ、ちょっと！」

後ろから声をかけると、少年はびくんと飛び上がって振り向いた。頬のこけた青白い顔の少年で、

「なんか病気みたいだったのよね」

いずみは息せき切って、さっき粗大ゴミ置き場に捨てたラジカセは、壊れているから捨てたのかと尋ねた。少年はおどおどと爪先《つまさき》を踏み替えていて、すぐには返事をしなかった。

「まだ新しいヤツだけど、もしかして不良品なの？　ホントに捨てちゃうの？」

問いかけられても、いっそう狼狽《ろうばい》した様子でもじもじしている。いずみは腹が立ってきて、

「ホントに捨てちゃうなら、あたしが拾ってもいいわよね？　不良品とかだって、修理すればいいんだもん。もったいないじゃん、あんな新品」

篠田いずみには姉がおり、姉は自分用のステレオタイプのラジオカセットを持っていた。いずみは自分も欲しくて仕方なかったのだが、お年玉でいちばん新しい仕様のウォークマンを買ってしまったので、そちらに回す資金が足りなくなっていたのだった。修理代だけで新品同様のものが手に入るならば、こんなにオイシイ話はない。

「だけどその子、困ったような顔しちゃって、拾ったりしない方がいいよとか、口のなかでもごもご言ったの」

いずみは辛抱が切れてきて、こんなヤツは放っておいて、さっさとラジカセを拾おうと、ゴミ集積所の方へ引き返し始めた。捨てた物を拾うのは、拾う者の自由だ。断ったりしなくたってよかったんだ。

ところが、今度は少年がいずみを追いかけてきた。あのラジカセはちゃんと捨てないと、僕がお母さんに怒られるんだと言う。ひどくあわてている様子だった。

「ヘンなお母さんだね、物を粗末にしろって命令するの？」

「そうじゃないけど……」

少年は泣きそうな顔になり、本当は、あれは僕のものじゃないんだというようなことを言った。いずみはびっくりした。彼女の両親が笑いながら言うに、「直情径行というか、頭の構造がシンプルな娘なので――」大声で言った。「ヤダ、あんたのものじゃないなんて、じゃあ誰のもんなの？　盗んできたもんなのぉ？」

ちょうどその場へ、小糸静子がやって来たのである。いずみは最初、どこかの部屋のおばさんがゴミ捨てにきたのだろうと思ったが、彼女が目の前の少年を見つけるなり、凄《すご》い勢いで駆け寄ってきて彼の肘《ひじ》をつかみ、叱《しか》りつけたので、この子のお母さんだと判ったという。

「何してるの、ちゃんと捨てたの？　って、最初っから怒鳴ってるのよね。男の子の方はもう涙流しそうで、ブルっちゃって何も言えないの」

物怖《ものお》じしないいずみは、彼女に向かって言った。

「おばさん、おばさんこの子のお母さんでしょ？　あたし今ね、この子の捨てたラジカセ、あたしが拾ってもいいかどうかきいてたの。いいでしょ？」

すると男の子の母親は、噛《か》みつきそうな顔でいずみをにらみつけると、他人が捨てた物を拾うなんて嫌らしい、あんたはいったいどこの子なのと訊《き》いた。いずみは悪びれず、ウエストタワーの八一〇号室の篠田ですと応じた。

男の子の母親は、ゴミ捨て場を漁《あさ》るような子供が、このマンションに住んでるわけがない、嘘《うそ》つき！　と罵《ののし》った。もの凄い剣幕だった。

「あたし、それで完全にアッタマきちゃったのね」

娘を嘘つき呼ばわりされて、うちのママだって黙ってるはずはないと思った。

「嘘じゃないわよ、その証拠に、あとでおばさん家《ち》にママを連れてく。おばさんとこは何号室？」

いずみが正面切って尋ねると、男の子の母親はそれには答えず、男の子を引きずるようにしてゴミ集積所を出ていこうとする。少女なりに誇りを傷つけられ、戦闘的な気分になっていた篠田いずみは、「待ちなさいよ！」と叫んで後を追いかけた。操り人形のように母親に引きずられて行く男の子が足かせになって、男の子の母親の歩みは遅く、いずみは容易に彼らに尾いてゆくことができた。

「ひどいじゃない、他人《ひと》のこと嘘つきなんて言ってさ。逃げるのもずるいわよ！」

相手が男性だったなら、いずみも多少はひるんだかもしれない。しかし、同性だ。「おばさん」だ。怖くはない。強気を前に出して食い下がると、敷地内の緑地帯の手前まで来たところで、男の子の母親がヒステリーを起こした。

「知らない、勝手にしなさい！」

そう叫ぶなり、つかんでいた男の子の手を離すと、ウエストタワーの方に向かって駆け出した。男の子は突然おっ放されたはずみでよろけたが、なんとか転ばずに踏みとどまって、なんともバツの悪そうな顔でいずみを見た。

いずみは怒りを通り越し、呆気《あっけ》にとられていた。やっとのことで「あんたのママってヘンなんじゃない？」と言った。

男の子はいずみに謝った。「うちのお母さんは、今ちょっと具合がよくないんだ」

「そうは見えなかったけど」

　少年の母親は、古ぼけたセーターにスカート、サンダルをつっかけて、髪はぼさぼさだった。みっともない格好ではあったが、具合が悪いようには見えなかった。

「病気なんだよ」と、少年は小声で言った。そして頼むような口調で、「あのラジカセ、拾わないでくれない？　拾っても、あんまりいいことないと思うよ」

　さすがのいずみも、ちょっと薄気味悪いような気分になりかけていた。ラジカセに未練はあったが、少年の言葉にこっくりとうなずいた。少年が真面目《まじめ》で、かつ非常に惨《みじ》めな様子に見えたことも、いずみの同情を誘い始めていた。

「うちもウエストタワーだけど……」と、少年は言い出した。

「何階？」

「二十階。二〇二五号室の小糸っていうんだけど、もうすぐ引っ越すことになってるから」

彼女がこのくだりを話しているとき、聞き込みの警察官たちは、ここで数回、念を押した。確かに間違いなく、小糸少年は「引っ越す」と言ったのか？

彼が確かにそう言ったことを、篠田いずみは覚えている。思いこみや記憶違いではない。

小糸と名乗った少年と一緒に、いずみはウエストタワーのエレベーターに乗った。しょんぼりと黙っていた少年は、いずみが八階で降りようとすると、追いかけるように「ごめんね」と言った。

帰宅したいずみは、母親にゴミ集積所での出来事を打ち明けた。粗大ゴミ捨て場の物を闇雲《やみくも》に拾おうとしたことで、まずはこっぴどくいずみを叱りつけてから、母親は首をひねった。小糸という少年とその母親の態度に、なんとも腑《ふ》に落ちないものがあったからである。

「そのラジカセ、もしかして爆弾でも仕掛けてあるんじゃないの？」

いずみの姉が冗談半分に言い、あれこれ気にしているのもなんだからと、母娘《おやこ》三人で、もう一度ゴミ集積所へ降りてみることになった。

ラジカセは、まだあった。しかし、上部のCD再生用デッキの蓋《ふた》が割れ、取っ手がはずれ、カセットテープ用の蓋も割れて落ち、無惨《むざん》な様子になっていた。先ほどの出来事から三十分から四十分ほどしか経《た》っていなかったが、そのあいだに誰かがここに来て、いずみがそうしたようにこのラジカセを拾って持ち帰ることを防ぐため、壊していったらしかった。

それからしばらくのあいだ、二〇二五号室の小糸という家は、篠田家の母娘のあいだで話題の家となった。いずみの母親は、タワーのエレベーターやホール、敷地内のどこかで、エキセントリックな小糸の母親に会うことを期待していて、いずみにも、もし見かけたら、すぐに教えてくれと言っていた。

だが、結局二度と見かけることはなかった。

篠田いずみの体験は、正月明けの出来事である。一月初めには、小糸家は確かに二〇二五号室に住んでいたのだ。注目するべきは、このとき目撃された小糸静子が普段着姿で、髪もぼさぼさだったということだ。正月休みで、家にいたから気を抜いていたということだろうか。

全体にウエストタワーの他の入居者たちとの接触が少なく、印象が薄く、管理人の佐野にさえ覚えておいてもらえなかった小糸家にしては、篠田いずみとのエピソードはかなり劇的なものである。このころの小糸家に、ちょっとしたトラブルにも——それも、自分の子供や、篠田いずみのような少女相手のやりとりだ——激情してしまうほどに静子を追いつめるような、何が起こっていたのだろう。なぜ、新品のラジカセを捨てようとしたのか。孝弘の、「拾っても、あんまりいいことないと思う」という言葉には意味があるのか。

聞き込みにあたっていた警察官たちは、これらの不可解な部分も、もっとも大きな謎《なぞ》であるあの四遺体の身元も、小糸静子の実家にいる小糸家の三人を捕捉《ほそく》することができれば、すぐに明らかになるだろうと考えていた。静子の実家である日野市内の木村家には、早朝のうちに担当警察官が向かっている。

ところが、正午近くに一度、地取り・聞き込み捜査班がヴァンダール千住北ニューシティ敷地内に集合したとき、意外な一報がもたらされた。小糸家の三人が逃亡し、現在の所在は不明だというのである。

「私がそれについて聞いたのは、やはり正午過ぎのことだったと思いますね。緊急理事会が終わってウエストタワーの管理人室へ戻ってみたら、佐野さんが、一度は連絡のついたはずの小糸さん一家がいなくなったと教えてくれたんです」

小糸家がヴァンダール千住北ニューシティに戻ってくるようなことは、まずあるまい。逃亡したと言っても、子供連れではあるし、それほど手間を食わずに発見できるだろうという見通しもあった。ただ、もしも——たとえばヴァンダール千住北ニューシティ内の何かの催し物とか、入居者の懇親会でもあったときの記念写真などで、小糸一家の三人の顔が確認できるようなものがあったら提供してくれないかと、佐野は頼まれた。あいにくそういうものはなかったので、また申し訳ない気分に落ち込んだ。

「そう気落ちしなさんなと、佐野さんを慰めました。警察だって、管理事務所の働きをそれほど期待しちゃいないよとね」

しかし、気楽なことを言ってみせた井出部長も、内心は不安を感じ始めていた。

「小糸さんたちが逃げたと聞いて、こいつは二重に厄介なことになったと思いました」

今度の殺人事件が、入居者が被害者となった事件というだけでなく、入居者が加害者となった事件でもある――という可能性が、わずかだが生まれてきたからだ。小糸家が事件にまったく無関係であるならば、警察の事情聴取から逃げ出すはずもない。何か後ろ暗いことがあるから、必死に逃亡したのだろう。

「もちろん、殺人事件そのものが大変悲惨で、起こって欲しくないことです。しかし、マンション販売業者、管理会社の立場で言うならば――その立場だけから言うならばですよ――今度のようなケースでは、自分たちの物件から被害者が出ることによるダメージが一〇〇、加害者が出たことによるダメージが一〇〇。しかもこのふたつがダブった場合には、足し算じゃないんです。かけ算になるんですよ」

セキュリティ面を考えるならば、被害者が出ることのマイナス点が大きい。しかし、マンションそのものではなく、そこに住まう入居者の「グレード」という物差しを持ってきて測った場合は、加害者が出たことによるイメージダウンも甚だしい。とりわけ、四人もの大量殺人犯が入居者のなかにいたとなれば、ヴァンダール千住北ニューシティだけでなく、パーク建設のマンション全体のイメージに、深刻な悪影響を与えることになる。

マンション販売に際し、建設会社も売り主も、購入希望者の資金繰り、ローンの返済計画、自己資金率などには目を光らせる。しかし、世帯主の人柄や人品風采《ふうさい》まで踏み込んで審査をしたり、いわんやそこで売買の成否を判定したりはしない。それでも、ひとたび事が起これば、打撃を受けるのは売り手側の企業イメージなのである。

「このあたりが、単に『不動産』と割り切ってしまうことのできない、『家』つまり『マイホーム』を商品として扱う企業の難しいところです」

　それでなくても、現代は「気分の時代だ」と、彼は言う。

「緻密《ちみつ》なデータや詳細な事実の積み上げは二の次なんです。必要なのは『気分がいい』ことでありましてね。これは、マンション管理についても大切な要素なんですよ。ただ清掃したり、宅配便を代わりに受け取っておいたり、庭の手入れをするだけではもう駄目なんです。それらのサービスを、入居者が、ここに住んでいるからこそ、ここで高い管理費を払っているからこそ受けることのできる心地よい特権として感じられるようにもっていかなければならない」

　ヴァンダール千住北ニューシティが、高級超高層マンションといううたい文句とは裏腹に、実際には転居率も空き部屋率も高く、分譲マンションとしての実成績はかなりお寒いものであったということは、既に「事件」の章で述べた。パーク建設は、この隠された劣勢を跳ね返すためにも、ヴァンダール千住北ニューシティの「高級」イメージを堅持しなくてはならない。しかも、この章の始めの方で述べたように、パーク建設は当時、相模原にヴァンダール千住北ニューシティと似たタイプの超高層マンションを建設、売り出したばかりのところでもあった。急を要する度合いから見れば、むしろそちらの方こそ大問題だったとさえ言っていい。ヴァンダール千住北ニューシティは、もろもろあっても、とにかく新規分譲はとっくの昔に済ませてしまった物件である。だが、相模原はこれからなのだ。

正午すぎ、緊急理事会が終了したころに、パーク建設のマンション事業部長・田中琢《たく》己《み》が駆けつけてきた。井出よりも年齢ではふたつ年下だが、大規模マンション開発のパーク建設という定評を、ほとんどひとりで作り上げてきたようなやり手である。その田中が厳しい目をしてやってきて、井出の口から現時点で判《わか》っている限りの状況説明を聞くと、さらに険しい顔になる――という有り様に、さすがの井出もいささか弱気になりかけた。

「相模原の現地販売事務所が混乱しているので、とりあえず応急の対応マニュアルを作ってからこっちへ来たと、田中は言っていました。相模原と荒川区は土地柄もまったく違うし、距離も西と東に離れているのに、やはりあちらの購入希望者のなかに動揺が生まれるんですよ。まあ、無理もないですがね。安い買い物じゃありませんから」

相模原の販売事務所では、受付の女子社員が客に、あんな事件を起こしておいて、万全のセキュリティなんてのは嘘八百じゃないかと怒鳴りつけられ、泣き出してしまうというハプニングまで起こっていた。休日ということでなかなか捕まらなかった重役連ともぼつぼつ連絡がつき始め、本社では今回の事件の対策本部をつくり始めた。井出は、その対策本部と現場との連絡役を命じられ、当面、ウエストタワーの管理人室に腰を据えることになった。

井出と田中の両部長が眉間《みけん》にしわを刻んでいるあいだにも、聞き込み捜査は続いている。一方で、井出の指示で始めた文字放送による管理人室からの呼びかけが実り始め、警察官たちが訪問する前に、心当たりの情報を寄せてくれる入居者が出てきた。各管理人はそれを受け取ると、話を聞いて書き留め、警察官たちに逐一知らせた。

寄せられた情報は玉石混淆《こんこう》で、一見しただけで事件とは関係のなさそうなもの、思いこみの強い目撃談、噂《うわさ》話の類《たぐい》が多々混じっていたが、そのなかで、警察官たちの注目を引いたものがあった。今年の二月から三月初めにかけて、ウエストタワーの周囲をうろついていたり、あるいはふたり連れで敷地内を歩いていたり、ヤクザ風の男がひとりで、あるいはふたり連れで敷地内を歩いていたりしたというのである。その多くは夜間、それも午後十時過ぎぐらいの時間帯の出来事だが、なかには平日の昼間、ヤクザ風の男が車を乗り付けて来たが、この時期、ヴァンダール千住北ニューシティは「閉鎖」期にあり、当然車は乗り入れることができず、男は腹を立てて大声で悪態をつきながら、敷地への入り口を塞《ふさ》いでいるパイプ製の柵《さく》をけ飛ばしたりしていたが、やがてどこかへ去っていった——という情報もあった。しかもこの情報は複数の提供者からもたらされている。この出来事があったのは東門だが、それ以外の「ヤクザ風の男」目撃談は、ほぼウエストタワー周辺に限られていた。

管理人の佐野からこの話を聞いたとき、それまで事件の謎についてはまったくお手上げの状態だった井出部長の頭に、わずかだが閃《ひらめ》くものがあった。

この「ヤクザ風の男」が今回の事件に関係あると、軽々しく決めつけることはできない。しかし、高級マンション・密《ひそ》かに立《た》ち退《の》いていた入居者・ヤクザ風の男・その男たちの出没し始めた時期と、二〇二五号室の入居者が入れ替わった時期がダブっていること――これらを重ね合わせて考えてゆくと、ふと、ある仮説が見えてくるような気がしたのだ。

「それでも、うがち過ぎかなという気もしましたのでね。小糸家の人たちが捕まるか、それとももう少し詳しい事情が判るまで黙っていようと、けっこう悩みながら午後を過ごしていました」

その小糸家の三人が、八王子市内のビジネスホテルから静子の実家に電話をかけてきて、待機していた警察官に諭され、近くの交番に出頭し、事情聴取に応じ始めたという一報が入ったのは、午後四時ごろのことだった。

「それで初めて、口に出して言ってみたんですよ。ひょっとすると、二〇二五号室は競売にかけられてたんじゃないですかとね。小糸家はローンを払いきれなくなって夜逃げをして、二〇二五号室は銀行に差し押さえられて競売を申し立てられた――で、三月ごろから二〇二五号室に住み着いていたのは、筋金入りのプロなのか利用されているだけの素人《しろうと》なのかは判りませんが、いわゆる『占有屋』の一味なんじゃありませんか、と」

これが、まさに図星だったのである。

5 病む女

ヴァンダール千住北ニューシティ・ウエストタワー二〇二五号室での事件が、六月二日午前八時台のテレビのニュースショーで報じられたことは、「片倉ハウス」の章ですでに述べた。報道はその後も続き、十一時半から正午にかけての各放送局のニュースでも、他の話題を押しのけ、現場中継を交えたトップ項目としてこの件を報じた。

しかし、この段階での警察の発表はごく限られた内容のものだったので、どの局でも事件の詳細について深く突っ込んで報じてはいない。もちろん、小糸信治一家の名前も、この時点ではまったく報道されていなかった。

被害者の数にもバラつきが見える。断定的に「一家四人」としている局と、「三人もしくは四人」という幅を持たせてある局、「発見された遺体が四体」という慎重な表現を用いている局と、彩《いろど》りがあって興味深い。この「三人もしくは四人」という表現の裏には、「ウエストタワー下で死亡していた若い男性が室内の三人を殺害した後、ベランダから飛び降り自殺をした」という推測がある。「遺体は四体」という表現も然《しか》り、その奥には、「四体のうち三体は殺害されたもので、残り一体が自殺した犯人」という考え方を隠している。

この推測は、事件が発覚した直後から、捜査に取りかかった警察官たちの一部の頭のなかに在ったもので、実際、ごく初期の段階に、居住者の入れ替わりとか、葛西美枝子が二〇二五号室の玄関ドアの隙間《すきま》から目撃した人影（正確には足の影だが）とか、エレベーター内の不審な中年男性などの不確実な要素がまだ加わらないうちに現場だけを見たならば、この推測はなかなか蓋然性《がいぜんせい》の高いものだったのだ。

もっとも、念のために申し添えておくが、この文章を読み、初動捜査の段階でもまだこの推測が捜査本部の頭のなかに根を下ろしており、その予断に沿って捜査が行われたのではないかという心配を抱く読者がおられるとするならば、それは杞憂《きゆう》である。この説は、現場検証が進むに連れて、暴風雨が通り過ぎるよりも前に立ち消えとなった。しかし、その残滓《ざんし》が報道されたニュースのなかには残っている。発生の六月二日から事件が全面的に解決する十月の半ばまで、ありとあらゆる報道媒体で取り上げられ、検討され、分析され、憶測されることになるこの事件だが、報道された内容を寄せ集めてゆくと、証言が相互に矛盾したり、事実認定が食い違っていたり、まったくのデタラメが混じっていたり、さながら都市伝説のような趣を見せる「伝聞の伝聞」が強力な新証言として持ち上げられていたりと、まさに何でもありの大混乱を呈することになるのだが、その曙光《しょこう》はすでにこの段階でほの見えていたのである。

たとえば、午後三時台のニュース番組で、テレビのキー局のうちのひとつが、続報として、一家四人殺しの被害者の身元が判明した、「会社員・小糸さんとその家族」と報じたという一件がある。これは明らかな誤報であり、テレビ局側でもすぐにそれに気づいて、夕方のニュース番組ではあわてて訂正する羽目になるのだが、この時点では特ダネ扱いだった。

ウエストタワー管理人の佐野利明は、管理人室でこのテレビニュースを見て仰天し、出入りする警察官たちにその旨《むね》を知らせてやっている。この報道は、どうやら、「ウエストタワー二〇二五号室にはコイトさんという家族が住んでいた」もしくは「住んでいるはずだ」という一部住人たちからの情報が独り歩きしてしまったものであるらしく、公式発表には無い事実なので、警察サイドの落ち度ではない。が、午後三時といえば、日野市内の静子の実家から小糸信治一家が逃げ出し、まだ行方の判明していない時だったので、一家の動向にこのニュースが影響を与えるかどうか、その点では困った誤報であった。

それだけに、一時間ほどして小糸信治一家が八王子で出頭・保護された時には、捜査に関わる人びとは一様に胸を撫《な》で下ろした。また、確認してみると、小糸家の人びとは誰もこの誤報を見聞きしていないということも判《わか》った。

日曜日で夕刊各紙は休みなので、ニュースはもっぱらテレビとラジオの上で踊った。とは言っても、夕方から夜にかけてのニュース番組で、事件についてより詳しく具体的な情報が流されたということではない。小糸家の人びとが語り始めた彼らの側の「事情」

については、まだ警察の外に流されていなかったし、マスコミ各社も、水面下では熾烈《しれつ》な取材合戦を展開してはいたものの、まだまだ初手の段階で、どこでも確たる情報はつかめないでいたのだ（前述のように、つかんだと思ったら誤報だった、という例はあるが）。死体が四体も転がって恐ろしくセンセーショナルな割には、なんだか事情が見えにくいのだ。なにしろ屋内で発生した事件なのに、「殺されたのは誰で、実際被害者は何人なのか」ということさえ、なかなかはっきりしないのだから。

但《ただ》し、ひとつだけ、最新の情報として、夕方の時間帯から報道され始めた事柄がある。事件当時、現場から逃走したと思われる不審な男性がいたということだ。エレベーター内の防犯カメラに、この人物の姿が残されていることも報じられた。彼が負傷している可能性があるということまで言及しているニュース番組もひとつあった。そしてこの件については、この日各局が放送終了するまで、通常の番組枠内のニュース番組やスポットニュースのなかで、繰り返し繰り返し報道され続けることになる。テレビのブラウン管を通じ、この日一日で、ヴァンダール千住北ニューシティは日本でいちばん有名なマンションになった。特徴的なふたつのタワーは、東京都荒川区という土地に一歩も踏み込んだことのない者の目にさえ、すっかり馴染《なじ》んでしまった。

我々は「媒体《メディア》」を通して現実を知る。テレビでニュース番組やドキュメントを見ることによって、新聞や雑誌を読むことによって、今この日本で、世界で何が起こっているのかという情報をつかむのである。肉眼で見ること、自分の足で歩いて遭遇し、手で触れて体験することなど、「媒体」がもたらしてくれる情報の量に比べたら、たかが知れているどころの騒ぎではない。働いたり遊んだり子供を育てたり病人の介護をしたり勉強したり、自分の生活のなかでそれなりに汗を流して暮らしているごく一般の人間の行動範囲のなかには、薬害エイズ訴訟も、大蔵官僚の不正行為も、環境保護団体が網を切って逃がしたイルカの群も、学校帰りの女子学生を待ち伏せして拉致《らち》する偽造ナンバーのヴァンも、まず存在しないものだ。

しかし、それでも、ニュースとしてそれらの事象を知ることはできる。知ればそれについて怒ったり、悲しんだり、心配したり、自分にも何かできはしないかとか、何かしなければならないとか考えたりすることはできる。「報道」とはまさにそのために存在する機能なのだと、「報道」に携わる人びとは言うかもしれない。民をして知らしめよ。

ところが、現代のように「媒体」が発達し、普通の人間が普通に暮らして、その一生のあいだに獲得することのできる情報の何十倍もの量の情報を、テレビの前で三十分間座っていれば、居ながらにして手に入れることができるようになってきてしまうと、厄介な問題がひとつ生まれてくる。「現実」や「事実」とは一体何なのだろうかという問題だ。何が「リアリティ」で、何が「バーチャル・リアリティ」なのか。両者を隔てる壁は何か。実際のところ、「実体験」と「伝聞による知識」のふたつを、「インプットされる情報」という枠でひとつにくってしまうならば、現実と仮想現実のあいだに相違など無いと言ってしまうこともできるし、事実そう言う向きもある。

しかし、これは本当だろうか？

以上のようなことを、六月二日午後四時ごろ、東京都江戸川区春江町《はるえちょう》の「宝食堂」三階で、宝井康隆《たからいやすたか》という十六歳の高校生が考えていた。食堂の三階に居たと言っても、客として来ていたわけではなく、間借りしていたわけでもない。宝井康隆は「宝食堂」を経営する宝井睦夫《むつお》・敏子《としこ》夫婦の長男で、店の二階と三階は宝井家の自宅であり、康隆の自室は三階の南側に在ったのである。彼は自室の机に向かい、ポータブルワープロで文章を「執筆」していた。彼の書いた原稿は、彼が所属するSFクラブ「JSC」の機関誌「ウエイブメイカー」に掲載されることになっており、その締め切りは明日の月曜日に迫っていた。

一年坊主《ぼうず》の新入部員のくせに、締め切りを守れないようでは先輩の覚えが悪くなる。いや、たとえ遅れても、出来映えが先輩部員の顔色をなからしめるような硬派なものならばかえって大物っぽくていいのだが、康隆にはとてもそんなものを書き上げる自信はなく、だからこの午後はかなり追いつめられていた。

「宝食堂」は、主に環状七号線を通行するトラックやタクシーの運転手を客としている。早朝五時半から夜は八時までの営業だが、午後二時から五時半までは休憩時間で、毎週日曜日は定休日である。だからこの六月二日、自室で頭を抱えながらワープロを叩《たた》いている康隆の周囲はのんびりと静かだった。父も母も、毎日曜日はゆっくりとごろ寝を楽しむか、さもなければ外に出かけてしまうので、どっちに転んでも家のなかは静かなのだ。

　これは、宝井家の住まいである二・三階部分のうち、リビングルームや台所など、日常家族が活動をする部屋が二階に集まっているというせいもある。三階は家族各自の寝室や物置ばかりだし、昼日中から自室にこもってしまう方が家族とごちゃごちゃリビングにたむろするよりも楽しいという、そんな年頃の人間は、宝井家には康隆しかいないのであった。

　いや正確には、「そんな年頃の人間」ではなく「そんな立場の人間」と言うべきだった。康隆にはふたつ年上の姉、綾子《あやこ》が居るからだ。彼女だって、普通なら、家族よりは自分の内面や、自分だけをとりまく個人生活に没頭していたいはずの年頃である。しかし現実には、十八歳の綾子はすでに母親であり、康隆の見る限り、母親としての綾子には個人生活など無かったし、彼女はそれに対して何の文句も無いようであった。

　宝井綾子は、高校に行っていない。中学を卒業するときからそういう方針を決めていた。義務教育が終わったら家の商売を手伝い、ゆくゆくは跡を継ぐのだ。これは別段、両親が強制した道ではなく、むしろ両親には、綾子の早すぎる決心を危ぶむ気持ちがあった。後で後悔しないか——せめて高校ぐらい卒業しておいた方が、人生の選択の幅が広がるよ——いずこの親も、子供の口から綾子のような決心を打ち明けられれば、必ず問い返すに違いない事柄である。

　が、綾子の決心は固かった。なぜならば彼女は学校にうんざりしていたからだ。小学校の中頃ぐらいから、彼女は一度だって授業の内容を理解できたためしがなかったし、面白いと思ったこともなかった。中学に入ってからは、なんでこんなことを勉強しなくちゃならないんだろうと思うことばかりだった。あたしは食堂の娘で、跡継ぎなのだ。何も学者になろうっていうんじゃない。

「宝食堂」では毎日二十種類の総菜をつくって出す。そのなかの半分は店の「定番」だが、あとの半分はたえまない試作の繰り返しによって生まれてくる「新作」で、お客の受けがよければ「定番」に昇進するチャンスがあるが、受けが悪ければほんの数カ月でお蔵入りになる。これらの「新作」をつくるには創意工夫が第一だが、研究も大切だ。綾子と康隆の両親が日曜日というと外出することが多いのは、食材を探しに行ったり、評判の高い食堂やレストランに味見に行ったりしているからなのである。

　ごく幼い頃から、綾子は両親の商売の様子を観察してきた。彼女は商売が好きだった。

　これは血筋だと、綾子自身は考えていた。父も母も、「宝食堂」の前にこの土地で小さな洋食屋を商っていた母方の祖父も、煎《せん》じ詰めればみんな、他人様《ひとさま》にものを作って食わせることが好きなのだ。これは旨《うま》いと言う言葉を聞きたいのだ。それが商売になって、それで世渡りできればこれ以上の面白い人生はない。それだけのことなのである。

綾子は、小学校の五年生の時から店を手伝ってきた。朝は登校するまで皿洗いをし、午後は学校から帰ると店の掃除や夕方の仕込みの手伝いや買い物などをする。気が強いがおおらかな気性の娘なので、友達は多かったが、友達と遊ぶ時間と、店を手伝う時間とは、彼女のなかできちんと区分けされていた。命じられてする手伝いではなかったから、苦痛ではなかったのだ。

　そのかわり学校は苦痛だった。

　母方の祖父の辰雄《たつお》は、綾子が中学三年の夏に亡《な》くなったが、亡くなるほんの二日前まで元気で店に出ており、調理場で腕を振るっていた。ことのほか綾子を可愛《かわい》がり、娘夫婦の渋い顔を後目《しりめ》に、早い内から綾子を跡継ぎと決めていた。綾子はこの祖父の影響を大《だい》に受けて成長したのだった。辰雄は実直すぎるほど実直な人物で、商売人としてはやまっ気に欠ける嫌いがあり、そのために彼の代では店を大きくすることができなかったのだが、その人柄と裏腹に、きわめて口が悪かった。言葉が汚いと言い換えてもいい。おじいちゃん子の綾子は、祖父の口まねをしては、ときどき問題を引き起こした。小学校六年生の春、集中して授業を聞くことができず、宿題もせず、学校のことはあたしには関係ないという素振りの綾子を叱《しか》りとばした担任教師に向かって、彼女はこう言ってのけた。勉強なんて嫌いです、学校なんて、地獄のクソ壺《つぼ》みたいなところです、と。

　これが問題になって、宝井夫婦は学校に呼び出された。平身低頭して謝り、綾子を家に連れ帰った夫婦は、問いつめなくても、綾子が「地獄のクソ壺」なんて言葉をどこで仕入れてきたのか判っていた。そこで、帰宅すると、綾子の隣に辰雄を並ばせて、ぎゅうぎゅうに絞り上げた。さすがに綾子はめそめそ泣き出したが、辰雄は意気軒昂《けんこう》で、担任教師に負けなかった綾子を褒めちぎった。辰雄の意見では、学校なんてところは読み書き算盤《そろばん》だけ教えてくれればいいのであって、それにはものの三年もあれば足りる。それ以上勉強したいという子供は好きにすればいいが、綾子のように親の商売が好きで、興味もやる気もある子供を、いたずらにあんな狭っくるしいコンクリートの建物のなかに押し込めておくのは「とんだすっとこどっこい」のやる事で、綾子に勉強しろと強制するような教師はロクなもんじゃないんだから、「俺が出かけていって尻子玉《しりこだま》を抜いてやる」というのであった。

綾子の、食堂の仕事が好きだという気持ちを、なぜ喜んで歓迎してやれないのかと、辰雄は娘夫婦を叱った。親としてこんな名誉はないんだぞ、と。

実際、このときの話し合いは、宝井綾子の将来を決める上で、大きな分岐点となった。綾子の両親は、綾子のなかに、「学校が嫌だ、努力したり辛抱したりすることが嫌だ、だから店の手伝いをすればいい」という、逃げ腰の気持ちがあることを恐れた。それは単なる怠け者の言いぐさだと決めつけた。それをよく覚えておいた上で、やっぱり食堂の商売が好きでたまらないのだったら、この店の未来を綾子に預けることにしよう。その場合にも、義務教育はさぼるわけにいかないが、高校はいかなくてもいい。ただ、商業高校へ通うならば、店の経営にも役立つ簿記を習えるから、それは考えてみないかという結論になった。

「それともうひとつ、学校へ行く以上、宿題はちゃんとやるんだぞ。先生の言うことも聞くんだぞ」

父親に釘《くぎ》を刺されて、綾子は以来、ずいぶんと骨を折って学校を辛抱した。中学三年までの我慢だ。それでもう「地獄のクソ壺」とはお別れだ。

しかし、綾子が中学を終える前に、辰雄は急逝してしまった。綾子は心の支えの大きな柱をひとつ失い、急速に傾いた。辰雄の死は時期的にも最悪だった。中三の夏だから、受験受験と周囲がかまびすしい。この頃には、宝井家のなかでは、綾子は進学しないものという意見がまとまっていたのだが、それを担任教師や進路指導の教師に納得させることが大難事業で、宝井夫婦も心労が重なり、ともすれば家のなかの雰囲気が暗くなっていた。

そういう次第で、辰雄の死後、綾子は少し荒れた。夜遊びして補導されたり、それまで付き合ったことのなかった、いわゆる不良グループに接近したりした。鞄《かばん》のなかにシンナーを隠し持っていて、父親にはり倒され、頭を切って五針も縫ったこともある。

この時期、舵《かじ》取る船長を失って木の葉のように波にもてあそばれる宝井家のなかで、いちばん冷静に事態を観察していたのが、当時十三歳の康隆だった。彼自身、多感な年頃にさしかかっていたが、元来おとなしい気質の彼は、姉の惑乱に便乗したり、あるいは誘発されたりして、一緒になって荒れるということはなかったし、荒れる姉を嫌ったり、疎《うと》んじたりすることもなかった。ただ怖かった——大いに怖かったので、なかなか接近することができなかった。

康隆が姉を嫌いにならなかったのは、彼女の行状が荒れている、その理由を理解していたからだった。彼にはよく見えていた。見え見えだった。なぜ父や母や先生には見えないのか、それが不思議で仕方ないくらいだった。

綾子が荒れるのは、高校進学しないという方針を学校教師が理解してくれないからでも、教師が押しつけてくる世間の通念が「うざったい」からでも、なんだかんだ言ってもやっぱり先生の前では「ヘコヘコする」両親が情けないからでもない。それらの事どもも少しずつ影響してはいるだろうけれど、それらはけっして元凶ではない。根っこになっている原因は、辰雄の死だ。大好きな、尊敬するおじいちゃんが死んでしまったことだ。

康隆には判《わか》っていた。綾子は、辰雄が死んでしまったという事実を、まだ受け入れることができないでいるのだ。それはつまり、「なぜ辰雄が死ななければならないんだ」という、悲痛な疑問を抱いているということである。さらに煮詰めれば、「どうして人は死ぬんだろう」という問いにも繋《つな》がる。

綾子も康隆も、身近な人の死を経験するのは、これが初めてだった。ましてや、「死」を理解しようと努めることなど、今まで一度もやったことがなかった。

世の中には悪い奴《やつ》らがいっぱいいるのに、そういう連中は誰も死なないで、なぜおじいちゃんが死ぬのだろう？　おじいちゃんがどんな悪いことをしたというのだろう？　あたしはこんなにおじいちゃんを好きなのに、どうしておじいちゃんは死んでしまったんだろう？

どうしても割り切れない。納得がいかない。こんな世の中はデタラメじゃないか。何も信用することなんかできない――綾子はそれで、暴れているのである。康隆には、それが見えた。

　それはたぶん、彼がもっとも綾子に年齢が近く、彼女と目の高さが同じで、初めて経験する身近な死に、やはり少なからず動揺していたからだろう。

　康隆は、綾子ほどは祖父に近くなく、正直に白状するならば、口の悪い祖父が怖かった。さらに言うならば、彼は客商売がどうにも苦手で、祖父や両親や綾子が、お客たちの勝手放題な注文や文句を上手にさばき、混乱することもなくニコニコ笑って「毎度ありがとう」などと言っている様を、信じがたい曲芸を見るような思いで見つめていた。

　彼は人見知り、はにかみやの気質で、たまたま店にいるとき、お客に「にいちゃん、お茶くれよ」などと声をかけられたりすると、全身に冷や汗が浮いて、走ってその場を逃げ出してしまうくらいだった。「宝食堂」のお客は、料亭のお客ではない。言葉も荒いし態度もぶっきらぼうだったり、逆になれなれしいくらい気さくだったり、要するに額に汗して働く大人の男たちばかりだった。康隆は彼らが怖かった。

　おまけに、姉と違って、康隆は勉強が嫌いではなかった。成績も優秀だった。姉と弟は磁石の両極のようなもので、ただしこの磁石はまだ、互いに引き合うほどにお互いのことをよく理解しあっていなかった。単に両極にいて、正反対の存在を遠くから見ているだけだった。

　それでも、学校嫌い勉強嫌いの綾子が、不思議なことに、康隆が成績がいいことを、かなり自慢にしているのだった。「うちの弟は頭がいいんだ」というようなことを、彼女が友達に話しているのを、彼は漏れ聞いたことがある。それはくすぐったく嬉《うれ》しいことだったが、理解不可能なことでもあった。亡くなった辰雄が、綾子を可愛《かわい》がるようには康隆を可愛がらなかったのは、だから、当然の成り行きだった。康隆は祖父の死を悲しんだけれど、それは綾子のそれのような、心が破れて血が噴き出すような悲嘆ではなかった。

　綾子の荒れ具合が最高潮に達している頃、康隆は両親の顔色を見ながら、そっと近づいて、自分の意見を言ってみた。父も母も、この利発な長男が、時折子供とは思えないような洞察力を見せ、なおかつそれを表現する語彙《ごい》も獲得していることを承知していたし、宝井家のなかには、家族の話は傾聴するという、なかなか気持ちのいい習慣があった。夫婦は康隆の意見をきちんと聞いた。それからしばらくして、康隆ははっきりとした報告を受けはしなかったが、どうやら彼の意見を元に、両親は綾子と話し合ったらしかった。

　綾子の生活態度に、目に見えた変化は起こらなかった。最終的に、彼女の惑乱は、中学を卒業するまで続いた。学校という足かせがとれたことで気が楽になったということと、生活のペースの変化が功を奏したのだろう。彼女がつるんでいた不良仲間がそろって進学してしまい、つながりが遠くなったという事情もある。

強制的に放り込まれていた集団生活を離れ、綾子はある意味で孤独になった。すると、それまで船倉の底の方に押し込められていた元の綾子が起きあがってきたのだ。商売好きの血も騒ぎ始めた。お客のなかには綾子と仲良しの運転手などもいて、ちょっと冷静になると、彼らの心配顔も綾子の視界に入ってきた。

ゆっくりと、宝井綾子は自分の舵を取り戻し始めた。これは、彼女の両親にも、それぞれ自分の操舵《そうだ》室《しつ》に戻る機会を与えた。やがて、荒れ狂っていた時期の綾子の名残をとどめるのは、ショートカットの栗色《くりいろ》の髪の右のこめかみからサイドにかけて、一筋鮮やかに走るメッシュの線だけとなった。

こうして宝井家も「宝食堂」も、かくあるべきだった軌道の上に戻った。康隆の生活にも平穏が戻ってきたが、しかし彼は、その子供心にしっかりと刻みつけたことがあった。姉の心の底には、未《いま》だ解決されない問題として、「人はなぜ死ぬのか」という疑問が残されているということ。彼女はそれを言葉として、思想として意識することがなく、だからこそ行状が荒れていたのだが、生活態度が元に戻っても、疑問は解かれずに沈殿している。

そしてもうひとつ、姉の「好きな人」を思う気持ちの強いということだ。これはたぶん、相手が身内である場合だけではないだろう。姉は心の熱い人なのだと、少年の康隆は考えていた。だからこそ、おじいちゃんを失った悲しみがあまりに深く、傷が大きく、容易には立ち直ることができなかったのだ。

その後、綾子が恋愛し、その結果十八歳で母親になったとき、少年と青年の中間ぐらいにまで成長していた康隆は、さらに語彙を多く獲得していて、「姉さんは情が濃い人だ」というふうに思ったが、意味は同じことである。

さて、六月二日日曜日の午後、康隆が部屋でワープロと格闘していると、やがて廊下から母の敏子が呼ぶ声が聞こえてきた。「ただいま」と言っている。やはり出かけていたらしい。

両親と姉と、姉の赤ん坊の祐介《ゆうすけ》とは、昼食の時に顔をあわせている。そのとき、午後から皆で御《お》徒《かち》町《まち》にある中華食材店へ買い出しに行こうかという話が出た。両親はいつもながら休日に張り切っていたが、綾子はやや風邪気味で、いくぶん熱があると言い、午後は部屋で寝ていると言った。実際、彼女はひどく顔色が悪く、時々かすれたような嫌な咳《せき》をしていた。

そういえば今朝、綾子は起きてくるのがひどく遅かった。心配した敏子が様子を見に行ったほどだ。これはとても珍しいことだった。

赤ん坊の祐介はまだ生後二カ月足らずで、有り体に言って夜も昼もない。母・綾子にとっては、祐介と並んで眠れるときが夜で、祐介のために起き出さなくてはならないときが昼だ。が、これも康隆の目から見れば驚異的なことなのだが、綾子は祐介の面倒をみながらも家事を手伝い、店にも顔を出し、こまごまとよく働いた。姉がだらだら朝寝をしているところなど、康隆は見たことがない。その彼女がなかなか起きてこなかったのだから、かなり気分がよくないのだろう。

敏子も、綾子の青ざめた顔を見て心配になったらしく、外出の話は止《や》めになりそうだった。が、綾子は彼女にしては珍しく、ちょっと棘《とげ》のある口調で、あたしにかまわないで出かけてくれれば、あたしは静かに寝ていたいからというようなことを言った。敏子が、祐介に風邪がうつるといけないとか、熱は計ってみたかとかいろいろ言ったが、綾子は気だるそうに聞き流していて、最後には祐介を抱いて自室に引っ込んでしまった。

綾子と祐介の部屋は、康隆の部屋と同じ三階の南側にあるが、あいだに階段と廊下をはさんでいる。互いに部屋にこもってしまうと、よほど大声でも出さない限り聞こえない。康隆は書きかけの原稿のことで頭がいっぱいだったから、昼食が済むとすぐに自室にこもり、それっきりだ。両親が出かけたのか、綾子が寝ているのか、正確なところは知らなかった。

　康隆が机に向かったまま返事をすると、敏子がドアを開けて顔をのぞかせた。早かったねと彼が言うと、やっぱり心配で早く帰ってきたのだと言った。「綾子はどうしてた？」と訊《き》いた。

　オレはずっとここにいたからわからないと、康隆は答えた。敏子はさらに、祐介は泣いてなかったかと訊いた。わかんないけど、聞こえなかったと思うと、康隆は言った。部屋をのぞいてみりゃわかるんじゃないの？

　すると母は言った。「のぞいてみたわよ。いないのよ」

康隆は驚いた。姉は出かけたのだろうか。それなら、ひと声ぐらいかけていってくれてもよさそうなものだ。いつもなら必ずそうする。

近所に買い物に行ってるんじゃないのかと、康隆は言ってみた。風邪薬を買うとかさ。

「近所じゃないわよ。祐ちゃんバッグを持って出てるからさ」

祐ちゃんバッグとは、祐介のおむつや哺乳瓶《ほにゅうびん》などを入れた、ビニール製の大きなショルダーバッグだ。綾子が祐介を連れて外出するとき、必携の品である。

「車があるかどうか、今、お父さんが見に行ってる」

険しい顔で敏子は言った。宝井家は車を二台持っている。一台は大型のヴァンで、これはファミリーカーと業務用を兼ねている。もう一台は可愛らしい白のミニで、こちらは主に敏子が使っている。二台の車は、家のすぐ裏手の駐車場に入れてある。

綾子は、自動車教習所に通っているときに妊娠に気づいた。睦夫と敏子はその時点で教習所通いをやめさせようとしたのだが、気丈な彼女はとうとう通いとおし、無事免許をとってしまった。睦夫の見るところでは、もともと素質があったのか、女にしては運転の勘がいい方だというが、何しろ免許をとってほどなくしてお腹《なか》が大きくふくらんできたから、実際にはほとんど運転していない。それでも出産後、せっかく習ったことを忘れてはもったいないからと、夜間道が空《す》いたころになって、白のミニを転がしたりして練習しているが、それはあくまで稽古《けいこ》であって、車で遠出したことはない。

だが、戻ってきた睦夫は、白のミニが無いと言った。

「祐介を乗せて出かけたんだな」

「病院かしら」と、敏子が言った。「休日診療してくれるところが、どっかその辺にあるんじゃないの」

それならそれで、ひと言ぐらい康隆に声をかけていきそうなものだ。だいいち、休日でも診てくれる医者を探そうというほど具合が悪いなら、慣れない自家用車ではなくてタクシーで行くだろうし、ひょっとしたら康隆に一緒に行ってくれと言うかもしれない。あるいは、もっと可能性は薄いが、康隆に祐介を預けて、一人で行くか。

心配しながら首をひねっているあいだにも、時間は過ぎて行く。綾子も心配だし、彼女が連れている赤ん坊も心配だから、心配の二乗だ。敏子は八つ当たり気分で、康隆に、あんたホントになんにも聞いてないのなどと言ったりもした。

康隆の頭からも、書きかけの原稿の内容がだんだん抜け落ちていって、かわりに、現実の懸念《けねん》や不安がそこに忍び込んできた。仮想現実も現実も入力情報としては等価だとかなんとかいうお題目は、こんな家庭内の心配事の前では、小学生の屁《へ》理屈のように小賢《こざか》しく、どうでもいいことになってしまう。そのくせ一方では、こういう日常の些末《さまつ》なことと、さっきまで自分が原稿で書いていたこととは違うんだという意固地な誇りもあって、康隆はひどくイライラした。それだから、五時を回った頃に、綾子がひょっこりと帰ってきたときには、危うく怒鳴りそうになってしまった。

黙ってドアを開けて入ってくると、玄関先で、彼女はふらふらと座り込んだ。途端に、康隆の怒りは消し飛んだ。綾子は明らかに病気だった。赤ん坊を受け取ろうと手を伸ばした康隆は、綾子の呼気が熱いのと、彼女の身体《からだ》の震えを感じた。

「大変だ……姉さん、すごい熱だ！」

康隆は大声で両親を呼んだ。駆けつけた敏子も康隆に負けず劣らず仰天して、急いで綾子の手から祐介を受け取った。

「どうしたっていうの？どこ行ってたの？」

綾子はぐったりしていて、返事をしない。

「ねえ、ちょっと！」

「怒るのは後回しにしなよ、母さん」

首を前に落として今にも倒れそうな綾子を、康隆は父親とふたりがかりで支え起こし、なんとか彼女の部屋まで連れていった。綾子は苦しそうに浅い呼吸を繰り返しており、時々、激しく咳き込んだ。目は開いていたが、とろんとして焦点が定まらず、血の気の失《う》せた頬と対照的に、真っ赤に充血している。

敏子が綾子をパジャマに着替えさせ、「冷え切ってる」と呟《つぶや》いた。「祐ちゃん連れて、どこへ行ってたのかしら？」

幸い、祐介はいたって元気そうで、母親から引き離されて少し泣いたが、おしめを替えてもらい、ミルクをもらうと機嫌を直した。敏子と睦夫が綾子にかかりきりなので、康隆は危なっかしい手つきで祐介をだっこし、リビングルームのなかをぐるぐる歩き回って赤ん坊の機嫌をとった。祐介は上機嫌でくっくと笑った。

「ユウ坊、おかあちゃんとどこ行ってたんだよ？」

康隆おじさんに尋ねられて、また楽しそうに笑う。

「おまえに聞いたってしょうがないか、な？」

ひとまず綾子を寝かしつけて、睦夫と敏子がリビングに戻ってきた。一同は、氷を買いにいかなくちゃとか、それより病院に連れていこうかとか、せわしなく話し合った。

「そういえば、車は？　車は戻ってきてるのかな」

康隆がそう言うと、睦夫は急いで駐車場へ向かった。すぐに戻ってきて、なんだか怖い顔をした。

「戻ってる。綾子、どこを乗り回していたんだろう」

「そんなことどうでもいいじゃないの。お医者へ行く方が先ですよ。あの子を運ぶにはヴァンの方がいいんじゃないの」

「どうでもよくはねえよ」睦夫はあくまで言い張る。父の様子に、康隆もちょっと気になってきた。

「車がどうかしたの？」

睦夫は太い眉《まゆ》をひそめた。「バンパーがへこんでる」

接触事故でも起こしたのだろうか。

「いいじゃないの、修理すりゃいいんだから」

「それだけじゃねえんだ。車体が汚れてる。泥水でもかぶったみたいだ。おい康隆、おまえ、ミニの方を洗車したのはいつだ？」

　この家では、洗車は康隆の仕事なのである。そのかわり、彼が免許をとった暁には、マイカーを購入する際の頭金を出してもらうという約束ができている。

「一昨日《おととい》か――一昨々日《さきおととい》かな。よく覚えてないけど。でも、洗ってからそんなに経《た》ってないはずだよ」

「じゃ、あんなに汚れてるのはおかしいじゃねえか」

「ちょっと、何の話よ？」

　敏子が喧嘩《けんか》腰になった。母はしっかり者だが、その分、どんな状況でも自分が仕切らないと気に入らないという人でもある。

「綾子のミニが汚れてたら、何がおかしいのよ？」

　康隆には、父の懸念が判《わか》った。

「姉さん、昨夜のあの大雨のなかをどこかへ出かけたのかな？」

　睦夫はむっつりと眉をひそめたままだ。敏子はちょっとびっくりしたように目をぱちぱちさせ、いきなり怒った。

「んな、バカな。昨夜は綾子も祐介もちゃんとうちにいましたよ。あんな天気で、赤ん坊連れてどこへ行くっていうのよ」

　康隆にだかさっている祐介が、不意に「げぷ」と言った。康隆はあわてて赤ん坊の背中をさすった。

「あんた、ミルクを飲ませたあと、ちゃんとげっぷさせた？　させてないんでしょう」

敏子が康隆の手から赤ん坊を受け取った。甘ったるくて温かいものが腕のなかから無くなって、康隆は急に寒くなった。

「だけど車が汚れてるんじゃ、それしか考えられないよ」

「昨夜の雨で勝手に汚れたんでしょう」

敏子は凄《すご》いことを言う。うちには屋根付き駐車場があるのだということを忘れているらしい。

「昨夜、あの大雨のなかを出歩いて、それで風邪を引いたのかな」

睦夫は現実的だ。康隆はうなずいた。

「それしか考えられないよ」

「じゃ、さっきはどこへ行ってたのよ？」と、敏子は噛《か》みつく。

「わかんないよ。後で訊いてみるしかないだろ？　それよりホント、姉さんを病院に連れて行った方がいいんじゃないの？」

休日診療をしてくれる病院を探してみると、敏子は祐介を抱いたまま階下の事務室の方へ降りて行った。事務室と言っても形ばかりで、机がひとつあるだけだが、電話帳は揃《そろ》っている。

「どうも、面白くねえな」と、睦夫がうなるように言った。

康隆は父の顔を斜交《はすか》いに見て、どんな言葉を返したものだろうかと迷ってしまった。父の頭のなかに、「面白くない」ものとして誰の顔が浮かんでいるのか、康隆にはよく判っていた。

「綾子の奴《やつ》、またあいつと揉《も》めたんじゃねえのか」

そう、「あいつ」だ。「あいつ」だよ。

「わかんないな。ありそうだけどね」

睦夫は忌々《いまいま》しそうに舌打ちをした。「もう関わるなってあれほど言ったのに」

「まだ決めつけるのは早いよ」と、康隆は取りなした。「それに……もし姉さんがあいつに会いに行ったんだとしても、しょうがないじゃない」

「何がしょうがないんだ。しょうがないことなんか何もねえぞ」と、睦夫は鼻息を荒くした。「バカ言うんじゃない」

康隆も、事この件に関しては、父がひどく激しやすく、また物わかりも悪くなっていることはとっくに承知していたが、「バカ」と言われてやはりムッとした。

「父さんこそ、あの人の話が出るたびにカッカするのはいい加減にやめてくれない？　なんだかんだ言ったって、あの人は祐介の父親なんだからさ」

睦夫の顔が赤くなった。恥じたのではない。血がのぼったのである。

「あんな男が父親であるもんか！　二度とそんなことを言うんじゃねえ！」

吐き捨てると、康隆を押しのけるようにして階段を降りて行った。どすどすと足音が聞こえる。

康隆はため息をついた。「あいつ」――「あの人」は、いつまで経っても宝井家の火種なのだ。だけど、祐介という赤ん坊がここにいる以上、そしてみんな祐介のことは可《か》愛《わい》くて仕方がないのである以上、いつまでも「あいつ」にこだわっているのはひどく不幸なことであると、康隆には思える。父さん母さんがもうちょっと冷静になって、姉さんが少し「あいつ」から気持ちを切り離してさえくれれば、しなくて済むはずの喧嘩や諍《いさか》いがずいぶんとある。

　階下で、祐介がぐずって泣いている。敏子がなだめる声が聞こえるが、あまりうまくいかないようだ。

　赤ん坊は、母親の体調の変化や気分の善《よ》し悪《あ》しを敏感に感じ取り、反応するものなのだ。そして、赤ん坊が母親の気持ちや体調の異変を察してぐずっているとき、本当に慰めることができるのは、やっぱり母親しかいない。これぱかりは、おじいちゃんおばあちゃんでは駄目なのだ。

なんだか急にくたびれたような気がして、康隆はまた吐息をついた。祐介の泣き声を聞いていると、いっそう気が滅入《めい》ってくる。部屋に戻り、原稿の続きを書いてしまおう――そう思って廊下を戻りかけたとき、綾子の部屋のドアがかたんと開いた。

「姉さん？」

康隆は足を止め、綾子に呼びかけた。ドアは二十センチほど開いただけで、綾子は顔を出さない。康隆はドアに近づいてのぞきこんだ。

「姉さ——」

　そこで絶句してしまった。パジャマ姿の綾子が、ドアにもたれかかるようにして床にしゃがみこんでいる。康隆は彼女に飛びつき、助け起こそうとした。「どうしたんだよ、姉さん？　気持ち悪いの？」

綾子は両手で頬を押さえ、身体はぶるぶる震えていた。乾いたガサガサになったくちびるを細く開き、口で呼吸をしている。

「ト、トイレに行こうと思って」

康隆の腕につかまろうとしながら、やっと言葉を絞り出した。言葉を言い終えないうちに、激しく咳《せ》き込んだ。

　康隆は姉を支えて抱き起こした。

「トイレなら、連れてってあげるよ……あ、ちょっと待った」

綾子をドアにもたれさせておいて、彼女のベッドのところまで飛んで行き、パジャマの上に羽織るガウンを取ってきた。それを綾子に着せかけてから、ゆっくりとトイレまで連れて行った。

「今、母さんが休日診療をしてくれるお医者を探してるよ」

「お医者なんて、いい」咳き込みながら、綾子は答えた。「かまわないで放っておいて」

また逆らうようなことを言う。どうしてうちの人間はどいつもこいつも意固地なのだろう。

「放っとけるわけがないだろ？　姉さんが病気じゃ、祐介が可哀想《かわいそう》じゃないか」

綾子は老婆《ろうば》のように腰を折り、よろよろと歩いてトイレに入った。しきりと咳き込んでいる。康隆は、姉さんが中で倒れちゃったらオレどうしようとおろおろしていた。しばらくすると、綾子は、なんとか自力でトイレから出てきた。康隆がまた手を貸して支えようとすると、激しく首を振って洗面台の方へ身をかがめた。一段と激しく咳き込むと、吐いた。康隆はあわててタオルをとって差し出し、姉が吐いたものをちらりと見た。想像していたような吐物ではなく、水みたいなものばっかりだった。姉さん、今まで何も食べてなかったのだろうか？

綾子の咳は止まらず、洗面台にかがんだまま空《から》えずきを繰り返している。康隆は姉の背中をさすってやった。ひどく震えている。心配を通り越して怖くなってきた。

「姉さん、救急車を呼ぼうか。な？」と、諭すように話しかけた。「ちょっとでも早くお医者に診てもらった方がいいよ。これ、普通じゃないよ。肺炎かもしれない」

咳き込んで唾《つば》を吐きながら、綾子はかぶりを振った。「お医者なんか要らない」

「ガキみたいなワガママ言ってんじゃないよ！」

「ほっといてよ！」

わめくように言って、綾子は洗面台にしがみついた。聞いている康隆まで肺が破れ胃がひっくり返りそうになるほどの激しい咳が始まった。

「オレ、電話してくる」

康隆は綾子を洗面台につかまらせておいて、その場を離れた。が、廊下へ出るとすぐに、どたんという音がした。あわてて戻ると、綾子が洗面所の床に倒れていた。

「姉さん！」

康隆が綾子のそばに駆け寄ってかがみこむと、彼女は床に丸まったまま咳き込み始めた。康隆は彼女の背中をさすりながら、首を上げ、大声で階下の両親に呼びかけた。

「父さん！　母さん！　ちょっと来てよ！」

そしてそのとき初めて、床に倒れた綾子が、ぼろぼろと涙をこぼしていることに気がついた。

宝井綾子は自宅近くの救急病院に運ばれることになった。急性肺炎の診断を受け、病室に落ち着いたのは午後六時過ぎのことであった。

二人用の病室の、窓際《まどぎわ》のベッドだった。もうひとつのベッドは空いていたので、事実上は個室である。康隆は敏子に命令されるまま、入院に必要なものを買いに走ったり、ナースセンターに挨拶《あいさつ》に行ったりした。睦夫は祐介を抱いて機嫌をとりながら病院のまわりを散歩したり、祐介がぐずると綾子の顔を見せに行ったり、合間に敏子が空いたベッドに祐介を寝かせておしめを取り替えたりと、総動員態勢である。

完全看護なので、付き添いは必要ないし、むしろ禁じられていると看護婦に説明されて、敏子は驚いたり憤慨したりした。入院するほど重症の病人には、何よりも家族の支えが必要なのだというのが彼女の持論なのだ。お義父《とう》さんのときもお義母《かあ》さんの時も、あたしは病院に泊まり込んで世話をしたんだからねと、しきりに憤《いきどお》った。

とは言うものの、綾子が倒れたことで、祐介の世話はすべて敏子の肩にかかってきたわけで、現実問題としても、敏子が病室に泊まり込むわけにはいかないのだ。幸か不幸か綾子は母乳が少なく、祐介はもっぱらミルクを飲んでいるので、そちらの方は心配が要らないが、母親がそばにいないことを敏感に感じ取っているのか、祐介は機嫌が悪かった。

「やっぱりお母さんの具合が悪いことが判ってるのね、可哀想に」

敏子は祐介を抱いて慰めながら、自分もほろほろしてしまっている。

まだ抵抗力の少ない赤ちゃんを長い間病室にとどめておくのはよくないと、看護婦は言う。康隆にはそれは至極もっともな忠告だと思われた。そこで、面会時間が終わる午後八時まで、自分が病室に残って姉さんの様子をみているから、父さん母さんは祐介を連れて先に帰ってくれと提案した。

敏子は未練たらたらだったが、祐介のことを考えて何とか納得したらしく、渋々引き上げていった。七時近くになって、康隆はようやく、病室で姉とふたりきりになった。スツールを姉のベッドの脇《わき》に引き寄せて、腰をおろした。

綾子はうつらうつらと眠っている。左腕に点滴の針が刺さり、タオルに包まれた氷《こおり》枕《まくら》に頭を乗せて、その顔は病院の寝具に負けず劣らず真っ白だ。乾いたくちびるのあいだからひゅうひゅうと息が漏れる。綾子は何か夢でも見ているのか、時折、ぴく、ぴくと身体を動かした。そのたびに、点滴のチューブがつ、つ、と揺れる。

康隆は両手でゆっくりと顔をこすった。両目を塞《ふさ》いでいても、綾子の不規則で浅い呼吸音がよく聞こえた。

もとより、今の綾子に何を尋ねることもできないのは判っていた。康隆には、黙って姉の寝顔を見守ることしかできない。そして、姉のあの荒れ具合からみて、やはり昨夜、なにがしかのもめ事が、姉と「あいつ」のあいだに起こったのだと考えていた。

あいつ。綾子を除く宝井家の三人のあいだでは、もっぱらこの代名詞で呼ばれている男にも、ちゃんとした名前はある。八代祐司《やしろゆうじ》という。綾子よりも三歳年上だから、二十一歳だ。確かに、父親になるには若すぎる——かもしれない。

康隆がこの八代祐司に初めて会ったのは、ほんの一年ほど前のことである。彼が宝井家を訪ねてきたのだ。そのときはまだそんなことなど予想もしていなかったけれど、八代祐司が正式に宝井家を訪問するのは、これが最初で最後だった。

そのときには、綾子のおなかにはすでに祐介がいた。姉に恋人ができたらしいことは薄々察していた康隆だったが、これには驚き、「早業だ」とからかったりもした。姉は結婚するのだと思いこんでいたので、「おめでとう」とも言った。そのとき綾子が、手放しで喜んだりのろけたりしないで、ふっと視線を下げたりするのも、照れているせいだろうと思っていた。

綾子の妊娠に、両親が驚かなかったわけはない。ただ、睦夫も敏子も、家業を継ぐことによって、同世代の子供たちよりもずっと早く一人前の社会人となった綾子だから、結婚も早いだろうし、また早い方がいいと考えてはいた。とりわけ敏子は、綾子はしっかり者なんだし、早く家庭を持たせてやりたい、きっといい奥さん、お母さんになるはずだと、折に触れて話していた。女がひとりでぶらぶらしていてはロクなことはないんだというようなことも、言っていたことがある。

それだから、妊娠が先で——という具合になっても、そのことだけで闇雲《やみくも》に怒ったり、綾子とおなかの子供の父親との結婚に反対したりするような両親ではなかった。相手の人物に間違いが無く、そして何よりも、綾子がその男を好きならば、彼女の幸せのために、前向きに考える準備はできていた。

康隆はよく覚えている。あの日はじめじめと雨が降っていた。綾子の口から、恋人がいて、その人の子供を妊娠していること、彼がそのことでうちに話し合いに来るということを聞かされたのが、ほんの数日前のことだったから、両親はなんだか足元がフワフワしていて、綾子の顔をちらっと横目で見ては、照れくさいような、どきどきするような、そして少しばかり寂しいような微妙な気持ちで立ち働いていた。康隆自身は、十代半ばで「おじさん」になるという事実に面食らっていて、またそれ以上に、「義理の兄」という立場の男性とどう付き合っていったらいいのか想像することも難しく、このことで自分の人生が少し狭められたような感じもして——無論、そんなことはあるはずもないのだが――もちろん綾子には幸せになってもらいたいけれど、少しばかり腹立たしいような、誰かに八つ当たりしたくなるような気分だった。

綾子はしきりと天気を気にしていた。まるで、雨が降っていると、恋人が外出を面倒がり、約束を破って、宝井家を訪ねて来ないのではないかと心配しているみたいだった。

綾子が高校に進学しないことを決めたとき、両親にとっても、綾子本人にとってもいささか気になる心配事として心にかかっていたのは、友達が少なくなり、交友関係が狭くなるのではないかということだった。

「同年代の普通の子供たち」が高校へ行っている時期、働いたり、別の道を歩んだりしていたら、自然と彼らとは疎遠《そえん》になり、もう少し上の年代の大人たちや、違う世界の人びとと付き合う機会の方が圧倒的に多くなるだろう。それが綾子に、綾子の将来と幸せにどういう影響を及ぼすことになるのか、こればかりは予想がつかない。

そして実際に、当時十七歳の綾子が恋人として選んだ男性は、当時二十歳の八代祐司という会社員だった。綾子が高校生だったなら、二十歳の青年とめぐりあい恋に落ちる機会など、そうはないだろう。クラブの先輩とか、友達の兄とか――機会があったとしても、ごく限られているだろう。十代の綾子の学校生活を彩《いろど》るボーイフレンドは、同級生か上級生のなかにこそ、居るはずだったろう。

だから、八代祐司が訪ねてくるのを待ちながら、家族でそわそわしていたとき、康隆は、これで姉さんはオレから見てずいぶん遠いところに行ってしまうことになるなと考えていた。姉さんの人生の道の路傍に立つ標識には、オレのそれとはまるっきり違う言葉、違う柄、違う記号が書かれているんだ――

部屋でそんなことをぼうっと考えていると、階下から呼ばれた。お客さんが見えたから挨拶なさいと、敏子が妙に裏返ったような声を出している。

康隆は階段を降りてリビングに行き、そこで初めて、八代祐司と顔をあわせた。

ドアを開けて彼と会う瞬間まで、自分が姉の恋人である男性に対し、具体的に何を、どんな青年像を期待していたのか、それは康隆自身にもよく判《わか》らない。こんな具体的な場面に直面していない時ならば、たとえ話として、エリートじゃやりにくいとか、あんまりハンサムな奴はなんだかんだ言っても女癖が悪いからよくないとか、SFに興味がある人だったら少なくとも話題には困らなくていいなあとか、いくらだって条件をあげることができるだろうけれど、ここまで来てしまったらもう何を考えても無駄、現実をそのまま受け入れるしかない――

しかし、八代祐司という青年の顔をひと目見た瞬間、康隆は思ってしまった。

(こいつ?)

八代はちょうど両親と挨拶を交わしているところだった。リビングの応接セットの脇に、ブルーの背広を着て、出入り口に背中を向けて立っていた。そして康隆がリビングに入っていくと、敏子が気づいて、「あ、弟の康隆です」

そして八代が振り向いた。康隆はまともに彼の顔を見た。

なんだか、泣いているみたいな顔だった。これはオレの未来のどこかにも待っている事だと、康隆は考えていた。恋人の両親に会うという儀式。

きっと緊張するだろう。舌がもつれたりするかもしれない。冷や汗だくだく。スリッパを履こうとしてけつまずいたりして。未来のオレだって、きっとそうなっちゃうだろう。

ましてや姉さんたちの場合、もう腹ボテだもんなあ――顔、あわせにくいよなあ。それは判る。それはよく判っている。でも、それにしたって、こいつなんでこんな惨《みじ》めそうな顔してるんだ？

そして、ソファの八代の側《そば》に立っている――家族の席ではなく、来客が来たときに座る方の側に立っている綾子を、ちらりと見た。

彼女もまた、泣き出しそうな顔をしていた。

これは、あんまり幸せなことの始まりじゃあないんじゃないのかと、康隆は思った。そして一時間と経《た》たないうちに、その勘の正しかったことと、両親もこの会見の最初からそれを感じていたということを知ることになった。

八代祐司は、あの日、綾子との結婚の許しを得るために宝井家を訪れたのではなかった――

病院のスツールは座部が堅く、ずっと座っていると、尾骶骨《びていこつ》のあたりが痛くなってきた。少し姿勢を楽にしようと、康隆は姉のベッドの端に肘《ひじ》を乗せ、寄りかかった。その動きが布団《ふとん》に伝わったのか、綾子がちょっと首を動かし、やがてゆっくりとまぶたを開いた。

「あ、ごめん」康隆はあわてて言った。「起こしちゃったね」

綾子はしばしばとまばたきをしながら、彼女の身体《からだ》の上にかけられている白い毛布や、視界の端にぶらさがっている点滴の容器、病室の天井やベッドのパイプの手すりなどを、ぼんやりと眺めていた。それからやっと、視線が康隆の顔の上に落ち着いた。

康隆は姉の顔をのぞきこんだ。

「ここ、病院だよ。救急車で運ばれたんだ。姉さん、肺炎だってさ」

綾子の呼吸は浅く早く、目は充血して、くちびるは乾ききっている。

「ユウ坊のことなら、心配要らないよ。そんなに泣いたりぐずったりしてないからさ。ちょっと前まで父さんも母さんもみんなここに居たんだけど、面会時間に制限があるからさ、引き上げたんだ」

綾子のくちびるが、かすかに動いた。喉《のど》の奥にからんだような咳《せき》をして、康隆の方から顔をそむけた。咳は激しく、綾子の身体がねじ曲がった。

敏子なら背中をさすってやることもできるのだろうけれど、康隆にはそれはためらわれて、手をつかねて見ているしかない。点滴のチューブがよじれないように、急いで綾子の腕を押さえるのが精一杯だった。

発作のような咳がようやくおさまると、綾子は頭を枕の中央に戻した。氷枕がごぼりと音をたてた。手を伸ばして触れてみると、もうすっかり温かくなってしまっている。

「枕、替えてもらおうか」

康隆は立ち上がりかけた。そのとき、綾子がかすれた声を出した。

「あたし、死ぬ？」

中腰になったまま、康隆は姉の青白い顔を見おろした。「え？　なんか言った？」

高熱に充血した綾子の目が、どろんと動いて康隆の顔を見た。

「あたし、このまま死ぬるかしら」

康隆はまたスツールに腰をおろした。そして姉の方に身を乗り出すと、思い切ってバカにしたような口調をつくって言った。

「寝ぼけてんのか、コラ」

綾子はじっと康隆を見つめている。姉の呼気に薬と吐物の匂《にお》いがするのを、康隆は感じた。

「今時、肺炎で死ぬ若者なんかいるかよ」ヘラヘラと笑ってみせた。「姉さんはオレと違って、子供のころから丈夫だったもんな。肺炎なんてかかったことないから、ビビッちゃってんだろ？　臆病《おくびょう》だなあ」

綾子がまばたきをした。すると、右目の端から涙がぽろりとこぼれた。康隆はびっくりした。姉は本当に参っているのだ。

「怖がらなくても大丈夫だよ。死んだりしないって。抗生物質で一発で治るって。すぐにユウ坊のとこに帰れるよ、ホントだって――」

康隆は言葉を呑《の》んだ。綾子の目から、次から次へと涙があふれ出てきて、氷枕をくるんだ白いタオルの上に流れ落ち、すいこまれて消えて行く。すっかり動転してしまって、寒気がした。

「どうしたんだよ、何泣いてんだよ」

綾子はまばたきを繰り返しながら、ほろほろと泣き続けた。浅く早く苦しげな呼吸の合間に、しゃくりあげるような声が混じり始めた。

「バカ」と、ささやくような声で言った。

「あたし、死ねるかって訊《き》いたの」そう言って、また咳き込んだ。「死ぬのが怖いなんて言ってないよ」

「姉さんてば、何考えてんだよ」

ベッドの上で身体の向きを変えると、片手で毛布を引き上げ、綾子は顔を隠した。すぐに、苦しげな嗚咽《おえつ》が聞こえてきた。

「あたし死にたい、死にたいよお」

毛布の下でぶるぶる震えている。康隆は姉の身体に手をかけて、なだめるように揺さぶった。

「姉さん、何トチくるってんだよ。どうしたんだよ。肺炎なんだよ？　判ってんのか？

病気なんだよ？　入院してんだよ？　しっかりしてくれよ」

康隆も狼狽《ろうばい》のあまりトチくるっている。

「死にたい。あたしなんか死んだ方がいい」

「なんでそんなバカなこと――」

唐突に毛布を引き下げると、綾子は涙に濡《ぬ》れ高熱に紅潮した顔を康隆に向けた。

「死ぬしかないわよ。だってあたし、あたし――」

「姉さん、あのなあ――」

綾子の目が吊《つ》り上がっている。くちびるの端に白い泡が浮く。

「死にたかったの。今までと同じように家にいて、何にもなかったみたいに暮らしていくことなんかできないって思ったの。やっぱりダメだって。だからユウ坊を抱いて出てったのに、死ぬことも、どこに行くこともできなかった。結局またうちに帰ってきちゃった。あたしって、どうしてこんなにバカなの？」

ものに憑《つ》かれたようなまなざしと、うわ言のような言葉の噴出に、康隆は言葉を失った。

何があったんだよ？　そう尋ねるべきだ。だが一方で、直感が叫ぶ。おまえの姉さんはとんでもないことを言い出そうとしているぞ。何かわからないけれど、一度耳にしたら、すべてが変わってしまうような何かを。聞いてはいけない何かを。止めるなら今しかない。何も言わせるな。言わせちゃいけない。

姉さん、言うな。言わなくていい。だが、声が出てこない。

「あたし、祐司さんを殺した」と、宝井綾子は言った。「あの人を殺したの」ぜいぜいとあえぐような激しい呼吸音とともに、彼女は一気に吐き出した。

「テレビで騒いでるでしょ？　荒川の、すごい高いマンションの事件——あれがそうよ。あれが、祐司さんよ。あたしあの人を突き落として——それであの人死んじゃったの！　あの人、あの人、あの部屋には死体がごろごろしててあたし、あたし怖かった、死ぬほど怖かった！」

六月二日午後八時五分過ぎのことだった。

6　逃げる家族

東京都日野市平田町に在る小糸静子の実家、木村惟行《これゆき》・逸子《いつこ》夫妻の家は、地上三階建て、半地下にカーポートのある、まだ築浅のモダンな構えの家である。

中庭を隔てた同じ敷地内に、こちらは築二十数年を経ている木造二階建ての家屋がある。ここにはかつて、静子の祖父母が暮らしていた。ふたりが亡《な》くなった後、一時は取り壊すことも検討されたが、まだ充分に使用に耐える家屋であり、造りも純和風で趣があるため、そのまま残すことになった。そのため、静子の祖父母が使っていた家具や電化製品などもほとんどそのまま保存されており、普通の家族が身ひとつで移ってきて、すぐに生活を始めることができるくらいの環境が整えられた状態で、ずっと空き家になっていた。

平田町では、木村家が資産家であることはよく知られている。だから、彼らがまるまる一軒の家を物置同然の使い方をして放っておいたとしても、近所の人びとは誰も不思議には思わなかった。なにしろ、木村夫妻の家と同じ敷地内に建っている建物だから、うかうかと赤の他人に賃貸しする気持ちにはならないのはよく判《わか》るし、近所の人びとが、コンクリートの塀越しに、庭に立ち並んだ松や樫《かし》や桜の木立をすかすようにして眺めるだけでも、空き家となった木造家屋がまだまだ壊すには惜しい建物であることは、充分に見て取れたからだ。

「どっちみち、よその家のこと――しかも、よそのお金持ちの家のことですからね。内心やっかみはしても、みんな本当に気にはしていませんよ」

木村夫妻の家から北に二区画ほど離れた場所に、風雅な生け垣に囲まれた二階屋がある。生け垣の東面に木戸付きの玄関が、北面には勝手口が設けられている、これもかなり大きな木造家屋だ。二階建てといっても二階部分があるのは家の南側の一部だけで、全体としては平屋に近い。非常に贅沢《ぜいたく》な造りの住まいだと言えるだろう。

この家の西側には、玄関や勝手口とはまた別の入り口が設けてある。真新しいアルミサッシュを用いてはあるが、建物の構えと比べるとあまりに味も素っ気もなく、全体の雰囲気も損ねかねない機能一点張りの入り口である。

この脇《わき》に、「坂田《さかた》接骨院」の看板がかけられている。診療時間は、午前は十時から正午まで。午後は三時から夜八時まで。患者を診るのは、坂田敬《たかし》という四十八歳の接骨師だが、アルミサッシュの入り口を入り、患者が最初に顔を合わせるのは、正面の受付に座っている血色のいい中年の女性である。

「シズちゃんとは小学校のときから一緒です。集団登校で手をつないだ仲ですよ、ええ、ええ」

坂田尚子《なおこ》、四十四歳。この生け垣に囲まれた風情《ふぜい》ある坂田家の長女で、坂田敬の妻である。

「そうです、夫は入り婿《むこ》です。わたしが父の跡を継がなかったものですからね」

坂田家の先祖は日野の豪農で、地主である。代々農業を営んできたが、尚子の祖父の代で一度家運が傾き——どうやら、祖父の素行に問題があったらしい——かなりの土地や山林を手放す羽目に陥った。

「わたしの父は結婚が遅くて、長女のわたしでさえ父が三十八歳のときの子供なんです。祖父はわたしが生まれる前年に脳卒中で亡くなっていました。ですから、わたしは祖父の放蕩《ほうとう》ぶりを、じかには知らないんですね。話で聞かされているだけです」

そもそも尚子の父が家庭を持つのが遅れたのも、祖父が財産を蕩尽《とうじん》したあと、家を立て直すのに時間をとられたからだという。

「わたしの父は次男なんですけどね、長男はいわゆる総領の甚六《じんろく》で——祖父に似た気性の人だったらしいですよ。それで家のことは父がそっくり背負い込むことになったわけです。伯父はわたしが三つの時に亡くなりましたけど、旅先のことでしてね。家のものは誰も死に目にあっていないとか。亡くなった土地で荼毘《だび》にふされて、家にはお骨で帰ってきたそうです。たぶん、いい死に方じゃなかったんでしょう」

坂田尚子はこの年代の女性にしては長身である。一七三センチあるという。手足も長い。

「父は小柄なんですよ。一六〇ぐらいですかね。母も小さいです。弟もわたしより少し低いかしら。で、面白いことに、この放蕩ものの伯父が長身だったんですよ。一八〇センチ以上あったそうです。やっぱり手足もすらっと長くてね。それがわたしに斜めに遺伝したんでしょうけれど……」

にこりと笑う。両の目尻《めじり》に笑い皺《じわ》ができる。

「実は、わたしの背が高いことを、父はそれはもうひどく嫌がりましてね。女なのに、あまりでかいと嫁のもらい手がないとかなんとか言って。まあそれもそうでしょうけど、本音はそれだけじゃなくて、わたしの背格好が、自分にさんざん苦労をさせた兄さんに似ていることが、気に入らなかったというか悲しかったんじゃありませんかしら」

代々こつこつと貯《た》めてきた財産の貯水槽を使い果たす、対の蛇口のような父と兄とを見ながら育った尚子の父は、彼らを反面教師に、謹厳すぎるほど真面目《まじめ》な人物になった。

「なんだか可哀想《かわいそう》になるくらい、几帳面《きちょうめん》で実直でね。今は引退して、ゴルフばっかりしている可愛《かわい》いおじいさんになりましたけれど、昔は本当に怖い、がちがちのカミナリ親《おや》父《じ》でした。女子高時代なんか、門限を破ったりしたら、平手打ちされましたよ」

その父親が、接骨師だったのである。

「昔は――そう、父が三十歳代ですかね、そのころは大久保にクリニックを持ってたんです。貸しビルに部屋を借りましてね。でも、家賃がけっこうバカにならないのと、そのころから日野のこのあたりも住宅地が増えて、町がにぎやかになってきたもんですから、うちで開業できるんじゃないかって」

　自宅の一部を改築して看板を掲げたわけである。

「忘れもしませんよ。『ほねつぎ』ってね、大きな看板で、墨書したみたいな太字でね。わたし恥ずかしくって……だって友達が笑うんですよ。『ホネ子』とかあだ名をつけられたこともありましたっけ」

　尚子は短大に入学して寮生活を始め、卒業後は都市銀行に就職した。

「父の跡を継ぐなんて、夢にも思ったことはありませんね。弟も同じでしょうよ」

　尚子の弟の坂田雅信《まさのぶ》は大学で経済学を専攻した後、石油会社に就職。世界中を飛び回ることになった。現在も日本を離れている。

「今はカタールにいるんです。あと二年ぐらいはあちらですかしらね」

　そういう次第で、接骨師の看板は尚子の父の一代限りのものと、皆が思いこんでいたのだが、現実は意外な方向に向かった。

「夫は、わたしの職場の先輩の大学時代の友人なんです。最初はなんか、クリスマスパーティみたいな場で紹介されたんじゃなかったかしら。よく覚えてないんですけど」

　何度かグループで遊びに行くうちに、ふたりは親しくなった。

「そのころはね、お医者さんだって聞いてたんですよ。整形外科だって。それが、つきあい始めて、三回目か四回目のデートでね、実はカイロプラクティックが専門なんだって言われましてね。カイロ何？　っていう感じですよ。十五年ぐらい前のことですからね」

　丁寧に説明してもらって、尚子は理解した。

「要するに、マッサージと骨接《ほねつ》ぎをあわせたようなことをやるわけね、と言いました。彼は真っ赤になってね、いやそうじゃなくて、もっと科学的なものなんだとか一生懸命話しましたよ。わたしそれを遮って、言いましたの。『あたしに骨接ぎの説明をしないで。あたしは骨接ぎ屋の娘なんだから』って」

　もちろん、現在の坂田尚子は、夫の専門とするカイロプラクティックのなんたるかをきちんと理解している。

「なんだかんだ言っても結局は結婚したんですから、縁があったんでしょう。それに、父も喜びましたからね」

　こうして、現在の坂田接骨院が存在しているわけである。

「つまり、わたしは夫を連れて実家へ帰ってきたという形になるわけなんです」

　同級生たちのなかには、そういう例はほとんど見られない。少なくとも、今はまだ。

「みんな、自分自身や旦那《だんな》さんの仕事の都合であっちこっちへ散っていますからね。親もまだ七十歳代。最近の七十歳は元気だから、子供たち抜きで、老夫婦ふたりで暮らしていてもそれほど心配はないし」

　それでも、平田町に戻ってきて暮らし始めると、近所の人びとからうらやましがられることが増えた、という。

「おじさんたちおばさんたち——みんな、わたしの子供の頃の友達のお父さんやお母さんたちですよ。みんな、寂しいっていうのね。坂田さんのところはいいね、尚子ちゃんがそばにいるからって。うちのは転勤ばっかりでやれ九州だ、東北だ、海外だって。さもなければ、嫁の方にばっかりとられてしまって、こっちには寄りつきもしないとかね」

日野市をはじめとする首都圏郊外の町には、坂田家のような地元の豪農や地主を祖先に持つ家族と、高度経済成長後の都市開発を受けて切り開かれた新しい住宅地に移り住んできた家族とが混在している。そこでは、「新しい所帯をつくって巣立っていった子供たちに取り残された親たち」と、「親たちから離れて新しい生活をつくろうとしている若い夫婦や若い親たち」が、相互にほとんどつながりを持たないまま、空間的には非常に近いところに同居しているのである。

「息子たち夫婦が寄りつきもしない」

と嘆いている老夫婦の暮らす古い家の隣のタイル張りの新築マンションの一室には、

「同居しろ同居しろってお義母《かあ》さんがうるさくてしょうがないけど、あたしたちはまっぴら」

と、赤ん坊を抱きながら友達とおしゃべりをする若い母親が住んでいたりするわけである。

「そのあたりが、すごく面白く見えましたね」

と、坂田尚子は語る。

「わたしは恵まれているんですよ。夫が坂田の姓を継ぐことがすんなり決まったのも幸運でしたしね。彼は男ばっかり四人兄弟の三番目なんですけどね。まあ、確かにそれだから話がスムーズに行ったってこともあるでしょうけれど、息子が四人いたって五人いたって婿には絶対に出すもんかという家だってあるでしょうからね」

日野の家を「故郷」と呼ぶのは大げさだけど、と笑って、

「故郷に帰る、実家で暮らすっていうのは、ある種の色のついてる言葉なんですよ。わたしはそう思うのね。なんていうのかしら……ほのぼのと懐《なつ》かしいような、温かいような、安心するようなね。だけどその一方では、挫《ざ》折《せつ》とか、失敗とか、敗北とかね。ここが難しいところなんですけどねえ」

故郷へ帰る、実家へ戻るという人生の選択肢には、「逃げ帰る」という意味がつきまとう。だからこそ、その言葉のなかに「安心」や「安堵《あんど》」も含まれるのではないかと、坂田尚子は言うのである。

「少なくともわたしの年代では、女が深刻な顔をして『実家へ帰る』と言ったら、それは即離婚の意味ですしね。だからこそ、木村さんところのあの空いてた家に、シズちゃんが子供を連れて帰って来てるようだって噂《うわさ》をきいたとき、びっくりしたんです」

最初にその噂を耳にしたのは、行きつけの美容院で髪にパーマをかけてもらっている時だった。

この美容院の経営者は坂田尚子の母親の遠縁にあたり、やはり平田町の「地つき」の住人で、商売柄情報通である。

「木村さんの静子ちゃんがお子さんと一緒に実家に帰ってきてる。どうやら、あの空き家になってたところに住んでるらしい……。静子ちゃんが道を歩いてたのを見かけたり、郵便局で顔をあわせたりしたっていうお客さんがいるからって、聞かされましてね。わたしは、泊まりで遊びに来てるんじゃないのって言ったんです。そしたら、ただの里帰りにしては長すぎる、もう半月以上になるらしいからって。しかも、静子ちゃんのお子さんも――たしか男の子よねえって――実家から電車通学してるらしいからねって」

坂田尚子は驚くと同時に不審を感じた。

「それというのもね、木村さんのおばさん、シズちゃんのお母さん――わたしは子供のころからずっと逸子おばさんて呼んでるんですけど――は、夫の患者なんですよ。頑固な肩こりと偏頭痛に悩まされてて、何年もうちに通院してきてるんです。だから、美容院で聞いた話をまともに信じていいものかどうか、怪しんじゃいましたの。だって、そのつい前の日にも、わたしはうちの受付で逸子おばさんと顔をあわせてるんです。お天気の話とか、駅の北側に新装開店したスーパーの売り出しの話とか、おしゃべりしたんですよ。だけどそのとき、逸子おばさんは、シズちゃんが帰ってきてるなんてこと、ひと言も言わなかった。おかしいじゃありませんか。わたしはシズちゃんの幼友達なんですのに」

美容院から家に帰ると、坂田尚子は夫に事情を話した。木村さんの逸子おばさんがシズちゃんたちのことで何か言ってるのを聞いたかしら？

「夫は何も知りませんでした。まあ普段からわりと口の重い人なので、患者さんともあまりしゃべらないんですけれどね。ただ、このところ、逸子おばさんの偏頭痛がいつにもまして頻繁で、痛みも強くて、本人も辛《つら》そうだというようなことを話してくれました」

その晩か、翌日のことだったかはっきりとは記憶していないが、坂田尚子はこの件を両親にも話してみた。

「母はわたしと同じくらい驚いていました。へえ、シズちゃん帰っとったの、なんてねえ。だけど父が、そういえばこの前、新宿から帰ってくる電車で同じ車両に乗り合わせたぞ、と言い出しまして」

ただ、声はかけなかった、という。

「シズちゃんの方も、わたしの父の顔を覚えているはずはないですから、気づかなくても当然でね。黙って電車に乗って、駅で降りて、うちもシズちゃんの家も同じバス停を使いますから、バスも一緒で」

坂田尚子の父親も、静子は仕事から帰宅するところのように見えた、と言った。

「通勤帰りだなと思ったそうです。へえ、シズちゃん働いてるんだと思って、わたしにはそれも驚きでしたね。もう十年以上前のことになるけど、中学の時の同級生が新宿で集まって、まあクラス会みたいなことをやったことがあったんです。そのときシズちゃんが、すごくいいスーツを着てて――。あれはインポートものじゃなかったかしら。洋服だけじゃなく、全体にすごくあか抜けしてゴージャスな感じだったんですよ。子供だってまだ小さくて大変だろうにって、みんなでびっくりしました。そうしましたらシズちゃんの言うことに、旦那さんが高給取りで、おまえにも所帯臭くなってもらいたくないからって、お小遣いをたくさんくれるとかなんとか」

あんなの嘘《うそ》に決まってると、あとで悪評さくさくだったそうである。

「またシズちゃんもやたら挑発的なものの言い方をしたんです。パートで働くなんて貧乏ったらしいとか、子供には経済的にも精神的にも最高の生活を与えてやるのが親の義務だとかね。それには、父親には社会的な地位と経済力が必要だし、母親は家を取り仕切って子供に情操教育をしてやらなきゃいけないとかなんとか。実際にパートタイムで仕事を持ってる人とかは、カチンと来ますわねえ」

苦笑しながら、坂田尚子は続けた。

「わたしはシズちゃんと年賀状のやりとりぐらいはずっと欠かさずにしてきましたけれど、顔を合わせる機会はやっぱりほとんどありませんでしたからね、わりと大人しい性格だったはずの彼女の変わりよう――変身ぶりにはなんだか当惑するくらいでしたけど、あの人は口から出任せを言うような人じゃないってことは判《わか》ってました。ですから、シズちゃんが嘘をついてるとは思いませんでしたし、シズちゃんにはあれで昔から負けず嫌いなところがありましたから、なるほど、あの負けん気がこういう形で出るようになったかと、まあそんなふうに思っていました」

それだけに、静子が働いているらしいというのは、なんとも理解しがたいニュースだったのだ。

「子供の情操教育はどうなってるんだろう、なんてね。いえ、笑い事じゃないんだけど、母と話していて吹き出したりして」

その時点で、静子が実家に戻っているのにもかかわらず、木村逸子が黙《だんま》りを決め込んでいる理由も判ったと思った。

「まあ、もめ事があるんだろうねって」

おそらく、静子は離婚したか、離婚の協議中であるかするのだろう。だから実家に帰ってきた。だから働いている。

「で、うちの母は、木村さんの逸子さんがそのことについて黙っているのは当たり前だと言いました。普通でもなかなか言いにくいことだし、だいちあんた、シズちゃんも逸子さんも……見栄《みえ》っ張りだからさってね」

すでにヴァンダール千住北ニューシティでの事件の全貌《ぜんぼう》がはっきりしている現時点においても、そして、その事件のなかで小糸信治・静子夫婦の果たした役割を知ってはいても、坂田尚子は、ここで「見栄っ張り」という単語を使うことをためらった。そしてそれを指摘されると、軽く首をすくめるようにして笑った。

「そうですか？　別にためらったつもりはないんだけど……。わたしもシズちゃんは見栄っ張りだと思いますしね。ただ、なんていうかその――」

このインタビューは坂田尚子の自宅の居間で行われた。従って、坂田尚子の周囲には、彼女にとって見慣れた生活用品が溢《あふ》れている。そして、「見栄っ張り」という単語について考え込む彼女の視線は、それらの生活用品のあいだを忙しく行き来した。足先につつかけているスリッパ。テーブルの上のガラスの灰皿。床に敷かれたインド綿のラグ。窓際《まどぎわ》の観葉植物の鉢。そして、インタビューの途中でちょうど午後四時を指し、オルゴールの音色を奏《かな》で始めた壁掛け時計。

最終的に、坂田尚子の視線はその壁掛け時計の上で止まった。直径三十センチほどある大型のもので、一時間ごとにオルゴール音と一緒に内部のからくり仕掛けが動き出し、時計の下の部分から人形の小さな楽隊が登場してパフォーマンスを演じるという凝った品物である。彼女の目は、小太鼓を打ち鳴らす動作をしながらくるくると回転する人形の動きを見ていた。

「あの時計、子供が欲しがりましてね」

と、にっこり微笑《ほほえ》んだ。

「可愛《かわい》いでしょ。わたしも気に入って、時計にしてはたいそうな値段をとるんですけど、どうしてもって買ったんです。今じゃすっかり飽きてしまって、このオルゴールもいちいちうるさいからなんとか止められないかって思うくらいなんだけど」

時計ぐらいでやめておければ、見栄っ張りじゃないのかもしれませんけどねと、彼女は呟《つぶや》いた。

「わたしはそもそも、見栄っ張りって言葉は嫌いですよ。ええ。だから、シズちゃんに対しても使いたくないのかもしれない。それに、結論だけを見たならば、べつにシズちゃんたちは悪いことなんかしてませんでしょ？　占有屋を頼んだのはまずかったかもしれないけど、それだってシズちゃんたちも騙《だま》されたようなもんだったんですから」

小糸静子がヴァンダール千住北ニューシティ・ウエストタワーの二〇二五号室を離れ、日野市内にある実家の木村家に戻ることを、非常に早い時期に、噂や憶測、推測ではなく、本人の口からきちんと知らされた数少ない関係者のひとりに、倉橋則雄《くらはしのりお》という人物がいる。小糸孝弘《たかひろ》の通う私立滝野川学院中学で彼を担任していた教師である。

「小糸さんの方からお電話をいただきまして、面談をお願いしたいと。それでお目にかかったわけです。一九九五年の十月の初旬のことでした」

当時、小糸孝弘の成績や学習態度には何の問題もなかった。倉橋は、電話をかけてきた小糸孝弘の母親に、もちろん面談はするが、さしつかえなければどういうことについて話をしたいのか、教えてはもらえないかと訊《き》いてみた。

すると、彼女は答えた。

「実は、わたくしども夫婦は近々離婚することになります、と。そうなると、場合によっては孝弘が滝野川学院に通い続けることが難しくなるかもしれないが、自分としてはぜひ通わせてやりたいし、どうしても駄目な場合でも、なんとかしていい学習環境を与えてやりたい、と。そのご相談ですと言われました」

倉橋則雄は三十一歳、現在は結婚し、まもなく一児の父となる予定だが、当時はまだ独身だった。中学校の教諭としてのキャリア八年のうち、四年が滝野川学院でのものである。

「費用のかかる私立の学校では、両親が離婚したために経済的な問題が起こり、子供が途中で退学せざるを得なくなるというケースはままあります。私も過去にそういう例に出会ったことがありました。気の毒なことですが、これはかりは学校側にはどうしようもないことですので……」

倉橋則雄は、面談に彼ひとりではなく、学年の教務主任を同席させたいと、小糸静子に申し出た。その方がお役に立てるだろうと言うと、彼女はすぐに承知した。

「教務主任は当時、真山先生でした。事情を話しますと、真山先生はひどく残念がりました。小糸孝弘君は優秀な生徒でしたから。しかし、家庭内の事情ではねえ……と」

この面談の申し込みは、ヴァンダール千住北ニューシティでの事件の発生する、約八カ月前のことである。ついでながら付け加えれば、小糸家の人びとがヴァンダール千住北ニューシティ・ウエストタワー二〇二五号室から姿を消し、別の家族が移り住んできたと思われる時期が、一九九六年の三月だ。小糸静子による滝野川学院への面談の申し込みは、これよりも五カ月は早い時点で行われているということになる。

　しかも、静子はここで、「近々離婚することになる」と、はっきり述べている。

「離婚後は、孝弘はわたしが引き取りますとおっしゃいました。実家が日野市にあるので、一時はそちらに移ることになる、そうなると、滝野川には通いきれないだろうということで……。それと、やはり経済的な問題ですね」

公立の中学校に転入するということならば、手続きは難しくないと、倉橋教諭は説明した。

「これが逆で、私立の中学に途中から編入するということだと、面倒なのですが」

倉橋教諭と真山教務主任と面談した時の小糸静子は、終始落ち着いており、言葉遣いも丁寧で、

「非常にしっかりした保護者だという印象を受けました。学校の行事やPTA活動などに参加されているところを見かけたことはありませんでしたが、興味はお持ちのようでした。いや、興味を持って活動するタイプの保護者に見えた、ということですが」

実際、小糸静子は倉橋教諭に、仕事を持っているのであまり学校の活動に協力できず、申し訳なかったというようなことを言った。

「本当なら、もっと熱心に参加したかったんですが、と」

倉橋教諭は小糸静子に、今日彼女が面談に来ることを、小糸孝弘は知っているのかと尋ねた。意外なことに、彼女は、

「知らないはずです」と答えた。

「なぜお知らせにならなかったのですかと訊きますと、本当に余所《よそ》の学校に転入しなければならなくなるぎりぎりのところまで、孝弘には打ち明けたくないのだとおっしゃいました。悲しませることになるからと」

「それでは、私と真山先生も、今日の面談のことは黙っていた方がいいのですかと問うと、そうお願いいたしますと、小糸静子は頭を下げた。

「小糸さんがお帰りになったあと、真山先生と相談しました。実は……私としては非常に判断に迷うところだったんです。小糸さんにはああ頼まれましたが、私は孝弘君に打ち明けたかった」

父母の離婚話――しかも、母親の方がきっぱりと「近々別れる」と断言するくらいにまで煮詰まっている話について、中学生の子供がまったく察していないはずはない。だとすれば、母親が他の学校への転入の相談に訪れたということを隠しておいたところで、これという利益はないと思われた。

「むしろ、ずっと黙って伏せておいて、いよいよという時になってやっと、『実は先生もお母さんからご相談を受けて事情は知っていたよ、辛いだろうけれど頑張れよ』と言うなんて、薄情なような気がしたのですよ。かえって孝弘君を悲しませることになるんじゃないかと思えてなりませんでした」

また孝弘は、父母のゴタゴタに相当悩んでもいるだろう。傷ついてもいるに違いない。その気持ちも聞いてやりたい。

「それで、お母さんとの面談から二日ほど後に、彼をカウンセリング室に呼び出しました」

その二日のあいだに、小糸孝弘にはこれと言って変わった様子は見られなかった。特に沈んでいるわけでもなく、いつもどおりに大人しく、授業態度も良好だ。

「正直いって、彼の家の中はどうなってるんだろうと不思議でした。お母さんのあのきっぱりとしたご様子から見ると、ご両親のあいだの決裂は決定的なように感じられましたが、小糸君の生活態度には何らの変化も見られない……。まったく知らないなんてことはあるはずがないから、きっと彼なりにいろいろ辛抱し、我慢しているんだろうと想像はしましたが」

滝野川学院中等部のカウンセリング室は、専門のカウンセラーが生徒との面談に使うほかに、この種の教師と生徒の個人面談の場としても頻繁に使用されており、そこに呼び出されることは、生徒にとって、格別不吉というわけでもない。小糸孝弘は放課後の指定された時間にきちんと現れ、挨拶《あいさつ》をして部屋に入ると、倉橋教諭と向き合って腰をおろした。

このときは、真山教務主任抜きで、倉橋教諭ひとりだった。倉橋教諭は、できるだけ打ち解けた雰囲気をつくろうと努めた。

「最初に、成績のことや学校生活のことで何か問題点があって呼び出したわけではないと断りを入れました。ただ、ちょっと心配なことがあるので君の気持ちを聞きたい——

というふうに切り出すと、孝弘君にはすぐに事情が判ったようです」

　母が先生に会いにおじゃましました、そのことですね？　小糸孝弘は、そう尋ねた。

「落ち着いていました。『母がおじゃましました』なんて、普通の中学生がなかなか口にできる言い回しではないですよ」

　じゃあ、君はお母さんがこちらにいらしたことを知ってるんだねと尋ねると、孝弘はうなずいた。

「お母さんは、このことは君には内緒にしておいてくださいとおっしゃっていたよと言いますと、困ったような顔をして笑いました。『そんなことをお願いしたって先生を困らせるだけなのに……。うちの母にはそういうところがあるんです、すみません』と、私に謝りました」

　君のご両親は近々離婚をされるという話をうかがったんだけれど、それについて訊いてもいいだろうかと、倉橋教諭は尋ねた。小糸孝弘は、もちろんですと応じた。

「私が、君のお母さんは、離婚はもう決定したことだというふうにおっしゃっていたんだがと言いますと、小糸君は初めて、少し怒ったような表情を浮かべました」

　まだ、何も決まったわけじゃないんです。

「しきりと、それを言ってましたね。まだ何も決まったわけじゃないんです。ご両親の離婚も、彼の転校も、何もかもね」

　ここでもう一度確認しておくと、小糸静子が滝野川学院を訪ねたのは一九九五年十月の初旬、ヴァンダール千住北ニューシティでの事件が発生する、八カ月ほど前である。そしてこの面談から五、六カ月後の一九九六年三月あたりで、小糸家の人びとはウエストタワー二〇二五号室から姿を消し、他の家族が――事件の被害者となった四人が――そこに住み着くようになった。

つまり、一九九五年十月の初旬、倉橋教諭を訪問したあたりでは、小糸静子は夫と別れることを決めていた。が、その後、何らかの状況なり心境なりの変化があって、離婚はせず、一家三人がそろって二〇二五号室を離れ、静子の実家の木村家に身を寄せることになったという経過だと考えていいわけである。倉橋教諭に対し、頑《かたく》なほどきっぱりと「離婚するので」と語ってみせた小糸静子の決意よりも、「まだ何も決まったわけじゃない」という孝弘の見通しの方が、正確に現実を予測していたということになる。

「そうですね、そういうことになりますね」と、倉橋教諭もうなずく。「小糸君のお母さんが私にお話しになったなかで、実現した事柄は、ご一家が荒川のヴァンダール千住北ニューシティから離れ、お母さんのご実家へ移ったということだけでした。ご両親は離婚しなかった。小糸君も転校しなかった。日野からは大変な遠距離通学になりますから、ずいぶん辛《つら》かったろうと思いますが、あの一家四人殺害事件が起こるまでは、きちんと通ってきていましたから立派なものでしたよ」

しかし、このころから、小糸家にはいったい何が起こっていたのだろう？

「担任教師の立場では、非常に質問しにくいことだったのですが……」

当時を思い出しながら、倉橋教諭は申し訳なさそうに肩をすぼめる。

「小糸孝弘君は聡明《そうめい》な子供ですので、思い切って尋ねてみました。そもそもご両親がなぜ離婚なさろうとしているのか、理由は何か、君は知っているのかと」

小糸孝弘は答えなかった。返事をしなかったわけではないのだが、

「僕にもよく判《わか》らないんですという言い方でした」

倉橋教諭は、その言葉の意味を、こう解釈した。

「まったく見当もつかない、という意味での『よく判らない』ではないと思いました。むしろ、離婚の原因として思い当たる事柄が複数あって、しかしそのうちのどれがいちばんの問題なのか、それが判りかねるというような意味に聞こえたんです。実際、小糸君は、悲しいとか怒っているとかいうよりも、ただただ当惑しているように見受けられましたね」

小糸家に何が起こっていたのか。静子に離婚を考えさせたり、孝弘をただただ当惑させたり、挙げ句には一家をマイホームであるヴァンダール千住北ニューシティから離れさせ——しかも「密《ひそ》かに」離れさせ——そこに別の一家四人が住み着くようにさせた事情とは何か。

言うまでもなく、「荒川の一家四人殺し」事件が解決し、容疑者も逮捕されている現在では、この「事情」は社会的に周知の事実である。しかし、意外なことに、大々的な報道合戦が繰り広げられたにもかかわらず、この件に関して、小糸家の人びとの肉声が

そのまま報じられたことは一度もない。彼らは、公的機関の取り調べには積極的に協力したものの、ことマスコミの取材に対しては、まったく応じなかったからだ。事件の話題が列島を席巻《せっけん》しているあいだじゅう、注意深く身を隠していた。

そこで今回、本稿を起こすにあたっては、ぜひとも小糸家の人びとから直《じか》に話を聞きたかった。それはいわば、事件の発生したあの六月二日の午後に、八王子で警察署に出頭した小糸家の人びとから話を聞き、そこで初めて、ヴァンダール千住北ニューシティ・ウエストタワー二〇二五号室で何が起こったのかという謎《なぞ》の――少なくとも一段階目の謎の解答を得た捜査関係者と同じ立場に身を置きたい、という願いである。

加えてもうひとつ、常に「試合終了後の評論家」である我々の立場だからこそできること――当時、小糸家の人びとが、起こった事態についてどう考えていたかということについても、率直なところを聞かせて欲しかった。

小糸信治、静子の所在は、本稿のための取材活動を始めた時点では、まったく判らなくなっていた。日野の木村家でも、静子から定期的に電話連絡はあるが、本人たちがどこにいるかは判らないという状態が続いていた。孝弘だけは木村夫妻の元に留まり、生活していたが、彼も両親がどこに居るか知らされてはいなかったのである。

孝弘の祖母である木村逸子の証言によると、

「孝弘が何か知ってると思ったんでしょうけど、ずいぶんと記者の人とかがあの子を追いかけ回しましてね。しばらく親戚《しんせき》のところへ隠したり、お友達の家に泊めてもらったり、そりゃあひどい苦労をしました。結局、滝野川学院はやめることになりましたし……」

木村逸子は憤懣《ふんまん》やるかたないという様子で語る。

「静子たちは何も悪いことはしてないですよ。人殺しには何にも関係してなかったんです。あの子たちだって騙《だま》されたようなもので……。静子と孝弘は、本当に被害者ですよ。悪いところがあったとしたら、そりゃ信治さんじゃないんですか。それなのに、本当に可哀想《かわいそう》な目にばかり遭わされて」

小糸信治の姉、小糸貴子《たかこ》の言い分はまた異なる。

「あんなことになったのは、静子さんの責任です」

彼女もまた怒りを抑えきれない様子だ。

「あの人の贅沢《ぜいたく》好きがすべての原因でしょう？　見栄《みえ》っ張りで、分不相応なことばっかり望んで。信治の結婚は間違ってたんですよ。弟は、静子さんのために人生を誤りました」

この応酬を聞いているだけで、小糸信治・静子夫妻が肉親からさえも身を隠している理由が察せられるようであった。

それでも、一カ月間ほど精力的に情報を集め、関係者に働きかけた結果、幸いにも小糸夫妻の所在を突き止めることができた。しかし、彼らへのインタビューについて記述するその前に、いくつか断りを入れておかねばならない。

ひとつには、小糸静子の希望で、現在の彼女の住まいや職業については伏せてあるということである。この取材が行われた場所と日時についても、記述をしていない。また、小糸静子と小糸信治は、本稿のこの時点で今度こそ本当に離婚協議中であり、孝弘の養育権その他の話し合いが終了し次第、正式に別れることになっているということも付け加えておく。

そして小糸信治からは、面会には応じてくれたものの、事件当時のことから離婚に至るまでの事件後の事情まで全《すべ》てについて、何も話すことはできないし、話さないことが彼の意見表明であるというコメントをもらった。従って、これから本章の後半に登場するのは小糸静子だけである。

彼女と連絡がついたのは、坂田接骨院の坂田尚子のおかげだった。

「シズちゃんからは、時々電話をもらってました」

前述したように、坂田尚子は小糸静子の幼友達であり、静子の母の逸子は坂田接骨院の患者である。「シズちゃんたちが実家に帰ってきたころから、逸子おばさんの具合がよくなくなりましてね。何かもめ事があるんだろうねということは、その頃から主人とも話をしていました。ただ、荒川であの事件が起こるまでは、シズちゃんとは会ってなかったし、彼女の方からも連絡はなかったんですよ。初めて電話がかかってきたのは、事件から二カ月後ぐらいのことで、そのときにはもう彼女は実家を出ていました」

このとき、小糸静子は、母の逸子の様子を訊くために、坂田接骨院に電話をかけたのだった。

「逸子おばさんはもう長いことうちに通ってきてたんですが、シズちゃんずいぶん心配してたんです。お母さんの方にも電話はかけたんだけど、本人同士の話だと、かえって様子がよく判らないって言いましてね。お母さんはシズちゃんを心配するし、シズちゃんはお母さんを心配するしで、あんまり本当のことを言わないですからね」

そこで、逸子がかかりつけの坂田接骨院に訊いてみることを思いついた、というわけだった。

「そのときに、逸子おばさんの様子とか、最近もマスコミの人が木村さんの家に出入りしてるかどうかとか、孝弘君のこととか、いろいろ話しましてね。シズちゃんはだいぶほっとした様子で、父さん母さんに電話するとすぐに泣かれるんで話にならない、これからも時々ナオちゃんに電話していいかって言いまして、わたしはもちろんよって答えましてね」

こうして、小糸静子の方から一方的に電話がかかってくるだけのやりとりではあったが、糸がつながった。

「わたしがこのインタビューに答えるときも、こういう取材の申し入れが来てるけど、答えていいかしらって、シズちゃんに訊《き》きました。構わないわよ、正直に言ってと、彼女は言いました。良いことも悪いこともね。正直に言ってくれればどんなことでもいいよって。ただ、どれほど正直に言っても、言ったとおりに書かれるかどうかは保証しないわよと。ずいぶん、頑になってるようでした。無理もないですけどね。テレビやなんかで、さんざん叩《たた》かれた後でしたから」

　坂田尚子は、「厳しい」と表現していいような目つきをする。

「わたしもずいぶん迷いましたよ。子供の頃からの友達の身に降りかかった災難ですからね。それをネタにしてしゃべり散らすなんてことはしたくなかった。主人にも止められました。でも、黙っているのも癪《しゃく》なような気がして。そりゃ確かに、シズちゃんは迂《う》闊《かつ》だったり、派手好きだったりした部分はあったんでしょう。わたしもそれまでかばおうとは思いません。でも、まるでシズちゃんが人殺しをしたみたいに言われてね。それだけじゃない、学生時代の男性関係の噂《うわさ》なんかまで引っぱり出してきて取りざたしたりするのは、あんまりじゃないですか。若い頃から派手だった、みたいな言い方でね。シズちゃんが勤めてたお店の人たちも、ずいぶん言いたい放題言ってましたけど、あれだってどこまで本当だかわかりゃしないし」

　彼女は、一部のテレビのワイドショー番組が、当時この事件における小糸一家、とりわけ小糸静子について取り上げた部分を指して言っている。

「シズちゃんのご主人のお姉さんも、テレビのそういう番組に出てましたね？　顔も名前も隠してたけど……。このインタビューにも答えてるんですか？　ああそうですか。きっとまた、シズちゃんをこてんぱんにやっつけてるんでしょうね。

――わたしはそういうの、悔しかったんですよ。シズちゃんにも悪いところはある。

だけど、彼女がやってもいないことで責めるのは間違っているでしょう？　それで、わたしこのインタビューを受けまして、後でわたしの発言を文章にしたのも読ませてもらって、ちゃんと書いてもらってたから、それでシズちゃんにも勧めたんですよ。言われっぱなしにしないで、一度言い分を言ってみたらって」

「どこからお話しすればいいんですか？」

開口一番、小糸静子はこう言った。

「マスコミの方って、事件に関係ないことまで根ほり葉ほり訊きたがるものなんでしょう？　わたしが二十歳の頃に付き合ってた妻子ある男性のことでも打ち明けましょうか」

最初にお断りしておくが、小糸静子はこのときまったくの素面《しらふ》であった。アルコールのせいでからむような態度に出ていたわけではない。むしろ動作がぎこちなくなるほどに緊張しており、顔色は蒼白《そうはく》で、時々目《め》尻《じり》がぴくぴくと引きつった。

事件後に誕生日を迎え、彼女は四十五歳になっていた。事件とその後遺症でいささかやつれたと本人は言うが、外見は、実年齢より十歳ほど若く見え、美しいと同時に、非常にあか抜けた印象を与える女性である。この日は、チャコールグレイのスーツの下に、ペパーミントグリーンのブラウスを合わせていた。はっきりと深い二重瞼《まぶた》を彩《いろど》るアイシヤドウにも、このペパーミントグリーンが使ってあった。アクセサリーは金のイヤリングとネックレス。結婚指輪ははめていない。

このインタビューで彼女に求める事柄については、事前に充分に説明をしておいた。小糸静子としても、そのあたりは理解した上で面会してくれたはずだが、雰囲気に慣れるまで、しばらくのあいだは、非常に攻撃的な発言が続いた。それを聞いていると、彼女がかなり記憶力のいい女性であるということが判ってきた。彼女が自虐《じぎゃく》的に引用する――平たく言えば、「あんなことも言われた、こんなことも書かれた」――過去の彼女に関する報道の内容が、概して正確で、掲載紙誌や発言した人物の名前、番組名や放映時期なども、でたらめではなかったからである。

嘘《うそ》ばっかりだ、不当な言いがかりだと思いつつも、それらの記事や発言を読まずに、聞かずに、何も見ずには過ごすことができず、ひとつひとつに怒りを抱いて生活を続けていては、疲れるはずだった。このあたりは、むしろ真面目《まじめ》に過ぎるような性格を物語っている。

ひとしきり、言ってみれば「当たり散らし」た後、小糸静子は水を一杯飲んだ。ひと息でグラスの中身をほとんど飲み干してしまうと、そのままグラスを手に持って、少しのあいだじっと目を閉じた。それから目を開くと、グラスをテーブルに戻し、顔を上げて、身体《からだ》全体でこちらに向き直った。

「ごめんなさい。それで、何から始めましょうか」

――なぜ、ヴァンダール千住北ニューシティ・ウエストタワー二〇二五号室をそっと離れたのか。その後に、別の「家族」が住み着いていたのはなぜか。そこから始めてください。

ゆっくりとうなずくと、小糸静子は口を開いた。

「もうご承知でしょうけれどね。わたしたち、ローンが払えなくなったんです。それで、あの家は競売にかけられることになったんですよ」

競売。

字面《じづら》としてはべつだん珍しくもないが、一般人が日常生活でお目にかかることは少ない熟語である。裁判所を通して行われるこの競売のシステムについては、次章で詳しく説明することになるので、ここでは小糸静子の言葉で話を進めて行く。

「競売っていうと、なんだかね、美術品か骨董《こっとう》の世界の話みたいじゃありませんか。わたしはそんなふうに思ったんですよ。なんとなく、お金持ちの優雅な美術品道楽についてまわる言葉っていう感じ……。競売、入札、落札。ねえ？　ですから小糸から――夫から、どうも危ない、このままだと競売を申し立てられるぞって、初めて聞かされたときには、何よそれって、笑い出してしまったくらいでした」

しかし、笑い事ではなかったのだった。

当時、ヴァンダール千住北ニューシティ・ウエストタワー二〇二五号室の所有者は小糸信治であり、当然、登記簿にも彼の名前が載せられている。しかしその登記簿の「抵当権者」の欄には、彼が二〇二五号室を購入する際に資金を借り入れた金融機関名もまた明記されている。ここで言う「競売を申し立てられる」とは、債務者つまりこの場合は小糸信治が、借入金の支払いを相当の長期にわたって滞らせたために、支払い不能状態に陥ったと判断され、抵当権者が小糸信治の不動産を差し押さえ、貸金を回収するべく競《せ》り売りにかけるよう裁判所に申請する――という事情を意味しているのである。

「うちの場合は、住宅金融公庫がその――競売を申し立てたわけなんですけど――借金の額がいちばん大きかったですからね――わたしはなんだかそれもピンと来なくて――ローンの方のことは全部、何から何まで夫に任せきりにしてましたからね。だって、女で主婦のわたしが出ていったって、そういうところでは話にならないんですから。そうでしょ？

　それがある時いきなり――先方の担当者の話じゃ、けっしていきなりじゃなかったらしいですけど、夫はぎりぎりになるまでわたしには何も言いませんでしたからね、わたしから見たら出し抜けですよ――このままだと差し押さえですよ、競売ですよって言われて、ね。『競売』には笑うこともできたわたしですけど、『差し押さえ』って言葉にはぎょっとしました。そっちの方は、悪い印象ばっかりの言葉ですから。住宅金融公庫がなんで差し押さえなんかするのよ、サラ金じゃないのよ、公共機関じゃないのってわめいちゃって、それこそ夫に笑われました」

　住宅金融公庫も、金融機関であることに違いはない。それでも、住宅金融公庫は、支払いが遅滞しても、そう簡単には差し押さえや競売の申し立てという手段をとらない、一般の銀行よりも猶予《ゆうよ》期間を長くおくという傾向は確かにあり、その点では、小糸静子のこの反論にも根拠がないわけではない。

しかし、この傾向にも、バブル経済崩壊後の地価暴落による不良債権の増加で、近年変化が見られるようになってきた。住宅金融公庫でも、ローンの支払いが長期間ストップし、その状況に改善の見込みがないと判断すれば、一般金融機関と同じように差し押さえをするようになってきたのである。小糸家の二〇二五号室は、まさにこのケースだった。

「ローン返済は、確かに止まってました」

視線を下げて、小糸静子は続ける。

「さっきも申しましたけど、そのへんのことは夫任せで、わたしはタッチしてなかったんです。わたしは毎月、夫の給料のなかから生活費をぽんと渡されて、それでやりくりしていました。足らないときには夫に言って、彼が都合してくれてたんです。こんなこと、ワイドショーなんかじゃちらっとも取り上げてくれなかったけど、実際はそういうことでした。我が家では、財布の紐《ひも》は夫が握っていたんです」

では、それならばなぜ、ローンの支払いが滞っていることに気づいたのか。

「それは、いろいろ電話とか郵便とか来ますでしょ？　銀行の融資担当の人が訪ねても来ますし。わたしが会ってもしょうがないので、みんな夫の方へ行ってもらいましたけどね。わたしも勤めてたので、昼間はいませんしね」

　支払いが滞っていることを、小糸信治はどのように説明していたのだろう。

「心配要らない、俺が何とかする。それだけでしたね。いよいよとなるまでは」

　本当に何とかしてもらえると信じていたのか。

「信じてましたよ。ずっとそうやって来ましたから」

　小糸静子は、女優のように大げさに肩をすくめる。

「あてがい扶持《ぶち》で、今月は足らないって言えば、五万とか、十万とか、その都度足してくれました。孝弘の学費だって、郵便局の学資保険とかかけて、用意してくれたのは信治なんです。わたしはお金のことは全然ダメで……。どっちかっていうと経済観念がない方でした。だから、今になって浪費家だなんて言いふらされるんでしょうね」

　また自虐的になってきた。

「ですから、もう駄目だ、この家は差し押さえられるぞって彼に言われて——目を白黒」

　——それはいつのことですか。

「競売のことを打ち明けられた時期ですか？　最初にね？　一九九五年の——三月頃でしたね」

　——あなたとしては青天の霹靂《へきれき》。

「そうです。夫が冗談を言ってるのかと思いました」

再び、湿布薬のコマーシャルでもしているかのように、大きく肩をすくめる。どうやら意図的な動作のようだった。

「でも冗談じゃなかった。わたしもだんだん冷や汗が出てきて、夫を問いつめましたよ。どうしてそんなことになったんだって」

小糸貴子のインタビューの章で、ヴァンダール千住北ニューシティ・ウエストタワー二〇二五号室購入当時の資金繰りについては説明した。静子の実家からの資金援助が大きくものをいって、総借入金額も支払い計画も、特に無謀なものではなかったはずだ。

小糸信治の年収から見ても、バランス的には無理のない範囲内に収まっていた。また、そうでなければ住宅金融公庫は貸し付けをしない。金融公庫の融資物件に焦《こ》げ付きが少なく、従って差し押さえも少ないというのは、最初の融資設定基準が厳しいからなのである。

それがなぜ、小糸家の場合は焦げ付いてしまったのか。

「夫はいろいろ言いましたよ。一時、株に手を出してたことがありましてね、それについてもわたしは詳しいことは知らないけれど、そっちで損が出てとか、仕事の付き合いに金がかかってとか。冗談じゃない、そんなことでどうしてローンが払えないほど困ることになるのよって、わたし怒鳴りましたよ。そしたら、ぶつぶつ言い出したんです。もとはと言えば、おまえが贅沢《ぜいたく》だからだって」

——しかしあなたは、毎月決められた額の生活費を受け取ってやりくりしていたし、足りないときにはそう言えば、ご主人は文句も言わずに金を足してくれた——そうおっしゃいましたよね？

小糸静子は何度も何度もうなずく。

「ええ、そうです。そうです。だからわたしはお金の心配をしたことなんか一度もなかったんです。文句を言ったことだってなかったんです。本当です」

ここで、意を決したかのように膝《ひざ》を乗り出すと、小糸静子は声を強めた。

「事件の後、あの部屋が競売物件だってことが判《わか》ってからこっち、わたしはさんざんあることないこと書き立てられましたよ。夫のことも、子供のことも何も考えない、キンキラキンのバカ女だって。あの人たち四人が殺されたのも、そもそもあたしが浪費癖があって、そのために二〇二五号室が競売になったそのせいだ、みたいなこともね。だけどそんなこと、なんで赤の他人に言う権利があるんです？　なんでそんなことで、赤の他人があたしを責めるんでしょうね？」

拳《こぶし》を固めて膝を打つと、

「あたしはけっして贅沢をしたとは思いません。そりゃ、孝弘のためには何でもしてやりました。あの子の成長にとって最適なものを、何でも揃《そろ》えてやりたかったから。だけど、自分のためにお金を使ったことなんてありませんよ。浪費もしてません。現にね、これだけははっきり書いてくださいよ。あたしはね、たとえば今月、夫が生活費を三十万円くれたとしますよね？　足りなくて、あとで十万円足してもらった。でも翌月に、先月あんなにあっさり十万円足してくれたんだから、今月は最初から四十万ちょうだいなんて、言ったことはありません」

興奮気味の小糸静子を宥《なだ》めるために、若干休憩時間をとった。彼女はコーヒーを注文し、せっかちにそれを飲みながら、せかせかと煙草《たばこ》を二本吸った。

「大きな声を出してごめんなさい。少し早口すぎますか？」

心配は要らないと応じると、ため息をついて座り直し、姿勢を正した。

「それでまあ……ええと、初めて競売の話を聞かされたときのことでしたよね……。なんでローンが払えなくなったのか」

――ご主人があなたを非難し始めた、と。

「そうです。一週間か十日ぐらい、毎日のようにそのことでごちゃごちゃ話をしてました。肝心の資金繰りの方は、俺が何とかする、何とかすりゃいいんだろうという感じで……。わたしも、夫に当たり散らしながら、やっぱりその言葉をあてにしてましたね。今思うとバカみたいだわ」

髪をかきあげると、苦笑する。小糸静子の髪型はロングヘア。パーマ気のないストレートヘアである。

「そうこうしているうちに、ほかにもいろいろ判ってきたことがありました。夫のお金の使い道とか、追及していくうちにボロが出てきたんですよ。カード会社にずいぶん借金があって……。それこそ、付き合いとかお小遣いのために借りてたお金だったみたいでした。明細とか、全部会社の方に送らせてたんで、わたしはまるっきり気づかないでいたけど」

――あなたの方はいかがでした？

「わたしですか？　何が？」

一部の雑誌で、あなたにもあなた名義の借金があったと報じられましたね？　やはりカード会社でしたか。複数の会社から、合計約百五十万円と書かれていますが、これについてはいかがですか。

小糸静子の目が険悪な色を帯びた。

「それが何か関係あるんですか？」

――他意のある質問ではありませんよ。ご主人にはあなたに内緒の借財があった。あなたの方はどうだったのだろう、この記事に書かれたことは事実かどうかということだけお聞きしたのですが。

「それは……まあ、事実です」

――まあ、というのは？

「金額が、ちょっと違うんですよ。百万もなかったから」

――判りました。

小糸静子はちょっと黙った。それから、急にせきこんで、つんのめるようにしゃべりだした。

「少し説明しなくちゃいけませんね。そのお金は、確かにわたしが使ったものです。それは否定しません。だけどそれは、それこそ仕事の上で必要なものだったんです。わたしはブティックに勤めてましたからね。ノルマがあって、それが達成できない月は自分で買い取ってでも数字を合わせないとならないんです。そういう買い取りの時は社員割引もきかないし、けっこうな負担になるんですよ」

ヴァンダール千住北ニューシティの入居者台帳には、小糸静子は「衣料品店勤務」と記載してある。この「衣料品店」は青山二丁目にあるインポートもの専門のブティック「インビジブル」で、小糸静子は、孝弘が小学校に入学した年の春から、ここで店員として働いていたのである。

「もちろん、正社員じゃありません。パートですよ、パート」と、自嘲《じちょう》的に吐き捨てた。「正社員なら、わたしくらいの成績をあげてたら、とっくに支店のどこかひとつを任されてるくらいだったんです。自分で言うのもなんですけど、わたしは優秀なハウスマヌカンだったと思いますよ」

——なぜ正社員にならなかったんです？

「ならなかったんじゃない、してくれなかったんですよ。年齢制限に引っかかって」

——他の社員の人たちは、若い人が多かったようですね。

「みんな、ワイドショーのインタビューで、わたしのことをしゃべりまくってましたものね。ええ、若い女の子たちばかりでした。みんな二十代かせいぜい三十代の初めでね」

小糸静子は戦闘的に頭を振り立てる。長い髪が乱れて、顔にかかる。

「お店の名前の『インビジブル』っていうのはね、『目に見えないもの』という意味なんです。判りますでしょ？　つまり、見てくれのファッションだけじゃなくて、目に見えない知性とか、教養とか、豊かな感性とか、そういうものもお売りしますよというコンセプトだったわけですよ。だけど、お店の実態はお寒い限りでしたね。正社員の女の子たちときたら、みんな高い洋服と化粧品とグルメ旅行にしか興味のない頭空っぽのお人形さんばっかりでしたから。わたしはそのなかで孤軍奮闘でした」

——ほかの職場を探すことは考えなかった？

「言ったでしょ？　わたしは優秀なハウスマヌカンだったんです。適性があったんですよ。そうでなかったら、最初から採用さえされなかったはずです。年齢制限でね」

——現在もお仕事をなすってますね？　やはり衣料品関係ですか。

「いえ、今は違います。ブティックみたいな客商売は、今はする気になれなくて」

小糸静子はやや姿勢を崩し、足を組んだ。多少、疲れてきたようだった。

「とにかく、わたしの方の借金は、今度のことには関係ないですよ。夫もそれは認めてました。彼もわたしがカード会社からお金を借りていることは知りませんでしたからね。気づかれないようにやりくりしていましたから」

——支払いが生活費に食い込んだりはしなかった、と。

「はい、もちろんです」

――それでは、差し押さえと競売の話が出てきた頃のことに戻りましょう。ご記憶だと思いますが、一九九五年の十月初旬に、あなたは孝弘君の担任の先生に会いに行っておられますね？

「滝野川学院ですか？」

――そうです。倉橋教諭です。

「倉橋先生ね。ええ、面談にうかがいました」

――そのとき何を話したか覚えていますか。

「孝弘の転校のことを話したんです」

――差し押さえ、競売ということになれば、二〇二五号室から出ていくことになる、孝弘君も転校することになると思ったからですね。

「そうですよ。結局、四月中に競売の申し立てがされて、十月にはもう入札の手続きが始まってましたからね。買受人が決まったら、すぐにも出て行かなくちゃならなくなってたので」

――そのときに、倉橋教諭には、競売のことではなく、「近々離婚するので、わたしと孝弘は日野の実家へ帰る」とおっしゃいませんでしたか。

「離婚……」

ひと言呟いて言葉を切り、小糸静子は黙った。それまで開放していた彼女自身の気持ちや心を、ぎゅっとつかんで引き戻したような沈黙である。くちびるも引き締まった。

「ええ、そういう話をしました」

——当時、そういうことを考えておられたわけですね。

「離婚ですか。ええ、ええ、考えていました。本気でした」

——ローンが払えず、自宅が差し押さえられ、競売にかけられるという事態が原因ですか。

「それと、それに付随するもろもろですね」

そう言って、両手で顔をこすった。その動作と一緒に、先ほどいったんぎゅっと引き戻した感情をまた解き放したようになった。

「夫がわたしを非難した、そのやり方がいちばん納得いかなかったんです。ずっと黙っていて、事態が抜き差しならなくなって初めて、おまえが俺に生活費をたかるからいけないんだ、どうして渡した生活費だけでやっていけないんだって、全部わたしのせいにする。愕然《がくぜん》としましたね。こんな人だったのか、と思いました。今まで信じてきたものが、全部がらがら崩れ落ちるような気がして、とてもじゃないけどこれ以上一緒に暮らしていくことなんかできないと思ったんです」

——その当時、ご主人と離婚について話し合いはしていましたか。

「していました。夫は不満だったようです。わたしの言っていることが判らなかったんですよ。彼にしてみれば、悪いのはお前なのに、何で俺が責められて、お前の方から離婚を言い出したりするんだよ？　というところだったんでしょうよ。そんなの生意気だ、と言わんばかりでしたもの」

——では、ご主人は離婚に同意しておられなかった？

「あの頃はね。今は同意してますよ。もう後がまが決まってるくらいだから」

——現在のご主人に別の女性がいるということですか。

「ええ、そう。それと、主人じゃありませんよ。わたしはあの人の犬でも奴隷《どれい》でもないですからね。今のところはまだ戸籍上は夫婦だし、信治、信治なんて呼ぶとまるでお義《ね》姉《え》さんそっくりになって嫌なので、わたしも『夫』と呼んでますけどね。それも便宜上のことです。気持ちはもう他人です」

——失礼しました。しかし、当時は結局、離婚なさいませんでしたね？

「ええ、しませんでした」

——離婚せずに、一九九六年に入ってから、家族三人で二〇二五号室を密《ひそ》かに立《た》ち退《の》かれて、ご実家に戻った。

「密かに立ち退かれてなんて、きれいに言わないでくださいよ。わたしたちは夜逃げしたんです。あれは夜逃げ以外の何物でもありませんでした」

——三月のことですね？

「ええ。忘れません。三月八日の夜でした。家具や電化製品は全部残して、当座の身の回りのものだけ持って。確か一月から四月までが敷地開放の時期で、夜でも車が庭園の方まで入ってきてましてね。誰かに見咎《みとが》められないかって、冷や冷やしてました」

――ご近所のどなたにも、何も事情を話さずに出て行かれましたね？

「親しい人なんか居ませんでしたし、だいいち、あの頃はすぐに戻ってくるつもりでいたんです。離婚話も、それでいったん延期になったみたいなものでしたから」

――すぐに戻ってくる？

「ええ。夫がそんなことを言い出したんです。知り合いに、差し押さえとか競売に詳しい人がいて、いろいろアドバイスしてもらったって。その人の言うとおりにすれば、ちょっと手数料を払うだけで、この家を取り戻せるってね。もちろん、また借金はするわけですけど、そのツテもつけてもらってあるって」

――小糸信治さんは、いつ頃そんなことを言い出したのですか？

「十二月か――師《し》走《わす》に入ってからだったかしら」

――競売の手続きはもう進行していましたね？

「はい。だけど、入札が終わって買受人が決まるのは、年が明けて春頃になるだろうと言われてました」

――そこであなた方は、ずっと二〇二五号室に暮らしていた。

「そうです。三月八日まではね」

――なぜ三月八日に夜逃げをしたんです？

「時期的に、そろそろ買受人が決まりそうだったから。決まる前に、夜逃げした方がいいって言われて。それで、代わりにあの四人が住んだわけですよ」

――あなたは、あの四人の素性については、当時どれくらいご存じだったんですか？

「何も聞かされてはいませんでした。夫の知り合いが雇い入れた人だってことだけですよ。ホントです」

――離婚を決意するほど、信頼関係が壊れてしまっていたご主人――いえ、小糸信治という人物の提案を全面的に信用して、追及したり疑問を抱いたりはなさらなかったわけですか。

ばさりと髪をかきあげる。「そんなエネルギーはなくなっていましたね」

――知り合いに頼めば、二〇二五号室を取り戻すことができる。それについて、小糸信治さんは自信を持っておられたようですか？

「自信満々でしたね。それでまあ……わたしもちょっと影響されたというか。駄目でもともとなんだから、賭《か》けてみようかと」

――なるほど。

「あの部屋には、わたしが親から譲り受けたお金がみんなつぎ込まれてるんですよ。取り戻せるものなら取り戻したいと思ったって、当たり前じゃありません？　家を取り戻して、そのうえで離婚するつもりでした。だからそれまでは、夫に任せてみようと思って」

――あなた方は三月八日に夜逃げをして、そのあとにあの被害者四人が住み着いた。

競売手続きが完了し、買受人が決まったのはいつでしたか？

「ご存じでしょ？　わたしは正確な日にちは忘れました。四月だったと思うけど」

――四月十日です。

「そうでしたか。じゃ、そうなんでしょ」

――買受人は石田直澄《なおずみ》でしたね？

「実はわたし、あんな事件が起こって騒ぎになるまで、買受人の名前を知らなかったんですよ。知らなくてもよかったんです。だってわたしたちはとっくに夜逃げして、後がどうなってるかなんてこと、知らないはずでしたからね。それが、夫の知り合いがお膳《ぜん》立《だ》てしてくれた計画のミソだったんですから」

――では、石田直澄には一度も会っておられない。

「ええ、一度も」

――被害者の四人とは何度も会っておられましたね？

「……ええ」

――夜逃げした後も、彼らの住んでいる二〇二五号室を訪ねておられた。

「あの人たちが部屋をきれいに使ってくれるかどうか気になったので。家具も残してありましたし」

――六月二日の朝、日野のご実家にあなたの所在を訪ねる警察からの電話がかかってきたとき、驚かれましたか？

小糸静子の顔が白くなった。

「驚いたかって……そりゃ驚きましたよ。当たり前でしょう」

彼女らしくもなく、やや口ごもる。

「事件のことは何も知らないですから、電話をもらって仰天しましたよ。朝早い時刻でしたからね。六時ぐらいじゃなかったかしら。誰もまだテレビも見てないし、ニュースも知らなかった」

――警察からの電話に最初に出たのはどなたですか。

「わたしの母です」

――電話はご両親の家の方にかかったんですね？

「ええ」

――当時、あなたがたご家族は、同じ敷地内にある古い木造二階屋の方に住んでおられたわけですよね？

「ええ、居候《いそうろう》してたわけですよ」

――すると、電話を受けたお母様が、そちらまであなたを呼びに行かれた？

「そうです。わたしと夫と」

――お母様はどんなふうなことを言ってあなたがたを呼んだんですか？

「あなたたちのマンションで何か事件があったらしくて、警察の人があなたたちの行方を心配してるとか。母もびっくりしてましたから、最初は何を言ってるのか判《わか》らなくて」

小糸静子の顔に、苦い笑みが浮かぶ。

「わたしもね、マンションで何かあったらしいって聞かされたとき、とっさには火事かと思いました。火事にあったんじゃないかってね。それぐらいしか思い浮かばなかったんですよ」

――ご両親には、競売申し立てやそれ以降の事情を詳しく説明しておられたんですか。

「ええ、一応ひととおりのことは話してありました」

――では、ご両親もあなたがたご家族が経済的に行き詰まってマンションを手放さざるを得ない状況になっていることはご存じだったわけですね？

「はい」

――少し話が戻りますが、念のために教えてください。ご両親が事情をご存じだったならば、ローンの支払いに行き詰まったとき、ご両親にもう一度資金援助を頼むこともできたんじゃないかと思うのですが、そのあたりは検討されなかったのですか。

小糸静子はぐいと顎《あご》を引いた。くちびるを引き締め、何度かまばたきをする。

「それは、ええ、当然しましたよ。お金を援助してもらえないかって。だけど、駄目だったんです」

――なぜですか。

「弟たちが反対したからです」

――あなたの弟さんと、そのご家族ですか。

「ええ。もともとあの人たちは、最初にわたしたちがあのマンションを買うとき、両親が土地を売った代金をわたしたちにくれたことを、ずっと怨《うら》んでいたんです。わたしにだって親の財産をもらう権利はあるし、その当然の権利を主張しただけなのに、まるで泥棒呼ばわりでしたからね」

――それは、将来あなたと弟さんが相続するべきご両親の財産のうち、あなたの取り分を先にもらったという形だったわけですか？

「わたしはそのつもりでした」

――ということは、弟さん側の言い分としては、姉さんの取り分はもう渡してあるのだから、今になってローンの支払いに困ったといっても、もうこれ以上は渡せないと、そういうことだったわけでしょうか。

「だけど、そんなことってありますか？」

小糸静子の声が甲高くなった。椅子《いす》に座ったままだが、膝《ひざ》がぐいと前に出た。

「仮にも姉と弟ですよ。血を分けた肉親が家をとられそうになって困ってるのに、姉さんの取り分はもうないんだからビタ一文だって出せないよ――そんな冷たい言いぐさってあります？　わたしはこのことではもう一生弟夫婦を許さないつもりです。あの人たちときたら、父や母が、わたしたちにお金を援助するために、あの人たちに無断で預金を下ろしたり家を売ったりしないように、権利書や実印まで取り上げて持っていっちゃったんですよ。とてもじゃないけど、実の弟のすることだとは思えませんよ」

――あなた方に資金援助するために不動産を売った後、ご両親にはほかにどんな資産が残っていたんですか。

「株券がいくらかと、銀行預金と、不動産は実家の敷地と建物がありました」

――ほかにはなかったんですか。

「ないですよ。だけど、いずれ相続したら、日野のあの土地は高く売れるはずですからね。弟たちの取り分の方が、実質的には多いはずです」

――そうしますと、あの時点では、ご両親があなた方ご家族にしてあげられることとしては、住まいを提供することぐらいしかなかったということになりますか。

「そうですね。もうまとまったお金をもらうことはできませんでした。両親も生活は年金収入に頼ってたから。金利が安くて、預金利息はあてになりませんから」

――よく判りました。警察から電話がかかってきたときの話に戻りましょう。お母様があなた方を呼びに来た。あなた方はご両親の住まいの方へ行って、電話に出た。

「夫が電話に出ました」

――あなたはそばで話を聞いておられた。

「ええ」

――ご主人……小糸信治さんはどんなことを言っておられましたか。

「あの人も相当あわてていたみたいで……。なんだかしどろもどろでしたね。とにかく、自分たち家族は三人とも無事だってことは言ってました」

——警察は、二〇二五号室に住んでいる「家族」が小糸さんの知り合いであるかどうか知りたがったはずですが……。

「警察の人は、最初は、わたしたちがあの人たちに部屋を貸してると思ったみたいです。というか、夫がそんなようなことを言ったんですよ。あれは間貸ししてるんだとか、仲介してくれた不動産屋じゃないと詳しいことは判らないとか……。警察の人も、だんだんと、これはヘンだと思ったでしょうね。夫はなんかごちゃごちゃ言って電話を切って、真っ青になって、大変だ、警察がこっちへ来るって」

——あなた方にこちらへ来るように言ったのではなく、警察が木村家に来ると言ったわけですね。

「ええ。そこで待っていてくださいという感じだったんじゃないですか。夫は泡を食って、すぐ逃げなきゃまずいと言いました」

——逃げなければならない、と。

「わたしはまたびっくりですよ。なんであたしたちが逃げなきゃならないのよって問いつめました。夫の話では、何も危ないことはない、ただ競売とかに詳しい人に預けて任せておけば、あの二〇二五号室は取り戻せるって、ただそれだけのことだったんです。しばらくの辛抱だって。それがなんで、急に逃げなきゃならなくなるんです？」

——小糸さんはなんと答えましたか。

「あれは本来は法律違反なんだって。あれってつまり、わたしたちが当時してたことですよ。競売にかけられた家に他人を住まわせて、取り返す算段をしてたことがね。本当は違法なんですって。警察に捕まえられたら俺もおまえも刑務所行きだって、泣き出しそうな顔をして、とにかく逃げようって」

――あなたはすぐに納得なさいましたか。

「とんでもない！　法律違反だろうがなんだろうが、やったのは小糸ですからね。わたしは関係ありませんもの、逃げる気なんかなかったです。でも、そしたらあの人、それなら孝弘だけでも連れていくって言うんです」

――孝弘君だけを？

「おまえは気が強いから、警察に何を訊《き》かれても責められても平気なんだろうが、孝弘をこんなことに巻き込むわけにはいかない、俺の子供は俺が守るんだとかなんとかわけのわからないことを言いました。だけど冗談じゃない、孝弘を連れて逃げたりしたら、それこそ巻き込むことになるじゃないですか。絶対駄目よ、孝弘は渡しませんって言いました。どこにも逃げたりしないで、あたしとここにいるんです、警察の人にもちゃんと会いますって。そしたらあの人……凄《すご》いような目をしてわたしを睨《にら》みましてね。俺だけに責任を押しつけて、知らん顔する気なのかって。そうはいかない、お前も一緒に来るんだって」

小糸静子は両腕で身体《からだ》を抱くと、ちょっと身震いするような仕草をした。

「恐ろしかったです……。言うとおりにしなかったら、あの場で殺されるんじゃないかと思いました。ホントに殺す気だったんじゃないかしら、あの人」

――それで結局、小糸さんとあなたと孝弘君の三人で日野の木村さん宅を出たわけですね。

「ええ、そうなってしまいました」

何時頃でしたか。

「七時にもなってなかったと思います。でも、間一髪だったらしいですよ。後で母に聞いた話だと、わたしたちが出て二十分ぐらいして、警察の車が着いたそうでしたから」

――あなた方は車で出かけたんですか。

「ええ、とりあえず父の車を借りました」

――逃げるといっても、あてはあったんですか。

「あったとは思えませんね。とにかく西へ行くんだって――だって都心の方へは戻れませんからね。わたしと孝弘は夫に脅かされて嫌々ついて行っただけですから、小糸がどこかで車を停めたら、隙《すき》を見て逃げ出そうと思っていました」

――孝弘君はどんな様子でしたか。

「すっかり怯《おび》えてましたけど、賢い子ですから、落ち着いてふるまっていました。カーラジオをつけてニュースを聞こうって言い出したのも、あの子です」

――どの道を走ったか覚えていますか。

「中央自動車道を走りました。山梨の方へ向かう道ですよ。夫の会社の保養所が石和《いさわ》温泉の近くにあって、二度ほど家族で車で出かけたことがありましたもので、ひょっとして夫の頭にもそのへんの土地のことがあったのかもしれませんね」

——車のなかでは話をしましたか。

「あまり話さなかったような気がします。夫は顔をひきつらせてハンドルにしがみついてたし、わたしと孝弘は後ろの座席で小さくなってました」

——ずっと逃げ出すことを考えておられたんですか。

「そうですよ。本当に怖かった。一時間ぐらい走ったところで、孝弘がトイレに行きたいって言い出して、サービスエリアに入ったんです。場所はどこだったか忘れちゃいましたけど、大きなレストランや売店がありました。でも、まだ営業時間前で閉まっていてね。わたしもトイレに行くふりをして、男子トイレの出口のところで孝弘を捕まえて、お母さんとふたりで逃げようって言いました。ここで一一〇番をして、警察に保護してもらってもいいって」

——孝弘君はなんと言いました？

「それじゃお父さんが可哀想《かわいそう》だって」

小糸静子は落胆したように両肩を落とした。

「お父さんはとても怖がっているようだから、ひとりにしちゃ可哀想だって言うんですよ。わたしはがっかりしちゃって……」

――がっかりなすった。

「だってそうじゃありませんか。孝弘が、わたしの気持ちよりも、あんな父親の資格もないような男のことを先に考えてたんですもの。だからわたし言ったんですよ、怖いのはお母さんだって怖いのよ、お母さんはお父さんが怖い、警察から逃げるのも怖い、そういうお母さんの気持ちはどうなるのって。そしたらあの子、僕がお父さんを説得して家に帰るようにするから、お母さんは少し我慢しててくれって」

――孝弘君には状況が判っていたんでしょうか。

「どうして逃げなきゃならないかとかいうことをですか?」

――それ以前の、そもそも、二〇二五号室が競売を申し立てられるに至った事情や、その後に小糸氏がとられた処置などについてです。

「それは、わたしと同じぐらいしか理解してなかったはずですよ。説明を受けてませんでしたからね。とにかく小糸の言うことは、しばらく我慢していればあの家は取り返せる、それだけでしたから」

――それでも孝弘君は、この事態から逃げ出してもなんの良いこともないということだけは、きちんと理解していたんですね。

「そうだったんでしょうね。それはわたしにも言っていましたから。警察がその気になって探せば、僕たちなんかすぐに見つかっちゃうんだから、逃げたって無駄なんだってね。ただ――」

小糸静子はここで言葉を切り、ちょっとどこかが痛むかのように目を細く鋭くした。

「ただ、あの子わたしにこう訊きました。お父さんはお母さんに、あの部屋を取り戻すために法律違反をして、それが今度の事件が起こったことでばれてしまって、まずいから逃げるんだって、そう言ったのかって。それだけかってね。わたしは、それだけよって答えました。わたしには最初、あの子が何を気にしているのか判《わか》りませんでね」

——どういうことでしょうか？

「ですからね、その頃にはもう、わたしたちもラジオのニュースで、二〇二五号室で人殺しがあったってことは知ってたわけですよ。警察からの電話じゃ、そこまで詳しいことは判りませんでしたから、ニュースを聞いてやっと事件の内容を知ったんです。四人もの人が死んでるって。それであの子——孝弘はね、お父さんがあわてて逃げようとしてるのは、その……人殺しの方にも関わりがあるからじゃないかって思ったらしいのね。それでわたしに訊いたわけですよ。お父さんは、本当に、あの家を取り戻すために法律違反をしたからまずいんだって、それだけを気にしてるのかって」

——それは鋭いですね。

「冷静でしょ。あの子は頭がいいんです」

小糸静子は久しぶりに笑みを浮かべる。

「わたしは唖然《あぜん》としちゃいましたよ。そこまで考えてなかったですからね。あっと息を呑《の》むような感じでした。そうだ、そういう可能性だってあるんだ、小糸は殺人事件にからんでるんじゃないか、だからあんなに動転して逃げようとしてるんじゃないか、あたしたちも道連れにして——なんだか、顔から音をたてて血が引いていくのが聞こえるみたいでした」

——あなたが動転される様子を見て、孝弘君はどうしました？

「それがね、わたしが倒れそうになるほどショックを受けたんで、孝弘もあわてたんでしょうね。お母さんは早合点《はやがてん》で困るって。何もお父さんがあの殺人事件に関わってるって決まったわけじゃない。だけど、お父さん本人がなんて言ってるか知りたかったから訊いただけなのにって。それで、車の方へ戻っていこうとするんです。仕方がないので、わたしも後についていきました」

——小糸さんはどうなさっていましたか。

「それが、車にいないんですよ。キーもつけたままでね。孝弘がぐるりと見回して、売店の脇《わき》の公衆電話の並んでいるところにあの人が居るのを見つけました。電話をかけていたんです。そのまま……二十分かそこら、わたしたち待たされました。夫はなんだかしょぼんとして戻ってきて、電話が全然通じない、どこにいるんだろうとか言いました」

——先方が電話に出ないということでしょうか。

「たぶん、そうでしょうね。それで孝弘が、誰にかけたのって訊きました。夫は、おまえは心配しないでいいって言い捨てて、車に乗りました。エンジンをかけて、走り出して、しばらくしたら元来た方に戻り始めるんですよ。なんで戻るのって訊いたら、とにかく連絡をとらなきゃまずいからって」

――東京方面に向かったわけですね。

「午前中のあいだ、なんだかよくわからないですけどずっと走ってましたよ。三十分ぐらい走っては停め、走っては停めして電話を探してかけるんです。夫は携帯電話を持ってたんですけど、逃げ出すときに置いてきちゃったらしくて、父の車には電話がついてませんでしたから、いちいち公衆電話を探さなくちゃいけなかったんです」

――小糸さんはどこに連絡をとろうとしていたんでしょうか。

「警察の方に訊いてみてください。わたしは知らないですよ。ただ、今考えてみれば、不動産屋でしょうね。不動産屋というか、二〇二五号室を取り戻すための例の処置を頼んだ相手ですよね。わたしは今でも詳しくは知らないし知ろうとも思わないけれど、相手は不動産屋さんだったんでしょ？」

――一応、そうですね。

「半ベソをかいて電話をかけてましたよ、小糸は」

――六月二日の昼頃まで、そんな状態を続けていたわけですね？

「そうです。わたしひとりだったらとっくに逃げ出してましたけど、孝弘が父親のそばで頑張ってるんで、逃げるに逃げられなくて」

――警察に出頭したときは、八王子のホテルに投宿しておられましたね。どういう経緯でそこにチェックインすることになったんですか。

「孝弘が言い出したんです。こんなふうに走り回っていたらかえって目立つし、疲れるしお腹《なか》も空いたって。どっちみち遠くへ行ってしまうと相手の電話に通じなくなってしまうのなら、このあたりでどこかホテルで休みたいよってね。ちょうど八王子市内にいたんですよ。それで小糸も納得して、最初に目についたホテルに入ったんです」

――八王子ビュウホテルの七階の七三〇号室ですね。

「そうでしたか？　覚えてませんわね。汚い部屋だったわ。割合に広かったことだけが救いで」

――それから出頭するまでは、そこを動かなかったわけですね？

「そうですね……。なかのレストランで食事をして、わたしは部屋で休んで。小糸はずっとあちこちに電話をかけ続けていました。相手が出て話をしているときもあれば、通じなくてイライラしているときもありました」

――どんな話をしていましたか。

「よく聞き取れませんでした。それにわたしは、もうその頃は夫のことなんかどうでもよくなってましたから、聞き取ろうとも思ってなかったし。孝弘を連れて逃げることばかり考えてました」

――孝弘君はどうしていましたか。

「じっと大人しくしてましたよ」

——出頭することを決めたのは、小糸さんですか。

「孝弘が勧めたんです」

小糸静子は、いくぶん疲れたのか、首をさすりながらため息をついた。

「そう……三時頃だったかしら。小糸の電話も一段落して、あの人もなんだかぼうっとしちゃって、部屋のソファに座って背中丸めちゃってたんですよ。そこへ孝弘が近づいてね、お父さん、と話しかけたんですの。僕には事情がよく判らないけれど、今のまま逃げてるのはかえってよくないんじゃないのってね」

——小糸さんは素直に聞きましたか。

「最初は、子供は黙ってろという感じでした。でも孝弘は辛抱強くて、優しくて、ちっともひるまなくてね。うちのマンションのあの部屋で人が四人も殺されたなんて大変なことだ、僕はすごく怖いよって言ったんです。そうしたら夫が、お父さんだって怖いんだって……。あの人ったら、孝弘よりももっと怯えてるみたいに見えました」

——その話し合いがきっかけになって、逃げ回るのをやめることになったわけですか。

「そういうことになるんでしょうね。夫は頭を抱えて座り込んでいて、孝弘がしきりに何か話しかけていました。そのうちまた電話をかけ始めたんで、様子を見ていると、わたしの実家にかけてたんですね。それで、実家の方にいた警察の方に諭されて、やっと出頭することに決めたんですけれど」

こうして午後三時半、小糸信治は八王子ビュウホテル近くの交番に向かい、そこで身柄を確保される。

「その場では、どうということもありませんでしたわね。仮にも、警察の人が事情を訊きたいといってるところを逃げ出したんですから、もっと厳しい扱いを受けるのかと思って覚悟してたんですけど、怒鳴られたり叱《しか》られたりなんてことはありませんでした。すぐに八王子から荒川北署とかいうところまで送っていってもらうことになりまして。ええ、警察の車でね」

――この移動のときのエピソードについて、実は小糸信治さんのお姉さんから伺ったことがあるんですが。

「なんでしょう？　お義姉《ねえ》さん、まだ何か文句をつけたんですか？」

――警察の車で荒川区まで戻る際に、あなたは小糸信治さんと別の車に乗せてくれとおっしゃったと、小糸貴子さんはそう証言しておられます。本当ですか？

小糸静子は笑い出した。

「ええ、ええ、言いましたよ。小糸と、わたしと孝弘は別々の車にしてくれって。だって、警察の人に付き添われていたって、あの人ったらいつ気が変わって逃げ出したくなるか判らなかったんですよ。もともと気の小さい人間ですからね。そういう臆病《おくびょう》な人間ほど、追いつめられたとき怖いものじゃないですか。あの時点じゃ、まだまだあの人が何をしでかすか判ったもんじゃないと思うと怖くてたまらなかったんです。あら嫌だ、そのことでお義姉さんが怒ってるんですか？」

——怒っているのではないですが、信治さんが可哀想だというふうに言っておられました。今までずっと妻子のために頑張ってきたのに、ああいう土壇場《どたんば》で見捨てるのはひどいと、小糸さんがお姉さんにおっしゃったんだそうです。

「見捨てたわけじゃありませんよ。危険を感じたから一緒にいたくなかっただけです」

——小糸信治さんは、あなたや孝弘君と一緒にいたかったんでしょう。

「それはあの人の勝手ですよ。そんな情けない愚痴みたいなものに同情する義姉さんも義姉さんで、相変わらずですわね」

小糸静子の目に、再び戦闘的な光が戻ってきた。

「わたしも孝弘も、危うく人生を滅茶苦茶にされるところでした。正直言って、わたしはもう小糸家の人の名前を聞くのも嫌です。もう御免ですよ」

7　買受人

　こうして小糸信治が出頭したことにより、六月二日の夕方になって、ようやく、荒川北署の捜査本部でも、二〇二五号室の置かれている状況について具体的な知識を得ることができるようになった。

　とはいえ、小糸信治も最初から素直にすらすらと話したわけではない。家が差し押さえられ競売が申し立てされていること、すでに入札が済んで買受人が決まっていることなどについては進んで説明したものの、彼がその家を取り返すための算段を頼んだ「不動産屋」については、なかなかはっきりしたことを言わなかった。知人の紹介で知り合ったので、親しい関係にある業者ではないとか、自分も半分は騙《だま》されたようなものだとか、かなり予防線を張っておいてから、相手が「一起《いっき》不動産」という会社であることと、小糸信治の知っている限りでの連絡先の電話番号や会社の所在地について、不承不承説明を始めるまで、さらに数時間かかっている。

　また、小糸家に代わって二〇二五号室に住み着いていた四人に関しても、家を預けてある都合上、自分も家内も何度か会ったことはあるが、どこのどういう人物なのか、詳しいことは知らないと主張するだけであった。自分が彼らについて把握しているのは、彼らが四人家族であり、夫と妻と夫の母親、そして夫妻のひとり息子という家族構成であること、名字が「砂川」であること――少なくとも、彼らをあそこに連れていって住まわせた一起不動産の人間たちには「砂川さん」と呼ばれていたということだけだと、小糸信治は語った。無論、彼らが殺されるに至った事情など、自分が知るはずはないというのである。

小糸信治からもたらされた情報は、すぐにヴァンダール千住北ニューシティ内の集会室に設けられていた臨時の捜査拠点にも伝えられた。ウエストタワーの管理人室に詰めたままでいたパークハウジングの井出部長は、二〇二五号室に関する自分の推測がぴたりとあたっていたことに満足する。

「マンション管理をやっていると、他でもこういうケースにぶつかることはありますからね。私自身は初めての経験でしたが、以前から競売に関わるトラブルや占有屋のことは話に聞いたりはしてました。そういうことを専門にやっている要注意の団体とか、悪質な不動産業者の名前も、情報としてつかんでいますし。しかし、一起不動産というのは初耳でした。警察の方にも、その筋で有名なところですかと訊《き》かれましたが、私には覚えがなかった。少しでも協力することになればと、いくつか心当たりの知人や同業者に電話していろいろ訊いてみたんですが、誰も知らなかったですよ。まあ、不動産業界は伏魔殿みたいなところもあって、ありとあらゆる人間が入り込んできてますからね。

でも、あのとき、競売と占有屋がらみだと聞いて、ちょっとほっとしたという感じはありました。強盗なんかじゃなかったというのでね」

さて、警察サイドが、得体の知れない「一起不動産」の関係者よりも先に連絡をつけることができたのは、裁判所の入札により二〇二五号室を買い受けた「買受人」の方であった。

ここでようやく、石田直澄の名前が登場する。小糸信治が石田の氏名・自宅住所・電話番号を知っていたので、捜査本部はすぐに石田宅に電話をかけた。このとき、先方では年輩の女性が電話口に出てきた。石田直澄の母、キヌ江である。キヌ江の話では、石田は不在であった。いつごろ帰宅するか判《わか》らないという返事であった。

石田キヌ江はすでに事件について知っていた。テレビのニュースで観《み》たのだった。彼女は、事件現場のマンションが、息子の石田直澄が買い受けている物件であることも承知していた。とにかく大変な事件であるようなので、こちらとしてはまだ明け渡してもらっていないことでもあり、関係はないのだけれど、やはり心配で気をもんでおり、直澄の帰宅を待っているところだと、キヌ江は警察官に話した。直澄は昨日から外出したままで、どこに行くとも言っていなかったので、行き先は判らない。

石田家は千葉県浦安市にある。営団地下鉄線の浦安駅から徒歩五分ほどの距離にある「ハイム永和」という賃貸マンションの一〇二号室だ。3LDKの部屋に、家族は四人。石田直澄、キヌ江、直澄の長男で大学二年生の直己《なおみ》、長女で高校二年生の由香利《ゆかり》という家族構成である。石田の職業は運転手で、大手物流会社「三和通運」の契約社員として勤務していた。前日の六月一日は明け番、この日六月二日は夕方六時からの勤務となっており、どれほど遅くてもその時間に出勤することができるように帰宅するはずだと、キヌ江は警察官に説明した。日曜日で、子供たちはふたりとも出かけている。こちらのふたりも、帰宅はいつになるか判らない。夕飯の心配は要らないということだけ聞かされていたので、キヌ江は直澄と二人分の夕食をつくったあと、ひとりでぽつねんとしているところだった。

しかし、出勤時刻の午後六時を過ぎても、石田は帰宅しなかった。彼の帰宅はまだかと、再三警察から連絡が入るので、キヌ江はひどく気をもんだ。ひょっとすると、外出先から直接会社に行ったのかもしれないと思い、中央区晴海《はるみ》にある会社の集荷センターに電話をかけてみたが、会社には来ていないという。石田の遅刻や無断欠勤はかつてないことなので、会社の方でも不思議がっているところだった。

そうこうしているうちに、電話ではなく、直《じか》に警察官が訪ねてきた。夜八時近くになっていた。キヌ江は、警察官たちが今初めて来たのではなく、だいぶ前から家の近くにいて、直澄の帰ってくるのを待っていたのではないかという印象を受けた。とりあえず彼らに家にあがってもらい、茶菓を勧めて辞退されたりしているところに、電話が鳴った。

キヌ江は急いで電話に出た。相手は直澄であった。どこか外からかけているらしく、向こうの電話口が騒がしい。心配と、警察官たちを待たせているという居心地の悪さとで、思わずキヌ江は語気を荒く声を高くして言った。

「あんた、いったいどこにいるんですか？ 会社も黙って休んで……。あのマンションの事件のことで警察の皆さんが来てて、あんたに会いたいってずっと待ってるんだよ」

直澄は返事をしない。が、遠慮がちな感じで茶の間に座っていたふたりの警察官が、キヌ江の顔を見た。瞬間、その目つきの鋭さに、キヌ江は背筋が寒くなった。何か大変なことが起こりかけているのではないか、自分は今とてもまずいことをしたのではないかという思いが頭をよぎったが、どちらにしろもう手遅れだった。

ややあって、直澄の小さな声が聞こえた。

「警察、いつから来てるんか」

キヌ江は警察官たちの顔をそっとうかがった。ふたりとも落ち着いた様子で座り込んでいるし、もうキヌ江を見つめているわけでもないが、彼らがこの電話の会話に神経を集中しているであろうことは、よく判った。

「ついさっき、見えたんだよ」

キヌ江はできるだけ穏やかな口調に戻して答えた。

「そうか、やっぱり来たか」

直澄は押し殺した声で呟いた。語尾が聞き取りにくいほどだ。キヌ江は急に怖くなった。足元の床が砂浜の砂に変わって、波が引くにつれてすうっと沈んでゆくときのような感じがした。

こんな気分はずいぶん久しぶりだった。直澄の妻の幸子が由香利を産んで間もなく亡《な》くなった時以来だ。幸子がさっき息を引き取ったという電話を、彼女に付き添って病院に詰めていた直澄がかけてきた——あの電話をとった時、こんな気持ちを味わった。

あんなことはもう二度とあって欲しくなかった。それに今だって、どうしてこんなに怖くなるのか、自分でもよく判らなかった。直澄はどうしたというのだ。なぜ家に帰ってこないのだ。なぜ会社にも行かないのだ。なぜすぐに警察官達に会って、事情を話して協力しないのだ。なぜあたしと、とんでもない事件が起こってしまったねと話し合わないのだ。

唐突に、キヌ江は明るく笑い出した。

「ああ、そうか！ わかった！ あんた昨日から出かけてたからね、あんたが——うちが買ったマンションで大変な事件があったこと、まだ知らないんだね？ こりゃあたしが悪かったわ、怒ってごめんよ」

言いながら、キヌ江は警察官たちの方にも愛想笑いをしてみせた。胸がどきどきした。まともに彼らの目を見て笑うことはできなかった。そんなことをしたら、たった今口にした言葉を、キヌ江自身、これっぽかりも信じていないということが、すぐにばれてしまうと思った。

今の言葉はキヌ江の願望ではあるが、かないそうにない望みでもあった。直澄の声の感じからして、彼がヴァンダール千住北ニューシティでの四人殺しの事件について今まったく知らなかったなんてことは、ありそうにもなかった。

「お母ちゃん」と、電話の向こうで石田直澄は言った。

キヌ江は笑いを消した。日頃、直澄はキヌ江のことを「おばあちゃん」と呼んでいた。彼の子供たちの直己と由香利がそう呼ぶから、彼もそう呼ぶのだ。それにならって、キヌ江も彼を「お父さん」と呼ぶ。「あんた」と呼ぶことはあっても、めったに「直澄」とは呼ばなかった。石田家は子供たちを中心に動いている家庭だから、家族の呼称も子供たちの立場から見たものになっているのだ。

それなのに今、直澄はキヌ江に「お母ちゃん」と呼びかけてきた。怯《おび》える小さな子供のように。

キヌ江は声を呑《の》んで立っていた。受話器を握りしめる手の指が冷たく強《こわ》ばるのを感じた。

「お母ちゃん」と、直澄はもう一度言った。「俺、まずいことになっとるわ」

キヌ江は何も言うことができなくて、ただただ電話機の押しボタンに向かってまばたきを繰り返していた。足元の床がまた砂浜になった。再び、「今さっき、幸子が息を引き取った」という直澄の声が聞こえてきた。あのとき、どうしようもない不安と絶望の波に足元を洗われながら立ちすくんだ、あの気分がキヌ江を包み込んだ。

「直澄、あんた――」と、キヌ江も彼を呼んだ。「あんた、大丈夫なのかい？」

「俺、今はとてもじゃないが警察なんかに会えんわ。会ったら大変なことになる」

「直澄――」

「けどお母ちゃん、俺は誰も殺してないよ。あの人たちを殺してはいないよ。だから信じてくれな」

「直澄、あんた今どこにいるの？」

警察官のひとりが、そっと膝《ひざ》をずらして立ち上がり、キヌ江の方に近づいてきた。じっとキヌ江を見つめている。キヌ江は頑固に電話機ばかり見ていた。

「直澄、どこにいるんだい？　うちへ帰っておいで。ちゃんと話をしなくちゃいけないよ」

キヌ江の言葉を途中でさえぎるように、石田直澄は言った。「話しても信じてもらえねえよ。俺だって信じられないくらいだから。今まで黙ってて悪かったよ。あのマンションはやっぱりよくなかったよ」

「直澄、直澄」

「電話はまずいな。直己と由香利を頼んだよ――」

「お母さん」と、警察官がキヌ江に呼びかけた。「我々が電話を代わりましょうか」

キヌ江は顎が震えてしまい、返事ができなかった。警察官が手を伸ばし、彼女の手から受話器をとる前に、電話は切れた。

こうして、六月二日午後八時半ごろ、ヴァンダール千住北ニューシティ・ウエストタワー二〇二五号室の買受人である石田直澄の現在の所在がつかめないこと、どうやら彼は逃亡をはかっているようであるという情報が、初めて、荒川北署の捜査本部にもたらされた。

当然のことながら、石田直澄が殺人事件に関わっているのではないかという疑念がわいてくる。石田家では引き続き家族からの事情聴取が行われ、一方、家族から任意提出された石田直澄の写真が捜査本部に持ち帰られた。本部では早速、この写真とエレベーター内の防犯カメラに映し出された不審な中年男性との照合にとりかかる。

その夜遅くに行われた捜査会議では、石田直澄の存在と彼の逃亡の意味について、また、こちらもやはり逃げにかかっているらしい一起不動産の関係者といまだに接触できないことについて、あわただしく報告が行われた。

当面の急務は、一起不動産関係者と石田直澄の身柄をなんとか確保することである。二〇二五号室が競売を申し立てられ、石田直澄が買受人となってから以降、どういう状況になっていたのか、何か問題が発生していたのか。この時刻にはすでに事情聴取に応じていた小糸信治からも、ようやく具体的な話が聞かれるようになってはいたが、彼には判らないこともたくさんあった。たとえば、被害者四名の身元を、小糸信治はまったく知らない。これについてはやはり、四名を雇って二〇二五号室に住まわせた一起不動産関係者に訊いてみなければ判らないらしい。また、買受人石田直澄と、二〇二五号室を不当に占有していた一起不動産側とのあいだにどういう交渉が行われ、どの程度進行しあるいは難航し、どの程度もめていたのかということも、小糸信治はほとんど知らされていなかった。実際、二〇二五号室を一起不動産側に明け渡して夜逃げをして以降は、小糸信治は、ほとんど何も口出しすることもなく、おとなしい傍観者に成り下がって、一起不動産側の言いなりになっていた。

その一起不動産の社長がようやく姿を現し、荒川北署の捜査本部の事情聴取に応じたのは、六月五日の午後のことである。これでやっと、名無しの権兵衛《ごんべえ》だった被害者たちの身元が割れた。ちょうどこの頃に前後して、マスコミ各社にも買受人石田直澄の存在と、彼の逃亡の事実が知れ渡り、報道されるようになってきて、事件全体の情報量が急激に増えた。情報量が増えたことによってより混乱も深まるわけだが、その前に、まずはこの章と次章とで、七月二日までの捜査の展開や関係者たちの動きなどについて、また「競売」制度のあらましについて、具体的証言も交え、できる限り詳細に述べておくことにしたい。

ウエストタワー二〇二五号室は、所有者であり入居者であった小糸信治一家が経済的に行き詰まり、抵当権者である住宅金融公庫から裁判所に競売の申し立てをされ、競売が実施され、正式に「石田直澄」という買受人も決定していた。しかし、小糸家側は二〇二五号室を取り戻そうと、買受人とのあいだに第三者である不動産業者を介入させ、自分たちは密《ひそ》かに二〇二五号室を立《た》ち退《の》き、買受人との交渉にあたらせていた。これはもちろん不法行為であり、買受人とのあいだにもめ事が起こっていた。今回殺害された四人は、その不動産業者「一起不動産」に雇われた人びとであったらしい――

「ざっとまあ、そういう事情ですよね」と、佐野利明《としあき》は言う。ここでまた、ウエストタワーの管理人である彼の話を聞いてみると、

「こういう話が一応まとまった形で私らの耳に入りましたのが、六月四日ごろでしたでしょうか。警察じゃもっともっと早い時期にいろいろ調べてつかんでいたんでしょうが、私らにはあまりぺらぺらしゃべって教えてはくれませんし――それは当たり前ですよね――新聞とかテレビのニュースでも、やっぱり五日ごろからでしたよ、これくらい筋道のついた話が報道され始めたのはね。で、この話が表面に出てきたときには、もうそこに、買受人がもめ事のあげくに四人を殺しちまったんじゃないかって推測がくっついてましたからね」

佐野の記憶は正しい。テレビ媒体のニュースでは五日正午のニュースから、新聞ではこの日の夕刊から、「競売関係のもめ事か」という推測が表面化するのである。これは、前述したように、この日の早朝に、それまで隠れていた一起不動産の社長・早川一起が姿を現し、荒川北署の事情聴取に応じるようになったためだ。

早川社長は、五日の午前七時半すぎ、千代田区神田多町《たちょう》の一起不動産から徒歩二分ほどの距離のテナントビルの四階にある雀荘《ジャンそう》「きさらぎ」に居るところを荒川北署員に発見されたのだった。「きさらぎ」従業員によると、ここは早川社長のいきつけの店であり、六月二日にヴァンダール千住北ニューシティでの事件が報道され始めるとまもなく、

社長は数冊の帳簿を持ってここへ現れ、経営者である木田好子《よしこ》に、奥の従業員用仮眠室にしばらく匿《かくま》ってくれと頼んだのだという。

早川社長は杉並区内に自宅があり、妻とふたりの子供がいるが、一方で木田好子とは長年のあいだ愛人関係にあった。「きさらぎ」の開店時も早川社長が資金を提供しており、店では常連というより経営者顔でふるまっていた。だからこのときも、社長としては、とっさに手近にある隠れ家に逃げ込んだというところだったのである。

荒川北署の捜査本部としては、早急に探し出したい人物である早川社長が、三日間も事務所の目と鼻の先の雀荘に隠れていたというので、大いに鼻白んだ。

「西棟の集会所はずっと捜査本部の支部みたいになっていましたから、刑事さんたちの出入りも判《わか》るし、私も細かいことで判断に迷うとすぐに相談するようにしていましたから、話をする機会は多かった。ですから、早川社長が見つかったという報《しら》せが入ったとき、刑事さんのひとりが、まったくこっちは面目丸つぶれだって怒っていたのを覚えていますよ」

佐野は笑いながら語る。

「四人も死んでいる大事件で、関係者の数も多くて、その関係者がみんな、事件が起こったらすぐに雲隠れしてと、なにしろ大変そうでしたね。私はそれまで警察の方たちとお付き合いしたことはなかったから、とにかくご苦労なことだなあ……と。二〇二五号室の殺された人たちは気の毒だったですが、どうやら正当な手段で住み着いた人たちじゃなかったようだということは判ってきていましたから、あまり同情は感じませんでした。小糸さんたちも、まあ生きてピンピンしていたわけだし、何が起こったにしろもとはと言えばあの人たちがまいた種ですからね、可哀想《かわいそう》ということもなくて。刑事さんたちが大変だなと、当時はそればかり考えていました。ですから、早川さんて社長はよっぽどの食わせ物なんだろうと、印象はよくなかったですよ」

事情聴取の当初、早川社長は、一起不動産は小糸信治から、ヴァンダール千住北ニューシティ・ウエストタワー二〇二五号室を賃貸に出したいので店子《たなこ》を探して欲しい旨《むね》、依頼を受けたと主張していた。その依頼を受けて一起不動産が仕事をした結果、殺害された一家四人が賃借人となり、正式に賃貸借契約を結び、一起不動産は法定の仲介手数料をもらっていたのだというのである。

その裏付けとして、早川社長は、関係者全員の署名捺印《なついん》のある不動産賃貸借契約書や、一起不動産が小糸信治に渡した仲介手数料の領収書の控え、一起不動産が二〇二五号室を賃借りした一家から入居の際に受け取った家賃の日割り計算書など、細々とした書類を提出した。

しかしこれには、当然のことながら、小糸信治側から激しい反論が起こった。小糸信治が言うには、二〇二五号室について、一起不動産にも早川社長にも、部屋を賃貸に出すなどという依頼をしたことは一度もない。小糸家が今年三月に二〇二五号室を密かに立ち退き、その後にあの一家四人が暮らしていたのは、あくまでも、競売にかけられ買受人が決定してしまった二〇二五号室を取り戻すための算段であり、自分と早川社長のあいだで相談したことは、すべてそれについてのことだけだったと、彼は主張した。そして、それら小糸信治自身が「不法行為」だと認識していた事柄——買受人への物件の明け渡しの引き延ばしや、ひいては買受人の手から不当に安く二〇二五号室を買い戻し、奪い返すための算段は、早川社長側から持ちかけられたものだと。

どちらの言い分が正しいのか。先回りして答えを出せば、これは小糸信治の方が真実を述べている。そして、早川社長が、あくまでも「あれは賃貸借契約だった」と突っ張る理由とその根拠とは、実は競売物件をめぐる様々なトラブルの形の典型的な（さらに言うならばかなり初歩的、幼稚な）ものだ。

それにしても、大手企業のサラリーマンである小糸信治と、前科前歴こそなかったものの、不動産業者として非常に危険かつ不誠実な取引を他にも多々手がけてきていた一起不動産の早川社長とが、いったいなぜ関わり合いを持つことになったのだろう。

現時点では、小糸信治自身がこのインタビューには応じてくれないため、彼の側の説明は、彼が捜査本部に語った言葉や、事件発生後三カ月を経過した時点で、彼が週刊誌「アシュラ」の独占インタビューで語った言葉、当時の配偶者であった小糸静子、実姉の小糸貴子《たかこ》の言葉などから紡《つむ》ぎあわせてゆくしかない。

荒川北署の捜査本部の事情聴取に対して、小糸信治は、早川社長と知り合ったのは、平成二年の六月ごろと述べている。

この当時、小糸信治は勤務先の機械メーカー「大和総合機械製作株式会社」で、新しいプロジェクトに携わっていた。業務用の大型機械専門の製造メーカーであった会社が、大手家電メーカーと提携して始めた家庭用ビデオゲーム機の製作というプロジェクトである。専従スタッフは二十人足らずのこの新企画室で、小糸信治はサブリーダーの肩書を与えられ、五人の部下で形成されたひとつのグループを率いていた。彼のグループに与えられた役割は、提携先の家電メーカーの企画室と協力し、マーケティング・リサーチを行うことであった。

当時このグループで小糸信治の部下であった社員の話によると、立ち上げ当時から、社内ではこのプロジェクトに対する風当たりが非常に強く、新企画室に配属されることは、一種の島流しであったという。業務用大型機械製作といういわば「硬派」の会社が、いくら家電会社という誘導役がいるとは言え、一般消費者相手の「軟派」なゲーム機製作に乗り出すというのだから、社内の視線が厳しかったのもうなずける。

もともとは、大和総合機械の創業一族に婿《むこ》入りの形で入り、跡目を継いだ社長と、この社長を快く思わなかった「家老」格の重役グループの対立を、外部の勢力に利用されたのだと、この社員は語る。家電メーカーとの提携と言っても、大型機械をつくる技術とゲーム機をつくる技術とは根本から異なっているから、大和総合機械の任された役割と言ったら、空いている敷地の提供や、安い労働力の提供といった、補助的な役割に過ぎなかったのだという。

それでも大和総合機械側がわざわざ新企画室をつくり、二十人近い社員をそこに配属したのは、それなりの期待も意欲もあったからだ。新企画室行きが「島流し」だとしても、なかには望んで異動した者もいた。小糸信治は、そのひとりである。

「いろいろ事情のある企画なんだってことは、異動の当時に聞かされていました」

と、小糸静子は語る。

「わたしは彼の仕事のことはよく判りませんし、大型機械の会社がなんでまたゲーム機なんかつくるのかと、不思議で仕方ありませんでした。本当に大丈夫なのかしらって、心配でしたね、実際」

この「ゲーム機」は三十二ビットのいわゆる「次世代ゲームマシン」である。大和総合機械が新企画室をつくって動き始めたこの平成元年から三、四年後には、ソニー、パナソニック、セガ・エンタープライゼス、任天堂などが繰り広げる「次世代ゲーム機戦争」が表面化し、経済誌を購読しているわけでもない一般人の耳にも馴染《なじ》むようになるのだが、当時はまだ、三十二ビット機戦争など、経済にうとくゲームに興味もない人々にとっては、なんだかさっぱり判らない現象であった。

「小糸は頭の悪い人じゃありません。機械メーカーの営業マンとしては優秀だったと思います」

小糸静子は、冷静な口調で言う。

「ですから、なんでまた得意な仕事を捨てて、まるで畑違いの新企画室になんか志願したのか、どう説明されても判りませんでね。やけに熱心だし……。彼の担当していたマーケティングなんて、相手方の家電会社のマーケティング部門にくっついて、ただ雑用をさせられてるだけのような感じだったみたいなんですよ。力関係からいっても、実績やマーケティングの能力からしても、そうなって当然でしょうけどね。それなのに小糸ときたら張り切って、現場回りとかいって、小さな町の玩具屋《おもちゃ》さんなんかまで、一軒一軒訪ね歩いては報告書を書いてました」

夫が無駄に働かされているような気がしてしょうがない小糸静子は、あるとき、かなりきつい口調で彼の本音を問いただしたことがある。すると小糸信治はこう答えた。

「バカだな、俺は大和機械のために働いてなんかいないよってね。提携先の家電メーカーに引き抜いてもらう約束ができてるとかいうんですよ。何をどう細工したんだか知らないけど、俺はヘッドハンティングされたんだって。今、つまらない仕事でも一生懸命やるのは、その家電メーカーの重役で、彼を引き抜く手配をしている人のためだとか言うんです」

そんな旨《うま》い話があるものだろうかと、小糸静子は不審に思った。が、実際に大手家電メーカーに転職できるならば、どう頑張っても構造的に斜陽気味の大型機械メーカーにいるよりは、将来は明るくなるだろうと、彼女には思えた。

「それで、黙って様子をみてたんですよ」

結果的には、大和機械とこの大手家電メーカーのつくった三十二ビット機は完成し、平成六年春から市場に出回るようになったが、二年後には販売も製造も中止になっている。企画は失敗したのだ。もちろん、両者の提携もそこで終わった。

小糸信治は、提携先の大手家電メーカーには引き抜かれなかった。

「後々の、二〇二五号室の競売のときもそうでしたけど、夫には、巧く行かないことについては口をつぐんでしまうという悪い癖がありました。ですから、家電会社への引き抜きがどういう経緯でなくなったのか、そもそも夫が期待をかけすぎていただけのものだったのか——わたしは、そっちの方が可能性大だと思いますけどね——よく知りません。尋ねるともの凄《すご》く怒るんで、訊《き》けなかったんですよ。あなた転職はどうなったのなんて言い出そうものなら、真っ赤になって怒って、お前はそうやって俺を馬鹿《ばか》にするんだろうとかわめいてね。男の仕事に女が首を突っ込むな、とか」

小糸静子は肩をすくめる。

「気が小さくて、お人好《ひとよ》しのところがあるんですよ、あの人は。それに、あれで案外、人を信じ易《やす》いんです」

それは、小糸信治が奇妙なほど強く「力」に対する信仰を持っていたからだ、と続ける。

「力と言ったって、超能力とかじゃありませんよ。もっと世俗的なものです。たとえるなら、特別扱いとか、奥の手とか、裏技とか、そんなふうなものですね。世の中には、どんな業界でも、会社でも組織でも、必ずそういうものがあるっていうんですよ。そしてその力を利用できる人間が、本当のAクラスなんだって」

よく判りにくい考え方である。

「たとえばね、孝弘が滝野川学院に入学したときに、こんなことがあったんです。滝野川には、あの子は試験ですごくいい点数をとって、文句なく入学したわけですけど、本当のことを言えば第一志望ではなかったのね。第一志望は別の学校で、そこは落ちたんです。すると小糸は、実際にはね、その第一志望校合格者のなかで、孝弘よりも点数の低い子供がいっぱいいるはずだって悔しがるわけですよ」

――ルートなんだ。人脈なんだ。俺がそれをつかんでれば、孝弘を押し込むことなんか簡単だったんだ。

「それって裏口入学じゃないのって訊きましたら、そうじゃないって怒るんです。そんなみみっちいもんじゃない。Aクラスにいて、Aクラスのルートをつかんでいたら、賄《わい》賂《ろ》なんか払う必要はないんだからなって」

本当に大切なのは実力者に渡りをつけることであり、それさえできれば怖いものはない――

「法律違反をしたって、表沙汰《おもてざた》にさえならなければ平気で通ってしまう。それぐらいの力が、あるところにいけばあるんだって、あの人は言ってました。わたしにはそんな夢みたいな話、信じることはできませんでしたけど」

家電メーカーへの引き抜き云々《うんぬん》の件も、だから、小糸信治のそういう「信仰」がふくらませていた夢だったのではないかと、静子は語るのだ。

「あちらの重役のどなたかに気に入られたとか、そういうことは現実にあったんでしょう。で、その重役さんがあちらの社内では陰の実力者だとかね。小糸はそれにもう参っちゃって、提携なんて会社のトップ同士が決めたことでしょうに、自分はそんなところとは関わりのないところで先方とつながってるんだみたいな幻想を抱いたんですよ、きっと。そういう幻想が大好きな人でした」

　小糸静子は三十二歳の時、乳ガンの疑いが出て精密検査を受けたことがあった。結果はシロで、ほっとひと安心をしたのだったが、その当時の小糸信治の態度も、彼の「力」信仰をよく裏付けていたという。

「誰々に聞いたんだけど、乳ガンなら一〇〇パーセント治せる先生が名古屋にいるらしい、紹介してもらってやるから、大丈夫だ安心しろ、みたいな感じで。もちろん治療費もかかるだろうけど、金は問題じゃない、コネが問題なんだとか、ずいぶん威張ってましたよ。普通の人間は人脈がないから、名医に診てもらえないで死んでしまうんだ、とか」

　小糸信治には「一般人」に対する軽蔑《けいべつ》と、「俺は一般人では終わりたくない」という、ほとんど恐怖に近いまでの願望があったと彼女は語る。

「難しいのは、彼にかかると大和機械の社長でさえ『一般人』なんですよ。あの入り婿社長なんざ、自分の人脈なんかひとつも持ってないんだからな、という感じでね。たとえば、社長夫人が乳ガンになっても、どこぞの大学病院へ入れるぐらいしかできない、金があるから特別病室へ入れることはできるだろうけど、治療は一般人と同じだ、だが俺は、おまえが乳ガンになったら、日本一の名医に診せてやれる、そういうルートを知ってる、そういう力の動いてる人脈を知ってるからなと、こうですよ。これって、男のおとぎ話じゃないかしら」

そして小糸信治のそういう思考が、実は、二〇二五号室を早川社長に預ける際にも関わってくるのである。

週刊誌「アシュラ」の独占インタビューでも、小糸信治は、早川社長と出会ったのは平成二年の六月頃だと話している。以下、「アシュラ」での彼の言葉を引用してみる。

「平成元年の一年間、プロジェクト室で私は外回りのデータ集めをしてましてね。地味だが大切な作業なんで、真剣に取り組んでました。回る相手は、町の玩具屋ですよ。スーパーの玩具売り場などもね。

データとして欲しかったのは、ゲーム機やゲームソフトの流通に関して、現在どの程度の問題があり、現場の小売業者はどういう不満や希望を持っているのかということ、次世代機に対しては、どういう販路、どの程度の価格を望むかとかいうようなことでした。うちはハードをつくるために提携したわけですが、ゲーム機はハードだけじゃ動きませんし、家電製品とはまったく違うルートで市場に出るわけだから、これは大切なリサーチだったんです。

それで外回りを続けてたんですが、そのうちに、店自体がつぶれかかっているという玩具屋に出くわしましてね。草加《そうか》市内の、近くに大きな公団住宅があってバス停があってという、立地条件はいいところでしたが、なにしろ店が古かったんですな。経営者も当時で七十歳近い老人で、子供や若い人たちが寄りつくような店のつくりにはなっていなかった。倒産はもう目の前でした。借金も山積みでね。

何度か通ううちに、経営者のじいさん夫婦から、第一抵当権者の金融会社から、店と土地の競売を申し立てられていると聞きました。じいさんたちも、左前になっていく一方の店を何とかしようと、三年前にそこから融資を受けて、かなり大がかりな増改築をやってたんですが、それがまずかったんです。

私はずいぶんと同情しましたが、こちらにできることは何もありませんよ。気の毒がりながら、しばらくは忘れてました。それで半年ぐらい経《た》って、別の仕事で近所まで行ったとき、じいさんの玩具屋はどうなってるかと思い出しましてね。競売でとられて、まだ新しいビルが建つなり、駐車場になるなりしているだろうと思って行ってみたら、店があったんで驚きました。それで顔を出してみたら、経営者のじいさんと一緒に、またまたそこに早川社長がいたんです。

この草加市内の玩具屋は、「あきら玩具《がんぐ》」という。小糸信治の言うとおり、平成元年七月に債務不履行により第一抵当権者から浦和地方裁判所越谷《こしがや》支部に競売申し立てがあり、入札が行われ、平成二年二月に買受人が決定しているが、その買受人が、同年四月末にはこの土地家屋を売却している。売却先が一起不動産であった。つまり、小糸信治の会った平成二年六月のこの時点では、旧あきら玩具の店舗と土地の所有者は早川社長の一起不動産だったのである。

「じいさんは、早川社長にそりゃあ感謝してましてね。社長さんのおかげで無一文でこの家を叩《たた》き出されずに済んだ、わたしらは楽隠居ができると、涙ぐまんばかりでしたよ。私は、競売にかけられた物件をそんなふうに処理できるなんてことは知りませんでしたから、本当に驚きました。それで、早速社長さんと名刺交換しまして――」

立派な、「力」のある、社会の制度や法律に負けないだけのルートをつかんでいる人物に、ここで巡り合ったのだと思いこんでしまったわけである。

小糸信治のそんな思いこみを、粗忽《そこつ》だと嗤《わら》うのは易しい。実際、ヴァンダール千住北ニューシティ・ウエストタワー二〇二五号室を購入するときのいきさつや、ひとり息子の孝弘《たかひろ》の教育についての考え方などを俯瞰《ふかん》して見てくると、彼の気質のなかには、この「思いこみの強さ」と、自分が思いこんだことについての「無根拠な自信」というものがあったのではないかと思われる。早い時期から早川社長に信頼をおいてしまったのも、俺の信じた人物に間違いはないという、彼一流の「理論」があったからだろう。

しかし、小糸信治が早川社長に信をおくことになったのも、それはそれで無理もなかったと思われる一面の事情がある。それは、前述したように、この「あきら玩具」の経営者夫妻が、当時の小糸信治に、早川社長に非常に感謝している、社長のおかげで老後の生活の目処《めど》をたてることができた、命の恩人だとまで言っていたということである。

「あきら玩具」の経営者夫妻は、現在は埼玉県北部に在る県営住宅に暮らしている。実名は出さないという条件付きで、取材に応じ、当時の事情を語ってくれた。以下「Aさん」と呼ぶことにする。

Aさん夫婦は、今でも、当時の早川社長から受けた恩を忘れていない。

「そりゃあ法律に触れることはやったか知れませんが、早川社長さんは立派な人です。あんまり重い罪にならんといいと願っています」

Aさんは現在七十五歳、妻は七十三歳。収入源は、Aさんが加入していた国民年金から支給されるわずかな給付金だけだ。足りない分は、預金を少しずつ切り崩して使っている。平成四年の十月にAさんが狭心症の発作を起こして倒れ、以後も病院通いの生活だが、通院に時間がかかることと、通院に必要な交通費が高いことが悩みの種だという。

しかし、切り崩して使うことができるだけの預貯金があるだけ、幸せだという。そしてこの預貯金をAさん夫婦に与えてくれたのが、ほかでもない早川社長だったというのである。

「あきら玩具の塩梅《あんばい》が悪くなったのは、あれはもうまったくわたしひとりの責任で、わたしが悪かったんですよ。それはもう本当に言い訳できんことです。親父《おやじ》から受け継いだ店でしたが、わたしが潰《つぶ》しましたんです」

Aさんは歯が悪く、入れ歯をはめている。そのせいか、いくらか語尾がもごもごして聞こえる。「わたし」は「わたしゃ」というふうに響く。が、話の内容ははっきりしており、口調も活発だった。

「それでも何度かわたしなりに頭ひねりまして、テコ入れして売り上げをあげようとしまして、それで金も借りました。大《おお》けな銀行は、わたしみたいなところは相手にしてくれませんから、地元の信用組合が頼りだったんですが、まとまった額は借りれません。店を改装して、売れ筋の商品を入れるための保証金を積むには、もっと大けな金が要って」

商売仲間から、後に第一抵当権者となる民間金融会社を紹介されたのは、Aさんがちょうど六十歳のときだった。平成元年に、この会社から土地家屋の競売申し立てをされたときには六十八歳だから、それ以来八年の付き合いがあったということになる。

「実はあのころ、女房の方は、もう無理して今から店を改装したりして博打《ばくち》をうつより、店の土地建物を売って、その金でのんびり地道に暮らそうって言ってたんですわ。六十歳なら、サラリーマンだって定年だよお父さんてね。うちは子供も居《お》りませんから、店を守ることなんかないでしょうって」

Aさんも、その提案には心惹《ひ》かれるものがあった。それでも、素直にうなずくことができなかったのは、やはり「あきら玩具」が親から譲り受けた店だったからである。

「わたしの親父は偉い男で、一代でこの店と、ほかに支店も持っとったんです。それがわたしが跡とった途端に支店の方は潰してしまって、残ったこの店も売るようなことになったら、わたしは死んであの世に行ったとき親父に顔向けできないですよ。だって、わたしは親父のつくったものをなくしてしまうだけの人生だったいうことになってしまいますわなあ、それじゃあね」

　当時、Aさんの妻が、土地建物を売りに出した場合どれぐらいの額になるか、地元の不動産業者に評価を頼んだ。あがってきた数字はそこそこのものだったが、建物はもう耐用年数を過ぎているので評価の対象にはならず、土地だけの評価額しか出せないという内容だった。

　そのことも、Aさんの心を傷つけた。

「親父に申し訳ないなあ……と、本当に辛《つら》かったですよ。評価もしてもらえん。それどころか不動産屋は、建物がなくて更地だったらもっと高く売れる、建物があるだけ損だとまで言いよりました。それでなんちゅうか、ちょっと意地みたいになったところもありましたな。よしもういっぺんこの店を繁盛《はんじょう》させて、最後には人手に渡すにしても、居抜きで店舗を売って、『あきら玩具』の名前が残るようにしてやろうとねえ。六十歳って言っても、商売屋に定年はないんだし、わたしは自分の健康なことだけには自信がありましたし」

　そこへ、渡りに船のように、前述の民間金融会社を紹介されたのである。

「悪い会社じゃなかったですよ。最初っからうちの店と土地を乗っ取ろうと企《たくら》んでたとか、そういうことじゃなかったです。ずいぶん親身になってくれました。担当の若い人が熱心でね、わたしの気持ちも判《わか》ってくれてね、ですから最後の最後、もうどうにも立て直しがきかんようになって、あきら玩具を競売にかけるときも、担当の人は、『親父さん、悪いねえ』って、済まながってくれましたです」

しかし、Aさんの妻の意見はまったく違う。

「主人はお人好《ひとよ》しでバカだから、今でもあんなこと言ってますんです。わたしら、金融会社には騙《だま》されたんです。ご主人なら店をまた立て直すことができるなんてうまいこと言われて煽《あお》られて、高い金利の借金押しつけられて、結局は店も土地もなくなったわけなんですから、騙されたんです」

Aさんの妻は、夫が脇《わき》に座って彼女の話を聞いているところで、一気にこうまくしたてた。舌鋒《ぜっぽう》は鋭く、しゃべりながらちらちらとAさんの顔を横目で見る。しかしAさんは、こういうことには慣れているというような様子で、ゆっくりと煙草《たばこ》をふかしており、反論もしない。

「それだから、もしも早川社長さんに会えなかったら、わたしらは夫のバカのツケが回ってずうっと浮かばれなかったですよ。社長さんは本当に立派な人です。そういえば早川社長さんも、わたしらは金融会社に騙されたんだ、最初っから狙《ねら》われてたんだよと言ってたことがありました」

Aさん夫婦が初めて早川社長に会ったのは、平成元年七月の末のころである。既に土地の競売申し立てがなされ、夫婦は将来の不安に震えながら、行き先を探し始めているときだった。

「そのころは店ももう閉めてました。金融会社の人から、ここはもうあんたらの住まいじゃないんだから、商売なんかやめて、在庫も早く処分して、できるだけ早く立《た》ち退《の》いてくれって言われてたんですが、金はないし当てはないし、立ち退く先なんか見つからんで、それでしょうがないから、自分の家なのに隠れるようにして住んでおりました。店の方はシャッターおろして、夜も電灯を点《つ》けんでね、カーテンもひいてね。もちろん、玄関もきっちり鍵《かぎ》かけて」

ところがその閉ざされたシャッターを、外からしきりに叩く音がする。がしゃがしゃと揺さぶって、「ごめんください、ごめんください」と、大声で呼びかける。Aさん夫婦は、怖くなって息をひそめていた。

「そしたら今度は家の玄関の方に回ってきて、ごめんください、言うんですよ。隠れて知らん顔しようと思ってたんですけど、ちょうど昼どきで、そうめん茹《ゆ》でてまして、台所の換気扇が回っててねえ、それが外から丸見えだってことに気づいたから、しょうがないでわたしが出ていって、はい何ですかって」

それが早川社長だったのである。

「暑い時期でしたけど、社長さんちゃんとネクタイ締めて、上着を脇《わき》に抱えて大汗かいておられました。それで、裁判所の競売の書類を見て来たんだけどって、言われましてね」

　Aさん夫妻は、裁判所の競売手続きについて、具体的なところはほとんど知らなかった。だから、早川社長の言葉をそのまま受け取り、社長は買い受けの希望者で、物件の下見に来たのだというふうに解釈した。

「そしましたら、社長さんは違う、違うって手を振りましてね。競売の物件は、下見に来たんだっても、物件のなかを覗《のぞ》いたり、住んでる人としゃべったりしちゃいかんのよって教えてくれました。外側から様子を見るだけなんだってね。それだからこそ、いい物件を見分けるのが難しいんだよってねえ」

　Aさん夫妻に家のなかに入れてもらうと、早川社長は一起不動産の名刺を出して挨拶《あいさつ》をした。

「ちゃんと宅建の免許の番号も入ってて、会社は東京の神田多町だし、わたしらすぐに安心しました。社長さんのなりを見てても、ヤクザとかじゃないなってことは、判りましたんで」

　それでも社長が早口で、話し方もせっかちなので、話の内容を理解するのはちょっと大変だったという。「この店と家と土地が競売でとられてしまったら、旦那《だんな》さんも奥さんも困るでしょう、住むところはあるの、金はあるの、年金だってまだもらえんでしょうとか、ずいぶん可哀想《かわいそう》がってくださりまして。それでね、もしかしたら、私は少しばかり、旦那さんと奥さんの力になってあげられるかもしれないって、そう言ったですよ……」

Aさん夫婦は身を乗り出した。どういうふうに力になってくれるというのか。

「今年のうちには入札が終わって、買受人が決まるだろうけど、その買受人が、あんまり大きな不動産業者じゃなくって、割と筋のいいところだったら、なんとかしてあげられる可能性はたくさんあるって、社長さんは言うんですよ。なんとかするってどういうなんとかですか。わたしら必死で訊《き》きましたよ。そしたらね、この土地建物は手放してもらうことになるけど、旦那さんの借金をチャラにして、そのうえで二、三百万円のお金をつくってあげられるよって、こういうわけです。だから、買受人が決まって、私がこれなら行けると判断したら、旦那さんたち、私の言うとおりにしてくれんかねと」

わたしら、すぐには鵜《う》呑《の》みにできませんでしたと、Aさんは言う。

「なにしろ競売なんておっかない目に遭わされて、それだけでもうくたびれてましたから、このうえややこしいこと言われても、ついていかれんかったんですわ」

それでも、まったく興味がなかったわけではない。言うとおりにするって、どんなことをすればいいんですかと、Aさんは訊いた。

「ここを出ていくのはもともとそう決まってることで仕方ないし、お金がもらえるかもしれないというのは嬉《うれ》しかったからね」

社長の話は簡単だった。買受人が決まったらすぐに夜逃げをしてくれというのである。

そして、この建物は、しばらく以前から、社長の用意した別の人物に賃貸ししていたという形をつくるために、書類に署名してくれればいい、という。

「それで、なんでわたしらにお金が入るんですか？　わたしはびっくりしましたよ。こんな旨《うま》い話はおかしいな思いました」

早川社長は説明した。まず、Aさん夫婦と契約し、この建物を賃借りして住み着いていた人物がいた場合、入札によってここの土地建物を買い受けた人物や業者は、その賃借人を簡単に追い出すわけにはいかないのだということである。賃借人とよく話し合い、相当の額の立ち退き料を支払わねば、明け渡しを要求することはできない。

「賃借人じゃないといかんのですか？　わたしらがそのまま居座ってたんじゃ駄目なんですか？」

それは駄目だと、社長は言った。あんたらは当事者だから、居座ったたって、買い受けた人の方に追い出す権利があるからね。それは正当な権利だからね。どうしても動かなければ、強制執行というのをかけられるし、旦那さんたちは罪になるよ。

「でも、そんな賃借人なんていないんですから」

だから、それをまあ――

「大きな声じゃ言えないが、でっちあげるわけだよと、社長さんは言いましたよ。だけど、旦那さんたちが心配することはない、契約は書類の上のことだけだから。実際に住み着いてくれる人の手配は、私がするからって言いました」

Aさん夫婦と建物の賃貸借契約を結んだ賃借人は、自分にはここに住む権利があると主張して、買受人に対抗する。買受人もあれこれ手を打ってくるだろうが、それにはこっちだって対抗できる。そうやって明け渡し時期をどんどん先に延ばしてやると、買受人は困ってしまって、

「賃借人に大枚の立ち退き料を払うか、それとも、もうすっかり消耗してしまって、せっかく競《せ》り落として買ったこの土地建物を、他の人間に売ってしまおうかと考え始めるわけだよと、そうすると私の出番なんだわねと、社長さんは言いました」

――立ち退き料を取ることができた場合は、そのなかからいくらかの分け前を、旦那さんたちにあげる。だけど、その場合はたいした額にならないよ。でも、買受人がここを手放そうと考えて、私が首尾良く買い取ることができたら、そしたら旦那さんたちの分け前も大きいよ。

「なんだか手品みたいな話でした」と、Aさんは笑う。「そんなことがあるもんなんですかって、社長さんに訊いたもんです」

あるよ、あるんだよと、早川社長は断言した。

――だいたいが、裁判所の競売物件というのは、時価よりもとんでもなく安い値をつけられてるんだよ。安いところに価値がある。だから、賃借人を追い出そうとして余計に金がかかるくらいなら、転売して手放してしまうもんだよ。買受人が小さい業者だったり、個人だったりした場合なんか、資金繰りがぎりぎりだから、余計だよ。

「すぐには信じられるような話じゃなかったですよ」と、Aさん夫妻は言う。とりわけ、

Aさんのお人好し加減に腹を立てていた妻の方は、この時点ではまだ、早川社長の話をほとんど鼻先で聞いていた。

「また騙されるのはごめんでしたからね」

Aさんはひたすら苦笑する。

「わたしは、家内よりは乗り気でした。だって、願ってもないような話でしたからな。そうやって、社長さんが、困り果てた買受人からここを安く買い取って、今度は普通の時価でまた転売すれば、大した儲《もう》けが出る。少し時間はかかるけれど、確実に儲けは出る。だからそのなかから、わたしらにもお金をくれると、そういうことだったんですからな」

早川社長はこんなことも言った。

――旦那さんたちが賃借人をでっちあげるのが嫌ならば、それでもいいですよ。私の方で、ガラのよくない人間をここに住み着かせて、暴力金融業者のふりなんかをさせてね、俺たちは『あきら玩具《がんぐ》』に金を貸してる債権者だ、借金のかたに、ここの土地建物を使う権利があるんだって言い張らせれば、買受人に対しては、同じ効果があるからね。

「ただ話を聞いてるうちに、わたしはなんだかちょっと心持ちが辛くなってきましたわね。だって、社長さんの言うとおりにしたら、買受人の人はえらい困ったことになるわけでしょう？　せっかく競り売りで勝って手に入れたこの土地建物を、さんざん手こずらされた上に手放すか、高い立ち退き料を払うか、どっちかになるわけだから。だいいち、そんなもめ事が起こったら、裁判所だって黙ってないんじゃないかと思って心配でしたわな」

すると、早川社長は笑い飛ばした。

——心配ない、心配ない。

——裁判所は忙しいから、トラブルが起こったって、向こうから積極的に乗り出してくるようなことなんかないよ。それは絶対ないよ。もちろん、買受人はいろいろ法的な手続きをとってくるだろうけど、それはこっちだって法的に対抗できるんだから。

——だいたい、競売物件を競り落とす業者はね、みんなね、こういうトラブルはある程度覚悟してるわけですよ。だってそうでしょう、そうでなきゃこんなに安くなってるわけがないでしょう。だいたいね旦那さん、旦那さんみたいな真面目《まじめ》な商売人がさ、運がなくて事業に失敗してさ、それで店も家も土地も取り上げられて競売にかけられて、途方にくれてるんだよ。それなのに、その旦那さんの財産をさ、不当に安く買ってさ、それで儲けようなんて考える奴《やつ》のことを心配してやることなんか無いですよ。旦那さんは本当に人が好いんだね。

もちろん、第三者の目からみれば、この早川社長の言い分は不当だし、社長が指弾する「競売物件で儲けようとする業者」の立場から言えば、「おまえだって同じ穴のムジナだ」ということにもなる。

しかし、Aさんにはそうは思えなかった。懐疑的だったAさんの妻も、早川社長が

「真面目な商売人」「正直者」のAさんの不運を真面目に悲しみ、憤《いきどお》り、土地建物の競売を申し立てた金融会社に対して批判的なことを言うのを聞いているうちに、心がほぐれてきた。なんと言っても、借金の返済に困り、土地建物を競売という形で手放さざるを得なくなるまで、誰ひとりとして、Aさん夫婦のためにここまで親身になり、怒ってくれたことはなかったのである。

——今なんか景気がいいんだから、競売という形じゃなくて、旦那さんたちがここの土地建物を売って、それで借金をチャラにするという方法だってあったと思うんだよ。抵当権をつけてる金融会社だって、そういう形で協力的に動いてくれることだってできたはずなんだよ。それをさ、いきなり差し押さえで競売だろ。ちっとも旦那さんたちの身になって考えてないだろ。

しゃべればしゃべるほどに早川社長は息巻き、言葉遣いもざっくばらんになった。Aさん夫婦の目には、自分たちのために拳《こぶし》をぶんぶん振り回してくれる早川社長が、ひどく頼もしい存在に見えるようになってきた。

「それ以来、社長さんは頻繁に連絡をくれるようになりました。社長さんが、金融会社がなんと言ってきても、まだ行き先が見つからないんだからと、ここに住んでていいんだと言ってくれたんで、ずっと家に落ち着いていることもできました」

そして実際に、平成元年の十二月初旬に入札が行われ、翌年二月に買受人が決定すると、Aさん夫婦は社長の計画を受け入れ、社長の指示に従うことに決めた。

「買受人が決まったということは、社長さんから聞きました。競り売りに、社長さんも一応参加したんだそうです。それで裁判所からその足でわたしらのところに来てくれて、ぽんと五十万円くれました」

――この金は、あとで旦那さんたちに払うお金の前渡しだから、遠慮しないで取りなさい。それと、旦那さんたちの住むアパートは用意しておいたから、身の回りのものだけ持って、今夜こっそりそっちへ移りなさい。後のことは、私がちゃんとやるから心配要らないよ。

Aさん夫婦は言われたとおりにした。

「結局、社長さんの計画どおりになるまで、一年半ぐらいかかったですかな。残りの金をもらったのがそれくらい経《た》った後だったから……。ちゃんと百五十万、もらったですよ。それにそのころは、わたしは社長さんの紹介で倉庫番の仕事もしてましたんで、暮らしも落ち着いてました」

こうしてAさん夫婦の側の話を聞いていくと、なるほど、Aさんたちが早川社長に感謝し、「命の恩人だ」とまで言うのはもっともなことだと思える。

しかし現実には、これは違法行為だ。そして買受人の側から見れば、事態は一八〇度逆になる。

「あきら玩具」の土地建物を競り落としたのは、同じ草加市内に在る「竹本不動産」という会社である。当時「あきら玩具」の件を担当した社員の樋口《ひぐち》久夫は、現在でも早川社長の名前を聞くと苦々しい気分になるという。

樋口自身は、裁判所の競売物件を扱った経験がなかったので、「あきら玩具」の件を任されたとき、

「大慌《おおあわ》てで勉強したんですよ。と言っても何冊か本を読んで、競売関係の事件に詳しい弁護士さんに会って話を聞いてというぐらいでしたが――。それでも、トラブルの例の話を聞けば聞くほど憂鬱《ゆううつ》になりました。僕は暴力団と渡り合ったりするのは御免でしたからね。いくら仕事でも、土地家屋と自分の命を引き替えにするわけにはいきません」

竹本不動産が慣例を破って裁判所の競売物件である「あきら玩具」に関わったのは、長年の顧客のひとりからの要請があったからだそうである。

「やはり市内の人でしてね、飲食店を経営している社長さんですが、前々からあきら玩具の土地に目をつけていて、欲しかったそうなんです。機会があれば買収の話を持ちかけようと思っていたのに、ちょっと目を離している隙《すき》に店が傾いて競売にかけられてしまった。なんとかならないかということで、うちに持ち込んでこられたわけです。何しろいいお得意さんなので、いやあスミマセン我が社は競売物件は扱わないんですとは言えません。後には引けないところでした」

もっとも、こういう背景があったからこそ、競売物件の入札に関しては経験の少ない竹本不動産が、首尾良く「あきら玩具」を競り落とし買受人になることができたのだ。

最初から「儲けよう」というよりは「顧客の希望をかなえよう」という意図で取り組ん

だので、入札価格を高めに設定することができたからである。

「もちろん、あきら玩具については事前にいろいろ調べました。土地建物を差し押さえている金融会社が評判の悪くないところだったので、その点はほっとできましたが、こういう例ではいつどこから他の債権者が名乗りをあげてくるか判《わか》らないし、内心ビクビクものでした。ですから、僕もヒマを見つけてはあきら玩具の様子を見に行ってたんです。ですから、Aさん夫婦が立《た》ち退《の》いていたことには気づいてましたが、それは当然のことだという感じで逆に安心してしまったりしまして……」

迂闊《うかつ》でした、と樋口は頭をかく。

「弁護士さんからも、元の持ち主が立ち退いた後、ほかの人間が入り込んだりしていないかどうか確認するようにとアドバイスを受けていたんですよ。最初にアプローチしてから明け渡しを受けるまで、継続的に写真を撮っておくといいということも教えてもらっていましたから、スナップ写真も撮りました。撮ったけど、でもねえ、僕の撮った写真からは、建物内に別の自称賃貸契約入居者が住み着いているような様子は、まるっきりうかがえないんですよ。後で社長にも叱《しか》られました。君の目は節穴か、と。しかし、あれは早川社長の方が上手だったんです」

それだけに、元の持ち主であるAさん夫婦と正式に賃貸借契約を交わし、建物に住まわせてもらっているという人びとと初めて顔を合わせたときは、まさに仰天してしまったという。

「あなたちずっとここに居たんですか、なんで居たんですか、どういう権利があるんですかと、まったくの素人《しろうと》みたいに泡を食ってしまいました。相手は三人家族でして、四十歳代の男性と、その妻だというやはり四十代の女性と、二十歳ぐらいの青年の組み合わせで、ここでゲームショップをやるんだというんですね。内装も少し変えて、ビデオゲームのソフトを売るだけじゃなくて、コインを入れて遊ぶゲーム機も入れるんだとか。実に周到で、内装替えの設計図みたいなものまで持ち出してきて見せるわけですよ。Aさん夫婦とはちゃんと話をしてある、ここが競売にかけられてるなんて知らなかった、追い出されたらとても困ると泣かれまして」

困るのは竹本不動産の方だと叫びたいところだったが、樋口にとってひとつだけ救いだったのは、相手の三人家族が、一見したところはごく普通の人びとで、暴力団や過激な思想団体と関わりがあるようには見えなかったことだ。

「ええ、おとなしい人たちでした。それはホントに助かったなあ。ええ、笑ってください。僕は臆病《おくびょう》なんですよ。命が大事ですからね。もめ事は嫌いなんです。竹本不動産に就職したときも、営業は嫌だってはっきり言ったくらいで。書類をつくる仕事とかデータ管理なんかをやりたかったんです」

しかし、おとなしい三人家族は、強面《こわもて》にこそ出なかったものの、容易に引き下がりもしなかった。困る困ると頭を抱えてみせて、やがて彼らとAさん夫婦との賃貸借契約を仲介したという早川社長を登場させる。

「早川社長も、まあ——まあ当たり前の不動産屋の社長の顔をしてますよね。ヤクザじゃない。こちらの話もちゃんと聞く人です。それで、僕も早川社長の言い分をきちんと聞いて、走って弁護士さんに相談に行きました」

すると、これは非常によくある手口だと言われた。古典的なパターンだというのである。

8　執行妨害

「執行妨害には様々な手口がありますが、あきら玩具《がんぐ》の場合も、ヴァンダール千住北ニューシティ・ウエストタワー二〇二五号室の場合も、早川社長はまったく同じ方法をとっていますね。確かに古典的・典型的な手口です。あまり暴力的ではないようです。あきら玩具のケースなど、元の持ち主のAさん夫妻に対してかなり厚遇してあげていますし、早川社長は、ボロ儲《もう》けを狙《ねら》う強奪・脅迫者というよりは、どちらかというと、思想的な理由がある確信犯と呼ぶべきでしょう。こういうタイプの人がまま関わってくるのも、不動産競売の執行妨害という事犯の特殊なところなのですが」

弁護士・戸《と》村《むら》六郎《ろくろう》はこう語る。ここからしばらくは、民事執行法に詳しく、多くの競売物件の執行妨害対策に関わって解決してきた経験を持つこの戸村弁護士に、話を聞いていこう。

「私のいる港区の法律事務所では、持ち込まれる事件の約二割が競売不動産の執行妨害に関わるものです。そのほとんどを私が担当しております。なかなか面白い——と言っては語弊がありますが、興味深い事件が多いんですよ。経済問題だけでなく、現代の日本社会が抱えている様々な矛盾や困難が、不動産競売とその執行妨害という事件のなかに露呈しているのがよく見えますよ」

――「競売」も「執行妨害」も、一般には馴染《なじ》みの薄い言葉ですが……。

「そうですね。では、まずそこから始めましょうか。裁判所の行う不動産競売とはどういうことなのか。これにはふたつありましてね、ひとつは強制執行としての競売、もうひとつは抵当権の実行としての競売です。しかし現在、裁判所で扱う不動産競売の大方は後者のケースです。あきら玩具も小糸氏のウエストタワー二〇二五号室もこちらのケースですね」

――担保権の実行としての競売ですね。

「そうです。債権者（お金を貸している側）が、債務者（お金を借りている側）の債権の担保として（借金のかたとして）、債務者の所有している土地建物（不動産）に抵当権を設定して登記する。登記簿という公《おおやけ》の書類にそのことを明記するわけです。あきら玩具の場合は、あきら玩具の土地建物に、Aさんに資金を融資した金融会社が抵当権を設定していました。小糸氏の場合も、二〇二五号室に、第一抵当権者である住宅金融公庫が抵当権をつけていました。

この抵当権は、債務者が順調に債務を弁済――つまり借金をきちんと円滑に返すと、返し終わると、その時点で抹消されます。もう借金はないのだから、かたも要らなくなるわけですね。これが理想の、いちばん望ましい形です。

ところが、現実には、いろいろな事情で債務者の借金の返済が長期にわたって滞ったり、あるいはまったく停止してしまったりすることもありますね。これでは、先々の返済の見込みも立たない。貸したお金が回収できない。このとき、債権者が、抵当権をつけていた不動産を、裁判所の手続きでできるだけ高く売ってもらい、それによって貸したお金つまり債権を回収しようとする――簡潔に易しく説明するならば、これが担保権の実行ということです。逆に言えば、担保権というのは、借金を返してもらえなくなった場合、かたを取り上げたり、お金に換えたりすることのできる権利だということですね。

あきら玩具の場合も小糸氏の二〇二五号室の場合も、それぞれの債権者が、Aさんや小糸さんがもうローンの支払いをすることができなくなったと判断したために、この担保権の実行をしたわけです。債権者から競売が申し立てられ、開始が決定されると、裁判所はまず対象の土地建物やマンションの部屋を、持ち主が債権者以外のほかの人に売ってお金に換えてしまうことを防ぐために、勝手に売買できないよう手続きするわけです。それからこの物件についての情報を公開し、入札を募り始めます。これが競売の仕組みです」

――そして競売の結果、落札者が決まる。これが買受人ですね。

「そうです。買受人は、竹本不動産のような専門の不動産業者の場合もあれば、石田直澄氏のような一市民である場合もある。裁判所の競売には誰でも参加できる――一般人に対しても平等に門戸が開かれているわけですからね。

ところが実際には、裁判所の競売不動産という言葉には一種の色がついてしまっていますね。なにかこう、難しそうな、あるいはトラブルの多そうな、一般庶民の手を出すものではなさそうな——というね。裁判所の競売物件の最低競売価格は、実勢価格よりもかなり安く設定されていますので、掘り出し物が多い。しかしもめ事も多い。ボロ儲けが期待できるので、素性のよろしくない業者や暴力団が絡《から》んでくる。良い物件を見つけて入札しようとしても、プロの競売屋に邪魔されたり脅かされたりして、とてもじゃないが素人《しろうと》の手には負えない。これが一般的なイメージでしょう。

確かにそういう面はありまして、現在もそれは頭の痛い問題なんです。しかも、そういうイメージが先行してしまうことで、ますます良質な買い手が裁判所の競売物件から遠ざかってゆくという悪循環も起こります。

そこで、昭和五十五年十月一日から施行された民事執行法という法律で、もっと一般の人たちが裁判所の不動産競売に参加しやすいようにと、いくつかの規則を設けました。そのひとつに、期間入札という制度がありましてね。これは、入札書を入れて封をしたものを執行官に提出するか、決められた期日までに郵送することによって入札に参加できるという仕組みなんですよ。最近ではそれが主流になっています」

——いちいち裁判所に行かなくてもいい、と。

「そうです。しかも、誰がどの物件の入札に参加しているか、外部の人間からは判《わか》りません。こうすることによって、一般庶民をいわゆる競売屋の妨害から守ろうというわけですね。

この制度は、機能としてはきちんと働いていますし、よく考えられた親切な仕組みだと思います。以前よりは一般の人の入札への参加も少しは増えました。それでもやはり、大勢はあまり変化がありませんでね。裁判所の競売物件には、依然としてどこかしら危険な、厄介な色合いがついているというのが現状です」

――あきら玩具や小糸家の二〇二五号室のようなケースを見ていると、それも無理はないというような気がしますが。

「そうですね、不幸なことですが、事実はそうです。そこで本題に入りましょう。一般の人だけでなく、不動産業者さえも、競売物件は面倒くさいから、危険だからと手を出さない……そう思わせてしまうもっとも大きな原因が、我々が今ここで問題にしている『執行妨害』というものであるわけです。

これには大きく分けてふた通りあります。ひとつは、債権者が物件の競売を申し立てようとする段階で邪魔するもの。もうひとつは、競売によって落札した買受人が物件の引き渡しを受けるのを、不当に妨害するもの。早川社長がしたことは、あきら玩具のケースでも、二〇二五号室のケースでも、後者の方ですね。

日頃はあまり大きく取り上げられることのないこの件に関して、一時ですが、日本中が関心を寄せたことがありました。それが例の住専問題です。大量の不良債権を抱えた住専の後始末をするために、処理機構は今後、山ほどの不動産を競売にかけなければなりませんが、そこには常に執行妨害がつきまといます。妨害する側は債務者や債務者側の人間である場合もあり、状況につけ込んで利益を狙う第三者である場合もあり、様々とりどりですが、このところ、これにからんでちょくちょく逮捕者が出ていることに気づかれましたか？

そう、主に『競売妨害』という罪名で逮捕されている人がいるでしょう。『競売妨害』は読んで字の如《ごと》くで、暴力をふるったり、嫌がらせをしたり、威圧的な行為で競売手続きを妨げようとすることです。また、力ずくでないケースもあります。実はこれが早川社長の手口なのですよ」

——偽《にせ》の賃貸借契約書をつくったことでしょうか。

「そうです。これは、競売手続きや物件の明け渡しを妨害するために、非常に頻繁に使われる手段なのです。

賃借権には、短期賃借権と、長期賃借権の二種類がありますが、今、我々が話題にしているのは前者、短期賃借権のことです。アパートやマンションを借りるとき、大家さんと賃貸借契約を結びますね。二年なり三年なりの期間を決めて、賃料を定めて契約します。その契約の時期が、抵当権の登記の後で、建物なら契約期間が三年以内の場合が、民法が保護する短期賃借権です。

この短期賃借権の場合、その賃借権が、対象の物件の競売開始決定よりも前に設定されたものならば、抵当権者や買受人に対して対抗することができます。期間が満了するまでは、賃借人はそこに住む権利があるということですね。抵当権者や買受人が期間満了以前に立《た》ち退《の》いてもらいたいならば、話し合いの上、相応の立ち退き料を支払うなどの処置をとらねばなりません。しかし、その賃借権の設定が、競売開始決定よりも後になされたものだった場合は、話は逆になります。賃借人は抵当権者や買受人に対抗することはできませんし、立ち退き料を要求する権利もありません。不当に居座っても、裁判所から引き渡し命令が出され、最終的には強制執行によって排除されることもあり得ます。つまり、短期賃借権の場合は、その賃借権が設定されたのが、競売開始決定の前か後かということが分かれ目になるのです。

そこで、競売を妨害するために、あるいは不当に立ち退き料を得るために、競売開始決定の前から賃借権があったかのように書類をねつ造するという手口が使われることになるわけです。

もうお判りのように、あきら玩具と、ヴァンダール千住北ニューシティの小糸家の二〇二五号室で、早川社長が使ったのがこの手法でした。どちらのケースでも、債務者にひそかに夜逃げをさせて、入れ替わりに賃借人を装《よそお》った人を住まわせ、競売開始決定前にその賃貸借契約が成立していたかのように日付を細工した賃貸借契約をつくりあげて、買受人に対抗しようとしています。

これはもう、掃いて捨てるほどよく見かける詐術《さじゅつ》なのですが、困ったことに、案外効果があるのですよ。これが嘘《うそ》であることを明らかにするためには、抵当権者や買受人の方は、そんな賃貸借契約が、少なくとも競売開始決定以前には結ばれていなかったことを証明しなければならないわけですが、あることが『無かった』ことを証明するのは、あることが『在った』ことを証明するよりも、格段に難しいものです。

　テキは契約書を盾にしてくるわけですが、こちらとしては状況証拠を集めるしか方法がありません。近所の人たちから話を聞き集めて、本当に問題の賃借人たちが以前からそこに居たかどうか確かめるとか——いずれにしろ迂遠《うえん》な方法です。

　竹本不動産の樋口さんは、弁護士から、あきら玩具の土地建物の日付入りの写真を継続的に撮っておくようにとアドバイスされたそうですが、これは的確な指導だと思います。そういう写真が存在していることによって、賃借権が在ると主張している側の嘘がはっきりすることもありますからね。

　しかし、競売物件は、一般に売りに出されている物件とは違って、仲介の業者が鍵《かぎ》を持っていて、いつでも好きな時に建物の内部に立ち入って見回ったり写真を撮ったりすることができるというわけではありませんから、対象が開けた更地ならばまだしも、一戸建ての家屋やビルの場合には、くまなく写真を撮影して証拠を残しておくというのも難しいでしょう。現実にあきら玩具の場合も、外側から写したスナップ写真では用をなさなかったようですね。

たとえでっちあげでも、短期賃借権の存在を主張して対抗されると、その点の調査が必要になり、裁判所が簡単に引き渡し命令を出すことができなくなります。抵当権者や買受人の側は、なんとかしてこの嘘を暴《あば》き、これが不法な占有であることを証明して、占有者を排除してもらうことに全力をあげなければならなくなってしまいます。エネルギーをとられること甚だしい。

こうした手段で抵当権者や買受人に対抗することを職業的にやっている者を、我々は『占有屋』と呼んでいます。プロですよ。占有屋は、もろに威嚇《いかく》的な場合も、暴力団とのつながりを臭《にお》わす程度の場合も、あきら玩具の場合のように善意の第三者を装《よそお》う場合も、いろいろな手口、さまざまな顔を使い分けてきますが、どの顔を向けられても、抵当権者や買受人には、相当な経済的・心理的負担になりますね。とりわけ個人の買受人の場合には、らちのあかない交渉に疲れ果て、追いつめられて、結局は安い価格で物件を手放したり、相手の言いなりに高額な立ち退き料を払う羽目になったりと、気の毒なケースが多々あります。

人間誰しも、脅かされれば怯《おび》えますし、ゴネられれば弱ります。個人だろうが法人だろうが、それは同じですよ。競売不動産の執行妨害はそこのところをついてくるわけで、ただの知能犯でも暴力犯でもない、知能暴力犯とでも呼びましょうかね。それと、最初の方でもちょっと言いましたが、ただ金儲《もう》けだけが目当てなのではない、やや思想的な背景のある人が関わってくる場合もあります。早川社長など、まさにその例と言っていいんじゃないかと思いますね。

裁判所が個人の、それも一般庶民の財産を取り上げて競売にかける――これはまったく事実じゃなくて、実際には裁判所が取り上げるんでも何でもないんですが――とんでもない、そんなことは許せない、体制のやることはみんな悪だ、悪に対しては違法行為をしてでも対抗して、庶民を救うんだと、まあそういう思想で動く占有屋もいるんですよ。

あきら玩具のAさん夫婦は、早川社長を拝まんばかりに感謝していますね。実際、社長はあのご夫婦には良いことをしてあげたことになるわけだ。買受人は大迷惑を被《こうむ》ったわけですがね。

そう……ここが実に頭の痛い問題なんです。

確かに、期間入札という制度によって、裁判所の競売の手続きは、一般の人たちに向かっていっそう広く開かれたと思います。大勢の一般の人たち、民間の資金に参加してもらう。これは今、本当に切実に必要なことなんですよ。

バブルの後遺症は、想像以上に大きな負担となって我々の社会の上にのしかかってきています。

一方では不良債権化した不動産がだぶついていて、一方では家や土地を求めて手に入らない人びとがいる。何度も言うように、裁判所の競売物件は実勢価格よりも安くなっていますから、これが民間に向かって回転してゆけば、たとえ最初は少しずつでも、必ず日本経済を立ち直らせる縁の下の力持ちになっていってくれるはずなんです。しかし現実はそうまくいかない。

期間入札によって、入り口は開かれました。次は、出口のところに立ちふさがっている、なんとも怪しげで不透明で奇々怪々な執行妨害の実態を少しでも早く明らかにして、これに即効的で適切な手を打つことです。

そうでなければ、ある程度の資金力を持っているはずの民間の人たちが、いつまで経《た》っても、競売不動産の方へ顔を向けてはくれないでしょう。現状では、素人が後込《しりご》みしても仕方ないですね。

もちろん、執行妨害によって、暴力団などの危険な団体がまとまった資金を得ているということも大問題です。しかも彼らはこれに関しては年季を積んで、ノウハウを持っていますからね。

私も今までに、様々な例を見てきました。面白いなんていうのは語弊がありますが、いやあテキもいろいろ考えるもんだと。

たとえばほんの数日前まで更地だったところに、今日行ってみるとプレハブが建っている。それぐらいはざらにあることですが、そこにいかにも思想的に過激そうな団体の団旗が掲げてあって、敷地のなかをドーベルマンがうろうろしているとかね。近所の人たちもびびってしまって近づかない。あるいは、日本と国交のない南洋の小さな国の所有する土地建物だという看板を立てるんです。それで治外法権を主張する。こっちはそんな馬鹿《ばか》なと思うけれど、なにしろ国交がないんで調べようがないわけです。

あきら玩具《がんぐ》や小糸氏の二〇二五号室のように、第三者の賃借人を住まわせる例は多いですが、そのなかでも、そういう賃借人として言葉の通じない外国人を入れるとか、暴力団の構成員風の男を複数入れるとか、これはよく使われる手です。

山林や工場の跡地などの場合、買受人の知らないあいだに廃棄物処理業者と勝手に契約して、数日のうちに廃棄物を山ほど積んでしまうという手もありますね。古タイヤを捨てることもある。こんなの、やられたら買受人の方はたまらないですよ。処分するだけで大変なお金がかかりますからね。しかも、仕掛けた側は、廃棄物業者からはちゃんと金をとるわけですから、他人のふんどしで相撲をとるの最たる例ですね。

物件の概要を知るためには、いわゆる『三点セット』を見る必要があります。まず、対象物件の現況調査報告書。これは裁判所の執行官が作成するもので、写真も貼付《ちょうふ》されます。次に、裁判所が不動産鑑定士の中から選任した評価人がつくる評価書。そして、それらをもとに担当裁判官が最終的につくる物件明細書。この三つを揃《そろ》えて三点セットと呼ぶんですが、これを一読して、とりわけ物件明細書を読んで、この物件に引き渡し命令がとれるかとれないか、見分けがついたらそれはプロですよ。それくらい難しい。しかし、物件を吟味する材料は基本的にはこの三つなのです。

物件明細書の備考欄を見れば、おおよそのことは判るのですが、『占有者は買受人に対抗できない』とあっても、だから即引き渡し命令によって出ていってもらうことができるというわけではありません。裁判所でも、占有者に対する引き渡し命令を出すことのできないケースが非常に多いものです。

　これでは、一般の人が入札に参加しようというときに、二の足を踏んで当然じゃないでしょうかね。物件明細書の備考欄に、この建物には賃借人がいるが、この賃借権は買受人に対抗できないと書いてある。それなら安心だと期間入札をして、首尾良く競《せ》り落として、交渉してみると賃借人は権利を主張して出ていこうとしない。では裁判所で引き渡し命令を出してもらおうと弁護士に相談に行くと、この件では引き渡し命令は出ませんよ、明け渡し訴訟を起こしなさいと言われる。明け渡し訴訟には、時間も金もそれなりにかかります。したがって、安価なはずの競売物件が、結果的には経済的にも精神的にも高くつく。そういう例が、ぞろぞろあるんです。

　私は、競売の入札に一般の人からの参加を多くしたいと裁判所が努力していることをよく知っていますし、その努力は充分に高くかっているつもりです。しかし、現実にはまだまだ足りないところがたくさんありますね。

　幸い、民事執行法の第五五条と七七条、八三条が改正され、競売手続き中の短期賃借権の濫用《らんよう》による不法占有者には、これまでよりずっと強力に対処することができるようになりました。

　裁判所の執行官の数も不足しています。とりわけ競売申し立て件数の多い東京には、もっともっと人手が欲しいですよ。執行官が他の強制執行手続きをしながら、競売の現況調査もするという現行の方法では、スケジュール的にあまりに過酷ですから、専門の不動産調査機関を裁判所の内部に設けるという方法も考えられて然《しか》るべきだと思います。早く手を打たないと、雪だるま式に未処理の案件が溜《た》まっていってしまって、バブル経済破綻《はたん》のツケで裁判所の機能までパンクしかねません。

弁護士にも、民事執行法に詳しい、実務の経験を積んだ人材が必ずしも多くないのが実状でしてね。一般に、債権者側の金融機関がバブル経済崩壊前は、債権回収に深刻に悩むこともなく、バブル崩壊後も、法的手続きによる回収に直ちに着手することに消極的だったことも残念ながら事実です。小糸氏のウエストタワー二〇二五号室で起こった殺人は、事件そのものは、きわめて個人的な悲劇だったかもしれません。しかし、事件の起こった舞台には、現在の日本の不動産流通の問題、裁判所の競売制度の問題、法律の隙間《すきま》で活動する占有屋の問題と、見過ごしにはできないものが隠れていました。あの二〇二五号室の買受人であったばかりに、もっとも強く疑われることになってしまった石田直澄氏は、そういう状況の犠牲者だったように、私には思えます」

9　家を求む

戸村弁護士は、石田直澄を「状況の犠牲者」という。確かにその側面は明らかに認められるだろう。しかし、捜査当局から初めて接触を受けた時の石田の態度とその後の行動が、単なる不運な買受人としての立場を超えた、疑惑を抱かれても仕方のない種類のものだったということについては、すでに述べた。石田直澄は、六月二日夜、電話で母親のキヌ江に、「今警察に会ったりしたら大変なことになる」「俺は誰も殺していない」「子供たちを頼む」等の言葉を残し、それ以来所在不明となる。そして結果的には、九月三十日夜七時過ぎに、江東区高橋の簡易旅館片倉ハウスで身柄を保護されるまで、約四カ月間もの逃亡生活を送ることになるのである。

石田はなぜ逃げたのか。

当たり前の感覚からすれば、逃げたというだけで充分に怪しく感じられるものだ。石田自身、逃亡者となることで余計に自分を厄介な立場に追い込んでしまうということも判《わか》っていたはずである。事実、石田が行方をくらましているあいだに「荒川の一家四人殺し」について取り上げた週刊誌や夕刊紙の記事やテレビ番組のレポートのなかで、彼を犯人扱いしていないものを見つけるのは至難の業だ。匿名《とくめい》報道が大半だが、一部では実名も出した。彼の逃亡直後、捜査本部が一度だけ——実際、振り返ってみればこのとき一度だけだったのだが——石田宅に家宅捜索に入ったことがあるが、その直後の報道は、もう四人殺しの犯人が確定したとでもいうような調子でなされたものが大勢を占めている。

逃げるのは、身に覚えがあるからだ、後ろ暗いところがあるからだ——という考え方をするならば、確かに石田には後ろめたい部分があった。石田が逃亡した二日夜から丸一日後の三日夜には、捜査本部は、ウエストタワーのエレベーター内の監視カメラの映像に残っている「不審な中年男性」が石田直澄であると、ほぼ断定するに至った。また、二〇二五号室の玄関ドアの内側に、成人男性の右手の指の指紋が、非常にはっきりときれいな状態で残されており、これが石田家に在った彼の所持品や日用品に付着していた指紋と一致することも確認された。

事件現場で検出される指紋は、複数のものが混じりあったり、重なり合ったり、古いものの上から新しいものがそれを消すようにしてかぶっていたりと、判別や識別の難しいものが多い。複数の家族が居住する家庭内の事件の場合はなおさらである。これらの多くは「潜在指紋」と呼ばれる。

二〇二五号室の石田の指紋の発見は、それらのものとはちょっと違っており、稀《まれ》なケースだった。はっきりと明瞭《めいりょう》だっただけでなく、まるでドアの内側に右手の手形でも捺《お》したかのように、五本指の指紋と掌紋とが、くっきりと残されていたのである。それだけに判別は容易だった。事実としては曖昧《あいまい》な部分の無い事柄なので、この件は、エレベーター内の映像の件とあわせて、大きく報道もされた。

捜査本部では、石田のこの手形は、彼が二〇二五号室から外に出ようとしたとき、玄関でつまずくか、あるいは靴を履き違えるかしてよろけてしまい、ドアに手をついて身体《からだ》を支えた際に付着したものだろうと考えた。いずれにしろ、これで、石田が事件当時に二〇二五号室に居たことはほぼ間違いないものと断定されたわけである。

後の石田の証言によると、彼自身は、逃亡する際、ドアに指紋を残してきたことや、エレベーター内の監視カメラに映ってしまったことなどには、全く気づいていなかったという。そこまで頭をはたらかせる余裕がなかったと話している。つまり彼の逃亡は、あれがまずかったこれがまずかった、これこれこういう次第で自分は疑われるだろうなどと具体的な検討や反省をした上で選んだ道ではなく、感情的に追いつめられたことによる、一種の遁走《とんそう》だったと見た方が正しいのだろう。

ところで、エレベーター内のあの中年男性の映像を見ると、両腕を身体の前に巻き込んで背中をかがめている。腹部か、腕か、脇腹《わきばら》か、どこかそのあたりに怪我《けが》をしていると想像される姿勢である。しかも、玄関ポーチとエレベーター内には血痕《けっこん》が残されていた。では、六月二日中の石田直澄は、負傷していたような様子があったのか。

当時は石田の血液型が判らず、残されている血痕を、彼のものと比較鑑定することができなかった。頼りになるのは石田の家族など、彼の身近にいた人びとの証言である。もしも石田が相当以上の負傷をしているならば——エレベーター内の血痕はかなりの量の出血を想像させるものだった——逃走中に医者に立ち寄ることも考えられるから、その意味でもこれは大事な情報だったのである。むろん、もしも重傷ならば、石田自身の生命の安全のためにも早期の保護が必要になる。

「今でも、あのころのことを時々夢に見たりするんですが、僕は現場を見たわけじゃないのに、夢のなかではたくさんの血が流れてるんですよ。あれはたぶん、父の血なんだろうな」

石田の長男、直己《なおみ》はこう語る。六月二日夜の警察との最初の接触以降、父親が姿を隠していた四カ月のあいだ、祖母と妹を守って孤軍奮闘することになるこの青年は、事件前日の六月一日が誕生日で、二十歳になったばかりだった。

「二日の昼頃に僕は外出して……ガールフレンドと映画を観《み》に行ったんですけどね。その後買い物したり、誕生祝いに彼女がご馳走《ちそう》してくれて、ですから家に帰ったのはもう十時過ぎでした」

帰宅すると見慣れない強面《こわもて》の男たちが居る。

「玄関のドアを開けると、祖母よりも先に背広を着た体格のいい男性が出てきて、僕の名前を確かめました。そのときとっさには、父が事故ったのかなと思ってましたね」

しかし、事情を聞いてみるとどうも様子が違うようだ。交通事故ではない。

「祖母は台所にいて、顔が真っ青でした。僕は、祖母の顔が本当に血の気の失《う》せた感じになってるのを、あのとき初めて見たような気がします」

キヌ江は直己の顔を見ると、味方を得たようにほっとした様子をみせた。彼女の言うことは要領を得ず、直澄がどこかへ行ってしまったんだとか、大怪我をしたんだとか、直己にすがるようにしながら取り乱した声を出した。

「さっきも言ったように僕は昼から外に出ていて、外出する前も気をつけてニュースを見たりしていなかったので、ヴァンダール千住北ニューシティの事件のことは何も知りませんでした。もし、外出先で事件に気づいていたら、すぐに帰ってきてたでしょうけど。父があのマンションの二〇二五号室の件で手を焼いているのは、もちろん知ってましたから。どちらかというと僕は、その件に関して父に批判的だったんですけどね」

キヌ江を宥《なだ》めながら、一連の事情を聞き終えた直己は、今度は彼自身が全身から血の気の失せるような思いを味わった。一瞬、足元の床がずぶずぶと沈んでいくような感覚に襲われ、よろめいて、気がつくと傍らにいた警察官に支えてもらっていた。

「この世の終わりだ——そう思いました」

石田直澄は中肉中背、顔の輪郭はがっちりとして、ややいかつい感じの顎《あご》をもっている。長男の直己は、亡《な》くなった母親似なのだそうで、直澄よりも頭ひとつ背が高く、面長で、相対する者にやや女性的な印象を与える青年である。

父親と父親の遭遇した事件について語るとき、彼はしばしば、「無表情」と言っていいような平坦《へいたん》な顔をした。ただし、「無感情」ではない。目が動き、手が動き、足先が着地場所を探すようにそわそわし、顔が俯《うつむ》き、また上がる。身体全体が何かの感情を表しているのだ。だから、この場合の彼の「顔の無表情」は、相反したり相乗したりする様々な感情がそこに在りすぎて、ひとつの表情を代表にして浮かべることができないから、敢《あ》えてその回路を切って話をするのだ、ということなのかもしれない。

「この世の終わり——そうですね、そうとしか思えなかった。親父《おやじ》め、なんてことをしたんだと思いました」

それはつまり、事件について聞かされた瞬間に、直己が父親を疑ったということになる。

彼はうなずく。非常にきっぱりとした態度である。

「僕は最初、頭から父を疑っていました。父がやったと決めつけていたと言ってもいいです。それはもう本当に申し訳ないですが……ただ、当時の僕は、さっきも言ったように父に批判的でしたので」

直己が衝撃のあまり座り込んでいるところに、電話が鳴った。室内の警察官たちがぴりぴりと緊張するのを、直己ははっきりと感じた。

「僕が受話器を取りました。全員が僕を見てましたよ。僕自身、父からかもしれないと思うだけで喉《のど》がカラカラになって、声が出ませんでした」

しかし電話は直澄からではなかった。妹の由香利《ゆかり》からであった。

「すっかり忘れてたんですが、僕はあいつを迎えに行く約束をしてたんです」

高校二年生の由香利は、学校内で吹奏楽クラブに所属していた。活動が活発で、レベルが高いことで名を知られているこのクラブはその分指導も厳しく、この日も由香利は、日曜日返上で有志のメンバー数人と一緒に友人宅に行き、特別練習に励んでいたのである。

「その友達というのは、なんだかんだ言っても趣味で音楽をやっている妹とは違って、プロの音楽家を目指している女の子で、家には防音室まであるんですよ。それで以前から、日曜日なんか、その家に気の合うメンバーが何人か集まって、心ゆくまで練習させてもらうということがちょくちょくありました。で、そういうときにはたいてい夜も遅くなりますから、由香利から電話をもらって、僕が車で迎えに行くことにしていたんです。あの日も、由香利は僕が外出する前に出かけていたんだった。出がけに、デートだからって、今夜あたしを迎えにくるのを忘れないでよねと念を押されたんでした」

友人宅は舞浜駅の近くで、石田家から車で十五分ほどの距離だった。

「由香利も事件のことは何も知らないようでした。自分ともうひとり、友達を乗せて送ってあげて欲しいというような話で……。まったく何も気づいていないので、声も明るくて、僕はなんかこう……喉が詰まったみたいになってしまって、何も言えなくて」

ただ、こちらを注目している警察官たちに対しては、(父ではない)ということを示すために首を振ってみせた。物問いたげな顔をされたので、送話口を手でふさぎ、

「妹です、と説明しました。刑事さんたちは祖母から聞いて、由香利が友達のところに居ることは知っていたようでした。こちらからひとり同行しますので、一緒に妹さんを迎えに行きましょうと言われました。ああ僕ひとりで行くわけにはいかなくなってるんだなと思いましたよ」

お兄ちゃん誰と話してるのよと、由香利が不審がった。

「ちょっと取り込んでいて、おまえにも話さなきゃならないことがある、とにかくこれから迎えに行くからとだけ言って、電話を切りました。あのときは妹が可《か》哀想《わいそう》で……。父に対して腹が立ってしょうがなかったです」

「すごくびっくりしました、ホント、すごく驚いた」

　と、石田由香利は語る。

「兄に迎えに来てもらうことはよくあったんで、そのことで友達からうらやましがられたりもしてたんで、わたしもちょっと自慢にしてて。だからあの夜もなんてことない気分で、いつものことって感じで待ってたら、お兄ちゃんが知らない男の人とふたりで来てね、怖い顔してました」

　落ち着いた柔らかな雰囲気を持つ兄の直己と違い、由香利は活発でおしゃべり、少しそわそわした娘である。といっても、これは誉《ほ》め言葉としての「そわそわ」である。くるくるとよく変わる表情や、絶えず動いて髪をかき上げたり頬に触ったりスカートの上から見えないゴミを取りのけたりする彼女の仕草は、非常に愛らしい。「父」「祖母」「兄」というべきところを、時折ひょいと口をすべらせて「お父さん」「おばあちゃん」「お兄ちゃん」と言ってしまい、そのたびに照れたような顔をする。

彼女自身、自分が「家族のみんなに甘えっぱなしで育ったので」、あまり「しっかりしてない」ことを自覚しているそうである。しかし、一連の出来事を乗り越えた現在も、彼女が事件以前と同じような明るさを維持していることには、なにがしかほっとさせてもらえる。

「車のなかでは、友達もいたので、詳しい話はしませんでした。うちへ帰ったら、おばあちゃんが――祖母が泣き出しちゃって、それで初めて二〇二五号室の事件のことと、お父さんがそれに関係があるらしくて、うちから逃げ出したということを聞かされたんです」

兄の直己は当初父を疑ったと言明しているが、彼女はどうだったのだろう。

「お父さんが家へ帰ってこない、逃げ出したってことは、すごく困ったことになってるってことだって思ってました。だけどわたしは……お兄ちゃんが怒ってたみたいにお父さんを怒る気持ちではありませんでした。なんか……だけどすごく不安だったかな、やっぱり」

ひょっとすると父が人殺しをしたのかもしれないという不安を抱いたという意味かと問うと、彼女はしばらくのあいだ指先を見つめてから、小さな声で返事をした。

「人殺しってことそのものが、わたしには想像できないことだったんです。それも一人じゃなくて、四人でしょ？　なんか、小説とかドラマみたいですよね。本当にそんなことが起こるなんて、わたし目の前で見たわけじゃなかったから、まずそのことが信じられなかった」

ちょっと首をかしげてから、こう続けた。

「あのころいちばん強く考えたのは、あんなマンションなんか欲しがるんじゃなかった、手に入れようとしたのが間違ってたんだってことでした」

石田直澄は昭和二十五年、島根県松江市に生まれた。松江は和菓子づくりの盛んな都市だが、石田の母親キヌ江も小さな和菓子屋の娘で、父・直隆《なおたか》はそこの職人であった。いわゆる婿《むこ》に入ったのである。石田も、キヌ江の実家の姓だ。

直隆は隣県の鳥取に生まれ、家は漁業を営んでいた。六人兄妹の長男であったが、中学を卒業するとすぐに生家を出され、住み込みの仕事を転々としたという。和菓子の石田屋でなんとか職人として落ち着き、結婚した当時、直隆は二十八歳、キヌ江はようやく二十歳であった。

キヌ江は当時のことをこう語る。

「わたしの父も、もともとは入り婿でしたもので。松江の石田のうちは女系家族というんですか、娘ばっかり生まれるしまたその娘が女腹で。ですから、直隆と結婚しましてわたしが直澄を産みますと、親戚《しんせき》中大騒ぎというくらいに喜んだものでした」

祝福を受けて誕生した総領息子は、早くから自分の立場を自覚し、店番もすれば菓子づくりの手伝いもするという、利発な子供であったという。

「ただ、大人になってみるとごく普通の体格ですけれども、中学生ぐらいまでは、直澄は成長が早かったのか、近所の子供たちよりも飛び抜けて身体が大きくて、その大きい子が背中を丸めて小さいお菓子づくりを習っていたりするものですから、友達に笑われたりすることもありました」

キヌ江の両親が七十歳代で前後して病没した後、店は直隆・キヌ江夫婦の切り盛りするところとなる。そのころには直澄も高校生で、あいかわらず熱心に家業を手伝っていた。石田屋は経営状態も良好だったので、大学進学も可能だったが、直澄にはそのつもりはなかった。俺は店を継ぐのだから勉強はいいんだと、高校時代はもっぱらスポーツばかりやっていたそうだ。水泳部に所属して、平泳ぎの選手として県大会まで出場したこともある。

直澄が十七歳の夏、父・直隆の父親つまり直澄の父方の祖父が亡くなったと、鳥取の実家の方から報《しら》せが入った。実家は直隆のすぐ下の弟が跡をとっていた。その弟から電話一本で、いきなり死んだという報せである。キヌ江がよく聞いてみると、半年ほど前から入院して闘病生活を送っており、そのことは直隆にも教えてあるはずだという。入り婿という直隆の立場上、どうしても鳥取の家とは付き合いが薄くなっていた。キヌ江自身、結婚以来数えるほどしか夫の実家を訪れたことがない。たまに盆や正月など挨拶《あいさつ》に行っても、先方の態度が素っ気なく、話題がなくて気詰まりなばかりだった。まあ、それならそれでいいじゃないかと、キヌ江はいっそ気楽な気分でいたのだが、しかし、もしも直隆が、実の父が死病で入院していると報されておりながら、婿としての立場に気兼ねして見舞いにも行けなかったというのでは申し訳ないと思った。

しかし直隆は、それは余計な気遣いだとキヌ江に言った。

「婿といっても今はもう自分が主人なのだし、石田の親戚の目も、昔ほどは厳しくない。行きたいと思えばいつだって鳥取の家には行かれたし、親父の見舞いもできた。行きたくないから行かなかったんだと申しましてね」

そのときになってキヌ江は初めて、直隆の家の事情を聞かされた。

「六人兄妹ですが、あの人だけが別腹なんだそうでした。わたしがずっと、直隆の母親でわたしの姑《しゆうとめ》だと思っていた人は、直隆を産んだお母さんが鳥取の家を出された後に入った人だったわけですわ」

直隆の実の母は、なぜ鳥取の家を出されたのか。

「あの人がしきりに、本当のお母さんは鳥取の家を出された、出された、という言い方をするので、わたしも気兼ねだったんですけど――結婚して二十年も、わたしにも内緒にしてたのはよっぽど言いたくないことだったんでしょうから――おそるおそる聞いてみましてね。お母さんはお父さんと折り合いが悪かったんですかってね。そうしましたら、そうじゃない、そうじゃないけど、あれはまあ足入れだったんだなと。足入れ婚ですわね」

女性を正式に籍を入れて嫁に迎える前に、言ってみれば試用期間のような形で一緒に住まわせ、婚家に馴染《なじ》むようならそのまま嫁にし、馴染まないようなら実家に返す。現代ならば一部の女性団体が青筋を立てて怒りそうなこの「風習」が、昭和二十年代までは、確かに我が国に存在していたのである。

「足入れで入ったんだけども、姑さんと合わなくて、結局返されてね。そのときにはもうお腹《なか》にあの人がいたんで、生まれた子は鳥取の家で引き取って、お母さんはその後また別の家に嫁いだんだそうです」

だから俺は産みの母親の顔を見たことがないし、父親にも本当に可愛《かわい》がってもらった覚えがないんだと、石田直隆はしんみり語ったそうである。

「女は三界に家なしとか言うけれども、俺なんか男だけども本当に三界に家なしなんだなあと申しました。だから、今はここがあんたの家じゃないですかと言いましたけど、笑いましてね、いやあ、この家も石田の家から預かってるだけだから、やっぱり家なしなんだと。わたしは何だか情けないやら可哀想やらで、何にも申せませんでしたわね」

結局、直隆は実家の父の葬儀に出席しなかった。

「当時、なんで親父は葬式に出ないのかって、直澄がずいぶん不思議がりまして、それで話して聞かせますと、親父は苦労したんだなあ……と。まあ考え込みましてね。ちょうどそういう、なんていうんですか、人生とか生き甲斐《がい》とかいうことに感じやすい年頃で、直澄なりにいろいろ思ったんでしょうけれども」

それからしばらくして、直澄が、菓子職人にはならない、家を離れて独立したいという希望を述べ始め、直隆とキヌ江を仰天させる。

「店を継ぐんじゃなかったのかって、あわてて訊《き》きました。無理強いするつもりはなかったですけれども、なにしろ直澄が子供のころからずっとそのつもりでおりましたから、いったいどうしたんだろうと、そればっかり驚いてしまいましてね」

直澄は、なぜ急に進路を変更したのか、その理由を詳しく言おうとしなかった。しばらく前から考えてたんだ、就職して外の世界へ出ていく友達が羨《うらや》ましくなったんだと、ぼそぼそと語るだけであった。

「若いですから、大都会に憧《あこが》れる気持ちは判《わか》らないでもなかったですから、一概に駄目だと言うつもりはありませんでした。集団就職なら、学校でちゃんとしたところを世話してくれますから安心だし。夫の方は、一時家を離れてみるのも男の子にとってはいいかもしれないということも言いました。それでも、やっぱり今までと話が全然違うから、わたしはがっかりしてしまって、ずいぶん直澄を責めましたです」

しかし彼の決心は変わらなかった。直隆の方が諦《あきら》めが早く、とうとう最後にはキヌ江も折れ、いつかは帰ってきてくれ、きっと帰ってきたくなるはずだからというようなことを夫婦でさんざん言って聞かせて、ようやく、直澄が故郷を離れて就職することを認めたのであった。

学校側の協力もあって、直澄にはいくつか優良な就職先の口が見つかった。そのほとんどが大阪や神戸の会社で、直澄もてっきりそちらへ行くものだとばかり思っていたら、彼は東京へ行くという。どうしても東京へ出たいという。

「このときの頑固さも、わたしら親にとっては本当に謎《なぞ》でした。なんでなんだと……。ただ、夫の方は、なんとなく察するところがあったみたいでしたねえ。気づいていないのはわたしだけでした」

なぜ石田直澄は、唐突に家業を継ぐという目標を捨てたのか。なぜ、わざわざ距離的にも心理的にも最も遠い東京へと目を向けたのか。直隆はそんな息子の気持ちをどうやって察していたのか。

それらの理由を、キヌ江が直澄の口から聞かされるまで、あと二十数年待たなくてはならない。

こうして、高校を卒業直後、石田直澄は就職・上京することになる。

「ずっと菓子職人になるつもりで、ほかの職業訓練は受けておりませんでしたから、直澄に何ができるんだろうかと心配でした」

就職先の企業は、東京都荒川区に在った。日本染料株式会社――昭和四十年に同業種の株式会社タイセイ化学と合併し「株式会社ニッタイ」となる、合成染料の製造会社である。

「就職した当時から、父は配送の部署で働いていたそうです」

石田直己は子供のころ、父の会社での仕事について話を聞くのが好きだった。

「小学生ぐらいのときは、みんなそうじゃありませんか。お父さんがこの世でいちばん立派に見える。もう少し年長になってくると、お父さんの仕事の内容を考えて、たとえば消防士だったらすごく自慢で、普通の会社員だとちょっとつまらないとか、いろいろ差別化されてきますけれど、十歳ぐらいまでのうちは、とにかくお父さんがいちばん偉いものでしょう？　僕もそうでした」

配送部は、末端の部署としてはもっとも自動化しにくいところである。入荷した原材料にしろ、出荷する製品にしろ、取り扱いに注意を要する危険物も多く、積み入れ、積み卸し、必要部署への搬送、倉庫への保管と、すべてにおいて最終的には人力に頼るしかない。新規採用の社員がもっとも多人数割り当てられる部署であった。

その多人数の配送部新入社員のなかでも、石田直澄は目立つ存在だった。仕事熱心、勉強熱心で、先輩たちからの評判も上々だった。運転免許を始めとする種々の資格試験にも進んで挑戦し、部内の資格選考に合格してそれらの試験勉強のために補助金を受けることもできた。

二十二歳のときに、大型の免許を取得して、配送部車両課へと異動。ここではタンクローリーの運転なども手がける。移送部門としては会社の花形、血管にあたる存在である。

「何のあてもなく、特技もなく、集団就職で東京へ出てきて、あとは努力努力の人生だった——おかげでとんとん拍子に出世した。そんな話ですよ」

直己はちょっと子供に戻ったような顔で、楽しそうに笑う。

「小さい頃の僕は、そんな父が本当にまぶしく見えて、すごい人だと思っていました。牧歌的な時代でした」

直澄はやがて車両部の上司の紹介で見合いをする。後に彼の妻となる女性・田中幸子は、紹介してくれた上司の遠縁の娘で、荒川区内の信用組合に勤めていた。交際を始めて二カ月後ほどで、ふたりは結婚を決める。この時点で初めて、直澄は松江の両親に幸子の存在を報せた。

「ああ、とうとう向こうで家庭を持つのか、もう本当にこっちへは帰ってこないつもりなんだなあと、当時思いましたですね」と、キヌ江は語る。

それでも、直隆もキヌ江も幸子の人柄を気に入り、結婚そのものに対しては非常に喜んでいた。

「いいお嫁さんだと思いました。わたしらも、嬉《うれ》しかったですよ、本当に」

直澄は結婚後、会社の独身寮を出て社宅に移る。しかし、ちょうどこのころ、直隆の身体が弱り始めており、松江の店はほとんど人任せの状態になっていた。キヌ江はこのことを直澄に話さず、直隆とふたりで相談し、善後策を考えていた。

「夫は若い頃から腎臓《じんぞう》が弱かったんですよ。何度かそれで入院もしておりますしね。それで、直澄が結婚したすぐ後ぐらいから、やっぱりほっとしましたんでしょうかね、透析を受けないとならないくらいにまで弱ってしまいましてね。まだそれほどの年齢じゃございませんでしたけれど、病気になるといっぺんに老《ふ》けました。今考えますと、直澄の人生が東京で決まってしまったことに、もちろん安心もしましたんでしょうけど、気落ちもしたんじゃありませんでしたかね。わたしもそうでしたから」

結局、直隆は初孫の直己の顔を見ないうちに亡《な》くなる。葬儀のとき、幸子は妊娠八カ月だった。

直澄は父の死に号泣した。キヌ江や幸子が慰めても、その手を払うようにして泣き続けた。そして、折にふれては、「俺はふがいない」と、呪文《じゆもん》のように呟《つぶや》き続けた。何がふがいないかとなだめても、理由を尋ねても、首を振るばかりだった。

キヌ江も覚悟はしていたが、石田屋の存続について、直澄はまったく興味を示さなかった。それどころか、母親にも石田屋を離れ、早く東京へ出てくるようにとしきりと誘った。

しかしキヌ江には、松江を離れる意志はなかった。ただ、現実問題としては、彼女ひとりでは石田屋は切り盛りできない。

石田屋は結局、石田家の親戚の手に任されることになる。キヌ江は身の回りのものと、最終的に彼女の手に残されたいくばくかの預貯金だけを持って、市内に小さな家を借りた。彼女自身はまだまだ健康で働くことができたので、その家で夫や先祖の仏壇を守りながら、また別の老舗《しにせ》の菓子屋で働き、生活をたてた。

「松江市内には、和菓子屋はごまんとありますし、菓子造りの経験があれば、仕事はちゃんと見つかるものでした」

東京の若夫婦と、故郷にひとり残る母とは、頻繁に連絡を取り合いながらも、忙しく別々の暮らしをおくった。キヌ江はときどき上京し、数日泊まって直己の相手をすることが楽しく、直隆に先立たれた今ではほとんどそれだけが唯一《ゆいいつ》の生き甲斐のようなものだったが、それでも、どれほど誘われても、同居をしようとは思わなかった。

「幸子さんが気に入らなかったわけじゃありません」と、この勤勉な老女は、働きづめに働いて干《ひ》からびてしまった両手に視線を落とし、とつとつと語る。

「ただ、直隆のことを思い出しますとね……。あの人の、『三界に家がないんだ』という言葉を思い出しますと、なんだか切なくなりまして」

東京の直澄たちの家に同居すれば、実状はどうあれ表向きはやはり「厄介になる」という形になる。

「直隆が、位牌《いはい》になった後もまた、やっぱり俺は居候《いそうろう》なのかなあとため息をつくような気がしまして。まあわたしひとりの勝手な思いこみですが、たとえ大家さんに家賃を払いながらでも、あの人の位牌とわたしとふたりきりならば、ここはあの人とわたしの家で、あんた誰にも気兼ねすることはないですよと言ってあげられるように思いましてね、それで松江の借家を離れられなかったんです」

ところが、それから数年も経《た》たないうちに、キヌ江はその気持ちを翻《ひるがえ》して上京、直澄たちと一緒に暮らし始めることになる。事態が急変したからである。

「幸子さんが、あんな急に死にましたからねえ……」

直澄の妻・石田幸子は、長女由香利を出産し、その三日後に急逝した。くも膜下出血が原因であった。

「幸子さんが臨月に入ってすぐに、いろいろ手伝うことがあるだろうからって、わたしは上京しまして。ちょうどあの当時、幸子さんのお母さんは身体《からだ》悪くして入院しとられたんですわね……。それで手が足りなくてねえ。そういえば、お母さんの方も、幸子さん亡くなったあと、気落ちなすったのか追いかけるようにして亡くなられました。本当に、あのころは辛《つら》いことばっかりでしたですよ」

石田直澄は、三歳の長男と乳飲み子の長女を抱え、ひとり取り残された。

「もう四の五の言ってる場合じゃなくなっとりましたわね。それでわたし、直隆の位牌を持って東京へ出て参りました。それ以来、松江には、墓参り以外には帰ったことがありません」

キヌ江と同居するようになって間もなく、石田一家は社宅を出て、足立《あだち》区内の賃貸マンションに移る。社宅では、社員の妻や家族同士の付き合いがあり、心強いこともある反面、ストレスも多い。それでなくても大都会での暮らしに慣れていない主婦代行のキヌ江を、せめてそのストレスから解放してやろうという、直澄の配慮であった。

「三年か四年ぐらい、そのマンションに住んでおりましたね。いいお部屋で、わたしは気に入ってました。近くに小さい病院がありまして、そこの小児科の先生に、直己も由香利もずいぶんお世話になりましたもんでした。たしか、木村先生とおっしゃったと思います。女医さんでした。

それでわたしはあの家気に入ってたんだけれども、ちょうどあのころ……昭和……五十七、八年でしたかね、ニッタイさんの移転話が出てきましたんですよ。直澄がうちに帰ってきちゃ、会社が遠くへ移るから、どうしようかという話をしまして。同じ車両部の人のなかには、運転手はどこだって働けるから、会社が移転するならいっそそれを機会に辞めるんだという人が多かったみたいで、直澄も考えこんでいました」

合成染料会社の㈱ニッタイが、敷地を売却して移転し、その跡地に現在のヴァンダール千住北ニューシティが建っているということと、その経過については「事件」の章で詳しく述べておいた。売却移転が正式に決定したのは昭和五十九年（一九八四年）であるが、社内の噂話《うわさ》としてはもっと以前からこの件について取り沙汰《ざた》されていたようだから、キヌ江の記憶に間違いはあるまい。

昭和五十八年といえば、一九七六年生まれの直己がやっと七歳、三つ年下の由香利はまだ四歳である。これから就学し、進学し、教育費を必要としてゆくであろう子供たちのことを考えて、石田直澄は相当悩んだ。

「移転先は、千葉の市原というところで、そこには前からニッタイの工場があって、まだ空いている土地もあって、だからそこに移るんだという話でした。土地は広いから社宅とか公園とか充分につくれるし、学校も新設校ができるし、安心して家族で移っていっていいという話が、ちゃんと説明会がありまして、そこでお聞きしまして、わたしは安心しとりましたね。東京みたいに騒がしいところよりも、千葉の方がいいとも思いましたしね。ですから、直澄が会社辞めると言い出しましたときには、ずいぶん叱《しか》って反対しました」

キヌ江は、高校を卒業して初めて親元を離れ、集団就職で上京した直澄を、一人前の社会人に育て上げてくれたニッタイという会社に、現在でも古風な恩義を感じているようである。

「就職して十年かそこらは、会社はあんた、あんたを勉強させながらただ給料払ってるようなものなんだよ、十年越してやっと使いものになるようになって、これから会社が元とろうというときに裏切ってどうするのと、わたしは思いましたんですよ」

石田直澄も、会社での仕事や待遇、新しい移転先などに不満があったわけではなかった。しかし、ニッタイ車両部の直属の上司で、幸子との結婚の際は仲人《なこうど》を務めてくれた人物が、会社の移転を機会に退職独立を考えており、直澄もその独立に協力してくれるよう、誘いを受けていたのである。

結局、石田直澄はニッタイを退職するが、上司のつくる独立会社にも協力せず、三和通運の契約社員となるのだが、この間の事情を、意外な人物がよく知っていた。ニッタイ移転と土地売却の事情についても詳しかった、当時の栄町町会長・有吉《ありよし》房雄である。

有吉が地元の商店街「さかえフラワーロード」で飲食店を経営していたことは述べたが、その店に、石田はよく上司に連れられて来ていた、というのである。

「あの二〇二五号室の事件で、石田っていう人物が怪しいってね、写真週刊誌とかにずいぶん載りましたよねえ。一目見て、すぐ思い出しました。あれ、こりゃあの運転手の石田さんだよってね」

有吉が石田の顔や人となりを覚えていたということは、すぐに噂として広まり、どこでどう聞きつけたのか、一時はずいぶんマスコミ各社からの取材を受けたという。

「記者さんたちと話して、それで思い出したこととか、はっきり判《わか》ったこととか、えらくたくさんあるんですよ。石田さんがうちの店に来て、あの上司の人ね、名前は出しちゃいけないんだね、本人が今でも嫌がってるんでしょう？　石田さんと関わってたのが広まると困るから？　ああ、そうね。それじゃあの上司の人ね、ニッタイの移転話が持ち上がるちょっと前くらいから、ちょくちょくうちの店に飲みに来ては、難しい顔で話し込んでたんですよ。上司の方が一生懸命話して、石田さんは黙ってうなずきながら聞いてたね。あたしは、あの店では、お客の方で声をかけてこない限りは無闇《むやみ》に話に割り込んだりしないようにしてましたから――カウンターの客は別だけどね――何話してんだろうなあ、あのふたりって、気にはしてたけど内容は知らなかった。でも、後になって記者さんから、石田さんの経歴調べたり、元の会社の仲間から聞いたりして判ったことなんかを教えてもらってさ、それで納得したわけですよ。ああ、あのときは石田さん、上司に口説かれてたんだなあってね」

有吉房雄の見る限り、石田はあまり、乗り気のようではなかったという。

「いっぺんだけ、子供がまだ小さいからとか、言ってるのが聞こえたな。ニッタイはでかい会社だもんねえ、小さい子供抱えて、わざわざ大企業辞めて脱サラ上司についていくことないよねえ。石田さん、困ってたんじゃないですかねえ」

結果的に、このとき石田の上司は車両部から数人の部下を引き抜く形で独立するのだが、このことが一種の造反行為として問題となる。そのために、上司についていかずにニッタイに残った車両部員たちも居心地悪い思いを強いられることになった。

「石田さんなんか、結局はそれで辞めることになったんだろ？ いい迷惑だったよなあ」

上司がニッタイを去り、自分も退職まであと数日という時に、石田直澄がひとりで店にやってきたのを、有吉房雄は覚えている。

「集団就職で出てきて以来、ずっとお世話になってきた会社だし、この店にもよく来たし、なんだか寂しいなあとか言ってたね。親父《おやじ》さん一杯呑《の》ませてよってね。物流会社に就職が決まって、それが晴海《はるみ》だか東雲《しののめ》だかに本社があって、だから千葉の浦安に引っ越すんだよって言ってましたよ」

非常に正確な記憶のようだが、細かい地名などは、「後になって、週刊誌の記事とか読んで、いろいろ付き合わせてみて思い出したんだ」そうである。

「あんまりこの土地を離れるのが寂しい寂しい言うからね、そのころにはもう、ニッタイの跡地にでかいマンションが建つってことは決まってて、あたしらは情報つかんでたから、言ってやったんですよ。石田さんあんた、物流会社の運転手なんていったら、腕一本で稼ごうと思ったらいくらでも稼げるんだから、金をつくってさ、跡地に建つマンションを買って引っ越してくりゃいいじゃないかって。そうしたらあの人、そうですか、そんな凄《すご》いマンションが建つんですかって、えらく感心してましたよ。興味がわいたっていう顔つきでね」

有吉房雄は非常に雄弁に語る。

「それでね、石田さんが言ったんですよ、だけど親父さん、このへんの地元の人たちは、そんな余所《よそ》者の高級マンションの住人なんかがいくら集まってきたって、相手にしないだろ、地元はやっぱり地元だって思うんだろってね。あたしは、そんなことないよ、お客に来てくれるならみんな同じだよって言いましたよ。だけどあの人、ホントかなあなんて笑ってたね。馴染《なじ》めるはずないよ、そんな高級なとこに住む金持ち連中がたくさんやってきたってさあって、言ってたなあ。だけど結局、そんなこと言ってたあの人が、そういう金持ち連中の仲間入りをしたくて、あのマンションを買おうとしたんでしょう?」

昭和六十一年から六十二年にかけて、有吉房雄の店の窓からは、ヴァンダール千住北ニューシティのふたつの棟の鉄骨が組み上げられて行く様が、きれいによく見えたという。

「組み上がっていくうちに、こっちはどんどん上から見おろされていくわけですよ。なんとなく面白くないというか、嫌なもんでしたよ」

当方で調べた限りでは、石田直澄が建設中のヴァンダール千住北ニューシティを見学に来たという事実は確認できず、また石田家の人びとも、ウエストタワー二〇二五号室の件について知ったのは、あの物件が競売物件になってから以降のことであると証言している。が、有吉房雄は、ヴァンダール千住北ニューシティが建設中に、さかえフラワーロード内で、石田直澄を見かけたことがあるという。

「ばったり出くわしてびっくりしたから、よく覚えてますよ。あれ、何しに来たのって訊《き》いたら、なんか笑って、でかいのが建つね、親父さんて。こっちは日当たりが悪くなってかなわないよって冗談を言ったら、そんなふうにいわないでよ参ったなあってね。あのころは、なんで石田さんが困るんだろうと思ったけど、後になって考えてみれば、あのころからあのマンションを買おうって、あの人は本当に決心してたんですよ。一種の執念を燃やしてたんだね。だけど、そのためにあんな事件に巻き込まれたんだから、人間、あんまりなんかひとつのことに執着しちゃいけないってことですよ、ほんと」

石田直澄は、ニッタイの跡地に建ったヴァンダール千住北ニューシティというマンションに、この当時からそれほど関心を持っていたのか。

石田家側の話から知ることのできるこの間の事情は、有吉房雄の記憶しているそれとは、かなり隔たりがある。だいいちに、キヌ江はこう言っている。

「直澄は、ニッタイさんから三和通運に勤め先を変えまして、お給料がかなりよくなりました。ニッタイさんの方は給料制でしたけれども、三和さんの方は契約社員で、出来高払いですから、働けば働くだけお金がもらえますから。それで直澄も気をよくしまして、借金を背負うこともできるから、家を買おうかと言い出しましてね。子供らを連れて、埼玉とか千葉の郊外の分譲地をいくつか見て回ったものでしたんです」

　これについては直已も覚えている。

「僕が、犬を飼いたいと言ったんですよ。セントバーナードみたいな大型の犬を。それで父が、そんなら庭が要ると。ですから、見て回ったのは一戸建ての建売住宅ばかりでした。マンションのことは考えていなかったですよ、あのころは、全然」

　三和通運で石田と同じ運転手をしていたある同僚は、こんな話を思い出してくれた。

「石田さんがうちへ入ってきて半年ばかりしたころ、酒の席で、そろそろマイホームを持ちたいんで探そうと思ってるんだという話が出たんですけどね、俺の親戚筋《しんせきすじ》に住宅会社の社員がおるんで、そいつのとこで家買うなり注文住宅建てるなりしてやってくれよ、サービスさせるからって、紹介したんですよ。それで二、三度話したかな。でも結局まとまらなくてね。あとで石田さん、すごく済まなさそうな顔で俺にね、ああいうでかい住宅会社は値段が高くてダメだわって謝ってました」

　この当時の石田家のマイホーム熱は、どうやらもっぱら一戸建て住宅に向けられていたようである。

「やっぱり地べた付きの家が欲しいって、それは俺もあの人がそう言ってるの聞いたことがありました」

しかし、さかえフラワーロードの有吉房雄は、ヴァンダール千住北ニューシティ建設当時、確かに石田直澄とばったり出会い、前記のようなやりとりを交わしたと主張して譲らない。

「そりゃあんた、今さら家族や本人が本当のことを言うわけがないやね。前々からあのマンションを欲しがってましたなんて、みっともなくてさ。本当のことはね、判る人間にしか判らないものなんだよ。だけど、誰がなんて言ったって、あたしはあのころ石田さんに会ったんだからね。これは事実だからさ」

有吉の言うとおり、確かに、本当のことは判る人間にしか判らないのかもしれない。では、石田家が一戸建てのマイホーム熱にかかりながら、結局はこのころ家を買わなかった理由は何だろう。

実際問題として、ニッタイから三和通運に転職した当時、望みどおりの「地べた付き」の家を買い、落ち着いていたならば、十年も後になって、石田家がヴァンダール千住北ニューシティ・ウエストタワー二〇二五号室の事件に巻き込まれることはなかったはずなのである。

「本当にねえ、今思えば、あのころ家を買っておけばよかったんですよ。買うつもりになってましたですからね。でもねえ、ちょうどあのころ——」

　事件があったじゃありませんかと、石田キヌ江は話すのである。

「どこか神奈川県の……大船でしたかね、厚木でしたかね。強盗事件があったでしょう。お父さんが単身赴任で、お母さんと娘とふたりだけで留守番している家に、そりゃ一戸建ての大きくていい家でしたけども、泥棒が入りましてね、それで女所帯だって気づいたもんで居直り強盗になって、結局ふたりとも殺されてしまって」

　キヌ江の記憶を頼りに調べてみると、これは、昭和六十二年八月に、神奈川県藤沢市で発生した強盗殺人事件だった。逮捕された犯人は空き巣ねらいの常習者で、前科も複数あったが、それまではごくおとなしい手口だったのが、この事件に限っては非常に凶悪で、あげく凄惨《せいさん》な結果を招くことになり、当時センセーショナルに取り上げられた。

「直澄はずいぶんと怖がりましてね。おばあちゃん、俺ら家を買うことで浮かれてたけど、やっぱりまずいかなあと言い出しました。俺は夜通し家にいないことの方が多いし、俺がいないときは家のなかはおばあちゃんと子供ふたりだけだろう、強盗にでも入られたらまずいなあってねえ」

　藤沢市の強盗殺人事件の起こった家が、市内のにぎやかな場所ではなく、やや離れた新興住宅地に在ったということも、石田直澄の心にひっかかったようだ。

「あのころわたしらがしきりと見て回っていた住宅も、みんなそういう新しく開発されたところにありました。だからゆったりしていて立て込んでなくて、そりゃ気持ちがいいんだけども、でもこういう事件があったとき、ちょっと叫んだくらいじゃ助けにもきてもらえないというのじゃ、こりゃあ怖いなあと」

藤沢の事件でも、近隣の人びとが殺害された母娘《おやこ》の助けを求める悲鳴を聞きつけていながら、すぐには一一〇番通報しようとしなかったことが問題視された。新興住宅地の近所付き合いの希薄さが、殺人事件の遠因だというとらえ方をされたのである。

「幸子さんを亡《な》くして、直澄にとっては子供たちは本当に自分の命より大事ですから、そのへんで気が小さくなるというか、臆病《おくびょう》になったんですわね。地べた付きの家はダメだ、諦《あきら》めようと、強盗事件以来、いっぺんに熱が冷めましたんです」

多くの一般庶民にとって、マイホームは一生に一度の買い物である。それだけに、何かの理由でタイミングを失すると、なかなか話がまとまらないということはある。

石田家の場合も、それが起こった。熱心に分譲地や建売住宅地を見学して歩いていたのが、一度熱意が失《う》せると、急に疲れが出たようになって、中途放棄の形になってしまったというのである。

「そのころは浦安のマンションに住んでおりましたわけですけども、大家さんがいい方で、暮らしやすかったですし、買い物も便利だったし子供らの学校も近くて、どうせ一戸建てがダメなら、マンションならどこ行ったってコンクリートの箱なんだから、何も無理して買わなくたって、ずっとここにいたっていいんじゃないかというふうになりました」

石田キヌ江はおかしそうに笑う。

「当分、新しい家に引っ越しはしない、ずっとここに住むと決めましたときに、由香利がわたしんとこに寄ってきまして、おばあちゃんユカリ引っ越さないでよかったって申しましたんですよ。どうしてってききましたらば、ここの方がディズニーランドが近いもんねって。子供はそういうもんかなあと思いまして、わたしおかしくてね」

家を買うには、もちろん慎重な計画と資金繰りが絶対に必要だが、さらにそのうえに、思い切りがなくてはならないと、キヌ江は言う。

「わたしら、そこで一旦《いったん》思い切りがなくなって、そのあとはもう直己も由香利もどんどん大きくなって、学校にお金が要るようになって。そうなるともう、家どころじゃなくなって参りました。ですから、直己がやっと大学に入って落ち着いて、やれひと安心というころになって直澄がまた家のことを考え始めたっていうときには、わたしはなんか、何を今さらという気もしたですよ、ええ」

最初のマイホーム熱から十数年、石田直澄がまた家を求め始めた当時の様子について、ここから先は、キヌ江に代わり、長男の直己に語ってもらうことにしよう。なぜならば直己は、

「父がしゃにむに家を買おうと考え始めるきっかけをつくったのは僕ですから」

と言うのであるから。

10　父と子

石田直己《なおみ》は現在、千葉県内にある私立東洋工科大学で建築工学を学んでいる。大学そのものはほとんど無名に近いところだが、彼自身で選んだ第一希望の進学先だった。

「高校の担任の先生には、僕は早くから、建築家になりたいと言ってたんです。担任の先生が、それならいろいろと道はあると。大学で建築のケの字も勉強しなくたって、成績さえよければゼネコンに就職することもできるし、あるいは逆に、進学しないでどこかの建築事務所に就職して、現場の経験を積みながら一級建築士の資格をとって、将来は独立するという手もあるってね。要は、おまえがどういう建築家になりたいかが問題なんだと言われました。何か具体的な夢やイメージはあるのかって」

直己には、それがあった。

「あのころ、榊原《さかきばら》先生――今は僕の指導教授ですけど、当時はまだ助教授でした――先生の著作を読んでいたんです。先生の専門は公共施設、主に役所や病院や福祉施設のプランニングなんですが、著作のなかには、今現在のそれらの建築物が、なかに居る人間の自然の心理や生理についてまったく考えずに造り上げられていること、そこからさまざまな問題が発生しているということが、高校生の僕にも判《わか》るような平易な文章で書いてありました。ただの器だと思っていた建物が、なかに住んだりそこで仕事したりしている人間の心の内側にまで影響を与えてしまうんだということを、先生の本で初めて知って、すっかり興味をかきたてられてしまって、この先生の教室に行きたい、ここでいろいろ教えてもらって、僕も先生のような建築家になりたいと、そう思ったわけなんです」

実は高校での進路指導が始まる前に、当時の榊原助教授に直接手紙を書いて、著作に興奮し感動したことと、先生の下で勉強したいという希望とを伝えていた。助教授からは、主催する教室やゼミの内容について簡潔だが明快に書いた返事が来て、直己をさらに感動させた。

「うちの大学はそれほど試験が難しくないので、敷居も高くないから、本当に勉強する気があるのなら、頑張って合格しておいでと励まされました。嬉《うれ》しかったですよ」

直己は高校での成績が非常に優秀だったので、進路指導担当の教師のなかには、東洋工科大よりももっと有名な大学への進学を勧める声もあったのだが、直己は見向きもしなかった。

「東大だ慶応だ早稲田だと言われても、そりゃいい大学だけど、榊原先生は東洋工科大にしかいないんだから、僕には意味がなかった」

直己はふっと吹き出す。

「そういう思い込みの強くて頑固なところは、実は僕、父とそっくりなんですよ」

よく似た頑固者の父と息子は、直己が大学進学について考えるようになるこの時期まで、ほとんど衝突らしい衝突をしてこなかった。

「特に仲がいいというわけじゃなかったですよ。でも喧嘩《けんか》はしなかったし、僕が親父《おやじ》を無視するとか、親父が僕のすることを何でも気に入らないとか、そういう関係ではなかったんです。友達の家のこととかを考えると、それって珍しいことだったみたいですね」

父親との間柄に踏み込んだ話が始まると、直己は「父」という呼称を捨て、「親父」と呼ぶようになった。それを指摘すると、また笑顔が広がる。

「なんか子供っぽくて恥ずかしいんですが、僕はずっと父のことを、お父さんとしか呼んだことがなかったんですよ。『親父』も『父』も、実は、僕にとってはどっちもよそ行きの言葉なんです。だから今も照れ臭いです」

お父さんという呼称にずっと親しんできたことは、いわゆる反抗期においてさえ直澄とぶつかったことがなかったという事実と、何かつながりがあるのだろうか。

この質問に、直己はしばらく頭をかしげて考え込んだ。父親よりも母親似の線の細い青年だが、横顔には父親の面影が漂う。

「親父だけじゃなく、僕は祖母とも、妹とも、ほとんど喧嘩したことがないんです。これはみんながそう認めてくれると思います」

キヌ江も由香利《ゆかり》も、この言葉を裏付ける発言をしてくれた。ついでながらキヌ江は、長男のこの温和な態度に、むしろ不安と気遣いの気持ちを抱いていたそうである。直己が家族と平和に暮らすために、よほど無理をしているのではないかと思ったのである。

「無理はしてたかもしれませんね」と、直己も認める。「今は違いますけどね。昔は、自分でも気づかないうちに自分を殺して、家族がみんなニコニコしていられるようにって、ふるまっていたと思います」

なぜそうしていたのだろう。

「死なれたら、辛《つら》いから」と、直己は端的に答えた。

「僕は早くに母を亡《な》くしました。あの影響は大きかった。三歳でしたからね。理屈は判らなかった。死ぬというのがどういうことかも判らなかった。三歳でしたからね、ただ、突然お母さんがどっかへ行ってしまって、もうずっと帰ってこない——それが死ぬっていうことなんだと、だんだんとそう理解するようになっていったんだと思います」

腕組みをすると、やや微笑の顔で、

「僕のガールフレンドは心理学を勉強してるんですけど、彼女に言わせるとね、たしかに僕には、家族に限らず、他人との衝突を極力さけようとする傾向があるんだそうです」

そしてそれは、幼い頃に母を亡くした衝撃的心傷《トラウマ》があるからだというのである。

「僕自身は覚えていないけど、三歳のころの僕は、きっと何かいたずらをしたり、母の言うことをきかなかったりして、母に叱《しか》られていたはずなんです。そうしているうちに、母はふっつりと姿を消して、家に帰ってきてくれなくなってしまった。だから三歳の僕は、無意識のうちに、僕がお母さんの言うことをきかなかったから、お母さんはいなくなってしまったんだと考えたんだと、彼女は言うわけです。そしてそれが心にしみついて離れない。だから今でも他人と衝突したくない。衝突したら、きっとその人は姿を消して、二度と戻ってきてくれなくなってしまうって、そう考えてしまうから」

どうなんでしょうね――と笑う。

「とにかく僕は、家族の誰とも大きな喧嘩や深刻な仲たがいをしたことがありませんでした。ですから、僕の大学進学に関して、初めて父と意見が違ったときも、最初は、喧嘩になるなんて思ってもみなかったんですよ。というより、親子喧嘩の仕方をまるで知らなかったから、喧嘩の状態になっても、これは喧嘩だぞ、親父と僕は深刻に対立してるんだぞという自覚がわかなかったんだなあ」

石田直澄は、進路指導の教師たちの勧める有名大学への進学にこだわったのだという。

「せっかくのチャンスなのに、なんでおまえはみすみすそれを無駄にするんだって、いきなり怒られました。東洋工科大なんて、誰も知りやしない。私立で金だってかかるのに、わざわざ行くような価値があるもんかと。東大へ行け東大へと、怒鳴られました。いやホント、僕びっくりしちゃって」

実はあまり思い出したくないことなのだと言った。

「衝突の仕方を知らないふたりが、初めて真正面からぶつかったわけでしょう。どっちも加減を知らないんですよ。とことんいっちゃう。父も僕にひどいこと言いましたが、僕も輪をかけて父にひどいことを言いました。父子《おやこ》でなかったら、二度と和解できないような罵倒《ばとう》の仕方をしちゃったんです」

親父に裏切られたような気もした、という。

「バカもん、大学行くなら東大だ、東大がいちばんだ、東洋工科大なんざクズだ——そんな価値観を、まさか親父が持っているとは思ってなかったんです。前に、子供の頃から僕は親父を尊敬していたって言いましたよね？　それはお世辞じゃなしにそうだった。腕一本で働いて、僕らと祖母の暮らしを支えてくれてきたわけだから。だけど、その父が僕に、有名大学へ行け、行かないヤツはアホだみたいな言い方をするってことは、裏返せば、父自身が自分の人生に何の価値も認めてないってことになるじゃないですか。学歴もない、教育もない、ただの運転手なんだからってね」

何よりも、それに驚いた。がっかりした。

「じゃあ父さんの人生はなんだったんだよ、父さんの誇りはないのかよって、僕が詰め寄ると、俺の話をしてるんじゃねえ、おまえの話をしてるんだって、また怒鳴る。僕にはそれ、親父が僕から逃げているようにしか感じられないわけです」

キヌ江がおろおろして宥《なだ》めに入ろうとすると、直澄は彼女のことも怒鳴りつけたそうだ。

「今考えれば、父も僕とぶつかったということで、すっかり動転してたんでしょうね。あれよあれよという間に売り言葉に買い言葉でどんどんエスカレートしちゃって、ついつい心にもないことを口に出していたということだったんでしょう。だけど、その場の僕にはそれが判らなかった」

無理もないことであると、第三者には簡単に言うことができるが。

「俺がどんなに苦労しておまえを育ててきたのか、おまえ判ってんのかと、こう来るわけです。いい大学へ行っていい会社に勤めて、俺を喜ばせてやろうとはおまえ思わないのか。俺が自慢できるような人間になろうとは思わないのか。なんて情けない、冷たいヤツなんだおまえは、と」

直己としては、感情的にならざるをえない。

「苦労したなんて、恩着せがましいことを言われる筋合いはないと、僕は逆襲するわけですよ。親にああ言われたら、子供はそう返すしかないですからね。頼んで産んでもらったわけじゃない、勝手に産んだんじゃねえかと。そのうえになんで僕が、父さんの自慢のタネになるためだけに自分の人生を決めなきゃならないんだ。冗談じゃねえやとね」

ああ、嫌だなあ、思い出すと穴があったら入りたい気分になるんですよと、直己は身をちぢめる。

「いい大学、いい大学って、父さんは人間の価値をそんなところで決めるのかよ、だったら父さんは、自分自身も、自分の会社の仲間も、誰のこともちゃんとした価値ある人間として認めてないんだね？　実は自分自身のことも、仲間のことも、心のそこではずっと軽蔑《けいべつ》して、こんなのくだらねえ人生でくだらねえ生き方でクズみたいなもんだと思っていたわけだ、可哀想《かわいそう》な人だね——僕、そう言いました」

石田直澄は、怒りで真っ青になって震えていたという。

「いつのまに、おめえはそんな屁理屈ばっかり達者な人間になったんだって」

屁理屈じゃないと、直己は頑張った。

「父さんは哀れな人間だ。自分の生き方に誇りを持てないでさ。だから何もできなかったんだ。だから一介の運転手のままだったんだ。父さんこそ、自分にも世の中にも何の役にも立たないで生きてきたんじゃないか。そのツケを僕に回すのは卑怯《ひきょう》だ——。祖母の話じゃ、僕も蒼白《そうはく》になってたそうです」

言い負かされた直澄は、家を飛び出した。そのまま翌朝まで帰ってこなかった。

「我が家では、親子喧嘩をすると親が家出するんです。おかしいですよね」と、直己は笑う。

なにしろ激しい諍《いさか》いだったし、投げつけたり投げつけられたりした言葉の残響が頭のなかでわんわんとうなっており、彼もその夜は眠れなかったという。

「朝まで自分の部屋に閉じこもっていて——。でも、父が明け方フラフラ戻ってきたときは、すぐに気づきました。だけど顔は見せなかったし、声もかけなかった。父と僕のあいだは、もう終わりだと思っていました。これで親子の縁は切れたなって。ホラ、そういうふうに考えるのが、僕の性癖なわけだから」

どれほど強く反対されようと、東洋工科大への進学を諦《あきら》めるつもりはなかった。直澄との口論によって、意固地にもなっていた。しかし、現実問題としては、学費や生活費など、直己が父に依存している部分は山ほどある。

「当時はもう父と話をするどころか視線もあわせたくないような気分だったので、もっぱら祖母に相談をしたんですが……」

キヌ江にはずいぶん叱られた。

「おまえの気持ちも判るけど、親に対して言っていいことと悪いことがあると。謝りなさいって。でも、それじゃ僕としては気持ちがおさまらないわけです。もういい、そういうことなら誰にも何も相談しないで家を出ていくからって、そこまで言いました。すると今度は祖母が泣きだしちゃって」

今の状態で家を出たら、もう二度と帰ってこられなくなるよと、直己をかきくどいたそうである。

「あたしが病気になったって見舞いにも来られない、死んだとき葬式にだって出られなくなるよ、それじゃあたしだって死んでも死にきれない、なんてね。祖母は母代わりになって僕を育ててくれた人ですから、チェ、弱いところをついてくるなって」

結局のところ、キヌ江が石田家の停戦監視団の役割を担《にな》うことになり、直澄と直己それぞれの言い分を相手に伝えあい、話をまとめていった。

「正直なところ、必死でアルバイトをしても、僕ひとりで私立大学の学費と生活費の両方を稼ぎだすことはできなかった。だけど意地になってたから、父の世話にはなりたくない。それで、提案したんです。僕が一人前になるまで、学費を貸してくれって。将来必ず返しますからって。それで、独り暮らしの生活費は自分で働いてなんとかするつもりでした」

それに対して、直澄はこう応じた。

「学費は貸してやると。ただ、それには条件がある。家を出るなというんです。おまえにはお祖母《かあ》さんもいれば妹もいる。彼女たちに対する責任を放棄して独り暮らしを始めるなんて言語道断だというわけですよ」

キヌ江にも泣きつかれた。

「お父さんは責任だの何だのってあんな言い方をしてるけど、要はあんたに家にいてもらいたいんだよ、ただ意固地な人だから、それを素直に言えないんだから、あんたの方で折れてやってよって……」

苦笑しながら、石田直己は頭をかく。

「進路のことで喧嘩する前は、大学まで通うのは面倒だから、寮に入ろうと思ってたんです。そういう形で家族から独立することも考えの内にありました。それがね、一度大爆発をしたばっかりに目算が狂っちゃって、かえって家に釘《くぎ》づけになっちゃった」

直澄と大喧嘩《おおげんか》をする以前から、家族から離れて独立することを考えていた――それはなぜだろうか。

尋ねると、直己は笑った。

「なぜって……別に理由はないですよ。もう独り立ちしてもいい時期だって思っただけで」

家族と一緒に暮らしている方が、特に男の子の場合は、食事の面など便利なはずではないか。

「それは確かにそうだけど、生活ってそれだけじゃないでしょう」

そう答えてから、直己はちょっと首を振った。

「なんかそれだと綺麗事《きれいごと》だな……」と、小声で言った。「僕自身、祖母や父に気を遣って暮らしてきて、それにくたびれたってことがあった」

どういうことだろう。もっと詳しくきこうとしたが、それよりも前に、彼は急いでかぶりを振り、あわてた様子で言葉を続けた。

「いえ、気を遣って暮らしてたのは、僕だけじゃないですよ。みんなお互いに気を遣いあってた。そのことに疲れたという意味です」

石田家の人びとが、互いにどんな気を遣いあわねばならなかったというのだろう。

「それは……やっぱりうちは変則的な家族ですからね。母がいなくて、祖母が祖母《はは》であると同時に主婦でね」

欠落感があったという意味なのだろうか。

「いえ……欠けてるっていう言い方だと、大きな誤差が出てしまうと思います。そうじゃなくて……なんていうかな……」

言葉を探しながら、困ったようにまばたきをする。

「このことは、祖母とも話し合ったことがあるんです。大喧嘩のあと、祖母が僕と父の板挟みになって、だけど一生懸命にとりなそうとしてくれてるときに。仲のいい親子だと思ってたのに、なんでこんなことになったんだろうって祖母が言うから、僕、謝ったんです。おばあちゃんは僕らのために苦労ばっかりするねってね。すると祖母が本当に辛そうな顔をして、やっぱりあたしじゃあんたたちのお母さんの代わりはできなかったんだね、と言いました。いろいろ無理して繕ってきたから、ほころびがこういう形で出てきちゃったんだね、と」

最初は、キヌ江が何を言おうとしているのかよく判《わか》らなかったと、直己は言う。

「無理して繕ったとか、それがほころびたとか……。僕は祖母には感謝してたし、不満を感じたことはありませんでしたから、そんなことを言われるとかえって不安でね。知らないうちに、僕や由香利の態度が、祖母を傷つけていたのかなと思いました」

そういうことではないと、キヌ江は言った。

「そうじゃないんだって。ただ、母が亡くなったばかりの頃はともかく、何年か経《た》って少し落ち着いたら、あたしは松江に帰った方がよかったんだというんです。なまじあたしが居たばっかりに、この家は変に落ち着いてしまって、だから直澄も再婚しなかったし、あんたたちも、新しいお母さんがほしいという気持ちにもなれなかった。それはやっぱり普通じゃないことだったとね」

　お父さん、お母さん、子供と揃《そろ》って、それで初めて「家」というものになると、キヌ江は言った。おばあちゃんじゃ代役はつとまらないんだよ、と。そのことはずっと後ろめたく思ってきたけれど、だからと言って今さらこの家を出て、ひとりぼっちに戻るのは我慢できないから、だから知らん顔をして居座ってきたんだ――

「驚きましたよ。びっくり仰天だった」

　当時の感情を再現するかのように、石田直己は両手をあげ、顔を覆《おお》った。しばらくそのままでいて、指の間から言った。

「祖母が、あたしはこの家に居座っていると感じてた。そんなの、想像したこともありませんでした。僕は――僕と由香利は、やっぱり母がいないことでいろんな不自由を我慢してきました。なにしろ世代の差があるし、祖母にはどう説明しても判ってもらえないことがある。単純に、授業参観や遠足や運動会に祖母がついてくることが、たまらなく恥ずかしかった時期もありました。でも、物心ついてからは、僕ら折に触れて話し合ってきたんです。おばあちゃんに不平不満を言ったらいけない、バチが当たるってね。ホントなら楽隠居できる歳《とし》なのに、まだ僕らのために家事をして、家計を切り回してる。自分の楽しみなんか何ひとつなくてね。だから感謝こそすれ、不足に思ったことなんかない……いや、正直に言いますよ、不足に感じたりしたらいけないって考えてきた。その祖母の口から、居座ってごめんねって言われるなんてね」

ひと息にそれだけ話すと、顔を覆っていた手を下げて、ちょっとうなだれた。

「僕ら家族はお互いのことなんか何も判ってなかった。ただ一緒に住んでいただけでね。そのことが、僕と父の対立をきっかけに、顕《あらわ》になってきたんです。だって、あの大喧嘩からしばらくしてのことだったですからね。父が妙に高圧的に、おい、家を買うぞって言い出したのも」

長男が大学入試を控えた、先々出費がかさむと判っている時期に、突然、家を買うことを宣言する。石田直澄のこのふるまいは、家族の目にも奇妙に映ったというわけである。

石田由香利は、父から家の購入について初めて聞かされたのは、兄の進学問題でふたりが大喧嘩をした、その後遺症の最中であったと思い出す。

「あのころ、お父さんとお兄ちゃんは――」

いちいち「父」「兄」と言いなおすのが面倒なら、あなたのいちばん話しやすい話し方をしてくださいと勧めると、彼女は素直に従い、年齢の割には幼いが一生懸命という口調で話してくれた。

「――台所とかお手洗いとかで顔を合わせても、わざと目を合わせないようにしていました。わたしは、ふたりが喧嘩してるその場には居なかったので、後でおばあちゃんに事情をきいたんですけど、その様子を見て、よっぽどひどい喧嘩だったんだなと思ったんです」

息子との頑《かたくな》な冷戦を開始した父親は、しかし娘に対してはストレートに感情を表していた。

「あんまりひどい様子なので、わたし一度、きいてみたんです。喧嘩から三、四日経ってたと思いますけど、お父さんもういいかげんで仲直りしたら？　って。そしたら、怒ったような泣きべそかいたみたいな顔をして、直己はお父さんのことを勘弁してくれるつもりはないんだろうから、仲直りは無理だと言いました」

直己を勘弁しないのではなく、直己が勘弁してくれないという言い方をしたのである。

「お父さんなんて、あいつにとっては情けない父親だったんだって、グチグチ言いました。たまに酔っ払っても愚痴とかこぼす父じゃないんです。酔うと寝ちゃうのね。そういうお父さんが、そのときは素面《しらふ》だったのに、台所でわたしとコーヒー飲みながら、同じことをぐるぐるグルグル言うんです。お父さんは駄目な父親だ、なんの取り柄もないんだ、おまえたちにだって何にもしてやれなかったって」

由香利はすっかり悲しくなった。

「何もしてくれないことはなかったじゃないって、言いました。あたしはうちのこと、好きだよ、うちの子でよかったと思うよって、言いました。お母さんがいないのは淋《さび》しいけど、でもおばあちゃんがずっとそばにいてくれたし、この家はあたしの家だって、帰ってくるとホッとするんだよ、お父さんだってそうでしょとか、いろいろ言いました」

思うに、石田直澄は、ことさらに自分を駄目だ駄目だと言いつのり、そんなことはないと慰めてもらいたかったのだろうと、由香利は言う。

「子供みたいですよね。だけど、お兄ちゃんと初めて喧嘩して、お父さんすごく傷ついたんだと思ったから、わたし笑ったりしませんでした」

そんな彼女に、家か、家なんて何なんだろうなと、この父親は言ったそうである。

「お父さんは自信がなくなっちまったって……。直己のこと、よく知ってるつもりだったけど、あいつはお父さんが思ってるような息子じゃなかった。それはきっと、お父さんがいろいろ間違ったことをしてきたせいなんだろうけど、あいつはお父さんのこと、きっと軽蔑してるんだ、なんて。直己はこんなことを言った、あんなことを言ったって、言い並べて」

そんなの、家族じゃないんじゃないか。家族ってのはもう少し、あったかいものなんじゃないのか。繰り言のように言う父親に、由香利は初めて、少しばかり腹が立った。

「喧嘩したとき興奮して言った言葉にそんなにこだわったら、お兄ちゃん可哀想《かわいそう》じゃないですか。そんなこと言ったら、お父さんだってきっと、びっくりするような残酷なことをお兄ちゃんに向かって言ってるはずなんだから、そんなのおあいこじゃないのって、わたし言ったんです。そしたらお父さん、涙ぐんじゃったのね。もうビックリでしたよ」

くるりと目を丸くして、由香利は真顔になる。

「バカ野郎、喧嘩したときだからこそ、日頃は言えない本音が出たんだぞって、あれは直己の本心だって、真っ赤な目をしてました」

これは酔漢の暴言を、あれは酒が言わせた心にもない言葉なのだからとかばうか、それとも、あれこそ酔った拍子に本心が顕になったのだと決めつけるか——というケースと同じようなものである。堂々巡りで、答えなどない。

「あいつはこの家を出ていくって言ってるぞって、お父さんは言いました。それでわたしまたビックリしたんだけど、それはね、お兄ちゃんが独立するのがビックリなんじゃなくて、お父さんがそれを、まるで裏切られたみたいに感じてるってことの方に驚いたんです。あたしは、前から、お兄ちゃん大学に受かったら、きっとアパートか下宿とかで独り暮らしするつもりだろうと思ってたんですよ。べつにそのことでお兄ちゃんと話したことなんかなかったけど、なんとなく態度でわかりましたもん。それにあたしもね、将来大学へ入ったら、独り暮らししてみたいと思ってました。そういう憧《あこが》れって、誰でも持ってると思うのね。べつに家に不満があるからとかじゃなくても、やっぱり大人になるにはいっぺんは独り暮らししたいじゃないのって、そのくらいの気持ちだけど」

独り暮らしなど、今はどこの家庭でもさして珍しいことではなく、子供が家を出るのは親への反逆であると思い込むのは間違っていると、由香利は素直に考えていた。だからその考えのままに、素直に口に出した。

「いいじゃない、お兄ちゃんだってそんなに深いこと考えてるわけじゃないよ。裏切りなんかじゃないよ。あたしだって、大学入ったら自立してみたいもん——すごく気楽な感じでそう言い出したんだけど、お父さんの顔がどんどん怖くなっていくので、途中で言葉がとまっちゃいました」

おまえもこの家を出ていくつもりなのか——石田直澄は、頬を強《こわ》ばらせてそうきいた。

「独り暮らしに憧れてるだけだよって、あわてて言いました」

当時の表情そのままに、しおれた様子で由香利は続ける。

「うちがキライだなんてことじゃないよ、お父さん深刻に考えすぎるんだよって、ね。あたしも、話がヘンな方向へ走っちゃってるってことには気づいてたから、挽回《ばんかい》しようと思ってあたしなりに必死で、ちょっとヘラヘラ笑ったりしながらね、だけどお父さん、いいじゃない、うちは昔のおばあちゃんたちの松江の家みたいに商売とかしてるわけじゃないし、すっごい財産があって誰かがそれを守らなくちゃならないなんてこともないんだから、みんな自由なんだから、あたしたちにもやりたいことやらせてよ、アハハって。だけどそれが、すっごいまずかったらしいです」

由香利には、彼女の発言を文章化したこのくだりを読んでもらい、確認してもらってある。石田直澄に対し、娘である彼女は、右記のような内容の発言をした。右記の言葉どおりに言ったのである。

内容だけを取り出すならば、確かにこのとき、由香利は父親に向かって、「うちには財産がない」と言っている。が、それは否定的な言い方ではなく、むろん皮肉でもあてこすりでもない。むしろ、財産があるばかりに誰かが人生の選択の幅を狭めてもそれを守らねばならないというような制約がないから、お兄ちゃんもあたしも自由でよかった、だから自由にさせてねという要旨の発言なのである。

しかし、石田直澄はそれを逆に受け取った。

「そうだな、お父さんはなんの財産も持ってないなって、なんだか目がすわっちゃったみたいになって、言い出したんです」

「だから直己だってお父さんを尊敬しないんだな、お父さんは何ひとつまとまったものをおまえたちに与えてやってないってことだな——

由香利は泣きたくなった。

「なんでそんなふうに考えちゃうんだよぉ……って。もうカンベンしてよ、なんなのよこのヒガミオヤジはぁって」

父親の予想外に卑屈な面を見せられて、心のなかでガラガラと崩れるものがあったそうである。

「その後です。そうか、そんなら財産でもありゃいいんだな、そういう問題なんだなって考え始めてね。それが家を買うことにつながっちゃったの」

こうして、似たもの同士の父と子の、第三者から見ればどちらにも同情してやりたくなるような親子喧嘩《げんか》や、娘の他愛ない発言に直澄がムキになってしまったことなどから、石田家が「家」を持つことになったというのである。

「お父さんもカッとなって言ったことだから、放っておけばその熱も冷めるだろうと思ったんだけど、そうでもなかったのよね」

石田直澄は本気だった。由香利《ゆかり》と口喧嘩をしたすぐ後の明け番の日に、夜通しの仕事から帰宅するとすぐに外出すると言ってキヌ江を驚かせている。

「眠りもしないで、そんなに急いでどこへ行くのかいってききましたら、なんですかね、勢い込んだみたいな顔をしまして、不動産屋を二、三軒回ってみるんだ、と答えました」

それで初めて、キヌ江も直澄の計画を知った。

「家を買うのは悪いことじゃないけど、急げばいいというもんじゃないでしょう」

キヌ江はそう言って、ちょっと笑った。老いた母親の笑みである。

11　売　家

「直澄には子供のころから、そういうせっかちなところがあったんです……」

一カ月ほどのあいだ、石田直澄は熱心に不動産屋回りをする。

「住宅雑誌とか、情報誌とか、お父さんがいっぱい買い込んできて、リビングの隅のテーブルの上に山積みになってました。仕事で行った先に分譲住宅地があったりすると、急いで行ってパンフレットをもらってきたりもして、そうそう」

石田由香利は屈託なく笑う。こちらは、まだまだ子供の笑みである。

「そうやってあわててもらってきたパンフレットのなかに、分譲住宅じゃなくて霊園のパンフレットがあってね、しかも人間のお墓じゃなくて、ペットの霊園だったの。掃除のときにおばあちゃんがそれを見つけて、すごくびっくりして、近ごろじゃ犬とか猫とかもお墓に入るのかい？　って。そうよって言ったら、へえ洒落《しゃれ》てるんだねって。なんだかおばあちゃん、世間知らずで可愛《かわい》かった」

キヌ江は、あたしは死んだら松江のお墓に入るんだけど、遠いからお墓参りが大変だから、お寺さんに任せて放っておいてくれていいからね、と言った。おじいちゃんとふたりだから、淋《さび》しくないからさ、と。

由香利はあいまいに笑っただけで応じなかった。

「それからおばあちゃん、パンフレットや雑誌を片付けながら、ちょっとため息なんかついちゃったりして、言ったの」

おじいちゃん、お墓の下でも居候《いそうろう》で、ずっと気骨折ってるだろうねえ――早いところ行ってあげないと、可哀想《かわいそう》かなあ。

　マイホームを購入しようと熱心に不動産屋回りをしていた石田直澄が、どのようなきっかけから競売物件に目を向けるようになっていったのか。誰かの助言でもあったのだろうか。

　もちろん、答えを知るためには、本人に尋ねるのがいちばん早いし、正確でもあるはずだ。ところが石田直澄は、この件に関して話したがらないのである。ウエストタワー二〇二五号室での事件の前と後とでは、自分は別の人間になったような気がすると、彼は語る。だから、ありのままに当時のことを語るにははばかるところはないのだが、この件に関してだけは、しゃべらない方がいいことがあるから、というのである。少なくとも、自分からは言えない——

　そこで石田本人の肉声は後回しにして、彼が当時、裁判所の競売物件について調べ始めたころ、家族や会社の同僚たちなど、周囲の人びとに対してはどのように話していたのかということを見てみよう。

　興味深いことに、これには個々に微妙な差異がある。まず家族だが、石田直己《なおみ》は、

「おまえ裁判所の競売物件てのがあるのを知ってるかって、やけに頭ごなしに言われたのが最初です。僕はまったく知らなかったから、それに相変わらずの冷戦状態でしたから、知らないよって素っ気なく答えました。そしたら、そのうちビックリさせてやるからなって、鼻の穴をふくらませて言ってました」

由香利に対しては、もう少し優しい説明があった。

「普通に不動産屋を通して買うより、ずっと安くていい家を買う方法があるんだって、話してくれたんです。あたし、会社から紹介してもらうのかと思いました。そしたら、お父さん笑っちゃって、そうじゃないんだ、奥の手があるんだ、裁判所を通して買うんだぞって。裁判所なら安心だねって、あたし言いました。だってお役所だもんねって」

直澄は、由香利のそういう反応に、たいそう満足そうだったそうである。

「今考えれば、あのころ、お父さん自身も不安だったんじゃないのかな。裁判所の競売物件を買うには、自分でいろいろ調べたり、勉強したりもしなくちゃならないわけでしょ？　ただ不動産屋さんに頼むよりは、手間がかかるんですよね？　あたしはあのころはそんなこと知らなくて、ホントにバカみたいに、お役所の斡旋《あっせん》なのかぁ、そんならいいなぁとか簡単に考えてたから、考えたとおりに口に出したのね。それで、あたしのそういう単純な声を聞いて、お父さんも自分を安心させたのね、きっと。そうだ、由香利の言うとおりだ、お役所のやることなんだから、大丈夫だ、オレはきっとうまくやれるぞって」

キヌ江への説明はあっさりしていた。

「裁判所を通して家を買うことにしたからって、そう言われました。いつごろでしたかね……事件が起こるずっと前でしたよ」

裁判所を通すとはどういう意味だと、キヌ江はきいた。すると石田は、

「おふくろに説明したって難しくてわからねえだろうから、黙って任せておいてくれりゃいいと言いましてね。でも、いくら無学なわたしでも、裁判所が家を売ったり買ったりする手伝いをしてくれる場所じゃないってことはわかってましたから、あんたなんかいい加減な話に乗せられてるんじゃないのかいってきいたんです」

石田は怒った顔になり、

「世の中には、おふくろなんかにはわからない複雑な仕組みがあるんだって、言いましてね。そんな難しいもんがあんたにはわかるのかい、ああわかるよという具合で……」

家は一生に一度の買い物だし、大金を動かすんだし、大枚の借金も背負うことになるんだし、迂闊《うかつ》なことはするんじゃないよと、キヌ江は母親の口で釘《くぎ》をさした。

「それでついうっかり、何かあったら、あんた書類なんか読んだってわかんないだろうから、直己にきいて相談したらいいって、そう言っちゃいましてね。今までもそうしてきましたからね。賃借りマンションの契約とか更新のときも、直澄じゃ契約書読んでもわからない――わたしもわかりませんけども――だから、直己が手伝ってきたんです」

石田直澄は、直己なんかに何がわかるかと怒鳴り返したそうである。

「子供みたいにムキになってましたんですね。あのとき止めてやってれば、あとあとあんなことに巻き込まれる羽目にもならずに済んだんだけど」

家族の前でそっくり返ろうとしている石田直澄像には、なにかしら微笑《ほほえ》ましいものがある。では、勤務先ではどうだったろうか。

三和通運の契約運転手は、立場としては正社員ではないが、そのかわり独立性を与えられている。彼らには、仕事を采配《さいはい》し、分担を割り振るオペレーターはいる。が、サラリーマン社会の「上司」という考え方は、そこにはない。全員が一匹狼《おおかみ》なのである。ただ、どこの世界でもそうだろうが、年長のキャリアの豊富な者が自然とリーダー役、世話役を引き受けるということはあり、そういうリーダー役には、会社が定めたわけではなくとも「上司」の貫禄《かんろく》がつき、自然と部下も——部下的な立場をとる若い契約運転手たちもついてくる。

三和通運の晴海《はるみ》のターミナルを根拠地にしている契約運転手たちは、当時十三名いた。石田はそのなかでは最年長で、事実上のリーダーだった。まとめ役と呼んでもいい。他の運転手たちは二十代から三十代はじめの、石田から見れば若者たちばかりであった。運転歴も浅い者が多く、石田はずいぶん骨を折って彼らの面倒をみたようである。

「晴海グループは、我々のあいだでは石田班と呼ばれていました。石田さん抜きでは成り立たないグループでしたからね」

三和通運晴海倉庫・一般物流オペレーションルーム出庫担当部スタッフ長、田《た》上《がみ》辰男《たつお》はそう語る。

「私の肩書、長いでしょう？ 名刺もカッコつかなくてねえ。なんのことはない、荷物を出す現場の采配をする担当者というだけのことなんですがね」

田上は石田直澄よりもちょうど十歳年長である。出身は山形県米沢《よねざわ》市内で、実兄が後を継いだ実家は米沢牛のステーキレストランを営んでいる。

「私は中学を出てすぐ上京しまして、最初はトランジスタ・ラジオの組み立て工場で働いてたんです。それがまあ、退屈な仕事だし給料は安いし、まだまだ子供で遊びたい盛りで、派手な仕事の方に目移りしましてね。結局あちこち転々としましたですよ。三十歳ちかくなって、やっと大型の運転手稼業《かぎょう》に落ち着いて、三和で契約やっとったんですが、腰を痛めましてね。出庫の方にまわったわけです。採用試験を受け直して正社員になるまで、四年かかりました」

前述したように、契約運転手には年齢的に若い者が多い。特に三和のような契約運転手を大勢抱えている大手ではその傾向が強いのだと、田上は言う。

「出来高払いですから、いい金を稼げます。四、五年頑張って働いて元手をつくって、いずれは独立しようという連中ですよ。ですからよく働きます。そのかわり、彼らはほとんど長居をしませんし、仕事をめぐってつばぜり合いというんですか、競争も激しいです。石田グループもそうでしたから、石田さんの存在は大きかったですよ。私もずいぶん助けられました」

晴海倉庫の出庫担当部スタッフ長にはもうひとり、金井晃良《かないあきよし》がいる。金井は石田直澄と同年代で、こちらは正社員として入社し、事務畑から倉庫へ回ってきた人物である。

「金井さんはクール便の出庫担当ですが、私らと勤務サイクルが同じ時間帯を選んでました。若い人ばっかりのなかで、四十、五十のオヤジが三人だけですから、わりと仲良く付き合いました。門前仲町とか月島の方で、よく一杯飲んだもんです。三人のなかじゃ、私がいちばん酒に弱かった。石田さんはまあ普通。金井さんが強くてねえ、ザルだって言ってました」

田上と金井が、石田のマイホーム計画について初めて耳にしたのは、二〇二五号室の事件が起こる二年前、一九九四年の春のことだったという。

「なんでよく覚えてるかというと、その日はお祝いだったんですよ。石田さんの息子の直己君が大学にうかってね。それでまあ、よかったなというので三人で酒飲みに行ったわけです。あのときは門仲の店だったな。花菱《はなびし》っていう、いい店があって」

よく通った店だという。

「家庭的な料理がうまくって、雰囲気がよくってね。いい気分でお祝いしようじゃないかって、私も金井さんも嬉《うれ》しくて、その日は石田さんを連れてって、なんでも好きなものをおごるって言ったんですよ。親父《おやじ》さんこれからもうひと頑張り、私立大学の学費は大変だからなあって笑いましてね」

金井には子供がいない。田上は結婚後まもなく一男一女に恵まれたが、長男は六歳のときに病死している。

「金井さんは、やっぱり子供がいると将来が楽しみでいいねえって、しきりと羨《うらや》ましがってましたし、私もね、亡《な》くした倅《せがれ》とダブるようで、石田さんの倅が大学受験だって聞いて、まあ余計なお節介なんですが、ひそかに気をもんでいたんですわ。ですから、希望の大学に合格したって聞いて、もう嬉しくて」

直己の合格した大学は、問題の東洋工科大である。それが念頭にあると、石田直澄が直己の合格を素直に祝ってもらったとは考えにくいのだが、しかしその件を説明すると、田上は意外そうな顔をした。

「へえ、進学のことで喧嘩したりしてたんですか？　とてもそんなふうには見えなかったがなあ。直己君は、石田さんの自慢の息子でしたから。いや、今だって自慢の息子だと思うけどね」

親父の面子《めんつ》に縛られて、直己の前では突っ張ってみせてはいるものの、本音は違う——という石田直澄の心の内が見えるようである。

「石田さん、楽しそうに酒飲んでましたよ。早くに奥さんを亡くして、よくやってきたねえって、私たちもねぎらいました」

その席で、実は次は家を買おうと思っているんだという話が出たのだという。

「私は女房の方の相続で家を持つことになって——まあ古家ですがね、マイホームを買う大変さというのは経験したことがありませんでしたが、金井さんはローン背負って十年目ぐらいのところで、そりゃ石田さん大変だよ、まだお嬢さんだって進学させなきゃならないし、ゆくゆくは嫁にも出すんだしってな話になりました。せちがらいですが、一家の稼ぎ手の親父たちが集まって頭を悩ますのは、金のことばっかりですからねえ」

石田直澄は、以前にも家を買おうと計画したことがあるので、頭金は多少あるのだと話したそうだ。

「なんにせよ、慎重に選んだ方がいいよって言いました。気に入らなかったらとっかえればいいってものじゃありませんからね」

石田は、うんうんとうなずきながら聞いていたそうである。田上は首をひねる。

「あの場では、裁判所の競売物件をどうこうなんて話は、かけらも出てこなかった。石田さん、どこからそんな話を教えてもらってきたのかなあ」

その謎《なぞ》は、金井が解いてくれることになった。

事務畑出身という予備知識があるせいか、田上や石田直澄よりも線が細く見える人物である。物流会社の社員というよりは、学校の教師のような雰囲気を持っている。

「直己君の合格祝いから、三カ月ばかり経《た》った頃だったと思いますよ。石田さんが、出庫準備の空き時間に私の事務所に顔を出しましてね。ちょっと話があるんだけどと」

金井さん、親戚《しんせき》に弁護士さんがいるって言ってたよな、と切り出したそうである。

「私の従兄《いとこ》が名古屋で弁護士をしてるんです。何かの折にその話をしたことがあったのを覚えてたんでしょう。でも、石田さんの記憶は正確じゃなくてね、従兄が東京にいると思ってたらしいんです。いや、名古屋だよと言いましたら、残念そうな顔をして、じゃあ頼めないなあ、東京と名古屋じゃ事情が違うかもしれないからって、そう言うんです」

何か相談事があるのかと、金井はきいた。

「すると石田さん、いや、相談というよりは、教えてもらいたいことがあってと、こういうんですね。さしつかえなかったら事情を話してくれないかと、ききましたよ。心配でしたからね」

すると石田はこう答えた。裁判所で、競売とかいうものをして不動産を売る仕組みがあるというのは本当だろうか、と。

「私もそれはまあ初耳に近いことだったので、どういうことだと聞き返しました。すると石田さん、半月ばかり前に小学校の同級会があってさ、と言うんです」

そこで三十年ぶりぐらいに会った昔の友達が、今はえらく羽振りのいい様子だった。飲食店を何軒か経営してるとかいう話だ。懐《なつ》かしいのでいろいろ話し込み、そのうち家の話になって、自分がマイホームを買おうとしているところだと打ち明けると、その友達が、それならおまえ、今の狙《ねら》い目は絶対に裁判所の競売物件だ、時価よりうんと安くて優良な物件がごろごろしてるぞと言われたと、石田は説明したそうだ。

「話は聞いたものの、本当にそんな裁判所の競売なんてものがあるのかどうかわからないから、弁護士さんなら知ってるだろうから、金井さんに聞いてみようと思ったんだ――という話でした。私は、とにかく私じゃわからないから、従兄に電話してみてあげるよと答えたんです」

前述してきたとおり、裁判所による不動産の競売は確かに行われている。これは事実である。金井の従兄の弁護士はそれを説明してくれたが、ただ自分はそちらの方には詳しくないと、断りを入れた。

「ちゃんと専門家に会って、助言してもらってから参加したほうがいいと言ってました」

金井はすぐに石田の自宅に電話をかけ、その旨《むね》を伝えることにした。折り好《よ》く石田は在宅しており、金井の忠告を有り難がって聞いた。

「もしも競売物件を買うとしても、ちゃんといろいろ調べて、慎重に手を打ってから買うから、と言いましたよ。しかしねえ、従兄は、競売とかに詳しい弁護士さんや不動産業者を探すのもけっこう大変だろうと言ってたし、首尾よく見つかったとしたってそっちにも金は払わなきゃならないわけでしょう？　素人《しろうと》は余計なことしないで、まして私らなんか法律とか規制とか難しいことには縁のない人間なんですから、おとなしく普通の物件めぐりをして家を買った方がいいよって、私も言わずもがなのことを言ったんですけどね」

金井は頭をかいて、渋い顔をする。

「それにしても気になったのは、石田さんを焚《た》きつけた――まあ、焚きつけたと言っていいでしょうよね、競売物件を狙えばなんでもかんでも得するぞみたいなことを言い触らしたんだから――その同級生とやらですよ。石田さんにね、あんまり他人の言うことを鵜呑《うの》みにしちゃ駄目なんじゃないのって、私それも言いましたよ。同級生のことだから、まともに悪口言えやしませんからね」

石田直澄は、笑って「うん、うん」と言ったそうである。

石田本人に確認すると、彼も、金井に弁護士の件で相談を持ちかけたことは事実と認めた。その際に金井から、迂闊《うかつ》なことはしないようにと諭されたことも、はっきり覚えていた。

それでも、金井の言うような「おとなしく普通の物件めぐりをする」気分には戻らなかったという。

「父は意地になっていたんだと思います」

石田直己はそう解釈する。

「というか、裁判所の競売物件を上手に購入するのは難しいよと忠告されたことで、かえってやる気を出してしまったということかな。僕の手前、オヤジの権威みたいなものも見せつけたかったんだろうし」

石田由香利の意見はまた違う。

「お父さんは人が好いから、同級生の売り込みに乗せられて、すっかりその気になっちゃったんですよ、きっと」

では石田キヌ江はどうだろう。

「お金ですよ」と、この老母は言い切る。「ずっとお話に出てきてますけどもね、直己を私立大学に通わせながら家を買うのは、やっぱりかなりの負担になることだったんです。少しでも安く買えるなら、それに越したことはなかったんです、直澄も、そのことはいつも頭にあったと思いますよ、わたしは」

石田直澄は、三人の意見はすべて当たっているが、しかしそれだけではないものもあったという説明の仕方をしている。金——つまりは住宅購入資金の問題である。ここで再び、戸村六郎弁護士にきいてみよう。

「たしかに、裁判所の競売物件は、時価よりもはるかに安くなっています。時価の半額ぐらいになっていることもありますからね」

しかし、実は購入の条件が厳しいのである。

「競売物件の場合は、代金を一括で払い込んだ後でないと移転登記ができません。ところが金融機関は登記済みの不動産に担保をつけてからでないと、とりわけ個人にはお金を融資しない……。もちろん、住宅金融公庫の融資など、セットになっていませんよ。ということはつまり、現実には、いくら物件価格は安価でも、手元に遊び金があるか、余裕をもって資金繰りのできる人でないと、手が届かないということになるわけです」

石田直澄は、二〇二五号室の代金を払い込む際、自己資金だけで足らない分を、友人知人から借り集めて現金をつくった。相手は皆、石田と同じ契約社員や、独立して大型トラックを持って請負仕事をしている運転手仲間だったようだ。キヌ江もこのころ、石田がしきりとあちこちに電話をかけたり、人と会ったりしているのを覚えている。彼らは一種の出来高払い・日銭仕事なので、平均的な同年代のサラリーマンよりは、かなり所得が多い。まとまった現金を持っている者もいる。だからあてにできたのだろう。

この借金はむろん、ごく短期のもので、二〇二五号室を落札し、移転登記が済んで、これを担保に地元の信用金庫から融資を受けることができると、すぐにきれいに返済している。あくまでも、つなぎの借金だったわけである。

「石田氏は競売についてよく勉強していたし、恵まれてもいましたね」と、戸村弁護士は言う。

「恵まれていたなんて言いますと、その後、明け渡しに関するトラブルが起こるわけですから、何が恵まれていたもんかという反論が来そうですが、しかし石田氏のケースは、そもそも競売がらみのトラブルとしては、かなり稀《まれ》なというか、むしろ異色のケースだったのですよ。まず物件そのものが非常にきれいでしょう？　物件は住宅で、個人の持ち主が、ローンを払いきれなくなって競売にかけられたという、きわめてシンプルな事件ですよね。こういうことは、まあめったにあるもんじゃありません。石田氏がこういうきれいな物件を見つけて、それを落札できたということ自体、まず非常な幸運でした。それに二〇二五号室の件では、厳密に言うと、石田氏は本当に悪質な執行妨害に遭っていたわけでもないんですな。確かに、早川社長の差し金で、賃借人だと主張する人たちが住み着いてしまっていたわけですが、別段その人たちが——つまり、後に殺害される四人の人たちですけどね——石田さんに向かって暴力をふるったとか、脅かしたとかいうわけじゃないですからね」

このことは石田自身も認めている。仕掛け人である早川社長の側に、まったくの素人相手にいたずらに暴力沙汰《ざた》を引き起こすと、警察の介入を招きやすくなるのでかえって損だというぐらいの計算もあったかもしれない。とにかく、すぐに出ていってくれと言われても困る、なにがしかの補償が欲しいということで粘られて、石田は困っていた。

「そうそう、善意の第三者として困った顔をしてみせたというやり方ですから、石田さんとしても、身の危険を感じるような情況には追い込まれなかったでしょう。しかし、本当に悪質で手強《てごわ》い連中が相手だと、こんな程度じゃ済まないものです」

それに、暴力や脅迫行為はからまなくても、じゃあ買受人の方で力押しをすればなんとでもなるというものでもない、と続ける。

「競売物件の売り買いも、しょせんは人間同士のすることですから、占有者が強面《こわもて》でなくても、法律的には買受人の方が強い立場にあっても、それでもなかなか追い出せないということは、やっぱりあるんですよ。感情——心というものが、人間にはありますから」

たとえば債務者本人や家族が競売物件に居座っている場合など、

「寝たきりのおばあちゃんがね、執行官や買受人に、どうしてもこの家を取り上げたいならこの婆《ばば》を殺してから取り上げてくれなんて泣きついて、関係者一同大弱りなんてことがあったりするんです。そういう局面で、法的にはこっちが文句なしに強いんだからと言い張ってみたって、虚《むな》しいもんでしょう。ある種、共感の気持ちをもって、なだめたりすかしたり説得したり理解したりしてあげながら、話を進めていかなくちゃならないこともある。二〇二五号室の件でも、石田さんは買受人として、そういうふるまいをせざるを得なくなっていたようですね。

こればかりは、現場に直面しないと判《わか》らない種類のトラブルです。いくら手引書を読んでおいても、民事執行法や不動産取引の専門家に頼んでも、速効性のある解決方法がすぐに見つかる、というものではありません。

そういえば、二〇二五号室にも年輩者がひとりいましたね。おばあちゃんでしたか。たしか、車椅子《くるまいす》に乗っていたそうですよね。たとえばそんなお年寄りに、お願いだからここに住まわせてくれ、ほかに行くあてもないしお金もないと頭を下げて頼まれたりしたら、追い出せませんよ。

前にも申し上げたとおり、私は、裁判所の競売物件について、もっと広く一般の理解と協力を得たいと考えているので、本当ならトラブルの話など、あまりしない方がいいのかもしれないのだけど……」

理想と現実のギャップに、戸村弁護士は苦笑の顔である。

二〇二五号室に居座っている「四人家族」と、彼らとの話し合いの進行具合、意見の食い違いについて、石田直澄は、自分の家族にはあまり報告をしていない。

面目なかったからだろうと、石田直己は言う。

「勝手に競売物件なんかに手を出して、勝手にもめ事に巻き込まれた、ホラ、言わんこっちゃない――いえ、誤解しないでほしいんですけど、当時の僕たちが親父《おやじ》に対してそういう冷たい見方をしていたわけじゃないんですよ。ただ親父の方は、僕たちがそういう見方をしているだろうと思い込んでた。だから素直に、困っているなら困っている、手伝って欲しいなら手伝って欲しいと、打ち明けてくれなかったんじゃないかな。いかにも親父らしいです」

石田キヌ江は、それでも、いくばくかの事情について知らされていた。戸村弁護士の推察のとおり、石田直澄がもっとも悩んでいたのは、「四人家族」のなかの老女のことであった。

「おふくろがもしも、もっと歳《とし》をとって、足腰立たないようになってから、この家はあんたが今住んでるけど、本当は住む権利なんてないんであって、早く出ていかないと法律違反なんだよと言われたら、どんな気持ちがするかと尋ねられたことがありました」

と、キヌ江は語る。

「手続きも済んで、知り合いから借り集めたお金も返して、後は銀行のローンをちゃんと払っていけばいいって、最初のうちは本当に嬉《うれ》しそうでしてね。あんないいマンションを安く手に入れたってことで、鼻高だかで。それが……ひと月もしないうちに難しい顔をするようになって、その時期にはこっちからあれこれ質問しても何も話してくれなかったんですけども、そのうちに、さすがに独りで抱え込んでるのが辛《つら》くなったんでしようね、ちらりと話してくれたりしたんですわ」

実は、今の住人が出ていってくれないんだ——と。

「わたしびっくりしましてね、だけど裁判所があのマンションは石田直澄のものだって決めてくれたんなら、出ていってもらうしかないだろがって、言いましたわね。そうしたら直澄は、そんな理屈はオレだってわかっとるがねって。わかっとるけども、あんなばあさんに泣かれたら、なかなか鬼みたいにはなれんわなって」

キヌ江は腹立たしいような石田が可哀想《かわいそう》なような、なんとも複雑な気分だった。

「いったいその家の人たちはどういう人たちなんだって、わたしききましたんですよ」

オレにもよく判らないんだと、石田直澄はかぶりを振った。

「ただ、なんか理由《わけ》ありの感じがすると、なんか、普通じゃないような感じがするんだよって申しました。それを聞いて、嫌な予感がしたんですけどもねえ」

12 幼い母

六月二日に緊急入院してから、宝井綾子《あやこ》は丸一週間を病院で過ごした。

迅速な手当てのおかげで、入院するとすぐに容体は好転を始めた。高熱が引き、激しい咳《せき》の発作も間隔が開くようになると、彼女はこんこんと眠った。その寝顔を見ながら、ずいぶん疲れているのだろうと、母の敏子《としこ》がつぶやくのを、康隆《やすたか》は聞いた。

祐介《ゆうすけ》の世話は敏子に任せ切りだったが、すっかり安心しているのか、赤ん坊の様子を気にしてあれこれ尋ねるということもなく、むしろ綾子自身が赤ん坊に戻ってしまったかのように、病床に付き添う看護婦や父に、頑是《がんぜ》ないわがままや甘えの台詞《せりふ》を投げるようなこともあった。

姉さんは重荷をおろしたんだなと、康隆は考えていた。あの夜――咳き込んでは吐き、高い熱にうなされながら一気にぶちまけた彼女の告白を、知っているのは康隆だけである。すべてを聞かされたその瞬間に、綾子が背負っていた真っ黒な荷物は、康隆の両肩に移された。まるで、おんぶしていた祐介を、「ね、ちょっとお願い」と移して寄越すときのように。

——おまけにオレってバカだから。

康隆は自嘲《じちよう》的に考えた。

——進んで背中をさしだして、代わりに背負ってやるよって言っちゃうんだよな。

綾子が病院を離れられないでいるあいだ、康隆は、頼まれた着替えを届けたり、洗濯物を持ち帰ったりするために病院には出入りしたけれど、綾子とふたりきりにならないように、極力気をつけていた。たった一度だけ、入院四日目に、綾子の体温が三七度台まで下がったという報《しら》せを聞いた日に、学校の帰りに彼女の好きなフレーバーのアイスクリームを持って見舞ったときを除いては。

ベッドの背もたれを起こして寄りかかれるようにしてやると、綾子は、大好物のミント味のアイスクリームを喜んで食べた。康隆も彼女の様子を見守りながらスプーンを使ったが、ほとんど味を感じなかった。口のなかで溶けるはずのアイスクリームが、喉《のど》につかえるのが不思議だった。

「姉さん」

ようやく西に傾いてきた日差しがカーテンを茜色《あかねいろ》に染め始めた病室で、康隆は小声で聞いた。

綾子は顔をあげた。やつれて尖《とが》った顎《あご》が、彼女を少女のようにかぼそく見せている。

「ここに担《かつ》ぎ込まれた夜、オレに話したこと、覚えてる?」

綾子はゆっくりとまばたきをした。手にしたスプーンでアイスクリームのカップのなかをかきまぜるような仕草をすると、大きくひとつすくいとって口に運んだ。

「覚えてるよ」と、彼女も小さく答えた。

「あれは、高い熱のせいで見た悪い夢じゃないよね？」

綾子は康隆の顔を見た。彼も姉の目をのぞいた。

「姉さんは作り話をしたわけじゃないね？」

綾子はカサカサに荒れた唇をなめた。溶けたアイスクリームが顎の先にちょっぴりくっついている。

「作り話ならどんなにいいかなって、あたしもそう思う」

「そうか……」

「ここにいると、ニュースとかわからない。どうなってるか、あんた知ってる？」

康隆はうなずいた。「いろいろ報道されてるよ」

綾子はひるんだ顔をした。「大騒ぎになってるの？」

「当たり前じゃないか。大ニュースだよ。だって四人も——」

康隆は病室の出入り口を振り向いた。ナースシューズの底をキュッキュと鳴らして看護婦が通り過ぎて行く。夕食まではまだ時間があるが、検温とか様子見に、いつ担当の看護婦が顔をのぞかせるかわからない。

素早く立ち上がって、康隆はドアを閉めた。閉める前に、ドア口から首を出して周囲を見回した。廊下には誰もいない。ベンチも無人だ。

心臓がどきどきしていた。康隆はふと、場違いな感じに吹き出しそうになった。

中学二年生のとき、仲のいい友達とふたりで、キセル乗車をしたことがある。乗車駅では初乗り料金の切符を買って電車に乗り込み、降車駅では駅員の目をごまかすという古典的な手段だ。それで浮かすことのできる運賃はふたり分でたかだか千円程度、割に合わないほどのスリルとサスペンスを味わいながらの道中だった。

あのときも、電車がスピードを緩めたと言ってはドキドキし、駅に着いたと言ってはヒヤヒヤしたものだ。今、ここでこうして感じているドキドキと、それは寸分も違いはない。

しかし、動悸《どうき》の速まる「理由」は大きに違う。片方はキセル乗車で、片方は殺人だ。ひとり分五百円の運賃をごまかすために味わう恐怖と、肉親が人殺しをしたと知らされて味わう恐怖と、違いが無いわけがない。それなのに、身体《からだ》が示す反応は、どっちも同じだ。心臓がドキドキ。ただそれだけだ。

人間て、思いのほか単純にできているのかもしれない。

「康隆――」

病床から、綾子が小声で呼びかけた。姉が彼をきちんと名前で呼ぶのは珍しいことだった。とりわけ祐介が生まれて以降は、いつもふざけ半分に、「おじちゃん」と呼ぶようになっていたからだ。

「ごめんね」と、綾子は言った。

姉さんはいつだって謝るんだと、康隆は思う。なんかまずいことをやって、それを片付けなくちゃならないとき、オレをあてにして、それでもって謝るんだ。ゴメンネって。

中学時代、学校から呼び出しを食うたびに、綾子はそれを康隆に打ち明け、ねえ、お父さんお母さんにうまいこと言っといてと頼み込んだ。そして、アリガト、ゴメンネと笑う。あたし、康隆には甘えちゃうんだな、と。万引きして補導されたときも、あたしがお父さんに叩《たた》かれそうになったら加勢してと頼んできたっけ。実際、睦夫《むつお》は激怒して綾子をぶっ飛ばしそうになり、康隆はあいだに割って入って代わりに殴られた。前歯が一本折れたのだ。

あいつ――八《や》代祐司《しろゆうじ》との結婚が本決まりにならないうちに、おなかに赤ん坊ができちゃった――あのときだって、まず綾子からその事実を知らされ、それを両親へと伝えたのは康隆だった。オレ、なんか姉さんのためにスゴイ尽くしてやってるなあと、自分でも呆《あき》れる。日本一お人好《ひとよ》しの弟、宝井康隆くん！　笑っちゃうな、ホント。

だけど今度という今度は笑い事じゃない。姉さんは万引きしたのでもなければ生活指導の先生に呼びだされたのでもない。

人を殺したのだ。

このことを、どうやって両親に打ち明けたらいい？　こんな伝言、どうしたらちゃんと伝えられる？

綾子の告白を聞いた後、康隆は懸命に事件に関する報道を集め、ニュースを見て、捜査がどちらの方向に向かいそうなのか、観測を試みた。綾子にとっては幸いなことに、警察の顔は現場から逃げ出した不審な中年男性の方に向いており、まもなくその中年男性があのマンションの「買受人」とかいう立場の人物だったということが判明すると、彼に対する疑惑はますます濃くなり、数日もしないうちに、事件の犯人はほとんど彼に決まったようなものだという感じの報道がなされるようになってきた。

康隆は、静かな病室内で、自分の声の大きさに気をつけながら、それらの経過を説明した。綾子は熱心に身を乗り出すようにして聞いていたが、くたびれるのか、途中でぐったりと横になってしまった。

「それじゃあ、あたし、すぐには捕まらないかな」と、白い天井に向かってつぶやいた。

「声が大きいよ」

康隆は注意した。天井には、ナースコール用のマイクが設置されているのだ。

「あのおじさん、そういう人だったんだね……」

綾子の言う「おじさん」とは、つまり現場から逃げた買受人の「石田直澄」という男性のことだろう。

「姉さんは、石田さんという人を知ってるの？」

「会ったのは、あの夜が初めて。だけど、見かけたことはあったよ」

「どこで見かけたの？」

「祐司さんを訪ねて行ったとき、玄関先にいたの。押し問答してるみたいに、ふたりで突っ立って何か言い合ってたのよ」

「いつごろのこと？」

綾子はちょっと考えた。「一カ月ぐらい前かな」

ここに至って、どうしてもきかねばならない質問がある。康隆は肉親の想《おも》いと「良心」という理《ことわり》のあいだでゆらゆらと揺れながら、それでもなんとか声をしぼり出した。

「姉さん、ひとつきいておかなくちゃ」

横たわったまま、綾子は首をよじって康隆を見た。

「警察に出頭して、本当のことを正直に話そうと思う？　それともこのまま黙っていたい？　どっちだい？」

とりあえず今のこの質問には黙っていることにしたという感じで、綾子は答えない。

「かばえるなら、僕は姉さんをかばいたいし、かばうつもりだよ」と、康隆は言った。自分では、断固、という口調のつもりだったが、なにしろ声をひそめているので、迫力には欠けたかもしれない。

「だけど、姉さんが黙っていると、この石田さんておじさんが迷惑することになるかもしれない。姉さんが名乗り出れば、石田さんは逃げ回るのをやめて出てくることができるかもしれない」

綾子の前に、考える材料を投げ出したつもりだった。よく考えてくれと望んだつもりだった。

しかし、戻ってきたのは「感情」だった。

「あたし、祐介と離れたくない。引き離されたくない」

綾子は天井を見あげていた。康隆が見つめるうちに、その目から涙があふれて目尻《めじり》から流れだし、耳たぶの方へと流れ落ちてゆく。

「どうしてこんなことになっちゃったのか、自分でもわからない。これからどうしたらいいのかもわからない。だけど、祐介と離れたくないの。あの子と引き離されたら、あたし、死ぬよ」

綾子は白いカバーのかかった毛布を引き上げると顔を覆《おお》った。そして毛布の下からささやいた。

「康隆、ゴメンネ。ごめん」

康隆も泣きたい気分だったが、ここで一緒になって愁嘆場を演じたところで、現状を打破できるわけではない。必死になって自分を叱咤《しった》して、彼はさらにきいた。

「石田さんて人は、姉さんが本当のことを言わないかぎり、ずっと疑われたままになるよね？　それでもいい？　姉さん、苦しくない？」

綾子は毛布の下で泣いている。しゃくりあげながら、康隆を責めるように言った。

「そんなこと、あたしにきいてどうするの？　苦しいのはとっくに苦しいよ。死ぬほど苦しんでるよ」

泣き続ける綾子と一緒に、しばらくのあいだ、康隆も茫然《ぼうぜん》と座っていた。夕食時間が近づき、廊下が少しずつ騒がしくなってきた。ワゴンの車輪のきしみ。食器がぶつかる音。エレベーターの稼働音《かどうおん》。

「殺してやりたい」と、康隆はつぶやいた。自分でも意識しないうちに、言葉が口からこぼれ出ていた。

そっと毛布の端を引き下げて、綾子が顔を出した。涙に濡《ぬ》れた顔は土気色で、くちびるが震えている。

「康隆――」

「殺してやりたいよ、アイツを。八代祐司をさ」

綾子の声は消え入りそうだった。「あの人は、もう死んでるよ」

康隆はぐいと肘《ひじ》で顔をぬぐうと、立ち上がった。

「顔、洗ってくるよ。ついでに夕食ももらってくる。姉さん、今朝からおかゆを食べてるんだろ?」

廊下に出てひとりになると、反動のように激情が襲ってきて、康隆はドアのノブを握って立ちすくんだままブルブルと震えた。

緊急入院した夜に、うわごとのようにぶちまける綾子の話を聞いたときには、まだ現実感が足りなかった。入院という事態そのものが、日常的なことではないから、そこで交わされる会話も、そこでなされる動作も、ちょっと経《た》つと忘れてしまう夢のように頼りないもののように感じられたのだ。

だが、これは事実なのだ。立ち向かわねばならない現実なのだ。宝井綾子は、康隆のたったひとりの姉は、人殺しをした。相手は殺されても仕方ない人間だったけど、だけど彼女が殺したことに間違いはない。

突き落としたのだと、綾子は言った。あのままじゃあたしの方が殺されそうな気がした――だからつかまれた腕を振り払って、そのときのあの人の目がまるで獣の目のようで、ただもう夢中で腕を振り回しているうちに、あの人は地上に落ちて行った――時を巻き戻せるならば、康隆は、姉に代わってその場に行きたいと思った。そしてこの手で、この腕を振り上げて、アイツを殴り、その肩をつかんで奈落《ならく》の底へと投げ落としてやりたい。いや、もっともっと前まで時間を戻して、アイツが姉さんと出会う前に、アイツの人生を断ち切り、存在を消し去ってやりたい。チューブのように真っ白でなめらかな病院の廊下に立っていると、方向を見失ったような気分になる。いや事実、康隆は次に向かうべき道が見つけられないでいるのだった。姉さんを守ってやらなきゃ。姉さんをかばってやらなきゃ。だけど、だけど――

それで本当に、いいんだろうか？

額を壁に押しあてて、康隆は目を閉じた。八代祐司の顔が目に浮かぶ。姉さんの恋人。祐介の父親。そして姉さんに殺された男。

康隆は、彼と親しく話をしたこともない。なにしろ、たった一度しか宝井家を訪ねてこなかったのだ。しかもその訪問は、綾子と結婚する気はないということを告げるためのものだった。そう、綾子のお腹《なか》にはもう赤ん坊が、やがて生まれ出て祐介と名付けられる男の子がいたというのに、アイツは僕たちに、

「綾子さんと結婚するつもりはまったくありません」

と言いにきたのだった。

娘の結婚相手を迎えるという緊張が一気にほどけてしまったあの時の、両親の顔をよく覚えている。呆気《あっけ》にとられ、あまりのことに信じられなくて、母の敏子はちょっと笑いだしそうな感じだった。

「それはあの……どういう意味でございますか？」

馬鹿《ばか》丁寧に問い返したものだ。使い慣れない「ゴザイマス」言葉が口をついて出るほどに、実は敏子は動転していたのだった。

八代祐司は頭を下げた。椅子《いす》に腰掛けたままではあったけれど、額が膝頭《ひざがしら》にくっつきそうなほどに深く身を折って、申し訳ありませんと言った。

「綾子さんに不満があるわけじゃないんです。僕は誰とも結婚しないつもりでいるんです。家庭というものを持たないつもりでいるんです。それが僕の人生の方針です。ですから、綾子さんとは結婚できません」

あらまあ、というような間抜けな合いの手を入れたきり、敏子は黙ってしまった。代わりに、それまできちんと両膝の上に載せていた太い腕を持ち上げ、おもむろに胸の前でぐいっと組んで、父の睦夫が声を出した。

「そういう理屈で、人の気持ちが片付くと思うわけですか、あなたは。あなたの方針が、綾子の気持ちと綾子のお腹の子供よりも優先するんですか」

睦夫は真っすぐに、八代祐司の顔を見ていた。康隆は、八代祐司は目をそらすだろうと思った。自分が彼ならそらしてしまう。まともに見つめ返すことなんてできない。後ろめたくて、恥ずかしくて。

しかし、八代祐司は違った。彼はきりりと顎《あご》を上げ、睦夫の視線を正面から受けとめて、応じた。

「片付くわけではないと思いますが、片付かなくても仕方ない、僕には自分の方針を曲げる気持ちはありません。綾子さんにはもう、それについてきちんと説明してあります」

睦夫は急に力が抜けたみたいに腕組みを解くと、すぐ脇《わき》に座っている娘の顔を振り返った。

綾子は両肩を落とし、虚《うつ》ろな目を開いてテーブルの上をぼんやりとながめていた。姉の目がわずかに潤《うる》んでいることに、康隆は気がついた。当たり前だ。これで涙が出ないわけがない。

だけど、綾子の目はあくまでも潤んでいるだけだった。涙は頬をつたって落ちることなく、彼女の瞳《ひとみ》の内にとどまっていた。それが康隆には、姉がすべてを諦《あきら》めている証拠のように見えた。

八代祐司の今日の訪問を待ち受けているあいだ、浮き浮きする両親の傍らで、彼女が妙に内向的に、静かに緊張していた理由がやっと判《わか》った。綾子が待っていたのは八代祐司のこの言葉、この態度だったのだ。綾子は予想していた。彼が今日、この場でこういう台詞《せりふ》を吐くことを。彼からすでに、心積もりを聞かされていたのだから。

でも一方では、ほんのわずかでも、彼の気持ちに、「人生の方針」とやらに変化が起こっていはしないかと、期待する気持ちだってあったはずだ。なぜなら、八代祐司はわざわざ宝井家までやって来たのだから。一〇〇パーセント、綾子と赤ん坊を見捨てるつもりなら、わざわざ釈明のために訪ねて来たりせずに、とっとと逃げ出してしまうだろう。ここに来る以上は、彼の心にだって、普通の人間的な感情があるはずだ。綾子と赤ん坊に対する愛情――同情でも責任感でもいい、この際なんでもいい、当たり前の人間の感情ならば――そういうものがあるはずだ。

今の今まで、綾子だってそこに望みをかけていたはずだ。だから姉さんは、八代祐司のこの無機的な言葉を、この残酷な態度を、予想はしていたけれど覚悟はしていなかった。そのはずだ。

その綾子に向かって、八代祐司は何のためらいもなく断を下した。自分の方針はこうだ――納得してくれなくても仕方ない。

だから、今この瞬間に、綾子はすべてを諦めたのだ。ああ、これじゃもうどうしようもない。とりつくしまもないじゃない。だから、今の綾子の瞳を濡らしている涙は、家族がまだ何も知らされていない内に、彼女がひとりで流した衝撃や葛藤《かっとう》や悲嘆の涙とは、きっと種類が違うのだ。悲しみや怒りの涙じゃない。切断にともなう痛みの涙なのだ。

そして、綾子から切り離されるのは八代祐司という生身の人間じゃない。綾子が切り離すのは、彼女が彼を愛するようになって以来、彼に対して抱き続けてきた和《やわ》らかな感情や、明るい未来の夢。そう、綾子自身の心の一部分を切り離すのだ。

どれほど痛いことだろう。しかし綾子は、瞳を潤ませるだけでひっそりと座っていた。そこで育《はぐく》んでいる赤ん坊を守るように、赤ん坊のぬくもりに慰めを求めるように、お腹をそっと両手で抱いて。

思い出すと、康隆の目も潤みそうになってしまう。大きく肩を上下させて涙を振り切り、わざとのように声を出してため息をつくと、足早に廊下を進んだ。

配膳用《はいぜんよう》のワゴンを押した職員が、ちょうどエレベーターをあがってきたところだった。綾子の夕食の盆を受け取ると、回れ右をして引き返す。盆の上の食器からは温かな湯気があがっている。いい匂《にお》いがする。最近は、病院の食事もずいぶん良くなって、温かいものは温かく、冷たいものは冷たく供するというふうになってきているのだそうだ。

そういえばあの日、八代祐司は、宝井家で供されたものを何ひとつ口に入れなかった。敏子の出した日本茶の茶碗《ちゃわん》にも、康隆のいれたコーヒーのカップにも、手を触れることさえしなかった。頑《かたくな》——というよりむしろ無表情に、自分の人生の「方針」とやらを語る彼の目の前で、それらはゆっくりと冷えていった。空《むな》しく湯気をあげながら冷めてゆく飲み物と、それらに目もくれない八代祐司の硬い表情との対比が、奇妙なほど鮮やかに思い出される。

——身勝手な人間だ。

睦夫は八代祐司を評してそう言い捨てた。ほとんどそれしか言わなかった。

——最初から所帯を持つつもりがなかったなら、あんたなぜ綾子と深い関係になったんだ？　子供じゃあるまいし、そうなりゃ妊娠するかもしれないってことぐらい、わかってたろうが。

睦夫のそういう詰問《きつもん》にも、八代祐司は表情を変えなかった。彼の顔はつるりと整っていて、男にしては珍しいほど肌理《きめ》の細かいきれいな額や頰に、内心の感情——後悔や後ろめたさや怒りや悲しみや衝撃が、しわの一本を刻むこともなかった。

SFファンの康隆は、そんな八代祐司の姿に、ふと「レプリカント」を想像したものだった。人造人間。人間そっくりに造りあげられた人間のまがいもの。無論、彼らに生殖能力はない。だから睦夫の詰問に、八代祐司がこう答えたとしてもちっとも不思議じゃなかった。そんなこと考えてもみなかった、僕にはそもそも子供ができるはずがないのです——

しかし現実には、レプリカントではない生身の八代祐司はこう答えた。

「僕は子供など欲しくない。あれは不注意でした」

睦夫はあんぐりと口を空いたまま固まってしまった。不注意でした。機械の操作でもしているみたいだ。申し訳ない、押すボタンを間違えました。

「赤ちゃんが産まれるんですよ――あなたの子供ですよ。あなたと血がつながってるのよ。可愛《かわい》くないの？　見捨てられるんですか？」

たまりかねたように、敏子がそう呟《つぶや》いた。懇願するような響きがあった。何か急な動作を――八代祐司に飛びかかるとか、彼の肩をつかんで揺さぶるとか――してしまいそうになるのを止めるために、左右の手をしっかりと組み合わせていた。

敏子の声に、八代祐司は彼女の顔を見た。そしてつと目をそらした。その一瞬、康隆はわずかな期待を抱いた。彼も心が揺れているのではないかと、敏子の懇願に心が痛んでいるのではないかと、そう感じたから。

だが、現実は違った。敏子から顔を背けた八代祐司の目には、強い軽蔑《けいべつ》の色が浮かんでいたのだ。娘のために泣いて拝む母親の姿を、彼は嫌悪《けんお》しているのだった。

こりゃ駄目だ――そう思った。

「もう、話し合いなんかしても無駄なようですな」

力無く、睦夫は言った。八代祐司は無言のまま軽く頭を下げた。そして立ち上がり、足音も立てずにするりとリビングを出て、去っていった。誰も見送らなかった。綾子さえも。

呆気にとられたような沈黙が、宝井家のリビングに立ちこめた。怒りや悲しみよりも、何かすごく不可解で、奇妙で、生態のわからない生き物に遭遇してしまったというような感じだった。康隆はしきりと人間のまがいもののことを考えていた。

「ごめんね」と、綾子がささやくように言った。

「あの人を怒らないでね」

ゆっくりと、睦夫が身体をよじって娘の方を振り向いた。殴られたみたいな顔をしていた。

「おまえ、まだあいつをかばうのかね？」

「そうじゃないのよ」

綾子はお腹を抱いたまま首を振った。

「かばってるんじゃないの。本当のことを言ってるだけ。あの人、可哀想《かわいそう》な人なの。親とうまくいかなくて、家庭の温かみを知らないで育ったの。だから判らないの――家族とか、親とか子供とかそういうもののことが。誰もあの人にそういうこと教えてあげてないの。あの人、困ってるのよ。子供ができるなんてことに、どういうふうに立ち向かったらいいかわからないでいるの。だからあんなふうに冷たいこと言うの」

ホントよ……と呟いて、泣き出した。

それは大甘の解釈だと、康隆は思った。姉さん、なんてお人好《ひとよ》しなんだろう、と。

睦夫は（手に負えない）というように首を振っている。綾子の言うことはとんでもない勘違いだが、しかしそれをどう訂正してやれば娘が納得するのか、それが判らない

――

敏子は現実的だった。涙をぬぐうと、強いてぴしゃりとした口調で訊《き》いた。「綾子あんた、子供を産みたい？」

綾子はなんのためらいもなく、大きくうなずいた。

「どして産みたいの？　あの男の子供だから？　子供がいれば、いつかはあの男の気持ちもほぐれてあんたのところへ帰ってくるかもしれないから？」

残酷な質問だった。さすがに、綾子もひるんだ。

「そんな……そんななんていうの、赤ちゃんをダシにする？　そんな気持ちじゃないわよ、あたし」

しどろもどろに答える。その顔をきっと見据えて、敏子はさらに訊いた。

「本当だね？　本当に、子供を担保にしようなんて気持ちがあるんじゃないんだね？」

「ホントよ！」

「じゃ、なんで産みたいの。あの男の子供だよ？　あいつの言い分を聞いたろ？　あいつ、あんたのことなんか何とも思っちゃいないよ。あんたあの男に捨てられたんだよ、わかってるの？　それなのにどうしてあいつの子供を産みたいの？」

「だってあたしの赤ちゃんだもの！」

両の頰を濡《ぬ》らし、叫ぶように、綾子は答えた。

「殺したりできないもん！　絶対に殺したりしないんだから！」

ぼそりと、睦夫が言った。「産んだ方が、綾子の身体のためにはいい。産んだ後で養子に出すってこともでき――」

　綾子は激しく遮った。「そんなの嫌！　あたしが育てるの、絶対に手放したりしない！　あたしの赤ちゃんだって、何度言ったらわかるのよ！」

　敏子が立ち上がり、テーブルの脇を回って、娘の隣に座り直した。両腕で綾子を抱くと、初めて優しい声を出した。

「判ったよ。あんたの気持ちはよくわかった。だからもう泣くんじゃないの……」

　それから半月ほどのあいだに、何度となく、康隆の目には触れない場所で、両親と綾子の、睦夫と敏子の、敏子と綾子の話し合いが持たれたようだった。その結果、結論は落ち着く場所に落ち着いた。綾子は赤ん坊を産む。産まれた子は宝井家の子として、みんなで可愛がって大切に育てよう、と。

　そして綾子は八代祐司を忘れたはずだった。もう彼とは関わりのない人生を歩むはずだった。

　綾子が分娩室《ぶんべんしつ》に入り、産院の待合室で赤ん坊の誕生を待ちわびているとき、敏子がふと心細くなったような顔で、康隆にこんなことを言った。

「こんな土《ど》壇場《たんば》になって言うのもなんだけど、母さん、やっぱりまだ心配なんだ」

「何が？」

「綾子、本当に諦めがついてるかね？　あんたはどう思う？」

「諦めって――あいつとのこと？」

「そう」

「諦めてるよ。そりゃ絶対。最初から言ってたじゃないか、赤ん坊を担保にするようなつもりはないって」

「そうだね……だけど、もうひとつ別の意味でさ」

「別の意味？」

「綾子、あの男と別れきれないんじゃないかね」

八代祐司をかばうように、綾子はこう言った──あの人は家庭の温かみを知らない可哀想な人だと。

「母さん、あれが気になってさ。綾子はね、あの男の根性がねじけてるとか、自分は女たらしの無責任男に騙《だま》されたんだとか、そういうふうには思ってないだろ？　母さん思うんだけど、今の綾子みたいな立場に置かれた女はね、たとえ自分のこと騙してでも、相手のこと悪く思うべきなんだよ。どうしようもない奴《やつ》だって思って、見放すべきなんだ。絶対に、相手に同情なんかしちゃいけないんだ。今はね。同情したら、切り離せなくなっちまうものね」

「母さん……」

「綾子は気が優しいから、あの男を気の毒がってる。家庭の良さを知らずに育って、冷たい心を持ってしまってる可哀想な人だってね。だけどそういう考え方をしてるとさ、簡単に罠《わな》にはまるんだよ。そんな可哀想な人をあたしがなんとかしてあげたいっていう罠にね。あたしなら、あたしと赤ん坊なら、なんとかしてあげられるっていう罠ね。これは本当に怖い罠なんだ」

気丈で勝ち気な母親が、怯《おび》えたような目をしている。そのことに、康隆も静かな恐怖を覚えた。

「八代祐司みたいな男を、綾子みたいな女がどうにかすることなんかできないよ。どうにもできない。関わらない方がいいんだ。だから結果的にはこれでよかったんだと思ってる。未婚の母なんて、今時それほど珍しくもないじゃないか」

「そうだよ、ホント」

母を励ましたいような気持ちで、康隆は大きくうなずいた。

「ただ問題は、綾子が本当にそう思い切ってくれてるだろうかってことなんだ。母さんはそれが不安。赤ん坊とふたり、うちで幸せに暮らせば暮らすほど、八代祐司のことを想《おも》い始めるんじゃないかってね。今は、口ではあの男のことはもう考えないって言ってるけど、本音はどうだかわからないよ。気にかけて、心配してるんじゃないかね。未練より、いっそ始末が悪いよ、そういう気持ちは」

康隆は、姉さんはけっこう賢いから大丈夫だよと、笑って言った。敏子はすぐには笑顔を返してくれなかった。母がやっと、ため息混じりに微笑したとき、分娩室のドアが開いて、看護婦が出てきた。おめでとうございます、元気な男の子さんですよ――

病室で、夕食をゆっくりと口に運ぶ綾子の様子を見守りながら、康隆は今さらのようにあの時の母の懸念《けねん》を思い出していた。母さんの心配は的外れじゃなかった。姉さんは八代祐司と別れきれなかった。またあの男と会っていた。祐介を抱いて、あの男に会いに行っていた。家族には内緒で。

そして、結果的には彼を殺すような羽目に追い込まれてしまったのだ。

「事件の夜のこと、もう少し詳しく訊いてもいい？」

康隆が切り出すと、綾子はぴくりと顔を上げた。

「この前は、姉さんまだ重症だったから、細かいこと話してもらえなかった。いろいろ知りたいことがあるんだ。いいだろ？」

綾子はスプーンを盆の上に戻すと、窶《やつ》れた顎《あご》を俯《うつむ》けた。

「今でないと駄目なの？」

「ほかに誰もいないときの方がいいじゃないか」

「あんた、お父さんとお母さんにはまだ何も言いつけてないの？」

康隆はちょっと苦笑した。「言いつける」という語彙《ごい》の幼さはいかにも綾子らしい。

「何も話してないよ」

「どして言わないの？」

「肺炎で死にかけてる姉さんと、祐介の世話でてんてこまいしてる父さんと母さんに、これ以上余計なこと聞かせたくなかった」

どのみち、警察が早々に綾子の存在を突き止めて追跡してくるならば、そのときに両親はすべてを知ることになる。だからそれまでは黙っておこうと思った。だが現状では、捜査の手は綾子には及んできていないようだ。となると、話は違ってくる。

「気を遣わせちゃったね」

綾子はちょっと首を縮めた。

「それに、親に打ち明けたいなら、姉さんが自分でそうするはずだろうと思ったし」

「あたし、なんで真っ先にあんたにしゃべったんだろ？」

「楽だからじゃないの、相手がオレだと」

綾子は微笑《ほほえ》んだ。「そうだね」

「だけど、これから先、姉さんをかばい抜こうと思うなら、オレだけじゃ力不足だよ。父さん母さんにも手伝ってもらわなきゃ」

「じゃ、あんたから話すの？」

「そうして欲しい？」

綾子はしばらく考えた——いや、考えるふりをした。

「うん。お願い」

「それなら教えてよ。なんでそんなことになったのか、オレがちゃんと説明できるように。そもそも、姉さんいつからアイツと会ってたの？」

乾いて荒れたくちびるを舐《な》めて、綾子は間をおいた。やっぱり後ろめたいらしい。

「その前に、なんであたしがまたあの人と会うようになったか、それは訊いてくれないの？」

康隆はため息をついた。「いいよ。理由は何さ」

綾子は夕食の盆を持ち上げて、サイドテーブルの方へ移そうとした。見るからに力弱く、今にも盆が下に落ちそうだ。康隆はあわてて手を貸した。

「心配だったのよ」と、綾子は呟いた。

「あんただってそうじゃない？　困ってる人とか、寂しそうな人とか見たら、放っておけないでしょ？　あたし、祐司さんのこと心配だったの。あの人ひとりにしておけなかったのよ」

康隆は急に自分の体重が重くなり、腰かけている椅子《いす》ごと床に沈み込んでいくような感じがした。あまりにも絵に描いたような展開に、不謹慎ながら、少しばかり愉快なような気もした。

母さんは凄《すご》い——と思った。ここでもまた、母さんが心配してたとおりだった。見抜いていたとおりだった。

「あいつは家庭とか家族とかの温かみを知らないから……？」

康隆の呟きに、よくぞわかってくれたというように綾子は勢いづいた。

「そうよ！　あんたもそう思う？　あの人、根っから冷たい人じゃないの。ただ温かさを知らないだけだったのよ。あたし、それを何とかしてあげたかった。きっとなんとかできると思ったの。あたし……あの人、あたしといるときは何か違うものを感じるって、そう言ってくれたことがあったの。それを信じてた。忘れられなかったの」

　言いたいことはいろいろあったけれど、それを言っては脇道《わきみち》にそれてしまう。自分を抑えて、康隆は質問した。

「一度はきっちり別れたよね？　あいつが家に訪ねてきて、姉さんと結婚する気はないって宣言して帰って行ったときに」

「ええ……。あの後は、あたしもさすがにあの人に会おうとは思わなかったもん」

「いつごろ復活したの」

「ずっと後よ。祐介が生まれて、病院を退院して、一カ月ぐらい経《た》ってから」

「どうやって」

「──電話したの。あの人のケイタイに」

「なんで電話したの」

　綾子はぎゅっと口をつぐみ、顎を引いて白い毛布カバーを睨《にら》みつけた。別段、毛布が憎いわけではなく、本当ならば康隆の顔を睨みたかったに違いない。

「赤ん坊が無事生まれて、元気に育ってるってことを知らせたかったの？」

　康隆の問いにも答えない。

「アイツが今どうしてるか知りたかったの？　もう新しい女の子と付き合ってるんじゃないかとかって思ったの？」

　まだ答えない。

「それとも、わたしはまだあなたのこと好きよって、言いたかったの？」

綾子はぐいと顎をあげ、まともに康隆を見た。そして切り口上で言った。

「そうよ、全部あたってる。だけど、あんたにはわかんないわ！」

いきなり攻撃されて、康隆は面食らった。

「なんだよ、なんで怒るの？」

「怒ってないわよ。ただ、あんたにはホントのことなんか何もわかんないって言ってるだけ！」

理不尽だと、康隆は思った。急に頭に血がのぼって、口を歪《ゆが》めて言い返した。

「そうだね、オレにはわかんないよ。人殺しの気持ちはね！　姉さん、自分のしたことを忘れてんじゃないの？　好きだったとか放っておけなかったとか言ってるけど、姉さんあいつを殺し――」

ハッと息を呑《の》んで言葉を切った。夕食時で病院全体がざわついているとはいえ、不用意に大声を出したら、どこで誰の耳に入るかわからない。

綾子は空気を抜かれた風船みたいにぺしょんとなってしまった。顔色は土気色を通り越して紙のように白くなり、毛布カバーを両手でつかんで震えている。

「ごめん」と、康隆は急いで言った。彼もまた、急上昇と急降下の繰り返しに悪酔いしているような気分だった。自分たち姉弟《きょうだい》、ふたりきりで行方の知れないちっぽけな船に押し込められ、大海に放り出されて行き迷っている――そんな気がした。

「あんたにはわかんないわ」

綾子の歯が鳴っている。言葉もがくがくと震えた。

「あんたなんか、まだ本気で人を好きになったことなんかないんでしょ？　オタクなんだから、生身の女の子と付き合ったことなんかないんでしょ？　頭でっかち。そんなヤツに、あたしの気持ちなんかわかるわけないわよ！」

手品みたいに両目からぼろぼろと涙が流れ出した。毛布を持ち上げて頭からひっかぶり、声を殺して泣き始める。

康隆はまた、椅子ごと床にめりこんでいくような気がした。姉を泣かせてしまったことの罪悪感に打ちのめされる以前に、彼も深く傷つけられていた。

——なんでこんなことになるんだ？

手をあげて自分の顔を撫《な》でようとすると、指先がぶるぶるしていた。

「とにかく、電話したのは姉さんからなんだね？」

声を励ましてそう訊《き》いた。綾子は毛布をかぶったままぴくりともしない。

「で、あいつは姉さんと会った。姉さんを避けようとはしなかった。以来、時々会うようになった。そういうことだね？」

やっと、毛布のなかに隠れたままだが、綾子はうなずいた。

「あのマンションがあいつの家なんだね？　あそこを訪ねたのは何度目？」

綾子が毛布の下から何か言った。「え？」と、康隆は聞き返した。綾子はやけになったみたいに毛布をひっぱがすと、大きく息を吐いた。

「あのマンションへ行ったのは、あの夜で二度目だったかな。最初に行ったときには、すごいマンションなんでびっくりした。あの人、あたしと別れてるあいだにあそこに引っ越ししてたの」

康隆は、内心舌打ちしたい思いだった。昔なら、引っ越して住所が変わっていたというなら、綾子がいくら会おうと思っても八代祐司の居所が判《わか》らなくて、そのまま別れることになっていただろう。だが現在では、携帯電話なんていうおせっかいなものが存在するおかげで、綾子は楽々と彼と連絡をとることができてしまい、結局またよりが戻ってしまったというわけなのだ。

「あいつ、なんで引っ越ししたの？」

あいつなりに、姉さんとのことを忘れてケリをつけるためじゃなかったの——というニュアンスもこめて、康隆は訊いた。失恋して引っ越しするのは、何も女の子ばかりじゃない。もっとも、八代祐司の場合は「失恋」じゃないけれど。

綾子は天井を見つめたまま、ぼんやりとした口調で答えた。

「彼のお父さんの仕事の都合だって……」

康隆は嗤《わら》った。「なんだよ、それ。成人した男の言うことじゃないよ。パパが転勤したからボクも引っ越したの、なんてか？　絶対ヘンだよ。おかしいよ。そんなんだから、親子喧嘩《げんか》の挙げ句に自分の親やばあちゃんを殺すようなことになっちまったんだよ、あいつ」

綾子は弟の挑発的な言いぐさにも無表情のまま、しばらくのあいだ真っ白な天井を仰いでいた。その意味ありげな沈黙に、それ以上言い募ることもはばかられて、康隆は落ち着かない気分になった。

「あたし……」

綾子が小さく呟《つぶや》いた。康隆は、姉のベッドの脇へと歩み寄った。のぞきこむと、綾子は病みやつれた顔を険しくして、一心に天井を見つめていた。まるでそこに誰かの顔があって、このにらめっこに負けたら大変なことになる——と思いこんでいるかのように。

「あたし、まだあんたにも話してないことがある」

「え？」

「最初にあんたに話をしたときは、あたしあんな状態だったでしょ、ちゃんとした説明なんかできなかったんだもの」

「だけど、聞くべきことは聞いたよ。姉さんはあいつに会いに行った。祐介を抱いてね。あいつとやり直したかった。三人の家庭をつくりたかった。だけど、あの夜こっそり会いに行ってみると、あいつの家のなかは大変なことになっていた。部屋のあっちこっちにあいつの父さんと母さんとばあちゃんの死体がゴロゴロ。そいでもってあいつは、姉さんと祐介のことも殺そうとした。姉さんは、自分と赤ん坊を守るためにあいつをベランダから突き落とした——」

「違うのよ」と、綾子はきっぱり否定した。

「そうじゃないの。あの人が殺したのは、あの人のお父さんやお母さんやおばあちゃんじゃなかった。違うの」

13 写真のない家族

早川社長の差し金で小糸信治一家と入れ替わり、一九九六年三月ごろからウエストタワーの二〇二五号室に住み着いていた一家四人。小糸一家のいわば影武者の彼らは、では何者だったのか。

最初に彼らの身元が判明したのは、早川社長の身柄が確保され、彼が事情聴取を受けたときのことである。早川社長は彼らを指して、「砂川《すながわ》という一家だ」と言った。

「自分の知人の、砂川信夫《のぶお》が、うちで何度か顧客に紹介したことのある引っ越し業者で働いていて、アルバイトの兄ちゃんたちの束ね役みたいなものをしておってね、それで知り合いになったんですよ。ただ、今度のような仕事を頼んだのは初めてだし、騙《だま》して占有屋の真似《まね》をさせたわけじゃない。砂川も事情をよく知っていた。それどころか助けてやったようなものだった」

早川社長の話によると、一九九五年の九月ごろ、砂川信夫が事務所を訪ねてきたという。

「腰を痛めて引っ越し屋で働けなくなったから、何かいい仕事はないか紹介してくれと言ってきたんだけどね。私の方にもすぐには心あたりがなかったんで、どうもしてやれなかった。私と砂川は、さっきも言ったように仕事の上の付き合いで、そんなに親しかったわけじゃないんだ」

砂川信夫は、早川社長の愛人の経営する雀荘《ジャンそう》にもときどき顔を出していたそうだが、そこでも上客ではなかったようである。

「年寄りの面倒を見てるから、医者代もかかるし大変なんだと言っていた。それでも愚痴っぽい男じゃなかったし、仕事は真面目《まじめ》でよく働いたから、私も気にはしてたんだ。だけどこの不景気でしょう。四十半ばの、これといって特技もない、しかも腰痛《ようつう》が持病の男がすぐに勤め先を見つけるなんざ、無理だよ。砂川本人も、腰さえ悪くなかったらタクシーの運転手をやりたいんだなんて言ってたな。あれは日銭で稼げるからね。あの話しぶりだと、若いころ一時、タクシーを転がした経験があったようだったね」

早川社長としては、砂川信夫の幸運を祈ってやるだけで、それきり忘れていた。ところが年明けて一月の中頃に、また砂川が事務所に来た。

「今度は、今住んでるアパートが追い立てをくって、婆《ば》さん抱えて住むところがなくなるんで困ってるというんだね。仕事も、その場しのぎのものしか見つかってなくて、しようがないから彼が婆さんの面倒をみて、カミさんが昼はスーパーでレジ打って、夜はスナックで働いてるとか、だいぶ泣きが入っててね」

一九九六年のこのころには、すでに早川社長には二〇二五号室についての計画があり、必要な期間、小糸家に代わって住み着いてくれる家族を探し始めているところだった。

「病弱な年寄りを抱えた家族となると、買受人を手こずらせるにはもってこいだから、私も考えたわけですよ。それでまあ、砂川に話を持ちかけてみたら、やっこさんふたつ返事で承知したからね。もちろん、違法行為になるんだってこともちゃんと説明しましたよ。それでもいいって言ったんだ。よっぽど金に困ってたんだね」

ただ、早川社長も気になったので、砂川に尋ねてみた。彼らが何故《なぜ》、今のアパートを追い立てられそうになっているのか、と。

「婆さんが、すっかり足腰が弱っちまったんで、車椅子《くるまいす》を買って乗せてやってるってね。ところが、アパートの部屋のなかはあっちこっち段差があるんで、家のなかじゃうまく転がせないわけだ。それで、大家に無断で敷居を削ったり床の段差を埋めたり、いろいろやったんだね。それが契約違反だってことになってさ。こりゃまずいんですよ。無断改装だからね、言い訳できないからね。家賃もだいぶ払いが遅れてたそうだから、大家も追い出すきっかけを探してたんだろうしね。それと、彼らの部屋はアパートの二階だったんだそうだけど、婆さんの車椅子がゴロゴロする音がうるさいっていうんで、一階の部屋の住人にやいのやいの苦情を言われたってこともあったらしい。とにかく、大家はお冠《かんむり》でさ」

この件について語るとき、早川社長はなんとも凄《すご》みのある笑い方をして、こう言ったものである。

「アイロニーのある話じゃありませんかね、これは。砂川の家の連中は、あのままアパートに居座ってたら、そっちはそっちで部屋を明け渡せって、大家から強制執行かけられてたかもしれないんだよ。どっちへ転んだって運がない奴《やつ》は運がないんだね」

こうして、砂川信夫と彼の家族は、早川社長の指示に従って、二〇二五号室に移り住むことになったわけである。

「小糸さんたちに夜逃げしてもらう前に、私の事務所で砂川たちと顔合わせしてもらったんですよ。砂川の方は夫婦ふたりしか来なかったけどね。婆さんは遠出できないし、息子は仕事があるんで。小糸さんの方も夫婦だけで来たな。あっちは子供が小さいからね。小糸の奥さんは、砂川夫婦を気に入らなくてさ、顔合わせのときも、ただ目を吊《つ》り上げてるだけで愛想がなかったな。砂川夫婦が先に帰ると、えらい剣幕で私に嚙《か》みついてね。あんな人たちに、うちの大事な家具だの食器だのを使ってほしくない、指一本触れさせないでくれって、そりゃもう凄かったですよ」

「買受人」の章で、小糸信治・静子夫妻が二〇二五号室の占有者と何度か顔を合わせたことがあること、彼らを「砂川さん」と紹介され、そう呼んでいたということは、既に述べた。彼らのあいだは、うまくいっていなかったのか。

早川社長の手元に在った、二〇二五号室の偽《にせ》の賃貸借契約書には、借り主である砂川信夫とその家族の住民票が添付されていた。我々はここで初めて、占有者として二〇二五号室にいて、皆殺しの憂《う》き目にあった「家族」全員のフルネームを知ることができる。

この住民票の記載によると、世帯主の砂川信夫は、一九五〇年八月二十九日生まれ。死亡当時は四十五歳ということになる。妻の砂川里子は、一九四八年二月十五日生まれ。夫よりもふたつ年上である。このふたりが、リビングで倒れていた。

そしてふたりのあいだに生まれた長男、砂川毅《たけし》。一九七四年十一月三日生まれ。死亡当時二十一歳。この毅がベランダから地上に落下して死亡していた青年である。四人目——早川社長の会話のなかで「婆さん」として登場しているのが、砂川信夫の実母、砂川トメである。六畳間の和室で死亡していた老女である。一九一〇年四月四日生まれの彼女は、死亡当時八十六歳だった。

早川社長は語る。

「小糸の奥さんが神経をピリピリさせていたのは、まあ判《わか》るんですよ。夜逃げだから、二〇二五号室には家具やら洋服やら小物やら食器やら、ほとんどそのまま残してあったからね。私はあの人らに、夜逃げなんだから必要最低限の荷物しか持ち出すなって、きつく言っておきましたからね。あんたたちがいつごろいなくなって、いつごろ別の家族が住み始めたのか、近所の人たちにはっきり特定されるようなことがあっちゃいかんのだと言い聞かせたんですわ。あんなでかくて敷地も広いマンションだからね、夜中だって、誰が見てるかわからんでしょう。大荷物抱えて出ていくなんて論外だ。鞄《かばん》ひとつで出なさいよ、と。その代わり、残された荷物は私が責任持って保管しておいてあげるし、砂川たちにも大事にするように言っておくから、と」

しかし小糸静子は、砂川夫妻には任せられないと言い張った――

「あんな貧乏たらしい人たちじゃ、何か盗むかもしれないっていうんですな。そんなことはさせないって、私は何度も約束しましたよ。あの奥さんはきつい人でね。ベッドには寝るな、床に寝ろとか、風呂《ふろ》は使うな汚れるからとか、めちゃくちゃな要求だったね。特に、あの夫婦の他に二十歳過ぎの伜《せがれ》と九十歳近い年寄りが居るって言ったら、いやもう怒るのなんの。だから私も、最後はとうとう脅しつけなきゃならなくてね。奥さんあんたがそんなに文句を言うんなら、あたしらは手を引きますよ、とね。あたしらが手を引いたら、あんたは永遠にあの豪華マンションとおさらばだよ、とね。そしたらまあ、あのよくとんがる口も大人しくなりましたな」

既に述べたが、夜逃げをした後も、小糸夫妻は数度にわたって二〇二五号室を訪ねている。近隣の人びとがこれを目撃している。思い出してほしいのは、砂川里子と小糸静子が二〇二五号室の玄関口で立ち話しているところを見かけた人が、「姉妹が喧嘩《けんか》していると思った」と述べていることである。この場合、砂川里子が姉、小糸静子が妹と考えるのが自然だろう。

「小糸の奥さんは若作りだったから」と、早川社長は言う。「しかし、私も砂川から住民票をもらったとき、カミさんは四十八？　ですか？　それにしちゃえらく老《ふ》けてるなと思ったもんでしたよ。でも、女は苦労すると男より倍も三倍も歳《とし》をくうからね。大して気にしやしなかった。他人のカミさんのことだからね。私が気にしてたのは、砂川たちが占有屋としてうまくやってくれるかってことと、砂川のカミさんがまあ、小糸の奥さんともめない程度にあの部屋をきれいに使ってくれるかってことの方だったんだから」

小糸夫妻が二〇二五号室へ顔を出していたのも、自分と同じことが気になったからだ、と社長は言う。

「小糸の女房は、私を信用していなかったし、砂川のことも毛嫌いしていた。だから様子を見にいかずにおれなかったんでしょう。私としちゃ面白くもない話ですよ。何度か、近所の人に見られるとまずいし、万が一執行官に見つけられるともっとまずいからやめろと言ったんですがね。朝早くとか夜遅くとか、充分気をつけて行くからと言って、やめようとしなかったね」

早川社長が見た限りでは、砂川家の人びとは社長の指示をよく守り、室内をきれいに使っていたようだという。

「砂川は職探しもやめてたんで――あの当時はあの部屋に居ることが仕事だったし、買受人の石田さんの手前、世帯主が失業してることにした方がいいからね、始終家にいたわけですよ。年中掃除してるって、言ってましたよ。実際、私がこっそり顔を出してみると、家具付きのモデルルームみたいになってましたからね」

砂川里子の方は、昼はスーパーでパートタイム、夜はスナック勤めというパターンを守っていた。早川社長としても、砂川家の生活費まで丸々面倒をみるわけにはいかなかったし、里子の方にもそのつもりはないようだった。

「小糸の奥さんは、婆さんの車椅子にもずいぶん文句を言ってましたよ。床が傷つくからね。ふたりが喧嘩してたっていうのも、たぶんそのことじゃないかなと私は思うよね」

この点について、小糸静子に確認してみた。

「そういう話を先に並べられちゃうと、わたしはまるで鬼ババアみたいですよね」

怒った顔でそう言う。

「車椅子のことでは、確かに何度か苦情を言ったことがあります。あのおばあさんは、自力で歩けないほど足腰が弱ってたわけじゃないんですよ。甘やかされてたんです。ですからわたしは、おばあさんのためにも、室内で車椅子なんか使わない方がいいって言ったんですけどね」

砂川夫妻とは、あまり反りがあわなかったのか。

「わたしとは、いろいろな点で考え方や価値観の違う人たちでしたね。早川社長に、あんな人たちじゃない他の人たちを頼めないかって、訊《き》いてみたこともありますよ」

早川社長は取り合わなかったそうだ。

「奥さん、こういうことの片棒を担《かつ》ごうとする連中に、ぴかぴかの品のいい金持ちがいるわけがないでしょうって、バカにされました」

実際に、早川社長は彼女に、はっきりと、「あんた、自分がどういう立場にいるか判ってないんじゃないの」と言ったことがあるそうだ。ただし、小糸静子の方は、早川社長から露骨にそういう言葉で難詰《なんきつ》された記憶はないという。

「奥さんはお嬢さん育ちなんだねって、笑われたことはありましたけど」

客観的に見れば、家具をきれいに使えとか、床に傷をつけるなとか、これはほとんど正当な（そして口うるさい）大家のまっとうな賃借人に対する要求と同じである。小糸静子の側に、二〇二五号室に占有屋を住まわせて買受人に圧力をかけるという「悪事」に荷担しているという切実な現実感覚が欠落していたという証拠のひとつになるかもしれない。

「あの人たちは、なんだかとっても異様な人たちでした。最初から、普通じゃない雰気が漂っていました。まともじゃない——レベルが低いっていうか」

小糸静子は、砂川家の人びとを指してそう痛罵《つうば》する。

「だから後になっていろいろなことが判ってきたときも、わたしはあんまり驚かなかったんですよ。かえって納得して、溜飲《りゅういん》が下がったって感じでした。当時、夫に言いましたよ。ホラ、あたしの言ったとおりだったでしょ、あの家族はヘンだと思ってたんだって。まあ、同情的に見るならば、家庭内にあんな事情を抱えてたんじゃ、占有屋みたいな法律に触るような仕事でもしない限りどうしようもなかったんでしょうけどね。でも、誰かが無理強いしてあの人たちをそんなふうに持っていったわけじゃないでしょ？　堕落する人は、自分から堕落するんです」

しかし、彼女のこの手前勝手で強気の発言の底には、どこか虚《うつ》ろな、怯《おび》えたような響きが感じられる。

「小糸夫婦は金に困ってたわけですよ。だってローンを払えなくなって家を競売にかけられたんだよ？　自分たちだって、砂川たちが貧乏だの惨《みじ》めだの卑《いや》しいのと、そんな偉そうなことを言えた義理はなかった。だけど、どうかするとそのことを忘れて、悪いことをやってるのは私と砂川夫婦たちで、あたしたちは普通の常識人だみたいな態度をとったんだよね、あの奥さんは。今思うと、そういう矛盾だらけのことを言ったりやったりすることで、現実から逃げてたんだろうと思いますけどね」

「隣人たち」の章で、ウエストタワー八一〇号室の篠田《しのだ》いずみという少女が、ゴミ捨て場で小糸孝弘と会い、彼が捨てた真新しい（少なくとも見た目にはまったくの新品の）ラジカセを拾って持ち帰ろうとして、それを留め立てした小糸静子と悶着《もんちゃく》を起こした――というエピソードがあったことを、覚えているだろうか。この件に関する篠田いずみの記憶は非常に鮮明で、とても怖かったと述べている。篠田いずみは、ヒステリー状態の小糸静子が、今にも向き直って彼女にも殴りかかってくるような気がしたそうである。

この出来事が起こったのは、早川社長の指示で小糸家が夜逃げをする直前のことである。経済的な逼迫《ひっぱく》が、もう軌道修正のしようのないところまで来ていた時期だ。小糸静子がナーバスになっていたとしても仕方がないだろう。しかし、不思議なのは、この新品のラジカセの出所《でどころ》である。

本人に直接質問しても、「そんなことがあったなんていう記憶がない」という答えしか返ってこない。ところが、意外にも早川社長がこの間の事情を知っていた。

「小糸の亭主の方から聞いた話ですよ」

と、念を押した上で、

「あのころは、サラ金やカード会社からも金を借りてて——ひとつひとつは小さい借財だったらしいですけどね、要するに生活費に事欠いて借りてたわけだから——催促が急で追いつめられてたそうなんですよ。で、まあよくいう『買い取り屋』というのに関わったんだね。審査の甘いカードを作って、それを使って電化製品を買い込んで、買った品物を物納の形で業者に渡して、換金してもらって返済の足しにする。どうやったってそんなやり方で借金が返せるわけはないんだけど、人間、追いつめられるとその辺の判断がつかなくなるんですよ。あのお利口な奥さんも、それで買い取り屋にはまってたわけだ」

新品のラジカセは、本来ならば右から左へと買い取り屋に渡すべき品物だったというわけだ。

「それなのに、何も知らない倅が梱包《こんぽう》を解いちまったんでしょう」

そこまで聞いてから小糸静子に確認しても、彼女はそんな覚えはないと言い張る。この場合、もっとも手っ取り早くて確実な方法は、小糸孝弘に訊いてみることである。だが、親権者の小糸静子の同意がないと彼にインタビューすることはできない。一旦《いったん》は諦《あきら》めかけたが、何度か交渉を繰り返すうちに、小糸静子の側から、孝弘が話したがっているという返事があり、彼と会うことができるようになった。しかも、孝弘自身の希望で、インタビューの場には静子は同席しなかった。

彼の記憶もまた、篠田いずみに負けず劣らず鮮明だった。中学生の男の子の心には、一時でも人目も気にせず、泣いたりわめいたり怒ったりする母親の姿を目の当《ま》たりにしたことが、大きなショックとなったのだろう。

——ラジカセの件は、早川社長が推測しているような出来事だったんですか？

「そうです。あのころ、うちのなかにはしょっちゅういろんな電化製品が積んであって、母からはそれには絶対触っちゃいけないって言われてたんですが、あのラジカセの箱だけ、ちょっと離れた場所に置いてあったんで、これはいいのかなって思っちゃって」

利発そうな少年である。面差しは母親に似ているが、背格好は父親似だ。

「僕が梱包を解いちゃって、帰ってきた母がそれを見つけて、もの凄《すご》く怒ったんです。なんとか元通りにしようと思ったんだけどうまくいかなくて、母はすっかりヒステリーを起こしちゃって、捨ててこいって怒鳴って。母もどうしていいかわからなくなってたんだと思います。向こうに渡さなくちゃならない品物に手をつけちゃったから」

当時は、彼は、母親が買い取り屋に命じられてカードで電化製品を買いあさっているという事情を知らされてはいなかったが、毎日配達されるラジカセや電子レンジやミニコンポセットなどを横目に見て、それを引き取りに来る男たちの人相風体を観察し、よくない事態が起こっているのではないかと感じてはいたそうである。

「母は、あの人たちを怖がってました。ヤクザ風の人でしたから、僕も怖かった」

子供の目を通して、当時の小糸家が置かれていた状況の一端をかいま見ることができるような気がする。まだ小糸家が二〇二五号室にいたころ、近隣の人びとが、ヤクザ風の男が出入りするのを見たという証言も思い出される。

──夜逃げをしなくちゃならないと言われたときには、どんな気持ちでしたか。

「両親は、僕には『夜逃げ』って言葉を使わなかったんです。ちょっとのあいだ、この家を空けなくちゃならないって言いました。ただ、わたしたちがいなくなったことを近所の人とかに知られちゃいけないので、身の回りのものだけ持ってこっそり出て行くんだって」

彼は気弱そうに笑う。笑うと、目元の線は母親のそれよりも柔らかいカーブを描く。

「だけど僕には、夜逃げだってわかりましたよ。バカでもわかりますよね、そんなこと」

惨めでした、と言う。

「もう自分の人生は終わったような気がしました」

――君はまだ中学生なのに？

「こんな家に育って、将来だってロクなもんじゃなくなっちゃったと思ったんです」

――ロクなもんじゃなくなっちゃった？

「うん。両親が、僕のために敷こうとしたレールが間違ったわけでしょう？　だから、その先にある僕の将来もロクなものじゃなくなっちゃった。アミダくじに外れたみたいに」

――面白い考え方だね。

「そうですか？　だけど、僕ら子供は親になんでも決められちゃうから、自分じゃ選べない。親が失敗すると、子供がそれをかぶるんです」

淡々とそう言ってから、孝弘は意外なことを話してくれた。夜逃げの後、砂川家の人びとが住み着いて以降に、彼も何度か二〇二五号室を訪ねたことがあるというのである。しかも、独りで。

「夜逃げするときはあわててたから、やっぱ参考書とか体操着とか、たいしたもんじゃないけど忘れ物してたんです。それで、取りにいかなくちゃならなくて。母に頼んでもよかったんだけど、やっぱなんていうか、僕も知りたかった、あの部屋がどうなってるか。あのころ、両親が何を計画しているか知らなかったんで、二〇二五号室へ行ってみて、知らないおばさんがいたときはびっくりしました。てっきり空き家になってると思ってたんで、僕の合い鍵《かぎ》を持っていったくらいだったから」

――おばさんというのは、〝砂川里子〟のことですね。

「うん」

――おばさんも、君の顔を見て驚いていた？

「坊やどこの子って訊きました。ボク、どぎまぎしちゃって何も言えなくて、そしたらおばさんの方から、もしかして小糸さんの坊《ぼっ》ちゃんねって」

――それで、家に入れてくれたの？

「忘れ物を取りに来たんですって言ったら、さっとドア開けて、入れ入れって。人目を気にしてるみたいだった」

小糸孝弘が、元の自室のクロゼットのなかを探したり靴箱をかきまわしたりするのを、砂川里子はまったくとがめ立てしなかったそうだ。

「そのうちに、手前の部屋から車椅子《くるまいす》に乗ったおばあさんが出てきて、またびっくりしちゃって」

――〝砂川トメ〟だね？

「僕に、こんにちはって言いました。小さくてしわくちゃな婆《ばあ》ちゃんで、ちょっと気味悪かったけど、にこにこしてたんだよね」

――ニコニコしていた。じゃあ、君が誰だか知っていたんだろうか。

「そうじゃなかった。僕のことを、誰かと間違えてるみたいだったんです。おばさんがそのお婆さんのそばに寄って、すごく大きな声で、おばあちゃんこの子は小糸さんの坊ちゃんよって、何度も言いました。だけど耳も遠いみたいで、なんか勘違いしたまんまなんですよ。それでおばさんも困ったみたいに笑ってて、僕に、ごめんねって」

――砂川トメには、老人性痴呆《ちほう》の気味があったらしい。

「そうですってね。あとで聞きました」

――砂川里子は、君を追い返したりせずに、親切にしてくれたんだね？

「はい。僕の持って帰る荷物が大きいのを見て、袋に詰めたり持ちやすいように紐《ひも》で縛ったりしてくれたから」

――孝弘君としては、でも、当惑したんじゃないの。どこの誰だかわからないわけでしょう。砂川里子に、あなたは誰で、どうしてこの部屋にいるんですかと訊いてみましたか。

「ちょっと訊きにくかった。気味悪かったし、訊いたら両親に悪いような気もして」

――そうだろうねえ。

「だけど、僕がいろいろ探し物とかしてるあいだに、おばさんがしゃべったんです。あたしたちは坊ちゃんのお父さんとお母さんからこの部屋を借りてるのよって。だからよろしくお伝えくださいとか」

――孝弘君はそれを信じたの。

「全然。夜逃げして、なんでその部屋を他人に賃貸しなくちゃならないの？　だから、それは嘘《うそ》だ、おばさんは嘘つきだって言ったんです」

――砂川里子はなんて言った？

「すごく困ったみたいにもじもじしてました。僕はとっても嫌な気がした。なんか……すごく子供扱いされてるって感じで。本当のことなんか説明したってこの子には判《わか》らないだろうって、思いこんでるみたいだった。だけど僕はごまかされるの嫌いだから、荷物をまとめるとさっさと帰ろうと思って。そしたら、おばさんが僕に、お父さんお母さんがいいというまでは、もう坊ちゃんひとりでここに来たらいけませんよって言ったんだ」

――二〇二五号室には近づくなと。

「そう。僕は返事しないで外へ出ちゃいました。ちょうど玄関を出るときに、廊下のうしろの方でまたおばあちゃんの声が聞こえて――ユウジが、ユウジがとか言ってた。それをまたおばさんが、あの子はユウジ君じゃありませんよとかなんとか、話して聞かせてた。ヘンなのって思ったけど、正直言うと僕、そのころにはすっかり怖《お》じ気づいてて、とにかく早くあの場から離れたくて、走ってエレベーターの方に行ったんです」

元は自分の家だったところに居座っている見知らぬ家族の存在に怯《おび》えた小糸孝弘は、無断で二〇二五号室を訪ねたことを両親に隠していた。打ち明ければ、きっとこっぴどく叱《しか》られるに違いないという確信があったのだそうだ。

――そのころ君は、知らない人たちが二〇二五号室にいることを、どんなふうに解釈していたの？　君なりに納得できる説は考えついていた？

「解釈なんて、しようがなかったです」

目眩《めまい》がするのではないかと心配になるほど激しく首を振って、そう言い切る。

「ただ、嫌な感じだって思っただけ。考えても無駄だし。両親は喧嘩《けんか》ばっかりしてたから、僕に何かきちんと説明できるような状態じゃなかった」

——当時は日野の、お母さんのご両親の家に住んでいたんだよね？

「そうです。あんなとこから学校へ通うのもたいへんで、すっごくたびれた。僕、独り暮らしがしたいって母さんに言ったんだけど」

——君が独りで？　アパートかなんか借りて？

「うん」

——どうして？

「だから、通学が大変だからです。学校の近くに住みたかった」

——ご両親はなんて言いましたか。

「父さんには言ってません。母さんだけに言ったんだ。母さんは反対でした。そんなの、最初から判ってたけど」

——反対されると判ってたけど、言ってみた？

「そう。言いたかったから」

——それほどに通学が大変で、疲れてるってことを知ってほしかったんだね？

「違うよ。僕がもうあんたたちとは一緒に暮らしたくないって思ってるって知らせてやりたかったんだ」

　激した口調ではなく、さらりと口に出された言葉である。「一緒に暮らしたくない」と言い切るとき、一瞬だけ痩《や》せた肩をわずかにいからせたけれど、おとなしやかな雰囲気にはほとんど変化がない。

　――ご両親と離れたかったのかな。

「もうたくさんだって思ってた」

　――何が「たくさん」なの。

「いろんな失敗。ドジなこと」

　――ご両親が経済的に行き詰まったこと？

「そうかな。それだけじゃないけど」

　ひどく疲れたような、消耗した顔になった。

「さっき話したラジカセのこととかも、バカみたいな話でしょう？　あんなことしたって、山ほどお金借りてたら、返せるはずないでしょう。それなのに、母さんとかああいうのに平気で引っかかるんだよ。だけど、自分じゃ自分がどんなにバカなのか、ちっとも気づいてないんだ」

　辛辣《しんらつ》である。

「うちの両親は、いつだって口ばっかりなんだから。口ばっかり偉そうで、自分たちは特別だっていうふうに思いこんでるんだけど、やってることはバカばっかりだった。僕はもうそんなのに巻き込まれるの、うんざりだった」

――でもご両親は、君のことをずいぶん心配しておられたよ。それを親がメチャクチャにしたんです」

「僕の何が心配だったのかな。僕はちゃんとやってましたよ。それを親がメチャクチャにしたんです」

――でも君は、結局は独り暮らしをしなかったよね。二〇二五号室で殺人事件が起こって、警察が君たちのお母さんの実家に事情を聞きに来ることになって、ご両親は急いで君を連れて逃げ出した。覚えているでしょう、そのときのことは。

「うん……」

――あれは大変な経験だったと思うけれど、あのときだって、君はご両親と一緒に行動してあげたじゃないか。

「無理矢理連れていかれたんだもの」

――そう？　お母さんはそうおっしゃってなかったが。

「なんて言ってるんですか」

――逃げようとするお父さんを、お母さんは止めたし、お母さん自身は逃げたくないと主張したんだけど、君がお父さんを見捨てたら可哀想《かわいそう》だと言ったんだって。だから一緒に行った。

小糸孝弘は、蠅《はえ》をおいはらうように頭をひと振りすると、吐き捨てた。

「ああ、そんなのウソです」

——お母さんが嘘をついたの？

「ウソっていうか、それは母さんがそう思いたいから思ってるだけってことです。母さんてそうなんです。そう思いたいから思いこんで、それが本当のことだみたいにしてしゃべるから」

——じゃあ、君の側から見ると、あの日の逃亡劇の真相はなんだったの？

「だから、無理に引っ張っていかれたんだ。おまえだけ独り残ってたって、どうにもならないだろうって、父さんが。子供は親についてくるもんだって。僕は嫌だったけど、黙って従ってれば、どうせ長いこと逃げ回ることなんかできっこないんだから、そのうち捕まるだろうって思ってた」

——君は冷静だったんだね。

「そうかなあ。ただウンザリしてただけ」

——逃亡のあいだ、お母さんは、お父さんが絶望の余り何をしでかすか判らないと思って、とても怖かったそうだよ。

「怖がってるようには見えなかった」

——最終的に、お父さんが警察に出頭する気持ちになったのは、君がいろいろ話しかけて説得したからだと、お母さんはおっしゃっていた。

小糸孝弘は目を伏せた。初めて、無防備な子供の線の細さを見せたという感じがした。

「僕は説得なんかしてない……」

――でも、お父さんに話しかけたんだろ？　どんな話をしたの。

「心配だって、言った」

――心配。誰のことが？

「二〇二五号室の人たち。みんな殺されたって聞いたわけだから。ホントかどうか知りたかった。すごく……ショックだったし、心配だった」

――さっきの話だと、君が会ったことがあるのは、砂川里子とトメだけだよね？　一度だけだ。しかも、彼女たちにあんまりいい印象を持たなかったんでしょう？

俯《うつむ》いたまま、小糸孝弘は黙ってしまった。彼が自分から口を開くまで、こちらは何も言わずに待つことにした。

一分半ほど経過した。小糸孝弘は何度かまばたきをした。ひょっとすると涙をごまかしたのかもしれないが、はっきりとは判らない。

「あの後も、何度かおばさんには会った」

――砂川里子に？

「うん。二〇二五号室へ行ったから」

――一度きりじゃなかったんだね？

「うん。四回か五回、行ってると思う。もっとかな」

――何しに行ったの。また荷物を取りに？

小糸孝弘は、しきりに指で鼻をこする。シュン、シュンと鼻をすする。

「二度目に行ったときは、僕にひと部屋返してくれないかと思って、それを頼みに行ったんだ」

――二〇二五号室の君の部屋を、返してくれと。

「そう」

――そのときには君は、どうして砂川里子たちがあそこにいるのか、事情を知ってたの？

「まだ知らなかった。けど、あの部屋は僕の部屋だって頑張れば、返してもらえそうな気がしたんだ。なんでかわかんないけど」

――そうするとそれは、アパートを借りて独り暮らしをしたいという願いが、かなわなかった後のことだね？　独り暮らしをするためには、独りで二〇二五号室に帰ればいいんだと思いついたんじゃないの？

「うん、そう。家からなら通学もずっと楽だし」

――砂川里子はなんて言った？

「困ってた」

――怒ったり笑ったりはしなかったの？

「しなかった。僕も一生懸命説明したから」

――相手もちゃんと話を聞いてくれたんだね。

「母さんよか、ましでした」

——しかし、独りで二〇二五号室に帰って、赤の他人の砂川さんたちと一緒に暮らせると思ったの？

「そんなに難しいことじゃないでしょう」

——そうかなあ。家族と暮らすのとはわけが違うと思うよ。

「そう？　僕には、親と暮らす方がよっぽど大変だったですよ。俺は親だから、おまえは子供だからってことだけで、わけのわかんない都合で引っ張り回されてさ。他人とだったら、決まり事をつくってそれさえちゃんと守れば、かえってすっきりしてるじゃない」

——そういうことを、砂川里子に言ったの？

「言ったよ」

——驚いてたでしょう。

「あたしたちと同じだねえって」

——あたしたちと同じだねえ、と。

「うん。でもそのときはまだ、おばさんがどういう意味で言ってるのかわからなかった。僕も砂川さんの家のこと、何も知らなかったから。そしたらおばさんが話してくれて。ホントはあたしたちもね、血のつながってない他人の集まりなんだよって。だからおばさんの名前も、ホントは砂川里子じゃないんだって」

——今度は君が驚いたわけだ。

「うん。びっくり。おじさんだけは本当に砂川信夫さんて人で、おばさんたちは今、おじさんの家族の名前をちょっと借りてるんだって——ここの、マンションのためにね

——そう教えてもらったけど、最初はよくのみこめなかった」

——でも、その話を聞いて、君はますます独りで二〇二五号室に帰りたいと思ったんじゃない？

「思ったです。だけどおばさんが、そうは簡単にはいかないって……。それで、そのとき初めて、おばさんたちがなんで二〇二五号室にいるのか、競売とか占有とか、そういうことまで洗いざらい話して説明してくれたんです」

小糸孝弘は、一連の事情を両親の口からではなく、占有屋のひとりである砂川里子から教えられたのである。

「それでね、坊《ぼっ》ちゃんの気持ちは判るけど、うちとしては早川社長さんの手前もあるし、坊ちゃんをうちに入れるわけにはいかないよねって。僕も、説明を聞くとそれはしょうがないかなって思ったし」

——がっかりしたでしょう。

「でも、ちょっと嬉《うれ》しかった。僕みたいに感じる人が、ほかにもいるんだって思って」

——家族と暮らすことよりも、他人と暮らす方が幸せだと感じるってこと？

「そう。子供なのにね。親と離れたいって。親から解放してほしいって思うって。普通の子供はそんなふうに思わないものだから」

——君は自分のこと、普通じゃないと思ってたわけだね。

「今も思ってる。人生メチャクチャ」

——それは君次第だけどね。その後も何度か、二〇二五号室を訪ねたんだね？

「おばさんが、独りになりたいときは来てもいいよって言ってくれたから。奥の部屋を空けておいてくれて。だからときどき、学校の帰りに寄って、夕方になっておばさんに追い出されるまでいたんだ」

——もう遅いから日野のお家《うち》に帰りなさいと言われるまで？

「そう。でもときどき、ご馳走《ちそう》になったりしました」

——砂川里子が何かこしらえてくれたの。

「うん。男の子はお腹《なか》が空《す》くもんだからって。だけどおばさん働いてたから、忙しそうで悪かった」

——昼間はスーパーに勤めて、夜はスナックで働いてたんだよ。

「そうだったんだってね。僕が二〇二五号室に寄るのは、だいたい午後の四時とか四時半ぐらいだったんだけど、そのころはおばさん帰ってて、おばあちゃんの世話を焼いたり、夕飯の支度をしたりしてたんだ」

——ほかの人たちには会ったかい？

「おじさんには二度くらい会った」

——どんな感じだった？

「ちょっと暗い人だった。でも僕には優しかったけど。坊ちゃんもいろいろ苦労するねって、大人に言うみたいなことを言ったよ」

――〝砂川毅《たけし》〟はどうだった？

小糸孝弘の顔が、にわかに曇った。視線がまた膝《ひざ》のあたりまで落ち、まぶたの下で目がおろおろと動く。

――彼には会ってないの？

「会って、ない」

――興味はなかったかい？ 彼こそ、君とほとんど同じ立場というか、同じ気持ちを抱いている青年だったわけだけどね。ただ親だからというだけで、子供の人生を左右して引っ張り回す権利はないっていう君の意見を、いちばんよく理解してくれそうな人だったんじゃないか？

「……わかんない」

――彼は二〇二五号室にいたんだろう？

「ほとんど寝に帰ってくるだけだって、おばさんは言ってた」

――砂川里子は毅のこと、どう思ってるようだった？

「わかんないよ。おばさんは……心配してるみたいだったけど」

――喧嘩《けんか》してるんだって、言わなかった？

「そんなこと、僕には言わない」

――話を戻そう。ご両親に連れられて日野の家から逃亡しているときのことを訊《き》いてたんだったよね。君は二〇二五号室の殺人事件のことを聞いて、お父さんに、砂川さんたちが心配だと言った。あの人たちが殺されてしまったということだけど、本当かどうか確かめたい、と。

「そう」

――お父さんは、それを聞いてどんなふうだった？　やっぱり砂川さんたちのことを心配してた？

「あんな連中と関わったのが間違いだったって言いました」

抑揚を欠いた口調だった。たとえ父の台詞《せりふ》の引用とはいえ、小糸孝弘にとっては、砂川家の人びとを「あんな連中」と言い捨てるのは、忍びがたいことであるようだ。

――君が砂川さんたちを知ってると聞いて、お父さんは驚かなかった？

「あの場では、そんなことまで気づいてる余裕がなかったんじゃないのかなあ」

――でも、よくお父さんは警察に出頭なすったね。

「逃げ回ってると、父さんが砂川さんたちを殺したって思われると思ったんだよ。あのころは、買受人の石田さんも逃げてるってこと、まだ誰も知らなかったから」

――君のお父さんには、砂川さんたちを殺す動機なんてないのに。

「わかんない。あったかもしれない。父さんは、砂川さんたちを嫌ってた」

――なぜ嫌ってたんだろう。君と同じように、砂川家の特殊な事情について知ってたの？

「知らないよ。父さんも母さんも、新聞とかで騒ぎ始めてやっと、砂川さんたちが普通の家族じゃないことを知ったんだ。先に知ってたのは、僕だけ」

――君はご両親に話さなかったの？

「そんな必要ないもの」

――君の話を聞いてると、少なくとも当時の君は、ご両親よりも砂川里子の方に親近感を抱いてたみたいに感じられるね。

「どうかな。わかんないけど」

首をかしげて、少年は険しい顔をする。そして、急にせき込んだ様子で言葉を続ける。

「親近感とかそんなのは、わかんない。ただ、砂川のおばさんは、僕の話をちゃんと聞いてくれた。母さんみたいに、僕の話を母さんの都合のいいようにねじ曲げるんじゃなくて、僕の言ってることをそのまま受け取ってくれた。だから話しやすかった。おばさんが僕のことわかっててくれるわけはなかったけど――だってそんなによく知らなかったから――だけど、おばさんは母さんみたいに、自分の聞きたいことだけ聞く人じゃなかった」

実は、砂川家の人びとの遺体を運び出した後、二〇二五号室内を捜索した警察官たちは、非常に早い時期に、ある種の「違和感」を感じ取っていた。この家は普通の家ではない――仮住まいの感じがする――この家具や電気器具は、他人から預かったものを保管してあるかのようだ——実際、廊下側の寝室には、使用していないソファやテーブルが、きちんとカバーをかけられた状態で保管されていたのである。

さらに、物入れのなかからは、この違和感を増幅させ裏付けるものが見つかった。きちんと整理され段ボール箱に詰められた、家族の写真を綴《つづ》った数冊のアルバムである。結論を先に言えば、このアルバムは小糸家が残していったもので、従って写真も小糸信治一家のものであった。遺体となっていた砂川家の人びとの写真ではない。

砂川トメの遺体があった和室の押し入れには、いかにも仮住まいのために身の回りのものだけまとめて持ってきました——という感じの、ボストンバッグや大型の紙袋が入っていた。マンションの居室の使い方も、なんとも遠慮がちだった。リビングのテーブルには大きなテーブルクロスをかけ、傷や汚れがつかないようになっていたし、コンポーネントステレオは電源を抜いてコードをきちんと束ねたうえ、ビニールシートで覆《おお》ってあった（そのビニールシートの上に、血痕《けっこん》が多数飛び散っていた）。どう見ても、借り物の家と家具のなかで、タマゴの山を歩くようにそっと暮らしている——という様子が見える。

このときはまだ、入れ替わった側の家族、現に遺体となっている人びとには「顔」がなかった。彼らはどういう人物だったのか。家の中をくまなく探しても、彼らのアルバムも、スナップ写真一枚もない。他所《よそ》から来た来信もない。やがて早川社長が捕らえられ、偽《にせ》の賃貸借契約書と添付の住民票から四人の身元は判明しても、彼らの「顔」はそこには写っていない。デスマスクから生前の表情を割り出すには、多大な想像力が必要だ。「砂川」という名字を名乗っていたこの二〇二五号室の四人は、かなり長い間、顔のない人びとだったのである。

彼らの顔がはっきりと見えるようになったのは、小糸孝弘の言葉にもあるように、「新聞とかで騒ぎ始めて」からのことである。

「騒ぎが始まったとき、日本中で、驚いてなかったのはたぶん僕だけだったんだね」

小糸孝弘は、そう言うとかすかに笑った。

――そうだね。早川社長だって、あれには驚いてたんだから。君は死の直前の砂川家の人たちと、唯一《ゆいいつ》、秘密を分け合っていた存在だったんだ。

少年の顔から薄い笑みが消えた。今度こそ、本当に泣き出しそうになった。

「だけど僕は、独りになっちゃったよ。おばさんたち、もう居ないんだよね。ホントに居ないんだ」

14 生者と死者

小糸孝弘《たかひろ》の言う「騒ぎ」が始まったのは、早川社長が事情聴取を受け、二〇二五号室の砂川家の四人の身元が明らかになり、彼らの名前や年齢について詳しい報道がなされてから三日後の、六月八日のことである。

埼玉県深谷《ふかや》市。東京都心から約八十キロ離れた高崎線沿線の小都市である。かつて城下町だった面影は、わずかに深谷城跡のあたりに残るだけではあるが、隣市の熊谷《くまがや》市が上越新幹線の停車駅を獲得したのと引き替えに失ってしまった街の情緒を、まだそこここに漂わせている。もっとも、遠距離通勤に負けない「首都圏民」の頑張りのおかげで、深谷市も東京のベッドタウンとなっており、そのために深谷駅入り口に軒を連ねる小規模な飲食店やパン屋などは、おしなべて実に朝が早い。

サンドイッチスタンド「あしべ」も、それらの店のうちのひとつである。「あしべ」は深谷駅入り口のバス停から北側に三十メートルほど引き返した位置にあり、ちょうど十年前に開業した当時は、半年と持たずに潰《つぶ》れるだろうと危ぶまれていた。なにしろ場所がよくない。始発電車の時間をにらみながら駅へ急ぐ通勤客たちは、バスを降りてからその三十メートルを行って帰るために数分間を要するならば、同じ数分を寝床のなかでまどろんで過ごしたいと思うものだからである。

実際、「あしべ」の経営はなかなか軌道に乗らなかった。この店の手作りのサンドイッチやおにぎりやお稲荷《いなり》さんの味がよく、値段も他店と比べると三十円から百円ほど安く、紙コップのコーヒーは本物のドリップ式で、しかも事前に頼んでおけば、水筒やポットに詰めてサービスしてくれるし、昼食用の弁当のオーダーも受けてくれる——というようなもろもろの「売り」が、通勤客たちのあいだに口コミで広がるまでは。

「あしべ」の経営者の伊沢《いざわ》和宣《かずのぶ》・総子《ふさこ》夫妻は、ふたりとも深谷市の生まれで、幼なじみの間柄である。それぞれ家庭が飲食業を営んでいたので、高校卒業と同時に家業の手伝いを始め、二十歳のときに結婚して独立した。この独立が、お好み焼き屋を振り出しに、次は喫茶店、その次は焼鳥屋と、次々に開業してはたたみ、模様替えしてはまた開店という目まぐるしい夫妻の商売の歴史の振り出しとなる。

商才に恵まれているのか、それともよほどのツキがあるのか、それほど商いの目先を変えながらも、今まで大きな失敗をしたことはないと、伊沢和宣は言う。「あしべ」もそうだ。「あしべ」は夫妻が深谷市内で経営してきた飲食店や食料品店のなかでは七番目の店で、構えもいちばん手軽だった。屋台に毛の生えたようなものだ。前述したように場所も悪い。地元の商売仲間たちも、さすがの伊沢さんもあの出店は失敗だろうねと噂《うわさ》していた。それが、開店から数カ月で「あしべ」が繁盛《はんじょう》し始めると、呆《あき》れ半分に皆、伊沢の不敗神話を信じるようになった。

　ほとんど趣味で商売をしているような伊沢夫妻の言う成功の秘訣《ひけつ》は、ひとつには店の構えを欲張らないこと、ふたつには人件費をケチらないこと。みっつには、ふたつ目との関連で、従業員に「番頭」を育てること——だそうである。実際、歴代の店で夫妻は先頭にたって働いてきたが、同時に、四坪か五坪しかないような小さな洋食屋を経営しているときでも、必ず他に従業員を雇っていた。夫婦の独裁だけでは早晩手が回り切らなくなり、店の経営が煮詰まると、伊沢が信じているからである。

　そしてここ十年ほどのあいだ、伊沢夫妻にとってその大切な「番頭」を勤めてきたのが、砂川里子という女性であった。もちろん「あしべ」にとっても大切なスタッフである。

　砂川里子は一九四八年生まれの四十八歳。埼玉県朝霞《あさか》市の出身である。両親は既に亡《な》いが、実家は残っており、ふたつ年下の妹が、夫と子供と共にそこで暮らしている。里子は地元の高校を卒業すると上京、新宿のデパートに勤めた。上司の薦めで見合い結婚をしたのが二十五歳のときである。二年後に長男・毅《たけし》に恵まれた。毅は現在二十一歳、母親との関係は、苦労を共にしてきたからか、普通のこの年齢の母‐息子のそれよりも、かなり良好で温かいものになっている。

　ヴァンダール千住北ニューシティ・ウエストタワー二〇二五号室の四重殺人事件のニュースは、砂川里子の目にも、当初とても興味深いものに映った。事件に直接関係のない日本中のすべての人びとと同じように、里子もテレビや新聞から情報を集め、その断片的な事実（と事実に憶測を付け加えたもの）を元に、推測混じりのおしゃべりを盛んにしたものだった。

「あしべ」での里子の役割は、伊沢総子と一緒に食材を仕入れ、調理をし、売り子に立つことである。出勤が午前三時なので、その三十分前には起床する。「あしべ」の開店は午前四時だが、それまでの一時間が目の回るほど忙しい。テレビや新聞などによそ見している時間はないし、だいいち午前三時では、テレビもニュースは始まっていないし、朝刊の配達もまだである。砂川里子は毎朝黙々と起きて、黙々と働きに出る。これは伊沢夫妻も同じだ。

　だから、「あしべ」が開店して客たちが立ち寄るようになって初めて、日々の生き生きとした会話が始まるようになるのだ。客の大半は東京都心に通勤してゆくサラリーマンたちだが、彼らは一様に朝刊を小《こ》脇《わき》にはさんでいる。バス停の近くで駅売りの日刊紙を買って持っている者もいる。あの朝、砂川里子の手から朝飯のサンドイッチを受け取り、金を払い、釣り銭を受け取るついでに、彼女に向かってからかうような声をかけたのも、そういうサラリーマン客のひとりだった。

「おねえさん、あんた荒川区で殺されちゃってたんだね。知ってたかい？」

　砂川里子はきょとんとした。意識は次の客の注文の方へと飛んでいたので、今の客の言葉をきちんと聞き取ってもいなかった。

「は？　なんですか？」

「これだよ、これ。載ってるよ」

中年のサラリーマンは小脇にはさんだ朝刊を叩《たた》いてみせた。

「荒川区の高級マンションで、四人も殺された事件があったろ？　あの被害者の身元が判《わか》ったんだってさ」

「あらまあ、そうですか」

「それがさ、おねえさんと同姓同名なんだよ。ビックリしちゃったよ。もちろん偶然だけどさ、あんまりいい気分じゃないものだろうね」

伊沢夫妻はもちろん調理師の資格を得ているが、十年前に彼らの元で働くようになって間もなく、夫妻の薦めと資金援助を得て里子も同じ資格をとらせてもらった。だから「あしべ」の屋台のような店の壁には、この店の食品は立派に資格を持っている調理師の手になるものだということを知らしめるために、三人の名前が並べて張り出してある。

伊沢総子が笑って言うには、こういう売店形式の店で売り子をしていると、役得がひとつある。いいおばさんになっても、同年輩の男の客からは「おねえさん」と声をかけてもらえるということだ。サラリーマン客たちは、壁に張り出されている里子や総子の名前を見、彼女らが互いに呼び合ったりしている様を見、どっちが砂川里子でどっちが伊沢総子であるか、自然と見当がつくようになる。だがそれでも、中年の客たちは彼女たちを「おねえさん」と呼ぶ。呼ばれる方も、それに馴染《なじ》んでいる。

だからこのとき、砂川里子は、客にからかわれたことの内容よりも、その客が里子の名前と顔をちゃんと一致させていたということの方に、なんだか気恥ずかしいような気分だった。「嫌ですねえ」と、どうとでも受け取れるような笑いを向けて、その客を送り出した。

ところが、それからまたしばらくして、牛乳とサンドイッチを買った若い男の客が、さっきの中年サラリーマンと同じことを言った。

「おばさん、おばさんの名前が新聞に載ってるよ」

この若いサラリーマン客は、おそらく独り暮らしなのだろう、欠かさず毎日「あしべ」で朝食を買うお得意客のひとりだった。昼食の弁当のオーダーを受けることもよくある。ちょっと小生意気そうなしゃくれた顎《あご》と愛嬌《あいきょう》のある笑顔の持ち主で、もちろん名前も知らないのだが、総子も里子も彼を息子のように感じていた。

「さっきもそんなことを言われたところなんだけど」

里子が笑って応じると、若いサラリーマン客は、手にした新聞を彼女の方に差し出した。「日刊ジャパン」である。

「ほら、ちょっと前に大騒ぎになってた事件だから、覚えてるでしょう？　荒川の一家四人殺し。あそこで殺された被害者一家が砂川さんていって、奥さんの名前が砂川里子さんなんだよね。読んでみる？」

「あら、いいですよ、後で買うから」

「いいよいいよ、あげる。僕はもう読んじゃったから。時々おまけしてもらってるしさ」

そう言って、日刊ジャパンと入れ替わりにサンドイッチの包みを受け取り、若いサラリーマンは笑った。

「今日はおばさん、きっと何人ものお客に同じことを言われるよ。人騒がせな偶然もあるもんだよね」

実際、その後も常連客たちのなかの数人から、「新聞読んだかい？」とか、「おねえさん、新聞に載ってるよ」とか、声をかけられた。朝のかき入れ時で、売る側も買う側も急いでいるから、突っ込んだやりとりなどする余裕はなく、「嫌ですねえ」とか、「ええ、知ってますよ」とか、適当な受け答えをしておけばよかった。声をかける客の方も、深刻な気持ちで発言しているわけではない。「縁起でもない偶然だね」と、親しみ半分からかい半分に言ってみたいだけなのだ。

砂川里子自身、仕事に精を出している間は、何も深く考えることはなかった。若いサラリーマンがくれた日刊ジャパンにも、朝の喧噪《けんそう》が一段落するまでは目を通すどころか目を落とすだけの時間もなかった。

「どれどれ、いったい何が書いてあるっていうのかしらね」

そう言って、ようやく日刊ジャパンを広げてみたのは、朝の九時を過ぎてのことだ。この時間、「あしべ」は一旦《いったん》スタンドを閉め、二時間の休憩をとる。そのあいだに、砂川里子と伊沢夫妻は、狭いスタンドの裏手に停めた、横っ腹に「あしべ」の店名をペンキで書いてあるライトバンのなかで、遅い朝食をとるのが習慣になっていた。朝食は、いつも伊沢総子が準備してきてくれる。その日は、おにぎりと熱い味噌《みそ》汁《しる》だった。

　里子は、総子が保温用ポットからマグカップに注いでくれた熱い番茶をすすりながら、日刊ジャパンの紙面を繰った。夕刊紙特有の記事の出し方で、一面には「荒川の一家四人殺し　被害者一家の身元判明」と大見出しが書いてあるが、記事そのものは二面にあった。見出しの大きさから想像するほどの大々的な扱いではない。それはそうだろう、犯人が捕まったとか、容疑者が割り出されて全国に指名手配されたとかいうのではなく、被害者の身元が判ったというだけでは、普通は大ニュースにならないものだ。二段抜きの記事をよく読むまでもなく、「砂川」という名字が目に飛び込んできて、里子はすぐに、自分の名前が載せられている箇所を見つけることができた。里子の肩越しにのぞきこんでいた総子も、「あら本当だね、砂川さんていう名字の人だ」と、声をあげた。

　ちょっとのあいだ、里子は頭のなかが真っ白になったようで、総子の言葉にも反応を返すことがなく、片手で新聞をつかんだまま、ただ座っていた。そのうち、右手に持っていたマグカップが傾き、番茶が膝《ひざ》の上にこぼれかかった。

「里子さん、どうしたの？」

　総子があわてて里子の右手をつかみ、今にも取り落とされそうになっているマグカップを取り上げた。

「火傷《やけど》するじゃないの、何してるのよ」

総子の言うとおり、膝にこぼれかかった番茶はまだ充分に熱かった。里子のはいている生成《きな》り色《いろ》のレーヨンのズボンにしみこみ、膝頭の上に、絵本に出てくる謎《なぞ》の無人島のような形の染《し》みをつくった。里子はそれらにまったく気づかず、マグカップがなくなって自由になった手も添えて、両手で日刊ジャパンをしっかりとつかんだ。まるで、そうして捕まえておかないと、この薄っぺらい夕刊紙が彼女の前から逃げ出してしまうとでもいうかのように。

「砂川さん――」

総子は夫の伊沢と顔を見合わせた。

「ねえ、どうしたのよ？」

総子は里子の肩に手を置き、軽く揺さぶった。里子は支えを失ったみたいに首までぐらぐら揺れた。それから、唐突に何か思い出したみたいに両手を降ろして新聞から目を離すと、隣の総子を見返った。

里子の顔から血の気が失《う》せていた。

「――亭主だわ」

ひと言、そう呟いた。総子が聞き取れなかったほどに、小さく素早い言葉だった。舌をしゅっと鳴らしただけのようにさえ聞こえた。

「え？　なあに？」

総子よりも、伊沢の方が耳ざとかった。ヴァンの前の座席に座っていた彼は、身をよじって里子の方に顔を向けると、

「その砂川さんてのは、偶然じゃなくて、本当にご亭主なのかい？」と訊《き》いた。

里子はまだ放心していて、新聞を膝の上に広げたまま、バカみたいに目ばかりぱちぱちさせている。総子は日刊ジャパンを取り上げると、急いで紙面に目を走らせた。うわずってしまってなかなか文章が頭に入ってこなかった。

「——殺害された四人は、砂川信夫《のぶお》さん(45)、妻の里子さん(48)、長男の毅《たけし》さん(21)、そして信夫さんの母親のトメさん(86)ではないかと見られている」

総子はそのくだりを二度読んだ。間違いなく里子の名前が書いてある。(48)という数字を見て、反射的にさて里子は今いくつだろうかと考えていると、伊沢が彼女の手から日刊ジャパンを取り上げた。

「これが、ご亭主？　行方不明のご亭主？」

里子は両手で頬を押さえており、その格好のまま、こっくりとうなずいた。少女のように頼りなげに見えて、総子は急に彼女が可哀想《かわいそう》になり、身を寄せて肩を抱いてやった。

「大丈夫？　しっかりしてよ。何かの間違いかもしれないんだから」

里子はかぶりを振った。「よくわからないんですよ」と、言葉をこぼすように呟いた。

「何がよくわからないの」

「だって亭主の名前なんだもの。歳《とし》も同じだし」

惰性のようにかぶりを振り続けながら、

「おまけに一緒にそこに載ってるのはあたしの名前だし、毅の名前だし、お義母《かあ》さんの名前だし」

「え？　どういうこと？」

総子は口が耳のあたりに移動してしまったかのように、すっとんきょうな甲高い声を出した。

「ご亭主の名前と一緒に里子さんの名前も載ってるのよね？　だけど里子さんだけじゃないの？　毅ちゃんも載ってるの？」

伊沢が渋い顔で日刊ジャパンの陰から総子を睨《にら》んだ。

「おまえがいちばん混乱してるんだ。何がなんだかわかってないんだろう」

「わかんないわよ」

総子はもう一度、伊沢から日刊ジャパンを奪い取った。だが、記事を読み返すまでもなく、里子が何を言っているのか、さっき読んだくだりが何を意味しているのか、やっと頭のなかで整頓《せいとん》がついてきて、理解ができてきた。

砂川里子の夫・信夫が家族を捨てて家出をして、今年でもう十五年ほどになるはずだった。現代風に言うならば「失踪《しっそう》」なのだろうが、伊沢夫婦や里子の年代では、これは「蒸発」と呼ぶべき行動だった。その後里子は、女手ひとつで毅を育ててきた。

伊沢夫婦が最初に彼女を雇った十年前には、彼女は現在よりもずっと痩《や》せており、見るからに経済的に困っており、何よりも疲れ果てていた。実は里子に会ったのは共通の知人の紹介で、無責任な旦那《だんな》に捨てられて困っている奥さんがいるから、なんとか使ってやってくれないかと頼まれたからだった。

　履歴書を持参してもらい、採用面接なんていう堅苦しいもんじゃないからと笑いつつ、近所の喫茶店でお茶を飲んだ。そうして、一時間と経《た》たないうちに採用を決めていた。里子の不幸な身の上に同情し、職を投げ与えたというわけではない。伊沢夫妻はそれほど甘くない。あくまで、彼女の人柄に好感と信頼感を覚えたからだった。

　里子は自分の辛《つら》い身の上を説明するときに、蒸発した夫について、闇雲《やみくも》に悪いことを言わなかった。その点では、里子を紹介してくれた共通の知人の言いぐさの方が、ずっとずっと辛辣《しんらつ》だった。

「おおかたほかに女でもできたんだろうけど、ある日ぷいっといなくなって、それっきりなんだよ。その月の給料も亭主がそっくり持って出ちゃったから、里子さんたちはすぐに生活に困っちまったんだ。あんな亭主、人間のクズだよ」

　しかし里子はそういうふうには言わなかった。夫に他に女がいたとは考えられない――いや、いたかもしれないが、その女のために家出をしたとは思えないと、静かな口調で説明した。彼女としては、夫の蒸発の原因は、あくまで砂川家の家族関係にあると思っている、とも言った。

「わたしにも至らないところがいっぱいありましたんでしょうけれど、それを文句言うような気の強い人じゃありませんでしたんで、黙って家を出るしかなかったんだと思います。わたしと子供も苦労しますが、夫もどうしているのか、けっして楽な暮らしをしてるとは思えないんですが」

そういう言い方には、姉が弟にかけるような思いやりの感情が含まれていると、綜子は感じた。ちょっと後になって、里子が姉さん女房だったと聞かされて、さもありなんと納得したものだった。

とにかく、そういう事情で里子の夫・信夫は行方不明になり、現在も行方不明のままなのだ。その信夫の名前が、東京の荒川区の高級マンションで殺された被害者の名前として、新聞に載せられている。しかもそこで彼と一緒に殺されたと書かれている家族の名前は、現実の砂川信夫の家族――里子と毅なのだ。

「里子さんは死んでないし、毅ちゃんだってピンピンしてるんだから、これは間違いよ」

あっけらかんと決めつける綜子を無視して、伊沢は里子に訊いた。

「お姑《しゅうとめ》さんの名前もトメさんでいいの？」

里子はまたこっくりとうなずいた。「そうですよ。信夫の母です、トメっていいます」

「じゃ、何から何までぴったり同じじゃないか」

「だから間違いよ」

「おまえはまだ混乱してるだろう。ちょっと黙っとけ」

そう決めつけると、伊沢は眉《まゆ》をしかめた。

「どうだろうなあ、砂川さん。これ、ちゃんと確かめた方がいいんじゃないか」

里子はぼんやりと目をあげた。「確かめるって、どうしましょう」

「これが本当かどうかをさ」

「ほかの新聞も読んでみたらいいじゃないの」と、総子が勢いよく提案した。

「こういう新聞はよくデタラメ書くからね。朝日とか毎日とか読んでみたらどう？」

伊沢は乗り気になったようだった。「売店で買ってくるか。もっと詳しいことを知りたいしなあ」

「そうよそうよ。それに、毅ちゃんにも訊いてみたら？　電話かけてごらんよ、里子さん」

「そりゃいい」と、伊沢もうなずいた。「ほら、これを使いなよ」

伊沢が腰につけていた携帯電話を取りだし、里子に差し出した。里子はそれを受け取ったが、手が震えていた。指もぶるぶるしていて、携帯電話の小さなボタンを押すことが、なかなかできない。見かねて総子は手を出した。

「あたしがかけてあげるよ。毅ちゃん、もう会社だよね？」

砂川毅は、大宮市内の内装工事会社に勤めている。

「現場に出てるかしらね？」

「あの子も――携帯電話持ってるから」

里子は譫言《うわごと》のように番号を暗誦《あんしょう》した。その番号をプッシュして、総子は待った。かなり辛抱強く待たなくてはならなかったが、仕事時間中の人物にかけているのだから、仕方がない。

十回ほど呼び出し音が鳴ると、ようやく毅が出た。ちょっと息を切らしているような感じだった。総子が名乗ると、ぶっきらぼうな口調だった毅が、急に愛想良くなった。

「ああ、おばさん。おはようございます」

砂川毅は伊沢夫妻をおじさん、おばさんと呼んでいる。この明るい口調から察するに、彼はまだどの新聞も読まず、ニュースも見ず、会社の同僚たちからも、「新聞におまえの名前が載ってるぞ」という言葉をかけられていないらしい。

「どうかしたんですか？」訊いてから、毅の口調が急にあらたまった。「おふくろに何かあったんですか？」

「そうじゃないよ、里子さんはここにいるから」

総子はあわててそう言い、横目で里子の様子を見た。彼女はまだぐったりと首を落として座っており、目線だけで日刊ジャパンの記事を追っている。

総子は手早く事情を話した。毅はたびたび、「へ？」というような合いの手を入れた。ふざけているのではなく、彼としてはそれ以外に反応のしようがないようだった。

まだ毅と話をしているあいだに、伊沢が新聞の束を抱えて駆け戻ってきた。週刊誌も何冊か買ってきたようだ。今日の新聞に載っている記事について、今店頭に出ている週刊誌が何か書けるはずがないのに、こういうところがこの人は抜け作だと、総子は内心で思った。

「毅ちゃんは、まだ会社で何か言われてない？」

「何も……。ていうか、オレ今朝は現場直行で」

まだ、会社の親しい人間たちとは顔をあわせていないのだという。

「お母さん、ちょっとショックなようでね。今も顔色悪くて」

毅の声が、ごく正直に心配そうになった。「大丈夫かなあ」

「あたしたちがついてるから。だけど毅ちゃん、今日は遅くなるの？　早退《はやび》けとかできないかね？」

「いやあ……ちょっと無理だなあ」

伊沢が小太りの腹を揺すりながら身を乗り出して、総子の手から携帯電話を取り上げた。

「毅君、俺だよ、俺」

「おじさん、スミマセン」

「お母さんは俺たちと一緒にいるからさ、毅君も仕事終わったら今夜はうちの方に寄ってくれよ。この記事の情報が本当かどうか、確かめないといけないからさ、俺たちでいろいろやってみるけど、それにしても相談しないとな」

毅は承知して、自分もすぐに新聞を読んでみると言った。伊沢が里子に目顔で（電話代わろうか）と訊くと、里子はまだぶるぶるしている指を伸ばして携帯電話をつかんだ。

「もしもし？　毅？」

「母さん？　大丈夫かよ？」

「びっくりしちゃって……」

「オヤジかもしれないってのは、ホントそうかもしれないけど、だけどおふくろや俺やバアちゃんの名前まで出てるなんて変だろ？　なんかとんでもない間違いかもしれないからさ、オヤジが見つかったわけじゃないかもしれないいんだから、早合《はやが》点《てん》してつっぱしんなよ？　いいな？　おじさんとおばさんによく相談するんだよ？　俺も身体《からだ》空いたらすぐそっち行くからさ」

里子はうなずきながら、いっそうぐったりとして、ちょっと涙ぐんだ。

「こんなことがあっちゃ困るって、思ってたんだけどね。お父さんが死んだって、電話がかかってくるとかさ。それで死体に会いに行くんだよ。顔を確かめに」

「だからぁ、そういうふうに勝手にいろいろ考えちゃうなって言ってんだよ。おふくろ、考えすぎるヘキがあるんだからよ。新聞の間違いかもしれないよ。だって俺もおふくろも死んでない――あ、そうだ、バアちゃんの病院にも電話してみなよ。あっちなんか人数が多いんだから、こっちよりもっと騒ぎになってるかもしれないぜ。看護婦さんたちが新聞読んでさ、これ間違いよって」

里子が通話を終えると、伊沢が運転席で座り直していた。

「毅君の言うとおりだけど、電話より直接行ってみた方がいいだろうよ。お義母さんの病院。近くだったよな？」

砂川トメの入院している特別養護老人ホームは、「あしべ」のある駅前から市内の北側に向かって、車で三十分ほど走ったところにあった。毎週日曜日の午後にトメを訪ねることを習慣にしている里子にとっては、通い慣れた道だ。空《す》いていたので、伊沢はずいぶんとスピードを出した。

道中、カーラジオを点《つ》けると、ちょうどニュースが始まったところだった。荒川の一家四人殺害事件の被害者たちの身元が判明したということを告げている。しかしこのニュースでは、家族全員のフルネームを明らかにしなかった。「砂川信夫さん・無職・四十五歳とその家族と思われる」というふうに表現しただけだった。車内の三人は一様に耳を澄ましていたが、ニュースが次の話題に移ると、伊沢総子がため息をついた。「はっきり身元を言ってなかったわね、今のは」

「ラジオのニュースは時間が短いからな。省略したんだろう」

砂川里子は、さっき伊沢の買ってきてくれた新聞も、各紙それぞれに書き方が違っていたということを考えていた。家族四人の名前をはっきりと断定的に書いてあるところ、四人の名前を書いてはあるが「――と思われる」「――と推定される」と結んであるところ。世帯主の砂川信夫についてだけフルネームを書いてあるところ。彼についてさえ、「早川社長の知人の無職の男性」と書き、年齢さえも省いてあるところ。

こんなにバラつきがあるということは、きっとこれらの記事は、警察が公《おおやけ》に記者会見だの何だのをして発表した情報を元にしているわけではないのだろう。推測も混じっているのではないか。

夫の砂川信夫の失踪以来、里子にとっては「苦労する」ということがそのまま「生活する」ということだった。日々の暮らしが「とにかく大変で」というレベルに在ることが当たり前で、そこには、気を抜く暇もひと息つく余裕もなかった。だが、それでも里子は、家を出て姿をくらましてしまった信夫のことを、怨《うら》んだり怒ったりしたことはなかった。どうしているかなあと、ふと心配になるときはあっても、向かっ腹が立つこともあっても、憎んだことは一度もなかった。

こんな気持ち、他人に理解してもらえるはずもないから、誰にも言わずに黙って暮らしてきた。夫がいなくなった後も夫の母親の世話を焼き、ひとりで子供を育てる里子には、同情的好意的な順風も、詮索《せんさく》好きで悪意のある逆風も、どちらも同じように見当違いなものである場合が多かったのである。

里子が姑と共に暮らし続けるというひとつの現象を元にして、好意的な人びとは、「お姑さんを見捨てないなんて、里子さん偉いね」という。悪意のある人びとは、「姑さんの財産を狙《ねら》ってるんだろうよ」という。「そうに決まってるよ」と嗤《わら》う。

信夫が失踪して二、三年の間は、この類《たぐい》の憶測や噂《うわさ》がしょっちゅうどこからか湧《わ》いて出て、里子やトメの耳に入ってきたものだった。そのたびに、里子もトメも苦笑したり、失笑したり、大笑したり、ふたりで笑ったり、ひとりで笑ったり、怒っている相手を笑わせるために笑ってみせたりした。

現実には、里子とトメは、バラバラに別れて暮らす理由が見つからないから、一緒にいたのだった。信夫が欠けたからといって、彼女たちが互いに互いを必要としていることに変わりはなかった。里子は外に出て働くため、細かな家事をこなし毅の面倒を見てくれるトメの手が必要だった。当時七十歳を過ぎたばかりで、まだ身体は丈夫だったトメも、今さら独り暮らしなんてするのは怖くて寂しくてまっぴら御免だったから、里子と毅にそばにいてほしかった。

それにふたりは気があった。喧嘩《けんか》もよくしたし、互いを鬱陶《うっとう》しく思うこともあったけれど、基本的には気があった。たとえば料理の味付けとか、掃除の仕方とか、収納のやり方など、生活のなかのきわめて実際的なところの主義が一致することが多かった。ふたりとも掃除好きで、片づけ上手で、とりわけ風呂場《ふろば》やトイレなど水周りを清潔にしておくことにこだわるタイプだった。その分、料理にはそれほど気合を入れなかった。天ぷらやとんかつなど、油を跳ね散らかしてキッチンを汚さないとつくれない総菜は、外で食べたり買ってきたりした方がいいと割り切ることができた。女性の場合、こういう部分の好みさえ一致するならば、資本主義者と共産主義者だって一緒に暮らしていかれるものだ。

早くに両親を亡《な》くし、身内の縁もうすい里子にとって、トメが唯一《ゆいいつ》の「親」と呼べる存在であったということも大きかったかもしれない。毅がおばあちゃん子であったことも、良い方に影響したかもしれない。とにかく、信夫が居なくても、里子と毅とトメは立派に家族をつくっていくことができたのだ。

そして彼女たちの考え方では、家族は一緒に暮らすものだったのである。

そうしてトメは、しつこいくらいしばしば、里子に詫《わ》びた。もちろん、信夫のことをである。妻子を捨てて蒸発するような息子に育てちまったのはあたしなんだ、里子さん、ごめんね。謝る一方で、舌鋒《ぜっぽう》鋭く信夫を罵《ののし》ることも忘れなかった。あのできそこないの倅《せがれ》、と。怒り始めると詫びて終わり、詫び始めると怒って終わる。

毅が高校生ぐらいのとき、トメのこの感情爆発のパターンを評して、「あれはもう婆《ばあ》ちゃんのシュミなんだね。ほとんど生き甲斐《がい》になってるね」と言ったことがある。里子はそれがおかしくておかしくて、クスクス笑いをなかなか止めることができなくて往生したものだった。

怒っているときのトメは、信夫なんかどこかで野垂れ死にしてりゃいいんだというようなことも、平気で放言した。あいつがおめおめと家に帰ってきたら、あたしが刺し違えて殺してやるんだからというようなことまで口に出すときもあった。

里子はべつだん、驚きもしなかった。そもそも信夫が蒸発したのは、この気丈な母親との長年の確執にくたびれたからであると判っていたから。

信夫は書き置きを残していったわけではなく、出先から電話も寄越さず、とにかく出かけたきり帰ってこずにそのままになってしまった。ただ、身の回りのものをまとめて旅行鞄《かばん》に詰めて出ている形跡があったので、自発的な家出だと判断がついたのだ。貯金通帳もなくなっていた。

そのときに里子は、取り乱したり怒ったりするよりも先に、嘆いたり不安を感じたりするよりも前に、

——ああ、お父ちゃん、とうとうやったか。

と思った。とうとう決心がついて、出ていっちゃったんだね、と。そうして、ひどく哀れな感じがして、ちょっと涙ぐんだ。

一カ月くらいのあいだは、やっぱり気がくじけてしまった信夫が、旅行鞄を提げて帰ってくるんじゃないかと、夜中も眠りが浅かった。ちょっと物音がするとすぐに目が覚めた。そして何の音だろうと起き出してみると、寝間着姿のトメが玄関先にいて、こちらを振り返る。

「ガラスを叩《たた》くような音が聞こえたもんだから」と、怖い顔をして言うのだ。

「信夫はいくじなしだから、帰ってくるなら夜中だろうよ。こそこそ忍び込むつもりだろうよ。そしたら叩き出してやるんだ。里子さん、あんた、かばったらいけないよ」

ええ、かばいませんよおばあちゃん。そう受け流して、里子はまた寝床に戻る。だが結局は、もしや信夫が帰ってくる気配がしないかと、朝まで枕《まくら》の上で耳を澄まし続けることになるのだった。あの人が帰ってきたら、おばあちゃんよりもあたしが先に気づい

てあげなかったら可哀想《かわいそう》だ——あの人も、おばあちゃんも可哀想だ——そう思って。

そういう眠りの浅い夜は、時が経《た》つにつれて、少しずつ減っていった。間隔が長くなった。まったくなくなるということはなかったけれど、信夫のことを考えずに過ごす日々が増えてきた。そうやって慣れてきたのだ。

だが、憎んだり怨《うら》んだりしたことはない。

砂川信夫が死んでしまった——それも、殺されてしまったのであるらしい。あの人がおばあちゃんよりも先に死ぬなんて。それだけはないって思っていたのに。死ぬなんてことだけは、ありっこないと思っていたのに。

言い換えるならば、砂川信夫は、母親のトメを殺したり、トメと一緒に死んだり、トメから逃れるために自分が死んだり、そういう破滅的なことをやらかさないために、家を出たのだ。里子はそう考えていた。それがいちばん平和で安泰な道だと思ったから、信夫は蒸発したのである。里子と毅を見捨てたのも、トメから離れるためにはどうしてもそうせざるを得なかったからで、里子たちが憎かったわけでも、里子たちに対する愛情がなかったのでもないはずだと思っていた。

里子がぼんやりと想像していた砂川家の未来は、こんなふうだった。トメが寿命をまっとうして、長く苦しんだりすることもなく安らかに亡くなる。そしたら貯金をはたいて、できるだけ大きな三行広告を出すのだ。信夫の目に留まるように。母親の亡くなったことを報《しら》せ、里子の居る場所を知らせるのだ。

そしたら、信夫はきっと会いに来るだろう。新しい人生、新しい家庭を築いていたとしても、きっとやってくるだろう。彼には、トメが亡くなって初めて、トメの位牌《いはい》に向かって打ち明けることのできる事柄がたくさんあるはずなのだから。

しかし里子は、もしもそうやって信夫が戻ってきても、もう彼と暮らすことはできないだろうし、そのときこそ、本当に離婚するときだろうなあというふうにも考えていた。

しかし、三年前の正月明けに、その想像の一部が崩れた。トメが倒れたのである。救急車で病院に担《かつ》ぎ込まれ、脳梗塞《のうこうそく》の診断が下された。命に別状はなかったが、その時点では会話がほとんどできなくなり、右半身がまったく動かなくなっていた。医師から説明を聞きながら、里子は、おばあちゃんの大往生というのはなくなってしまったなあと考えていた。

トメは入院生活を続け、リハビリにも努力した。だが、八十歳を越えての脳梗塞の発作は、老女の身体《からだ》の様々な箇所に悪影響を与えたようだった。倒れるまでは、耳が遠いことと、慢性的な腰痛《ようつう》に悩まされていること以外にはこれという病識のなかったトメが、あそこが痛い、ここが痛いと、のべつ不安や不具合を訴えるようになってしまった。それでもだましだまし療養を続けてはいたが、やがて軽い惚《ぼ》けが見られるようになってきた。入院半年を数えるころに、担当医から、内科的にはこれ以上の入院加療に意味はないが、家庭で介護するのは無理だと思うという意見を呈された。専門のホームに入れてはどうかという提案である。

里子は首を横に振った。気持ちとして忍びないし、経済的にもそんな余裕はない。すると担当医は、市の介護ヘルパー制度を利用することと、特別養護老人ホームに入居の申し込みをしておくことを勧めてくれた。トメの病状は、今後も、後退はしても改善はしないと断言できるから、と。

トメが退院し帰宅すると、その日から里子の生活は以前に輪をかけて忙しくなった。医療費の分だけ出費も増えたので、経済的にも厳しさが増した。

伊沢夫妻は何くれとなく気をつかってくれたが、彼らの好意にばかり甘えてもいられない。当時はまだ高校生だった毅も、早朝から新聞配達のアルバイトをし、学校が引けた後には工事現場やコンビニエンス・ストアで働いたりして、ほとんど休む間もないほどだった。割のいいアルバイトが見つかると、こっそり学校を休んで出かけることもあった。本人は最初から大学進学を諦《あきら》めており、いっそ高校も中退して働きたいと言い出したこともあったが、こればかりは拝むようにして思い留まらせた。大人になってから、やっぱり高校ぐらいはちゃんと卒業しておきたかったなどと、後悔してほしくなかったからである。

あのころ、友達が遊び回っているあいだ、空腹や眠気をこらえて工事現場の交通整理をしている毅の姿を見かけたり、一日四時間程度の睡眠時間しかとれず、目の下に大きなくまをこしらえている自分の顔を鏡のなかに見つけたりするたびに、さすがの里子も、わたしらばっかりなんでこんな苦労をするんだろうと、ぐったりと疲れ果てた気持ちになったものだ。だが、それよりも何よりも、いちばん悲しかったのは、あれほど気丈で、他人にも自分にも厳しく、いい加減なことだらしないことが大嫌いだったトメがすっかり病人になってしまったという事実を、日々の暮らしのなかで目の当《ま》たりにしなければならないことの方だった。

独りで留守番することを怖がるトメを残して仕事に出て行くのは辛《つら》かった。どれほど良くしてもらっても、容易にはヘルパーさんに馴染《なじ》もうとせず、何かと言えば子供が母親を求めるように里子の姿を探し回るトメに、あの辛口の姑《しゅうとめ》の面影は、もうなくなってしまっていた。

それでもときどき、ヘルパーさんが驚くような強烈な憎まれ口を叩くことがあると、里子は大いに喜んで、さらにヘルパーさんを驚かせた。担当地域内の様々な事情を抱える家庭を巡回しているホームヘルパーの人びとは、それぞれに世間知に長《た》けた人びとでもあるはずだが、彼女たちが皆、里子とトメを実の母娘《おやこ》だと思いこんでおり、そのことも里子を面白がらせた。「え、あなたお嫁さんなんですか？」とびっくり顔をされると、なんとなく痛快なような、得意なような気分になったものだ。

綱渡りのようなこの生活を、里子と毅のふたりで、何とか二年のあいだ支え保った。毅は卒業し就職し、成人式も迎えた。だがその一方、トメの惚けは確実に進行しており、里子が仕事を辞めるわけにはいかない以上、もはや家族の介護だけでは、トメの安全と安楽を確保することが難しくなりつつあった。

そんな折も折、深谷市郊外の特別養護老人ホームから、空きベッドが出たという通知が来たのだった。

伊沢総子は「こういうのを奇跡っていうんだよねえ」と、大いに感嘆したものだ。

「まさに救いの手がさしのべられたっていう感じがするじゃないの」

里子もこれを幸運とすることに異論はなかったが、しかし胸の内は複雑だった。里子も毅も疲れており、正直に言うならば、ここでトメを専門のホームの手にゆだねることができれば、どんなにか助かるだろう。が、一方では、トメを見捨てた——という罪悪感にも苦しめられることになる。

それに里子は考えていた。あたしなんかよりも、もっと切実に、もっと苦労をしていて、特養老人ホームの空きベッドを求めている家族がいるんじゃないかしら……と。

そして毅に大笑いされたのだ。「おふくろ、バカなんじゃねえの？　世間から見たら、おふくろだって立派に苦労のチャンピオンだぜ」

もっとも、そう言いつつも彼自身、トメをホームに預けることに、笑顔で賛成しているわけではないのだった。

「ホームに入ると、惚けが進むっていうよな？」と、不安そうだった。「俺が昼夜兼行で働けば、おふくろ、仕事辞められるんじゃないの？　夜間の工事現場のアルバイトとか、探してみようかと思ってるんだ。おふくろが家にいてばあちゃんに付き添っていられるなら、ホームには入らなくたっていいんだろ？」

そんなこと、できるわけないじゃないのと里子は叱《しか》った。いくら毅が若くても、睡眠時間を削って働き続ければ、いつかはきっと無理がたたって破綻《はたん》がくる。そして、そんな形で毅に倒れられてしまったら、里子はますます途方にくれることになる。

せっかくのチャンスだ。ちゃんとした医療設備も整っていて、必要ならばすぐに介護の手をさしのべてもらうことのできるホームに入った方が、おばあちゃんのためにもいいはずだ――伊沢夫妻からそう説得されても、決心するまでだいぶ日にちがかかった。決心した後も、ともすれば心が揺れた。

しかも、決断の後には、トメを説得するという大仕事が待っているのだ。トメはきっとホームに行くのを嫌がるだろう。うちにいたいと言うだろう。

里子には、泣いて嫌がるトメをホームに送り込むだけの強い意志はなかった。トメに、「里子さん、あたしを見捨てるんだね」と責められたら、返事ができないと思った。なぜならそれは本当だから。形はどうであっても、今までどれだけ尽くしてきたと言っても、ここで特養ホームに入れるのは、トメを捨てることだ――

だが、案に相違して、トメはホームに入ると、素直に承諾したのだった。というより、進んでホームに行くと言った。

「ホームへ行けば、それだけ早くよくなるだろ。治りたいから、ホームへ行くよ」

トメはそう言った。里子は驚くのも驚いたが、トメがトメなりに「あたしは病気だ」という意識を持っており、「治りたい」と望んでいるのだということを知らされて、切なくなった。

適切な施設で介護を受け、他の人びととの集団生活という刺激を得ることによって、いわゆる「老人惚け」が軽くなる場合もあるのだということを、ホームの職員からも教えられて、里子もふんぎりをつけることができた。それでも残る一抹の罪悪感には苦い味がしたけれど、できるだけ頻繁にトメの顔を見にいくことで、せめてその埋め合わせをつけようと心に決めたのだった。

幸い、トメはホームの暮らしにすぐに慣れた。これも「治りたい」という前向きの気持ちがあったからだろう。それに里子は、トメが、今までの暮らし——毎日独りで家に閉じこもり、留守番するのが仕事という生活に、実は退屈していたのかもしれないなと、ここへ来て初めて気づいた。トメの惚けは、徘徊《はいかい》したり多動になったりやたらにものを食べたりという傾向のものではなく、どんどん静かに内側に閉じこもって、植物のように無感情・無反応になってゆくというものだった。日によって、あるいは週によって、本当に閉じこもってしまうときと、比較的明るく話をしたり、思いがけないほどはきはきと行動したりと、症状の出方に波はあったが、基本的には、トメの身体と脳の老いは、徐々にだが確実に、彼女を「静かな檻《おり》」のなかに閉じこめていこうとしている——うちのおばあちゃんの「惚け」はこのタイプの惚けだと、里子は考えていた。

それだけに、里子の側からトメを愉《たの》しませたり、トメに何か用事を任せて責任を持たせたりというような能動的な働きかけを、ついついしないで放置しがちだった。家の近所に、同じように姑の介護をしている主婦がおり、この主婦の姑さんは多動型の惚けだそうで、介護が本当に大変だという愚痴を頻繁に聞かされ、砂川さんのおばあちゃんは静かで羨《うらや》ましいと言われ、なんだかほっとして得をしたような気分になっていたということもある。

しかし、ホームでは、日常的に外の世界からの刺激を受ける。そのことによってトメは生き返った。少なくとも、トメのなかの感情生活を司《つかさど》る部分は、長い長い休眠から覚めて、また活動を始めた。日曜日に里子が見舞いに行くと、看護婦の誰々さんが意地悪するんだとぷりぷり怒っていたり、〇〇号室のおじいさんが優しくしてくれると恥じらって見せたり、車椅子《くるまいす》を押してもらって中庭を散歩していたら、雀《すずめ》の雛《ひな》が地面に落ちて死んでいるのを見つけたと涙ぐんだり、久しく消え失《う》せていた感情の発露を、トメは見せるようになった。

ところが、本来喜ばしいことであるはずのこのことのために、思いがけず厄介な問題が出てきてしまった。

トメがホームに入って半年ほど経ってからのことである。いつものように日曜日の昼前から里子が面会に行くと、トメがベッドに座って熱心にテレビを観《み》ていた。同室の老人たちがおしゃべりをしているのも耳に入らない様子で、すっかり画面に没入してしまっている。何かと思って、里子もテレビをのぞきこんだ。

それは、視聴者参加型のいわゆる「尋ね人番組」であった。画面ではちょうど、三十歳ぐらいの女性が登場し、両親の離婚で二十年前に生き別れになった母親に会いたい、探して欲しいという旨《むね》の話を、涙ぐみながら語っているところだった。

トメは前屈《まえかが》みになり、テレビにしがみつくような格好でじっと見入っている。里子は声をかけた。

「おばあちゃん、あたしよ、来たわよ」

トメは気づかない。口のなかで何か呟《つぶや》いているようだが、よく聞き取れない。

「え、なあに？　おばあちゃんてば、そんなにテレビ面白い？」

すると、トメははっとして身を起こし、振り返った。里子がいるのを見つけると、彼女の腕をつかんでテレビの方を指さした。

「里子さん、里子さん何してるの。早く書いて」

里子はぽかんとしてしまった。画面では司会者とゲストの女優が、先ほどの依頼者の女性と一緒になって赤い目をしばしばさせている。

「書くって、何を？」

トメは焦《じ》れたように手足をばたばたさせた。

「字が出てるだろう？　電話番号が出てるよ。早く書いて、ここへ電話して」

なるほど画面の下の部分に、「尋ね人募集」のテロップが流れている。「生き別れた家族、忘れられない初恋の人、昔の恩師——探し出してご対面を実現します」

トメはこのテロップを指しているのだった。

「早く書き取って、里子さん。ここに頼もうよ。探してもらうんだから」

「探すって、誰を探すのよ、おばあちゃん」

トメは、絶えて久しく見せることのなかった憎々しげな表情を浮かべた。

「誰を探すんだって？　なんて薄情なんだろう。そういえば、あんた、一度だって探そうとしなかったんだ。そういえばそうだったんだ」

「おばあちゃんてば……」

「信夫を探すんだよ」トメは言って、潤《うる》んだような目を手でごしごしこすった。「テレビに申し込んで信夫を探してもらうんだよ。あの子だって家に帰りたがってるに決まってるんだもの」

里子はあまりに驚いてしまい、方向を見失ったような感じになって、トメに対してどう応答したらいいのか、ちょっとのあいだ判断に迷ってしまった。

信夫の蒸発以来十五年近く、トメがこんなことを言ったのは初めてだった。

「信夫を探すんだ」

「あの子だって家に帰りたがってる」

実際、里子は我と我が耳を疑わずにはいられない気分だった。トメが他でもない里子に対して、睨《にら》み付けるような憎々しげな目を向けてきたことに、自分で思っている以上のショックを受けてしまっていた。

砂川家のなかで、トメの憎しみ、トメの苛立《いらだ》ち、トメの嘆きが向けられるのは、いつだって信夫に対してだった。信夫こそが自分の人生の不幸の原因であるかのように、トメは誰憚《はばか》ることなく言い放ってきた。「出来損ないの息子」への憤怒《ふんぬ》と落胆を抱えて生きなければならないあたしの苦労が判《わか》るかと、二言目にはそれを公言してきた。むろん、信夫本人が居る目の前でも、遠慮して口をつぐむことはなかった。むしろ、信夫を言葉で痛打したいがために、敢《あ》えて本人の耳に入ることを望んで放言しているような様子さえあった。

おかしな母と息子だと、嫁いできた当初は、里子もずいぶん戸惑ったものだった。信夫とは、職場の上司の薦めによる見合い結婚だったから、確かに里子自身、砂川信夫という男への強い思い入れと愛情を内に秘めて嫁いできたわけではない。ただ、真面目《まじめ》で大人しくて優しそうな人だと思った程度だ。

それにしたって、本来は息子をこそベタ誉《ぼ》めにし、何か上手《うま》くいかないことがあればそれっとばかりに嫁のせいにして苛《いじ》めるはずの——少なくとも世間ではそういう習いになっているはずの——姑が、里子に向かって、

「よくまあ信夫なんかのところに来てくれたね。恩に着るね。だけど里子さん、あんたも可哀想《かわいそう》な人だよ、苦労を選んで背負《しょ》い込みにきたみたいだ」と言うのである。

それだけではない、当の息子に向かっては、

「あんたみたいな人間のところに来てくれた嫁なんだからね、有り難く大事にしないと罰が当たるんだからね」などと、きつい口調で罵《ののし》るのだ。

砂川信夫は母親に何を言われても、たいていの場合は聞こえないふりをするか、はいはいと受け流すような応対をして済ませていた。これもまた、里子には理解不可能なことだった。結婚後まもなく、トメのきつい台詞《せりふ》にさんざんやっつけられている信夫に、我慢できなくなって訊《き》いてみたことがある。あなた、お義母《かあ》さんにあんなにひどいこと言われて、どうして辛抱していられるの？　お義母さんはなんで、あんなにあなたをやっつけるのよ？

砂川信夫は、気弱そうに笑った。そして、ちょっとくたびれたみたいに口の端を下げて、こう言った。「しょうがないんだよ。俺はそういう役回りだから。里子もおふくろの言うことをいちいち気にしないでいいんだよ」

「そうはいかないわよ、あなたはあたしの夫なんだから、いくらお義母さんにだって、あなたをボロクソに言われたくないわよ」

里子が気丈に主張すると、信夫の笑みが、もろもろの強い感情をごまかすための仮面の笑みから、本物の笑顔に変わった。

「そうかあ、嬉《うれ》しいなあ。里子は俺の味方なのかあ」

里子の記憶に残っている信夫の、いちばんいい顔がこのときの笑顔だった。

そしてもうひとつ、この顔といつも対になって記憶に蘇《よみがえ》る顔がある。結婚して初めての正月、砂川家の実家の——当時はまだトメがひとりで住んでいた木造の小さな平屋——玄関先で撮った写真のなかの、信夫の顔だ。カメラを持って外へ出たら、ちょうど隣のご夫婦が通りかかり、撮ってくれたものなので、トメと信夫と里子の三人が肩を並べて写っている。

普通なら、信夫と里子が並び、信夫の隣にトメが立つ——という並び順になるものだろう。ところがこのスナップ写真では、信夫と里子のあいだにトメが割って入っているのだ。それでもまだ、この並び順で、たとえばトメが里子を押しやり信夫にくっつくようにして立っているならば、息子への愛情と独占欲の強い母親という、世間的にもすんなり納得のいくストーリーで説明がつくだろう。だが砂川家の三人はそうではなかった。トメが里子にぴったりとくっつき、信夫から離れているのである。

写真のなかで、ウールの着物を着て髪をまとめた新妻の里子は、ぐいと顎《あご》をあげた堅太りの貫禄《かんろく》のある姑《しゅうとめ》に腕をとられて、生真面目そうな視線をカメラに向けている。そして信夫は、やはり仕立て下ろしのウールのアンサンブルを着て、母親から身体《からだ》半分ぐらいの幅の距離を空けられて、ちょっとうつむき気味に、口元に淡い笑いを浮かべている。

彼の両手は、着物の袖《そで》と同じように身体の両脇《りょうわき》にだらりと垂れ、何の自己主張もしていない。そして彼の笑みにも、ひとかけらの主張もない。子供のころからずっと、仕方のないことを仕方がないと受け流すために、他の誰でもない自分を騙《だま》すために——今受けたこの仕打ちに、俺は傷ついていないと、俺は気にしてないと——そのために浮かべてきた笑みだ。そして里子が悲しく思うのは、信夫にとっては、彼が彼女に向けたあの明るい笑顔も、彼が習い性として浮かべてきたあの空っぽの笑みも、どちらも真実だったということである。

トメと信夫の母子関係は、ずっとこうだった。長いことかけて、里子はそれに馴《な》らされてきた。

それだからこそ、トメの言葉にショックを受けてしまったのだ。今頃になってにわかに正気づき、信夫を探すのだと言い出すなんて。今まで彼を探そうとしなかった里子を「冷たい」と非難するなんて。

いったいどうしちゃったんだろう？

しかしトメは気まぐれでそんなことを言ったのではなかった。錯乱したのでもなかった。ホームの生活のなかで、トメは新しくなったのだった。

何かが歪《ゆが》んだのか、あるいは歪んでいたものが真《ま》っ直《す》ぐになったのか、何かが折れたのか、何かが接続されたのか、眠っていた何かが覚醒《かくせい》したのか、暴れていた何かが静かに寝ついたのか――トメのなかで何が起こったのか、正確なところは誰にも判らない。医師にさえ診断がつかなかった。判るのはただ、トメが変わったという事実だけだった。

それまでの、愛憎の両極がひっくり返っていたトメから、息子を愛し、嫁を斜交《はすか》いに見るという、ごく普通の姑の砂川トメに。

しかしこれは、正常なことではあっても、里子にとっては辛《つら》い日々の始まりであった。

この時期を境に、トメの日常は、里子に対する不満や鬱憤《うっぷん》をぶちまけることを駆動力に回転するようになってしまった。ホームの職員や看護婦たち、同室の老人たちは、今まであんなにお嫁さんを頼りにしていたトメさんが、急に手のひらを返してお嫁さんに文句を言い始めたことに、一様に驚かされた。そして驚きが収まると、それぞれの立場でトメを宥《なだ》めたり、同調して互いの嫁の悪口を言い合ったり、あるいはトメを叱《しか》ったり、面会に来た里子の袖を引いて忠告したりと、てんでに色とりどりの反応を示すようになった。

　だが里子は、トメが変わったからと言って、自分も変わるというわけにはいかなかった。どれほどきつい言葉で責められても、でっちあげに近いような悪口を言い触らされても、今さらトメを見捨てるわけにはいかないのだ。

　それに里子は知りたかった。トメのなかで何が起こったのだろう。何が起こったがために、急に信夫を愛したり哀れんだりするようになったのだろう。急に、信夫が蒸発したのは里子との不仲のせいだとか、信夫を探すこともなく放っておいた里子を鬼のような女だと言ったりするようになったのだろう。衰え行くトメの脳のどこかに、これまでの人生で母親としてのトメが息子の信夫に対してしてきたことへの、何がしかの拒否反応が起こったのだろうか。それを清算しないうちは死ねない——たとえ「嘘《うそ》」や「欺《ぎ》瞞《まん》」で固めて他者に責任を転嫁《てんか》してでも、清算をつけねば安らかにはなれない——そういう衝動が、トメを劇的に変えてしまったのか。

　信夫の蒸発後初めて、長い時を経て、里子は彼の帰宅を願うようになった。本当に久しぶりに、信夫が家にいる夢も見た。夢のなかの彼は笑顔であった。

（それなのに――）

なんでこういう皮肉なことになるのだろう。信夫が死んでしまうなんて。いや、殺されてしまうなんて。

（いや、だけど本当に殺されたのがあの人かどうかは、まだ判んないんだよ、そうだよね。殺されるなんて大変なことなんだから、あの人がそんなことに巻き込まれたりするかどうか判んない）

　長いあいだ消息の知れなかった夫のことである。「死んだ」というのも、「殺された」というのも、どちらもすぐには呑《の》み込みにくく、どんな種類の感情も湧《わ》きにくいという意味では、一緒であった。ただ、それでも里子には、あのおとなしい砂川信夫が他人の手にかかって死ぬなど、どうしても想像できないのである。しかも、あの荒川の一家四人殺しとやらの裏には、法律とか絡《から》んだ複雑な事情があるらしいではないか。信夫がそんなことに関わるだろうか。

　十五年という歳月は、里子の上を音もなく通り過ぎた。ただ忙しいだけの年月だったから、時の通過する音に耳を傾けている暇も、時が傍らをかすめすぎるとき彼女の身体や精神に残してゆく痕跡《こんせき》を気にしている暇も、彼女にはまったくなかった。だから結果として、時は里子の上を通過したけれど、里子にはなんの実感も残されていない。あまりに多忙だから、たとえば今、鏡をのぞいてそこに十五年分老《ふ》けた砂川里子を見つけても、十五年前の自分の顔がどんなものだったかなんてとうに忘れてしまっているので——それだって、あまりに忙しかったせいだ——あらまあ、こんなババアになってと、苦笑する間もありゃしないというくらいのものだ。

それでも信夫が帰ってきたら——いつか帰ってくるようなことがあったなら——彼の顔の上には、通過した歳月がしっかりと刻み込まれているはずだと、里子はそう思っていた。

「正面玄関に駐車してもいいの？」

運転席の伊沢に声をかけられて、里子はようやく我にかえった。トメの暮らす特別養護老人ホーム「あけぼの園」の三階建ての建物が、すぐ目の前に迫っていた。

里子は伊沢に、建物の裏手の来園者用駐車場に停めてくれるよう指示をした。そうして車から真っ先に降りると、伊沢と総子を待たずに正面受付の方へと小走りに走った。ひょっとしたらとんでもない間違いかもしれない情報ではあっても、信夫が荒川区で殺された被害者のひとりかもしれないと知らされて、あたしはずいぶんどきどきしている。お義母さんは、なおさらだろう。トメが、園内の誰かの不用意な口から、この情報を知らされていないといいのだがと思った。あるいは、今は都合良く、あれこれ知らされてもすぐピンとこないくらい、ぼんやりした状態になっていてくれるといいと思った。

園内の職員とはすでに顔馴《かおな》染《じ》みである。とりわけその日、受付に座っていた初老の男性職員は、里子と気が合う人で、面会に来るたびにおしゃべりをする相手だった。

自動ドアを踏んで駆け込んできた里子の顔を見ると、初老の職員は中腰になった。

「ああ砂川さん、ちょうどよかった」

「おはようございます」

里子は息を切らしていた。駐車場を横切る内に、なぜかしらどんどん動悸《どうき》が激しくなってしまったのだ。何かが起こりかけているというような、おかしな予感がそこにはあった。

「さっきから、山口先生が砂川さんに電話してたんだよ。砂川さん、ニュース観《み》たかい？」

では、もう園でも話題になっているのか。

「うちの亭主の名前が……荒川の一家四人殺しのことですよね？ ニュースって、テレビでもやってましたか？ あたしは日刊ジャパンの記事を見たんです」

職員はカウンターに両手をついて乗り出した。

「今朝のワイドショーだよ。トメさんの名前も言ってたんだ。それで騒ぎになってさ。トメさんはここで元気にしてるんだからね」

「あたしもびっくりして……」

そこへ、伊沢夫婦が追いついてきた。里子は急いで言った。「やっぱり、こっちでも話題になってるんだって」

「おばあちゃんは知ってるの？」と、伊沢総子が訊いた。受付の職員と目をあわせ、会《え》釈《しゃく》をした。

「まだ知らせてないでしょう」と、職員が言った。「トメさんは、今朝は寝起きがよくなくてね。朝飯もいらないって言って、うつらうつら寝てたんですよ。今日はそういう日なんだね」

トメには時々、そういう「眠たい」周期がめぐってくるのである。特にひどいときには、一日じゅう食事をせずに、しきりと眠りたがる。それでは身体に毒なので、看護婦がなだめすかして食べさせるのだが、それでも、スプーンでご飯を口元に運んできてもらうあいだにも、こっくりと居眠りをしたりすることがあった。

「山口先生はどちらでしょう？」

「医局に訊いてみるから、ちょっと待って」

受付の職員が内線電話の受話器を取り上げようとしたとき、その電話が鳴った。

「はい受付――あ、山口先生、はい、電話つながらないはずですよ、砂川さん今ここに来たところですから。はい？　判《わか》りました」

「おばあちゃん、どうかしたんですか？」

「いや、トメさんは大丈夫。まだ寝てるから。山口先生が、三階のナースステーションに来てくれって」

里子たちは階段を走ってあがった。

15 帰宅

——そうしますと、「あけぼの園」の職員の皆さんも、荒川の一家四人殺しの被害者の氏名のなかに砂川トメさんの名前があることに気づいて、騒いでいたというわけですね。

「ええ。テレビを観《み》ていて最初に気づいたのが、たまたまうちのおばあちゃんのいる階を受け持っている看護婦さんで、ですからおばあちゃんの名前はもちろん、わたしの夫が十五年も失踪《しっそう》したきりだってことも知ってましてね。これ、ヘンじゃないのって言い出したそうで。それで、担当の山口先生のお耳にも入っていたんだそうです」

——皆さん、さぞ驚かれたでしょうね。

「そりゃもう……荒川の事件なんて、そりゃあれだけ物騒な大事件だから興味はあったけど、まさか砂川さんの名前が出てくるなんてって言ってました」

砂川里子とのこのインタビューは、彼女の休日に、深谷《ふかや》市郊外の「深谷メモリアルパーク」施設内の喫茶室で行われた。荒川の一家四人殺し事件の全容が判明してから、一カ月後のことである。

砂川里子は身長一六五センチと、この年代の女性のなかでは長身である。瘦《や》せぎすのせいか、実際にはさらに長身に見える。既製服を買う場合、サイズとしては九号で充分なのだが、袖丈《そでたけ》や裾丈《すそたけ》が足りないので、やむなく十一号を買うのだそうである。

「だから、あたしはいつも、ダブダブの服を着てましてね。お義母《かあ》さんがよく、あんたどうしてそんなみっともない格好してるんだって、言ったものでした」

この場の彼女は、チャコールグレイのニットのスーツを着ていた。シックで落ち着いた色目のスーツで、真新しいもののように見えたが、足元は履き古した白い運動靴履きである。

「すっかりクセになってましてね。お義母さんの面倒をみているあいだは、とにかく動きやすい服、いざというとき走れる靴という感じだったですから。服の方はまあ着替えられますけど、靴の方は足がこういう運動靴に慣れちゃって、今じゃもう踵《かかと》の高い革の靴なんて履けないですよ」

みっともなくて済みませんねと笑って頭を下げたあと、ふと思い出したように声をあげた。

「そういえば、『あけぼの園』にあわてて飛んでいったあの日も、この運動靴を履いてたんでした」

――それではやはり、その日のことから順を追って伺うことにしましょう。山口先生に会いに、三階のナースステーションに行かれたわけですね。

「そうですねえ。それでまあ、先生もあの事件に砂川の名前が出てるんで驚いておられましてね。だけど、わざわざあたしに電話かけてくだすってたのは、そのせいだけじゃないんです」

——他にも理由があったんですか。

「ワイドショーや新聞に砂川の名前が取り上げられただけだったならば、もちろん話題にはなってもね、すぐにあたしを呼びつけてどうこうなんて、ホームの側からできることじゃないってことでしょうかね。これが何かの間違いか、そうでなくてホントに砂川さんのご亭主だとしても、それはあなたの方で何とかしなくちゃならないことだから、ホームが口出すことじゃないと」

——そうですか。

「ただ、あんな記事とかワイドショーとかで取り上げられなくても、あの二、三日前から、山口先生はあたしに電話しようかどうしようか迷っておられたんだそうです。それが砂川の——夫のことに関わりがあることで」

——「あけぼの園」で、一家四人殺しの被害者の身元についての報道のある前に、砂川信夫《のぶお》さんに関わる何かがあったということですか。

「お義母さんが、夢を見るって言ってたんだそうです」

——夢を。

「信夫が夢枕《ゆめまくら》に立つって」

――いつ頃からですか。

「ですから、被害者の身元が判《わか》ったっていう記事が載ったりする、二、三日前からですよ。それで山口先生、あたしに知らせようかと迷ってらしたそうで」

――なるほど。しかし、ただ夢に出てくるのと、夢枕に立つのとでは、若干意味が違ってきますね。

「そうですよねえ。ですけど、何しろ年寄りのことですから、最初のうちは先生も、お義母さんが何を言ってるのか判らなかったそうなんです。しかも、夢を見るのは夜だけじゃなくて、昼寝しても、うたた寝しても見るっていうんですから、夢の回数も多いわけでしょう。あのころのお義母さんは、一日の大半を寝てるか、横になってぼうっとテレビ観るかしてたですから、一日に何回も夢見るわけですねえ」

――そこに砂川信夫さんが出てきた、と。

「ええ。最初のうちは先生も、倅《せがれ》さんが夢に出てきたの、じゃあ倅さんが帰ってくるのかもしれないよ、その予感なのかもしれないよって、お義母さんに言ってくださってたそうなんですけども、そのうちにお義母さんが、先生、信夫はもう死んでるんじゃないかって言い出したそうでね。だって先生、真っ青な顔してあたしの枕元に来るんですよ、それでぼうっと立ってるんですよって、ね」

――トメさんには、それがはっきり信夫さんだと判ったわけですか。

「判ったんですって。でも話はしないんだそうです。信夫もただ、両肩をこう、がくっと落としましてね、悲しそうな、申し訳なさそうな顔でじいっとお義母さんを見てるって、そういうんです」

――山口先生は、それが気になったわけですね。

「ええ。蒸発した息子さんのことでそんな夢を見るのは、いえ、ホントに見てるのかどうか判らないですけどね、うちのお義母さんみたいに惚《ぼ》けの始まった年寄りって、ときどき凄《すご》い作り話もしますからね。ただそれを、本人は作り話だと思ってないんだけど。本人は本当に体験してるんですからね」

――ははあ。

「お義母さんと同じ病室のおばあちゃんが、夜になると部屋のなかにそりゃきれいな花が床一面に咲くって、言い張ったことがありましたっけ。三十秒ぐらいで咲いて、三十秒ぐらいで枯れちゃうらしいんだけども、もう夢のようにきれいなんだそうですよ。そりゃ夢だからねえ」

――一種の幻覚でしょうか。

「さあ、難しいことは、あたしには判らないです。ただね、先生が仰《おつしや》るのに、お義母さんが見る信夫の夢は内容が暗いから、ちょっと心配だったんだって。それであたしに連絡を」

――しようかと迷っているところに、あの報道があったと。

「そうですよ。偶然にしちゃ、できすぎてますよねえ。お義母さんの夢枕に立った信夫が、現実に、本当に死んでるかもしれないってことになったわけですから。ナースステーションでその話聞きまして、なんだかわたし、鳥肌が立ちましたですね。それまでは半信半疑だったですけど、あの瞬間に、ああこれは本当に信夫は死んでるなって、思いましたですねえ」

――それで結局、警察に連絡してみることになったわけですね。

「はい。山口先生にも社長さんにも、そうした方がいいって言われまして。ただわたし、警察は怖かったですから、なかなか気は進みませんでした。もしこっちの取り越し苦労だったりしたら、怒られそうな気がしましたし」

――その日は、トメさんには会ったんですか。

「ええ、会いましたよ。一応警察に報《しら》そうってことになって、ナースステーションを出て、お義母さんの顔を見に行ったんです。ただ、お義母さんは寝てましたんで、しばらくベッドの脇《わき》に座ってましたら、隣のベッドのおばあちゃんが、トメさんが、今朝方息子さんが夢枕に立って、今、お嫁さん――あたしのことですわね――お嫁さんが座ってるその場所に座ったたって、そう言ってたって教えてくれて」

――ベッドの脇の、同じ場所にですか。

「はい。四人部屋で、通路狭いですからね。病気の年寄りの面倒見てるわけだから、いろんな器具がいっぱいベッドの周りに置いてあるんです。だからゴミゴミしちゃうんです。そこかき分けて座るような感じですよ。背もたれもないスツールです。そこに信夫が座ってたって、お義母さんが言ったそうです」

——トメさんには、それがはっきり見えたんですね。

「見えたんでしょうねえ。あたししばらく考え込んじゃいましてね。ホントにあの人が——信夫が帰ってきてこのスツールに座るなんてことは、まずないだろうと思ってたから。だけどお義母さんの夢のなかの信夫は、ここへ座ったんだなあって。そうしてる内にお義母さんが目を覚ましましてね。あんた何してるのって。今日はあんた、来る日じゃないよって。頭はっきりしているときは、そういうこともちゃんと判るんです。それでわたし、お義母さんが信夫さんの夢見たって聞いて、来たんだよって言いました」

——トメさんはどんなご様子でしたか。

「わたしはてっきり、また責められるだろうと覚悟してたんですよ。お義母さんがホームに入ってから、あたしはすっかり悪者にされちゃって、信夫を探そうともしなかった冷たい女ってことになってたですからね。だけどその日に限っては、お義母さんあたしを全然悪く言わなくて、なんだかしんみりしちゃいましてね。信夫はあたしのとこへ来たけど、あんたのところには来なかったかって、訊《き》くんです。あんたのところにだって来るはずなんだけどって。

あたし訊きました。お義母さん、はっきりしないんだけど、信夫さんが夢に出てきたの、それとも夢枕に立ったってことなのって。そしたらお義母さん、はっきり言いましたよ。夢枕に立ったって。信夫は死んでるんじゃないかねえってね」

――しつこいようですが、トメさんは報道の件については知らなかったんですよね。

「知りませんよお。年寄りですもの。けど、信夫は死んでるって、なんかこう、淡々と諦《あきら》めたみたいな感じで言いました。

とりあえずあたし、ロビーへ降りて行きまして、社長さんたちにね、警察、電話とかするより行った方がいいかもしれないって言いました。社長さんびっくりしてましたけど、あたしがお義母さんがこれだけはっきり予感みたいなものを感じてるって話したら、じゃあ警察行こうかって」

――それで、荒川北署へ出向かれることに。

「そうです。翌日行ったんですけど」

砂川里子はちょっと言葉を切り、目を細めた。

「だけどとうとう、いろんなことがはっきりしてからも、あの人はあたしの夢枕には立たなかったですねえ」

――荒川北署には、おひとりでいらしたんですか。

「いいえ、とんでもない。わたしひとりで行く勇気なんかなかったです。毅《たけし》と、社長さんと総子《ふさこ》さんも一緒に来てくれました」

――警察では、すぐに話を聞いてもらえましたか。

「それがわたしらもびっくりしたんですけども、丁寧に受け付けてもらえまして。バカバカしい、帰れ帰れなんて言われるかと思ってたんですけど、そんなことはちっともなかったですよ」

――身元を証明できる書類のようなものを持っていらしたわけですね？

「わたしはそこまで思いつかなかったですけど、毅が住民票と戸籍謄本《とうほん》をとって持っていこうってね。あの子は運転免許証も持ってますから、それもね。あとは社長さんが、わたしが採用された当時の履歴書を持って、あと、特養ホームの方でも、今ここに確かに砂川トメというお婆《ばあ》さんがいますという簡単な証明書を出してくれました」

――捜査本部の人たちも、驚いていたでしょう。

「最初のうちはねえ。ですけど、本当に仰天したというような感じではなかったですよ。ひと通りわたしたちの話を聞いてくれたあとで、社長さんたちを外で待たせて、わたしと毅に、ひとりひとり別々にね、あの事件で殺されてた男の人の写真を見てもらえますかって」

――すぐ見ることになったんですか。

「刑事さんが、最初に、亡《な》くなってるところを撮ったものだから目をつぶってるし、この人は頭を殴られて殺されてるから面変わりもしてるだろうし、だいいち十五年ぶりに見る顔だから、確かにご主人だと見分けられるかどうかも判らないかもしれないけども、写真、見てみますかと聞かれまして。わたしはもちろん見せてくださいとお願いしましたけども、もし本当にご主人ならばかなり辛《つら》いと思いますよ、亡骸《なきがら》の写真だから、気分も良くないかもしれませんよ、いいですかって。ですけどわたし、どうしても確かめたかった」

――写真は何枚ありましたか。

「見せてもらったのは四枚です。顔を正面から――というか上から撮ったのと、全身を撮ったのと、右と左から一枚ずつ撮ったのと」

――いかがでしたか。すぐに見分けがつきましたか。

「……それが、最初はなんか、違うような気もしたんですよ。刑事さんの言ってたとおり、目をつぶってましたからね。わたしの覚えてる主人よりも、ずいぶんと太った顔になってましたし。それにやっぱり、亡くなった人――殺された人の死体の写真なんか見るの、怖いですからよく見れなくて。でも、右から撮った写真のね、こう……横顔の線ていうんですか、あの人はちょっと鼻の先が下の方にぐいって曲がってて、それが写真にも写っててね」

――砂川信夫さんだと判ったと。

「たぶんそうだと思いますって、だけど太ってますって、そう申し上げました」

――あなたが写真を見たあと、毅さんが呼ばれたわけですね。

「そうです。刑事さんがわたしを別の部屋に呼んで、息子さんが写真を見終わるまでは、あなたは息子さんと顔をあわせたり話したりしないでくださいねって仰いました。話してしまうと、わたしの考えてることが毅に伝わってしまうからって」

――影響を与えてしまうということでしょうね。

「ですかね。でもわたし、心配だったんですよ。毅は今でこそわたしよりずっとよく物が判っててしっかりしてますけども、父親が家を出たときにはまだ六歳ですからね。しかも、あの人が居なくなったあとは、お義母《かあ》さんすごく腹を立てて、アルバムやらなにやらも全部しまいこんでしまってね、毅には写真なんかも見せないようにしていたんです。だから、毅には父親の顔、見分けつかないんじゃないかと思いました」

実際に、砂川毅はこのとき荒川北警察署内で応対した捜査本部の警察官たちに対し、遺体の写真を見ても、自分には父親かどうか判断がつかないと答えている。そこで、焦点は砂川里子の上に集中した。

「毅が写真を見終わって、しきりにゴメン、ゴメンと言いましてね。母さん、オレにはわかんないよと。無理もないよって、言いました。ばあちゃんが惚けが始まってなけりゃ、いちばんはっきり見分けられたろうにねえって。やっぱり母親なんだから」

——捜査本部では、最後まで、トメさんからは話を聞かなかったんですか。

「聞いても、お義母さんはちゃんと答えられませんもの。でも、ホームの方には、刑事さんたちが何度か行ってくれました。そうそう、そういえばそれで、刑事さんたちも、お義母さんの夢の話を聞いてね」

——被害者の身元に関する報道のある数日前に、砂川信夫さんが夢枕に立ったという話ですね。

「はい。刑事さんたちはそういう話、笑って相手にしてくれないだろうと、思ったんですよ。わたしが考えたって、おかしなことですもんね。本当に信夫が夢枕《ゆめまくら》に立つんだったら、もっと前に立たなきゃおかしいわけだし。だけども、本部の刑事さんにひとりね、かなり年輩の方でしたけど、熱心にお義母さんの相手をしてくれた方がいまして、あとでわたしに仰いました。奥さん、そういうことはあるんですよ、死んだ人が遺族のとこへ報《しら》せにくるってことは、あるんですよって。それはもう、いろいろなことがはっきりしたずっと後になってのことですけどね。それでその刑事さん、奥さん、砂川さんはきっと奥さんと息子さんとお母さんの居る家に帰りたかったんだろうよって、そう言ってくれました」

――遺体の写真のほかにも、所持品などの確認をなさいましたか。

「しましたです。ただ、それも写真で、実物を手に取ったわけじゃなかったですけども。そりゃもう細かく写真撮ってあるものなんですね」

――どんなものがありましたか。

「遺体が着てたシャツとかズボンとか、それだけを撮ったのもありましたし、あと腕時計とか、部屋のなかにあった衣類とか、靴とかスリッパとか、読みさしの本とか。あのマンションの部屋のなかは、まあ事情が事情だったからでしょうけども、まるっきり仮住まいって感じでしてねえ、信夫たちの身の回りのものとかは、紙袋や段ボール箱に入れて、その辺にごろごろ置いてあったんですよ。簞笥《たんす》とか茶簞笥とか、立派なのがあるのに、なかは空っぽでね」

——小糸夫人が非常にうるさく言っていたようですからね。家具や備品を使うなと。

「らしいですねえ。ですから写真でも、たとえばこのなかにシャツと下着が入ってまして、紙袋を撮ってるんですよ。それで、次の写真で、その中身を撮ってるんです」

——ご覧になって、いかがでしたか。記憶にあるものはありましたか。

「いえいえ、全然。十五年ですからねえ。洋服なんかは変わってて当たり前だし。信夫の腕時計は、あの人が家を出たときはめていったのは、あたしたちが結婚したときに職場の部長さんがお祝いに贈ってくだすったもので、見ればすぐ判《わか》ったんですけど、それは見つかりませんでした」

——筆跡などはどうでした。

「カレンダーをね、見ました。それは本物を、ビニール袋の中に入れてあって、わたしは直《じか》に触ることできませんでしたけど、机の上に置いてあるのを、すごく近くで見ることができたんですよ。大きなぺらの一枚のカレンダーで、普通だったら書き込みとかできるような種類のではないんですけども、いろいろ書いてありましてね。それが、『早川社長2時』とか、『石田来』とか、マジックペンで書いたんでしょうけど、はっきり見えました。信夫の筆跡かどうか、なにしろ十五年も見てないからなんとも言えないけども、あの人、字がヘタくそだったんですよ。そりゃもうお話にならないくらいヘタでね。結婚した当時に、ほんの短いあいだですけど運送会社に勤めてたことがあって、そこでよく怒られてましたから。砂川さんの書く伝票は、全然読めないって。暗号みたいだって。ですけど、カレンダーのその字はきれいで、きちんと読めました」

――そうすると、横顔が似ているというくらいで、写真からは確信がつかめなかったわけですね。

「はい……。それで、遺体を見ることになって。まあそれではっきりしたわけなんですけども」

インタビューのこのくだりで、砂川里子は初めて涙ぐんだ。目が潤《うる》んだ程度ではあったが、少しのあいだ言葉が出なかった。

――遺体は冷凍保存されていたわけですね。

「はい。かちんかちんになってましたよ。そういうことができるんですね、今は」

――捜査本部でも、四人の遺体の身元を確定する資料が、早川社長の手元にあった住民票だけだということに、危なっかしいものを感じていたわけでしょう。ですから、身元が判ったと公式に発表はしていない。だから、当時砂川さんたちが見た新聞やニュースでも、はっきりと身元が判ったと断定しているところは少なかったんですよ。あくまでも「推測される」「と思われる」という調子だったわけです。

「そうなんですね。刑事さんたちからうかがって、ああそういうものなんだなあと」

――写真でなく、遺体を見たときには、すぐに判りましたか。

この質問にも、砂川里子はすぐには答えなかった。インタビュー場所になったメモリアルパーク内の喫茶室は庭園に面しており、鮮やかな緑の芝生が広がっている。本来は立ち入り禁止のはずのその芝生の上で、小学生ぐらいの子供が三人、派手な色彩のビーチボールを投げて遊んでいたが、彼女はしばらくのあいだそれをながめていた。

「わたしらは、本当に短い結婚生活でしたから」

――結婚から七年二カ月で、信夫さんは家を出ていますね。

「はい。ですから本当のこと言うと、わたしには、あの人のこと、あまりよく判らないんですね。世間並みのご夫婦のようにはいかないんですよ」

――でも、あなたと信夫さんのあいだは、けっして不和ではなかったのでしょう。

「まあ、割と仲がよかったと思うんです。なんかわたしが言うのも変ですけども、喧嘩《けんか》したことはなかったですからね。ただそれは、あの人とお義母さんが全然うまくいかなくて、わたしが嫁にいって砂川の家に入って、ふたりのあいだのクッションみたくなってたから、わたしとあの人のあいだで喧嘩なんかしてる余裕はなかったっていうだけのことだったかもしれません。

わたしから見ると、あの人はなんか、弟みたいなところがあったですよ。母親とそりのあわない弟で、家のなかでも立場なくて。そういう気の弱い、影の薄いみたいなところが、ずっとつきまとってました。凍った遺体を見たときに――それはもう、写真と違ってそばでじっくり見られたから、やっぱり面影があって、ああこれは信夫だってわたし――刑事さんにも言ったんですけども、やっぱりあんなになってもあの人、気の小さそうな感じがあってね。世間に遠慮してるようなね。だけども、あの人がやってたこと考えたら、当たり前だったんだけど」

砂川里子と毅は、現在も当時と同じ深谷市内の賃貸マンションに暮らしている。マイホームは、この母子《おやこ》にとってはまだまだ遠い夢である。砂川信夫の「やってたこと」とは、超高層の高級マンションに雇われのにわか占有屋として住み着くことだったわけであるが。

――信夫さんの遺体を確認した後、ヴァンダール千住北のウエストタワーを見にいらしたそうですね。

「はい、いっぺんだけですけども、行ってみましたです。事件のうんと後になってというか、割と最近のことですけども」

――ご主人の亡くなった場所をあなたの目で見てみたかったわけですか。

「それはそうですけども、あとやっぱり、あの人が何をしてたのかね、実感がなかったですからね。占有とかいうのは。わたしらには縁のない話だし。そもそも、あんな高級なマンション、別の世界のお話ですよ」

――行ってみて、いかがでした。部屋には入れたのですか。

「入れました。管理人さんが親切な方で、わたしさえ辛くないんならっておっしゃいまして、佐野さんて、主人たちを最初に見つけた方だそうで、みんながどんなふうに倒れてたのか、どんな様子だったのか、いろいろ教えてくれました」

――豪華な、いい部屋ですよね。

「そうですねえ……。ですけど、主人たちはけっして大手を振って暮らしてたわけじゃなかったんですから、気分はどうでしたかねえ。なんだかわたし、あの人は最後の最後まで誰かの顔色をうかがいながらコソコソ生きてたんだなあって、それは情けないし、可哀想《かわいそう》だったなあって思いました。三つ子の魂百までっていいますけども、あの人は子供のころからずっとずっとお義母さんの顔をうかがいながら育ってきたから、結局それが抜けなかったんでしょうねえ。そういう人生をやめるために、家を出たんでしょうに」

砂川信夫と実母のトメが折り合いが悪く、嫁の里子がふたりのあいだに入って一種の調停役をつとめていたということについては、里子は再三話をしている。信夫の蒸発の原因も実母との確執にあり、里子とのあいだはうまくいっていたと。

しかし、なぜふたりはそれほど不仲であったのか。原因はどこにあるのだろう。

――信夫さんとトメさんは、どうしてうまくいかなかったんでしょう。あなたのお考えを聞かせていただけますか。

砂川里子はしばし、ためらうようにまばたきを繰り返した。先ほどの芝生の上の子供たちは、ビーチボールだけを置いてきぼりに、どこかへ姿を消してしまっている。喫茶室は非常に静かである。

「もともとはね……なんていうんですか、砂川の家の複雑なところが、あの人の上にしわ寄せがきちゃったんですね。そういうことだと思いますよ。少なくとも、信夫はそう信じてました。わたしにもそう言ってたから」

「はい。──本人がですか。さっきも言いましたけども、あの人とお義母さんがあんまり仲悪いんで、というかお義母さんがあの人をひどく扱うんで、わたし不思議で、なんでこうなんだって信夫に訊《き》いたんです。そしたらあの人、俺はお袋をさんざん虐《いじ》めた爺《じい》さんに顔が似てるんで、そのせいだって言いましてね。俺にはどうしようもない昔のことが原因だって」

つまり、砂川トメ・信夫母子の不仲の理由を探るには、砂川家の歴史をさかのぼる必要がありそうなのである。

砂川トメの旧姓は中村といい、実家は深谷市郊外で農業を営んでいた。中村家はこの地の小作農民であり、生活は貧しく、トメの母親はトメが六歳のときに病没している。他に子供はなく、トメはひとり娘だった。

「お義母さんのお父さんは土地の人間じゃなくて、元は東京の人だったらしいです。商売をやっていて、戦前はかなり羽振りがよかったんだけども、失敗して大枚の借金を背負って、しょうことなしに逃げてきたらしいんですね。深谷に親戚《しんせき》がいまして。それでまあ農家手伝ってたわけだけど、もとが町場の人だから、やっぱり農家の暮らしが嫌でね、深谷も今みたいに開けてないのはもちろんだし、首都圏近郊農業なんていって利益があがるようになる、うんとうんと前の時代ですからねえ。まあ、お義母さんのお母さんとも親戚の計らいで一緒になったわけなんだけども、お父さんの方はそういう人だから、お母さんが亡《な》くなるとすぐに家出してしまってね、たぶん東京に戻ったんでしょう、だからお義母さんは、亡くなった母親の実家の中村の家でおじいちゃんおばあちゃんに育てられたんです。それで、おじいちゃんおばあちゃんはすごく可愛《かわい》がってくれたんだけども、お義母さんのお母さんは末っ子で、他の兄弟と歳《とし》が離れてて、だからおじいちゃんおばあちゃんも、お義母さんを引き取ったときにはもう六十歳くらいでね。自分たちだけで育てきれるかどうか、不安だったんでしょう。それでお義母さんは、すごく若いうちにお嫁に出されたんですよ」

――いくつです？

「十三になったばっかりだったって、話でした」

砂川トメは一九一〇年生まれであるから、これは一九二三年（大正十二年）のことである。

「ただまあ、その時代でも十三歳じゃまだ子供ですからね。嫁と言えば体裁はいいけども、中身は女中奉公ですよねえ」

つまり、将来的にはトメを砂川家の嫁として迎えるという約束はあったが、当面は住み込みの奉公人の扱いで、労働力としてあてにされていたということである。

「お義母《かあ》さんが行ったころの砂川の家は、かなりのお金持ちだったそうです。馬力屋さんていうんですか、今で言う運送業をやってたんですよ。人も馬もいっぱい使っていたそうで、お義母さんもずいぶん馬の世話をやいたそうです」

――やはり深谷市内の家だったんですか。

「いえ、違います。もっと東京よりですけども……ただあの、このことは差し障《さわ》りがありますんで、場所ははっきり書かないで欲しいんですわ。砂川の本家はもうないですけども、親戚筋がおりますんでね」

――判りました。裕福な商家だったということだけで充分です。

「砂川の家には子供が五人、男の子が二人に女の子が三人おりましたそうです。いちばん下の娘さんは、お義母さんと同じ歳でした。それがまあ……お義母さんはそんな立場で砂川家に入ったもんで、ずいぶんとこの同じ歳の妹さんに虐められたらしいんですね。あとあとまで、そのことを恨んでました。この三女の人は十五歳にもならずに病気で亡くなったそうなんですが、お義母さんはこの人の末期《まつご》の世話もしたと言ってました。最後まで意地悪だったって、怒ってましたけどもね。なかなかそういうこと、忘れられなかったんでしょう。

あと二人の娘さんは、それぞれ十八ぐらいでお嫁に行って、だからお義母さんはこの人たちのことはあんまりよく覚えていないようでした。長女の方は大阪へ嫁いだんですが、終戦ぎりぎりの大空襲で一家全滅したとかで、骨も見つかってないって話でしたね。次女の方は東京の山の手のお医者さんと結婚して、けっこう羽振りよくしてたみたいですが、つきあいがないんで判らないって言ってました。

それで問題の長男と次男ですけどね、長男はお義母さんより五つ年上で、次男は三つ上で、お義母さんは最初の話では次男の嫁になるはずだったんだそうです。お金持ちの家ですから、跡取りの嫁はもっといい家からもらうつもりだったんでしょう。うんと勘ぐるならば、本当は最初から誰の嫁にするつもりもなくて、ただそういう口実でもって、お給料のいらない働き手が欲しかっただけかもしれませんね」

——裕福な家なのにですか。

「それがまあ、お金持ちほどしわいところはしわいって言うじゃないですか。それに、砂川家のお父さん——後でお義母さんの舅《しゅうと》になる人ですが、この人はそりゃもうけちだったそうだから」

——トメさんを「虐めた」と言われている舅さんですね。

「はい。うんとひどくね」

元号が昭和に変わってまもなく、中村の家の、トメの祖父母が相次いで亡くなる。これで本当に、トメの居場所は砂川家だけになってしまった。

「おばあちゃんが亡くなったのが、満州事変の年だったそうです。砂川のお舅さんは、関東軍がよくやったって、すごく喜んでね、お得意さん全部に振る舞い酒をしたそうでした。そんなんで家のなかは大騒ぎで、お義母さんはおばあちゃんのお葬式に帰ることができなかったんだそうです。泣いて頼んだけど、帰してもらえなかったって。それも恨みのひとつですわねえ」

やがて日中戦争が始まり、きな臭い時代が到来する。

「砂川の家では、長男がうまくクジ逃れをしましてね。戦争に行ったのは次男だけだったそうです。お義母さんは、長男だけでも目こぼししてくれって、お舅さんがあっちこっちに賄賂《わいろ》使ったんだろうって、ずっと疑ってましたけども。そういえば、昭和十一年の二・二六事件のとき、長男がなんかの用事で東京に出てたんですって。そしたらまあお舅さんが心配して心配して、三日も四日も寝ずにいてね、仏壇を拝んでいたそうですよ。長男の方はそんなこと知らないから、交通が回復したらケロッとして帰ってきて、それをお舅さんが泣いて喜んで迎えて、なんだか馬鹿《ばか》みたいだったって、お義母さんはそりゃ毒のある口調で言ってましたね」

――砂川里子が、トメが「怒っていた」「恨んでいた」「毒のある口調で言っていた」と話すとき、その表情は言葉の内容とは逆で、いつもわずかに微笑《ほほえ》んでいる。その笑みは手放しではないが、強情で言うことをきかないが可愛い子供のことを語る母親のように、苦みを含んだ優しい笑みである。

――先ほどから、便宜上、当時の砂川家の当主のことを「お舅さん」と呼んでいますが、昭和十一年にはまだ、トメさんは砂川の嫁ではなかったんですね？

「ええ、違います。次男は兵隊に行っていて家にいないし、まだ宙ぶらりんの身分でした。それがずっと続くんですよ。なにしろ、籍を入れてもらったのは昭和二十一年だったそうですから」

――終戦後ですか？

「ええ。お義母さんは三十六ですよねえ。当時ではもう大年増《おおどしま》ですよ」

――結局、どなたと結婚したんですか。

「長男と。長男も四十すぎですよ」

――なぜそんなに手間取ったんでしょうか。

「これがね……お義母さんの最大の恨みで、まあ本当に恨んで当たり前だったんだけども、実は昭和十五年に、砂川のおかみさんが亡くなったんです。長男の母親、お舅さんの奥さん、本当なら砂川トメのお姑《しゅうとめ》になる人ですよね。

どうも、盲腸だったらしいです。放っておいたんで、腹膜炎を起こしてしまったんじゃないですかね。さっきも言いましたけども、砂川のお舅さんはそりゃケチな人で、女のことは、たとえ自分の女房でも、家畜と同じように考えていて、腹痛なんかで医者にかかることはないって、何も面倒みてやらなかったんだそうですよ。それでまあ、あっけなく亡くなってしまって。まだ五十代でしたのにね。

お義母さんの結婚相手になるはずだった次男て人は運が悪かったのか、都合三回、赤紙をもらってるんです。二回は生きて帰ったけど、三度目はとうとう駄目で、結局太平洋戦争の中頃に戦死の公報が入ったそうなんですけど、砂川のおかみさんが亡くなったころは、ちょうど二度目の召集の最中で、やっぱり親の葬式にだって戻れませんよね。

それでも、だからこそ本人はすごく残念がってね、手紙をよこして、早くトメをもらって母さんに孫の顔を見せてやりたかったって、書いてきたそうですよ。だけどそれを見たお舅さんが、まだ喪中だっていうのに不届きだとかって、因縁をつけてね。結婚は延期になってしまって。

お義母さんが言うには、それまでにも何度か、トメと次男を正式に結婚させようって動きがあったそうなんです。だけどそのたびに、砂川のお舅さんがああだこうだ言って、話をつぶしちゃう。時節が悪いとかね。だからお義母さんはずっと住み込みの使用人みたいな身分のままでね。当時は、砂川のお舅さんがよっぽどあたしのことを気に入らないんだろうと、お義母さんも思っていたそうです。

だけど、実はそうじゃなかったんですね。逆だったんですよ。それが、砂川のおかみさんが亡くなった途端にはっきりしたそうです」

——どういうことでしょう？

「お義母さんが夜寝ているところへ、お舅さんが来たんですよ。まだお葬式を出して四日と経《た》たないうちだったそうですけど」

——なるほど……。

「お義母さんはもちろん嫌でしたけど、でもどうしようもないでしょう。砂川の家を出されたら、今さら行くところはないですものねえ。もっとも、そのことはずっと後悔してましたけども。あのとき家を出て、東京にでも出て働いていたら、あたしの人生は違ってたって。本当にもう、目に涙をにじませて悔しがってましたよ、最期《さいご》まで。

あたしも同じ女ですから、お義母さんの無念さはよく判《わか》ります。早くに親を亡くして、将来は嫁になんて言われても格好だけで、実は体のいい女中奉公で、本当の女中ならもらえるはずのお給料だってもらえないで、青春時代をずっと、砂川の家に閉じこめられていたわけですよ。それでも、形の上では許婚者《いいなずけ》の次男さんは、とてもいい人だったそうですけどね。

次男さんがいい人だから、将来はこの人と一緒になれるかもしれないって希望がほんの少しでもあったから、できない我慢もできたんだそうです。けども、その人は兵隊にとられたっきり帰ってこない。家にはお舅さんと長男と三人でいる。結局、言いなりになるしかなかったんでしょう。

やっぱり……月並みな言い方で、こんなこと言ってもお義母さんの悔しさがちょっとでも晴れるわけじゃないけども、時代が悪かったんでしょうねえ」

——それにしても、同居している長男も何も言わなかったんでしょうか。

「おとなしい人だったそうだから。気が弱くてね。皮肉ですねえ、そういう気の小さいところは、信夫に遺伝してるんですよ」

砂川トメの不安定な生活は、終戦まで続く。一方、日本の敗色が濃くなるに連れて内地では物資が欠乏し、砂川家の家業もほとんど開店休業状態になった。

「おとなしい長男が、一度だけ奮起してね、終戦を目前にしたころ——まあ、当時の人はまだ二十年の八月に戦争が終わるなんて知らないんだから、直前だとは意識してなかったでしょうけども——突然、特攻隊に志願するって言い出したことがあったそうですよ。そういう若い人は、他にもいたそうですけどね。けど、いくら志願したってもう乗る飛行機がないし、飛行場まで兵隊を運んでいく足もないしで、結局は特攻隊になんてなれやしなかったわけですけど、長男の心のなかには、自分はとうとう直《じか》には戦争に参加しなかったっていう、負い目みたいなものができちゃったんでしょうね。気持ちは父親譲りの愛国者だったから、そりゃもう情けなく感じたんでしょう。それだもんで、もともと気の小さい人が、戦争が終わると同時にどんどん無気力になっちゃって、それでまあ砂川家の商売は駄目になってしまったんだそうです。店を畳んだのは二十二年の春先のことだったそうですよ。ですから、お義母さんがやっと正式に長男と結婚して、一年足らずのころですよね。

　この結婚も、おかしいんですよ、砂川のお舅さんは、許婚者の次男が戦死しちまったんだから、トメはもう砂川の嫁にはしないって、言い張ってたんだそうです。だけど実質は、自分の妾《めかけ》にしてるんですから、そんなの口実ですよねえ。で、さすがに見かねたのか、戦争が終わってとりあえず世の中が落ち着くと、組合のお仲間とか親戚筋とかから、いくらなんでもトメが可《か》哀想《わいそう》だし、これからは進駐軍の言う民主化の時代なんだから、あんまり酷なことをしてると引っ張られるぞみたいなことまでいって説得してくれて、それでようやくお舅さんが折れて、お義母さんは長男と結婚できたんだそうです。ただ、それが善かったわけじゃないですよ。だって生活は変わらなかったんだから」

――というと、長男の嫁になってからも、舅との関係を切ることはできなかったということですか。

「そうですよ、もちろん」

——長男が、よく黙っていましたね。

「だからほら、無気力で気の弱い人だっていうんです」

砂川里子の口調が、初めて怒りを帯びた。

「おおかた、父親に頭があがらなかったんでしょう。またお舅さんも勝手な人で、自分が跡取り大事で長男を兵隊にやらなかったくせに、戦後になると、おまえは一度もお国のために銃をとって戦わなかったって、しょっちゅうお酒を飲んで酔っぱらっちゃあ、なじっていたそうですからね。そうそう、戦後に砂川家が駄目になったのは、ご隠居——お舅さんのことですわね——の酒乱のせいだって、近所の人たちは噂《うわさ》してたそうですよ。戦後、急激にお酒におぼれるようになって、今でいうアルコール中毒ですか、そういう状態でずっといたそうですから。亡《な》くなったのも、肝硬変ですからね」

——そして一九五〇年に、トメさんは四十歳で信夫さんを産むわけですね。

「そうですね。そのころはもうお店はなくなっていて、お義母さんと長男の夫婦は、お舅さんと三人で大宮に住んでいたそうです。復興の時代ですから、身体《からだ》が健康なら仕事はいくらでもあったでしょうけども、やっぱり貧乏でね。おっぱいが出なくて、信夫は痩《や》せこけてたそうです。それでなくても高齢出産で、お義母さん自身、ひとつ間違ったら産厄で死んでるところだったらしいから、ずっと身体が弱っていてね。お義母さんの言うには、戦争中より戦後のこの子育ての時期の方が辛《つら》かったそうですよ」

——多少、言いにくいことですが、ひとつ伺いたいのですが。

「砂川の家とお義母さんの話は、言いにくいことばっかりですよ」

——トメさんは、信夫さんの他には子供を産まなかったんですか。

ほとんどためらいもなく、砂川里子はすぐに答えた。また、怒りの色が顔をよぎった。

「お義母さんも、そのことははっきり言ったことがありません。けども、信夫から聞きました。他にも子供がいたそうです」

——それは、ご長男の子ですか。

「いえいえ、お舅さんの子ですよ。信夫は、両親がひそひそ話しているのを聞いたことがあったんですって。ふたりいたそうです。どっちもお義母《かあ》さんが三十代の初めに産んだんだけども、ひとりは死産で、ひとりはこっそり里子に出されたとかって。最初の子の死産は怪しいもんで、表向きそういうことにして、産婆《さんば》さんが処理したんじゃないかってことでした」

——辛い話ですね。

「本当にねえ。日本には昔——昔っていったって、百年も前のことじゃないですよ——女や子供がそんなふうに扱われる時代があったんですよね」

——しかし、信夫さんはご長男の子で、無事に生まれ、育てられた。

「そうですけど、だからそこが皮肉で、信夫の可哀想なところなんですってば。だんだん成長して大きくなると、信夫、お舅さんに顔がそっくりになってきたんですよ。顔だけじゃない、身体つきもね。普通の家ならば、おじいちゃんに似た孫が生まれたって、たまたまそうだっていうだけで、誰もなんとも思いやしませんよねえ。でも、お義母さんたちは事情が事情ですから、もうどろどろでしたでしょう。信夫が小学校にあがるころには、さすがの脂《あぶら》っこいお舅さんもだいぶ平らになって、もうお義母さんに手を出すこともなかったそうですけど、今度はその分、猫っ可愛《かわい》がりに信夫を可愛がって、お風《ふ》呂《ろ》も一緒に入るし、夜も一緒に寝るし、お義母さんたち両親のしつけなんかまるっきり無視して、勝手に信夫を育てようとしたそうでした。

結局、そんな状態は、お舅さんが死ぬまで続いたみたいでしたよ。お義母さんはあたしに、こんなことを言っちゃ後生が悪いのは判ってるけど、言わずにはいられないって、昨日のことを話すみたいにして言ったことがありました。信夫が十歳のとき、舅さんが死んだんですが、ご臨終だって聞いて、あたしは手を打って喜んだんだよって。葬式のあいだも、もう嬉《うれ》しくて嬉しくて仕方なかったって。焼き場でも、待合室にいないで外へ出てね、煙突から煙がこう、もくもくと流れていくのをじっと見ていたそうです。そうやって、ああ本当に死んだんだ、今ああして焼かれてるんだ、もう家にはいないんだって、心のなかでずっと繰り返し繰り返し呟《つぶや》いていたんだそうです」

ここで、砂川里子はちょっと言葉を切ると、つと周囲に視線を走らせた。

「場所が場所だけに、はばかるような話なんですけどもね。これもお義母さんが言ってたんですけども、そうやって焼き場の外で煙突を見上げているときにね、昔の焼き場の煙突ですから、もう目がくらむほど高いわけでしょう。その先っぽから、空の上の方に煙が出ていくわけですよ。ところがね、お義母さんが見つめていると、その煙が下へ下へ、お義母さんの方へと向かってくるように見えたんですって。で、お骨を抱いて家に帰るとき、身体が煙臭いような気がしてしょうがなかったんだそうです。お義母さんの目にそう見えただけで、臭《にお》いだって、たぶん錯覚でしょうけどもね、でも、あたしはそれ聞いたとき、総毛立つような気がしました。今思い出しても、背中が冷たくなりますよ」

――信夫さんは、自分の顔が、母親と確執のあった祖父と似ているということに、いつごろ気づいたと言っていましたか。

「子供のときからだって、話してましたねえ。お義母さんにそう言われたんだそうですから」

――あなたが、信夫さんが家を捨てて失踪《しっそう》したことについて恨みを感じたことはないというのも、こうした事情を知っていたからですよね？

「そうですね……。無理もないかなって、思ったんですよ」

砂川里子は、長話に疲れたのか、手をあげて首筋を軽く叩《たた》くような仕草をした。

「ここ、きれいな墓地でしょう。メモリアルパークなんていうから何かと思えば、お墓なんですよねえ」

砂川家の新しい墓が、ここに在るのである。

「信夫の遺体が帰ってきて、お葬式をあげて、一週間もしないうちでしたかね。お義母さんが具合悪くなったのは。心臓が弱ってるということでしたけど、まあ老衰でしょ。すぐに寝たきりになってしまって、一日うつらうつらしてましてね。半月後に亡くなりました。なんか、息子が帰ってくるのを待ってて死んだみたいでしたね。やっぱり母親ですねえ」

——トメさんと信夫さんを、まっさらの同じ墓に葬《ほうむ》ることは、あなたのお考えですか。

「そうです。お義母さんはお舅《しゅうと》さんのいるお墓に入るのは嫌だったろうから。お寺さんには反対されましたけども、どうせわたしは嫁失格の嫁ですから、今さら何を言われても辛くないしね」

——そうすると、ここでやっと、信夫さんとトメさんは、母子《おやこ》水入らずになったわけだ。

「喧嘩《けんか》してたりして、ねえ」

そう言って笑った後、その笑みを口元に残しながら、砂川里子は言った。

「砂川の家の事情とか、お義母さんの身に起こったこととか、今の若い人に話したって、あんまり信じてくれないんですよ。そんなことホントにあったんですか、つくり話じゃないんですか、日本は文化的に遅れてないんだからそんなことあるわけがないとか言ってね。わたしはね、お義母さんから聞いた話をしてるわけだから、この目で見たわけじゃないけども、お義母さんが嘘《うそ》をついてるようには思えなかったから、信じていますよ。でもね、信夫を葬った後、またあのウエストタワーへ行ってみてね、なんだかこう……ピントがずれるような、おかしな気持ちになったことも間違いないんです。あんな――ハリウッドの映画に出てくるような凄《すご》い高層のマンションで死んだ人間の人生が、もとはと言えば舅が嫁に手を出したみたいな大時代的なことのせいで歪《ゆが》められてたんだなんて、実感がわきませんよ。だけど、現実ってそういうものなんじゃありませんか。だって時代は続いてるんだもの。どこかで一回まっさらになって、新しく一から始まったわけじゃないもの。

お義母さんみたいな嫁が――いえ、女がそういうふうに苦しまなくちゃならなかった時代は、ほんのちょっと前のことなんですよ。今は何もなかったように口をぬぐって、あたしたち日本人み－んなきれいな顔してますけどね。

あたしねえ、あの目のくらむような高いマンションの窓をね、下からこう、見上げて、思ったですよ。このなかに住んでる人たちって、そりゃあお金持ちで、洒落《しゃれ》てて、教養もあって、昔の日本人の感覚からしたら考えられないような生活をしてるんだろうなって。だけど、それはもしかしたらまやかしかもしれない。もちろん、現実にそういう映画のような人生をおくる日本人もいるんだろうし、それはそれでだんだん本当の本物になっていくんでしょう。だけど、日本ていう国全体がそこまでたどり着くまでのあいだには、まだまだ長い間、薄皮一枚はいだ下に昔の生活感が残ってるっていうような、危なっかしいお芝居を続けていくんじゃないですかね。核家族なんて言ってるけど、あたしのまわりの狭い世間のなかには、本当の核家族なんか一軒だってありゃしません。みんな、歳《とし》とってきた親を引き取って同居したり、親の面倒をみに通ったり、子供が結婚して孫ができりゃ、今度は自分たちが自分たちの親のように早晩邪魔者扱いされるようになることに怯《おび》えたりしてるんです。そりゃもう、いじましい話が山ほどありますよ。あのウエストタワーを見上げてるとき、なんですかね、あたし急にムラムラ腹が立ってきてね。なんか、あの内側に住み着く現実の卑《いや》しい人間のことと何も考えないで、すうっと格好よく立ってるでしょう。あんなとこに住んだら、人間ダメになる。建物の格好よさに調子を合わせようとして、人間がおかしくなっちゃうって、そう思いました。考えてみれば、信夫たちがあそこに移り住むことになった事情だって――まあ信夫たちは悪いことをしてたわけだけど――もともとはあの二〇二五号室を持ってたご家族が、分不相応な買い物をして、ローン払いきれなくなったのがきっかけなんでしょう？

　それでもね、たとえば信夫たちがにわか仕立ての占有屋の真似事《まねごと》をして住み着いた先が、あんな塔みたいなマンションじゃなくて、もっと町場の家だったら、殺されなくって済んだんじゃないかって、そんな気がしてしょうがないんです。あの四人殺しは、あのマンションだったからこそ起こったことだったんじゃないでしょうかね。ほかの場所だったら、あそこまでひどい成り行きにはならなかったんじゃないかってね」

16 不在の人びと

砂川里子の登場によって、二〇二五号室で死んだ砂川信夫《のぶお》は身元が確定した。しかし同時に、彼が早川社長に住民票を提出し、「母のトメと、妻の里子と、長男の毅《たけし》だ」と紹介していた三人の人物は、どこの誰であったのか、まったく判《わか》らなくなってしまった。三人の身元探しは振り出しに戻ったのである。

これには、早川社長も仰天したようだ。

「砂川信夫は砂川信夫ですよ。本人のことは、顔見りゃ判ります。それでね、誰かにああいう仕事やらせようとしたとき、その砂川に、とにかく金に困ってるからやらせてくれ、家族も協力するからって言われて、砂川の女房ですっていう女にも会って、その自称女房もウチには身体《からだ》の弱い年寄りもいるしなんとかお金が欲しいから頑張りますって言って、息子は自分のことで忙しいからあんまり家にも帰らないし問題ないとか言って、拝むように頼まれたんですよ。そういうときに、いったいどこの誰が、砂川の女房は本当の女房じゃないんじゃねえかとか、おふくろだって言ってるのも嘘《うそ》で、ホントはどこかで拾ってきた赤の他人の婆《ばあ》さんなんじゃねえかとか、倅《せがれ》だって他人じゃねえかとか、疑ってみますかね？　そんなことを疑ってかかる奴《やつ》がいたら、私はお目にかかりたいよ。契約書をつくるために住民票持ってこいって言ったときも、すぐに持ってきたしね。深《ふか》谷《や》市だったんで、ずいぶん遠いなとは思ったけど、ただこれはね、堅気じゃなきゃよくあることだから。言っておくけど、堅気じゃないって言っても、ヤクザだって意味じゃないよ。何か理由があって、身元保証が必要な仕事には就けないって意味でね。実際、砂川は人柄は真面目《まじめ》だった。私は他人のことをあれこれ詮索《せんさく》しない主義だから、一度も訊《き》いたことはなかったけども、商売にでも失敗して借金抱えて逃げ回ってるのかなと感じたことはありますよ。あるいは、人がいいからさ、うっかり連帯保証人のハンコでもついちまったのかな、とかね。だけど、家族のことまでは判りゃしませんよ、あんた。こっちは、住むところがなくて困ってる奴の人助けみたいなところもあったんだからさ」

砂川信夫の身元が確定した後、捜査本部では、残り三人の身体的特徴など手がかりになるものを一般に公表し、情報を募ることに踏み切った。同時期に、一部週刊誌では三人の似顔絵を掲載したが、これは正式に捜査本部から出されたものではなく、取材記者がウエストタワーの近隣を訪ね、小糸家の人びとの後に二〇二五号室に住んでいた家族の顔を覚えていないかと聞き歩き、集めた証言から想像で描いたものであった。今になって見てみると、三人ともほとんど似ていない。「車椅子《くるまいす》を押していた女性」として描かれた似顔絵など、むしろ小糸静子に酷似しているようだ。目撃者の証言のあてにならないことの、これも一例であろう。

ところで、ヴァンダール千住北ニューシティというひとつのコミュニティの内部では、この当時、ここに住まう人びとにとっては三人の身元探し以上に切実で厄介な問題が持ち上がっていた。ヴァンダール千住北として、この事件に関する取材攻勢をどう受け止めるか、という問題である。

ヴァンダール千住北の敷地内を、外部の町に対して開くか閉じるかということについては意見が分かれており、妥協策としてゲートの閉鎖と開放が繰り返されてきたことは既に説明したが、放っておけば早朝でも深夜でも取材記者が敷地内を歩き回り、写真を撮りまくるという異常な事態から逃れるために、事件の後は「当分のあいだ閉鎖」という方針が決められていた。

ところが、住民たちのなかには、個別に取材を受ける家庭や個人が現れた。すると、招じ入れられるマスコミ関係者は来客扱いとなるわけで、どこを歩こうと、どこで写真を撮ろうと自由だということになる。このことが、住民内部に深刻な対立を生んだのだった。

派手で異常な事件が発生すると、現場近くに住む人々は、否応《いやおう》なしに日本中の注目を浴びることになる。二〇二五号室の事件は、強盗や無軌道な若者たちによる連続殺人ではなく、競売物件と占有屋という珍しい背景を持った事件であったから、犯人が捕まらないことがヴァンダール千住北の住人たちの心理的負担を大きくするということは、ほとんどなかったと言っていいが、ただ四六時中注目されているというだけでも、日々の生活には思いがけない副作用があるのだった。

知らない人間がウロウロしているので、ヴァンダール千住北内の子供たちは、敷地で遊ぶことができなくなった。このことが、母親たちの不満を呼ぶ。不満は、軽々にマスコミ関係者を敷地内に呼び込む住人たちに向かって集中する。しかし取材に応じる側には応じる側の理屈があり、いわく早期解決を願って、いわく住民の義務として——ところがこれも、ぴりぴりと神経をとがらせている取材反対派には言い訳に聞こえるのだ。

「ワイドショーであることないことでっちあげてしゃべってる○○号室の奥さん」

「聞いてもいない悲鳴を聞いたと言ってる○○さんとこのおばさん」

陰口の飛び交う状態では、たとえどれほど近代的で緑豊かで最先端の設備を備えた超高層マンションであっても、住み心地がいいとは言えまい。

そしてこのことは、幻のような三人の身元探しにも悪影響を及ぼした。いちばん多くの手がかりを握っているに違いないヴァンダール千住北内の住民たちの言うことが、自己増殖する虚構の塊へと変わりかねなくなってしまったからだ。

これについて細かく数えあげていけば、それこそきりがない。そこで、三人の被害者の身元探しに関わる事例であり、管理組合の理事会にもその対策を議題としてかけられるほどの大きな「デマ」に発展した、二つの例をあげてみることにする。

ひとつは、二〇二五号室買受人の石田直澄《なおずみ》が登場する内容のものだ。事件発生直後に彼の名前が浮上し、本人が姿を消したことが報道されると、ヴァンダール千住北の敷地内の至るところで、事件前に彼を「目撃」した、彼と「接触した」という証言が出始めた。

証言の大半は、他愛ないものである。

「芝生のところで子供を遊ばせていたら、ウエストタワーはどっちですかと声をかけられた」

「タワーは目の前に見えているのに、おかしな人だと思った」

「夜中に帰ってきたとき、車両乗り入れ禁止のはずの敷地内の遊歩道に白い乗用車が停めてあり、運転席に男が乗っていた。石田直澄だったと思う」

「深夜に、地下駐車場で大きな声で携帯電話をかけていた不審な男がいた。石田直澄だったと思う」

捜査本部で収集し、裏付けをとるなどしてひとつひとつ潰《つぶ》していったこれらの証言は、しかし、二〇二五号室の「砂川さんという四人家族」が、「砂川信夫と身元不明の三人の寄り合い所帯」であると判明すると、俄《が》然《ぜん》彩《いろど》り豊かになってくる。

「殺された二〇二五号室の女の人──砂川里子さんだと思われてたけどそうでなかった人──あの人と石田直澄みたいな男が、夜遅くゴミ捨て場のところでヒソヒソ話しているのを聞いたんです。何をしゃべってたのか、内容までは判らなかったけど、親密そうだった」

「二〇二五号室の奥さんと息子さん——ホントは母子《おやこ》じゃなかったんでしょう？　そりゃそうですよね、だってわたし、駅裏のラブホテルからふたりが出てくるのを見たことがあったんだもの。今まで、母子だって言われてたから、こんな話をしたって誰も信じてくれそうになくて、黙っていたんだけどね。スッとしたわ」

「あれは三角関係だったんじゃないの。だって、砂川信夫って人と、二〇二五号室の若い男が、エレベーターホールのところで大喧嘩《おおげんか》しているのを見たよ。石田直澄が止めに入ってた。間違いないよ、私は視力がいいんだから。いつのことだって？　事件のちょっと前、一週間ぐらい前ですよ」

ここに並べた証言のなかには、後日確かに事実であったと、ほかでもない石田直澄によって確認のとれたものもある。が、まったくの事実誤認や、故意によるものではないにしろ、明らかなねつ造や空想であると推測されるものもある。そのなかで特に問題となったのが、「二〇二五号室の母と息子の組み合わせが、駅裏のラブホテルから出てくるのを見た」という、主婦の証言であった。

この主婦を、仮にAさんと呼ぼう。Aさんの目撃談が事実であるとするならば、それは二〇二五号室の四人の人間関係を知る上でも、残り三人の被害者の身元を特定するためにも、重要な情報となる可能性がある。捜査本部でも興味を抱き、Aさんからより詳しい証言をとろうと何度か彼女の住まいに足を運んだ。

Aさんの部屋はイーストタワーにある。会社員の夫と小学生の子供の三人家族だ。A

さんは専業主婦で普段は家にいることが多いが、知人の経営する輸入化粧品のカタログ販売会社を手伝っており、ラブホテルから出てくるふたりを目撃したのも、その知人の会社を訪ねた帰り道だったという。

Aさんの記憶は非常にはっきりしており、話も流ちょうなのだが、イーストタワーに住んでいるAさんが、ウエストタワーの二〇二五号室の住人の顔を、どうしてひと目で見分けることができたのかという部分に、曖昧《あいまい》さがあった。しかし、ラブホテルの名前や場所、建物の様子など、細かい話はきちんと事実と一致している。

捜査本部のなかには、Aさんが「たまたま通りかかった」だけのラブホテルについて、妙に詳しく記憶していると、疑問を持つ向きがあった。問題の目撃談は、いったいいつのものなのか。Aさんは、頻繁にラブホテルの近くを通行しているのではないか。いっそあからさまに言えば、ラブホテル街に出入りしているのではないか。

Aさんの証言内容は、早い時期から周囲に知れ渡っていた。取材に来たマスコミ関係者から漏れるということもあったろうし、本人も近所の人たちにしゃべったのだろう。すると、それを聞いた人たちのなかには、捜査本部の一部と同じような疑いを抱く面々が現れた。

捜査本部にとって重要なのは、Aさんの証言内容が正しいか否《いな》かであって、Aさんの行動を云々《うんぬん》する必要はない。だが、Aさん個人とAさんの家庭にとっては、この順番は逆である。自分の妻の素行に対する嫌らしい噂《うわさ》話が流れていることを聞きつけたAさんの夫は、この件を、悪質な捜査妨害であり捜査に協力的な住民に対する不当な迫害だと、理事会にねじこんだ。このころには、取材協力派（または歓迎派）と取材拒否派の対立が激しくなってきつつあったので、Aさん夫婦の理事会に対する訴えかけも、その延長線上のものとして捉《とら》えようと思えば捉えられないこともなかったのである。管理組合理事会は当惑した。現状の騒ぎを「捜査妨害」だという言い方は大げさに過ぎる。むしろ、Aさんの目撃談が万が一デタラメだった場合にこそ、この言葉はあてはまるだろう。理事会としては、Aさんの素行に関する悪い噂を、身を挺《てい》して阻止しなければならない義理もない。

Aさんの目撃談は一部民放のワイドショー番組でも取り上げられ、これがきっかけで、二〇二五号室の「四人家族」が、実は異様な関係にあったのではないかという説が取り沙《ざ》汰《た》されるようになった。Aさんへの取材はひっきりなしで、イーストタワーの他の住人たちのなかからも、二〇二五号室で同居していた中年女性と若い男が、「男女の関係にあるような素振りをしているのを見た」という証言が飛び出してくるようにもなってしまった。

この件について捜査本部が懸念したのは、ただひとつ、それらの怪しい情報が乱れ飛ぶことによって、二〇二五号室の三人の身元に心当たりのある人物、特に彼らの家族が、名乗り出るのをやめてしまうのではないかということだった。三人の身元が白紙に戻ったときに、首都圏で提出されている捜索願の洗い直しが始まっていたし、捜査本部あてに「ひょっとするとうちの息子ではないか」「妻ではないか」という問い合わせの電話も複数かかってきていた。しかし、二〇二五号室でにわか仕立ての占有屋を演じていたあの四人が、外側からは想像できないような入り組んだ男女関係にあったというような情報を飛ばされてしまっては、思い当たるところのある家族が、世間体をはばかって、口をつぐんでしまうかもしれない。

捜査本部は、砂川信夫の身元が確定してから一週間の後、残り三人の身長・体重・推定される年齢に関する情報を公開した。その時点ではまだ、彼らの写真が発見されていなかったので、似顔絵をつくり、それも公《おおやけ》にした。本部内に専用窓口と専用のフリーダイヤルを設けて、一般からの情報を募り始めた。そしてこのときに、二〇二五号室内の遺留品や、室内の様子、早川社長と小糸夫妻の証言から推測される、砂川信夫を一応の「世帯主」とした「四人家族」の生活の様子について、その時点でできる限りの説明を加えた。これらはすべて、これから名乗り出るかもしれない本当の「家族」の気持ちをおもんぱかっての処置であった。結果的にはこの処置が、他の無責任な憶測や推測（妄想とねつ造と言ってもいいかもしれないが）を、多少なりとも中和する役割を果たすことになるのだが、それでも、それには二カ月以上の月日を要したのである。

ヴァンダール千住北内の証言の錯綜《さくそう》が、事件を歪《ゆが》めてしまいかけた二つ目の例について説明するには、少し記憶をたどっていただく必要がある。

事件が発生した当夜、ヴァンダール千住北から発せられた一一〇番通報が二件あり、そのために、ウエストタワー下で最初に若い男性の死体を発見した一二二五号室の住人である佐藤義男《よしお》と、管理人の佐野が、若干居心地の悪い思いをしたという、あの一件である。

「何がなんだかわからなくて、恐ろしくなった」と、佐藤義男は話している。

二件の通報のうち、一件は、佐野の指図で中央棟管理人の妻・島崎房江がかけた一一〇番であったが、これより九分ほど早くに、ヴァンダール千住北のマンション名だけを告げ、通報者の名前も住所も言わずに切ってしまった、女性の声による一一〇番通報があった。この通報で、その女性は、

「喧嘩で人が怪我《けが》をして倒れている。ひとりの人を数人で殴っている。現場から男が逃げ出していくのを見た」と話している。

この電話は、どこからかけられたのか調べることができなかった。どうやら携帯電話による通報であったらしい。当夜は暴風雨だったので、ヴァンダール千住北の庭園や緑地に人がいたとは考えにくい。この通報がまったくのイタズラではなく、なにがしかの根拠に基づくものであるのならば、この女性はおそらく、ヴァンダール千住北の住人であろう。電話をかけたときも、たぶん室内にいたのである。通報を受けた通信司令室でも、女性の声はひどく小さくて聞き取りにくかったが、雨や風の音は聞こえなかったと言っている。

それにしても、実際に起こった出来事と、この女性の通報の内容とは、天と地ほどに

離れている。わざとデタラメを通報したのではないかと思いたくなるほどだ。そして、もしもこれが作為的な作り話であるならば、その目的は何だろう。現場を攪乱《かくらん》し、初動捜査を妨害するためであろうか。その可能性も、なくはない。

そこで、捜査本部ではこの女性を特定することに力を尽くした。一方で、この通報がデタラメではなく、何かの事実誤認である可能性を確かめるために、当夜の出来事を、管理人たちや佐藤義男の協力を仰ぎ、できる限り正確に再現するという実験も行ってみた。

この女性の通報から島崎房江の通報まで、九分間ある。捜査本部では、佐野や佐藤たちが若い男性の死体を囲んで検分したり、島崎を呼んだり、佐藤義男の長男の博史が降りてきて現場に合流したりした、この一連の動きが、遠目に見ると、まるで誰かひとりを囲んで喧嘩をしているかのように――中央の「最初から倒れていた」男性が殴られて倒れたかのように――見えたのではないか、と推測した。つまり、佐野たちが事情を把握して一一〇番通報しようとする以前に、遠いところ（そしておそらくは高いところ）から彼らの動きを見ていた女性が、事実を誤認して、彼らに先んじて通報してしまったのではないかと考えたのである。

上の階から誰か落ちたらしいと知った佐藤義男が、家族を室内に残してひとりで下へ降りて行き、一方で佐藤の妻が管理人の佐野に電話をかけ、ふたりがウエストタワー下に集まって、若い男性の死体を見つける。これだけでも五分はかかる。

しかも当夜は風雨が強く、佐野の言葉によれば、「二、三歩歩くだけでも大変でした」

そういう悪天候下に、彼らが状況の把握に手間取り、目の前の死体に動揺し、右往左往している様子を、遠くから見て、事件を収拾しようとしているのか、事件を起こして狼狽《ろうばい》しているのか、見分けがつかずに混同してしまったとしても仕方がない。九分前のこの第一通報の正体は、そういうことだったのではないか。

当夜の行動を再現し、実験してみると、佐野や佐藤義男が死体のそばで動き回っている様子を見ることができるのは、イーストタワーの西向きの部屋の、十階以上の高さの窓からであることが判《わか》った。九階以下では、木立に視界をさえぎられてしまうからである。そこで、これらの部屋にしぼって聞き込みを続けてみると、意外に簡単に、通報をした女性にたどりつくことができた。イーストタワー一三二〇号室で独り暮らしをしている、二十二歳の会社員である。仮にB子さんとしよう。

B子さんは警察官の訪問を受けると、彼女が通報者であることをすぐに認めた。もちろん二〇二五号室の事件についても知っていたが、自分の通報した件とあの事件とは、まったく別物だと思っていたと話した。

彼女の承諾を得た上でもう一度佐野たちに行動を再現してもらい、彼女の部屋の窓から現場を見おろしてもらうと、捜査本部の推測が当たっていたことが判った。B子さんは状況を間違って解釈していたのである。

しかし彼女は、現場から逃げていった男がいたということについては、間違いないと断言した。その男はウエストタワーの玄関から走り出てきて、西側ゲートの方に走っていったという。ウエストタワーに近い方のゲートだ。

当夜、西側ゲートにはウエストタワー管理人の佐野が走って向かっていた。救急車がどちらのゲートに着くか判らないので、西に佐野、東に中央棟管理人の島崎が向かったのである。だが、B子さんの記憶している「逃げていった男」は、佐野ではないようだった。なぜならば、「よく考えてみると、その男が逃げていったのは、皆さんがウエストタワーの下に集まる前だったみたいだから」というのであった。

では、B子さんが見たのは誰か。いちばん可能性が高いのは、ウエストタワーのエレベーター内の防犯カメラに記録されている、怪我を負った不審な中年男性——石田直澄であろう。彼ならば、もっとも近い出口である西ゲートを通ったとしても、不自然なところはない。

B子さんの件は、こうして一旦《いったん》、落ち着く場所に落ち着いた。ところが、二〇二五号室の三人の身元が白紙に戻ったところで、もう一度問題が起きた。

「あの晩のことをよく思い出してみると、もうひとり逃げていった人がいたような気がしてきたんです」

B子さんから申し出があり、警察官たちはもう一度彼女の話を聞くことになった。

「やっぱり西ゲートの方へ向かって、走っていく人影を見たんです。女の人みたいに見えました。前屈《まえかが》みになって、何か抱えているみたいでした」

その人影を見たときには、もう東ゲートに救急車が到着していたという。サイレンがよく聞こえた。

「だから、今までは、あの女の人の人影は関係ないと思っていました。騒ぎを聞いて様子を見にきた人だったんだろう、というくらいの感じで。でも、皆さんにあの夜の行動を再現してもらってから、いろいろ思い出して、それだとやっぱりあの女の人影は変だってことになってきて……」

ここで、また別の記憶を新たにしていただきたい。B子さんの言うこの「女の人影」が実在のものだとすれば、事件当夜、石田直澄よりも後に、現場から立ち去った人物が存在したのではないかという推測を生むことになる。そこで思い出されるのは、事件発生を知らずに二〇二五号室の前を通りかかり、半開きのドアの内側を「誰だか判らないが、人が歩いて横切るのを見た」という葛西《かさい》美枝子《みえこ》の証言である。

「わたしは確かに部屋のなかに人影が横切るのを見たし、気配みたいなものも感じたんですよ。だけど、警察の方は、それについてははっきりしたことを教えてくれませんでした。なんだか黙殺されてるみたいな感じでしたね。ですからわたしも、やっぱり勘違いかなって……釈然とはしませんでしたけれど」

しかし実際には、捜査本部は、けっして葛西美枝子の目撃証言を勘違いだと軽んじていたわけではなかった。事件の前後の時間帯に、ウエストタワーのすべてのエレベーター内の監視カメラに記録されていた映像のなかに、石田直澄以外にも、たったひとりだけ、ウエストタワーの住人ではない人物が記録されていたという事実があったからである。ただしこのことは、外部には情報として漏らされていなかったし、もちろん葛西美枝子も知らされていなかった。石田直澄については、最初に発見された負傷して逃亡する姿を映した映像の他に、彼がウエストタワー二十階にやって来たときの映像も確認されていた。その映像と記録によると、石田直澄がエレベーターで二十階に着き、また同じエレベーターで二十階から逃げていくまで、三十八分間かかっている。その間、エレベーター内のカメラに記録された他の人物は、葛西美枝子も含めて三名いたが、全員がウエストタワーの住人だった。葛西美枝子以外の二人は、地下駐車場の隣にあるゴミ集積所までゴミを捨てに往復しただけのことだった。

しかし、石田直澄が二十階にあがるためにエレベーターに乗り込んでから十五分ほど後、乳児を抱きかかえた若い女性がひとり、一階からエレベーターに乗って、二十階で降りているのである。彼女は明らかに外から来たらしく、モノクロの監視ビデオの映像でも、手にした傘や上着の肩のあたりが雨に濡《ぬ》れているのがはっきりと見える。ところが、この乳児を連れた若い女性には、二十階からエレベーターで下へ降りてゆく映像が残されていなかった。つまり、石田が二十階にあがった十五分後に二十階に着き、そのまま二十階のどこかの部屋にずっと居たのか、あるいは階段を使って降りたのか、どちらかであろう。

捜査本部では、ビデオ映像からこの若い女性のスチール写真をおこし、二十階の住人たちに聞き込みを行ったが、住人たちは一致して彼女はこの階の住人ではないと証言した。事件以前に、彼女がこの階に出入りしているのを見かけたこともないという。当夜、正当な理由や事情があって、赤ん坊を連れた若い女性の訪問を受けたという家もない。暴風雨の夜中に赤ん坊を連れた若い女性が、ただの好奇心や気まぐれでウエストタワーを訪ねるわけもなく、二十階の他の部屋や住人たちに心当たりがないという以上、彼女の訪問先は二〇二五号室である可能性が高くなってくる。彼女も事件の関係者ではないのか。彼女がエレベーターを降りてゆく映像が残っていないのも、かえって引っかかる。二〇二五号室を立ち去るとき、石田直澄よりも冷静だったこの女性は、監視カメラの存在を思い出し、あえてエレベーターを避け階段を降りたのではないか。

この場合、パターンとしては二通り考えられる。

I　①　石田直澄が二〇二五号室を訪ねる。
②　若い女性が二〇二五号室を訪ねる。
③　若い女性が階段を使って帰る（逃げる）。
④　石田がエレベーターで逃げる。その直前、「砂川毅」が転落死する。

I　石田が二〇二五号室を訪ねる。

Ⅱ　若い女性が二〇二五号室を訪ねる。
Ⅲ　石田が負傷してエレベーターで逃げる。
Ⅳ　石田のすぐ後に、若い女性が階段を使って帰る（逃げる）。この場合、彼女が二〇二五号室を離れるのが先か、「砂川毅」がベランダから転落するのが先か、非常に微妙なタイミングになる。

女の人影が西ゲートに向かって走って行くのを見たときには、もう東ゲートに救急車が到着していたというB子さんの証言をそのまま受け取るならば、そして、B子さんの目撃した女の人影がこの身元不明の若い女性であると仮定するならば、もっとも可能性が高いのは、二番目のパターンである。赤ん坊を抱いたこの女性は、石田よりも後に来て、石田よりも後にウエストタワーを離れた。なぜなら、二十階に着いた葛西美枝子が救急車のサイレンを聞きつけるよりも以前に、石田はエレベーターで二十階から下に降りているからである。

こうなると、「砂川毅」の転落死と、この若い女性との関わりが、俄然《がぜん》問題となってくる。B子さんの見た「女の人影」が、「前屈みになって何かを抱えているようだった」というのも、赤ん坊を抱いていたからだと考えればぴったり符合するではないか。

しかし、この当時、マスコミの目は石田直澄ただひとりの上に集中していた。彼と二〇二五号室の人びととの関わり合いを考えれば、無理もない現象だった。実際、彼には疑われて然《しか》るべきバックグラウンドがある。また、赤ん坊を抱いた若い女が、どういう形であれ四人もの殺害に関わるというのは、どうも想像しにくい。彼女があの暴風雨の真夜中にウエストタワー二十階のいずれかの部屋を訪れなければならなかった理由と同じくらい想像しにくい。

捜査本部のなかでは、彼女の存在を公表すべきかどうか、意見が分かれた。彼女も石田と同じくらい重要な事件の関係者である可能性は、かなり高い。

それでも、最終的には、石田直澄の周辺をもっと詳しく調べ、この若い女性がなんらかの形で石田とつながりがある人物なのかどうかを確認し、そして何よりも、石田直澄本人を探し出すことを優先した方がいいという慎重論が勝った。心情的な部分で、やはり、この女性の抱いている赤ん坊の存在に影響されたということは大きいだろう。公的には事件の重要な関係者は石田直澄ただひとりとされ、葛西美枝子が、自分の証言が黙殺されているような不愉快な感想を抱いた裏側には、こうした事情があったのだった。

おまけに、B子さんの証言には、そこにハーケンを打ち込むのをためらわせるようなあやふやな部分があった。証言そのものというよりも、証言のあり方にである。B子さんは本当に、あの夜その目で見たことを証言しているのか。

「あれは作り話だと思う。有名になるチャンスだと思って、やってるんじゃないですか」

イーストタワーで聞き込みをしている警察官たちは、B子さんについてそう語る住民の声を、頻繁に聞かされた。

「独身の若い女の子があんな部屋に一人で暮らしていること自体、おかしいでしょう。あの人は、なんか映画のプロダクションの社長とかの愛人みたいですよ。女優だとか社長秘書だとかいろいろ言ってるけど」

確かに、B子さんの経済状態は非常に裕福であり、彼女の部屋に出入りする中年の男性の存在もあるようだったが、彼女の自己申告した勤め先である都内の金融会社にはきちんと彼女の席があり、そこでは確かに社長秘書をしている。実家は岐阜市内にあり、父親が衣料品会社を経営しており、仕送りが多いので贅沢《ぜいたく》もできるらしい。また、イーストタワー一三二〇号室の所有者は、B子さんの実父だった。

とはいえ、これだけでは、B子さん個人への偏見を除けば、彼女の目撃証言を疑う必要はなかった。ところが、捜査本部が二〇二五号室の三人についての情報を公にして身元探しを始めた翌日、ある夕刊紙の独占取材に応じるという形で、B子さんのインタビューが掲載された。そこでB子さんは、ウエストタワー下で死亡していた二〇二五号室の若い男性と交際していたことがあり、彼が「いつかオレは殺される」「オレに関わるとまずいことに巻き込まれるから、何があっても知らん顔していろ」と言っていたと、紙面の記述を信じるならば、「涙を浮かべながら本紙記者に激白した」というのである。

当然のことながら、これは注目を集めた。それまでの事情聴取ではまったく出てきていなかったこの証言に驚いた捜査本部は、急いでB子さんと連絡をとったが、彼女は住まいであるイーストタワー一三二〇号室から姿を消していた。実家でも居所を知らないという。

「隣近所でのあの人の評判が評判でしたから、我々は最初から、あんな話を信じてはいませんでした」

と、イーストタワー管理人の佐々木茂は語る。

「僕は、マンションの管理に携わるのは初めての経験でしたんで、不慣れなことが多かった。ただ、以前に教師をしていたことがありまして。高校生を教えてたんですけどもね。多感な年頃ってやつですよ。で、ああいうタイプの女の子――いや、女の子と言っては失礼かも知れませんが――ああいうふうなことを言ったりしたりするタイプの人間というのには、驚きませんでしたね。要するに、子供っぽいんですよ。周囲の大人社会から注目されて、チヤホヤされるのが嬉《うれ》しくてしょうがないんです。また、うまく焚《た》きつける人間がそばにいたんでしょう。持ち上げられて、すっかりその気になってしまって、あることないことしゃべったんじゃないですか」

B子さんをこの夕刊紙の記者に引き合わせたのは、「創映エージェンシー」という制作会社の社長である、高野《たかの》英男《ひでお》という人物である。二〇二五号室の事件が起こる以前からB子さんの部屋に出入りしていたのも、この高野社長であった。つまり、B子さんとは個人的に親密な関係にあったわけである。

佐々木の言うように「焚きつけた」のかどうかは判らないが、一連の暴露証言の仕掛け人は、確かに高野社長であった。夕刊紙の「激白」から一週間後、B子さんが民放ワイドショーに出演するために姿を現したときも、彼が付き添っていた。ちょうど、プロダクションの社長がお抱えのタレントに付き添うように。

「なんだありゃって、うちでは女房とも笑ってたんですよ。有名人になったみたいな態度でね。高野社長の顔を見て、彼がB子さんの——男だってことも判《わか》ったし、ああやっぱりなっていう感じでした。彼女のご両親なんか、どんな気持ちだったのかなあ。本人は気持ちよかったんだろうけども」

後に、創映エージェンシーでは、二〇二五号室の事件をモデルにしたテレビドラマを作成しているが、このドラマは全国ネットで放映されたあと、ある著名な推理作家の初期の作品からストーリーを盗用しているとの疑惑がもたれ、裁判沙《ざ》汰《た》になるというオチがついた。

B子さんの証言が引き起こした騒動については、結果的には、語るべき問題はほとんど無い。彼女が姿を現した後、捜査本部ではようやく直《じか》に証言の内容について確認をとることができたのだが、二〇二五号室の若い男性と交際していたということも、彼から身の危険についてうち明けられていたということも、話しているそばから矛盾点がボロボロ出てくるようなお粗末な「物語」で、信憑性《しんぴょうせい》は皆無だった。この独り芝居があまりにお手軽で底浅だったがために、一時は、「現場から逃げてゆく男を見た」という証言まで疑わしいものに思われてしまったのだし、B子さん自身、貴重なプライバシーを犠牲にしたのにもかかわらず、何の得もしなかった。

しかし、大きな話題性を持つ事件が発生したとき、B子さんのしたようなことをする人間は、必ず登場するものなのである。彼女は典型であって、特異例ではない。ヴァンダール千住北内で、一時的にではあるが、B子さんの語ったできあいの物語に同調するような証言がちらほらと飛び交ったという事実も、それを裏付けている。

なぜなのだろう？　平和で平凡な生活を送っているごく当たり前の人間に対して、「一家四人殺し」のような事件が、一種異様な吸引力を持ち合わせているというのは理解できる。対岸の火事の見物は、誰にとっても面白いものだ。それは醜いことではあるが、現実である。しかし、作り話をしてまで――その作り話を真実だと自分で自分を騙《だま》してまで――事件に「参加」しようという衝動は、どこから生まれ出てくるものなのだろうか。

作り話は波及して周囲に共鳴者を生み、また別のストーリーへとふくらんでゆく。その結果、そこに居もしなかった人間が居ることになり、交わされもしなかった会話が交わされる。ゲートを閉め、外の町から居住空間を切り離し、自分たちの望む雰囲気と環境だけを大切に、そしてかたくなに守り支えているつもりでも、幻影には勝つことができない。幻影を追い出すことはできない。石田直澄と二〇二五号室の中年女性に関する目撃証言の大半は、この種の幻影だった。しかし、それらの証言が語られた瞬間には、語り手にとってはそれが真実だったのだ。不在の人びとも、そのときは確かにそこにいたのである。砂川信夫以外の三人、生身の三人の身元が不明のままである一方で、「一家四人殺し」をどうにかして自分の人生のなかのトピックとして残そうとする大勢の実在の人間の試みが、無数の根拠のない「記憶」を生み、「今になって考えてみればあのときのあれは――」という推測を生み、「そういえばあのとき見たあの人は――」という追想を呼ぶ。こうして幽霊が歩き回ることになる。

17　家出人

「名乗り出ようかどうしようか、そりゃあ、やっぱり……迷いました。東京へ出ていくのも面倒だったし。なんか薄情に聞こえるかもしれませんが、これはその、警察に関わるのが怖かったから、そういう意味で面倒だってことですよ。なきがらを引き取ったり葬《ほうむ》ったりしてやることが面倒だったわけじゃない。わたしら、勝子《かっこ》のことはずっと気にしてましたからね」

群馬県吾妻《あがつま》郡草津町。JR吾妻線の長野原草津口駅から白根山方向に、国道を十分ほど走ると、左手に瀟洒《しょうしゃ》なロッジ風の建物が見えてくる。「水出しコーヒーと手打ちパスタ」という大きな看板の下に、「お土産物もあります」と手書きで書き添えてある。この店が、秋吉克之《あきよしかつゆき》の「レストランさなえ」である。

「さなえというのは女房の名前です。ずっと東京で商売をしてたんですが、縁があってわたしと一緒になりまして、こっちへ移ってきたんです。今の店の基本的なアイデアはみんな女房が出したもので、だから女房の名前を付けました。おかげさんで繁盛《はんじょう》してます。それまでは田舎臭い店だったんですよ。わたしが親から引き継いだのは、昔風の飯屋ですからね」

秋吉克之は現在五十二歳。草津町に生まれ育ったが、三十代の半ば過ぎまで東京で調理師をしていた。そのときに夫人の早苗《さなえ》と知り合い、結婚を機に故郷へ戻り、親の商売を継いで現在の店を経営している。

「勝子は末の妹で、次女なんです。わたしよりひとつ年下の長女は嫁にいって、今は埼玉の方で暮らしています。うちは三人兄妹《きょうだい》ですけども、勝子だけは、あんな風に家出するまでは一度も草津を離れたことがなくて、まあのんびりしてたんですが、それが最後は東京で人の手にかかって死ぬようなことになったわけで、皮肉なもんです」

荒川の一家四人殺し事件の捜査が急展開し、室内で殺されていた中年の女性の身元が白紙に戻ってしまったというニュースを聞いたとき、それでも最初のうちは、さして気にとめていなかったという。

「ただ、そのうち情報が出始めましたなあ。死んでいた女性の背格好とか、年齢とか、顔の感じとか。それでまあわたしも、歳《とし》の頃からいくと勝子と同じだなあと思いましてね。嫌な感じだなあとか、まあ思っておったんです。だけどまさか勝子のはずがないってね。女房にもそう言ったんです。俺はちらっと、勝子じゃないかと思ったけども、考えすぎだよなあって。女房は笑ってました」

そうこうしているうちに、イーストタワーのB子さんの「激白」が世に出た。それに伴って、二〇二五号室の「一家四人」は本来は家族でもなんでもなく、ただれた男女関係にあったのではないかという噂《うわさ》が飛び交い始めた。

「週刊誌でね、読んだですよ」

「一緒に殺された——窓から落ちて死んでた若い男にまつわる話がね、出てましてね。それで、勝子とその男が腕組んで歩いてるところを、マンションの人たちが見たことがあったんだそうですね」

——しかし、それはどうやら思い違いというか、本当にあったことではないようですよ。

「そうなんですか。だとしたら、皮肉な話ですよ。わたしはあれ読んで、どきりとしてね。やっぱり勝子かなあって思ったんですから。いやもうそりゃ、死んだ人間の、しかも身内のことを悪く言うのはいけないんだけども、でも勝子も許してくれると思うんです。あいつだって判《わか》ってるはずだから。わたしもすぐ下の妹も、勝子の男関係のもめ事で死ぬほど苦労しましたからね。あれがそういう女だったってことは本当だから。ただ、あれは欲得ずくで動く女じゃなかったんです。情が濃いっていうんですか、血が熱いっていうのか、すぐに男に惚《ほ》れるわけですよ。それで惚れると、前後の見境もなしに、相手がどんないい加減な男でも、一生懸命尽くしてついていっちまうんです。それがまた、様子のいい、見てくれのいい男が好きでね。若い男も好きで。だからわたし、今度はちょっと本気で女房に言ったですよ。荒川のあの女、勝子かもしれないぞって。そしたら女房が、あたしはそんなことないと思うけど、気になるならいっぺん確かめに行こうかって。なんか、テレビのニュースで見たらしいんですよね。それらしい年格好の家出人に心当たりのある家族が、荒川の警察署へ行って、あのマンションで死んだのが自分たちの探してる家出人かどうか、確かめてるって」

ちょっと待ってくださいと言って、秋吉克之は席を立った。彼とは「レストランさなえ」の店舗の奥の事務室で会った。半開きのドアから、店内に流れるクラシック音楽が聞こえてくる場所である。

「これ、これ持っていきました」

秋吉克之は、一枚の写真を差し出した。スナップ写真だが、小さな額に収めてある。日頃は壁にかけてあるものらしい。

「勝子が家出するほんのちょっと前に撮った写真です。十年前ですよ。店で撮ったんです。改装して、そのお祝いを身内だけでやりましてね。うちの女房の隣に写ってるのが勝子です」

――十年前というと、三十九歳ですね。

「そうです。派手にしてるせいもあるけども、まあ見られる顔しとるでしょう？　化粧も濃いけども」

ややふっくらとした顔の、目鼻立ちの整った女性である。カールした髪は茶色に染められており、大胆な色使いのセーターを着ているせいもあって、一見して水商売風に見える。

「この写真撮った後、当時付き合ってた男と別れて、家出しちまったんです。だからこれが最後の写真で、これしか手がかりがなかったんですよ」

——このころの勝子さんと、東京の荒川で亡《な》くなった女性とは、ずいぶん印象が違いますが、その点は気にならなかったですか。先ほどの、「若い男性と腕を組んで云々《うんぬん》」という話だけでは、勝子さんではないかと考える根拠としては薄いような気もするのですが。

「それはそうですよねえ。今となってみればね。ただ、これはわたし、勝子をかばうわけじゃないですが、あれは気の優しいところがあって、さっきも言いましたようにものすごく惚れっぽいんですが、そのときそのとき惚れた相手に対しては、本当に一生懸命に尽くすんです。相手の喜ぶように、喜ぶようにと行動するし、服装や化粧はもちろん、食べ物の好みまで相手にあわせて変わりますからね。この写真の当時、勝子が付き合っていたのは、東京からこっちへ流れてきた飲み屋を経営してる男で、まあ噂だからはっきりしたことは判らないけども、若いときにはホストをしてたというような人物でね。

派手でしたわ。だから勝子もこんなホステスみたいな格好しとるわけです。わたしと女房は荒川北署へ行って話をして、最終的には遺体の顔を見て勝子だって判ったわけですけども——指紋とか血液型とか、他にもいろいろ勝子と一致することもありました——そのときに、あのマンションでの勝子の暮らしぶりについていろいろ聞いて、殺されるまでは、それなりに幸せにしてたんじゃないかと思ったですねえ。車椅子《くるまいす》のおばあさんの世話をやいてたっていうことですねえ。あなた、この写真を見たんじゃ、こんな女が惚《ぼ》けかけた年寄りに親切にするなんて信じられないかも知れないけども、でも、これは勝子の昔の顔のひとつで、東京では砂川って男と全然別の生活をして、全然別の顔になってたんじゃないかと思うんです。砂川信夫という人がどんな人だったか、わたしらは詳しくは知りません。わたしが気にするんで、女房が、いっぺん砂川さんの本当の奥さんに会いにいこうかって言ってくれてるんですけども、わたしはまだ決心がつかなくてね。勝子がいたから砂川さんが家族を捨てて家を出たんじゃなくて、勝子が砂川さんと知り合ったのは、砂川さんが蒸発したずっと後のことだったようだから、遠慮することはないんだけども、やっぱり申し訳ないような気持ちもしますよ。

それはそれとして、わたしも女房も、勝子は結局あの人に殺されたようなもんだって、あんな生き方に付き合わされたから殺されたりしたんだっていうふうにも、思わないわけじゃないです。だけども、勝子が地味ななりをして、年寄りの車椅子を押して一緒に買い物に行ったり散歩に行ったりしてたっていうのは、それはすごく、幸せな話だなっていうふうにも、思うわけです。その辺は複雑ですよ」

こうして、砂川信夫と一緒に殺害されていた中年女性の身元は、草津の秋吉勝子という女性であると判明した。三人のうち、彼女がいちばん最初に本当の身元が確定したのである。

捜査本部では、身元の確定がもっとも難しいのは、二〇二五号室の和室で死亡していた老婦人であろうと考えていた。おそらく八十歳以上と思われるこの老婦人には、そもそも身元を確定する手がかりを持った身内がいるかどうかも怪しいと思われたからである。子供がいれば話はまったく別だが、前提として、ちゃんと自分の子供のいる老人が赤の他人の世話になるというのは考えにくい。老婦人の前身は、おそらく、夫とふたりだけで暮らしておりその夫に先立たれて独り暮らしになったとか、もともと独居老人だったとか、そういうケースであろう。そうなると、老婦人がどこの誰だったのか、どういう経緯で砂川信夫《のぶお》や秋吉勝子と知り合い、彼らと家族のように同居することになったのか、知っているのは本人たちだけ——ということになってしまう。老婦人の死と共に、彼女の正確な名前も経歴も、闇《やみ》のなかに消えてしまうことになる。

もっとも、これとは別に、当時捜査本部のなかには、やや皮肉な見方も存在していた。この老婦人の身元に思い当たる節がある人物なり家族なりが居ても、世間体が悪くてとても名乗り出てはこられないだろうという意見である。こんな事件が起こり、老婦人の身元が問題視されるようになるまで、介護を必要としている年寄りをずっとほったらかしにして、積極的に探そうともしてこなかったのだから、と。

それに、年寄りだって家出しないとは限らない。砂川信夫と暮らし始めた頃にはまだ惚けが始まってなかったという可能性もある。嫁や娘や、とにかく一緒に暮らしている家族と折り合いがよくなくて、自分の意思で家を出た老人が、砂川信夫に、あるいは砂川信夫と秋吉勝子に出会い、一緒に生活することになった——というストーリーも、あり得るだろう。しかしこの場合も、家出老人を放置しておいた家族は、名乗り出ることに積極的にはなりにくいだろう。

現実の答えは、この二種類の推測を折衷《せっちゅう》したような形で見つかった。公開された二〇二五号室の老婦人についての情報を見聞きすると、五年ほど前に当園に在園していたお年寄りではないかと思われると、静岡県浜松市郊外にある有料老人ホーム「あすか園」の事務局が連絡してきたのである。

「あすか園」は、入園する際の保証金が数千万円にのぼるという、高級老人ホームである。設立されてまだ八年、現在の入居者数は五十七名で、その三分の一が独居老人であるが、残りは配偶者と共に資産を整理して入園している、姉妹で入園しているなど、家族を伴っている。

事務局が二〇二五号室の老婦人ではないかと考えていたのは、一九九一年四月一日に外出するといって外へ出たきり、園の門限を過ぎても戻ることがなかった、三田《みた》ハツエという老婦人だった。当時八十二歳だったが、高血圧症のため薬を飲んではいたものの、他の面ではいたって健康で、十歳は若く見えたという。外出した日は和装で、デパートに買い物に行くと、園の管理人に申告している。

三田ハツエはきびきびとした闊達《かったつ》な人柄で、園内でも世話役のような立場にあった。男性の入園者たちのあいだでは、人気者だったという。入園の十四年前に夫を亡くしており、娘がふたりいたが、どちらもハツエとは同居していなかった。

ハツエの夫は、浜松市内で手広く自動車販売業を営んでいた人物で、非常に裕福であった。夫の死と共に会社は手放したが、他にも土地や貸しビルなどの資産があり、ハツエの老後は経済的に恵まれたものであったと言える。

「あすか園」側の話では、入園を決めたのはハツエの意思であったという。パンフレットを求め、説明会に来たのも彼女ひとりで、そのとき面接した担当者は、ハツエが、「娘どもがお金を巡って汚い争いをするのをこれ以上見ていたくない」と言うのを聞いている。

「あすか園は、老人ホームというよりは、身よりのない老人が安心して暮らせる共同体のようなものだと聞いたから、入ろうと決めた」とも言っていたそうだ。事実、園から姿を消す直前まで、ハツエは園内での日常生活に、介護者の手を必要としたことは一度もなかったという。

そういう事情があったので、問題の一九九一年四月一日に、ハツエが門限を過ぎても戻らなかったとき、園の事務局では、そううろたえはしなかった。もちろん規則は守ってもらわないといけないが、一時間やそこらは遅れても仕方がない。このころの園の一般外出時の門限は午後七時で、これでは早過ぎると、健康体の入園者たちのあいだから、頻繁に抗議が来ていたという背景もあった。

午後九時になり、管理人が夜勤の当番者と交代するとき、初めてハツエの戻っていないことが問題になった。まだ深刻な事態とも思われなかったが、そろそろ心配になってきた。ハツエの緊急連絡先であるふたりの娘の自宅に電話を入れ、どちらにも彼女が居ないことを確かめ、もしもハツエの居所が分かったらすぐに知らせてくれるようにと頼んで、それからまた待った。

しかし、ハツエは戻ってこなかった。時計が午前零時を過ぎたとき、あすか園では最《も》寄《よ》りの交番に通報することを決めた。園内でハツエの暮らしていた棟の管理責任者を務め、個人的にもハツエと親しかった皆川康子《みながわやすこ》は、その夜は一睡もできなかった。

「ハツエさんは健康な方でしたけれども、やはり高齢は高齢ですから、いつ何があるか判りません。特にハツエさんは高血圧でしたし……」

高血圧症の年輩者に、心配されるのは脳卒中である。交通事故ということも考えられる。

「もしかして出先で倒れて病院に担《かつ》ぎ込まれているんじゃないかと、市内の救急病院に片っ端から電話をかけてみました。でも、どこにもハツエさんらしい人はいないんです。市内じゃないんだろうかとか、いろいろ考えてはみたんですが」

あすか園では、入園者専用の身分証明書兼緊急連絡先票のようなカードを発行して、高齢者に対しては、外出するとき、必ずこれを携帯してくれるようにと指導している。糖尿病や心臓疾患などの持病がある入園者の場合は、ちょっとした外傷などで治療を受ける際にも注意が必要なので、カードの裏側には、これを所持している人物の既往症や、服用している薬を書き込む欄もある。ハツエもこのカードを持って出ていた。だから、もしも万が一病気や事故ということならば、彼女を保護収容した医療機関が必ずこれに気づき、あすか園に連絡してくれるはずだ。結局は、それを信じて待つしかなかった。しかし、どこからも連絡はなく、三田ハツエは帰らなかった。彼女の外出時間から丸四十八時間を経過した時点で、あすか園は地元警察署に通報することに踏み切った。失《しっ》踪者《そうしゃ》の年齢を考慮して、警察側も浜松市内の主立ったデパートやショッピングモールに問い合わせをしたり、パトロールカーから情報提供を拡声器で呼びかけたり、地元消防団の協力を得て近くの河川や山林を捜索するなどの努力をしてくれたが、それらはすべて空《むな》しい結果に終わった。三田ハツエは、まるで神隠しにあったかのように姿を消してしまったのだった。

皆川康子は看護婦の資格を持ち、静岡市内の市民病院で婦長まで務めた経験もある。あすか園には、人柄と手腕を見込んで引き抜かれたような形で転職してきた。高齢者の安心と安らぎが売り物のこの園では、ひとりの不幸な病人も、寂しい独居者も出すまいと、理想に燃えて日々を送っていた。それなのに、目と鼻の先から三田ハツエが消えてしまい、安否も判らない。園の切り盛りをあずかる職業人としての沽《こ》券《けん》にかかわるという思いと、個人的な心配とがあいまって、夢にまで見るほど思い詰めた。

「夢のなかで、ハツエさんが、ひどく心細そうな顔をして立ってるんです。わたしからはハツエさんが見えるのに、彼女からはわたしが見えなくて、呼んでも呼んでも聞こえなくて、どんどん遠くへ行ってしまうんですよ。それも、真っ暗な方へね。そっち行っちゃダメよって、叫んで叫んで、目が覚めるんです」

警察が捜索に乗り出してから二日後に、浜松駅近くのショッピングモールのゴミ箱から、年輩の女性のものと思われるハンドバッグが出てきたという情報が寄せられた。皆川康子が出向いて確認してみると、確かに見覚えのあるハツエの持ち物であり、中にはハンカチやコンパクトなどの細々としたものと一緒に、園のカードが入っていた。

「ただ、財布がありませんでした」

どうやら、ハツエはこのショッピングモール内かその近くで、ハンドバッグを盗まれたようだった。

「普段のハツエさんだったら、もしも泥棒に遭ってしまったらどう対処したらいいか、ちゃんと心得ていたはずです。交番に駆け込むとか、園に連絡するとか。そういう点では、並の世間知らずな若い娘よりもちゃんとした人でした。座り込んで途方にくれるような弱いお年寄りじゃなかったんです」

それだけに、皆川康子は不安になった。

「ひょっとして、ハンドバッグを盗《と》られたときに、殴られたとか突き飛ばされたとか、怪我《けが》をさせられたんじゃないかと思いました。あるいは、あんまり怖い目に遭わされて、ショックを受けたとかね。お年寄りの場合は、そういうことがきっかけで記憶に混乱が起こったり、行動がおかしくなったりすることがあるんです。脳卒中というと、バタリと倒れてイビキをかいて――というイメージがありますが、本当に微妙な毛細血管が切れたり詰まったりして、ごく短時間、脳の一部が虚血状態になって、意識障害が起こるということもあります。心理的なショックが引き金になって、そういう虚血性の発作が起こってしまったのかもしれない。それでフラフラとさまよって――誰か親切な人に助けてもらったり、警察に保護されたりする以前に、次のトラブルに巻き込まれたりしているんじゃないかと思ったんです」

実は、ハンドバッグが発見されたショッピングモールでは、半年ほど前から、ひとりで行動している年輩者や女性の買物客を標的にした、悪質な盗難事件が発生していた。犯人は複数の若い男女で、被害者たちの話によると、手口は悪質だった。道を教えて欲しいとか、妙な男に尾《つ》けまわされているので、ちょっと一緒に歩いてくれとか、さまざまな口実を設けて、まず犯人グループのうちのひとり、女性のメンバーが被害者に接近する。同情して協力的に行動した被害者は、人気《ひとけ》の少ない場所にまで連れていかれ、そこには、犯人グループの他のメンバーが待っているというわけである。

財布やハンドバッグなどのほか、身につけていたアクセサリーや時計、履いていた靴まで盗ったり、若い女性被害者の場合、すぐに助けを求めることができないように、わざと着衣を脱がせて下着姿で放置したこともあった。さらには、抵抗しようとする被害者に集団で暴力をふるうケースも出てきた。

「ハツエさんも、そのグループの被害者になってしまったんだと、わたしは思いました。警察も、その線で捜査を進めているようでした。でも、なかなか犯人たちが捕まらなくて——」

窃盗グループは、浜松市内だけでなく、静岡や名古屋の方にまで足をのばしていた。新幹線を利用していたのである。おかげで、警察側は広域捜査ということになり、管轄《かんかつ》がまたがり、各警察署の連携がいまひとつうまくいかず、それも検挙の遅れていた原因であった。

「犯人たちが捕まれば、ハツエさんがどうしたか、彼らがハツエさんからバッグを盗んだあと、ハツエさんがどんな状態だったか、聞き出すことができます。もちろん園では、ハツエさん本人に対する情報を集めるためにいろいろ努力をしていましたし、ちょっとでもハツエさんらしい人を見かけたという話を聞くと、出かけていって調べてもいました。でも、そちらもはかばかしくありませんでね。それと、警察の方には、問題の窃盗犯は何しろグループ犯罪で、手口もどんどん凶悪になっているから、ひょっとすると三田ハツエさんをどうにかしているということもあるかもしれない。多少、その辺の覚悟もしておいてくださいと、内々で言われたりもしまして」

心配に身をすり減らす一方で、皆川康子は、ハツエの娘たちの意外な冷淡さにも驚かされた。ハツエが行方不明になって半月も経《た》たないうちに、娘がふたり一緒にあすか園を訪れ、ハツエの結んだ入居契約を解除するから、保証金を返還しろと迫った。

「びっくりしましたね。もうハツエさんが帰ってこないと決めてかかってるような感じでしたもの。確かに保証金は大きな額ですが、ご本人の安否が判《わか》らない以上、勝手に解約はできません。だいいち、まだ半月ですよ。しかも、お母さんが凶暴な窃盗グループの被害にあった可能性があるというのに、まるっきり心配してないような様子で、すごく事務的なんですよ。わたしは、なるほどこれだからハツエさんは娘さんたちに見切りをつけて、園に来られたんだなあって、納得したものでした」

浜松・静岡・名古屋・豊橋と、新幹線沿線を荒らし回っていた窃盗グループは、三田ハツエが行方不明になってから十カ月後の翌年二月、ようやく捕まる。お手柄をあげたのは地元浜松警察署の刑事課で、現行犯ではなく、故買ルートを丹念にたどっていった結果の逮捕劇だった。芋づる式に洗い出された犯行グループの人数は八人にも及び、うち三人が女性で、五人が未成年者だった。いわゆる無職少年たちである。

八人の取り調べが始まってまもなく、皆川康子が期待——それは非常に辛《つら》い期待だったが——していたとおり、三田ハツエに関する情報が出てきた。

「去年の春先に、浜松のショッピングモールでおばあさんを襲ったと、女の子のうちのひとりが白状したというんです。着物を着たおばあさんで、お金を持っていそうに見えたから狙《ねら》ったというんです。確かにハツエさんはお洒落《しゃれ》で、着物もいいものを着ていました。髪はきちんと結って、白髪が多かったですからそれを少し、ほんの少し紫色に染めていたんですけどね、そのことも、女の子は覚えていました。ハツエさんに間違いないと思いました」

供述した少女は、そのときは自分が初めて被害者を誘導するおとり役をつとめたので、はっきり記憶していると言ったそうである。

「ヘンな男に尾けまわされていて怖いから、一緒に歩いてくれと頼んで、接近したんだそうです。ハツエさんはびっくりして、そりゃ大変だから交番へ行こうと言ったそうです」

無論、少女は言を左右にして交番行きを断った。

「そしたら、ハツエさんは、じゃああたしがあなたをタクシーで家まで送ってあげましょうと申し出たそうです。気持ちの優しい人でしたからね。困っている女の子を放っておけなかったんですよ」

少女はハツエとタクシーに乗り込み、ハツエを仲間の待つ犯行現場へと連れていった。

「駅裏の、ビル街の奥の方だったそうで。ビル街と言ってもスナックやパブの雑居ビルばっかりで、昼間は人気の無いところですよ。ただ、そういうビルに混じってアパートやマンションもないではないから、ハツエさんも女の子の言うことを疑わなかったんでしょう」

窃盗グループは三田ハツエを脅しつけ、バッグと腕時計を取り上げたという。ハツエは、内心は恐ろしかったのだろうが、気丈なところを見せていたと、おとり役の少女は言った。

「おばあさんはすっかり腹を立てていて、あんたたち、こんなことをしていたら将来ロクなことはないとか、お説教をしたんだって、おとり役の女の子が言ったそうです。もちろん、犯行グループはそんなこと、まともに聞きゃしません。ヘラヘラ笑ったり、あざけったり。それでもハツエさんがへこたれないんで、誰かが殴りつけたんだそうです」

倒れたハツエの頭を、別の誰かが蹴《け》った。老女がぐったりしてしまったので、急に怖くなった。

「おとり役の女の子が言うには、おばあさん大丈夫とか、声をかけたりしたって。でもハツエさんが動かないので、逃げ出したというんです。そのあとのことは知らない、と。でも、ずっと気になってたとか言いますけど、それはどうですかね」

こうして、ショッピングモールでハツエの身に何が起こったのか、それは判った。問題は、その後である。窃盗グループの被害に遭ったあと、ハツエはどこへ行ったのか。どういう状態だったのか。

「ハツエさんが居なくなって一年も経った頃には、娘さんがたと園との対立はひどく深いものになってしまっていました。ハツエさんの生死が判らないうちは保証金を返せないことはもちろん、こちらとしては月々の管理費なども本当はきちんと納めていただかないと困るのですが、事情が事情だけに請求しにくいところがございましてね。結局、ずっと未払いの状態でした。それなのに、園のハツエさんの私室の家具や備品を勝手に持ち出してしまわれたり」

さらに、三田ハツエのふたりの娘は、母親の行方不明についてあすか園の管理責任を問う損害賠償請求の訴訟を起こすと通告してきた。

「それを聞いて、本当に申し訳なくなりまして……。ハツエさんの居た棟の責任者はわたしです。ですから辞表を書いて、当時の園長に提出しました。ところが受け取ってくれませんでね。ハツエさんが帰ってきたとき、いつも親しくしていたわたしが居なかったら寂しがるだろうから……とおっしゃって。辞めずに園に残って、仕事をしっかりとやりながら、ハツエさんを探しましょうと励ましていただきました」

もっとも、結果的には、この訴訟は起こされずに済んだ。あすか園と三田ハツエの娘たちのあいだで再三話し合いの場がもたれ、園側が若干の「見舞金」を支払うことで、収まったのである。しかし、あくまでもハツエの外出は本人の意思によるものであり、園の規則に従ったものでもあり、外出先でハツエが強盗に遭うことを予測するのは不可能であったから、その件に関してはあすか園に管理責任はないというのが、園側の公的な主張であるということについては譲らなかった。

「でもわたしは、自分に責任があるように感じました。ずっと感じていました」

と、皆川康子は語る。

「五年のあいだに、他にもいろいろなことはありましたが、ハツエさんのことは一日も忘れたことはなかったんです。どこでどうしているだろうかって。もしも、殴られたシヨックで記憶が混乱してしまったのだとしても、親切な人に助けられたということだってある。その人と一緒に暮らしているのかもしれない。あるいは、名前も住所も思い出せないまま、どこかの公共老人ホームで世話をしてもらっているのかもしれない。成り行きによってはもう浜松にも、静岡にも居ないかもしれない。電話帳を調べて、片っ端から老人ホームや病院に電話をかけてみました。全国のね。時間がかかっても、虱潰《しらみつぶ》しに探していけば、いつかは見つかるかもしれないと思って」

窃盗グループを調べていた浜松警察署の刑事たちの一部には、老女はすでに彼らの手で殺され、どこかへ遺棄されているのではないかと考える者もいた。逮捕された連中は、殺人をしながら口を拭《ぬぐ》って知らん顔をしているのではないかというのである。

「刑事さんからそれを聞いてわたし、たまらなくなりましてね。最初に白状したあのおとり役の女の子に会いに行ったんです。あの子はグループのなかでは罪が軽い方で、一年足らずで家庭に戻っていましたからね。家を訪ねて行ったんです。もしもまだ隠していることがあるなら、どうか話して欲しいってね、頭を下げて頼みました。もしもハツエさんが殺されてしまっているなら、それは本当に辛くて悲しいことだけれど、それでも、ハツエさんがどうなったのか、どこにいるのかまったく判らないよりはまだましだって、そこまで言いました」

おとり役の少女は、老女は死んでいない、少なくとも自分たちは殺していないと言い張った。ゴミだらけの道路に倒れてぐったりとしているのを目撃したのが最後で、後のことは何も知らない、と。

「その言葉を信じたいけれど、信じていいのか。本当に苦しかったです。わたしが引き上げるとき、玄関先に、おとり役の女の子の父親が出てきましてね。あんた、うちの子にいろいろ訊《き》いてたようだけど、何を訊いたって無駄だよって、そう言うんですよ。あいつが本当のことを言うはずがない。もしも殺しをやってたんなら、死体が出てこない限りばれる気遣いはないんだから、自分から白状するはずがない、それをあんなにペコペコして話をさせようなんて、あんたもよくよくバカだね、なんてね。ここはどういう家なんだろうと思いましたよ」

失踪者《しっそうしゃ》や行方不明者の家族や友人たちに話を聞くと、一様に皆川康子と同じようなことを言う。死んでいるとしたら、それはとても悲しい。けれども、空に消えたままどこでどうなってしまったのか判らないよりは、そちらの方がまだましだ、と。

「五年は、長かったです」と、皆川康子は振り返る。

「さすがのわたしも、このままハツエさんは見つからないんだろうかと、弱気にもなりました。ですからあの日、新聞を見て、東京の荒川の一家四人殺しの被害者の身元が白紙に戻ってしまった——例のお年寄りの身元も判らなくなってしまったという記事を読みましたときにも、すぐにはハツエさんと結びつけて考えていなかったんです。惨《むご》い事件が起こったねえって、わたしの棟の皆さんともおしゃべりはしていましたけれどもね。パッと、ハツエさんじゃないか、とは思わなかったんです」

　数日後、今度は、被害者三人の年齢・身体的特徴を詳しく報じるニュースが流れた。皆川康子もそれを一読したが、このときも閃《ひらめ》きは訪れなかった。

「わたしの知っているハツエさんは、元気でしゃっきりしていてお洒落で闊達《かったつ》なおばあさまでした。ですから、強盗に遭ったことで身体《からだ》や心に変化が起こっているのは確実だ――と、頭では判っていても、やっぱり具体的にイメージできないんですよ。だから、考えることができなかったんです」

　荒川の被害者の老女は、日常も独りでは歩くことができず、車椅子《くるまいす》に乗っていた。惚《ぼ》けが進んでいる様子には見えなかったが、三田ハツエのように活発さは持ち合わせておらず、病人というイメージが強かった。新聞でもニュースでも、老女はこのように、か弱い存在として報道された。皆川康子にとっては、そこに三田ハツエを重ね合わせることが難しかったのだ。

「わたしはそんなふうでしたから、新聞も読み流していました。でも、そういう記事が出てから二、三日経ったころに、あれはハツエさんじゃないかって、入園者の方から言われたんですよ」

　驚いて、話を聞き出した。

「ハツエさんと同じ時期に入園したおばあさまで、お歳《とし》はハツエさんより十歳も若いんですが、ご病気で介助の必要な方でしてね。わたしもその日、入浴のお手伝いをしたんですが、そのときに、先生――わたしのことですけども――先生、あの荒川で亡《な》くなったおばあさんの身体の特徴が新聞に出ていましたねって。脇腹《わきばら》に薄いコーヒーみたいな色の痣《あざ》があるって書いてありました。ハツエさんにも、そういう痣がありましたけど、先生覚えていませんかって」

皆川康子は覚えているどころか、三田ハツエにそういう痣があったことさえ知らなかった。

「あの方はすごくお元気だったので、着替えもお風呂《ふろ》もお手伝いが必要なかったから、わたし判らないわって申しました。でも先生、確かですよ、わたしは覚えています、だってハツエさんにお風呂を手伝ってもらったことがあって、わたしがお湯をかけてハツエさんの着物を濡《ぬ》らしてしまって、そしたらハツエさんは大笑いをして、一緒に入ってしまいましょうと言って裸になっちゃったことがあるんですって。そのときに痣を見たそうです。すごく一生懸命に説明してくれるんですよ。そのとき入浴の介護をしていた職員の名前も覚えていて、その職員は余所《よそ》に移っていたんですが、きっと覚えているだろうから訊いてみてくれって」

当該の職員は、三田ハツエの身体の痣については記憶していなかったが、彼女が介助の必要な入園者を入浴させているとき、よくハツエが手伝ってくれたことは覚えていた。力仕事はできないが、髪を洗ったり、タオルをとったり、まめに世話をしてくれたという。

「わたしはもう本当に驚いて、すぐにも東京へ行かせてくれって、園長にお願いしました。ハツエさんの写真や、お医者様のカルテや、園の記録や、とにかくまとめられるだけのものをまとめて持って、その日の新幹線に乗ったんです。道々、涙が出てきてしまってね。まだ決まったわけじゃないのに。だけど泣けて泣けて」

　最終的に、ヴァンダール千住北ニューシティ・ウエストタワー二〇二五号室の老女が三田ハツエであることを裏付けたのは、医学的な証拠だった。ハツエの歯の治療痕《あと》と、二〇二五号室の老女のそれとが一致したのである。

「写真を見ても、わたしにはハツエさんかどうか判《わか》らなかったんですよ」

　それについて語るとき、皆川康子は今でも気落ちした風情《ふぜい》になる。

「写真はもちろん——あの、遺体を撮ったものですけれども、肌の色とか着色してあって、生きている状態に近い感じで見えるようになっていたんです。それでも、パッと見ただけではわかりませんでした。面変わりが激しかったんですわね。声を聞けたり、動作を見ることができたら、全然話は違っていたんでしょうけれど……。

　ハツエさんのご遺体は娘さんたちのところに引き取られました。娘さんたちは、予想通りというか、あまり悲しんでおられないようでしたね。お母様が亡くなっていることがはっきりしたおかげで、相続の手続きが始められるって仰《おっしゃ》っていたくらいだから。だけど、納骨のときでしたかね、わたくしがお宅にお伺いしましたら、長女の方がちょっとしみじみとした口調でね、仰いましたの。うちの母は本当に怖い人だったんですよって。それはしっかり者の頭のいい女性で、家事もなんでも上手だし、事業家のお父様の夫人としても立派で、人をまとめることもできますしね。それだけに、娘さんたちにも要求することが多いというか、ね。それと、娘さんたちの人生にも干渉したがったというんです。ボーイフレンドや友達の品定めをして、あの人とはもう付き合っちゃいけないとか、お嬢さんに向かってそう言うならば母娘《おやこ》喧嘩《げんか》だけで済みますけれど、当のお友達やボーイフレンドを呼び出して、直《じか》に言ってしまうんですって。一事が万事、その調子でね。それで娘さんたちも徹底的に反抗して、ハツエさんと対立することに決めたんだそうです。妹もわたしも、けっして母を愛してないわけじゃなかったけれど、自分の人生を守るためには仕方がなかったんですよって……。わたしはハツエさんの美点をいっぱい知っていますから、娘さんの言うことを鵜《う》呑《の》みにはできませんでしたけれど、少なくとも長女の方がわたしにそんなことを仰るということは、少しはご自分たちのお母様に対するなさりように後悔があるということだから、まあいいかなと思いましたね。

　それにしても、五年のあいだ、ハツエさんはどんなふうに暮らしていたんでしょうかしら。車椅子《くるまいす》というのは、強盗にあって怪《け》我《が》をしたことがきっかけで、そうなってしまったのかもしれませんね。それと、やっぱり、記憶ははっきりしていなかったんでしょう。何か思い出していたら、あんな人たちと暮らしてはいなかったでしょうから」

　こうして、身元の判らない被害者はあと一人だけとなった。ベランダから転落して死亡したと思われる、若い男性である。

皮肉なことに、一般からの問い合わせや情報の提供の数は、三人のなかで彼がいちばん多かった。寄せられた照会や情報を俯《ふ》瞰《かん》してみると、家庭を離れて消息を絶ってしまう若者がいかに多いものか、今さらのように気づいて慄然《りつぜん》とするほどである。

彼に関しては、前章で述べたイーストタワーのB子さんによる証言や、秋吉勝子との関係を疑わせるような噂《うわさ》話が流《る》布《ふ》したことなどがつまらない憶測を生み、それがまた次の憶測やでっちあげを呼んで、一時期、生前の彼について知っていると「主張する」人びとが、もっともらしい声音でモザイク処理された画面の向こうで語るシーンが、各ワイドショー番組で見られたものだった。曰《いわ》く、大阪で売れっ子のホストだったが、店の金を持ち逃げした某《なにがし》という青年ではないか。曰く、赴任して三カ月で生徒を妊娠させ、クビになって消息を絶った某有名私立女子高校の国語の教師ではないか。曰く、自社のコンピュータシステムに細工をし、大枚の金を引き出して逃亡した某コンピュータ会社の新人プログラマーではないか――

しかし、これらの説はどれも、死んだ青年がなぜ砂川信夫・秋吉勝子・三田ハツエという他人の集まりのなかで、一応は息子のような顔をして暮らしていたのか、その理由を説明できていない。また捜査本部では、青年が砂川信夫の実の息子、砂川毅《たけし》の名前を使って首都圏で就職していた可能性を考え、熱心に捜査をしたが、それらしい事実は出てこなかった。しかし、二〇二五号室に出入りしていた彼を見かけた数少ない信頼できる目撃証言によると、青年はどうやら勤めを持っていたと考えられる。ということは、この青年は、就職にしろ学業にしろ、しかるべき形である場所に受け入れてもらうために必要な固有の身分を持っており、それを公《おおやけ》にすることをはばかってはいなかったのではないか。持ち逃げなどの犯罪をおかした逃亡者には、こんな不用意な真似《まね》はできない。

これを補強する要素として、三人の身元が白紙に戻った時点で、早川社長もこんなことを言っている。社長は砂川信夫に家族の住民票を持ってこいと命じたが、その住民票に書かれた家族の名前を、砂川信夫が口にするのを耳にした記憶がない、と。してみると、砂川家の住民票は、あくまでも早川社長との仕事のために取得され利用されただけで、砂川信夫と秋吉勝子と三田ハツエと問題の青年とは、日常生活のなかでは、互いの「本名」を呼び合っていた可能性が高いということになってくる。記憶の喪失や部分的欠落の疑いのあるハツエ以外の三人については、これはほぼ確実と思われる。

砂川信夫と秋吉勝子の組み合わせは、男女のことだ、同棲《どうせい》であれ内縁関係であれ、寄り添って暮らしていても不思議はない。そこに三田ハツエが加わる。浜松で強盗に遭い、負傷して自失したこの老女を、発見して助けたのは砂川信夫だったろうか。秋吉勝子だったろうか。考えられるストーリーはいくつかあるが、生前の彼らの暮らしぶりから推して、ふたりがこの老女を労《いたわ》り、彼女を保護していたことには疑いの余地がない。

その三人の輪のなかに、四人目の青年はどういう形で加わったのだろう。あるいは、彼がいちばん最初に砂川信夫と暮らし始めたのだろうか。それとも勝子と共に居たのか。何歳のときからそういう暮らしをしていたのか。本当の家族はどこにいるのか。人は木の叉《また》から生まれ落ちるものではない以上、どこかに必ず生物学上の親はいるはずであり、青年の親兄弟は、まだ充分に元気でピンピンしている年齢層にあるはずだ。

しかし、集まってくる照会情報のなかに、彼に該当するものはなかった。もしやを頼みに捜査本部を訪れる、失踪中の息子の身を案じる両親たちは、皆かぶりを振り振り帰宅してゆく。

不思議なのは、青年の勤め先からの情報も寄せられないことだった。ウエストタワーの隣人たちは、何度か青年が背広姿でエレベーターに乗り込むのを見ている。いかにも勤めを終えて帰ってきたという風情の青年と、管理人室の前ですれ違ったという証言もあった。背広を着ていたから会社員だとは断言できないが、青年が社会に対し、彼個人の関わり方をし、彼個人の人間関係を築いていたことに間違いはなく、それが浮上してこないのは奇妙だった。

ただし、青年の会社関係からの問い合わせや情報が無いことについては、捜査本部のなかにある推測が生まれていた。彼が、違法すれすれの訪問販売や融資会社など、基本的に警察とは関わりを持ちたがらない会社に居たのではないかという説である。青年がまだ砂川毅だと思われていた時点でも、彼が勤めていた会社や事務所では、昨日まで元気で出勤してきていた社員ひとりが無断欠勤をし、連絡もないということを、不審に思っていたはずだ。それでも捜索願も出さなければ、その社員の家を訪ねようともしない――ウエストタワー二〇二五号室に、それらしい来訪者や問い合わせの電話がかかってきた事実は無い――これは、その会社自体にやや後ろ暗いことがあり、捜索願を出すことがきっかけになって、警察に痛くもない腹を探られるのを嫌ったからではないのか。そして首都圏には、その種の法的に危険な「会社」は掃いて捨てるほど数多く存在する――

いずれにしろ、これらの推測や疑問はすべて、事実さえ出てくれば消えてなくなるものだった。そして、その事実を握っている人物は、確かにいた。東京の片隅で、この頃はまだ息を潜めていたのである。

18 綾子《あやこ》

姉が退院し、帰宅してからずっと、宝井康隆《やすたか》には落ち着かない毎日が続いていた。荒川の「一家四人殺害事件」についての続報は、否応《いやおう》なしに耳に入ってくる。まだ何も知らない両親が、世間の多くの人たち同様、この事件の成り行きに強い関心を持っているので、なおさらだ。父や母が、事件の驚くべき新局面について話題にするとき、それがたとえ既に綾子から聞いて知っている話であっても驚いたふりをしなくてはならず、その情報が間違っていても訂正してはならず、「あんた、なんでそんなことを知ってるの？」と問われるような発言をしてもいけない。日々がスリルの連続である。

康隆は不思議だった。当事者である綾子は、この危うい綱渡りを、いとも軽々とやってのけているように見えるのである。爆心地にいると、かえって度胸がすわってしまうのだろうか。康隆に心の内をぶちまけたことで、重荷を彼の肩に移し替え、気楽になってしまったのかもしれない。

ところが康隆の方は、綾子の秘密を知ったということと、その秘密について両親にうち明けるという大役を任されたという、ふたつの重圧に押しつぶされそうになっていた。

綾子はそのことについては何も言わず、時折、っと視線があったときなど、(まだお父さんお母さんに話してくれないの?)(まだ話してないのね、よかった)というような顔をするだけだ。康隆が、両親に対してこの話をどんなふうに切り出したらいいか、夜も眠れずに考えることがあるなどと、想像もしていないみたいだった。

ぶちまけてしまえば、一時的にはスッと楽になる。でも、その後のことを考えると怖くてたまらない。幸い、事件の捜査はあさっての方向へ向かっているようだ。綾子の存在を、誰にも気づかれていない。黙っていればこのままになってしまう可能性は高い。だけど、それはやっぱり許されないのではないか。とりわけ、綾子の代わりに疑惑を背負って逃亡している石田直澄という人がいる以上——

息苦しさのあまり、呑気《のんき》な両親に向かっ腹のひとつも立てたくなる。あの夜、暴風雨のなかで綾子がどこへ出かけたのか。なぜ肺炎にかかるほどずぶ濡《ぬ》れになったのか。どうして赤ん坊の祐介《ゆうすけ》まで連れていったのか。その場では青くなって心配していたのに、綾子が元気になるとケロリと忘れて、それらの質問を彼女に対して投げかけることもなく、当たり前の生活に戻ってしまった。少々お気楽すぎるんじゃないのか。

また一方で、康隆は、綾子と病院で口論になったとき、彼女から突きつけられた言葉を忘れられずにいた。オタクのあんたなんかに、あたしの気持ちは判《わか》らない。生身の女の子と付き合ったことのない頭でっかちには判らない。康隆はひどく傷ついた。なぜならそれが真実をついていたから——彼の恐れているところを暴《あば》いたからだった。

綾子が緊急入院した日に、締め切り間際《まぎわ》であっぷあっぷしながら書いていた原稿は、結局書けずじまいだった。おかげでＪＳＣのメンバーたちから突き上げは食うし、夏の合宿の幹事役を押しつけられた上に、「ウエイブメイカー」秋の特別号では、落とした原稿の倍の量を書かねばならなくなった。

　七月に入り、やがて夏休みが来て、秘密を抱えながらも静かな生活が戻ってきても、しかし康隆の原稿はいっこうに進まなかった。扱った題材が悪かったと、自分でも想《おも》っていた。現実と非現実。リアリティとバーチャル・リアリティ。これは、今の康隆の置かれている状況そのままなのだ。

　テレビでも新聞でも、荒川の事件についての続報やトピックが取り上げられない日はない。ブラウン管の向こう側のその事件は、映画のなかのそれのように無害で、とても興味深くて、識者や専門家による事件の分析を聞いていると、思わず引き込まれてしまうほどだ。

　そして、次の瞬間、ふっと水をかけられたみたいに我に返り、まばたきしながら思うのだ。この事件の犯人は姉さんだ——ここで殺された人の、少なくともひとりをオレは知ってる——八代祐司《やしろゆうじ》をオレは知ってる——あいつがこの家の敷居をまたぎ、ソファに腰掛けたことを知ってる——オレはあいつと視線があって、そのときあいつの目の色がとっても薄かったことをよく覚えてる——

　だがまたひとつまばたきをすると、康隆の心はくるりと反転する。こんな大事件が、テレビでこんなふうに取り上げられる出来事が、この宝井食堂に、我が家に関わりあるわけがない。テレビのなかで起こっていることは、画面こそ茶の間のなかにあるけれど、本当は遠い遠い「お話」なのだ。だから、綾子の語った「お話」はテレビのなかに収まるかもしれないけれど、本物の綾子も、本物の宝井家も、テレビの向こう側に行くようなことになるわけがない。

そうしているうちに、なんだか判らなくなってくるのだ。どっちが本当なんだろう？ 姉さんの体験か？ テレビで報道されてることか？ 今ここにいてテレビ観《み》ているオレは、姉さんの告白を聞いたオレだろうか？

殺された四人のうち、三人の身元が一旦《いったん》白紙に戻り、新たに判明していく過程も、康隆はテレビと新聞を通して追いかけていた。綾子の話だけでは判らなかった部分もあり、彼女の話の方が詳しい部分もあった。そして最後にひとり、宝井家が「八代祐司」として知っていた若い男だけが身元不明のまま残ったとき、康隆は本当に恐ろしい思いをした。

今はまだ身元不明だけれど、それも時間の問題で、遅かれ早かれ、今度こそ、本物の八代祐司の身内が現れる——そう思ったのだ。警察がこれだけ情報を公開しているのだ、家出したきり帰らない息子ではないかと、名乗り出て調べようとする家族が出てくることだろう。

そのことに、これほど強い恐怖を感じるなんて、自分でも意外だった。

一度きりだったが、八代祐司はこの宝井家を訪ね、康隆の目の前でしゃべり、呼吸をし、歩き、確かに実在する生身の人間であることを、姉の想像のなかだけに住む恋人ではないことを実証して帰っていった。しかし、それでもなお、康隆のなかの八代祐司には血が通っていなかった。体温がなかった。母の敏子《としこ》なら、若い娘をはらませた挙げ句に捨てるような冷血な人間に体温なんかあるものかと、ある種文学的な罵《のの》しり方をして片づけてしまうだろうけれど、康隆が言うのはそういう意味ではないのだ。

康隆には、八代祐司という「人間」が、まるで安っぽいアニメーション映画の主人公のように思えてならないのだった。二次元で、ぺらりとしていて、過去もなく経歴もない。人間に似せて描かれてはいるけれど、しょせんは絵なのだ。それが動いて見えるのは、見る側の目の錯覚に過ぎない。

綾子は彼から、学生時代の話や、職場での出来事など、彼の生活歴をうかがわせるような話をたくさん聞いたという。康隆にもそれを教えてくれた。だが、いくらそんな話を聞かされても、康隆にはやっぱり彼という存在がアニメ絵に思えた。アニメのキャラクターだって、制作スタッフの手でつくりあげられた、もっともらしい経歴を持っている。だが、それでも、それが空《くう》から創《つく》り出されたものであることには何の変化もないじゃないか。

この奇妙な感覚が、救いになっている部分もあった。八代祐司がアニメのキャラクターみたいに感じられるが故《ゆえ》に、康隆は、どれほど想像をたくましくしてみても、彼を二十階のベランダから突き落とす綾子の姿を、そのときの彼女の顔を、生々しく思い浮かべることができないのである。「あたしがあの人を殺した」という綾子の告白を聞き、それが真実だと判っていながらも、「殺人」ということの重みが、綾子の手が血で汚れているという事実が、心にのしかかってはこない。さかのぼって考えるならば、八代祐司といちゃついたり、彼と寝たりしている綾子の姿も想像できない。

綾子と康隆はかなり仲のいい姉弟《きょうだい》だけれど、気質はずいぶんとかけ離れている。まだ中学生のころから、康隆は、綾子は可愛《かわい》い姉で気のいい女のヒトだけれど、自分のガールフレンドには、綾子と正反対のタイプの女の子を選ぶだろうという確信があった。同じく、綾子も康隆とは正反対の男を恋人や夫として選ぶに違いないと思っていた。

そして康隆は、そう遠くない未来、姉のそばにひとりの男性が並んで立つとき、自分は絶対にその男とうまくやっていかれないに違いないと、これもまた確信していた。仲良くはなれない。そのくせ、その想像の未来のなかの、綾子とその男との妙に生々しい場面ばかりが鮮やかに頭に浮かんできて困ったものだった。

現状はそれどころではない。綾子の前に実際に八代祐司という男が現れ、綾子は彼の子供を妊娠し、産み落とし、挙げ句には彼を殺してしまった。ところが、そこにはいっこうに生臭さが感じられない。何となく「平気」な部分があるのだ。アニメのキャラが消えただけじゃないか——。だから、こうして両親にさえも事実をうち明けず、いたずらに時が過ぎていくのを傍観することができるのかもしれない。

康隆は、ふと思うことがあった。この感情は自分だけのものではなく、ひょっとすると姉さんも同じように感じているのではないか、と。もちろん、告白のときの綾子の激した様子は芝居ではなかったし、彼女は一時期本当に八代祐司に恋していた。全身全霊で恋していた。だが、その八代祐司を、真に血肉をそなえた一人の人間を——たとえ自分の身を守るためだったにせよ——彼女自身の手で殺してしまったのだということについては、果たしてどれぐらい身に堪《こた》えて感じているだろう。感じていないのではないか。少なくとも、こういう状況で道義的に期待されるほどの重さは感じていないのではないか。だがそれは、綾子の人格に欠陥があるからでも、人の生死に関する感情の動きがないからでもない。祖父の辰雄《たつお》が急死したときの綾子の様子を、康隆は今でも忘れることができないほどなのだから。

綾子にとっても、八代祐司はやっぱり二次元の人間だったのではないかと、康隆は思ってしまう。彼に恋しているとき、彼をその手で殺した瞬間には、激しい感情がわいたのだろう。だが、二次元の人間はスイッチを切られて消えてしまった。そして綾子の手のなかには、ちゃんと実在感のある三次元の「命」がある——赤ん坊の祐介だ。彼女の心は、今や祐介の方に向いている。

自分たち姉弟のこんな心の働きは、第三者の目から見たら身勝手で、許し難いものに映るだろう。しかし、康隆は敢《あ》えてこのままでいたいという気持ちだった。これで済むものなら済ませたい。

だが、もしも八代祐司の本当の親、本当の家族が名乗り出てきたなら、荒川北警察署かどこかの法医学教室か知らないが、たぶん未《いま》だに冷凍でもされて保管されているだろう彼の遺体にすがりついて泣く母親が登場したら、康隆たちが安住している今の世界は、木《こ》っ端《ぱ》みじんに打ち砕かれることになる。八代祐司はアニメ絵じゃない。生身の人間で、母親のお腹《なか》から生まれ落ち、母親は彼のおむつを洗い、彼の手を引いて予防接種に連れてゆき、彼の膝《ひざ》のすりむき傷に薬をつけ、彼の制服のほころびを繕い、そう、敏子が康隆のためにしてきてくれた細々としたこと全《すべ》てを、八代祐司という「子供」のためにしてきた母親が、彼にもいた――それを突きつけられたら、その瞬間に、綾子は真の殺人者となり、康隆は姉をかばう共犯者となる。

人を人として存在させているのは「過去」なのだと、康隆は気づいた。この「過去」は経歴や生活歴なんて表層的なものじゃない。「血」の流れだ。あなたはどこで生まれ誰に育てられたのか。誰と一緒に育ったのか。それが過去であり、それが人間を二次元から三次元にする。そこで初めて「存在」するのだ。それを切り捨てた人間は、ほとんど影と同じなのだ。本体は切り捨てられたものと一緒にどこかへ消え去ってしまう。

八代祐司の家族が現れるということは、彼の本体が現れるということだ。綾子はそれに耐えられるだろうか。少なくとも、康隆は耐えられない。あいつのオフクロさんが泣いてるのを見るなんて、あまりに恐ろしすぎる。

殺人事件に関わりながら、こんなことに怯《おび》えるなんて、もしも他人事《ひとごと》ならば理解できないだろう。屁《へ》理屈だとさえ感じるかもしれない。だが、康隆の夜の悪夢には、いかめしい顔で宝井食堂を訪れる刑事たちや、八代祐司の青白い死顔の代わりに、彼の骨を拾う悲しげな顔をした母親ばかりが現れるのだった。

しかし、八代祐司の身元はなかなか判明しなかった。康隆の悪夢は、あくまで夢にとどまっていた。捜査本部には身元の照会が引きも切らないが、該当するものがないという。

こんなことって、あるのだろうか？ これじゃまるで、八代祐司が本当に空《くう》からつくりだされたキャラクターだったみたいじゃないか――

「ずいぶん大勢の、行方不明の息子ってのがいるんだね。あたし、そっちの方にビックリしちゃった」

祐介を両腕に抱き、額に汗を浮かべながら、綾子がぽつりと言った。九月に入ったとは言えまだ真夏の暑さで、日差しもギラギラしている。

康隆は彼女と並んで歩きながら、祐介の頭の上に日傘をさしかけていた。祐介のあせもがひどいのでお医者さんに行く、ついてきてと、綾子に頼まれたのだ。康隆も、姉とふたりだけで話したいことがあったから、ちょうどよかった。

出がけに、敏子に笑われた。「康隆もいい叔父さんになったねえ。ユウ坊のこととなると、文句もいわずに綾子を手伝うもんね」

新生児の健診でもお世話になっている病院だとかで、医者とも看護婦とも綾子は顔見知りで、しきりとおしゃべりをしたり笑ったり、紙おむつの試供品をもらったり、にぎやかな診察だった。康隆はぽつりと待合室にいて、そこにテレビがないことにほっとしていた。そして帰り道、彼の身元が判らないね……と、そっと話を切りだしてみたのだった。

「照会ばっかりたくさんあるみたいだけど」祐介に笑いかけながら、綾子は言った。

「あれ、みんな家出人なんだろうね。あたし、ユウ坊は絶対に家出なんかさせない。しないように育てるんだ」

姉さん、怖くないのと尋ねようと思っていた康隆は、質問を呑《の》み込んだ。信号待ちで立ちどまり、綾子は祐介の小さな鼻に鼻の頭をくっつけるようにしてあやしている。その横顔から、恐怖や罪悪感は感じられなかった。

「事件、どうなるだろう」

中途半端《ちゅうとはんぱ》な呟《つぶや》きになった。信号が変わり、綾子は歩き出した。

「どうなるんだろうね。ヤッちゃん、誰にも相談してないの」

綾子が康隆を「ヤッちゃん」などと呼ぶのは、最近ではごく珍しいことだった。口調は軽かったが、ちょっと怒ったような口元をしていた。

康隆もちょっとカチンときた。彼の肩に荷物を負わせて、両腕で祐介をかき抱き、すっかり母親の顔になってニコニコしている綾子が、一瞬憎たらしく思えた。

「警察へ行こうかと思ったことはあるよ」

綾子がいきなり足を停めたので、康隆がさしかけていた日傘が彼女の髪に引っかかった。綾子はきっと康隆をにらみつけると、

「どうしてそんな脅かすようなこと言うのよ」と、早口に吐き捨てた。

「脅かしてるつもりはないよ」

康隆は、自分でも情けないほどしどろもどろになった。綾子とは今まで何百回となく喧嘩《けんか》をしてきたはずだが、こんなに気圧《けお》されたのは初めてだった。

「ヤッちゃん、あたしとユウ坊を助けてくれるんじゃなかったの？　約束が違うじゃない」

「オレは——」

「あたし、こんな暑いところで立ち話なんかしないわよ。ユウ坊に毒だもの。先行くから」

どんどんと歩き出す。康隆はあわてて追いかけ、後ろから日傘をさしかけた。角をひとつ曲がったところで、近所のタバコ屋のおばさんにでくわした。おばさんは康隆と綾子とユウ坊を見比べると、

「あら、こんにちは。まあ若いお父さんだこと」と、康隆をからかった。

「こんにちは」綾子は満開の笑顔に戻って挨拶《あいさつ》を返した。足取りも緩くなった。ふたりはまた並んで歩き出したが、おばさんの姿が見えなくなると、ちょっと口を尖《とが》らせた。

「あのおばさん、やたら愛想はいいけど、油断できないんだから。あたしのこと、私生児なんか生んでしょうもない娘だって言いふらしてるんだって。お母さんが怒ってた」

うっすらと汗をかいた祐介の小さな額をガーゼのハンカチでぬぐい、また笑顔を咲かせた。

「あたしはいいのよ。ユウ坊さえいてくれれば、幸せだもの。な一んにも怖いことなんかない」

八代祐司は居なくても？　康隆は心のなかで尋ねた。彼は死んで——彼を殺してしまっていても？

それから数日後の夜、康隆が自室の机に向かっていると、ドアの外から綾子が呼んだ。

「ヤッちゃん、入っていい？」

夕食も済んでおり、明日が定休日なので、両親は珍しく連れ立って外出していた。ドアの隙間《すきま》からのぞく綾子の顔を見て、康隆は、姉も、二人きりで話のできる、こういう稀《まれ》な機会を待っていたのだとすぐに判《わか》った。

「ユウ坊は？」

「寝てる。大丈夫よ、ドアを開けとけば、泣いたときもすぐ判るから」

暑いね、エアコン点《つ》けなさいよと言いながら、綾子は窓際《まどぎわ》に行った。姉がエアコンのリモコンをいじったり、窓を閉めたりしているあいだ、康隆はじっと黙っていた。綾子の方から何と切り出すか、それを聞いてみたかったのだ。

綾子は康隆のベッドに腰をおろすと、木綿のワンピースの膝の上のしわをていねいにのばした。それから、つと顔を上げて訊《き》いた。

「中学のときの、常盤《ときわ》先生って覚えてる？」

康隆には記憶がなかった。「姉さんの担任？」

「ううん。だけど、進路指導とかされた。主任とかの、偉い先生じゃない？　社会科の先生」

「オレのときにはもういなかったよ」

「じゃあ、よその学校へ移ったんだ。あんた、よかったね」

姉が何を言おうとしているのか測りかねたまま、康隆は微笑した。

「常盤先生ね、あたしが高校へはいかない、勉強嫌いだからって言ったら、すごく怒ってさ。そんなんじゃ将来ロクな人間にならないって。あたしも生意気だったから、勉強しなきゃロクな人間になれないっていうのはヘンだって、怒鳴り返したんだ。高校行かなくたって、あたしはきっと一人前の人間になってみせますって」

綾子はまた、ワンピースのしわを撫《な》で始めた。そうしていると俯《うつむ》いていることができるからだろう。

「だけどあたし、先生の言うとおり、ロクでもない人間になっちゃったね」

康隆は、まだ辛抱して黙っていた。

「おかしいんだ。警察のこととか考えると怖いし、なによりユウ坊と引き離されたくないし、あたし、捕まりたくない。だけど、それよりも何よりも、逮捕されて、殺人やったってことがパアッと広まったとき、常盤先生が、ああやっぱり宝井綾子は俺がにらんだとおり、しょうもない人間になったと思うって、そのことが嫌で嫌で、悔しくてしょうがないの。常盤先生が、自分は間違ってなかったって満足する顔が、こう、頭に浮かんできちゃってさ」

綾子はしゃにむに両手を動かして、頭をかきむしる仕草をした。

「それだけは我慢できない！　って思うわけ。あたし、あの先生大嫌いだったからさ」

その気持ちは、康隆にもよく判った。「早稲田出たって東大出たって、ロクでもない人間はいるよ」と言った。

綾子は激しくかぶりを振った。「あたしが言ってるのはそういうことじゃないのよ。あんた頭いいんだから、判るでしょ？　だけど、判るだけじゃ違うんだよね」

そして、やっと正面から康隆を見た。

「あたし、どうしたらいい？　やっぱ、このまま黙って隠れてるのはいけないよね？　あたし……あたし、人殺ししたんだもの」

その言い方があまりに打ちひしがれていて、声もかすれていたので、康隆は不意に胸が詰まってしまって、すぐには言葉が出なかった。ほんの一瞬でも、姉さんを憎たらしく感じたことに、心の底から恥じ入った。

「捕まると、どのくらいの罪になるんだろ？ 刑務所とか、入れられるのかな。ユウ坊が——ユウ坊がママって言えるようになるころまでには帰ってこれると思う？」

康隆は自分を立て直すと、両目を潤《うる》ませている綾子に、わざと突っ放すような口調で言った。

「あいつの身元、割れないね」

綾子はこっくりとうなずいた。

「オレね、思うんだ。あいつが姉さんに言った『八代祐司』っていう名前だって、本名じゃないんじゃないかって」

「そんなことないよ。あれはあの人のホントの本名。親につけてもらった名前だよ」

「姉さんにだけは本当のこと言ったって思うの？」

「そうじゃないわよ。意地悪な言い方するね、あんた」綾子はとがめるようにキツい目をしたが、すぐに笑った。「あの人の戸籍謄本《とうほん》とったことがあるからさ。だからあれが本名だって知ってるの」

康隆は目を見開いた。「姉さんが？」

「ううん、ふたりで」

「どこで？ いつ？ あいつどこの出身なの？」

「付き合い始めて、半年ぐらい経《た》ったときだったかな。あの人が、家族のこととか話してくれて——それがさ、ひどい家でね。あの人、自分の親のことすっごく怒ってたの。

お父さんアル中でさ。もう五、六年家には帰ってないから判らないけど、親父《おやじ》はとっくに死んでるだろうって言ったの。死んでたらいい気味だって」

「それで、確かめるために戸籍謄本とったの？」

「うん。だって、様子を見るだけでも家には帰るの嫌だっていうからさ、そんなの謄本とれば判るじゃないって言ってあげたのよ」

綾子は長いため息をついた。

「あたしは冗談ていうか、皮肉のつもりだったんだよ。だけどあの人、ホントに謄本取りに行くぞって。埼玉県の田山市ってとこ。あんた知ってる？」

田山市なら、楽に都心への通勤圏内にある。高崎線で、秋葉原駅から田山駅まで、一時間余りの距離だ。あいつはそんな近い場所の生まれだったのかと、意外な感じがした。

「じゃ、田山市役所へ行ったの？」

「そうよ。車で行ったんだけど、駐車場が空いてなくて大変で……そうそう、それであの人、ぶうぶう文句言って。だけどあの人、電車も大嫌いだったからね。バスでも何でも、乗り合いのものはみーんな嫌いだった」

僕もあんまり、乗り合いの乗り物は好きじゃない。康隆はちょっと、薄ら寒い思いをした。

「車で行ったんなら、わざわざ謄本なんか取るより、実家へ寄ってみりゃ済むだろうに

「……」

「だから、あの人が嫌がったんだってば」

先ほどから綾子は、八代祐司のことをずっと「あの人」と呼んでいる。不用意に彼の名を口に出して、死者に聞きつけられることを恐れるかのように。

「謄本、とれたんだね？」

「とれたわよ。当たり前じゃない」

それを見る限り、八代祐司の父も母も健在であったという。

「それにあの人、弟がひとりいたわ。ちょっと歳《とし》が離れてた。あの人よか、十歳くらい年下だったの。それであたし、思わず訊いちゃってね。小さい弟がどうしてるか、心配にならないって。お兄ちゃんがいなくて、寂しがってるかもしれないわよって。そしたらあの人、そんなことがあるもんかって、あたしのこと、すっごくバカにした顔したわ。弟は、一応オレと同じ戸籍に入ってるけど、オレとはタネ違いなんだって。オフクロは淫乱《いんらん》だから、しょっちゅういろんな男とくっついちゃあポロポロ子供を産んで、今のところ戸籍にはオレと弟しかいないけど、他にもタネ違いの兄弟や姉妹が何人ぐらいいるか、見当もつかないって。オレだって、ホントに親父とオフクロのあいだの子供かどうかわかんないもんだから、親父にさんざっぱら殴られたんだって。だけど、オフクロはかばってもくれなかったって」

だから家を出た。二度と帰りたくないというのか。

「あいつ——いくつのときに家出したの？」

「中学を卒業してすぐだっていうから、十五歳ぐらいでしょう」

今の康隆よりも若い。そして、あいつが姉さんに語った家族歴が全部本当のことだとしたら、今の康隆よりもずっと混乱していて、ずっと怒っていて、ずっと苦しんでいる十五歳だったことだろう。

「あいつのお母さん、何をしてたんだろう」

綾子はひょいと肩をすくめた。

「訊いてみたけど、商売女だったっていうだけで、詳しいことは教えてくれなかったんだ。お母さんのこと口に出すときのあの人の顔ったら、造作が違っちゃったみたいに歪《ゆが》んでね、口尖らせて、目を光らせて、怖かったよ」

ここで綾子はちょっと瞬《まばた》きすると、立ち上がった。「ユウ坊が泣いてる」

耳を澄ませてみたが、康隆には聞こえなかった。が、ややあって、綾子が彼女たち母《おや》子《こ》の部屋で祐介に話しかける声が聞こえ、それに応じるように祐介が泣き出すのが判った。

こういうことが、ときどきある。誰にも聞こえない祐介のグズる声を、綾子の耳がキャッチするのだ。その敏感さ、その指向性の鋭さには、コブラ・ディーンみたいなレーダーだって太刀打ちできない。

康隆がこういうことに感心すると、母の敏子は鼻の穴をふくらませて、「それが母親ってもんなのよ」と威張る。確かにかなわないと思うけれど、反面、その威張り方に釈然としないものも感じたりする。とりわけ敏子が、ずっと子供に恵まれないことに悩み、寂しい思いをしている父方の叔母の前でも、この世でいちばん偉大なものは子供を産んだ女であるみたいなことをブッているのを見ると、紙屑《かみくず》が喉《のど》にひっかかったみたいな気分になる。

母さんは、八代祐司の母親が——彼の言い分を信じるならば——インランで、誰の子とも知れない子供をポコポコ産んで、その子が父親に殴られるのを放置しているような女だったと聞いたら、なんていうだろう。康隆の想像では、まず、

「そんな女は母親になる資格がないんだよ」

と、決めつけるだろう。だけど、そういう女だって身ごもって産み落とせば否応《いやおう》なく母親になってしまうのだ。誰も、何も、産婦人科医も福祉事務所も民生委員も、神様も仏様もお地蔵様も、ある女が母になるに際して、資格審査をすることはできない。

それができるのは、産み落とされた子供だけだ。子供だけが、その機会と権利を持っている。八代祐司は、しつこいようだけれど彼の言い分をストレートに受け取るならば、義務教育の檻《おり》から解放された直後に、その権利を行使したのだ。だけど、それで彼は幸せになったろうか？　家出して六年後の今、彼は死者の仲間入りをしている。おそらくは、彼を放置した母親や、彼を虐待《ぎゃくたい》した父親は、まだ現世を生きているだろうに。

だが、康隆には判らない。そんなどうしようもない肉親を捨てて、八代祐司は自由に

なった。それなのに、彼の人生はちっともいい方に流れなかった。なんでそういうことになったんだろう。

綾子が足音を忍ばせて戻ってくると、ドアを慎重に半開きにして、ちょっと笑った。

「もう大丈夫、寝てるから。赤ん坊でも寝ぼけることあるのよね。夢とか見るのかしら」

すっかりお母さんの顔だ。楽しそうだ。

「姉さん、あいつの生い立ちとか、あいつが赤の他人と暮らしてることとか、いつごろ知ったの？」

綾子はまたベッドに腰をおろしかけていたが、立ち上がってしまった。

「さあ、いつだったかな」

たった今離れてきたばかりの祐介の方をちらちらうかがう表情をする。

「ユウ坊は大丈夫なんだろ？　ちゃんと話し合おうよ。姉さんが相談を持ちかけてきたんじゃないか」

康隆には判っていた。ちょっと引き返して祐介の寝顔を見てしまったことで、綾子はまた守りに入ってしまったのだ。この部屋に来たときは、今のままじゃいけない、黙って知らん顔を通すことはできないという気持ちでいっぱいになっていた。だけど、赤ん坊の顔を見てしまうと、この子と引き離されるのは嫌だ、この子が人殺しの子になってしまうのは可哀想《かわいそう》だ——という感情の方が強くなってしまう。綾子はずっと、そのふたつのあいだで揺れ動いているのである。康隆も一緒にフラフラしてはまずい。

「話し合うって、何を？」綾子はふてくされたようにドスンと座った。「あたしが警察に自首すれば済むことじゃない。そうでしょ？」

「じゃ、そうしよう。今から行こう。気が変わらないうちに。俺ついていくから。着替えて来いよ」

綾子は康隆をにらみつけた。康隆はひるまずににらみ返した。

「姉さんは身勝手だ」と、彼は静かに言った。「このままじゃ、そういうことになるよ。あいつがああいう男だってこと、知ってて子供つくった。あいつはああいう奴《やつ》なんだから、別れた方がいいって俺たち家族は言ってたのに、姉さんは聞かなかった。ずっとあいつを追いかけ回してた。挙げ句にこんなことになって、姉さんのしでかしたことのおかげで、罪もない石田さんが逃げ回らなくちゃならなくなってる。なんて自分勝手——」

綾子が激しく遮った。「そうじゃないわよ！　あの人は、あたしのことかばってあげるって言ってくれたんだよ！　あんたに話したじゃない！　知ってるくせに、なんでそんなに意地悪なこと言うのよ」

泣き出しそうになる。

「石田さん、あたしとユウ坊のこと、かばってくれてるって。どっちみち私は疑われるに決まってるんだから、お嬢さんあんたは知らん顔してろって、忘れてしまえって、そう言ってくれたんだ！　赤ん坊にはお母さんが要るって……。どっちみちあれは事故みたいなもんなんだし、私にはもう帰る家もないんだから、いいんだよって」

　康隆はじっと姉の目を見た。綾子がうつむいてしまったので、追いかけてのぞきこんで、姉の瞳《ひとみ》を見つめた。

「知ってるよ。聞いたもんな。判《わか》ってるよ」

　綾子はしゃにむに両手で顔をこすっている。

「だけど、ホントにそれでいいの？　知らん顔できないから、忘れてしまえないから、俺にはうち明けてくれたんだろ？　さっきから迷ってるんだろ？　石田さんにかばってもらってるままでいいのかよ」

「石田さんは、赤ん坊が可哀想だから、自首なんかしちゃ駄目だって言った」頑《かたく》なに肩をこわばらせて、綾子は言った。「約束だって。赤ん坊には罪はないんだから、お母さんのあんたがそばを離れたらいけないって」

「石田さんは、その方が姉さんのためだって思ったんだ」と、康隆は言った。「だけど俺は、それ間違いだと思う。姉さん、かばってもらってることで、かえって辛《つら》い思いしてるじゃないか」

　綾子はぐっと顔をあげた。「石田さんは、あんたをかばうのはあんたのためじゃない、赤ん坊のためだって言った。だから辛くたって、あたし祐介のために——」

　これじゃ堂々巡りだ。綾子が心のなかでやっている葛藤《かっとう》を、ふたりのあいだで繰り返すだけになる。

康隆は全然別のドアを開けることにした。「姉さん、八代祐司のどこが良かったの？」

「何よそれ。今さら」

「あいつの生い立ちとか知って、同情したの？」

「そんなんじゃない」綾子は強くかぶりを振った。「あの人があんな子供時代を送って、今も他人と暮らしてるなんてこと、あたし、ユウ坊がお腹《なか》にできるまで知らなかったんだもの。妊娠したってあの人に話して、あたし産みたい、産んであの人と一緒に育てたいって言ったのよ。そしたらあの人、オレは父親になる資格なんかないし、家庭なんて欲しいと思ったこともないって、そう言ったの。そのとき初めていろんな事情を話してくれたんだ」

よろしい、これでようやく、康隆の最初の質問への答えが返ってきたことになる。綾子が恋愛してからこちら、康隆も慣れ親しんだ「姉さん操縦法」を忘れてしまっていた。

「家出した後、すぐにあの――砂川さんとか秋吉《あきよし》勝子さんとかと一緒に暮らし始めたのかな？」

「ううん……。あの人たちとは、一緒に住んで四年くらいだったんだって。祐司さんが十七のときから。家族みたく暮らしてたわけじゃなくて、あれは下宿だって言ってた。祐司さんの方はそのつもりだったのよ。月々決めたお金払って、ご飯とか掃除洗濯とかやってもらうだけの間柄よ。住民票のことなんかあったから、祐司さんたちが仲良く家族ごっこしてたみたいに見えてるけど、そんなもんじゃなかったんだよ」

「なんでそういう——下宿を始めたんだろ。十七だったら、独りで暮らせるじゃないか」

「それがそうはうまくいかなかったんだって。バブルのときみたく景気よくないから、住み込みの仕事だってすごく減ってて、コンビニとかのバイトじゃ住む場所がないし。住み込みで働いてたパチンコ屋をクビになって、ホントに行くところなくなって困ってたら、砂川さんがとりあえずウチに来いって勧めてくれたのがきっかけだったんだって。砂川さんも、その頃そのパチンコ屋で働いてたのよ」

新しい仕事を見つけて働き、自分のアパートを借りるための資金を溜《た》めるまで居候《いそうろう》していいよと、砂川信夫は申し出たのだという。当時、彼と秋吉勝子は既に同棲《どうせい》しており、東京・下落合の老朽化した貸家に住んでいた。

「行ってみると、古くてガタボロだけど、広いことは広い家だったんだって。遺産相続でもめてて壊すに壊せない家で、管理と掃除をするのを条件に格安で借りてるって話だったんだって」

「そのころから、もめ事のくっついた不動産に縁のある人だったんだな」と、康隆は思わず呟《つぶや》いた。後に、占有屋の真似事《まねごと》をあっさりと引き受けるだけの下地はあったのだ。

「そのころもう、あのおばあさんも一緒に住んでたの?」

綾子はうなずいた。「うん。やけにニコニコしてて、だけどほとんど話の通じないおばあさんだったんだって言ってた。砂川さんの話じゃ、二年くらい前に、トラックの運転手してるときに、浜松で拾ったんだって。駅の駐車場のところでぼんやり座ってて、困ってるみたいだから声をかけたら、家に帰りたいって泣き出して、砂川さんが交番へ連れていこうとしたら、怖いから嫌だって子供みたいにゴネてね。砂川さんて、なんか人がいいっていうか……。あたしやあんたなら、そういうとき、おばあさんを宥《なだ》めて警察とかに連れていくじゃない？　だって気味悪いし、自分で引き受けるわけにいかないもの。だけど砂川さんはそうじゃないのよ。おばあさんが可哀想になって、警察とかじゃどういう扱いをしてもらえるか判らないしとか考えちゃって、トラックにのっけて、わざわざ東京まで、自分のうちまで連れて帰ってきちゃうわけ。それでまた、そのころもう一緒に住んでたあの勝子さんて人も、怒ったりしないでおばあさんの世話やいちゃうんだって。お袋ができたみたいだとか言ってたんだって。祐司さんは最初に会ったときに、あのハツエさんておばあさんは、怪我《けが》かなんかで記憶がおかしくなってるんだって気づいたそうだけど」

ともあれ、八代祐司はそういう三人の家に「下宿」を始めたわけなのだ。そこで三年ほどを過ごし、綾子とも巡り合う。

「居心地は悪くなかったんだろうね。ずっと彼らと一緒にいて、あの荒川のマンションにまで移って行ったんだからさ」

綾子はかぶりを振った。「あたしにはわかんない。下落合の家にいたころは、砂川さんたちに会ったことなかったもの。家のなかに入れてもらったこともないしね。電話はずっと携帯ばっかりだったし」

「あいつ、仕事は何だったの？　ずっと、会社員だっていうことだけ聞かされてきたけど、正確にはなんの商売だったの？」

綾子は視線をそらした。「あたしは、やめてほしかったんだけど」

ははあ……と、康隆は思った。

「金融関係みたい。キツイ仕事の割にお金にならないって、しょっちゅう怒ってた」

いずれにしろ明るい仕事ではなかったのだろう。仕事先が、八代祐司という社員の無断欠勤や行方不明を不審に思っていないだろうことも確実だ。

「姉さんとも、盛り場で知り合ったんだもんな」

「盛り場！」と、綾子は久しぶりに笑った。「オジンくさいね。新宿のボウリング場で声かけられたんだよ。あっちもグループで、こっちもグループで。祐司さんは、会社の人たちと来てたらしいけど」

当時の思い出は、今のこの状況下で思い出しても楽しいものであるらしい。

「それで恋人になって、祐介ができて」康隆も軽く言った。「素早かったよ、ホント」

綾子の笑顔が消えた。「ごめんね」と、唐突に呟いた。「だけどあたしは本気だったんだよ」

康隆は急いで言った。「姉さんが軽率だったなんて言うつもりじゃない」

軽率だったかどうか、オレには判らない。だってオレはまだ生身の女の子と恋愛したことがないから。本音を言えば、姉さんがあいつをずっと諦《あきら》めきれずに追いかけていたことも、オレには責める資格がないんだ。オレだって同じ立場に置かれたら同じことをするかもしれないのだから。

だけど、何より怖いのは、そういうことを一度も、かけらも、経験することなく歳《とし》をとっていくかもしれないということだ。オレは誰とも恋愛なんかできないかもしれない。恋愛がどんなものか、生涯判らないかもしれない。誰かを想《おも》って諦めきれずに泣く苦しみだって、何も知らないよりは知った方がいいのだと、この脳ミソは考えるけれど、でも脳ミソは、ではどうしたらそういう恋と巡り合えるのか、その方法を教えてはくれない。

「ユウ坊ができたとき――」

綾子の声に、康隆は我に返った。

「さっきも言ったみたいな話し合いがあって、祐司さんはあたしとは結婚しないって言った。赤ん坊ができたのも、自分には間違いとしか思えないって。あたし、だけど産むって言ったの。それで、この赤ん坊の父親がどんな人なのか、うちの家族に見せてあげたいから、一度でいいから家に挨拶《あいさつ》に来てくれって頼んだ。そしたら祐司さん、ちゃんと来た」

それがあの訪問だったのだ。

「あの日、祐司さんが約束を破って家に来なかったら、あたし諦めたかもしれない。なんだ、どうしようもない男だって思って。だけどあの人、ちゃんと来た。来て、お父さんお母さんに顔引きつらせて挨拶して、罵《ののし》られて、黙って帰っていった。あたし、たまらなかったの。あの人は、あたしのこと遊んで捨てたわけじゃない。ただ家庭を持つことが怖いんだ、親になることが恐ろしいだけなんだって、そう思った。ホントに本人の言ってることに嘘《うそ》はないんだって。だからあたし、あの人のこと忘れられなかったの。あたしなら、きっと祐司さんと家庭をつくれる。あの人が子供のころに与えてもらえなかった家庭をね。あたし、祐司さんの奥さんにもお母さんにもなったげるって」

康隆は、母の敏子が言っていたことを思い出していた——綾子が八代祐司みたいな男を助けられる、助けたいと思っているとしたら問題だ、それは未練よりも始末が悪い、と。

だがそれでも、康隆は姉の顔を見つめつつ、思わずにはいられないのだ。ひょっとしたらうまくいったかもしれないと。もう少し時間があったならば。少し、事の運びの順番が違っていたならば。

「それであたし、ユウ坊が生まれた後、あの人に連絡したの」

八代祐司は下落合から荒川のヴァンダール千住北ニューシティに移っていた。占有屋の生活である。

「砂川さんたちがヘンなことを始めたって、祐司さん怒ってた。もう付き合いたくないし、出ていきたいって。だけど砂川さんたちお金に困ってて、祐司さんが出ていくのをなんだかんだ言って止めるんだって。彼のお給料をあてにしてたのよ。荒川へ移ったころから、砂川さんも勝子って女の人も、しょっちゅう祐司さんにお金たかるようになってたんだって」

正業にはつけず、介護の必要な老人を抱えて、経済的に困るのは当然だ。「下宿」とは言え、今まで世話をやいてやってきた八代祐司をあてにするのも、砂川信夫や秋吉勝子にとっては当たり前のことだったのじゃないか。血は繋《つな》がってないけれど、まあお互い家族みたいなもんじゃないか——

だが、そんななれ合いは、八代祐司には通用しなかったのだ。彼が最も忌《い》み嫌う「家族」のなれ合いは。

「そもそも家族が嫌だったから家出したのに、砂川さんたちに家族みたく頼りにされて、祐司さん怒ったり怖がったり。そうなの、あの人怖がってたのよ。このまま砂川さんたちにつかまえられちゃうんじゃないかって。バカみたいだけど、あの人にはそれってすごく怖いことだったの」

独りにさせてくれ。自由をくれ。

「あたし、着替えとかだけカバンに詰めてうちへ来てって頼んだ。お父さんお母さんもきっと判って許してくれるからって。だけどそれも駄目だった」

当然じゃないか。それじゃ、また別の「家族」にとりこまれるだけなのだから。康隆にはそのときの八代祐司の恐怖がよく判る。

だが綾子は、熱烈に八代祐司に共感しているように見えながら、実は全然判っていないのではないかと、康隆は思った。そうでなけりゃ、砂川から逃げてウチに来いなどと言えるわけがない。

おかしなものだ。家のくびきから逃れ、一個の人間として自立するために努力し、それを渇望《かつぼう》しているのは「女」という性の人間たちであるはずなのに、その一方で、ただひたすら血や親子のつながりのなかに回帰しようとするのもまた「女」たちばかりだ。

そして「男」はと言えば——

逃げてばっかりだ。オレみたいに。

「あたしが祐司さんを追いつめたんだって、今は判ってる」と、綾子は続けた。瞳は宙の一点を見つめ、顔が青白くなっていた。

「だけどそれじゃどうするのって、あたし訊《き》いた。砂川さんたちのとこを出るなら出なさい。男じゃないのはっきりしなさいって問いつめた。あの人、金がないって言った。まとまった金があれば、どこにだって行けるし、あたしたちとまともな人生だって築けるかもしれないのにって」

あたしたち。祐司と綾子と祐介と。

「祐司さんだってあたしと別れたくないって言った。あたしのこと好きだって言ってくれたのよ。あたしと一緒にいると安心できるって。あたしが一緒なら、家庭ってものをつくれるかもしれないって、ユウ坊の顔見て、またあたしと会うようになって、そんなふうに思うようになったって。だから本当に、あのときがチャンスだったの」

でも、それには金が要る――

「お金なんかどうでもいいじゃないって思った。ウチに帰ってくればいいんだもの。だけど祐司さんは、そんな格好悪いことできるもんかって」

そりゃそうなのだと、康隆も思う。格好悪いという言葉は軽いが、気持ちとしては切実だったろう。

なぜ綾子にはそれが判《わか》らなかったのだろうか。

「何週間も、ずっと悩んでたみたい。だけど――そう、あれって五月の連休明けだった――すごく明るい顔して、まとまった金をつくる方法を思いついたって言ったの。だけどそのときは、あたしには教えてくれなかった」

綾子は一旦《いったん》言葉を切り、勇気を奮い起こそうとするかのようにひとつ息をついた。

「だからあたしは、祐司さんが、一千万円払ってくれれば二〇二五号室を立《た》ち退《の》いてやるって石田さんを騙《だま》そうとしたってこと、知らなかったの。だけど、なんとなく嫌な予感がしてた。だから神経尖《とが》らせてた。あの日も、あの大雨の日も、昼間会う約束をしてたのに、あの人すっぽかしたのよ。何度携帯電話鳴らしても出てくれないし。それであたし、どうしても不安でしょうがなくて、出かけていった」

「ユウ坊まで連れて？」

「そうよ。あの人に会うときは、いつも一緒だもん。それに、あの人が何かヤバイことやろうとしていても、ユウ坊の顔見せれば止められる」

少なくとも、綾子はそう信じていたのだ。

康隆は、口をつぐんでしまった綾子の方を振り向いた。家のなかは静まり返っており、康隆の目覚まし時計がカチカチいう音ばかりが聞こえている。

「姉さんが二〇二五号室に行ったときには、もう砂川さんたち三人は殺されてたんだね」

綾子は座り込んだままぼうっと足元を見ている。康隆は続けた。

「あいつは、砂川さんたちには内緒で、石田直澄さんから立ち退き料一千万円を騙し取ろうとしてた。うまくいったら、確かに万々歳だったろうね。だけど、しょせん無理な計画だよ」

「石田さんが怪しんで、砂川さんに話して、それでバレちゃったんだって、砂川さんに」と、綾子が下を向いたまま呟いた。「やっぱりね」

だから、死の清算をつけることになってしまったというのだ。

「部屋に入って――あたし、腰抜かしそうになっちゃったよ」抑揚を欠いた口調で、綾子は言った。「あの人、憑《つ》き物につかれたみたいな顔して、ベランダでビニールシートを切ってた。あの大雨と大風のなかで、髪振り乱してずぶ濡《ぬ》れになって。死体を包んで捨てるんだって」

綾子は両手で口元を押さえた。吐きそうな顔だった。姉の見開いた目のなかには、あの夜の光景が今も焼き付いて離れないのだろうと康隆は思った。これからもずっとそうなのだろう。

しかし康隆には、あの体温の感じられない八代祐司というレプリカントが、悪鬼のように目を吊《つ》り上げ、夢中になって刃物をふるい、遺体を包むビニールシートを切っている姿など、どうしても思い浮かべることができないのだった。綾子の味わった恐怖を想像することはできる。だが、あの夜あの場の八代祐司を包んでいたに違いない気分の高揚や、切迫感や勝利感や焦燥感を感じることは難しい。ほとんど不可能だと思えた。だがそれは、八代祐司には無かったものが康隆にはあるからなのか、八代祐司が持っていたものを康隆は持っていないからなのか。どちらなのだろう。それも判らない。康隆は、ほとんど言葉を落とすように、彼に発することのできる唯一《ゆいいつ》の質問を投げかけた。

「姉さん、なんで逃げなかったんだ」

綾子は力無く首を振った。「わかんない。自分の目が信じらんなくて――」

でもやっぱり、八代祐司が哀れだったからじゃないのか？　彼を放り出して逃げることはできなかったんじゃないのか？

「だけどそこには、石田さんもいたんだろ？」

「何しに来たんだろ、あのおじさん」涙声で、綾子は呟《つぶや》いた。「バカみたい。お人好《ひとよ》しもいいとこよ。一千万円のこと、砂川さんにバラした後で、砂川さんたちと祐司さんとのあいだに何が起こるか、心配になったんだね。それであの人も、あの日何度も二〇二五号室や祐司さんの携帯に電話して、でもつながらなかったから、あたしと同じように悪い予感を感じて、駆けつけたんだって――」

19　信《のぶ》子《こ》

その男が片倉ハウスにやって来たのは、九月二十日の早朝のことであった。片倉信子は、このところ旅館に泊まりこむことの多い父の義文《よしふみ》のために、家から朝食を運んで行って、入り口のところに男がぽつりと立っているのに出くわしたのだった。

信子は泊まり客の応対をしない。簡易宿泊旅館という家業を継ぐ気もさらさらないから、何も覚えなければならないことなどないし、経験を積む必要もない。母の幸恵からは、宿泊客の男たちの前でウロウロしないようにときつく言い渡されている。だから、背中を丸めるようにして「片倉ハウス空きベッド有ります」の看板を見上げている男の脇《わき》を乱暴にすり抜けようとした。

本来なら、父の食事を運ぶことなど、母の仕事だ。いや、そもそも家のなかがうまくいっているならば、父が旅館の方に泊まることなどないはずだった。

祖母のたえ子が倒れ、救急車で病院に運び込まれるという騒動からすでに三カ月以上が過ぎた。たえ子がひどい腹痛を訴え、目がかすみ手足がしびれると訴えたものだから、食中毒の疑いから、肝臓疾患の重いものまで、家族も医者もさまざまなことを考えた。

が、幸いにも、痛み止めをもらうとたえ子の腹痛はぴたりとおさまり、数日間は微熱に悩まされたものの、みるみる健康を取り戻すことになった。この際だからと徹底して行われた各検査にもパスし、少しばかり血糖値が高いことを除けば、むしろ息子の義文よりも健康体であるかもしれないというくらいだった。

「結局、食あたりかなんかだったんじゃないのかねえ」と、たえ子は上機嫌で信子に言ったものである。食あたりならば、病んだのは自分のせいではない、嫁の幸恵のせいだと言えるので、実に嬉《うれ》しげであった。

「片倉たえ子さん、まだ六十八歳なんだからねえ。近頃じゃ、七十過ぎなきゃ年寄りとは呼ばないくらいだ。この調子で今から健康に気をつけて、百まで長生きするつもりで頑張ってくださいよ」

担当医は大らかにそんな台詞《せりふ》を吐き、たえ子も大喜びで退院して帰ってきたのである。

そして、戦争はその日から始まった。

たえ子が近所中に「食あたりで入院したんだよ、辛《つら》くて辛くて、ひどい目にあったよ」と言いふらすことが、幸恵の癇《かん》に障《さわ》る。人聞きが悪い、まるであたしがわざとお義《か》母《あ》さんにいたんだものを食べさせたみたいじゃないのとプンプンしているのを、信子は何度か見かけた。

「あたしたちだって同じものを食べてるんだもの、お義母さんだけが具合悪くなるなんておかしいじゃないの。食あたりなんかじゃないわよ」

たえ子の近所への吹聴《ふいちょう》が続けば続くだけ、幸恵の不満も鬱積《うっせき》していく。とうとう、お義母さんはあたしに嫌味を言いたいばっかりに、仮病をつかったんじゃないのと言い出した。根っから嘘《うそ》つきなんだから。

ところが、片倉義文は息子として、そこまで言われればやはり面白くない。それまでは、たえ子と幸恵のあいだに入ってまあまあを繰り返してきた男だが、カッとなってかなり激しく幸恵を叱《しか》った。

叱られた幸恵の方は、これまでにない夫の振る舞いに、義文が意図した以上のショックを受けてしまった。あなたはお義母さんの肩を持つんですか、ああそうですかそんなにお義母さんがいいんですかだったらいいわよあたしは出ていきますからと、ひと息にまくしたてると、本当に走って家を飛び出してしまった。普段着にエプロン掛け、サンダル履きである。

その日信子は放課後クラブ活動があり、さんざんランニングをして帰って来ると、台所では湯もわいておらず、母親の姿が見えない。旅館の受付にいる義文に声をかけて、夫婦喧嘩《げんか》の件を聞かされた。

「ほっときゃそのうち頭を冷やして帰ってくる。どうせどこにも行くところなんかないんだ」

確かに、母の実家は福島で、電車賃なしでは帰れない距離にある。お金があったとしても、兄嫁が幅をきかせている実家になど、母は帰らないだろうと信子は思った。どうせどこにも行くところなんかないという父の言葉は惨《むご》いほどに真実で、信子は母が可哀《かわい》想《そう》になった。

と同時に、死ぬほど空腹だった。しばらくして塾から帰ってきた弟の春樹も餓鬼のように腹を減らしており、だが祖母も父も動く気配がないので、ふたりしてチャーハンのようなものをつくって食べた。食べ終えて皿を洗っていると幸恵が帰ってきた。疲れ果てたような顔をしていた。母はふたりの子供たちに、夕飯は食べたかとも訊《き》かず、留守していたことを詫《わ》びもしなかった。すぐに部屋に引っ込んで寝てしまった。やがて義文が旅館の受付を閉めて家に帰ってきたが、幸恵が戻ってきて部屋で寝ていることを知ると、とっとと旅館に引き返してしまった。

たえ子は上機嫌で、その夜は遅くまでテレビを観《み》ていた。翌朝起き出してきて幸恵がいるのを横目で見ても、何も言わず、ただ朝食の席で、昨日はお留守番たいへんだったからと、信子と春樹に千円ずつお小遣いをくれた。信子は最初、いらないと言ったが、押しつけられた。春樹がまともに喜んで受け取ったので、あとで一発頭を張ってやった。だから男の子なんてみんなバカだっていうんだ。

　こうして戦端は開かれてしまった。以来、幸恵とたえ子はささいなことで正面衝突を繰り返すようになったのだ。幸恵にしてみれば、長年の我慢がもう限界に達したというところなのだろうし、たえ子に言わせれば、「あたしの方が先に死ぬんだからね。ちょっとぐらいあたしの言い分を聞いてくれたっていいじゃないか」というところなのであるから、妥協の余地はない。そして激突のたびに、どちらかが家を飛び出したり、ハンストをしたり、寝込んでしまったりの繰り返しである。

七月のはじめのころだったか、たえ子が「そんなにあたしが邪魔なら死んでやる！」と叫んで飛び出したときには、近くの交番まで煩《わずら》わせて探し回るような騒動になり、翌日学校で信子はひどくきまり悪い思いをした。結局祖母は一駅先のパチンコ屋で大当たりを出しているところを発見・保護されたのだが、そのパチンコ屋は信子の同級生の父親が経営する店だったのである。

「片倉のばあちゃんだったんか。前からよく来てたぜ。出ないと怒って機械を叩《たた》くんで、困りもんで」

親切に探し回ってくれた交番の石川という巡査も、元来が子供好きなのか、妙に親しく信子や春樹になじんでしまったのが邪魔くさい。友達と歩いているとき、パトロール中の巡査に、「よ、ノブちゃん、あれからおばあちゃんどうだ？」などと声をかけられて、信子は何度も死ぬほど恥ずかしい思いをした。

母と妻が激突すると、そのたびに義文は旅館の方に避難する。ご飯だけ食べに帰ってくるときもあるが、ひどいときなどずっと旅館に泊まり込み、食事も店屋もので済ませ、仕事にあぶれてブラブラしている宿泊客と将棋をさしたりしているのだから何も言えない。信子が文句を言うと、父さんがどっちの肩を持ってもまずいから黙ってるんだなどと理屈をこねる。父親のくせに、信子にはこの人がちっとも大人には見えない。

春樹は食べ物さえあればかまわないガキだから放っておくにしても、信子には、母の心の内に真っ黒いものがわだかまっていることが気にかかって仕方ない。家のなかがうまくいかないと商売にも響くのか、それとも単にこのじわじわとした不景気の毒がいよいよこの下町あたりにも回ってきて、いつもは片倉ハウスを定宿にしてくれるような労働者たちが仕事にあぶれてしまっているということなのか、旅館の方も閑古鳥が鳴く日が増えてきた。

それでも夜眠れば朝が来るし、日々の生活は続いていく。この朝も、おとといの夕飯のときに小規模な衝突があり、そのために義文が旅館に待避し、昨日は一日家族のことをほったらかし、今朝になって幸恵が、喧嘩をしたのはわたしが悪いという反省的な気分になって朝御飯をつくり、お父さんのところへ運んでいってと信子に声をかけた——という次第であった。

白いご飯にみそ汁に納豆。それらを盆に乗せ、信子は急ぎ足で片倉ハウスの受付に向かった。ぼうっと立っている男のことなど無視の二乗だ。が、男の方は声に出して呟《つぶや》いた。

「ああ、みそ汁だなあ」

信子は思わず足をとめ、振り向いた。男は五十歳くらいのおっさんで——信子には、労働者の男は兄《あん》ちゃんとおっさんしか存在しない——いかつい顔をしていた。半袖《はんそで》の白いシャツにだぶだぶの綿のパンツ、ベルトをきちんとしめているが、足元は裸足《はだし》に汚れた雪駄《せった》を引っかけている。

男の「みそ汁だ」という言い方には、しみじみとした懐《なつ》かしさみたいなものがこもっていた。信子は、日頃のお客への警戒心を一瞬忘れ、まともに男の顔をまじまじと見てしまった。

男はひどくくたびれているように見えた。少なくとも、腹を減らしていることに間違いはないようだ。ふと、この男の顔をどこかで見かけたことがあるような気がしたが、片倉ハウスの宿泊客たちは多かれ少なかれ似たり寄ったりの出《い》で立ちと風貌《ふうぼう》と懐《ふところ》具合なので、これは錯覚に違いなかった。

「うちじゃ朝飯《あさはん》、出さないです」

男がいかにも物欲しそうに朝食の盆を見やっているので、信子はそう言った。

「これは家族のですから」

すると受付の方から義文が呼びかけてきた。

信子はみすぼらしい男の脇をすり抜けて父のところへ駆けつけた。「信子、お客さんか？」走ったせいで、みそ汁が半分がたこぼれてしまった。

男は信子の後にくっついて片倉ハウスのなかに入ってきた。信子が受付の奥の座敷のちゃぶ台の上に朝食を広げているあいだに、義文が男の宿泊の受け付けをした。記帳するとか鍵《かぎ》を渡すなどの作業はなく、ただ空いている部屋（正確にはベッド）と共同トイレの場所を教えて、前払い金をもらうだけのことだが、お客の男がもたもたしているせいで手間取っていた。重ね着した衣服のポケットのあちこちをさらい、小銭をかき集めているのだ。その動作はのろのろとしていて、指の動きがおかしかった。

　男が二階の空きベッドの方へと階段をきしませてあがって行くのを見送りながら、信子は父に言った。「どうせまたアル中の人だね」だが、義文は小銭を数えながら首を振った。「ありゃ違うよ。顔が酒灼《や》けしてねえし、白目がちゃんと白いからな」

　それからふっと顔をあげて、男の消えた階段を見上げた。

「栄養失調だな。おおかた、ここんとこの不景気で仕事なくして、こういう生活に入ったばっかりで、まだ慣れてないんだろう」

　その言い方には、特に感情がこもっているわけではなかった。もの慣れない新客に対しても、すっかり板についた流れ者の労働者に対しても、義文は同情したり軽んじたりすることがない。父が片倉ハウスの泊まり客たちのような階層の労働者たちについて一般的な意見を口にするのを、信子は今まで耳にしたことがなかった。父が怒るのは泊まり客がルールを守らないとき――トイレを汚したり、喧嘩をして備品を壊したり、女を連れ込んだり、一人分の料金でベッドを回し貸ししたりするときだけで、それ以外では彼らが何をしようが、酒浸りでいようが博打《ばくち》ばかりしていようが、知らん顔を決め込んでいた。

「ねえお父さん、あの人の顔、どっかで見たことあるような気がしない？」

信子が尋ねると、父はほとんど本能的に、受付の事務机のビニールシートの下に敷いてある警察からの手配書に視線を落とした。そこには、現在指名手配をされている二十三歳の強盗殺人犯と、千葉の方で起こった爆弾テロの容疑者グループの顔写真が並んでいる。あの身体《からだ》の具合の悪そうな五十年輩の男に該当する顔はなかった。それを確かめてから、義文は「そんな気はしねえな」と言った。

信子はその日それから学校に行き、数学の抜き打ちテストでひどい点をとり、バスケット部の練習でさんざんにしごかれて帰宅した。一日を終えるころには、みそ汁を見て懐かしそうな顔をした男のお客のことなどきれいに忘れていた。

残暑の九月の毎日が、静かに過ぎていった。信子は頻繁に旅館に父の朝食や夕食を運んだが、お客たちとは顔をあわせることがなかった。彼らは早朝から出かけていくし、運良く仕事にありつければたっぷり一日働きづめだ。仕事にあぶれても、昼間はまず旅館には帰ってこない。

それだから、みそ汁の件から十日ほどして、信子が午後の四時頃、用があって義文を旅館まで呼びに行き、旅館の上がり口のところにあのみそ汁のおっさんが腰掛けていて、ぼんやりと煙草《たばこ》をふかしているのを見つけたときには、ちょっとびっくりした。みそ汁のおっさんは、初めて見たときよりもさらに衰弱したように見えた。病気で仕事ができないのかなと、信子は思った。宿代、ちゃんと払えるんだろうか。受付に、義文は居なかった。奥の座敷にも居ない。保険屋が火災保険の更新に来ていて、認印が要るのだ。認印は義文が管理している。信子はお父さんと呼んでみようと思ったが、みそ汁のおっさんが近くにいるので大きな声を出すのが恥ずかしかった。

すると、煙草を手にしたまま、おっさんが首を回して信子の方に顔を向け、思いがけずいい声で、

「旦那《だんな》さんなら、煙草を買いに行ったよ」と教えてくれた。

信子は、いつか国語の先生が、人間には「見る」というシンプルな動作はできないのだと言っていたことを思い出した。人間にできるのは、「観察する」「見下す」「評価する」「睨《にら》む」「見つめる」など、何かしら意味のある目玉の動かし方だけで、ただ単に「見る」なんてことはできないのだと。実際、みそ汁のおっさんの目玉は信子をとらえて、おっさんにしか意味の判《わか》らない何かの活動をしていた。

「そうですか」と、信子は顎《あご》を前に押し出すようにして会釈《えしゃく》すると、くるりと踵《きびす》を返して旅館の外に出ようとした。

「お嬢ちゃんは、ここの旦那さんの娘さん？」と、おっさんが訊いた。

信子はまた、顎をしゃくってうなずいた。不作法なやり方で、母に見つかったら叩かれる。だが、おっさんの目を見るのも嫌だし、おっさんから目を離すのも嫌だったので、こうするしかなかった。

「そうかあ」と、みそ汁のおっさんは言った。ちびた煙草にしがみつくようにして吸っているので、指が焦《こ》げそうだった。おっさんの口が煙草でふさがっていて、次の言葉を

投げかけられないうちに、信子は素早く外に出た。

やっぱり、あの顔をどこかで見たような気がする。どこだったろう？　それにあのおっさんは、かなり身体の具合が悪いんじゃないか。褪《さ》めた黄緑色の顔をしていた。ああいう顔の人は、たいてい肝臓が悪いのだ。

信子の日々の暮らしは中学一年生の少女の多忙さに満ちていた。まだ年若いうちは、頭のなかにも心のなかにも、冷凍庫はもちろん冷蔵庫さえ持ち合わせていない。あるのは一時保管棚ばかりである。だから、外部から入り込んでくる情報は、短い間隔で入れ替えられてしまうので、ちょっと前のことでも一日でうんと前の過去のことになる。だから、荒川で起こった一家四人殺し事件のことや、その事件に関わりがあるらしい石田直澄という中年の男がずっと行方不明で、逃亡中と考えられていることなどを、たとえ一時期はワイドショーやニュースショーでさんざっぱら聞かされていたとしても、このときすぐには思い出せなかったのも、無理はなかった。

それでも、気にかかってはいた。あのおっさんに見覚えがある。どこかであの顔を見た気がする。お父さんの応対の仕方から見て、またあの男のもたもたした様子からして、片倉ハウスや高橋のこの近辺の簡易旅館の常連客というわけではなさそうだ。だったらなんで、あの顔が記憶のなかにあるのだろう。

その週の日曜日、信子は近所の美容院に髪を切りに出かけた。信子としてはもっとお洒落《しゃれ》なサロンへ行きたいのだが、この美容院とは隣近所の長い付き合いがあり、母と先生が仲良しなので、勝手に鞍替《くらが》えすることができないのだ。お客はおばさんたちばかりだし、置いてある雑誌もアンアンやノンノではなく、どぎつい週刊誌ばかりで、しかもケチって買い足さないものだから、古いものばかりが山になっている。つまらないから信子が自前の本など持っていくと、先生が嫌味な口つきでノブちゃんは勉強家だねえと言いながら頁《ページ》のあいだに切り髪を落とすものだから、汚れてしまってしょうがない。

美容院は混んでいた。信子は仕方なく、ごたごたした店内の隅に並べられたスツールに腰をかけて、古ぼけた週刊誌をめくっていた。一時間は待たされるだろう。飛ばし読みと拾い読みで、どんどん雑誌をとっかえひっかえしながらヒマを潰《つぶ》していて、そして見つけた。

あのおっさんの顔だった。

結局、信子はその日は髪を切らずに家に帰った。美容院の先生が他のお客たちと大声で笑ったりしゃべったりしているのをBGMに、しばらくのあいだは冷や汗をかきながら座っていたが、やがて雑誌を手に持ったまま外に出たのだ。今年の六月に出た写真週刊誌で、そこにあのおっさんの顔がはっきりと写っていた。今よりもずっと健康そうで、少しばかり若く見えたけれど、特徴のあるいかつい顔つきと、目鼻の感じに間違いようはなかった。

旅館の方には怖くて行かれなかった。またおっさんが入り口のところにいるかもしれない。雑誌を持ったまま、うかつに受付の父に声をかけたりしたら、ふたりとも殺されてしまうかもしれない。このときの信子には、石田直澄は四人殺しの犯人以外の何者でもなかった。雑誌の写真は目に焼きついたけれど、石田直澄は「容疑者」ではなく、ただ事件について何か知っていそうなのに姿を隠してしまっているので、警察が行方を捜しているという旨《むね》の記事の詳細までは、読んでも頭に入っていなかった。

信子は家に駆け込んだ。すると母が台所で頭を抱えて泣いていた。流しの水が出しっぱなしになっており、皿の上にはつくりかけのギョウザが並んでいる。白い打ち粉がテーブルの上にも床の上にもいっぱいに広がっていた。

台所の反対側の廊下に近いところに、祖母が座り込んでいた。祖母の顔にも白い打ち粉がくっついていた。母は信子が近づいても泣いているだけだけれど、祖母は目をむいて信子を見ると、

「ノブちゃん、お母さんがあたしをぶったんだよ」と、子供の言いつけ口みたいに言った。

信子は母をかえりみた。母は両手を下におろすと、真っ赤に泣きはらした目をしばたたいて、信子の方を見ずに台所を出ていった。

「なんでまた喧嘩《けんか》したの？　今度は何？」

信子は悲しくて、声がかすれた。祖母はよくぞ聞いてくれたという様子で喉《のど》を鳴らし、立ち上がって椅子《いす》にすがりつくようにして座ると、説明を始めた。

「お母さんはまたギョウザをつくってるんだよ。つい先《せん》もギョウザだったじゃないか。

年寄りには油ものは悪いんだよ。それなのにまたつくるんだから、よっぽどおばあちゃんに死んでもらいたいんだよ。そう言ってやったら、おばあちゃんをぶったんだよ」

信子はげんなりとした。つくりかけのギョウザがバカみたいに澄まして並んでいる。それをわしづかみにし、壁に向かって投げつけてやりたくなったけれど、ぐいと右手を、そして左手に握った雑誌をより強く握りしめることで我慢をした。

「あたしたち、みんな殺されちゃうかもしれないのに、なんで喧嘩なんかするんだよ！」

祖母に向かって叫んで、信子は台所を走り出た。

祖母が何か叫び返したが、信子自身が泣きだしそうになっていたので、よく聞き取れなかった。

片倉ハウスには勝手口がないので、どうしても正面から入らねばならない。信子は心臓が口元までこみあがってきて、そこでバクバクと音をたてているのを感じた。立ち止まり、両足で背伸びをしてなかをうかがうと、どうやら入り口には誰もいない。奥でテレビがついていて、受付の椅子に座ったままそれを観《み》ている義文の後ろ頭が見える。信子は一気に受付まで走った。

父はなかなか信子の言うことを理解してくれなかった。信子の泣きベソ顔をいぶかった。が、理解をすると、信子よりも青白い顔になった。

「どうしようお父さん、交番行こうか」

「いや、おまえはここにいな」

父さんが様子を見てくると、頰を引きつらせながら宣言した。

「ヤダよ。一人になるのヤダ。あたし一緒に行く。いざとなったらおっきな声でわめくから」

「バカいえ」

義文はそろそろと足音を忍ばせて階上にあがっていった。信子は受付を見回し、とっさにたてかけてあったビニール傘をひっつかんで父の後を追った。

義文は、へっぴり腰で二階の客室のとっつきに立っていた。二段ベッドが並んだ部屋の奥の方を、首を伸ばしたり、かがんで身を縮めたりしながらせわしなくのぞき込む。

「ここ?」

信子がそっと背後から忍び寄って声をかけると、父はぎょっとして半歩前に飛び出した。

その気配を感じたのか、奥の二段ベッドの下の段で横になっていた男が、もぞもぞと毛布をかきわけながらこちらを向いた。みそ汁のおっさんだった。やつれて、眠そうな顔だった。にわかに、粗末な客室に病室の匂《にお》いが漂った。

父の喉がごくりと鳴るのを、信子は聞いた。

「あんた、お客さん」

みそ汁のおっさんは、旅館の旦那が自分に声をかけていると、判っているはずだ。だが、おっさんの目は義文を見てはいなかった。信子を見ていた。いや、くだんの国語の先生の説をまた採用するならば、ただ見ているのではなく、その目は信子を待ち受けていた。信子が両手に構えている傘を。

「あんた、石田直澄さんじゃないのか？　あんたの写真、週刊誌で見たんだよ」

おっさんは黙って、まだ信子の傘に期待をかけるような目を向けている。この傘を取り上げてあたしを叩《たた》こうとしたってそうはいかないんだと、信子は稲妻のような早さで考えた。クラスの軟弱男たちと腕相撲をしたって負けたことのない腕力なんだ。負けるもんか。

みそ汁のおっさんは、ぺたんこの枕《まくら》の上で頭を動かすと、うなずいてみせた。

「はい、私が石田直澄です」

おっさんは病んでいた。起きあがるのがやっとという様子だった。意外なことに、おっさんが苦労してせんべい布団《ぶとん》から身を起こすのを、義文は手をのばして手伝ってやった。腰はひけていたが、腕はしっかりとおっさんを支えていた。

「あんた、病気なんだね」

義文がそう言って、石田直澄を名乗るおっさんの顔をしげしげと見つめる。信子はまだ手にビニール傘をしっかりと握りしめており、緊張のせいで手の中がぬるぬるした。

石田直澄は、また信子の手の中の傘の方に目をやった。今度は「待ち受ける」目つきではなかった。

「心配せんでも、私は乱暴はしないよ。そういうことはせんです」と、力のない声で言った。だが、四人も人を殺した疑いのあるおっさんの言うことを信じられるわけがない。信子は逆に身構えた。

　石田直澄は苦笑いを浮かべた。そして義文に向かって言った。「ごめんどうかけて、すみません旦那さん」

「どこが具合悪いんだよ、あんたは」と、義文は訊《き》いた。

「さあ、よくわからんです。前から肝臓はちょっと悪かったんで、六月からこっち、逃げ出してずっとこういう暮らししとって、いろいろガタがきたんでしょう」

「お父さん」信子は焦《じ》れた。「あたし、一一〇番してくる」

　意外なことに、義文は信子に背中を向けたまま、石田直澄に訊いた。「あんた、今まで見つけられそうになったことなかったんか？」

「いや、今までは、一度も」

「本当かね？」

「私自身も、もっと早くに見つけられるんじゃないかと思ってたから、驚いたけども、見つからなかったですよ。疑われなかった」

「お父さんてば」信子は片手を傘から離し、父の背中をつついた。「あたし、交番まで行って来るよ」

　石田直澄は、首をのばして信子を見た。「お嬢ちゃんが、私の顔を覚えてたんだね？」

すると、びっくりするほど素早く強い声で、義文がそれを否定した。「いいや、あたしが気づいたんだ。最初にあんたがうちへ来たときから、どっかで見覚えがある顔だと思ったんだ。だけどあんた、最初から具合悪そうだったし、こんなことで人違いをしたら大変だから、様子を見てたんだ」

　そうですかと、石田直澄は枕の上に頭を載せ直した。信子は呆《あき》れた。お父さん、今さら何をカッコつけて、自分の手柄にしてるんだろう！　このおっさんが石田直澄だって気がついたのは、あたしじゃないか！

　だが、肩越しにのぞきこむ父の横顔はとりつくしまがないほどに険しく、今この場でそんな抗弁をするのははばかられる感じがした。信子は、父親のこんな怖い顔を生まれて初めて見たのだった。お母さんとおばあちゃんが喧嘩をしているときも、これぐらい威厳のある顔で二人を叱《しか》ってくれたらいいのにと、場違いなことさえちらりと考えたほどだ。

「やっぱり、警察呼ばないと」信子はもぞもぞと言った。

「そうだな、石田さん、警察呼ぶけど、あたしらを恨まないでくれよな」

　義文はやっとそう言った。

「あんた、間違いなく石田直澄なんだよな？　本当のことを言ってくれよ。あんた、あの人たちを殺して逃げてるんだろ？　そしたら、仕方ないよな、捕まってもな？」

「お父さんてば、もうよしなよ。ぐずぐずすることないじゃんか」

信子は腹が立ってきた。ここまで来て、お父さんはまだ人違いを恐れているのだと判《わか》ったからだ。違ってるわけがないじゃないか、本人が認めてるんだ。それに、もしも万が一このおっさんがとんでもない嘘《うそ》つきだとしても、はっきりしないうちは、通報しないよりはした方がいいに決まってる。市民の義務なんだから。

「もし間違いでハジかいたって、いいじゃないか。そんなこと考えてる場合じゃないよ」

「おまえは黙ってろ。あっちへ行ってろ！」

義文がぴしゃりと言った。びっくりしてしまって、信子は黙った。

石田直澄は、義文と信子の顔を見比べた。やがて、熱でもあるのかどんよりと曇っていた彼の目が、わずかに晴れた。

「私は本当に石田直澄で、間違いないです。人違いじゃないですよ、旦那《だんな》さん。それに、見つけられたからって、旦那さんたちを恨んだりしないから、安心してください」

その言葉に、義文がちょっと目を伏せた。信子は、父がひどく慎重になっているのは、ただ単に人違いをしたくないからではなく、通報することでこの石田直澄に逆恨みされるのが恐ろしいからだったのだと、やっと悟った。

情けなくなってきた。なんでそんなバカみたいなことを怖がるのだろう？　一度警察に捕まえられたら、もうこの石田というおっさんに何ができるというのだ。頭のなかがかあっと熱くなりかけていたので、信子は、石田直澄のぼそぼそと呟《つぶや》く言葉を聞いていなかった。義文が、いきなり石田のベッドの裾《すそ》のところに腰をおろしたので、驚いて叫んだ。

「何してんのよお父さん、早く行こうよ！」

義文は信子を振り返ったが、またすぐに石田の方を見おろした。そして、抑えた声で訊いた。「それは本当なのかね、あんた」

「信じては、もらえないと思いますけども」

「なんなのよ、お父さん」信子が背中を揺すぶると、父は首をよじって彼女を見上げた。

そして言った。「この人は、誰も殺してないんだっていうんだよ」

信子は頭を抱えた。「こんな場合に、捕まりそうになったら誰だってそう言うに決まってるじゃないか。

義文はそうは思わないらしい。大真面目《おおまじめ》に、石田に訊いた。「それだけど、そんならあんた、なんで逃げたんだね？　逃げなきゃ、こんなことにはならんかったろうにさ」

石田直澄は、目をしばしばさせている。乾いて荒れたくちびるを舐《な》める舌の先が、ほとんど灰色になっていた。

「警察じゃ、最初っからあんたが犯人だって言ってたわけじゃないだろ？」と、義文が言った。「それにあんたも怪我《けが》してたんじゃないのかね。あのマンションのエレベーターのビデオに映ってるあんたは、怪我をしてるように見えるよね」

石田は、薄い布団から右手を出してみせた。手のひらの内側に、刃物でざっくり切れたような、醜い傷跡があった。義文は石田の指先をつかんで、じっくりとその傷を検分した。

「本当なら、縫わなきゃならない傷だねえ」

「医者に行かれんかったんで、なかなか治らんで」

「誰に斬《き》られたのかね。それとも自分でやったのかね」

石田は答えない。目を伏せて、迷っているような、困っているような、おどおどした顔をしている。顔がすっかり痩《や》せてしまっているので、半分閉じた瞼《まぶた》の下でおっさんの目玉がぐりぐり動くのが、信子にはよく見えた。

やがて目をあげると、意外なことを訊いた。「旦那さんはこういうことに詳しいかもしれないから、教えてください。警察に、ウソつくのは難しいですかねえ」

義文は驚いたようだったが、ベッドの裾に座ったまま腕組みをして、首をちょっとかしげた。

「さあ、あたしだって警察のことには詳しくないよ。うちのお客がここから警察に引っ張られていったことなんか、今までないからさ」

「そうですか……」

義文はすっかり腰を据えてしまっており、信子はなんだかひとりだけカヤの外のような、おかしな立場におかれてしまった。

「あんた、誰かをかばってんのと違うかね?」と、義文が言った。「それだから逃げたんじゃないのかね？　どうもそんな感じだね」

「お父さんてば──」

「まあ、ちょっと待ってろ」義文は信子を止めた。「この人は、もう逃げないよ。だいぶ身体《からだ》が悪いからな」

「逃げる逃げないじゃないよ。そんな話、いくら聞いたってしょうがないって言ってるんだよ。あたしたちが聞いたってしょうがないじゃんか」

「そうだなあ、お嬢さんの言うとおりだ」石田直澄は静かに言った。「それだけど、旦那さん、ひとつ頼まれてくれませんか」

石田直澄は、枕の脇《わき》に丸めてあった自分のシャツを引っぱり出すと、その胸ポケットから小さなメモ帳のようなものを出した。ぶるぶると震える指でページをめくる。目的の場所が見つかったのか、それを義文の方に差し出して寄越した。

「ここへ、電話をかけてみてくれますか。私がかけたんじゃ怪しまれるから、今まで電話できんかったんですわ」

メモには汚い字で、人の名前と電話番号が書いてあった。

「向こうは、小さい赤ん坊がいる女の人なんです。それで、相手が出たら、石田が捕まることになったって、報《しら》せてほしいんですわ」

「それだけ言えばいいのかね？　あんたは電話に出なくていいのかい？」

「出ても、私は何も言えんから。謝るしかないし。だけども旦那さん、私も疲れたし、本当言うと、そろそろ誰か見つけて警察へ突き出してくれんかなあと思い始めてたところだし、だけどそれは、裏切りっていうか、私はできない約束してたから。なんかその場の勢いっていうか、そういうので」

一息に言って、石田は息を切らした。

「この電話の人は、あんたの家族かね」

「いや、違います」

「家族に報せて、迎えに来てもらったらどうかね。それで一緒に警察に出頭したら」

「誰も来ないと思うからね」

義文は何か言いかけたが、ちょっと首を振っただけで、やめた。

「そんじゃ、ここに電話すればいいんだね？」

「お願いします」

義文は立ち上がりかけたが、ここでようやく、難しい選択を迫られたことに気づいたようだった。信子は笑い出しそうになった。いくらお父さんがお人好《ひとよ》しでも、石田のおっさんをひとりにしてここを離れるわけにはいかないだろう。やはり、誰か見張っていなくては。だが、誰が見張る？　信子ひとりをここに残しておくことはできないだろう。

「あたし、行く」

信子は手を伸ばし、父の手からメモ帳を受け取った。義文は怖い顔で、

「母さんに話して、やってもらえ。父さんはここにいるから」と言った。

信子は走って階段を降りた。旅館の受付にも、ホールにも誰もいない。受付脇にピンク電話があるのだが、ここはやっぱり、先にお母さんに報せるべきだと思って、家に走った。

ところが、母はいなかった。台所は、さきほどの喧嘩《けんか》の痕《あと》がきれいに片づけられており、作りかけのギョウザもテーブルの上から消えていた。たえ子もいない。耳を澄ますと、祖母の部屋の方から小さくテレビの音が聞こえてくる。信子はそちらへ走った。

「お母さんなら、実家へ帰るってさ」

信子の問いかけに、たえ子はあっさりと答えた。

「もう帰ってこないかもしれないよ」

信子は唖《あ》然《ぜん》と口を開《あ》いて、祖母の顔を見た。「おばあちゃん、それどういうことだか判ってるの？」

祖母はテレビの方に向き直ってしまい、返事をしない。テレビ画面では、つまらない再放送のドラマのなかで、ヒロインが泣き叫んでいる。

「ホントに、お母さん出ていったの？」

そんなはずはないと思う。母は福島には帰るまい。少なくとも、信子と春樹に無断では帰るまい。また、外で頭を冷やしているのを、おばあちゃんがわざと意地悪く言っているのだ。

信子は急に、ぐったりと疲れた。旅館の方はたいへんなことになっているのに、ウチはみんなして何やってるんだろう？

信子は台所に戻り、そこでちょっとため息をついた。そして、やらねばならないことを思い出した。手の中のメモ帳を見た。

「宝井綾子」と書いてある。電話番号は〇九〇で始まるものだ。リビングの電話の受話器を持ち上げ、ボタンをプッシュすると、指が震えていることに気がついた。

呼び出し音は何度も鳴った。相手はなかなか出なかった。やっぱり騙《だま》されているのではないかという疑惑が、急降下爆撃のように信子に襲いかかってきた。あのおっさんはウソつきで、人殺しだ。電話を口実に信子を追い払っておいて、その隙《すき》にお父さんを殺して、今この瞬間にも逃げだそうとしているのかもしれない――

電話を放り出して旅館にとって返そうとしたその刹那《せつな》、受話器の向こうでカチリと音がして、人の声が聞こえてきた。

「もしもし？」

女の声だった。信子は心臓が口から飛び出しそうになった。つながった！　ホントにつながった！

「もしもし、どなたですか？」

可愛《かわい》らしい声だった。石田のおっさんは「赤ん坊のいる女の人」だと言っていたが、せいぜい高校生ぐらいの年齢の女の子の声のように聞こえた。

「あの、あの――」

信子が口ごもっていると、相手はまた「もしもし」と呼びかけた。

「あの、宝井綾子さんでしょうか」

やっと、そう言うことができた。

「はい、そうですけど」

その声の後ろに、赤ん坊の泣き声がしていることに、信子は気がついた。ぐずっている。確かに赤ん坊だ。ウソじゃなかった。

「宝井綾子さんですよね？」さっきよりはしっかりした声が出せた。信子はメモ帳の電話番号を読み上げた。「この番号に、間違いないですよね？」

先方の声が、不審そうな響きを帯びた。「そうですけど、なあに？」

「石田直澄って人、知ってますか」

信子の問いかけに、電話の向こうがいきなり真っ暗になった。目に見えるわけがないのに、信子には見えた。いきなり接続が切れて、明かりが消えて、闇《やみ》が来た。

それほどに、相手の沈黙は唐突で深刻だった。

「あの人に頼まれて、電話してるんです」信子は、闇を貫いて聞こえるように、できるだけはっきりと大きな声で言った。「あの人、もうすぐ警察に捕まります。えっと——その——」

うちが片倉ハウスという簡易旅館であること、石田がそこに泊まっていることなど、説明しようかと迷った。が、本能的に、自分たちの身元を明らかにしたくないという警戒心がこみ上げてきて、しどろもどろになった。

「イタズラとかじゃないです。石田さんに頼まれて、電話してます。石田さん、宝井さんに、自分が捕まるってこと教えてくれって言ってます」

「ちょっと、ちょっと待って」

ガサゴソと音がした。宝井綾子が動いたのだろう。遠く、赤ん坊の泣き声にダブって、おそらく彼女だろう、甲高い女性の声が誰かを呼んでいるのが聞こえる。

ちょっとどころではなかった。電話のすぐ脇の壁にかけてある時計をにらんでいた信子は、たっぷり三分待たされた。

「もしもし？」

今度は男の子の声が聞こえてきた。やっぱり高校生ぐらいのようだ。

「もしもし？　あなたどなたですか？」

信子は、その問いに答えるつもりはなかった。

「石田直澄さんから頼まれて電話してます」と、頑固に繰り返した。

「本当ですか？」

「ホントです。あの人、もうすぐ警察に捕まるんです」

「捕まるから、ここへ報せろって言ったんですか？」

「そうです」

「どうして？　自分は捕まるから、その前に逃げろってことですか？」

「そんなのわかんないよ、頼まれただけだから」

信子は電話を切りたかった。もう、こんなことに巻き込まれるのはごめんだ。お母さんは出ていっちゃうし、あたしだってタイヘンなんだ。早く警察に報せたい。

「石田さん、今どこにいるんですか」

「そんなの言えるわけないじゃない」

男の子のすぐそばで、さっきの女、宝井綾子が泣くような声を出している。「どうしよう、電話なんかかけないって言ってたのに――」

「会いたいんだ、石田さんに」

「そんなの、あたしには判《わか》らないよ。とにかく、電話しましたからね」

それだけ言って、信子は電話を切った。なにかを引きずっているみたいに、受話器がずっしり重かった。信子はジーンズの膝《ひざ》に手のひらをこすりつけて、汗をぬぐった。

20 逃亡者

石田直澄本人とのインタビューが実現するまでには、公的な事件捜査の終了から、さらに一年以上も待たなければならなかった。これは、今回話を聞くことのできた人びとのなかでは、もっとも長い。

石田の気持ちとして、マスコミは信用できない、マスコミと関わるのはたくさんだと思ったとしても、無理はない話である。約四カ月の逃亡生活のあいだ、彼はありとあらゆる媒体で、ありとあらゆることを書かれた。もとよりそれは覚悟していたことであったけれど、覚悟していた以上に上下にも左右にも広いバリエーションで、「石田直澄」という人間が書き立てられていくのを、彼は見ていた。その結果、ひとつの教訓を得たという。それは、「マスコミ」という機能を通してしまうと、「本当のこと」は何ひとつ伝わらないということだ。伝わるのは、「本当らしく見えること」ばかりである。そしてその「本当らしく見えること」は、しばしばまったくの「空《くう》」のなかから取り出される。

事件の真相が明らかになってからも、彼がマスコミ関係者を避けようとしたのは当然のことであった。様々なところから取材の申し入れがあり、インタビューの申し込みがあったというが、石田はそのどれも公平に退け、関わり合いを持たずに過ごした。ただし、拒否することに、本当に大きなエネルギーをとられたのは、事件の解決後せいぜい三カ月ぐらいのあいだのことだったという。次々と新しく発生する事件の方へ、みんな行ってしまうからである。

さらに半年も経《た》つと、ぽつりぽつりと話が来るのは、手記を書かないかとか、事件についてドキュメント・ノベルを書くという作家からの、事実関係について個人的に話をしてほしいなどの申し入ればかりになってきた。手記の話を持ちかけてきた出版社は、以前にもこの種の本を何冊も出しており、編集長も兼任しているというそこの社長は、「石田さん、あんたはさんざんひどい目に遭わされたんだから、手記を書いてベストセラーにして、金を儲《もう》ける権利があります」と言ったそうだ。「手記っていったって、あんたが自分で書く必要はないんだから。しゃべってくれればいいんですよ。それをテープにとって、あとはこっちがライターに書かせます。みんなそうやってんだから」

実際、石田もこの話にはちょっとぐらりときた。逃亡中は、一応「病欠」扱いにしてくれていた会社も、事件が解決すると、彼が戻ってくることにいい顔をせず、結局依願退職ということで辞めざるを得なくなった。すっかり有名になってしまった浦安の賃貸マンションも、とても落ち着いて住んでいられる状態ではなかったし、大家も遠回しに立《た》ち退《の》きを要求するしで、引っ越しをすることになった。収入源がなくなり、支出は増える。切実に金は欲しかった。本当に、その編集長兼社長が言うように本が売れ、金が儲かるのならば、やってみてもいいかと思った。自分で書かなくてもいいというのも、気楽でいい。

石田はこのことを、母のキヌ江に相談した。するとキヌ江は反対した。そんな本を書いて売ったら、きっと後悔すると、老母は言ったそうだ。

「ああいうことでお金を儲けようなんて、考えちゃいけないよ。そんなことで大金をつかんだら、それはそれでまた別のねたみとかやっかみとかを買うんだからね。世間はそういうものなんだから」

何よりも石田の耳に痛かったのは、キヌ江のこんな言葉だった。

「あんた、他人様《ひとさま》より目端のきくところを見せようと思って、裁判所の競売のマンションに手を出して、それでこんなことになったんだろう？　本書いて儲けるってのも、それと同じことなんじゃないのかい？」

結局、石田は編集長兼社長の申し入れを断った。後日この出版社は、石田への取材やら事実確認もなしに、「荒川の一家四人殺し」についてのドキュメント・ノベルを出版しているが、石田はそれも読んでいないので、どういうことが書かれているのかまったく知らないそうである。

そういう石田が、このインタビューに限ってなぜ承知してくれたのか、不思議なところだった。

――なぜ、インタビューに応じてくださる気持ちになったんですか。最初に、それを教えていただきたいのですが。

「まあ、なんちゅうか、いちばん大きいのは、時間が経ったということですかね。だいぶ、いろいろ冷えてきたから、このへんで一度、ちゃんと聞いてくれて、ちゃんと書いてくれるところがあったら話したいなと思っとりました。でも、今となっては、逆に私の話をちゃんと聞いてくれようちゅうところの方がありませんでしたからね。荒川の事件は、もう昔話で」

このインタビューは、石田の希望で、ヴァンダール千住北ニューシティの東西のタワーを望むことのできるホテルの一室で行われた。石田からはもうひとつ条件が提示されたが、それは、現在の彼の住まいや勤め先について明らかにしないというものである。

「それと、このインタビューは、私だけじゃありませんやね？　他のいろんな人たちの話も聞いているんでしょう？」

――そうです。

「それがいいかなと思いましたですよ。私ひとりだけいろいろ言うんじゃ、なんか尻《しり》の座りが悪いからね。全体のことをちゃんと書いて、事件のことを残してくれるんなら、そんなら話そうと思いましたです」

――ご家族はなんと言っておられますか？

「賛成してくれましたよ。ひとつくらい、そういうちゃんとした記録があった方が、やっぱりいいと思うって、特に子供らが言いまして」

――この記録をつくることで、多額の謝礼や印税をお支払いすることはできないと思いますので、ご安心ください。

石田直澄は照れ笑いをした。「そうですねえ。おふくろは、うるさいですからね。今は私がまた就職できて、給料ももらえてるんで、すっかり落ち着いてますからねえ」

インタビューは延べ四十時間以上の長いものになった。石田の仕事が終わった後や、明け番の休日に行ったが、一度のインタビューで平均二時間ほど話を聞くことができた。石田は訥弁《とつべん》で、時に話が前後したり、脇道《わきみち》にそれることなどもあり、文章化するにあたって適宜修正を行ったが、この修正には本人の了解を得ており、従って以下の一問一答は、石田直澄の肉声と考えていただいて支障ない。

――お身体《からだ》の方は、もうよろしいんですか。

「おかげさんで、だいぶいいです。やっぱり、あんなことがある前よりはしんどいと思うこともありますが、どっちにしろ、歳《とし》ですしねえ」

――肝臓の方は？

「ずっと薬を飲んでます。酒もやめましたんで。片倉ハウスで捕まったあと、刑事さんに連れてってもらった病院に、今も通院してるんですわ」

片倉ハウスで身柄を保護された後、石田直澄は、まず病院に連れて行かれたのである。

そのまま二週間入院した。

「肝臓も悪かったんだけども、あのときいちばんいけなかったのは、栄養失調だって話でした。ろくなもの食ってなかったからね。栄養失調で死ぬこともあるんだって、刑事さんに叱《しか》られましたよ」

――片倉ハウスでも、片倉さんは最初からあなたを病人だと思っていたようですね。

石田直澄は骨張った大きな手を持ち上げて頭をかいた。右てのひらの中央に、八《や》代《しろ》祐《ゆう》司《じ》にナイフで斬《き》られた傷跡が残っているのが見える。縫合をせずに放置して治してしまった傷なので、むろん今ではすっかりふさがって固まっているが、見た目には妙に生々しく、ちょっと手荒なことをするとすぐにぱっくりと口が開き、血がだらだら流れ出そうな感じである。

「片倉さんねえ、いい人でしたなぁ。あの人があああいう人でなかったら、いろいろと運びが変わってたでしょうねえ。片倉さんからは話を聞いたんですか」

――うかがいましたが、あの旅館も、野次馬にたかられてしばらく大変だったそうですが。

「そうですか。片倉さんが、私のことを、最初から病人だと思ったとおっしゃったですか？」

――なにしろ顔色が悪かったので、と。

「私が石田直澄だってことに、あの人は気づかなかったんですよ」

――そうですね。気づいたのは娘さんの信子《のぶこ》ちゃんでした。

「あの娘《こ》ねえ、片倉さんが私の寝ていたベッドのところにあがってきたとき、ビニール傘をね、こう前に構えてね、そりゃ一所懸命な顔をしてたですよ。お父さんを守ろうってね。あれはねえ、たまりませんでしたよ。なんか、あれで私、いっぺんに里心がついちまったいうか、うちの娘のことなんか思い出しましてね。あのとき信子ちゃんが居なかったら、私もね、正直に話す決心が、すぐにはつかなかったと思います、ホントにね。信子ちゃんのあの顔見てね、この家の人たちに、人殺しだと思われるのは嫌だなあって、思ったですよ。逃げ回るのにくたびれてたのはとっくにとっくだったけども、本当に弱気になって、なんかこうね、私は人殺ししてないよって言いたくなったのは、片倉さんたちに会ったからですわ」

――あなたが石田直澄さんだと判《わか》って、しかし人殺しをしてはいないとうち明けられて、片倉義文さんは、すぐにあなたが誰かをかばっているんじゃないかと言いましたよね。

「ええ、ええ。あれは、ズバリでしたなあ」

――鋭いですね。なぜあの場でそんなことを思いついたのか、片倉さんは理由をおっしゃっていましたか？

「いや、聞いとらんです」

――まだあなたのことを何も知らないうちに、事件のことを話題にして、あなたが逃亡しているのは、本当の犯人をかばっているせいじゃないかと、奥さんと話をしたことがあったんだそうです。

「へえ、そうですか。そりゃまた」

──事件のことを報道したニュース番組のコメンテーターが、そういう説を述べたことがあったんだそうですよ。片倉さんはそれを覚えていたんですね。

「ははあ……」

──本当に殺人の容疑が濃いのならば、警察は石田直澄を指名手配にするはずだが、いつまでたってもそうしないし、ということは犯人じゃないんじゃないかと考えてもおられたんだそうです。ずっとそんなふうに思っていたところに、実際に目の当《ま》たりにした石田直澄という男は弱々しい病人で、今にも倒れそうだときてるんじゃ、邪険にはできませんでしたよとおっしゃっていました。

「それでも、私と会ったときはやっぱり怖かったんじゃないですかねえ。最初のうちは、引きつったみたいな顔しとられた。まあ、信子ちゃんがそばにいたからね、信子ちゃんに何かあったら大変だと思うから、怖かったんでしょうが」

──あなたが石田直澄だと判った後の対処の仕方があまりにお人好《ひとよ》しだというので、片倉さんは奥さんにずいぶん叱られたそうです。

「そりゃ、すまんことでした」

石田直澄は、目の裏に書かれた日記のページをめくるように、しばしばとまばたきをする。

「私は片倉さんたちに、面倒なことを頼みましたからなぁ……」

信子は電話を切ると、走って旅館の方に戻った。父はさっきと同じ姿勢で石田直澄のベッドの裾《すそ》に座り込み、しきりに彼と話をしている。

「どうでしたか？」

息を切らしている信子に、石田直澄が尋ねた。後ろめたそうな顔だった。信子はふと、つい先日の日曜日、母と一緒に日本橋へ買い物に出かけたとき、地下鉄のなかで、電車の揺れに乗じて信子の胸に触ったチカンのおっさんの表情を思い出した。もちろんわざと触ったのだし、自分でもわざとだということは判っているのだけれど、でもおねえちゃんには迷惑なことをしたと判ってはいるからよぉというような、つまりは腹立たしい顔だった。

「女の人が出た」石田にではなく、父に向かって信子は報告した。

「ちゃんと伝えたか？」と父は訊《き》いた。お父さん、どっちの味方なんだと問いつめたくなるような口調だった。

「言ったよ。石田さん捕まりますって」

石田直澄が起きあがった。「どんな様子だったかい？」

「知らない。なんか、途中で男の子に電話かわったから。赤ちゃんが泣いてた」

それを聞くと、よれよれのシャツに包まれた石田直澄の両肩が、がっくりと下がった。信子は、父がそんな石田のおっさんの様子をしげしげと観察しているのを見た。お父さんはもう、あんまり怖がってるようには見えない、と思った。そんなに簡単に気を許すのは、信子には無謀なことに思われた。

「その、赤ん坊のいる女の人を、あんたかばっているんだね？」と、片倉義文《よしふみ》は訊いた。

石田のおっさんは、すぐには返事をしなかった。薄い布団《ふとん》の上にうなだれて、しょんぼりと座っている。その身体から、病人の臭《にお》いがした。

「電話して気が済んだんなら、警察に報《しら》せるよ」

義文が追い打ちをかけるように言う。信子は、やっとほっとした。こんなおっさん、早く放り出すに限る。素人《しろうと》の手には負えない。

「もういっぺん……」石田はぶつぶつと呟《つぶや》いた。「もういっぺん、電話を」

「またかけるのかい？」

「今度は、私がかけます。階下の電話のところまで、すまんけど旦那《だんな》さん、連れてってくれませんか」義文はベッドから腰をあげた。「今度は本当に、それで気が済むのかね？」

「わたしはね、旦那さん……」

「こんなことしとっても、あんた、いいことはないと思うよ。どっちにしろ、あんたもう限界じゃないかね？早いとこ警察に行って、事情を話した方がいいよ。あんただって、もう逃げ回る気はないんだろうしさ」

「くたびれたからねえ」

「あんたの家族だって、心配してるだろうからさ。そりゃ、当たり前だけどさ」

信子は信子なりに頭のなかでいろいろ考えていたのだが、このとき、あることがピカリと閃《ひらめ》いて、それがあまり鮮やかだったものだから、その考えが口をついて出てしまった。

「おじさん、あの赤ちゃんって、おじさんの子なんでしょ」

石田直澄が、ぽかんとして信子を見あげた。義文も首をよじって信子を見おろした。

「おまえ、何言い出すんだ」

「そうじゃないの？」信子が問うと、義文も問うた。「そうなのか、あんた」

石田のおっさんはもじもじした。「そんなふうに見えますかねえ」

「じゃ、違うのかい」

「そういうのじゃないんだがねえ」

「だってかばってんでしょ？」信子が口を尖《とが》らすと、義文がぺしりとその頭を叩《たた》いた。

「おまえはあっちへ行っとれ」

信子にはこの場を動く気はなかった。お父さんに任せておいたら、石田のおっさんに逃げられそうな感じがしてきたからだ。お父さん、こんなおっさんがごちゃごちゃ言うことに振り回されて、なんてお人好しなんだろう。男なら、もっと毅然《きぜん》としてなくちゃいけないはずだ。こんなふうに弱腰だから、おばあちゃんとお母さんのあいだに入ることもできないんだ。

「それじゃあ、まあ、電話をかけにいこうかい」

石田直澄に手を貸して立ち上がらせながら、信子の父は言った。

「もう、このいっぺんだけだよ。これが済んだら、警察呼ぶよ」

「判りました、旦那さん」

よろよろと階段を降りて行くふたりの後にくっついて、信子も階下に降りた。電話のそばにはやはり誰もいなかった。昼間のことで、他の客たちは出払っている。

ちょいちょい顔を出して雑談をしていく石川巡査が、今日に限って訪れないことに、信子は内心舌打ちをしていた。お巡りさんて、用のないときばっかり来るじゃんか。

石田がズボンのポケットからのろのろと財布を出し、小銭を数える。義文は彼が電話をかけるのを手伝ってやる。信子は、少し離れてそれを見ている。何かあったらすぐ大きな声を出せるよう、呼吸を整えながら。

今度は、電話はすぐにつながったようだった。先方は、二度目のコールがあるのを待っていたのかもしれない。

しかし、石田直澄は、相手が出ると、かろうじて名前を名乗っただけで、あとは言葉に詰まってしまった。受話器を握りしめてじっと前屈《まえかが》みになっているおっさんは、急に二十も老《ふ》けたように見えた。たまりかねたのか、片倉義文が手を伸ばし、石田の手から受話器を取り上げた。石田はほとんど抵抗せずに、かえって救われたかのように、素直に受話器を渡してよこした。

「もしもし？　えーと、おたくは、どなたさんですか。この電話は、どこにつながってるんですか」

　父が先方に問いかけているのを聞いて、信子はつくづくお父さんはバカだと思った。石田のおっさんが本当のことを言っており、この電話の向こうの女をかばっているのだと言うのなら、当の女が身元を問われて素直に白状するわけがないではないか。

「私ですか？　うちはですね、簡易旅館なんですわ。石田さん、うちに泊まってるんですよ。それでまあ、私が石田さんだと気づいたっていうわけでね」

　そうやってまた、人の手柄を横取りしようとする！　気づいたのはあたしだと、信子は思った。

「なんか知らんけど、石田さんはね、荒川のあの事件で、人殺しはしとらんて言ってます。そんならそうで、早いところ警察行こうって、私は勧めてるわけですよ。それに石田さん、だいぶ身体こわして弱ってるようだからね。そしたらこの人、警察へ行く前に、この番号に電話してくれって言うもんでね……ええ」

　義文はちょっと首をかしげ、相手が何か言うのを聞き、それから問いかけた。「おたくさんは、おたくさんの家の人ですね？　お若いようだけど、坊《ぼっ》ちゃんかね？　ああ、

「そう」

してみると、今父が話をしている相手は、さっき信子が電話したとき、若い女に呼ばれて電話口に出てきた男の子なのであろう。

ヘンな話だ。向こうには赤ちゃんと女子高生みたいなピチピチの声を出す若い女と、彼女よりもっと若そうな「坊ちゃん」しかいないのだろうかと、信子は思った。この「坊ちゃん」は、あの若い女や赤ちゃんとどういう関係にあるのだろう。赤ちゃんは、若い女と「坊ちゃん」のあいだの子だろうか。信子の若い想像力は、あっちこっちへ翼をのばすのだった。

「私らもね、困るんですわ。石田さんを放っておくわけにはいかないでしょ。どういう関係があるんだか知らないけども——え？　石田さんは何も言ってませんよ。私らは何も知りません。ただ、あの人は人殺しはしてないって言ってるけどもね」

義文は、状況の割には切迫感のない口調である。たとえば新聞の配達が遅れただけだって、もうちょっと強硬な口をきかねばこちらの意図は通じるものではないし、先方も身に堪《こた》えない。それくらい、信子にだって判る。ったく、もう！

「あ？　はあ？　そりゃどういうことですか　え？」義文は鷹揚《おうよう》に問い返す。「待つって？　明日まで？　そりゃちょっと——え？　電話代わるんですか？」

義文は、石田直澄に受話器を差し出した。

「あっちの坊ちゃんが、あんたと話したいんだと」

石田は受話器を耳にあてた。縮こまったような姿勢はそのままで、先方はしきりとしゃべっているようだが、彼は半分目を閉じて、じっとそれに聞き入っているだけだ。

やがて、やっと口を開いて、言った。「それなら、明日の今頃まで、待てばいいんですか」

信子は驚いた。待つ？　待つとはどういうことだ？

「片倉さんのご家族が許してくれるかどうか判らないですよ」と、石田直澄は言っている。おっさん、とうとう先方にうちの名前を教えちゃったと、信子はさらにぎょっとした。放っておいたら住所や場所もべらべらしゃべっちゃうかもしれない。そしたら、石田のおっさんにかばってもらっているというあの女が、ずっとかばってもらいたさに、うちへ押しかけてきて家族皆殺しにしようとするかもしれない。

石田直澄は目を上げて、傍らの片倉義文を見た。疲れ切ったようなその顔は、ひどく歪《ゆが》んで、泣き出しそうというよりは、さんざん泣いて泣き疲れて、それでも涙の原因となったこととの解決を見つけられないでいる人のそれのように見えた。

「明日の今頃まで、私を警察に連れていくのを待ってくれませんか」と、石田は言った。「明日の今頃になったら、もう四の五の言わずに警察に行きますから。一日だけ、待ってやってくれませんか。向こうも、親御さんに相談したり、何やかやあるし、私が警察へ行くより先に、あの子が警察に行けば、殊勝だっていうんでいろいろ斟酌《しんしゃく》してもらえるだろうし」

信子の頼りない父は、相変わらず茫漠《ぼうばく》とした態度で石田を見おろしている。

「事情がわからんと、うんとは言えないよなあ」と、またぞろ切迫感を欠いた口調で言った。

「事情は、私がお話しします」

「そんなら、しょうがないかねえ」

「お父さん！」信子が怒鳴ると、父はびっくりした。「なんだおまえ、まだいたのか」

「なんだおまえじゃないよ、なんでそんな言いなりになるんだよ！」

「子供は黙ってなさい」

「黙ってらんないわよ！」

もめているあいだに、石田はまた先方と短く話し、片倉義文に受話器を渡した。信子は父が、思いの外毅然と背中を伸ばし、先方に通告するのを聞いた。

「私ら、これから石田さんに事情を聞かせてもらうからね。それで納得がいったら、一日待ちますよ。納得いかんかったら、すぐ交番へ行きます。そういうことでね」

そして父は、さっさと電話を切った。ピンク電話が、チンという音をたてた。と、旅館の入り口の方で声がした。

「何してるの、信子」

振り返ると、母が立っていた。ひどく寒そうに肩をすぼめて、両手をカーディガンのポケットに突っ込み、突っ立ってこちらを見ている。

「なんだお母さん、ちょうどいいところに来た」と、父は母に言った。「ちょっと、面倒なことになってな」

石田直澄は、「奥さんですか」と確認してから、深々と腰を折って頭を下げた。

「すみません、ご迷惑をおかけします」

「この人な、石田直澄さんだ」と、父が紹介した。「判《わか》るか？　荒川の事件のさ」

信子は、母が卒倒するかと思った。靴下裸足《はだし》のままコンクリートのたたきに飛び降り、母のそばに飛んでいった。

「そんな顔しなくても、この人は噛《か》みつきゃしないよ。とにかく、これからちょっと事情を聞かないとならないんだ」

　こうして、石田直澄は語り始めたのだった。

——そこで初めて、片倉さんご夫婦に、それまでの事情を全部説明したわけですね？

「そうです。ちゃんと判るように話せるか、心配だったんだけども。なにしろ私は話、苦手でね。教育がないもんだから」

　このとき、石田直澄が語った長い話が、「荒川一家四人殺し」の、石田の側から見た真相ということになる。

「そもそもは、私がね、おふくろの言うとおり、柄にもなく目端の利《き》いたところを見せようと思って、裁判所の競売物件を買おうなんて気を起こしたのが、失敗だったんですわな。ああいうことはね、もっと法律や世の中の仕組みのことをよく判ってる頭のいい人がやることなんですよ」

——息子さんは、あなたが、息子さんへの対抗心を持っていたんじゃないかと言っておられました。

「そうですか。そうかねえ……嫌ですね、見抜かれてたわけでね。うちの倅《せがれ》は私よりずっと頭いいからね。私のこと、バカにしてましたよ。ある時期、確かにね。見返してやろう、親父《おやじ》は偉いんだ、おまえなんか思いもつかないような気の利いた複雑なことができるんだぞって言ってやりたい、そういう気持ちは、確かにありましたよ」

——あなたなりに勉強もなさったし、実際、最初のうちはうまく運んだんじゃないですか。

「まあ、ねえ。二〇二五号室を競《せ》り落とすまではね。資金繰りも、そりゃ必死で頑張りましたから、かなり早くに目処《めど》がつきましたしね。

あそこに砂川の人たちが居着いてるのが判って、何度か交渉してるうちに、こりゃ本で読んだ占有屋ってもんだってことが判って、だけどその時点ではね、私も事態を甘く見とったんですよ。占有屋って言っても、あの人たちは、ちっとも怖くなかったからね。私のこと脅すわけじゃなかったし。ただ、困った困った、自分たちも、ちゃんと賃貸契約してるし、引っ越しには金がかかったし、車椅子《くるまいす》の年寄りもいるんで、すぐには余所《よそ》へ行かれないって、お題目みたいに繰り返してるだけでね。こりゃ、ちょっとこっちが強面《こわもて》に出れば、なんとかなるだろうって、舐《な》めてたんですな、私も。でも、あの人たちも出ていかなかったからなあ」

――早川社長は、その道ではベテランですからね。

「ねえ。三カ月も四カ月も引き渡しがなくってね、借金の返済はしなくちゃならないし、私も焦《あせ》り始めて、だけどどこへ相談していいか判りませんでしたからね。知り合いの不動産屋に訊《き》いてみたんですよ。そしたら、そりゃ駄目だ石田さん、弁護士さんに頼みなよって、すぐ言われてね。悪いこと言わない、弁護士さんならプロだから、すぐに片づけてくれるよって。私も、そのときその場ではそういうつもりになるわけですわな。けども、また二〇二五号室へ様子見に行ってね、砂川さんとしゃべったり、あの奥さん――本当は砂川さんじゃなかったわけだけど、まあ奥さんとしゃべったりしてると、なんかこう、向こうは弱っちいわけですよ。だから、やっぱりこのままでもうひと押しすりゃなんとかなるかなって、思っちまうんだね。

わざわざ弁護士さん頼んで、そうするとまた金がかかるでしょう。引き渡しが終わって精算してみたら、なんだ、普通に分譲マンション買った方が手間も金もかからなかったってなことになるのが、私はいちばん嫌だったから、ケチくさい話だけれど、あの段階ではまだ、できるだけ安く簡単に済ませることばっかり頭にありました。そいでもって砂川さんに会うと、あの人がそういうふうに弱っちいもんだから、余計にその考えに拍車がかかるわけですよ。あとひと頑張りだ、こいつらがそれほど手強《てごわ》いわけはない、ってね。そう思わせる、錯覚させるようなところを、あの夫婦は持ってた。しかも、婆《ばあ》さんもいるでしょう。鬼に金棒でしたよ。ヘンな言い方だけど、判りますか？」

――二〇二五号室の「砂川家」には、こちらが強硬手段をとろうとする意思を弱らせるような材料が揃《そろ》っていたということですね。

「そうそう。そうですよ。だけど、弱いってことは強いってことなんだよねえ」

――あの家族が実は「家族」ではなくて、砂川信夫《のぶお》以外は名前も違うということを、あなたはご存じだったんですか？

「いえ、あのころはまだ全然知らなかったです。気がつかなかったね。早川社長も知らなかったんでしょう？」

――そうですね。小糸孝弘《たかひろ》君も、「砂川里子」と名乗っているおばさんの本名が違うことを知らなかったと言っています。

「それなりに、律儀《りちぎ》な連中だったんだね。周りに他人がいるときは、必死で家族のふりをしてたんでしょう。まあ、相手が私の場合は、家族じゃないってことがバレたら余計にまずいわけだから、気をつけてたんだろうけども」

――小糸孝弘君が二〇二五号室に出入りしていたことはご存じでしたか？

「いや、それも知りませんでした。あのマンションを手放したご夫婦の子供さんだよね」

――そうです。まだ中学生ですから、詳しい事情は知らなかったようですが。

「私も仕事がありましたんで、そう頻繁にあの部屋に交渉に行くわけにはいかなかったからね。それがまた悩みの種でもあったんですけども」

――「砂川毅《たけし》」を名乗っていた八代祐司と、初めて顔を合わせたのはいつですか？

「それがね……あんまりはっきりしないんですよ。何度か交渉に行ってるうちに、一度か二度……あれは春先だったかなあ、見かけたのが最初だったかな」

――それは、二〇二五号室のなかで。

「そうです。私が砂川夫婦と話しているところに、帰ってきたんですよ、彼が……その、八代祐司がね。おかえりって、奥さんが声をかけたけども、むすっとして行ってしまって、またすぐ出かけていきました。倅さんですかって訊いたら、はいってね。あんないい倅さんがいるんだし、倅さんの将来に障《さわ》ってもいけないから、このマンションのことはなんとか円満に解決しましょうよって、私言った覚えがあるなあ。それとなく、こんな占有みたいなことをしてて、親として恥ずかしくないのかってあてこすったつもりだったんだけど、効き目なかったですよ。本当の親子じゃなかったんだから、無理もなかったわけだけども、当時はそんなこと知らなかったですからね」

――その後、彼と会ったり話をしたりすることは？

「なかったです。私の受けた感じじゃ、あんまりあのマンションには帰ってないような感じだったね。帰るにしても、寝るだけに帰るっていう」

――実際、そういう状態だったようです。

「男の子はそんなもんですよ。普通の家でもね。だから、とりたてておかしいとも思わなかったね」

――八代祐司は、当時どんな仕事をしていたのか、勤め先がどこだったのか、未《いま》だにはっきり判っていないんです。

「そうですか。わりと、パリッとした背広着てたようだったけどね。なにしろ若いあんちゃんだったから、なんか、金は儲《もう》かるけど大声では言えないような仕事だったんですかね。そういうの、別にヤクザじゃなくたって、今はいろいろあるでしょう。マルチ商法みたいなねえ」

――何社か、転々としていたのかもしれないですね。雇用保険記録もありません。

「そうですか。まあ人間、そんなふうに生きていこうと思えば、生きていけるんだね。正直言うと、あの男のことは、私には未だに全然理解できないけども……砂川さん夫婦のことはまだ判る気がするけど、あの男だけは判らない。この先も、判ることはないと思うよね」

――八代祐司からあなたに連絡があったのはいつのことでしたか？

「あれがね……五月の連休明けだったと思うんですよ。日にちまでは覚えてないんですが。刑事さんたちにも、ちゃんと思い出せって言われて、申し訳なかったんだけども」

――ご自宅に電話がかかってきたんですか？

「いや、私の携帯電話に。マンションの明け渡しでもめてるってことは、うちの家族には伏せてあったから、連絡は必ず携帯でした。だけど、驚いたですよ。なんで砂川の倅がってね。ちょっと会って、内緒で話がしたい、悪い話じゃないと思うって」

――すぐに会ったんですか？

「会いましたよ。悪い話じゃないんじゃね。こっちはもう、早く明け渡してもらいたかったから」

――どこで？

「新橋のね、飲み屋です。私の方で場所教えたんですわ。そうしてくれって言われたからね。今になって考えると、あの男、自分の行きつけの店とか知られたくなかったんだろうね。だから私に場所を決めさせたんだ」

――最初は、どんな話だったんですか？

「率直に話すからと言って、いろいろ教えてくれたんですよ。さすがに早川社長の名前は言いませんでしたが、砂川の人たちが雇われてあそこにいることとか、本当は砂川家じゃなくて他人の寄せ集めだってこともね」

――驚かれたでしょう。

「そりゃもう、仰天でしたよ。男と女が同棲《どうせい》してるだけなら珍しくもないけども、婆さんも一緒なら倅も一緒ってことでしょう」

――八代祐司は、なぜ彼が砂川信夫たちとそんな暮らしをしているのか、理由を説明しましたか。

「あんたそんな暮らしで不自由はないのかと尋ねましたら、砂川さんにはずっと世話になってるし、実の親はひどい奴《やつ》だったから、かえって今の方が便利でいいんだってことでしたね。だけど、あんたの実の親は心配してるだろうし、婆さんのね、三田ハツエさんでしたか、本当の家族もね、探してるんじゃないかって、私は言ったんですよ。

するとあの男、笑ってね。自分の親は、まず探してなんかいないだろうって。三田ハツエさんの家族だって、あんなふうにボケた婆さんをいきなり返して寄越されたって困るだろうから、あのまま砂川さんたちに面倒みてもらってる方がいいんだって、あっさり言いましたね」

――どんな口調でしたか。

「ですから、あっさりですよ。サバサバしてましたね。ですから私もその当時は、他人が集まってもうまくやっていけるなら、それも悪くないかなんて、思いました。実際、私んとこは、私と倅が喧嘩《けんか》して、娘も私のことなんかどうでもいいと思ってたし、あのころはグチャグチャだったから」

――八代祐司は、そこまであなたにうち明けた上で、何を言ってきたんですか。

「その……金をね。まとまった金を都合してくれないか、と。そうしたら、自分が砂川さんたちを説得して、雇われの占有屋なんてことはやめさせて、こっそりと二〇二五号室から立《た》ち退《の》かせるからって。砂川さんたちを雇ってる不動産屋はひどい奴で――早川社長のことですよ――砂川さんたちは安い金で法律違反をさせられてるんだから、自分としては早くやめさせたいんだと――」

――しかし、無料《ただ》ではやめさせない、金が欲しいと。

「はあ」

――いくらと言ってきたんです？

「一千万」

――大金ですね。

「ねえ。そんな金ないって、言いましたよ。そんな金払うくらいなら、弁護士さん頼むよって」

――そう言われて、八代祐司はどうでした？

「高いかどうか、よく考えてみてくれと。なんか、自信ありそうでねえ」

――しかし、話し合いは物別れに終わったわけですね。

「ええ、当然ですよ。私が承知できるわけがない。ただ、その時点ではまだ、あの男からそんな申し出があったことを、砂川さんには黙っていました。

私としちゃ、あの男もほんの思いつきで言い出したんだろうと思ってたんですよ。若造ですからね。小理屈で考えて、うまくいくだろうぐらいに思って口に出したんだろうと。だからすぐ忘れちまいました。私としちゃ、弁護士さんを頼もうかどうしようか、そっちの方でぐらぐら迷ってたしね。
だけどその後も、何度か電話がかかってきましてね。どうだ、考えは変わったかって。しつこいんですよ。私もだんだん腹が立ってきてね、小僧、つまんないこと考えるんじゃないよって、怒鳴りました。そしたらあの男、妙にケラケラ笑ってね、払った方があんたのためなんだよ、みたいなことを言うわけですよ。何がどうあたしのためなんだよって訊いたら……訊いたら……

すみません、やあ、やっぱり思い出すと気分が悪いです」

――大丈夫ですか？

「え、もう大丈夫です」

――八代祐司は、何と言ったんです？

「あの男はね、自分としては、砂川さんたち三人なんてどうなってもいいんだと、こういうわけです。本当の家族じゃないし、今まで世話になったのだって、お互い様だったんだって。それなのに、最近はまるで実の親みたいにしたり顔で、ああせいこうせい命令する。老後は不安だからお前が頼りだみたいなことを言う。冗談じゃねえと。いや、実際どうだったかは判《わか》ったもんじゃありません。砂川さんがあいつにそういう要求みたいなことをしたのか、八代祐司が勝手にそう思いこんだだけなのか、判らないですよ。でも、あの男はそう言っていた」

――八代祐司にとっては、「親」というものが、自分を支配したり、自分から自由を搾《しぼ》り取ろうとする不気味な怪物のように思えたんでしょうね。実の親だけでなく、「親という立場」にある存在が。

「そうですかねえ。私には難しいことは判らんですよ。ただあいつは、砂川さんたちに、なんの恩義も感じてなかったですね。それだけは確かです。便利なお手伝いさんみたいなもんだったんじゃないですか。だから、面倒くさくなってきたら、切り離しちまいたいわけですよ。

でね、ケロリとして言いましたよ。自分としては黙って砂川さんたちを捨てて出ていってもいいんだけども、あの連中もしつこいから、追いかけてくるかもしれない。家出少年を拾って育ててやったのにとか、恩着せがましいことを言ってね。だから、自分としてはいっそ、三人まとめて始末してしまいたいんだと。だってそれには今が最大のチャンスだ、今あの三人を殺したら、犯人はあんただってことになるからって」

——つまり、部屋を明け渡そうとしない砂川さんたちに腹を立てて、あなたが殺してしまったかのように見えると。

「そうそう、そうですよ。また、そういうふうに見えるように細工してやるっていうんだね。わたしゃ、ぞっとしましたね。こいつ頭がおかしいんじゃないかと思いました。それですぐに、とにかくもういっぺん会おうって、説きつけたんです。で、また新橋の飲み屋で会って話しました」

——どんな様子でした？

「得意そうでねえ。どうだ参ったかという顔でした。殺人事件の容疑者にされたくなかったら、一千万円払いなよって。私は、とにかく考えさせてくれって言って、真っ青になって家に帰りました。

ただね、あの時点では、私もね、八代祐司が本気であの三人を殺すわけはないと思っていたんです。三人を殺してその罪をあんたに着せるぞって脅かせば、私が恐れ入るだろうと考えて、金欲しさに言ってるだけだろうってね。だって、曲がりなりにも今まで一緒に暮らしてきた人たちですよ。砂川さんたちは、何の血のつながりもないのに、家出少年の八代祐司を拾ってね、住まわせて面倒見てやってきたんじゃないですか。そりゃいろんな意味でまともじゃない人たちだったかもしれないけど、少なくともそれは優しいことですよ。そういう優しい人たちを、ただ自分が大人になってもう必要がなくなって、邪魔っけになったからっていうだけで、殺せるわけはないと思ったんです。本当に、金目当ての脅かしだと思ったですよ。本当にそう思ったんです」

――だから？

「話したんですよ、砂川さんに。倅さんというか、あんたと一緒に暮らしてる八代祐司という男が、私にこんなことを言ってきたよと。砂川さんはなんか、ぶたれた犬みたいな顔をしましたね。けども、あの人もやっぱり、本気にはしてないみたいだった。祐司が私らに不満があるのなら、出ていってもらって構わないんだというようなことを言いました。

あの人は、あの人たちが赤の他人を親だ息子だっていって一緒に暮らして来たことを、私がヘンに思ってると感じたんでしょうね。確かに変わってるとは思うけども、でも自分たちはけっこう楽しく暮らしてきたんだって、言い訳するみたいに言ってました。あんた本当の奥さんやお子さんはほかにいるのかって訊《き》いたら、いるけども、そっちには帰れない、自分が帰るとうまくいかないからって、もごもごっと返事をしました。あんまり、触れられたくなかったんでしょうな」

――砂川信夫に事情をうち明けて、しかし心配だったでしょう？

「そりゃ心配でしたよ。けども、私にはどうしようもないでしょう。一種の仲間割れみたいなもんだからね。で、こりゃやっぱり、早くあの人たちとの関わりは絶った方がいいから、いい弁護士さんを頼もうと思って、知人に相談したりしてね。ところがそれをうちの息子に知られちゃって、なんていうかね、呆《あき》れたような顔をされまして。結局、何ひとつちゃんとできないんだな、親父《おやじ》はみたいなことを言われましたよ。息子としちゃ気軽に悪態をついたぐらいの気持ちだったんだろうけども、私には堪《こた》えました。だって本当のことだったからね。で、うちのなかも暗かったです。私も意地になってたしね。明け番でも、あんまり家にいたくなくて、飲み屋やパチンコ屋ばっかり行ってたなあ。だから、あの夜――事件のあった夜にね、八代祐司から電話がかかってきたときも、私は飲み屋にいたんです。浦安のね、新しくできたばっかりの、チェーン店のでかい店でね、そのときが初めてだったかな。そこで一杯飲んでるときに、携帯電話が鳴りましてね」

　——暴風雨の夜でしたよね。

「そうです。それもあって余計に、家に帰るのがおっくうになってて、ちびちび飲んでたわけですよ。そしたら電話。出たらあいつで、石田さん、すぐうちまで来てくれないかってね。あんた、砂川にしゃべったろう、おかげで大揉《おおも》めだから、このままだと大変なことになるから、あんた来て責任とってくれってね。なんで私が責任とらなくちゃならないか判らんけども、確かにこっちには、砂川さんにしゃべったっていう……ま、負い目があるですよ。砂川さんは大丈夫なんだろうな、あんた、あの人たちに何かしたわけじゃないんだろうなって、問いつめたんだけども、あいつしゃべらんですよ。とにかく来い、来いでね。しょうがないから私、行ったんです。まだあっちの方に行く終電に間に合ったんで、だけど駅にはタクシーがいなくって、しょうがないからびしょびしょに濡《ぬ》れて歩いて行ったんです。だけど、着いてみたら……もう遅くって……あの人たちは、もう……」

21 出頭

――八《や》代《しろ》祐司《ゆうじ》はあなたを呼びつけて、何をさせたかったんでしょうね。

「……ねえ。後始末を……一緒に手伝えとね、いうことだったんですけどもね」

――少し休みますか。

「いや、大丈夫です。すみません」

――思い出すのは、辛《つら》い作業ですね。

「だいぶ、楽になってきたんですけどね。私は砂川さんたちと親しかったわけじゃないから、あの人たちが殺されたことに、悲しいっていう感情は、正直言ってあんまりないわけです。砂川信夫《のぶお》さんにはいろんな事情があったようだけど、私にはねえ、いくらおふくろとうまくいかなくても、女房子供を見捨てて出ていくなんてことはできないからね、あの人の生き方は、私は嫌だから。それでも、あの人たちがあんなことになったのは、私のせいでもあるわけで、それがやっぱり、いちばん辛いです」

――石田さんが殺したわけではないんですが。

「そうだけどもね。もちろん、それは判《わか》ってるんだけども。ただ、思うんですよ。八代祐司は、何もなくても、いずれは砂川さんたちのところから出て行ったでしょうよ。頼んで養ってもらったわけじゃないんだから、邪魔くさくなったらバイバイだってね。だけどそれはあくまでバイバイで、勝手に居なくなることで、砂川さんたちを居なくならせることじゃないからね。あいつは、いつかはどこかで何か問題を起こすに違いない生き方をしてたけども、それでも、ただバイバイするだけならば、砂川さんたちは無事だったでしょうよ。

二〇二五号室にあんな事情があって、明け渡しをめぐって私が砂川さんたちとダラダラ交渉をしていて……そういうことがあったから、八代祐司は私から金を引き出せるって判断したんだろうし、その判断が、あいつを狂わせたんでしょうね。ただの身勝手な変わった奴《やつ》で済んでいたかもしれない人間が、まとまった金をつかめるかもしれないって思いついた途端に、とんでもなく恐ろしいことができるようになっちまった。

だから私の後悔は、もっと早くに弁護士さんを頼んでおいたらなってね、それですよ。

八代祐司が余計なことを思いついたのは、こっちが私みたいなバカだったからですよ。

砂川さんたちが殺されたらあんたが犯人だと決めつけられるぞなんて脅かされて、ホントに私、狼狽《うろた》えちまったからね。こりゃなんとでも好きなように利用できるって、奴が思ったとしても無理はないです。情けないけども。

あの夜、二〇二五号室のなかに入って、リビングまで行って、最初に目に入ったのは、砂川さんの足の裏でね。靴下はいた足の裏が、ごろんとそこに見えていたんです。ぱっとそこだけ見てると、なんか昼寝してるみたいだったよね。でねえ、その靴下が新しかったんですよ。買ったばっかりの新品みたいだった。新しい靴下って、のりがついてて光るでしょう。一度洗うととれちゃうけどもね。だから、ぱっと見てああ新品だって判ったんだけども、別にそれに意味があるわけじゃないんだけども、妙によく覚えてるんだよね。血が流れてたこととかより、はっきり覚えてるんだ」

――悪夢を見るようなことはありますか。

「私は鈍感なのかもしれないけども、夢は見ないです。ただ、うちで誰かが昼寝してるのをひょいと見かけて、ぎょっとすることはありますね。だから言ってるんですわ、俺の目に入るところでごろごろ寝ないでくれと」

――八代祐司は、そのときどこにいましたか？

「私と一緒に、リビングに居たんですよ。やっぱり目がね、血走ったみたいになって、だいぶ興奮してましたね。震えたり、話す言葉のろれつがヘンだったりすることはなかったなあ。ただ、しつっこくしつっこく、こうなったのはあんたの責任なんだし、これでこいつらの死体さえ始末しちゃえばあんたはこの部屋に入居できるんだし、だから万々歳だろうみたいなことを、ぐるぐるぐるぐる同じことを言ってましたね」

――だから手伝えよと。

「そう。まるで、私が雇い主で、あいつが殺し屋みたいですよ。それでもって、砂川さんたちを雇った、早川社長でしたっけ、あの社長さんには、砂川たちは占有屋をやるには気が弱すぎて、黙って逃げ出したってことにしてやるから、死体さえきれいに失《な》くなればそれで通るんだから、俺は黙っててやるから、おっさん俺に一千万円払えよという理屈ですわな」

――確かに、石田さんが悪に徹しようと思うならば、八代祐司と組んでそういう欺瞞《ぎまん》を通すことはできたかもしれませんね。早川社長が砂川さんたちの行方を追及することはなかったでしょうから。社長は砂川さんたちを本当の家族だと信じていたんだし。

「そうですねえ。だからまあ、良い悪いを別にすれば、下手な計画じゃなかったんですね。私がこんなこと言うのは不謹慎だけれども」

――その場で大声を出して、部屋の外に逃げ出そうという気持ちにはなられませんでしたか。

「ならなかった……なれなかったんですなあ。それくらい私、震えあがっとりましたから。三人殺されて、その死体が足元にあってね、この殺人の疑いが自分に向けられるかもしれないって思うと、もう腰抜けたみたいになっちまってました。全然出口がないっていうかね、ここで警察を呼んだって、八代祐司が逃げ出してしまえば、私の言い分なんて全然信じてもらえないだろう、実際にここで起こったことよりも、明け渡しの件で砂川さんたちと揉《も》めた私が、あの人たちを殺しちまったって筋の方が、ずっとありがちでそれらしいですからね。だいいち現に私はその場にいるんだもの。呼び出されてノコノコやって来ましたなんて理屈が通じるとは、そのときには思えなかったですよ。

おまけに私はつくづくバカでね、今思い出しても、なんであんなこと訊《き》いたのかと思うくらいだけども、私、八代祐司に訊いたですよ。あんた、この三人の死体をいったいどうするつもりなんだってね。そのときは、これいったいどうするつもりなんだおまえはって、混乱してるから訊いたことだったと思うんだけど、あいつはそれを、私がそんなこと訊く以上、手を貸すつもりがあるんだなって思ったらしいんですね。計画に乗り気だって。だから言ったですよ、どっちにしろ、俺と石田さんは共犯みたいなもんなんだし、ま、金は後でもいいよって。このマンションを売って金つくったらどうか、ここには住みたくないだろうしってね。

死体を包むのに、ビニールシートを用意してあるって言って、ベランダに出る窓を開けてね。部屋でやると後で掃除が大変だし、風呂場《ふろば》は狭いから、ベランダでやるんだって。びしょぬれになるけど、あとで着替えればいいんだからって、えらくてきぱきしてたね」

――遺体をバラバラにするつもりだったんでしょうか。

「たぶんね。そのままじゃ運ぶの大変だから。でも、実際には作業に取りかかることはできなかったんですよ。ちょうどそのときに、ドアチャイムが鳴ったから。

あの瞬間――あの一瞬は確かに、私、八代祐司の共犯者でしたな。あいつと一緒に凍りついたからね。誰か来た！　見られたらまずい！　そう思ったんですから。ところが私、自分が入った後、ドアに鍵《かぎ》をするのを忘れてたんですね。だから、カチンカチンになって突っ立ってるあいだに、ドアが開いちまった。リビングと廊下の仕切りのドアも開けてあったから、すとんと筒抜けでね、向こうからこっちの様子はよく見えなかったろうけど、私のいるところからは、玄関に入ってきた人の顔も姿もよく見えたんです。見えちゃったんですよ。

若い女の子が、赤ん坊抱いて、びしょびしょの傘を手に持って立ってた——こんばんはって、おそるおそるという感じで、私に声をかけてきました。真っ白な顔をしててね、寒いからじゃない、不安がって、怖がってたんですな。八代祐司の様子がおかしいと思って駆けつけてきたからね。そういうことはみんな、後で聞いて判ったことだけど……」

——宝井綾子《あやこ》と会ったのは、そのときが初めてですね。

「初めてでした。綾子ちゃんは、私が誰でどういう立場の人間なのか知ってたけども。前に、私が砂川さんと言い争ってるのを、ここに来たときに見かけたことがあったとかでね」

——彼女は部屋にあがってきて、死体を見つけたわけですね。

「八代祐司は追い返そうとしたんですよ。だけど、綾子ちゃんも、あれは女のカンてやつなんだろうね、悪い予感があって駆けつけてきたから、赤ん坊抱きしめてするするっと駆け込んできて、死体を見て……悪い予感はあったけども、ここまでは予想してなかったっていう、そういう感じだった。がくがくっと膝《ひざ》が折れて、後ずさりするみたいになって、壁にぶつかっちゃったからね。なんでこんなことしたの、なんでこんなことしたのって、声がだんだん高くなるんですよ。そしたら八代祐司がぱあっと寄っていって、いきなり綾子ちゃんをひっぱたいてね。うるせえとかなんとか、言いましたよ。おまえのためにやってやったのに、なんで邪魔しに来たんだよって。

不思議なもんでね、赤ん坊はずっと、スヤスヤ寝てましたよ。あのことがあったあいだ、全然泣かなかった。お母さんの綾子ちゃんは泣いたけどね。

綾子ちゃんはひっぱたかれて、本当にずるずる座り込んでしまって、赤ん坊を落としそうになったんで、私あわててそばに寄ったんです。だっこしただけで、雨《あま》ゴートも着てなかったから、赤ん坊の帽子が濡《ぬ》れてました。

私が赤ん坊を抱き留めようとすると、綾子ちゃんは正気に返って赤ん坊を引き戻しました。私のことも人殺しだと思ったんでしょうね。私は違う違うって、なんかわけのわからないことを言って、八代祐司は正気じゃないんだみたいなことも言って、綾子ちゃんは私とあいつの顔を見比べていましたけども、だんだん目がギラギラしてきてね。おまえのためにやってやったんだって、いったいどういうことなのよって、綾子ちゃんが言ったもんでね。

そのうちに、口論になったんです。綾子ちゃんはぱっと立ちあがって、その拍子に赤ん坊は私が受け取るような感じになりました。情けないけども、おろおろしてるだけですよ。赤ん坊に何かあっちゃいけないしね。

八代祐司は、綾子ちゃんの相手はしないという感じで、ベランダへ出ていって、隅の方に転がしておいたビニールシートのロールを広げて、ナイフで切り始めたんです。大して大きなナイフじゃなかったね。工作用の、刃渡りがそれでも十五センチくらいだったかな。シートを切って、それで死体を包むつもりだったんでしょうよ。綾子ちゃんは、まあ無理もないけど、支離滅裂なことをうわごとみたいに言ってましたね。それでもそれを聞いてるうちに、今私が抱いてる赤ん坊は綾子ちゃんと八代のあいだにできた子なんだってことが判ってきました。

八代祐司は、うるさい、でかい声を出すなとか、隣に聞こえるとか、綾子ちゃんを叱《しか》りながらシートを切ってました。全然動揺してるようには見えなかったけども、なにしろあの吹き降りだったので、髪の毛が濡れて顔に貼《は》りつくし、雨が目に入るしで、ひどい顔だった。ふたりのやりとりを、私は全部覚えてるわけじゃないけども、八代としては、綾子ちゃんが望むようにするためには、自分の人生を変えなくちゃならないし、それには砂川さんたちが邪魔だし、金も欲しいし、それにはこうするのが一番だと思ってやってやったんだと、そういうことだったようです。

綾子ちゃんは、あたしはこんなこと望んでないと、何度も何度も言ってましたね。あなたどうかしちゃったのよ、まともじゃなくなっちゃったのよって、泣きながら言ってたけど、八代は凄《すご》いような笑い方をして、俺が正気じゃないって言うのか、おまえ度胸あるなとか、言い返してましたね。

そのうちに、綾子ちゃんが警察を呼ぶって言い出して、そしたら八代が彼女にナイフを向けたんです。飛びあがるみたいにして立ちあがってね、あれは完全に本気でした。うるさい、おまえは俺の言うとおりにしてりゃいいんだって。今考えると、あの場に綾子ちゃんが来ることは、八代祐司にしてもまるっきり予想外だったろうから、彼は彼なりに動転してたんでしょうね。綾子ちゃんの前ではええかっこだけしていたかったろうし、そのためにも大金を摑《つか》みたかったんだろうに、よりにもよって舞台裏に彼女がやって来ちまったから、もう脅して力で押し切るしかなかったんだろうね。

そのとき私はまだ赤ん坊を抱いていましたが、とっさに片手を伸ばして、八代のナイフを持った手をどかしました。そのとき、手のひらを切られたんです。ぱっと血が飛んで、綾子ちゃんは悲鳴をあげて、私も怖くなって、こりゃ殺されると思って、玄関の方へと逃げ出したんです。綾子ちゃんは逆にベランダの方へ走り出たようでした。

一瞬のことだったし、私はその瞬間ベランダに背中を向けていたから、この目で見たわけじゃないです。わあっというような声がして、振り向いてみたら、八代はベランダにいなかった。綾子ちゃんがシートのところでへたりこんでいました。私が駆け寄ると、あの人、落ちちゃったと、そう言って泣き出したんです。

長話をしている時間はありませんでしたよ。私には、八代が死んで、部屋のなかには砂川さんたちの死体が転がっているということしか考えられませんでした。八代が死んだ。八代が逃げて、行方をくらましてしまうよりももっと悪い。殺人の疑いは、全部自分の上に降りかかってくる。そう思いました。
綾子ちゃんは、命綱をつかむみたいにして、私の腕から赤ん坊をもぎとりました。そりゃもう、私の腕ごと引きちぎりそうな勢いだった。考えてみりゃ当たり前だけども、綾子ちゃんには、私が八代の共犯じゃないということが判《わか》るわけはないんです。私が八代と一緒になって砂川さんたちを殺したと思われたとしても仕方ない。私には、言い訳のしようがない。そのときに、綾子ちゃんに赤ん坊を取り上げられた瞬間に、もう逃げ道はないって判りました。

それで私、ベランダの綾子ちゃんのそばにしゃがんで……綾子ちゃんは私から逃げるように身体《からだ》を縮めて、全身で赤ん坊を守ろうとしてました……言ったんです。あんたには信じられないだろうけども、私は人殺しはしてないよって。砂川さんたちを殺してない。だけど疑われるに決まってるから、逃げるしかないよって。けども、私は本当に悪いことは何もしてないし、それを信じて欲しい。あんたが警察を呼んで、私を追いかけさせるようにしても恨んだりしないけども、もしもあんたが私を信じてくれて、黙ってここから逃げてくれるなら、私もあんたのことは誰にもしゃべらないよって」

――宝井綾子は、なんと言いましたか。

「かばってくれるのって、訊きましたよ。あたしあの人を突き落としちゃった。あの人あたしのためにこんなひどいことしたって言った。それ全部、黙っててくれるのって。

そして、まるで黙っているのが怖いみたいに、彼女と八代とのことをぶちまけてしゃべってくれたんです。半分おかしくなってるみたいだったから、もの凄い早口で、話もごちゃごちゃだったけども、とにかく綾子ちゃんがまだ八代と正式に結婚してはいないってことと、赤ん坊も認知はされてないってことが判りました。それで私、言ったんですよ。かばってあげる、だから今夜のことは何もなかったことにして、知らん顔をしてなさいってね」

――約束したんですね。

「したんです。約束したんですよ。

どっちみち私は警察からも世間様からも疑われて、家族からも責められて、今度こそ完全に見放されるだろうと思ってました。倅《せがれ》も娘も、こんな羽目に陥った私をきっと憎むだろうと思ったんです。ちょっと前に、弁護士さんを探していることで、倅に呆《あき》れられて嗤《わら》われて喧嘩《けんか》したばっかりでしたからね。私にはもう、どっちにしろ帰る場所なんかないんだって。だからもうどうでもいいけども、この娘さんには赤ん坊がいて、赤ん坊は本当に可愛《かわい》くて、赤ん坊にはお母さんが必要だからね。だから、誰にも言わない、ずっと逃げて逃げ回ってけっして捕まらないから、あんたも今夜のことは誰にも言わないで、忘れてしまいなさい、そうしなくちゃいけないって、言いました」

――石田さんに、宝井綾子をかばってやらねばならない理由はなかったと思いますが。

「うん、そうだよね。まったくそうですよ。だけどあのときは……だって私は自分のことはもう諦《あきら》めてたし、綾子ちゃんも八代祐司って人間の巻き添えになっただけだってことは判ったし、だから……それにやっぱり、赤ん坊がいたからね。赤ん坊がいたのが大きかったですよ。綾子ちゃんひとりだったら、話はまた違ってたかもしれないですよ」

——宝井綾子は、八代祐司が何か極端なことをやろうとしていても、赤ん坊の顔を見せれば思いとどまらせることができる、だからあの夜も連れて行ったんだと、そう説明したそうです。

「そうですか。まあ、八代祐司を思いとどまらせることも、あいつを変えることもできなかったけども、私には効き目、あったですねえ。

もしものときのために、綾子ちゃんの携帯電話の番号だけ聞いて、それとね、ナイフね。ナイフを拾ったんですよ。ベランダに落ちてたんだけどね。綾子ちゃんが、あたしナイフに触っちゃったっていうから、指紋とか面倒くさいことになるといけないんで、じゃあ私が捨ててやるからって。砂川さんたちを殺すのに、あのナイフが使われたんじゃないかって思うと気味が悪かったけど、あの場ではそれどころじゃなかったからね」

——実際には、犯行にはナイフは使われていませんでした。

「そうだったんですねえ。逃げる途中で、近くの川へほうりこんで捨てました。さすがにあれは、見つからなかったね。

あの部屋を逃げ出して、あとはもう夢中でしたよ。あの晩は、なにしろ私ろくに金も持ってなかったですから、古い知り合いを頼って行きましてね、私が若いころに会社で世話になった先輩で、当時日暮里《にっぽり》のアパートに独り暮らししてたんです。早くに奥さんを亡《な》くしましてね。そこへ行って、夜中にたたき起こして、詳しいことは言えないけども、金貸してくれないかって頼みましてね。私の形相も普通じゃなかったんだろうけども、金、貸してもらえました。着替えもさせてくれて、傘くれて、黙って行かせてくれてね。本当に感謝してますよ。私がなんで逃げてるのか、翌日の日曜日にはもう察しがついてたろうけど、ずっと私のこと、黙っててくれたしね。

家にはいっぺんだけ電話かけて、おふくろと話をしましたが、それだけです。その後は、約四カ月、まあ半分ホームレスみたいなことしながら逃げ歩いて、最後は片倉ハウスにたどりついたってわけです。ところで私、綾子ちゃんの赤ん坊の名前を知らんのです。男の子か女の子か、どっちなんですか」

――男の子です。名前は、父親の名前から一字とって付けた名前だそうです。

「そうですか。そうか……男の子ですか」

石田直澄の長い長い話を聞き終えると、片倉義文《よしふみ》は、彼の願いを聞き入れて、一晩待つことにした。

「宝井さんて娘さんが、先に出頭した方がいいに決まってるからな」

義文はまた、彼自身の判断で、宝井綾子に電話をかけた。電話には、今度は綾子の父親が出てきた。先方が町の食堂であり、綾子はそのひとり娘だということも判った。最初のうち彼女に代わって電話に出た「坊《ぼっ》ちゃん」は、康隆《やすたか》という高校生の弟であるという。

宝井家の両親は、今夜初めて綾子から話を聞かされたという。最初はまったく信じられなかった。だが、これは作り話でも嘘《うそ》でもなく、綾子が康隆にだけは秘密を打ち明けて相談していたということも判り、両親も事態と直面しなくてはならないと決心した。先方の言葉に誠意を感じた義文は、こちらの素性を明らかにし、片倉ハウスの場所と電話番号を教え、何かあったら電話をくれるようにと言って、電話を切った。

信子《のぶこ》はまだ、石田のおっさんの話を一〇〇パーセント信頼したわけではなかった。手の込んだ作り話ってことだってあると、まだちょびっと思っていた。

その晩、石田直澄には、義文が付き添った。信子は母の幸恵と一緒に家の方にいた。父は別段嫌味っぽい調子ではないが、嫌味なことを言った。まだ石田のことが怖くてしようがないのなら、みんなで家を離れてホテルにでも泊まればいいというのである。幸恵は、信子が予想していたほどには驚いたり動揺したりせず、父と話し合いながら、このひと晩をできるだけ静かに乗り切ろうとしているように見えた。信子から見ていちばんバカだったのは春樹《はるき》で、このバカは、明日になればテレビ局がいっぱい片倉ハウスにやってくるだろうから、美容院へ行っておかねばならないと言った。信子は弟を椅子《いす》から蹴《け》り落としてやった。

祖母のたえ子は、幸恵との争いどころではない、まったく別次元の事件が片倉ハウスの上に降りかかってきたことに、ちょっとばかりムクれていた。旅館の責任者は義文であり、一家の主婦は幸恵であり、指揮はこのふたりがとるのだということを見せつけられたのが面白くなかったのだろう。ぐずぐずと喧嘩を蒸し返そうとする祖母に、しかし母は相手をしなかった。

ベッドに入っても、信子はなかなか眠れなかった。トイレに行きたくなって、階下に降りた。リビングにまだ明かりが点《つ》いていた。のぞくと、母がテーブルで家計簿をつけていた。

「お母さん、まだ寝ないの？」

母は眠そうな目をあげた。「あんたもまだ寝てなかったの？」

「やっぱり、なんか興奮しちゃって眠れないんだ」

信子がトイレに行って戻ってくると、ココアを飲むかと母は訊《き》いた。信子はあたしがつくると言った。ふたりでテーブルに差し向かい、温かいココアを飲んだ。

「お父さん、大丈夫かな」と、信子は言った。

「大丈夫よ」

「石田さんて人、そんなに信用していいのかな」

「今夜ひと晩のことじゃないのよ。それに、お父さんの人を見る目を、あんまりバカにしたもんでもないよ。この商売にかけては、年期積んでるんだからね」

信子はムッとした。「あの人が石田直澄だって気がついたの、あたしなんだよ。それなのにお父さん、俺が気づいたんだって、あの人に嘘言った」

母は笑った。「それはさ、最初のうちはまだ、あの石田さんて人が危険な人だと思ってたからだよ。あんたが気づいたなんて言って、もしもあんたが逆恨みされたりしたら困るじゃないか。だから、自分が気づいたんだって言ったんだよ」

そんな深い配慮があったのかなぁ。

「ただ、石田さんは荒川の事件のホントの犯人じゃないんじゃないかって、テレビでも言ってる人がいたからね。お父さんも、本気で怖がらないで済んだんじゃないの」

「テレビはいい加減だって言ってるじゃん」

「言ってる人によるんだよ」

幸恵は家計簿をつけ終えて、ページを閉じた。ココアを飲むと、急にちょっと真顔になって訊いた。「あんたも、こんな家を出ていって、親兄弟のことなんか忘れて、自由に暮らしたいと思うことある？」

信子はびっくりした。「なによ、それ。お母さんの話じゃないの？」

母は笑み崩れた。照れくさそうだった。「そうだねえ。お母さんは、何度もこんな家飛び出してやろうと思ったことあるからさ」

「今日もそうだったんじゃないの」

「今日は違う。ちょっと散歩したら、頭冷えた」

「あたしは、わざわざ他人と暮らすなんてヤダな」

「煩《わずら》わしいことなくて、いいかもしれないよ」

「そんなことないよ。だって、砂川さんたちだって、八代祐司って男だってさ、結局煩わしいことになったじゃない」

そうだねと、母は呟《つぶや》いた。

「家族とか、血のつながりとか、誰にとっても面倒くさくてやりきれないもんだよ。だけど、本気でそういうものをスパッと切り捨てて生きていこうって人たちがいるんだね」

「だけど、失敗したじゃん」

「ね、失敗だったんだね、砂川さんたちって」

母は飲み終えたココアのカップを持って立ちあがった。そして、小声で言った。「帰る場所も行くところもないってことと、自由ってことは、全然別だと思うけどね」

「お母さん？」

「もう寝なさい、信子」

学生というのは不自由なもので、自分の家のなかで、テレビ局が大挙して駆けつけてくるに違いない出来事が進行していても、登校しなくてはならないのである。信子も春樹も朝起きて顔を洗い、学校へ行った。

それでも、家のことは気になって仕方なかった。早く帰りたかった。ちょっとお腹《なか》が痛いとかもごもご言い訳をして、部活動はさぼってまっしぐらに帰宅した。信子がバスケットボール部の練習をさぼるなんて、これが初めてのことだった。

走って家に帰ると、玄関に鍵《かぎ》がかかっており、誰も居ない。鞄《かばん》を持ったまま、信子は旅館の方に向かった。と、旅館の前に、見慣れないヴァンが一台停められていることに気づいた。横っ腹に「宝食堂」と名前が入っている。

宝井家の人が来ているのだ。心臓がぴょんとジャンプした。

旅館の入り口からのぞいてみると、受付前のロビーに、父と母と、石田直澄が座っていた。石田のおっさんは、昨日よりもさらに小さく小さくなっていた。

石田のおっさんの前には、体格のいい中年の男の人と、学生服を着た男の子が座っていた。信子のいるところからは、彼らの背中しか見えなかったが、父が信子に気づいて「お帰り」と声をかけると、彼らがそろって振り向いた。

突っ立っている信子に、母が言った。「宝井さんのお父さんと、弟さんだよ」

宝井の父親という人は、信子を見て、石田さんに気がついたお嬢さんですねと、義文に訊いた。石田が、私はお嬢さんをすっかり怖がらせてしまったんで、お嬢さんは護身用にビニール傘を持ってきたんですと言った。ちょっと笑っていたが、すまなそうな口調だった。

宝井の父親は、信子に頭を下げた。そして言った。「ついさっき、うちの娘が荒川北警察署に着いたと、母親から電話がありました。お嬢さんにも、迷惑かけて申し訳なかったです」

自分でも意外な質問が、信子の口から飛び出した。「赤ちゃんはどうしてるんですか？」

宝井の父親は、息子と顔を見合わせた。それから、かすかに微笑《ほほえ》んだ。「今日は、近所の人に預けてきました」

それまで黙っていた宝井の弟が、口を開いた。あがっているみたいな、ヘンテコな声だった。

「姉さんが戻ってくるまで、僕らで育てますから大丈夫」

信子はまじまじと、康隆というこの少年の顔を見た。相手もしげしげと信子を見た。すると康隆は、ぺこりと頭を下げた。

「信子、交番へ行って、石川さんを呼んできてくれないか」と、義文が言った。「石田さんを歩かせるより、パトカーで迎えにきてもらった方がいいからよ」

うんわかったと返事をして、信子は駆け出した。目の隅に、石田のおっさんが目尻《めじり》をぬぐっているのが見えたけど、振り返らなかった。

なんとなく、康隆というあの少年が、自分も一緒に行くと追いかけてくるような気がしたけれど、それは錯覚のようだった。信子はどんどん走り、息が切れてきたので足をゆるめ、大きくため息をついた。視界がぼやけるので、泣きベソをかきそうになっているのだと判《わか》ったけれど、なんで自分が泣かなきゃならないのか、全然筋が通らないので、まばたきをして涙を追い払った。

ヴァンダール千住北ニューシティのウエストタワーには、幽霊が出るという。

この話については、石田直澄も知っていた。事件の後、二〇二五号室は一旦《いったん》石田の所有になったが、すぐに売りに出した。その手続きをしているころ、管理人の佐野から聞いたという。

「私はね、てっきり砂川さんたちの幽霊が出るんだと思ってたんです。ところが違うんだね。八代祐司の幽霊が出るんだって。真っ青な顔で、二〇二五号室の窓から下を見おろしているそうですよ。エレベーターで乗り合わせたという人もいるっていうからね」

――あなたは見ましたか？

「いや、私は見てない。見ても、きっと怖くないでしょう。生身のあいつの方が、ずっと怖かったよ」

インタビューに応じてくれた関係者のうち、実際に見たことがあるという人はいなかったが、話は有名であるらしい。イーストタワーの管理人佐々木夫妻も、中央棟管理人の島崎夫妻も、住人たちから、実に多様なバリエーションの目撃談を聞かされたという。

しかし、なぜ八代祐司の幽霊なのだろう。なぜ被害者三人ではなく、殺害者の彼の幽霊が出るのか。

「その方が怖いからじゃないですか」と、佐野は笑う。「親御さんが、公園で遅くまで遊んでいる子供たちを脅かすのに、ちょうどいい話なんじゃないですかね」

まだ事件が解決しないころ、石田直澄が殺人現場と逃走経路の下見をしているのを見たとか、「砂川里子」と「砂川毅《たけし》」が抱き合っているのを見たなど、関係者それぞれの生きている幽霊の話が多々飛びだしてきた。しかし、事件が終わった後——言ってみれば事件が「死んだ」後に登場する幽霊は、なぜかしら八代祐司ばかりである。

「結局、あの人のことがいちばん判らないからじゃないかしら」

そう言うのは、葛西美枝子《かさいみえこ》である。

「家を飛び出して、家族ってものを全否定して、他人との温かい関わりも信じられなくて、ホントに自分だけっていう人間だったでしょう？　恋人とのあいだにできた赤ちゃんのことだって、愛せたとは思えない。だいたいがあの犯行だって、けっして恋人のためじゃなかったと思うのよ。うっかり子供つくっちゃって、相手の女の子には食い下がられて、彼自身煮詰まってたんだと思う。彼女に向かって、自分はホントの親でもない人たちと暮らしてるし、そんなことがおまえの親にばれたら面目ないみたいなことを言ったそうだけど、彼本気でそんなこと考えたのかしら。本音としては、砂川さんたちからも、恋人からも赤ん坊からも逃げ出して、ひとりで気ままにやりたくて、それにお金も欲しくって、大金をつかむには今がチャンスだって気づいて……そんなところだったんじゃないのかしらと思うんですよ。殺人現場に恋人が偶然来てしまうようなことがなくて、すべてが彼の計画どおりに運んで、石田さんがお金を払っていたならば、彼、お金だけ持って逃げたでしょうよ。恋人と赤ん坊のためにやったんだなんてのは、恩着せがましい言い訳ですよ」

そういう自分本位の人間は確実に増えていると、葛西美枝子は言う。

「今の若い人なんて、みんな八代祐司の素因を持ってるんですよ。親のことだって、便利な給料配達人と、住み込みのお手伝いさんぐらいにしか思ってないんだものね。若い人には、八代祐司の気持ち、判るんじゃないでしょうか」

しかし、その考えはまだ、世の多くの家庭には、理解不可能で受け入れることのできないものなのだ。ヴァンダール千住北ニューシティという高層の城に家庭を持つ人たちも、また然《しか》りである。

「ここの人たちにとって、八代祐司は、全然異質の怪物みたいな人間なんですよ。本当はそうじゃないんだけど、今はまだそう思っていたいのね。だから、怪物は怪物にふさわしく、死んだら怨霊《おんりょう》になって出てきて、みんなを怖がらせてくれた方が、気分的に安心できるんじゃないかしら」

小糸孝弘《たかひろ》は、母親に内緒で、何度かウエストタワーを訪れている。佐野に頼んで、部屋に入れてもらったこともあるそうだ。

――どうして部屋に入りたかったの？

「うん……」

――懐《なつ》かしかったのかな、おばさんたちが。

「あの人、他人だったんでしょ？」

――八代祐司のことかい？

「そう」

――そうだね、砂川のおじさんおばさんとは、赤の他人だった。

「だけど、仲良く一緒に暮らしてたときもあったんでしょう」

――心の内は、それぞれ違っていたようだけど。

「僕も、おばさんたちを殺すようになってたのかなって思う」

――どういうこと？

「僕、おばさんたちのところに間借りさせてくれって頼んだことあったでしょう？ あのときは、うちの両親よりも、おじさんやおばさんの方がずっと暮らしやすいって思ったから、頼んだんだ。親よりも、他人のおばさんたちの方が楽だったんだ。八代祐司も、実の親よりおじさんおばさんの方がよかったんでしょう。それは僕も同じじゃない？」

――なるほど。

「だからね、そうやって、僕がおばさんたちとずっと暮らしていったら、やっぱり成人しておばさんたちが邪魔になったとき、僕もおばさんたちを殺したんだろうか」

僕もおばさんたちを殺したんだろうか。

八代祐司の幽霊に会うことがあったら、それを訊いてみたいと、小糸孝弘は言う。

小糸孝弘の求める答えを、八代祐司は知っているだろうか。彼も知らないのではないか。

だが、いつか未来のどこかで、それも思いの外近い未来のどこかで、ごく普通の人びとが、ごく普通に、小糸孝弘の疑問に答えることのできる時期が来るだろう。それは否《いや》応《おう》なしに来るのかもしれないし、我々が積極的に求めて到来させるのかもしれない。

八代祐司の亡霊は、そのときようやく、成仏《じょうぶつ》することができる。その時までは、彼はヴァンダール千住北ウエストタワーのなかにいるだろう。誰も彼を恐れることがなくなるまで、彼を怖がる者がいなくなるまで、彼の青白い影を探す人たちと共に、ずっとそこにいるだろう。

新潮文庫版のためのあとがき——読者の皆様に

いつも拙著をご愛読いただきましてありがとうございます。この『理由』で初めて拙著を手に取ってくださった方には、はじめましてを申し上げます。いっぷう変わった構成のこの現代ミステリを、お楽しみいただけましたでしょうか。

本書『理由』は、二〇〇二年九月に、朝日新聞社から文庫版が刊行されております。事件の舞台となる超高層マンションを描いた、木村桂子さんの素敵な装丁画がお目にとまったことがあるかと存じます。重松清さんの解説をいただけたことも光栄至極でありました。

他社ですでに文庫になっている作品を、どうして新潮文庫でも刊行するのか。これは偏《ひと》えに作者のわがままに拠《よ》るもので、無理なお願いを聞き入れてくださった関係各位の皆様に、篤《あつ》くお礼申し上げます。

新潮文庫には、わたしがこれまで上梓《じょうし》してきた現代ミステリ作品が多く集まっています。

また『理由』は、わたし自身にとって、ある時期の現代ミステリのけじめとなる作品でした。ですから、どうしても、同じ色の背表紙で、新刊書店の文庫の棚の同じ場所に、『理由』も並べたかった。新潮文庫版の出る〝理由〟は、ただただその一点でございます。

という次第で内容は同じ作品ですので、すでに朝日文庫版をお買い求めいただいた読者の方は、どうぞご注意ください。装丁は、絵としては、木村桂子さんに描いていただいた以上のものを望むことなどできませんでしたので、写真を使っていただきました。『理由』のお召し替え、バリエーションを愛《め》でていただければ嬉《うれ》しく思います。さらに、今度は池上冬樹さんに解説を頂戴《ちょうだい》しました。『理由』はもう読んだけど、池上さんの文章を読みたいという方は、まっしぐらに巻末へどうぞ。

新潮文庫版の刊行には、大林宣彦監督による映画化という、またとないバックアップに恵まれました。この幸運にも、深く感謝いたしております。

二〇〇四年五月吉日

宮部みゆき

解説

池上冬樹

〈ファンタジーとリアリズム〉

ベストセラー作家は、時代に追いつくのではなく、時代を先取りするのだとよくいわれるけれど、宮部みゆきなどもその一人だろう。

たとえばここ数年、『ハリー・ポッター』シリーズや『指輪物語』などの再評価および映画化の大成功により、世は異常なまでのファンタジー・ブームであるけれど、実はそのブームを先取りする形で、宮部みゆきはすでにファンタジーを雑誌に書いていた。その結実したものが、悪夢を狩る『ドリームバスター』（徳間書店、二〇〇一年十一月）であり、少年が剣と魔法の世界へと旅立つ『ブレイブ・ストーリー』（角川書店、〇三年三月）である。どちらもいいが、とくに後者が興味深い。

作者がある雑誌で、〝ゲームの面白さを小説にコンバートさせたファンタジー〟と述べているが、もちろんゲームなど知らなくても愉《たの》しめる。というのも、「〝幻界〟は、現実世界に住む人間の想像力のエネルギーが創《つく》り出した場所」であるという規定が生きていて、異界が少年の深層意識のあらわれと捉《とら》えることも可能で、ひとりの少年の精神的成長を捉えたインナースペース探検の物語として読めるからである。また異界で出会った人物を現世での因縁で解釈するあたり、前世をめぐる小説としても読めるし、大いなる力の存在を通して数々の事実から何が真実なのかを見いだすあたりは、宗教小説としての側面もあって面白い。

このファンタジーのブームはいつまで続くのかわからないが、一方で、別の見方も生まれている。いまや現代文学を代表する巨匠のひとりであるジョイス・キャロル・オーツが、あるアンソロジーの前書きで、次のように述べている――〝一九六〇年代や一九七〇年代のようなきわめて創造的な時代と比べると、現代では、内容が型破りな作品は、二〇〇一年九月十一日の同時多発テロ以前であっても、すでに受け入れられにくくなっているようには感じていた。今はリアリズムの時代であり、そこでは回想録や自伝的小説がもてはやされるのである〟（オーツ編『アメリカ新進作家傑作選2003』〔DHC〕より）。

九・一一はアメリカで起きたことであり、日本とは事情が異なるという人もいるだろう。しかしアメリカの文芸的潮流はいずれ日本でも起こりうる。なぜなら、各新人賞の下読み／予選委員の仕事で多数の生原稿を読んでいるけれど、ここ数年、自らの悲惨な体験、つまり幼児虐待やドメスティック・ヴァイオレンスやリストカットなど、ファンタジーではとても描けない、〝現実〟の赤裸々な姿がこれでもかこれでもかと書かれるものが増えてきた。

オーツは、現代は文学的リアリズムの時代なので、〝ドラマとして具体化された、心の琴線に触れる意義深い状況に読者を引き込む小説〟と、〝表現と人物造形の独創性〟を作品選択の基準にしているが、このくだりにふれたとき、僕はふと本書『理由』と『模倣犯』（小学館、〇一年四月）を思い出した。まさに〝ドラマとして具体化された、心の琴線に触れる意義深い状況に読者を引き込む小説〟と、〝表現と人物造形の独創性〟に満ちた傑作だからである。実際、今回『理由』を数年ぶりに再読して、あらためて『理由』の凄《すご》さがわかった。リアリズムでありながら形式上の実験もおこたらず、それが見事な成果をあげている。まずこの形式上の実験から話をはじめよう。

〈『理由』の手法的実験〉

小説は、少女が交番に駆け込む場面から始まる。うちの簡易宿泊施設に殺人事件の重要参考人がいる、でも、おじさんは犯人ではない、と。こうして荒川区で起きた「一家四人殺し」事件が多角的に検証されることになる。

プロローグの極めて具体的な叙述は、小説というよりノンフィクションの書き方に近い。また第一章「事件」の冒頭、〝事件当夜は雨であった〟という書き出しは、ヒラリー・ウォーの『事件当夜は雨』（原著一九六一年、創元推理文庫）の引用だろう。実際作者は、「私のオールタイムベストテン」（「本の雑誌」二〇〇二年五月号所収）のなかで、スティーヴン・キングの『シャイニング』（七七年、文春文庫）、デイヴィス・グラッブの『狩人の夜』（五五年、創元推理文庫）についで『事件当夜は雨』を選んでいて、〝落ち込んだときに取り出しては読み返す、暗夜の灯台のような作品〟だと述べている。オマージュとはいえないまでも、かなり念頭においた作品であるといえるだろう。

いまウォーの警察小説を読めば、ドキュメントのタッチは薄いが、当時はかなりリアリスティックな記録小説の趣があった。そのリアリスティックな手法を、作者は現代的な視点から捉え直している。トルーマン・カポーティが『冷血』（六六年、新潮文庫）を形容したときの言葉を借りるなら、「ノンフィクション小説《ノヴェル》」のような印象すら与えるが、作者はもっとジャーナリスティックな方法を選んだ――。〝手法的には、テレビのインタビュアーが既に解決している事件をもう一度丹念に取材していくという感じがしたんですが〟という宮城谷昌光の質問に対して、宮部みゆきは、〝（新聞で）連載を始めるときに、「ＮＨＫ特集」をやろうと思ってたんです。……記述者はひとりではなくて、あるところはアナウンサーのナレーションだし、あるところは記者が出てくるという、テレビのクルーが一つの事件を検証していくようなつもりで書きました〟と答えている（「オール讀物」九九年三月号所収「受賞特別対談　宮城谷昌光・宮部みゆき〈ミヤベ・ワールド〉扉をひらく四つの鍵」より）。

このドキュメント・スタイルが素晴らしい。どの場面も生々しく、事件を語る人々の表情と心理、その興奮と失望と躊躇《ちゆうちよ》と怒りが直截《ちよくせつ》伝わってくるし、記述者が変わることによって見る角度が変わり、現代社会の複雑な様相がやおら迫り出してくる仕掛けだ。

また構成も見事だ。テレビの報道ではすぐに核心が明らかにされるが、本書では容易に明らかにされない。プロローグの最後で、「一家四人殺し」の〝事件はなぜ起こったのか。／殺されたのは「誰」で、「誰」が殺人者であったのか。／そして事件の前には何があり、後には何が残ったのか〟と前ふりがなされているが、まず犯人の身元がわからない。周辺から丹念に事件を追跡していくので、全員の身元が判明するまでかなり時間がかかる。しかしそれでも決して退屈はしない。読者は心地よい緊張感を味わいながら、何組もの家族たちの姿を目《ま》の当たりにし、事件の背景にあるバブル崩壊後の日本社会の惨状をつぶさに知り、経済至上主義を貫いてきた日本社会の産物たる冷酷な殺人者と出会うことになる。作者は先の文章で、『事件当夜は雨』を推す理由として、〝発端から怪しげな事件の様相や、作品の冒頭に堂々と伏線を張っておきながら、最後の最後になって読者をあっと驚かせる趣向の面白さ〟をあげているが、これはそのまま本書にもいえるのではないか。

〈さまざまな家族の肖像〉

それにしても強く心に残るのは、やはり事件に関わるさまざまな家族たちの肖像だろう。〝幸福な家庭はすべて互いに似かよったものであり、不幸な家庭はどこもその不幸のおもむきが異なっているものである〟（トルストイ作『アンナ・カレーニナ』〔新潮文庫〕）という有名な言葉があるけれど、ここには文字通り、それぞれ違う不幸を抱える家族がいくつも登場する。たとえば、借金で首のまわらない家族、進学問題で対立している家族、嫁 姑《しゅうとめ》問題が限界まできている家族、十代の未婚の母をもつ家族、父親が失踪《しっそう》した家族、そして心がばらばらのかりそめの家族。姉と弟、妻と夫、父と息子、嫁と姑、母と息子といった関係が揺れ動く世代観と価値観のなかで捉えられ、家族とは何か、血縁とは何かを鋭く問いかけている。

その問いかけのなかで重要なのが、少年少女たちの存在だろう。宮部作品のなかで少年少女たちはたいてい大人たちの行動に心を痛めている。ここでも家庭の不和に傷つき、なんとか不和の原因をとりのぞき、幸福になるための道筋をつけようとする子もいるのだが、うまくはいかない。時代小説なら、宮部的な人生讃歌、人生は生きるに値し、人の思いは必ず報われるという救いがあるけれど、ここには必ずしもそれがない。でも決して暗く絶望しているわけでなく、むしろしたたかに生き抜こうとしているのだが、それはそれで痛々しい。

ここで作者は、さまざまな家族の内情を探りながら、変わりつつある家族観を提示している。宮部だから家族の描写はお手のものだが、これほど複数の家族の肖像をかすかなユーモアを交えて、ときに温かく、ときに冷徹に描くのは至難の技だろう。また事件の背景にバブル崩壊後の副産物「民事執行妨害」を持ち込んで、家族の崩壊と日本社会における小さなコミュニティの変貌《へんぼう》（しばしば犯罪を誘発し、露顕を遅らせる情況）を活写し、人々の精神の変容に焦点をあわせていく。とくに注目されるのは、やはり〝犯人〟の精神だろう。

〈宮部作品における〝怪物〟というテーマ〉

『理由』が傑出しているのは、いままで見てきたように、普通の犯罪小説の形をとらないことである。一般的な犯罪小説ならば、まず被害者の身元が判明し、そこから被害者の人生と生活が見えてきて、やがて事件の全貌と犯罪の動機が浮かびあがる。しかし『理由』はそうではない。殺人犯の〝動機〟ですべて説明されるような小説ではない。

本書のエピグラフに、ジム・トンプスンの『内なる殺人者』（五二年）が使われている——

〝そうとも、これでおしまいだ。おれたちのような者に次の世でもう一度チャンスがなければ。おれたちのような者。おれたちみたいな連中〟。ここでいう〝おれ〟とは『内なる殺人者』の主人公の悪徳保安官ルーのことで、彼は犯罪の綻《ほころ》びをつくろうために殺人を繰り返す。〝おれたち〟とは、社会道徳や倫理にとらわれないアナーキーな犯罪者たちのことだ。『理由』の犯人もまたそういう人間の一人だろう。決してトンプスンのアンチ・ヒーローのような冷酷さも非情ぶりも強調されはしないが、自らの保身と欲望のためには躊躇《ためら》うことなく人を殺すことができる。この〝怪物〟ぶり。これは『内なる殺人者』の主人公も、『事件当夜は雨』の〝怪物〟と評される犯人もそうである。

しかし忘れてならないのは、作者が〝怪物〟という言葉にもっと別の意味をもたせていることである。〝怪物〟との対決というテーマは、宮部ミステリの重要なテーマのひとつであり、『スナーク狩り』（九二年六月、現在光文社文庫）や『クロスファイア』（九八年十月、同）でも善悪の概念をもたない〝野獣〟たちを〝怪物〟とよび、罪と罰の関係や私的正義の遂行の是非が問われていたが、しかし『理由』では〝怪物〟はそれだけではない。ラスト、インタヴュアーが犯人の内面を忖度《そんたく》して、〝「親」というものが、自分を支配したり、自分から自由を搾《しぼ》り取ろうとする不気味な怪物のように思えたんでしょうね。実の親だけでなく、「親という立場」にある存在が〟と使っているように、恐怖の対象としての〝怪物〟ではなく、冷え冷えとした断絶感と憎悪をかりたてる存在の意味でもある。だからこそ、本書の最後で少年が呟《つぶや》く言葉（〝僕もおばさんたちを殺したんだろうか〟）が衝撃的なのである。一歩間違えば殺人を犯したかもしれないという恐怖。「親という立場」の存在、または「親」の存在する家族そのものが殺意を駆り立てる。この宮部作品における〝怪物〟のテーマは、『理由』のあと三千枚の大作『模倣犯』でさらにスケールアップし、正面から論じられる。現代社会で跋扈《ばっこ》する冷酷な犯罪者と被害者の肖像を鮮烈に描ききっているのだ。

〈宮部みゆきの集大成〉

話は最初に戻るのだが、実は、作者がファンタジーを書きはじめたのは、『模倣犯』の反動でもあるだろう。快楽殺人者と、その犠牲になった家族の物語で現代と深く切り結び、時代の深層までおりていった。書き上げたことの満足感と、もはや冷酷に現実を直視することの辛《つら》さの両方を味わい、『ドリームバスター』『ブレイブ・ストーリー』のファンタジー、さらに『あかんべえ』(PHP、〇二年三月)などの時代小説へといちだんと傾いていった。もちろんこれは逃避ではなく、ファンタジーでより有効なテーマ、そのジャンルでしか語られない冒険物語、たとえば使命や勇気や生の歓喜に目を向けたというべきだろう。

ファンタジーとリアリズム。いまの時代を刻みつけるのはこの二つであり、宮部みゆきは希代の語り部らしく、両分野で傑作を書いている。その時々のジャンル選択には作家なりの内面的な必然性があるのだが、それが結果的に、時代を先取りして先鋭的な(だが冷徹な部分があってもどこまでも優しい)作品を生み出している。宮部作品を読めば、いまの時代の空気がどのようなものなのか、同時代の人々が心のなかで何を求め、何に癒《いや》されているのかを知ることができる。おそらく宮部みゆきは肌で鋭敏に感じ取ることができるのだろう。

本書『理由』は、そんな鋭敏な感性が「現代」を捉えた作品であり、いままで現代・時代小説に限らず、さまざまな家族を熱心に描いてきた宮部みゆきの集大成ともいえる作品である。第百二十回直木賞にノミネートされ、満場一致で授賞が決定した。クレジット犯罪を扱った山本周五郎賞受賞作『火車』(九二年、現在新潮文庫)、快楽殺人者を描いた『模倣犯』と並ぶ三大リアリズムの傑作といえるだろう。

(二〇〇四年五月、文芸評論家)

この作品は、平成十年六月に朝日新聞社より単行本として刊行された後、平成十四年九月に朝日文庫として刊行されました。

また、本作品はフィクションであり、登場する人物、団体名等は、すべて架空のものです。冒頭のエピグラフは、『内なる殺人者』（河出書房新社刊）の村田勝彦氏の訳文より引用させていただきました。

理《り》由《ゆう》

新潮文庫　み－22－13

平成十六年七月一日発行
平成十九年十一月二十日二十六刷

著者　宮《みや》部《べ》みゆき

発行者　佐藤隆信

発行所　株式会社新潮社

郵便番号　一六二―八七一一
東京都新宿区矢来町七一
電話　編集部(〇三)三二六六―五四四〇
　　　読者係(〇三)三二六六―五一一一
http://www.shinchosha.co.jp

価格はカバーに表示してあります。

乱丁・落丁本は、ご面倒ですが小社読者係宛ご送付ください。送料小社負担にてお取替えいたします。

印刷・錦明印刷株式会社　製本・錦明印刷株式会社

© Miyuki Miyabe 1998　Printed in Japan

ISBN978-4-10-136923-5 C0193